周作人「対日協力」の顚末

周作人「対日協力」の顚末

補注『北京苦住庵記』ならびに後日編

木山英雄

岩波書店

目次

北京苦住庵記

後日編

北京苦住庵記

縁起

古都北京は、「日華事変」のはじまった直後から日本の対連合国無条件降伏の時まで、すなわち、一九三七年七月より四五年八月に至る丸八年の間、日本軍の占領下に繫がれていた。日本側は占領支配地域を「和平地区」と呼び、表向きは中国人による政権を作らせたものの、しょせん占領の実質に変りはなく、これらの「偽《ぎ》」(にせ、カイライ)政権に参加した中国人も、個々の意図はどうであれ、ひとしく対敵協力の責めと、したがって「漢奸《かんかん》」(裏切者、バイコクド)の汚名とを免れることができなかった。占領軍と占領協力政権の下でも、多くの市民は、日常生活の余地がある限り、中国人としての生活をやめるわけにはゆかず、事実やめもしなかったが、知的分野に何らかの地位を占め、政治的ないし道義的な出処進退の観念に生きる限りの人物は、誰れも一度は、北京から脱出するかまたはそのまま居残るかの選択に直面し、そして居残ったからには、以後事毎に、占領統治に対する抵抗と協力の岐路に立たねばならなかった。

こうして、目ぼしい知識人が次々と姿を消していった北京に、名実ともに第一級の文人であり、かつ国立北京大学文学院教授の肩書をも帯びた身で、最後まで居残り、居残ったばかりか、抗日地区へ避難した大学の脱《ぬ》け殻《がら》の上に「再開」された「偽」北京大学の文学院長から、さらに協力政権の文部大臣に相当する閣僚職に就きさえしたのが、周作人《しゅうさくじん》であった。その名前は、今の日本では、高名な魯迅《ろじん》の実弟ということでかろうじて一部に知られるにすぎぬが、彼のこの事件は、中国文化界の由々しい痛手として、戦中戦後にわたり、深刻な物議の的になった。それというのも、この人が中国近代精神発育史上の綺羅星の一つであり、かつては、文壇の声望を魯迅と二分するにも足りたほどの存在だったからである。戦争中のそんな事件を別にしても、もともと日本とは並々ならぬ関係にあった隣国の名士のことではあるが、事件までの経歴を一瞥《いちべつ》しておくことが、読者のためにやはり必要だろう。

周作人は一八八五年、清朝は光緒十一年、日本でいえば明治十八年に生まれた。生家は浙江省紹興県の旧い地主で、祖父は科挙の最終段階を通った進士、父も生員(秀才)の資格をもち、まずは歴とした読書人の家筋であった。四つ年上の長兄樹人《じゅじん》がのちの作家魯迅、同じく四つ下の末弟建人《けんじん》は、永いこと出版社に勤め、時に啓蒙的な社会評論を書いたが、やがて共産党周辺の知識人運動の活動家となり、新中国では「民主人士」の長老格として知られている。彼作人はまず旧式の書塾で古典教育を受け、兄とともに科挙のとば口の試験をも経験したが、そのご南京の江南水師学堂という洋式海軍学校に学び、一九〇六年(光緒三十二、明治三十九)、医学志望を捨て文学への方向転換を決意して日本からいったん帰国した兄に伴われ、日本留学に向かった。日本では東京の湯島、本郷界隈で兄や同郷の友人と下宿生活をしながら、予備教育ののち、立教大学でおもに英文学と古典ギリシャ語を修めた。この間、兄弟ともに、日本留学生中に渦巻いていた清朝の異民族支配打倒を目指す民族革命運動の潮流に洗われ、それとの深い関連で本格的な文学近代化運動に着手したが、これは早きにすぎてほとんど反響なし。彼らが本郷西片町に借りた家に、羽太《はぶと》信子という賄《まかな》い役の娘(下宿屋の娘とされてきたのは正確でなかった)が住み込んで、彼はこの貧しい丸顔の日本娘と恋愛し、一九〇九年の春に結婚した。この夫婦の取合わせは、あらゆる面から私たちの好奇心をそそってやまぬが、それは措《お》いて、信子は結婚と同時に日本国籍を離脱し、それからの長い生涯を最後まで添いとげたのである（信子ひとりでは寂しいというので中国へ呼寄せられた妹の芳子も、のちに建人の妻となった）。同じ年の夏に魯迅は帰国したが、その前後から、二人は麻布の森元町に新世帯を構えた。清国人留学生としての彼の生活を、普通よりはよほど安穏なものにしてくれていたはずの兄の庇護を離れ、ここで一年余り営んだ日本式の結婚生活が、日本の人情風俗に対する彼の経験と理解を格段に深めさせ、それまで余り眼中になかった、日本文学への関心もようやくこの頃から高まった。一九一一年に帰国すると間もなく辛亥革命が起り、彼は郷里の革命政府の下で、教育畑の役人やら中学教員やらを勤めながら文学研究を続けていたが、一七年、新文化運動の拠点としての陣容を整えつつあった北京大学に招かれて上京、以来ずっと北京の人となる。新文化運動の旗手としての周作人は、胡適《こせき》の言文一致論がきっかけとなった「文学革命」に、評論や新体詩の試作を通じて、個と人類へのわが白樺派的な目覚めの思想を注入した清新な人道主義者（彼は『白樺』の定期読者となり、また武者小路実篤の「新しき村」の在中国会員として日向の「村」を訪ねたこともある）、日・英・希三カ国語に通じた誠実な文学啓蒙家、魯迅と並ぶ執拗な因襲批判者などの姿を人々の記憶に焼きつけたが、やがてしだいに沈潜の度を加え、それらのすべてを伝統文学そのものの「再生」した姿の中に消化しようとする独特な散文芸術の名手として、鬱蒼たる貫禄を養うに至った。そういった風格は、十歳そこそこの新文学の主流を奪って展開した、左翼の階級的また民族的な解放闘争の文学とは異質のものだったとはいえ、新文学の解放思想が左翼文学の中にも生き続ける限りで、両者の間にはなお同情や理解の余地が残り、批難やあてこすりの応酬はあっても、それが侮蔑や憎悪にまで発展することは、多くなかった。そのことは、一九二三年以来、いわば家庭の事情に端を発して絶交状態になった魯迅との間についても、ほぼ同じように言える。北京大学の教授としては、アカデミックな研究こそ柄に合わなかったが、学内に「歌謡研究会」を組織して中国民俗学の草分けに寄与したり、古今東西の文芸に多くの後進の目を開かせたりした功績は著しい。その所属する文学院外国文学系に日本文学専攻コースを開設させ指導の中心に立った彼のことも、忘れられない。

さて、周作人がひところ精力的に書いた時論ふうの文章の中に、「李完用《りかんよう》と朴烈《ぼくれつ》」(一九二六)という一篇がある。彼は、「日韓併合」時の韓国総理李完用の危篤に際し日本の皇室から葡萄酒一ダースが「差遣はされた」ことと、大逆事件の被告朴烈と金子文子の夫妻が幸徳秋水や難波大助の裁かれた同じ法廷で「三年目に顔を合はす」ことを伝える二つの『読売新聞』記事を、わざわざ訳し並べている。そして李こそは「朝鮮を日本に引渡した」「正真正銘の逆徒」で、朴は「日皇に叛逆を企んだ」「朝鮮の忠良」であると言い、さらにこうも記していた。

> 私は、もし日本(あるいはその他の国)が中国を併合する気を起したばあい、中国にはたくさんの李完用が出るだろうと信じているが、ただし一両人の朴烈夫妻が出うるかどうかは疑わしいと思う。朝鮮民族よ、どうか微弱なる個人的敬意を受取ってほしい。……

こういう言葉つき自体にも余韻をとどめている白樺派へのかつての共感を、中国の現実に即さぬ「夢想」と自ら斥けたのがさらに少し前のことで、これ以後も歴史の激しい展開と自身の年齢の自然とに応じて、一癖も二癖もある思想的舵さばきを見せた彼だったが、それにしても、このように顧みて己れを憂え批判する式の、まことに「忠良」なる民族意識を捨ててしまったとはさらに思えぬその人が、僅か十年余り後に「漢奸」と呼ばれる地位に立つことになろうとは、誰れが予想しただろう。それは本当に不幸な皮肉であって、本人ばかりでなく、このことによってどれほどの中国人が傷ついたか判らない。

がんらい、占領支配下の対敵協力というような問題に関しては、ただでも、裏切りに対する憤激や当人の屈折した名誉心、また戦後立直った国家主権の政治性などのために、情理を尽した認識が公にされることは至って困難にちがいない。まして、侵略と抵抗の関係は明白だったにせよ、じっさい驚くほどのエネルギイを投入して全面戦争の深みにはまってゆきながら、最後までそれを「事変」と呼び通すほかなかった日本側と、内に国共両党関係をはじめとする深刻な抗争や矛盾を抱える中国側との、それぞれに複雑な要素がもつれ合った異様な戦争の中でのそのことに、後代の一日本人が判断を下すのは、道義の負担に想像上の困難まで加わって、いっそうむつかしいことになろう。さらに言ってみるなら、この血みどろの抗戦を最も頑強に戦い抜くことで、飛躍的な成長を遂げた人民革命勢力の今日の盛況を目のあたりにしながら、抗戦の敵として糾弾し去られた一個の文人のことに今頃こだわる私の判断は、道義と想像の上のまずは正当な混乱に代る感傷によっても歪まぬとは限らない。

そんな感傷と縁のない毛沢東が、「延安文芸座談会における講話」(一九四二)の、人民大衆のための文芸に対立する搾取・抑圧者のための文芸を列挙したくだりで、「文芸を帝国主義者のためにするのは、周作人や張資平《ちょうしへい》などがまさにそうであって、これを漢奸文芸という」と述べている。この「漢奸文芸」という句は、細かいことを言えば当初「奴隷文化奴隷文芸」となっていたが、それはともあれ、抗日戦のさなかに下されたこの断案は、勝利後彼を「漢奸懲治条例」という法律によって裁判にかけ、禁錮刑に処した国民政府とはちがったやり方による、中華人民共和国の判決にも相当する権威をもつものだろう。いずれにせよ、この戦争を、帝国主義同士のではない正義自衛の抵抗として戦った国家民族の立場を前提とする限り、国民党のにしろ共産党のにしろ、彼に対する厳しい責任追及は、当然、ないしは少なくとも自然の勢いであるとするほかなく、「協力」の主観的側面や「協力」の中の抵抗などは、その時せいぜい情状の問題でしかないだろう。だが、それはまず中国人の判断に属することである。そのへんのことで何かを日本人の側から明らかにしうるものならば、私もおくればせながらそうしたいとは願うが、もとより私は彼の行為を裁いたり弁明したりする立場にいないので、彼の情状や名誉のためというよりは、むしろより親身な了解のために欠かせぬ細部として、それらを求めるのである。要するに、私の動機自体は、ごく経験的なこだわりと当り前な人間的関心にもとづいているにすぎない。

いったい中国文学というものが、私のように比較的のんべんだらりと読んでいる人間にとってすら、戦争を含む政治、さらに政治を含む文化のあれこれの関係意識から一時も自由であってはくれないので、関係そのものは、たとえば国語の中の漢字漢語から戦争までの、さまざまな禍福または禍福いずれともつかぬ事実にすぎぬとしても、それを意識するにつけて、異民族の異文化を、何というか、そのものとして堪能《たんのう》する自由が利かなくなるというのは、あまり気楽なことでない。外国モノ一般の隔靴搔痒の感とはまた別趣のうっとうしさに、私は時々悩まされる。関係意識などにてんから煩わされぬ自由はまたそれなりに空々しいものかもしれぬが、とにかく周作人をもっと自由な気持で読むためには、私としては一度この問題に正面からかかずらってみなければならぬように、ずっと感じてきたのだった。もともと周作人その人が、中国人の側から日本文化を、そういったもろもろのモヤモヤとともに、まともに認識しようとしたごく少数のうちの際立った一人であった。日本文化などというものに対する中国人の関心は、昔も今もはなはだ微々たるものにちがいないが、その独自さとしたがって研究価値とを力説し、日本理解のあるべき姿を Nipponophilos なるギリシャ語にもじりまでして、両民族の人と文化の正常な接触を求めた彼の孤立した努力にとんだ返礼を酬い、その美しい Nipponophilos に、占領下の「親日派」という最悪の訳語があてられるところまで追込んだのは、これは他の誰れよりも日本人である。それは読者の私を今も困惑させる。だが彼は彼で、必ずしも英雄的ではなくても、終始自立した一個の精神としてこの窮境を生抜いたのも事実だ。その強力な個性が、文化行為のほとんど土壌から奪われてしまうような特殊な困難に出逢って演じた劇は、伝記の中の興味深い一段であるにはちがいない。そして私は、この期間の彼の生活に、乏しい手がかりとおぼつかない想像によってでも、追体験を誘われるだけの真実味を感じている。

動機というのはざっとこんなところである。自然と目に触れる程度の材料にはかねて心を留めていたが、この問題を同時代にあって深い思いで見つめていたはずの数少ない人たちに、後からは判りにくい厄介な関係の実感に裏づけられた論述を期待したい気持があった。しかし考えてみれば、直接その人に触れ、時には言及もしてきたことと、あらためて一件の顚末を掘返すこととは、かえってつながりにくいことかもしれない。また一般に、戦時中のもてはやし方と戦後の黙殺との大きな開きも、実に現金なものだとは思うけれど、一定の時間が経過する必要や敗れた侵略者の例の遠慮といったことも、全部が全部は、日本ジャーナリズムの健忘症やら機会主義やらに帰しきれぬ要素であったろう。だがそれはさて、結局のところ自分の関心事は自分で始末するほかないと、このことにいささかの機縁を見出したのをしおに、そう思い立って、人にも会ったり問合わせたりした。やっと探し出した関係者がすでに物故していて出遅れを悔やむ一方では、意外な生存者に行きあたったりもし、なにも驚嘆すべき事実を掘出したわけではないが、ある程度は時代と情況の疎隔感を埋めえたように思う。現場近くにいた人に必ずしも事の肝心なところが見えていたわけではない、といったためしにかえってはげまされるようなこともあった。とくに文献の上では、晩年の周作人と精力的な文通を交し、その一部を公刊している香港在住の鮑耀明《ほうようめい》さんから、すすんで多大な力添えを頂戴した。それがなかったら、こんな形の試みは当分思い立つべくもなかったろう。

あらかじめ用語の説明をしておく。「漢奸」は、漢民族の内部の敵という意味では「内奸」に通じ、敵対的な外国に奉仕する同胞を卑しんでこのように呼ぶ。素性のさだかでない語で、文字通り漢代にまで遡るだの、宋代の対金《きん》和議論者として悪名のみ高い宰相秦檜《しんかい》にかかわって用いられただのという説があることはあるが、普通には、清末の種族革命の潮流の中で、満洲王朝に忠実な漢人を非難するのに使われだしたように見える。いずれにしても、この漢語は、日中戦争の過程で民族意識の空前の昂揚と相表裏して、かつてなかった生々しい嫌悪感を帯びるに至った。我々にはしょせん外国語であるし、外国人としての記述的な立場にとっては「(対敵)協力者」の方が穏当である(英語ならcollaborationist。ナチス・ドイツの占領を経験したフランス人がこれと同等のcollaborateurをcollaboと言い捨てる時は、幾らか「漢奸」に近くなるのではないか)。ほかに少々うがった解釈もあって、戦後、東京都立大学で教えていた孫伯醇《そんはくじゅん》が、もとは「史記で項羽《こうう》の叔父の項伯《こうはく》が、常に漢〔劉邦《りゅうほう》〕

をかばうという意味」で、楚《そ》（項羽）陣営内のこの「漢のまわしもの」が後に「裏切者、まわしもの」一般を意味するようになった、と書いている（『ある中国人の回想』）。この珍説の出所は知らない。たぶん、中華民国の駐日大使館書記官の職をそのまま汪兆銘《おうちょうめい》の「偽」政権時代にまで持ち越して、「漢奸」と目された経験をもつ孫氏の、洒落た弁明の創作だったのではないかと思う。次に、被占領地区は、占領者や占領協力者の言う「和平地区」に対抗する形で「敵偽地区」と言うののほかに、もっと自然な感覚では「淪陥《りんかん》地区」と呼ばれた。「淪陥」を失陥や陥落と訳せばやや人間的な翳りを欠くことになり、淪落では逆に政治的な広がりが抜けてしまう。これに対する抗日地区は「自由地区」、うち特に日本軍の力の届かなかった奥地の国民政府支配地区を「大後方」、共産党側の根拠地を「解放区」またはより公的に「辺区」と呼んだ。また、「北京」は、南京国民政府のもとで「北平」と改称され、占領下で日本側の思惑により「北京」に変えられ、従って「北平」が抵抗の意を込めて固執されるようなこともあったが、日本の敗北後自動的に「北平」に戻り、最後に中華人民共和国の首府として、正式に旧称が復活したわけである。私自身は、本文中「北京」で通し、引用などでは原文に従うことにする。

一　対日和戦問題

「満洲事変」(一九三一・九)という大きな屈辱の後も、不断に民族感情を踏みにじられ続けた中国の民衆のあいだに、ようやく組織的全国的な抗日運動が盛上がってきたのは、日本の侵略行動が、「華北五省自治」なる謳《うた》い文句で、「満洲国」の分離に次ぐ露骨な華北分離工作の形をとりはじめた一九三五年後半のことである。この機運に大略、

同年八月、長征途上の共産党が「抗日のため全国同胞に告ぐ」と題する訴えを発して、統一戦線の方向を明示し(八・一宣言)、

十二月、北京の学生一万余が「防共自治運動反対」「一切の内戦反対」「政治的自由要求」その他を掲げて大規模な示威に起ちあがったのをきっかけに、政治的に眠れる「文化城」変じて、今や危機の最前線にあることを自覚した古都の学生運動が全国に波及し(一二・九運動)、

翌三六年六月、「全国各界救国連合会」「全国学生救国連合会」の二大連合組織の成立となり、

十一月、わが関東軍の支援する内蒙古徳王の軍隊が綏遠《すいえん》に侵攻したのを、国民政府の反撃方針を背景に傅作義《ふさくぎ》の綏遠軍が撃退して、敗北主義的鬱屈を一挙に晴らし(綏遠抗戦支援運動)、

十二月、西安で張学良《ちょうがくりょう》に監禁された蔣介石《しょうかいせき》がついに対共産党の内戦政策を断念(西安事変)、

こうして、全民族的抗戦体制の樹立に向った経過は、一般に言われているとおりである。

ところで、抗日問題の政治的内情は、国内関係に限っても、国共両勢力の二重権力状態にまで発展した抗争を基軸に、なかなかもって複雑であり、とりわけ「協力者」のことを考えるには、その方面にもあらかじめ最低限度の注意を払っておく必要があろう。

侵略の事実が明らかな以上、抗日はいわば国家民族の大義に相違なかったが、「先ず内を安んじて〔反共〕のち外を攘《はら》う〔抗日〕」という国民党政府の国権的立場では、よくよくのことがない限り、それよりも反共滅共というもう一つの大義が優先された。よくよくの事態は西安事変以後の展開となって現実に起ったが、滅共方針自体は一時潜伏したにすぎない。そこでたとえば、排日の停止、満洲国の承認、共同防共を迫った「広田三原則」（三五・一〇）は、第二項に対する中国側として建前上の不同意と、それから日本側の「河北自治工作」が三原則の前提を自ら崩したことにより、結局何の協定にも達しなかったものの、蔣介石はその実質に「全然同意」であったと伝えられる（秦郁彦『日中戦争史』）。事実、南京政府は「排日取締令」（三五・二）、「敦睦友邦令」（三五・六）、「維持公安緊急治罪法」（三六・二）などを次々に発して、抗日運動の激化を極力抑えたのであるし、北京の学生運動でも、軍警の弾圧ばかりでなく、共産党の影響が強いと見られた従来の学連に、国民党系の新学連がしきりと敵対するに及んだ。そして三七年の「五・四」記念会では、参加学生に対する殴打暴行事件が発生し、その黒幕として北京大学教授陶希聖《とうきせい》らが学生から裁判所に訴えられ、また一方では許徳珩《きょとくこう》など一部の教授が学生の提訴に加担した（中国現代史資料叢刊『一二九運動』）。難題は共産党側にもあって、この時の国民党政権に対する政治的妥協と主体性の維持とのかね合いをめぐる混乱や対立が、今日の党内闘争にまで尾を引いている事実は文化大革命の消息中に生々しいところだ。そして前述の告発問題には共産党筋から和解の調停が行なわれるようなこともあったらしい(陶希聖「北京の二三の事」『伝記文学』(台湾)一巻六期)。しかし国民政府にとっての矛盾は共産党との間にとどまらなかった。日本の謀略機関と組んで「冀東《きとう》防共委員会」の長におさまった殷汝耕《いんじょこう》は、もともと国民政府が日中緩衝地区に派遣した「行政督察専員」というものであったし、そのカイライ機関を解消すべく組織された「冀察《きさつ》政務委員会」の委員長宋哲元《そうてつげん》は、かつて馮玉祥《ふうぎょくしょう》や閻錫山《えんしゃくざん》に伍して反蒋運動の片棒をかついだ華北軍閥の実力者であり、委員中にはのちの北京カイライ政府の大立者、王克敏《おうこくびん》や王揖唐《おうゆうとう》も名を列ねていた。宋哲元はまた国民政府中央軍第二十九軍の軍長として、北京市を含む日中緩衝地帯の軍事権力をも併せもっていた。日本軍の謀略がこの宋哲元と南京中央の間に楔《くさび》を打ちこむのに全力を傾けたことは言うまでもなく、彼の動揺も一時はずいぶん際どいところまで行ったようだ。このようなわけで、学生たちの抗日運動は、南京の中央政府に対する請願と同時に、抵抗意図の一層さだかでない第二十九軍当局への訴えにも配慮を凝《こ》らさねばならなかった。そのほか、国民党内部には、長老胡漢民《こかんみん》を戴き対日強硬策で蒋を追い詰めようとする「西南派」、汪兆銘《おうちょうめい》らの「親日派」、宋《そう》子文《しぶん》らの「欧米派」などがあって、蒋介石は最終的には抗日の潮流に棹《さお》さすことにより、民国以来最強の国家的権威の頂点に立つわけである。

　周作人が職を奉じた国立北京大学での抗日運動にも、当然右のような事情が何らかの影を投じていたにちがいない。詳しい情況を知るすべはないが、当時北京大学の教授をしていた馬叙倫《ばじょりん》の回想(『六十歳以前の私』)にその一端をうかがうことができる。三五年頃の北京大学教官の抗日討論のさまを、彼は抗戦勝利後の民主運動の立場から、こんなふうに描いている。

……この時、北大校長は蔣夢麟《しょうむりん》、文学院長は胡適《こせき》、法学院長は周炳琳《しゅうへいりん》だった。校長は政府任命で「謹んで〔政府の〕意を体する」にきまっていたし、周炳琳は国民党員で教育部長〔文部大臣〕をやっていたから、結局は政府派だった。胡適は善人政府を主張していたが、当時これらの善人たちはすでに「龍門を登」っていて、胡適も当然政府のお墨付に頼る一人で、しかも蔣校長の腹心だった。したがって北大はもはや往年の北大――五・四〔一九一九、「五四運動」〕時代の北大ではなかった。抗日問題のために、ある晩教授クラブで会食が催された。食後に開会となったが、高級職員が加わったままである（先に許徳珩氏が教授に限定しないことを主張した時には同意が得られなかったのに）。……つまり当局は、もし抗日問題を討論すれば、大方の見るところそれが通るに違いない、というのも北大教授の伝統からして抗日を主張する者が多数を占めるに違いないので、そこで高級職員を連込んで頭数を揃えたわけである。この夜抗日問題に関して、私はむろん北大教授の態度表明を主張し、そして抗戦を主張した。許氏が私と同意見で、尚〔仲衣〕氏も私たちに賛成した。陶希聖は何やらわけのわからぬことを言い（当時彼は汪〔兆銘〕派だった）、胡適は私たちに反対した。彼は弁が立つので、言葉巧みに、政府の出方を見守ろうという意味のことを述べた。周氏は司会の地位を利用して私たちの主張を抑えにかかり、はては場所柄もわきまえず党〔国民党〕の地位を持ち出してものを言った。私たちもやむなく遠慮のないところで彼とやり合い、この晩は結論が出ぬまま散会となった。

数日後の会でもまた同じようなやりとりが続き、今度は政府の命令で抗日問題の意見具申のため校長、教授、学生三者の代表を南京に送る件をめぐり、胡適に校長と教授の双方を「兼代」させようとする当局主流の意向と合わず、馬叙倫は席を蹴ってしまう。そして彼はその後「北平文化界抗日救国会」という組織をつくり、主席に推されて奔走のあげく病に倒れ、北大の評議会から申請の二倍に当る一年の休職を「許され」、憤慨して辞表を出す。この人物は、周作人にも師に当る国学大師章炳麟《しょうへいりん》から考証学と併せて清末の民族革命思想を率直に受継いだ古風な政客肌の学者で、自身かつては国民党「西山派」の一人として孫文《そんぶん》の「連ソ容共」に反対した履歴をもつ。その志士風な民族主義が、南京国民政府時代の国民党主流と相容れなくなったもようが、より近代風に政治的な胡適などの立場と対照されていて、興味ぶかい。

ちなみに、こうしたいわば近代化に乗りおくれた古い政客や軍閥の疎外感が占領協力者の有力な温床となったのは、ちょうどナチ占領下のヴィシー政権当時のフランスとも似た事実であって、馬叙倫その人はずっと筋を通して、戦後すぐ魯迅の未亡人許広平《きょこうへい》や弟周建人《しゅうけんじん》たちと「中国民主促進会」を組織し、中華人民共和国の要職に就きもしたけれど、北京大学失職後の彼にも、やがて占領下の「偽」北大校長就任への誘いがかかったことを、同じ回想は記している。文中に出ている陶希聖が、まもなく汪兆銘の対日和平運動に参画し、中途で袂《たもと》を分ったことも歴史に著明な事実である。また、「政府派」と呼ばれている校長蔣夢麟や文学院長胡適が、「満洲事変」後の華北の一時的停戦と同時にのちの禍根をも定めた「塘沽《タンクー》協定」(三三・五)成立のために、英米大使や国民党首脳の間を精力的に運動して廻った事実も近頃明らかにされている。彼らの動き自体は直接調印に結びつかず、結局は蔣介石の命を受けた汪兆銘派の黄郛《こうふ》が国民の非難を一身にかぶる格好で衝《しょう》に当ることになったが、その隠れた尽力が共産党の抗日宣伝に大きな打撃を与え、以後四年間の時間を稼いだとして、台湾では高く評価される。そして胡適は戦後、こうして保たれた北京の一時的平和を「北大黄金時代」と誇るのが常だったという(呉相湘「蔣夢麟『西潮』考釈挙例」『伝記文学』一七巻六期。『西潮』は蔣夢麟の回想録)。

これだけ見ても、北京大学教授の世界が、たしかに「五・四」時代とは違った意味で、なかなか政治的であったことがわかる。その中で周作人が日常的にどう身を処していたかを詳《つまび》らかにしないが、彼とは外国文学系の同僚で、胡適とも「新月社」以来の文芸同人仲間だった梁実秋《りょうじつしゅう》が、「対日抗戦のまさに前夜であり、また剿共《そうきょう》(共産党退治)がまさに激烈に進行した段階でもあった」当時において、周作人には「政治的な活動も、色彩も野心もなかった」うんぬんと特に回想する(「豈明老人を憶う」『伝記文学』一一巻三期)ように、根っからの超然派は別として、囲りが囲りなだけ、彼の自覚的な無党派ぶりに人々の特殊な注目や信頼が寄せられる、ということはあっただろう。また、校長の蔣夢麟が彼について次のように書いているのも、この頃の事実にちがいない。

……さる日本人が北京大学へやって来て、中日文化協力を説いたことがあった。周作人は日本語が非常に達者で、その日本人に言った。「中日文化協力といっても、日本の文化はどこへ行ったんです、私には武化しか見えません。皆さん鉄砲を持ってやって来るので、文化どころか武化ばかりではありませんか。」日本人はさすがに反駁のしようがなかった。(「中国新文芸運動を語る」『新潮』)

そこで、開戦前夜における周作人の対日和戦問題意見はどのようであったか。すでに文章の上で時事国事をまともには語ろうとしなくなった彼のことだから、それを隈《くま》なく見すかすことは到底できぬが、しかし高踏的な芸術主義を排し、歴史と民俗に関心の深い常識的人倫批評家の自覚を固めた彼の文章が、この世俗の一大事に一言も相渉らずに済んだとしたら、それも不思議であろう。事実、意見らしいものを彼の文章から拾い出すことができるにはできる。それらはだいぶ手のこんだ表現とともにあり、本心を捉えがたい憾《うら》みがないではないが、しかし見方をかえれば、それだけ意図的に公にされた態度は、捉えがたい本心などよりずっと個性的であり、そしてもしそういう個性の言葉に彼自身の行蔵《こうぞう》が左右されるところがあったとしても、それはむしろ文人の本懐というものだったかもしれないのである。ともあれ、問題になりそうな発言を二、三挙げてみる。

その一、「岳飛《がくひ》と秦檜《しんかい》」(三五・三)。時に歴史家の呂思勉《りよしべん》が学生用の参考書の中で、南宋時代の金《きん》に対する和戦問題に関し、伝統的な通念の虚を衝いて、主戦派の大将岳飛の軍事的無能を貶《おと》しめ、和議派の宰相秦檜の見識や責任感を評価したのが、国民政府南京市当局の忌諱《きい》に触れて発禁沙汰に及ぶ事件があった。彼はこれをとらえ、古書の抜書きに感想や批評をまじえるすでに堂に入った手法で、その説を補強してみせた。さらに関連して書かれた「英雄崇拝」という一文には、「中国では往々にして、誰れもが和議しかないと知っていながら、いざ和議が成ると、人々は避難から帰って来て、熱烈に主戦家を崇拝しだすのである」という、筆法は魯迅と瓜二つのような時節柄思い切った皮肉も見える。ただそういう場合の魯迅の矛先が民族性の「卑怯」に集中していたのに比べると、彼の重点は少しちがっていて、それは例えば、一年ほど経て「再論油炸鬼《イウジャクイ》」という民俗談義のついでに同じ主題に三度触れた時の、次のような書き方によく出ている。

私は思想の奴隷的統一化には反対だ。この統一化は一時の政治の作用によるか、あるいは民間の習慣の流伝による。そのうち後者は慢性的で、治療しがたく、最も恐ろしい。その時誰れにせよ李贄《りし》、邱濬《きゅうしゅん》、趙翼《ちょうよく》、兪正燮《ゆせいしょう》、汪士鐸《おうしたく》〔いずれも明清の思想家、学者〕、呂思勉《りょしべん》などの言論のように、チクリと針を立ててやる人物がいれば、命までは救えるかどうかわからぬまでも、多少の毒気は放出できて、有益であろう。秦始皇《しんしこう》、王莽《おうもう》〔漢王朝の簒奪者〕、王安石《おうあんせき》〔北宋の革新官僚〕の事案も秦檜の事案もみな一度ひっくり返して、いささか思想の自由の基礎を固めるべきだ、と私は思っている。

「思想の自由」は、スローガン風な言い方とは程遠くもっと具体的で、「思考の自由」とでも訳す方がよいかもしれない。ところで周作人の兄嫁にあたる許広平の『魯迅回憶録』（一九六一、北京）は、彼のちょうどここの言葉にもとづいて、「すでにあけすけに大漢奸汪精衛《おうせいえい》と自分の裏切りのために道をひらき、汪賊の主和論と同じ歌をうたっていた」と評している。たしかに、周作人は「このうち秦檜の事案がおそらくいちばん厄介だろう」と特に取り立てた上で、次のように一文を結んでいるのである。

……けだしある友人（同意を得てないからしばらく名は言わずにおく）が言ったように、和は戦よりもむつかしく、戦い敗れても民族英雄になれる（昔は自分が命を犠牲にせねばならなかったが、今は逃げる所まである）が、和が成れば万代の後まで罪人だ。それゆえ主和の方が、よほど政治的定見と道徳的毅力《きりょく》とを要するのである。

たとえ政論からは遠い文章の一節にしても、中国文学の体質から言って、かかる時局下のかかる言葉の政治性を否認すれば、やはり常識に反することになろう。そこで、彼にもし政治家としての経綸なり野心なりがあったとしたら、こと和戦問題に関する限りは汪兆銘や周仏海《しゅうふつかい》に近い和議派になっていただろう、とは言えるかもしれない。汪兆銘や周仏海はその後の行動によって「漢奸」の筆頭に挙げられるに至ったけれども、「低調クラブ」の異名を取った周仏海主宰の和議派政策グループには胡適も加わっていたように、和議論自体は当時一個の政治的見解にすぎなかった。そしてもし純粋な政治的判断が和議以外にないと認めたら、そのリアリズムの前に主観的な道義論は沈黙すべきだ、というところに、周作人持前の因襲批判につらなる合理主義があった。前述の「英雄崇拝」で、岳飛や関羽のような武人の人気は芝居や講談で作られた虚像にすぎず、亡国に殉じた文天祥《ぶんてんしょう》や史可《しか》法《ほう》のような文人の崇拝も、いたずらに「気節」を重んじて「事功」つまりは現実的有効性を軽んじる悪習にほかならぬことを辛辣な筆致で論じ、最後に「かの君恩臣節その他その他の東方的作用の混濁せる空気」から自由な、合理的で実際的な指導者を要望しているのも、同じことである。また、許広平は「思想の奴隷的統一化反対」も暗に中共の「統一思想」を罵ったのだと言い、周作人はまた「思想統一運動の成功は左派の友人諸君の当該理論がその基礎を作ってやったのだ」(「苦茶随筆後記」三五・六)と言ってもいるが、それとても、直接の対象を「新生活運動」(蔣介石)、「読経救国」(陳済棠《ちんさいとう》)、「中国本位文化建設宣言」(陶希聖ら十教授)など一連の「反共救国」の輿論誘導に置いた上での発言である。主和といい思想の自由といい、つまるところ一個の反俗モラリストの「異端」の使命に導かれたはかない抵抗以外のものではなかったろう。

その二、「禁書を読む」(三五・八)。標題どおり、禁書をめぐる随筆であるが、禁じれば好奇心を惹くからかえって勧めるようなものだが、禁書目録に載ったお蔭で値段の高い古書を読んでも大抵はガッカリする、というくだりに続いて、言う。

近頃上海で禁書事件が発生したことは、誰れもが話題にして知っていながら、「皇帝閑談」なる一文を読んだ人がいない。前には気にとめなかったし、後では禁絶されてしまったから。以前「揚州閑談」という一文が揚州人を怒らせて一寸《ちょっと》した問題になった話を聞いたが、その閑談も私は見ていない。今度の閑談は事がよほど大きいので、工面して写しを借り受け、初めから終りまで注意深く読んでみたところ、文章は割に気が利いていると思ったほかは、やはり大きに失望した。これが最近禁書を読んだ経験である。

これなど、彼の諷世の仕方がいかにさりげないものかを示すにすぎないが、政治的大事件に関するこのようなさりげない態度がすでに一種の意見だとも言える。「皇帝閑談」にかかる禁書問題は、「新生事件」の名で知られている。上海の『新生週刊』二巻一五期(三五・五・四)に易水という署名で載った問題の一文が、各国の元首に言及しとくに天皇に対し「不敬」の文字を列ねたとして、六月七日日本大使館が厳重抗議を提出し、「国民党及び国民政府の謝罪」「親日作家による図書検閲」「満洲国侮辱の禁止」「新生の作者編者の徒刑」等を要求、これに国民政府がほぼ全面的に屈服して、直ちに一連の措置を取ったのち、翌月中には編集長の杜重遠《とじゅうえん》が上海高等法院で一年二ヵ月の徒刑、雑誌は共同租界工部局により発行禁止に処せられた事件のことである。独立国民の言論に対する干渉の法外さと干渉された党、政府の対応の軟弱さに輿論は沸騰したが、そうまでして禁じられた書の内容に「失望した」という形で、彼は「禁」と「書」の双方に対し意見を洩らすのである。杜重遠の判決当日、国民党中央党部と国民政府の連名で「此度の新生の記事は確かに不敬の節があり、殊に外交の妨げとなった。以後国民は皇家の尊厳を敬うべく、同類の記事は厳禁、違反者は厳罰に処す」旨の布令が行なわれ、「不敬」に限らぬ「抗日」一般に関するその他の禁令とともに、この種の言論統制が周作人なら周作人の文章にどの程度の影響を及ぼしたものか、実情をはかりがたいのだが、いずれにしたところで、表現自体は書き手以外の誰れのものでもないわけだ。

先に少し引用した梁実秋の一文には、当時周作人から受取った短い手紙が三通、写真で紹介されていて、その二通目の書出しにこういう文面が見える。

拙文をお収め下さい。本当は和日和共の狂妄なる主張をしてみようかと考えましたが、要らぬことだと思い直してやめました。……

「七月六日」の日付から、これは「民国二十五年七月五日」と末尾に記された梁宛書簡の形式による「日本文化を語る手紙」を、梁の編集していた『自由評論』に寄せた時の添え状と推定できる。「狂妄なる主張」は実際に書かれなかったのだし、本当にそう思い立ったかどうかも判りはしない。ただ、魯迅が胡適と並べて「政府の諍友《そうゆう》」と嘲ったような梁実秋の政治性を承知のうえで、そういう言葉を記してみたくなるだけの腹ふくるる思いがあったのにはちがいなかろう。梁実秋の政治性とは、彼自身も書いていたような「抗日」と「剿共」の二つの大義を、いろいろと諫《いさ》めごとはあったかもしれぬが政府の友としてともに支持する立場であり、「和日和共」はそのちょうど裏返しにあたる。梁実秋はこの手紙の解説の中で、「和日」について周作人の日本趣味や夫人信子のことを言い、「和共」については「書生気質」「書斎の共産主義」「負け犬への同情」「共産党員の真面目への無知」などの言葉を費しているが、要するに抗日を契機に一段と中央統制を強めてゆく時勢に対する、鬱屈した揶《や》揄《ゆ》というものであろう。その意味では、「書生気質」というのがいちばん穏当に近いと思う。「頑世不恭《がんせいふきょう》」とか「喜笑怒罵《きしょうどば》」といった文人気質の「狂妄なる」一面を、それとはいちおう別途の風格の大成者となった彼が、ほとんど見果てぬ夢のようにさえして、内心に温存し続けたことを私たちは知っている。とにかく二、三の文章について見た、時事国事にかかわる微言《びげん》とこの手紙のいわば狂句とは、ほぼ同じ平面で解釈できるわけであって、強《し》いて意見を探っても、さしずめ抗戦の不可能、滅共の無益、といった否定意見しか出て来ないだろう。

そういう否定意見の根拠として、ここに文学史家鄭振鐸《ていしんたく》の伝える彼の中国「必敗論」というものがある。鄭振鐸は盧溝橋《ろこうきょう》事件の直前まで北京にいて、のち上海へ逃れ、上海が占領された後もひそかに魯迅全集の編集刊行や古籍整理などの文化事業を維持するためにいろいろと辛酸を嘗めた。そして抗戦勝利直後に綴った回想『蟄居散記』（邦訳『書物を焼くの記』）の「周作人を惜しむ」と題する章に、北京で最後に語り合った時の周作人の意見を、こう記している。

……その頃、抗戦救国の空気は十分に熱していた。私は、必要な時には北平を離れるべきだとすすめたが、彼は同意しなかった。そしてこう言った。「日本と戦うことは不可能ですよ。向うには海軍があって、戦わないうちにもう上陸して来たじゃありませんか。こちらは戸を開けっ放しのままで、どうして抵抗できるんですか。」彼の抱いていたのは「必敗論」だった。

一度表明した自分の意見や態度を、それが有効な間は手紙でも作品でも何度か繰返すことを憚らぬ例で、この時も彼は以前に書いた「棄文就武」(三四・冬)の論旨を繰返したのにちがいない。それは、五・五・三の比率問題で当時決裂寸前の米・英・日海軍軍縮会議にふれて、中華民国の海軍がまるで「講和状態」にしかない現実を問題にした発言である。文ヲ棄テ武ニ就クとは、最初江南水師学堂という海軍の学校に学んだ履歴にちなみ、「武人が文を語らず、文人が武を語らぬようになってはじめて中国はよくなるだろう」というかねての皮肉な持論に背いて、国事に口を挿む際の文学放棄の挨拶のようなものである。同じ頃「投筆」と題する短文を『独立評論』に寄せて、「政府は結局日本と戦うのか戦わぬのか、自分は筆を投げ出す用意をしているのに、という意味のことを書いた。これは政府の国策の優柔不断を諷刺する一方で、じれったさの余り〝武器と武器で殺《や》り合う〟ことを求めたのであった」(孔嘉「周作人に〝本師を謝す〟」『抗戦文芸』七巻六期)と言う。後者は私の調べでは『独立評論』誌上に見当らないのだが、いずれにせよ、「棄文就武」と同工異曲の反語により、軍事への関心を示したものだったろうとしか考えられない。

このいわゆる「必敗論」には、もう一つの側面がある。彼はやはり同じ頃、保定《ほてい》の中学校へ講演に招ばれ、ついでに有名な定県の「平民教育促進会」実験区を視察した。その感銘を記した一文(「保定定県の旅」三四・一二)に、言う。

……高唱も空談もせず、道徳の綱常〔儒教道徳の基本、三綱五常〕のと、飯すら食い飽かぬ人間に向って仁義道徳を説くようなことをしないのは、平教会の消極面の一大特色で、積極面の生計問題重視と同じく感服に値いする。……衣食足ッテ礼節ヲ知ルというのは本当である。したがって現状では衣食すら満足でない以上、仁義道徳などは空談だ。その他、帝国主義打倒、抗日、民族復興、理工救国、義務教育等々もろもろの大事業も同様に空虚で、基礎を欠き、どうにもならない。思うに、こういったことは読書人が騒ぎ立てるだけでは駄目で、民衆を基礎にしなければならない。それなら彼らの生活に少しは注意しないわけにゆくまい。今はそんなたぐいのそらごとを暫時措《お》いて、まず彼らにしばし休息の時間を与え、衣食住薬がいくらか改善された後、道徳や建設を語っても遅くない。

この運動は、「郷村建設運動」とか「村治」と総称される、非共産党としてはほとんど唯一の対農民運動の一環で、階級政治上の功罪は今問うていられないが、共感に托した彼の主張は明白であろう。

要するに彼は軍備と民生という近代国家の二大要件から民族の前途を卜した形になるので、したがってそこでの悲観は、国民党国家の軍・政両面にわたる抗戦遂行能力へのまともな不信ということになる。同時にその二つの問題意識に、彼が思想と大衆に対する共産主義者の「ロマンチックな信仰」への反措定《そてい》を意識していたことも、間違いはない。そして、旧士大夫《したいふ》の経世説に似ないでもないその積極的提言の部分は、真剣でも、実地には空論に近いことを、誰れよりも彼自身が承知していただろう。

これが、周作人が開戦前夜に洩らした和戦問題意見のあらましである。よく計算された骨格は、計算の故の非現実味をも漂わせているけれど、現実との間にその程度の遊離がなければ持ちきれないものを、彼の魂は抱えていたのだ。だから、公に洩らされた意見そのものが、一種の韜晦《とうかい》だったようにも考えられる。(補注)

ところで、一般の抗日論者の多くにしても、国民政府の国家的力量には、多かれ少なかれ不安を打ち消しかねただろうが、彼の「必敗論」を「こっちから日本を侵略しようというわけじゃなし、向うがじわじわ攻めて来るのに何一つ抵抗しないなんて」と駁して北京を離れた鄭振鐸のような人々は、とどのつまり国家以前の民族という生活体の自存のための抵抗に賭けるほかなかったのである。また同じ開戦前夜に、国民党国家への政治的妥協を最優先して抗戦情勢を有利に導こうとする上海文化界の共産党員の「国防文学」論に、「民族革命戦争の大衆文学」なるイデーを掲げて対立し、生涯最後の険しい論争の中で死んだ魯迅は、そのような大衆の抵抗がやがて老大民族の自己革命の契機にもなりうることを願ったわけであろう。余談ながら、この魯迅たちの考えと、毛沢東のひきいる長征グループの方針との関係は、文化大革命で強調された割に実証がおぼつかないけれど、少なくとも魯迅が、はるかな国家の辺境で大衆を組織しだした集団を、上海文化界の左翼指導者と同一視していなかったことは、疑いようがない。

そういう大衆を、周作人流の書斎合理主義ふうな政治観で動員したり組織したりできるわけは、もとよりなかった。しかしそれなら、持前の群衆不信と無関係でない、その中国の抗戦力に対する身も蓋もない悲観にもとづいて、彼は自分自身にどんな努力を課したのだろうか。文集には収録されなかったが、『独立評論』の二〇七号(三六・六)に、「国語と漢字(討論)」と銘打って、彼と胡適の往復書簡が載っている。討論は、おそらく二号前に載った言語学者了一（王力《おうりき》）の漢字改革論をきっかけとしてであろう、「文学革命」唱道の双璧だった両人のかつて共通のテーマであった新しい口語文とそのための文字の問題をあらためて取上げる。まず周作人が「国語、漢字、国語文」（「国語」は胡適流の用語に合わせて、文学革命いらい文章語の上である程度の普及をみた標準語を意味している）を「利用」して、「中国民族意識を強化する必要」があり、その目的の前に、それ自身は「結構な理想」であっても、大衆化論者の漢字ローマ字化と方言採用の論の斥けらるべきを論じ、これに胡適が、さしあたっての方策として「まったく賛成」だが、歴史の歩みとしての表音化の方向は支持せざるをえぬ旨を答えている。だがこのやりとりはいささかチグハグであって、胡適の方はまともに答えているものの、「国語文」という中央書面語と大衆の生活方言との乖離《かいり》に問題を見出し、方言音を表記できない漢字のローマ字化を必須とした、二、三年前の「大衆語文論戦」の論点そのものに、いまさら彼の関心があったわけもない。三六年六月、華北一帯に一段と重圧を加えつつあった日本軍の脅威を肌身に感じながら、彼は他ならぬ戦局の見通しとその下での自らの方策を語っているのだ。前置きの部分で、「中国民族」の呼称を用いる理由を、「漢民族」では中国語を話す回、満、蒙の各族を含みきれぬし、「中国人」では東北四省（満洲）、台湾、香港、澳門《マカオ》の人々が除外されかねぬからだ、などと説明しているように、独特な政治的見地からの発言とさえ、それは言える。

……今や彼（東北四省）は本国と分離してしまっているが、然し誰れでも知っているとおり、それは人民の自決によったわけでなく、完全に敵の武力がもたらしたのであって、台湾などを失ったのと全く変りません。武力で失ったものは武力で取返す他はない。したがって失地回復はなにもむつかしいことでなく、武力さえあればよいわけです。但し武力の他には方法がない、これが一つです。政治的に分離されたからといって、文化ないし思想感情においても分離してしまったとは限らない、これがもう一つです。初めの一つを私どもは見守ってゆくとして、後の方は見ていないでも皆それぞれに力を尽すことができましょう。非常時の国防のといった、今を時めく文句は願い下げにしたいが、とにかくこれは目下考慮に値いすることです。筆を持つ我々が、別にたいそうな気力を費さずとも、また何の宗旨に乗換えるまでもなく、各自に心を尽して、誠実な己れの気持を普通の中国文に認《したた》め、それを西南から東北へ、西北から東南へと伝えて、中国語系の人民に読まれ、中国民族の思想感情に少しでも連絡をつけさせるようにするのは、悪いことでないでしょう。

これを抗日方策とみるならば、実際迂遠《うえん》もよいところであろう。しかし彼は軍事的敗北と政治的分離の一層の拡大を予想する自分の認識を、もはや政治的な和議論でも主戦論でもなくて、辛い日常下の「文化ないし思想感情」の民族的維持という、気の遠くなるような営為に結びつけたのだ。彼がすでにどれほどの老成家であったにせよ、その思想を基本的に培《つちか》った民族意識は、清末の民族革命運動いらい半世紀にも満たぬ一連の運動の今や絶頂を目指して昂揚しつつある、一般の民族主義と完全に背反してしまったとは思えない。だから、若々しい民族意識の本流からいちおう孤立を選んで、こんな平凡な形にまで沈潜したこれも一種の民族意識に就く彼を、さすがは老大文明の子孫にふさわしい悠遠な文化感覚などと感心ばかりしてはいられないのである。さてともかくこのような努力のために、不完全ではあっても唯一「ありあわせの道具」として、「国語と漢字」の「利用」を彼は主張するわけであるが、「結構な理想」を斥けて「ありあわせ」を採るというだけにしては、この主張は、さきにも言ったとおり、いかにも殊更めいている。つまるところは、漢字というものに単なる「道具」以上の意味が托されかかっているのであって、そのことはやがて占領下の発言に徴して明らかになるだろう。今はそこまで徹底していない。それで次のような皮肉や懐疑も出るのだったろう。

……このような連絡ないし統一が武力に代って失地回復の功を奏しうるとは限らないが、何かの足しにはなるかもしれません。私自身は文字の力などさほど信じませんけれど、近頃人々が口を揃えて宣伝の提唱をしているところを見ると、きっと足しになるにちがいない、という次第でその説にあやかってみたにすぎません。

こういう屈折した言いまわしは周作人のかねて常用するところで、私なども時には参ってしまうが、ここでは特殊に、危機にさらされている民族的実体と彼が依拠しようとする「文化ないし思想感情」の観念とが、必ずしも間然《かんぜん》するところなく一致しえない苦衷《くちゅう》を、反映していると考えられる。もっとも、苦衷は今にはじまったことでなく、中国新文学者としてのさまざまな苦衷を抜けて、三〇年代の自称「不革命文学」の完成にこぎつけた彼は、革命と文学を両極とする幾つもの難問を、魯迅よりはよほど原理論的にさばいたとはいえ、究極のところはそれに耐えうるだけの文体を鍛え出すことで乗り切ろうとしたのであった。「悲憤絶望をユーモアに托す」というような日頃の理想もその一つであって、この一文でも、いつになく生真面目な論旨のあとを、こんな暗い冗談で結ぶことを忘れない。

……私は以上の意見がここ五十年から百年が間は通用するだろうと信じます。といっても保証までは致しかねる、何故ならもしその間に中国が腹わたから腐りきって亡びでもすれば、フランスの安南のように、ローマ字化した中国方言さえ現れかねませんから。

このように、侵略と抗戦の合間にあえてもう一つの道を行こうと決意したこの文人に、私は或る文化態度の極北を見る思いがする。しかしその態度は文化至上主義というような取澄ましたものとは無縁であって、あまりに政治的なあるいは衝動的な現実の中で手数を尽して平常心を守ることとは全然別個の次元に属するような文化を、彼は信じてはいない。彼によれば政治の悪はその「宗教的な熱中」にあり、一般にさような非合理性から解放された、情理の自然を尊ぶ生活意識というものこそ、彼の民族文化の革命ならぬ再生の構想の要《かなめ》であった。このこと自体の政治性をつつき出すことはまたむつかしくないかもしれぬが、ここはそんな批判を目的としていない。

（補注）　朱自清《しゅじせい》の日記、三五年九月九日の記事に、清華大学の同僚聞一多《ぶんいった》がこの頃の周作人の時局観に関して示した激しい反応と、それに対する朱自身の感想が次のように書かれているのは、興味深い。「楊〔振声？〕宅の宴席で、聞一多が周作人の態度をうそっぱち〔矯飾虚偽〕と攻撃する。すなわち、周は実は時局に焦慮しているくせに、ことさら世間を見限ったような振りをしているので、こんなのを北京流ヤクザ〔京派流氓〕というのだ、と。たしかに、周のやりかたには彼自身の人生態度と矛盾するふしがあり、ひごろ標榜するほどの隠者ぶりに徹しきれないでいるが、しかし、これは性格上の矛盾なのだと本人が認めているのだ。しかも言行一致はなかなか高い理想であって、容易に達成できるものでない。酔う。」

（『中国現代文学資料叢刊』第三輯）聞も朱も、後出の兪《ゆ》平伯《へいはく》とともに、周らの文学革命の呼びかけに一世代若い立場から応えて新体詩の実作に大きな成果を残した後、いずれも古典文学研究に転じていた。

二　日本研究

破局前夜の対日和戦問題に関して微かに洩らされた意見に、沢山の言葉を費した。実際それらはほんの微かに洩らされただけであって、すでに一代の風格をつくりあげた周作人独自の散文は、目前の危機とは一見没交渉《ぼっこうしょう》な営々とした読書生活の穏やかな息づかいを、ほとんど崩していない。そのことに対する彼の自意識は、もっと前から、たとえばごく簡明に、こんなふうに表現されていた。彼自身が文集の一つとして公刊した『周作人書信』中の一節(三三・二、兪平伯宛)に、言う。

……世事が悪化するほど文中にはますます入れづらく(あるいは却って閑適の路へ赴くようにも)なるもので、今にして、旧詩人の作中に乱離《らんり》の跡の稀れにしか見当らぬ道理がわかります。

たしかに言うとおりのおもむきはあって、そのような作品では時々日本の文芸や風俗に取材していても、戦争の気配などは滅多に感じさせない。いったい、日本的な生活と文化のある一面に寄せる彼の愛着には、中国のそれのある一面に対する近親憎悪とともに、疑いを容れぬ切実さがあり、一般にその種の愛憎が彼のどんなに「閑適」な文章にも批評あるいは諷刺の苦さを添えている事実はあるにせよ、彼の生活、趣味、読書と文学の中でいわば日常化した日本というものが、確かに存在した。

しかしこの時期の彼は、そういう日本とむろん無関係ではないが、もっと一般的な日本人とその文化をとくに対象とする少なからぬ文章を、あたかも和戦問題で揺れる「世事」に沈黙を守るのと裏腹の形で、世に問うたのであった。沈黙と裏腹に見えるのは当時の世情に照らしてのことで、むしろここにこそ彼の実質的な意見が籠《こ》められていたと言ってよいのであるけれども、それが論壇的な意見の形をとっていないという事実は、やはり彼の独特な立場に由来するわけである。いま簡単に分けてみれば、それらは次のようであって、いずれも一九三五年から翌々年の盧溝橋事件までの間に書かれている。

一、「日本語について」「『吾輩は猫である』」「和文漢読法」「日本話本」「文字の趣味」(一)(二)のような、日本語に関する啓蒙。

二、「尾久《おぐ》事件」「鬼怒川《きぬがわ》事件」のような、日本新聞の三面記事からの感想。

三、「市河〔三喜〕先生」「東京を懐《おも》う」「東京の本屋」のような、日本留学回顧。

四、「日本管窺」四篇に「日本文化を語る手紙」二篇が附随する、一連の「日本研究」。

日本語の修得に関して彼が力説するのは、日本文にも漢字の使われることが、かえって中国人の理解を妨げるという点である。裏返せば、いちいち日本人にとっての中国語理解にもあてはまるその論点は、このばあい、漢字の本家筋にあたる中国人の言語論としてはいわれのない自大感覚や、中日「同文同種」といった互いにタメにするところのある誤謬への批評となる。とくに文学の言葉ではよほどの困難を克服せねばならぬ、その実例として、彼はまた夏目漱石の小説の題名中の「ワガハイ」と「デアル」の漢訳しきれぬニュアンスについてまことに周到な注解を開陳したり、俗語や敬語の趣味深い詮索を試みたりもする。要するに、日本ないし外国一般の文化研究に対する中国人の不熱心や無頓着を特殊に念頭に置いた彼の年来の主張を、言葉の問題に適用したと言えるが、実はいずれも、抗日熱とは別途ににわかに流行りだした、抜目のない速習日本語熱を一方に見ながらの発言であった。そんな風潮を、「九・一八」(満洲事変)といぅ大事件の影響が「己れを知り彼を知ろうとする決意に関して、学校では不充分なかわりに、世間では充分すぎた」と、彼は歎いているのである。どうやら、周作人などよりずっと透徹《とうてつ》した逞しい必敗論者が、巷間にはいくらもいたものとみえる。

例の阿部さだにかかる変態殺人事件と、「赤の嫌疑で」検挙された前歴をもつといぅ「急進的伎女」の心中事件は、彼が購読していた『読売新聞』(むろん夫人信子の読物でもあったろう)の記事の感想として、論じられる。論評の態度は、合理的な性科学と婦人問題にかねて格別の関心があり、性と婦人の解放のためには社会主義の理想をなお認め続ける彼らしく、新聞記事の猟奇趣味とは対照的に、たいへん真剣である。しかも、ナチによるベルリン性科学研究所の閉鎖をも併せて批判するような視野で、彼は書いている。とくに感銘が深いのは、居丈高な軍国調子の陰に見える日本下層庶民の生活苦、それも政治から通俗道徳までのもろもろの抑圧によって歪められ、追詰められた不幸な女たちの境涯の東方的な暗さに寄せる、やさしくも深い思いである。これが、彼が日本問題観の根底に置いた「東洋の悲哀」といぅものの一つの形であった。

「東洋の悲哀」とは、谷崎潤一郎の「東京を憶《おも》ふ」にちなむ留学回顧「東京を懐《おも》う」の例でみるなら、次のようなことである。

中国と日本は今でこそ敵同士の立場にあるものの、目前の関係を離れて永久的な性質を問うならば、双方とも生れつき西洋とは運命も環境もはるかに異なる東洋人である。日本のファシズム中毒患者たちが自国民の幸福が西洋にまさるかあるいは少なくとも同等だと思い、まだアジアを併呑《へいどん》しえてない点だけを引け目に感じているその一方で、芸術家は「物いへば唇寒き」悲哀を感じている。これこそは東洋人の悲哀というものである。私もまたこれを聞いて惘然《ぼうぜん》たらざるをえない。

「芸術家」は永井荷風のことで、感慨はその『江戸芸術論』の「而して余は今日己の何たるかを反省すれば、余はヴェルハアレンの如き白耳義人《ベルヂック》にあらずして」うんぬんのくだりに発し、さらに「寄席のかへり、芝居のかへり、また常盤木倶楽部、植木店《だな》のかへりみちに……」という木下杢太郎『食後の唄』の序が引かれ、こうも繰返される。

……これは中国人の悲哀を代表しているのではないが、その一部分を含むとなら言えるだろう。というのも、すでに述べたように、それが表しているのは要するに東洋人の悲哀だからである。

留学時代の東京生活が、彼の日本文化論一般の体験的な根拠となっていることは明らかであるとして、それをこの時期に繰返しもち出す意図は、さらに限られたところにあった。つまり、たまたまその最後の五、六年間に当ったとはいえ、とにかく明治という時代の、一つはまだ記憶も新ただった日露戦争のアジア民族主義に対する昂進作用と、もう一つは東京にも残っていた懐かしむべき東方の生活情緒とを、彼はこの際とくに語ろうとするのである。そして二つのことは、例えば「日本の衣食住」と題する、やはり留学回顧を伴った一篇が、衣食住の談義から一転して両国の運命の究極的一致なる主張に移るような形で、一つにつながっていた。

日本と中国とは、文化的には本来ローマとギリシャの関係に似ているが、今日に及んでは東洋の独仏というところであろう。いまさら日本の生活を語っても、「国難」の香料を利かせでもしなければ、はたして読もうとする人などいるものやら、私自身も疑わしく思う。とはいえ、日本の今昔の生活と現在「非常時」の行動とをよくよく考えてみて、私はなお日本と中国は畢竟《ひっきょう》おなじアジア人であって、盛衰禍福のほどは目下たがいに異なるにせよ、究極の運命はやはり一致していることをはっきり見て取るのだ。

この一文のはじめのところでは、清朝末期の日本留学生が、明《みん》より以前の漢文明の遺風を東京の庶民生活のこかしこに発見しては、その反清《しん》民族主義を新たにしたといううみずみずしい歴史の一場面が、鮮やかに回想されている。それに日本側から呼応したかつての志士浪人の俠気のことは、その末流があまりに薄汚くなり果てたので(これを彼は二〇年代中頃に激しく批判した)、彼はいまさら言おうとしないけれど、彼が日本問題観の根底に置いたと見える「東洋の悲哀」というものが、はるかに清末革命運動の中にあった汎アジア主義の連帯感情とつらなっていたことは、看過しがたい事実である。ただ、左右の「道義」的な抗日熱に軍備・民生という「事功」の冷水をかけながら、その観点自体が彼の現実的悲観にしか結びつかなかったのに似て、当の日本人にそれが裏切られることによって目前の危機となったこのアジア主義は、もはや主義としてはたらくに足る基礎をもちえず、実質はただ悲哀としての連帯の指摘にとどまるほかなかった。そこで「日本の衣食住」の締めくくりは、こういうことになる。

……アジア人はついに淘汰の憂目を免れぬのか、それを念うと惘然《ぼうぜん》となる。衣食住を語ってこんな結論に落ちては、じっさい真暗な宿命論というほかにない。

このように、辛うじて祈るとも、また土壇場で反語に出るともみえる知日家周作人の窮余の言葉に、いずれにしても、ただの個人的な関心を越えた強い自覚を、予想しないわけにはゆかぬと思う。「敵ヲ知リ己レヲ知レバ……」というのは、戦争と相手方に対する知的認識との関係の極くありふれた納得の仕方である。しかし周作人はこの場合、孫子《そんし》兵法のそれよりも、王陽明《おうようめい》が下僕といっしょに行斃《ゆきだお》れを埋葬してやった時の弔辞にある「吾ト爾《なんじ》ト猶《な》ホ彼ノ如シ」という自他一体的同情説の方を好んで引く。絶対平和論とか徹底無抵抗主義といった一般理念や宗教的信条でない、憂慮すべき東方的現実に対する文の人としての具体的な自覚に発して、それを引く。もはやどういう意味でも白樺派ふうでない道を通り、したがって世界人類のでなくアジア諸民族の運命という見地から、国家主義を相対視するところへ彼は出たようなものであった。その道というのは、彼が西方の精神との出逢い以来、いろいろの曲折を経ながらも固執し続けた民族的自己批判にほかならぬが、この時の対象に即して同じ道の別の面を拡大すれば、外国文化を研究する者の使命が彼をそんな立場に押出した、とも言えなくはない。

彼が公人として北京大学文学院外国文学系教授の地位にあり、とくに日本文学専攻コースの一応の発足を実現させて以降は、この分野の指導の先端に立っていたことも、大きな事実だったにちがいない。といって、彼はアカデミックな日本学の門戸を張ったわけではないが、それだからかえって端的に、事柄自体の本来孕むところを体現することにもなったのだ。一国の文化を了解することの「困難と寂しさ」だの、憧憬と現実の間の「矛盾失望」だのに耐え、「抗日の時には親日と見られかねぬし、親日の時なら少々遠慮が足らぬことになりそうな」発言を彼に続けさせたのは、とにかくそういう自覚であったろう。

実際それは辛い立場にちがいなかった。だが世間の信頼は、一部ではほとんど懸命になって、そういう彼のまともな日本論を求めたのでなかったろうか。三五年五月から三七年六月にかけて断続する計六篇(上記「日本の衣食住」は後に「日本管窺の二」と改題された)の「日本研究」は、とりわけそのようなむつかしい情況への参加を迫られて傾けた、最も苦しい努力の産物であった。一貫した課題は、彼の愛してやまぬ清潔好きでこまやかな日本人の生活感覚や美意識と、帝国主義としての目的は自明であるにせよその手段が特殊に「醜悪愚劣」を極める日本の対華行動との懸隔を、憎悪に替る理解によって埋めることである。そして、こういった文脈の中ではじめて、彼はあからさまに軍国日本の対華行動に筆を触れた。彼が一度ならず指摘した「醜悪愚劣」な行動の例とは、「満洲事変」と「満洲国」の分離とをはじめ、南京総領事館の一書記官が行方不明になったのを須磨弥吉郎総領事が「抗日分子による他殺」と断定、旗艦八雲まで出動して国民政府外交部を追及したあげく、個人的動機による自殺行に失敗した本人が中国側警察に発見保護された「蔵本《くらもと》失踪事件」、「河北自治工作」の一環として演出された不良中国人による「自治請願」の茶番事件、土肥原《どいはら》機関の謀略により一夜のうちに作られた「冀東《きとう》政府」命令の形で、国民政府の財政危機促進と日本品の滞貨一掃を狙い、関税を国民政府所定率の四分の一に引下げた「冀東特殊貿易」という名の密貿易事件、中国側の反対を無視して、満洲事変後閉鎖されていた成都領事館の再開を強行の途中、日本人記者が民衆に殺害された「成都事件」以下、北海、汕頭《スワトウ》、上海で次々と抗日テロを誘発した一連の事件、それと日本人ならびに日本籍の一部朝鮮人による麻薬売買などである。

さて彼自身が「日本研究」と呼ぶこれらの文章のうち、とくに「日本管窺」四篇について、晩年の自伝『知堂回想録』(七〇・五、香港)は、こう述べている。

「日本管窺」は、私としては割合まともに日本のことを書いた論文で、四回に分けて当時王芸生《おううんせい》が主編だった『国聞周報』に発表した。初めの三篇は民国二十四(一九三五)年後半にものしたが、四篇目がなかなか書けなくて、一年余も延び延びになった。やっと書きあげ刊行の運びとなった折も折、七・七事変(三七、日華事変)とかちあい、実際には出版されなかった。初めの三篇は論旨混乱し、文字どおり暗中模索のていだったが、永いこと考えて一つの結論に達し、これをしおに日本研究屋の店をたたむことを謳った。……『談虎集』(二八)に入れた順天時報(日本人発行の漢字紙)に対する議論などは、まるで自分が読んでも首をかしげるほどの悪口雑言だった。私がこの数篇の「管窺」を書いたのは、ここでじっくり考えなおし、出来るだけ冷静に批評を加えようと思ったからだ。といって、初めはろくな意見があったわけでなく、とにかく感情に流されまいとするのが精一杯だったにすぎぬ。

『談虎集』の議論は、二〇年代の活発な時評のうちとくに日本の大陸浪人、漢字新聞、支那通などを批判したものを指す。それから十年の経過があって、一段と困難の度を増した場面で、再度日本問題と取組んだわけである。そして模索のはてに一つの結論に達したとは、迫られてとはいえ敢えてまともに困難に参加した積極性が、持論の一歩展開をもたらしたということである。そのもようを、私は訳本(『日本文化を語る』(補注))の解題で以下のように概観しておいた。

彼が十年前に恐れたとおり、「反日」と「親日」の間に「第三の研究的態度を持する独立派の存在する余地」はもはや完全に失われようとしていた。時勢ばかりでなく彼自身の側でも「研究」や「文化」の専門家風なまた芸術主義的な「独立」は、個人主義からの彼一流の脱却と同時に、少なくとも信仰としては放棄されているのである。したがって「混乱」や「模索」はこの難局下の難題に関し自分にそもそもどのような立脚地がありうるか、という苦渋にみちた迷いと関係があり、日本と日本文化のいろいろな面が扱われる際にも、対象と一緒に彼自身の関心が検討されているわけだ。あらかじめ前提してあるのは、文筆という手段と、その対象としての漠たる「文化」の土俵だけであるが、日本問題はすでにテロ、クーデター、戦争といった、反「文化」に充ち充ちている。明治の東京生活への懐旧はやみがたいが、説明を求められているのは昭和の軍国日本だ。そこで論調はまたしても好意と反感の間を揺れ、さらに「文化」の概念さえ揺れだす。中国人としてはかねて解しかねる「万世一系」の信仰も事実の上で精一杯に認めてみるが、軍閥の横行は却って王制復古以前の幕府専制を思わせる。「文化」の裾を一段と拡げて、かつては「人情美」の敵としか見なかった「武士道」の中にも「武士の情」という「慈悲の種子」を認めてみるが、「五・一五」などの事件はむしろその道の衰退を物語るとしか思えない。（ちなみに日本の軍国主義化に武士道の昂揚ならぬ衰退を見た中国人は少なくない。戴季陶《たいきとう》、林語堂《りんごどう》ら然り。）それらはしたたかな反語の効果をもつにせよ、回答とはなしがたい。結局少数「賢哲」の文化のほかに多数を動かす「英雄」の強力をも人間の現実として議論に引入れざるをえず、精神と歴史を分裂させたまま「管窺」は一時中断となる。

　さて「永いこと考えて」ようやく書いた「管窺の四」の結論は、みこしをかつぐ壮丁《そうてい》の「神人和融」が象徴する日本人の宗教的性格というところに落着した。みこしかつぎを日本的性格の象徴と考えた中国人は彼が最初とは限らぬようだが、結論そのものだけでなく、そういう結論の選択自体にも意味があるのであった。というのは、この性格が中国人のそれとまったく対蹠《たいせき》的なものとして指摘され、しかも彼はそれきり「日本研究屋の店をたたんでしまった」のだから。彼はこの三年後に日本の国際文化振興会の依嘱に応じて、「管窺の二」の衣食住のことと四の後半を継ぎ合わせた「日本の再認識」という一文を草したが、その中で自分の「日本研究」が日本の中のアジア的共通性にのみ注意してきたのは誤りで、その「固有精神」を求めるにはむしろ共通性の中の異質性こそが問題であるべきだったとして、例の結論を繰返している。ここにも反語のにおいがないではないけれども、結論は宗教で宗教はあいにく自分の最も苦手な対象だった、とさじを投げたあげくに、そういう軍国主義的熱狂民族への「協力」に踏み込んだ、彼の経歴の方が一層反語めいていないだろうか。……

知日家周作人の文化と理解の立場が、けっきょく挫折を余儀なくされたのは事実であろう。大学の日本文学講義も、国民政府の抗日方針が固まると同時に、「七・七」事変の前月をもって廃止を命じられてしまった。そういう政治の措置を彼が快く迎えたとも考えられぬが、そんなことがなくても、侵略国民に対する同情や連帯の指摘が、もはや空論どころか屈従の説法に落ちかねぬところまで事態はきていた。今後彼は文字どおりの悲哀か、あるいは皮肉のための皮肉からでなければ、「東洋人の悲哀」を語ることはないだろう。「大東亜共栄」に唱和を強いられることはあっても、この「悲しき玩具」(「留学の思い出」四二)を屈従や裏切りの言葉に使うことは肯《がえ》んじないだろう。こうして彼は一連の「日本研究」を失敗と認める格好で、この国民の、彼の同情と理解を越え、かつ本当の連帯を受入れる器量もない「固有精神」を指摘するに終った。だが彼は、文化の概念を一段と基底的な民俗の上に据えなおすことで、なお「第三の態度」に踏みとどまろうと試みたのである。当時ほとんど只一人の周作人研究・翻訳者だった松枝茂夫宛の書簡(三七・一二・七。松枝氏所蔵原信、以下同じ)で、彼が公刊されなかった「管窺の四」の趣旨を説明している中に、「ここでは〃祭政一致〃などの大議論に渉るわけにもゆかず、〃お祭り〃(日本語のまま)を主とする民間信仰についてだけ述べました」というくだりがあるが、それは政治批判の回避だけを意味していたのではなかった。「日本研究」を投げ出した後でも、「協力者」の後暗さをとどめぬ文章の上で、彼が淡々と日本の文芸や風俗に言及できたのは、全面開戦まぎわの結論のそういう視角のゆえにちがいない。つまり、もう少し解題の再録を許してもらえば、

柳田国男の「祭礼と世間」を援用して宗教的熱狂に着目するこの結論は、中日両民族の相互理解への悲観

と同時に、ある満足感をも彼にもたらしたようである。宗教はご免だ苦手だなどとはいうけれど、これによってとにかく難題を解く緒口がつかめたとするなら、文芸と強力、あるいは精神と歴史の両極を括りうる文化のある階層を確認したことになるではないか。しかもそれは、彼が最初期以来強い関心を持続してきた、民俗学ないし人類学的なものの延長上にあるのだ。民俗といういわば人事の自然面に関しては、彼もよほどくつろいだ調子で日本にふれることができたから、「管窺」の筆を投じた後でも、例えば「祭礼について」(四三)のような形で、「日本研究」は一部なお肉づけを加えられるところがあった。

(補注)　拙訳『日本文化を語る』(筑摩書房、七三)は、その後若干の増補改訂を施し、『日本談義集』と改題して、「東洋文庫」701(平凡社、二〇〇二)に収めた。

三　北京残留

一九三七年七月七日深更、北京近郊の盧溝橋《ろこうきょう》に発生した事件から、宋哲元《そうてつげん》と国民政府中央軍第二十九軍の北京無血撤退までに、ちょうど二十日の時間が経過している。事件そのものの真相からしていまだに完全には解き明かされていないが、「局地解決」と「拡大」の両論対立を背後にくすぶらせたまま全面戦争の深みにはまってゆく現地日本軍側と、最高方針の固まりきらぬ中央政府への忠誠と保身の間を揺れに揺れる冀察《きさつ》政務委員会との交渉も、幾つかの小衝突をまじえながら、複雑怪奇を極めたらしい。その間城門を閉し、戒厳令を布いていた北京市内のもようを伝える文献に、

七月八日、前〇・一〇、小野旅団副官より電話。豊台部隊第八中隊は盧溝橋龍王廟附近に於て夜間演習中午後十一時突然支那側より十八発の射撃を受けたり。中隊長清水節郎大尉は直に中隊を召集応戦の態勢を執りし処兵一名行方不明なることを発見せり。目下相対峙中。

の記事にはじまる、「北平陸軍機関業務日誌――自昭和十二年七月八日至同年七月三十一日」(現代史資料三十八巻『太平洋戦争・四』みすず書房、一九七二)というものがある。北平陸軍機関は北平特務機関(機関長松井太久郎)の

少々外聞を考慮した呼名で、機関員のほか憲兵、宣撫《せんぶ》班、諜報者の刻々にもたらす報告や情報が逐一記録されている。むろん疑わしい観察やただの流言と判る記事も見受けられるが、それらをも含む緊迫した空気と、その下での市内の抵抗や協力の動きをうかがうには、なかなか得難い史料といえるだろう。おおよそのイメージを得るために、細かい時刻などは省きめぼしい記事だけ書抜いてみる。まず抵抗の動きから。

○諜報者によれば、民族先鋒隊は明日市中を示威運動を為したる後日本人民家を襲撃し虐殺行為の計画あり。（十四日）

○宣撫班報告。西城支那人間には邦人を虐殺すると流布するものあり但し其の目標は内地人なるか鮮人なるか又如何なる方面より流布するものなるか明瞭ならざるも一部には実現すると信ずる者ある模様にて抗日の空気は可成り濃厚なり。（同日）

○東北大学慰労団。慰労団と横書して市内を回りたるものの如く午後七時頃崇文門外に出んとして差止められ居りたり。

○同様の情況を永定門に於て目撃す。（同日）

○北平市内状況。張允栄《ちょういんえい》の談によれば北平学生界は今次の事変に乗じて運動を興しつつあるも運動は一律に共産党系と看成す旨布告せしを以て直ちに終熄し今や平穏なり。（同日）

○北平市内情況。戒厳の状態は昨日より一層緩和されたり唯伝単《でんたん》撒布等の運動ありしも市長の命により解散せり市内は概して平穏なり。（十五日）

○只今燕京大学附近に於て学生二百名集合、日本軍の（鉄道工作？）に対策を討議中なり詳細不明なるも明朝報告す。（同日）
○北平文化界抗敵後援会組織。課報者。共産党員徐仲航《じょちゅうこう》等は十五日北平文化人約百余名と会同し共産党中央委員会の指令に基く「北平文化界抗敵後援会」を組織し執行委員其他を決定せりと。（同日）
○北平学界の動向。
1、新聞報によれば北平学界が本十七日宋哲元に宛たる電報要旨左の如し。
北平学界は二十九軍に対し全力を挙げて援助するに決せり、又和平的解決には反対せざるも是れは無条件にて七月八日以前の状態に復するを要す。

尚学界は目下前線将士の為慰問品募集中なり。
2、課報者。北平各学生を以て組織せる学生抗日鉄道工作班及交通班は平津の各鉄道工作員百二十名を派遣し日本軍の輸送を妨害せんとする企図しあり。（七月十七日）
○学生鉄道工作団の策動。確実なる課報者に依れば、北平各大学生よりなる鉄道工作団は唐山北寧鉄路工廠及車庫に対し別動隊二十名を派遣して日本軍の鉄道輸送を妨碍せしめ状況に拠りては非常手段を強行すべく決議せり。又馬家溝《ばかこう》炭礦の工人に呼掛け武装抗日団の結成を策動中なりと。（七月二十三日）
○北平の状況。数日来殆ど撤しありし土嚢は再び各所に増設せられ更に街上巡警の数も著しく立ちて多くなり且各城門は前門以外は悉く閉され無言の抗日気分全市に充てり。（七月二十七日）
○北平市内共産党の活動。共産党は今次事変の発生以来北平市内に於て俄然表面的活動を開始するに至り

「紅軍」を標榜したる過激なる反日伝単を撒布し露骨にも朱徳《しゅとく》、毛沢東《もうたくとう》等の氏名を列挙しあり、二十八日には白昼東洋牌楼附近にて三名の赤系露人が多数の民衆に対し街頭演説をなしつつあるを目撃す。（七月二十八日）

最初の記事の「虐殺計画」は流言にすぎなかったろうが、そこにいう「民族〔解放〕先鋒隊」は、「一二・九」以後の学生運動の中で三六年二月に結成され、その後占領軍当局の神経を最も尖らさせた戦闘的な抗日組織であった。既出『一二九運動』に収める、この年十二月出版の「時代を劃せる一二九」は、この組織のその後の活動を次のように述べている。

北平は淪陥後死城と化し、学生運動も潜伏して進められるほかなかった。多くの「民先隊」隊員は夜間城門をよじのぼって香山、妙峯山一帯へ赴き、遊撃戦を行なった。彼らは二十九軍の士兵や農民と堅固な遊撃隊を結成した。この遊撃隊はのちに日本人に変装して第二監獄の政治犯を救出などした。

さてこのように抗日の表だった動きが、主として学生や知識人の間に見られたとすれば、実業界や旧政客に対する特務機関の工作が徐々に奏効して、二十九軍の撤退と同時に「地方維持会」が名乗りをあげるに至る経緯は、大略次のようである。

○北平市より二十九軍を撤退せしむる件は本日も商務会銀行公会元老其他に動き掛け専ら空気の温醸《ママ》に務めつつあるも一般民心未だ楽観的なるを以て早急には実現し難く観察せらる。(七月十五日)

○二十九軍撤退促進に関する件。北平市を兵火の巷より救はん事を標榜し其の先決事項として第二十九軍の自発的撤退を促すべく極力輿論の喚起に努めつつあるが在平華文学校長を始め「ユニオン」協会長青年会総幹事等外人側は結束して之が実現を念願しあり、又支那側も商務総会を始め江朝宗《こうちょうそう》の如き古老株が大いに賛成し蔭《ママ》に陽に運動を開始せり。唯大学教授連は頑迷にして「国辱めらるるに北平のみ擁護して何の意義あらん」と毒舌を弄しあり。(七月十八日)

○地方維持会成立。

一、出席者、中島顧問、今井武官、西田顧問、川上大佐、赤藤少佐、笠井顧問、今村、江朝宗、潘毓桂《はんいくけい》、鄒泉孫《すうせんそん》(商務会主席)、林文龍《りんぶんりゅう》、冷家驥《れいかき》、其の他数名。

二、場所時間、南湾子《ナンワンツ》、江朝宗宅、午後二時より四時迄。

三、決定事項、㈠地方維持会と称す ㈠会長に江朝宗を推す ㈠地方維持会の下に公安局を置き局長を潘毓桂に決定 ㈠起草委員、梁亜平《りょうあへい》、鄒泉孫、呂習恒《りょしゅうこう》、冷家驥《れいかき》、林文龍。備考、起草委員は本日中に人名を起草当機関に提出し来る筈。(七月二十九日)

がんらい中国では、戦争などで地方の行政機関が機能を失うと、その土地の有力者による治安維持会が作られる習慣があって、これもいちおうはその例と見ることができる。その習慣は国家の統治よりも地域社会の自治の方がずっと民衆の生活に深くかかわっていたこの民族の伝統に由来するのだろうが、反面では、そこに野心家や投機分子の無節操な協力の発生しやすい条件があったことも事実だろう。この時登場した江朝宗なる人物は、紅《こう》卍《まんじ》字会会長の肩書を持つ八十に近い老人で、清朝時代に国務総理代理をやり、その後も悪名高い張勲《ちょうくん》の清朝恢復運動に加わったりしたあげくに隠居中の身であった。

ついでに日本人居留民の消息をも拾っておくと、七月十四日宣撫班報告の項に、こうある。

○在留日本学生並青年に対する宣伝忠告。在留青年学生間には一部事変拡大を要望する感情的心理より殊更に居留民を犠牲にするも敢行すべしとの過激なる言辞を弄するものあれば其の過激言辞に刺戟さるる支那人の悪結果を説明し自他共に不利に陥る結果を了解せしめ冷静に態度言辞を以て自己周囲の支那人を安堵せしむる様に努力する旨を約して散会せり。

また先にみた二十七日の緊張に関連してとられた、居留民集結の処理は次のようである。

○正午、居留民の大部(内地人の約九割、九百名、朝鮮人の約八割、九百名)は概ね交民巷内に収容を終れり。

内地人　大使館内

朝鮮人　アンペラ小屋(本日中に竣工の筈)

食料は先づ一週間分は保ち得る見込。(二十七日)

それでさて周作人たちはどうしていたのか。

もともと古都北京は、「満洲事変」以来ずっと日本軍の脅威にさらされていたのであって、その翌々三三年初頭のいわゆる熱河《ねっか》作戦を前に山海関が陥ちた時には、北京の各大学は一時授業停止を余儀なくされ、国民政府は歴史博物院や歴史語言研究所の古文物を南京に移す措置を講じている。大学生の逃亡が中央教育部の授業続行命令と表裏して一部の非難を浴び、その非難を魯迅が、骨董を守って学生を死地にさらすものだと非難した(「逃亡の弁護」ほか)こともあった。因みに北京文教界の一面をうかがうために記すなら、戦局以上に文化施設の離散を心配する動きもあって、いっそ当地の軍事施設をぜんぶ保定に移し、北京を「文化城」に指定するよう、中央政府に請願した人々のことが、それを魯迅の小説「理水」(三五)で嘲笑されている「文化山」の由来であるとする説とともに、魯迅全集第二巻の注に見える。さらに三五年の華北分離のための謀略「河北自治運動」の頃には、故宮の古物の搬出開始や国立清華大学の長沙移転発議などがあり、また日本公使館付武官が北大校長蔣夢麟の逮捕を宋哲元に要求する事件さえ起った。宋哲元はこの時蔣夢麟に私信で逮捕以前に北京を離れるように勧告したが、彼がこれを無視すると今度は日本の憲兵に召喚され「話を聞かれ」た。こうして教育界は「最後の授業」の準備に入った、と言われる(既出『一二九運動』、「蔣夢麟『西潮』考釈挙例」など)。アルザス・ロレーヌの悲劇にちなむドーデの小説のこの題名は、淪陥区の女教師の自由区への脱出行を扱った李広田《りこうでん》の小説『引力』にもあるように、当時のほとんど合言葉となった。北京大学の長沙移転が何時どのように始められたかはっきりしないが、とにかく国立の清華、それに天津の私立南開との三校合同でひとまず長沙に国立臨時大学を作ることになり、準備中のところを占領に見舞われたのであった。その前後のもようを、文学院教授羅常培《らじようばい》が戦後まもなく書き遺した「七七事変後北大の残局」(『国立北京大学五十周年特刊』。『伝記文学』一七巻六期再録)と、同じ期間周作人が上海の雑誌『宇宙風』編集者陶亢徳《とうこうとく》へ宛てた手紙(計五通、同誌に発表。引用は原文未見ゆえ松枝茂夫の訳文「北京に踏みとどまる」『文芸』三八・一、による)などを照し合わせながら、辿ってみる。羅常培は言う。

七七事変が発生した時、蔣夢麟校長はたまたま南方にあり、法学院長周炳琳はすでに教育部次長になっていた。当時北大のおもだった責任者で北平に残っていたのは、文学院長胡適(彼は六月二十二日に南京から戻ったばかりだった)、理学院長饒毓泰《じようういくたい》、秘書長鄭天挺《ていてんてい》と教務長樊際昌《はんさいしよう》くらいだった。

事変発生の翌日、私は米糧庫四号の胡先生のところへ行った。徐鴻宝《じよこうほう》、張奚若《ちようけいじやく》、陳元邁《ちんげんまい》、張仏泉《ちようふつせん》、沈仲章《しんちゆうしよう》の五氏が来ていた。一同が時局に対する意見を伺うと、先生は当時、盧溝橋は局部的事件で拡大には至らぬのであるまいか、という考えだった。彼はかねて八日午後六時に南京の会議へ発つことになっていて、ちょうどこの時、中国旅行社から津浦線は平常通り発車できるという電話が入った。そこで胡先生は予定通りの時間に北平を離れた。

注釈を入れると、南京の会議というのは、七月十四日から牯嶺《これい》で開かれた、中央政治委員会招集による「茶話会」形式のいわゆる「盧山会議」である。各党派無党派(共産党の周恩来たちも同地に来ていたが出席はしなかった）の来賓のうち、平津地区の代表は、蔣夢麟（北大）、張伯苓《ちょうはくれい》（南開大）、梅貽琦《ばいいき》（清華大）、の各大学校長と胡適、陶希聖などで、蔣介石は特に平津代表との懇談もやっている。のちの政府諮問機関「国防参議会」は、この時の参加者たちを母体として作られたらしい。胡適や陶希聖は北京を発つ前日の七日に、秦徳純《しんとくじゅん》市長に招かれ、宋哲元と二十九軍の中央に対する忠誠を伝えるように依頼されていて、南京と冀察政務委員会の間をいろいろととりもつ役割も果したようだ（陶希聖「牯嶺から南京へ」『伝記文学』二巻二期）。

……七月十五日から月末までに、教職員は松公府大庁〔今の孑民《けつみん》（蔡元培）紀念堂〕で三度会合した。最初は十五日午後四時で、態度表明の通電を発することを決め、私と魏建功《ぎけんこう》が起草人に推された。二度目は二十日午後六時、銭端升《せんたんしょう》、曾昭掄《そうしょうりん》と私が選ばれて、大意㈠わが国民の日頃平和を愛する本性を述べ㈡現在の情況を指摘し㈢将来の責任を予測した。陳垣《ちんえん》先生〔輔仁大学。北大は名誉教授〕からさらに国際的に有利になるような報道を強める提案があり、張忠紱《ちょうちゅうふつ》、葉公超《しょうこうちょう》、銭端升を選び、各方面と連絡して対外宣伝団体を組織することにした。この晩は九時までかかったが、開会中近郊の砲声は鳴りやむことがなかった。三度目は三十一日午後三時、北平はすでに淪陥三日目であった。皆は凄涼悲痛な雰囲気の中で、なお冷静に残局の維持に当るべきことを主張した。だが七・二九〔日本軍入城〕以後、人々は次第に浮足立ってゆくのを如何ともしがたかった。

こうして日本軍の進駐を前に避難脱出が相次ぐことになる。占領当初の日本側の主な打撃目標は国民党の三民主義にあり、大学教授一般をひとからげに「党化教育」と「反日」の元凶とみなす空気は「陸軍機関日誌」にも著しいとおりであった。「日誌」と一緒に公開されている「私案」「具申」の類には蔣夢麟、胡適、顧頡剛《こけつごう》などの名も、「駆逐」「排撃」すべき人物にあがっていた。さてこの頃の周作人の陶亢徳宛書簡は次のように言う。

十日ほど御無沙汰してゐるうちに時勢はすつかり変つてしまひました。拙宅は人数が多く、それに〔逃げ〕ようにも〔逃げ――引用者推定、原訳文では伏字〕る処がないので、このままにしてゐるつもりです。幸ひに無事ですから何卒御安心下さい。今後如何にすべきかに就いてはまだ決定いたしかねます。北京大学は半年間休校といふことになつてゐますが、この模様では一寸もう始業の見込はつかないでせう。南に帰るのも北に留るのも同様に困難です。まあ将来の成行を見た上でのことにするより仕方ありません。交通不便のため、期日々々に寄稿出来ないかと思ひます。御諒察下さい。（八月六日付）

三十日付速達便を昨晩になつてやつと受取りました。いろいろと御心配をおかけしてまことに感謝に堪へません。拙宅は何しろ係累が非常に多く、交通も途絶してゐますので、当分苦しくともここに居るより外ありません。故郷の紹興にも先祖代々の家は無く、そのため帰らうにも帰れないのです。……つれづれなるまにつまらぬ文章でも書いて慰んでゐますが、郵便が途絶してゐるのでお送りできないでゐます。……（八月十二日付）

同じ十二日の朝「途々で険しい幾十、幾百の目で睨まれ」ながら、周作人を訪ねた日本人ジャーナリストがいる。晩年の魯迅とも交渉があり死後その全集を出していた改造社社長の山本実彦が、兄弟縁からの親しみと東京での一面識を頼りに、早くも並々ならぬ関心をこらえながら「場末の学者街」を見舞ったのであった。むろん互いに立入ったことをしゃべれるような場合でもなかったが、「どちらの国の政治家にも一人や二人は現実に囚はれない遠大な計《はかり》ごとをもつ政治家がゐてくれたらよいと思ひますがね」うんぬんと語るくらいで、政治の話が「たいへん苦しさう」な主人はしかし「現在の場合に於て中国に於ては力の哲学を肯定しなければならぬ――とハッキリ言ひ切つた」とある（山本実彦「周作人の心境」方紀生編『周作人先生のこと』）。片言隻句をこねまわしようもないが、事ここに至った口惜しさと抗戦の現実の追認くらいは、読取っても大過ないだろう。

残留教職員は秘書長鄭天挺を中心になお最後の局面維持に努めたが、占領軍と「地方維持会」の下で、残留業務の余地も次第に失われていった。その概況は、軍事侵略と呼吸の合った日本側学術関係筋の配慮に溢れる言葉で、次のように記録されている。

……然して皇軍の迅速にして秩序ある進撃は北京を完全に兵火より免れしめ、適切なる処置はよくその混乱を制止し得て、入京後直ちに之等《これら》残留文化施設の保護並にその復興が着手されたと云ふことは中国人の最も感謝しなければならない所である。即ち地方維持会に文化組なるものが設けられ、我方の援助を得て文化工作は其第一歩を踏み出した。八月三十日には国立各級学校保管委員会の手により北京、清華、師範、交通、北平鉄路学院、軍需学校、芸術専科学校其他河北省立の学校二十二校が保管され、嗣《つい》で九月十四日更に国立文物機関保管委員会の組織を見、故宮博物院、古物陳列所、歴史博物館、北平研究院、歴史語言研究所、地質調査所、北平図書館、中国大辞典編纂所等の施設が安全に保管されることとなつた。（「北京文化界の現況」上海自然科学研究所『支那文化情報』）

「地方維持会」の協力者たちはもとより、日本側の一部関係者すら、それなりの立場で北京の文化施設の保全に努力したのではあろうが、感謝を要求されている中国人当事者の記述は、さほどに嬉しいものでない。羅常培の一文をさらに引く。

……北平陥落以後、市内の新聞には日本側の同盟通信社のニュースしか載らなくなった。市民はラジオと英文『北平時事日報』(Peiping Chronicle) から微かに真実の戦況を窺い知るほかなかった。八月二十四日、『時事日報』も閉鎖され、情報は一段と通じがたくなった。私どもはガーガーピーピーいう電波を通して少しばかりの南京放送を偸《ぬす》み聴くほかには、ほぼ完全に自由中国と隔絶してしまったのだ。八月二十五日、日本憲兵が四人、第二院〔理学院〕の校長室を調べにやって来た。毅生《きせい》〔鄭天挺〕独りで相手をしていたところへ、周作人が知らせを聞いて駆けつけ、日本語で憲兵とやり合った。この時はまだ北大同人の立場でものを言っていたのである。二、三日後また日本人が図書館へ来て三時間余りもかかって中露境界地図を持出したうえ、孟心史《もうしんし》〔孟森〕先生に説明をさせた。もはや情勢は緊迫の極に達しつつあった。八月二十五日、漢奸の組織する地方維持会から各校の責任者に話があるということで、北大は顧亜徳《こあとく》を参加させた。二十七日にはまた、翌々日の午後南海の豊沢園で保管弁法につき協議するため各校責任者が集まるようにとの通達があり、同人相談のうえ、包尹輔《ほういんほ》に参加させた。同時に大学側から自発的に先まわりして保管状態に入り、各部一両人が責任を持つことにした。三十日、尹輔が地方維持会の談合に加わった模様を報告、該会はまず各校に保管物件を封印させたのち、係りの者を寄越して確認することに決定したとのことだった。九月三日、日軍が第一院〔文学院〕と灰楼〔寄宿舎棟〕の新宿舎に進駐した。最後に紅楼〔第一院〕と別れを告げた呉暁鈴《ごぎようれい》の報告によれば、中国文学系の入口には「一〇小隊附属将校室」、文学院長室の入口には「南隊長室」の札が掛っていたという。……同じ日、〔魏〕建功は突然地方維持会文化組から豊沢園の会議に出るようにとの通知を受けたが、面倒を避けるために、私の家に二、三日身を隠した。

さてやがて、長沙に避難した三大学合同の臨時大学が程なく開校の運びになったという消息と残留業務打切り方に関する北京大学校長の指示がもたらされ、さらに「蔵暉《ぞうき》」という書斎号を使って、胡適から商売人に見せかけた判字文めいた手紙で、激励を兼ね大学当局の予定などが知らされてきた。(補注二) この間、八月十三日から十月二十八日まで、羅常培が参加した限りで六度の会合が重ねられ、九月二十九日には残留者全体の口調で蔣校長宛に報告と決意表明の手紙が起草されたが、十月八日、その手紙に自由署名をした際、参加二十八名中、周作人や鄭天挺を含む六名が署名をしなかった、という。しかし署名、不署名者双方の顔ぶれを見て、特定の理由を推測することはむつかしい。そして同じ頃の陶宛書簡には、言う。

……今はただ北京大学教授の資格を以て蟄居《ちつきよ》してゐるわけで、それを外にしては何一つ仕事はありません。

南方へ行く同僚がありましたので、北に留つてゐる人々を李陵《りりよう》と見ないで貰ひたい旨一と言王教務長と蔣校長に伝言を依頼しておきました。この気持はまた私共に関心を有してゐられる人々にもお知らせすることが出来ます。しかし私共に対して如何に疑なり誤解なりを挾んでゐる人があるか知れないとしても、一々弁解のしやうもありません。(九月二十六日付)

……八九月中小文数篇をものしましたが、現在草稿を郵送できません。どうやらこれは禁制品に属するらしいからです。恐らく天下太平の時にならねば発表できないでせう。近来、希臘《ギリシャ》神話の翻訳を続けるつもりでゐます。しかしいくらの金に換へられるものやらまだ当てもありません。南方には帰らうにも帰る処はなし、北京大学は今に至つて正式な善後策の講ぜられてゐる話も聞きません。教授で北平に残留してゐる者はまだ三十余名あり、校長の命令を鶴首《かくしゅ》して待つてゐます。(十月九日付)

匈奴《きょうど》征伐に赴き力竭《つ》きて敵に降った漢の李陵の故事を反対例に引いて、すでに当局へひそかに誓約を申し送っていた彼は、悲愴な調子の共同書簡にはあらためて名を連ねる気にならなかったのでもあろうか。それにしても、疑惑や誤解を考慮してこんな言葉を送らねばならぬほど、北京残留組と南方避難組の同僚同士がこの段階ですでにかくも隔絶させられていたのは、痛ましいことだ。それと関連するが、『宇宙風』所載の最後の手紙に続いて陶亢徳に送られたもう一通の葉書が、のちに公表されている(陶亢徳「知堂と鼎堂《ていどう》」『古今』二〇、二一期)。

十五日付御恵送の雑誌四冊本日落掌、欣喜の至りです。鼎堂先生の一文を読み、じつに恐縮しました。と

にかく頑張らぬわけには参りません。（十月二十五日付）

鼎堂は郭沫若《かくまつじやく》の筆名である。郭沫若はこの八月上海で、周作人が九千元で飛行機を買込み南下の準備中という、いささか荒唐無稽な風説（これは銀行家周作民の誤りだったらしい）を聞いて、その「デマ」が本当だったらと願う気持を「国難の声の中で知堂を懐う」（『羽書集』）と題する一文に披瀝し、その掲載誌を陶亢徳が当の人に送り届けたわけだ。恐縮と訳したところの原文は「且感且愧」、彼が常用する手紙言葉で、厚意は有難いが過分に思うといったほどの挨拶だが、いっぽう郭沫若の文意は懇篤を極めていた。たとえばこんなふうに。

……彼のあの婉曲で内容に富む文章が、このところ『宇宙風』に二、三号も見当らない。最後の一篇の末尾では苦雨斎（周作人の書斎号。「苦雨」はながあめ）を「苦住斎」《補注二》としていた。敵の重囲の中に苦住する知堂は、今どうしているのだろう。

……近来、文化界に一家の風格を堅持し、国際的な友人とも対等に伍して、わが民族のために幾分でも人格を争いうるほどの人物は、やたらにいるわけでない。わが知堂はそのやたらにはいない中のひときわ擢《ぬきん》でたる者だ。若い人たちにはどこまで理解されるかわからぬとしても。

……「如《も》シ贖《あがな》フ可クンバ人其ノ身ヲ百ニセン」（身代りになれるなら百度でも死のう。『詩経』）、知堂がもし本当に南へ飛んで来られるものなら、私のような人間は、彼に代わるためには何千人死んだとてそれが何であろう。

……知堂を尊敬している日本人は少なくないのだ。もし彼が南へ飛んで来られたら、私は思うのだが、そのうえ何の言論を発表するまでもなく、行為自体がすでに、横暴なる日本軍部や人間性を失い国を挙げて軍備に狂奔している日本人への、またとない鎮静剤となるだろう。

いささか誇大な措辞はこの詩人の持前であり、またとくに最後の一段などは直接本人に向けられた政治的な呼掛けでもあったろうが、一文を貫く熱い眷念《けんねん》の情に偽りはない。それに筆者自身が前月末、北伐国民革命の分裂いらい「亡命十年」に及んだ日本に妻子を棄てて、抗日を戦うべく単身帰国したばかりの体であった。頑張らねば、という周作人の感想も、第三者への手短かな言葉ながら、万感を抑えた率直な応答だったと言える。三年前に東京へ行った時、彼の方から特高監視下の郭沫若に申し入れて、親しく対面したいきさつもある。(補注三)しかしながら、そのうえさらに言葉を費すとすれば、おそらくは九月二十六日付陶亢の手紙に記した、李陵とは思わないでほしい、ということを繰返すほかなかったにちがいなく、肝心の北京脱出という「行為自体」に関しては、ここにもほとんど前提的な隔絶がすでに存在していた。

さて十月九日付の手紙にいう北大当局の「正式な善後策」や「校長の命令」は、まもなくもたらされた。臨時大学の開講は十一月一日なので、当然ながらまず南下の督促が来て、三十六人中、馬《ば》幼漁《ようぎょ》、孟森、馮《ふう》漢《かん》叔《しゅく》、繆《ぼく》金《きん》源《げん》、董《とう》康《こう》、徐《じょ》祖《そ》正《せい》、周作人を除く全員が十一月十七日を最後に北京を去った。最終的残留とそれに対する善後策に関しては『知堂回想録』に次のように述べられている。

……北大専任の教職員は当然一緒に〔長沙へ〕行かねばならなかったが、例外も許されていて、老齢、病気あるいは家族の都合などで動けぬ者は、残るほかなかった。私は時に五十三歳で老齢などとはいえなかったけれど、係累が余りに多かったため動けない組に入ることになった。当時どこで会合があったのだったか、その年の日記を失ってしまったので調べもつかぬが、ただ二回目のが十一月二十九日に北池一帯の孟心史先生宅で開かれたのをおぼえている。孟先生はすでに病床から起きることができなかったために彼の家の客室でこの最後の相談会をやったのだが、主人は談話に加わることができなかった。ほどなく北大は孟、馬、馮それに私の四人を北大の留平教授と認め、月々五十元の手当を送ってくることを決定した。その年の暮れには蔣校長からさらに電報で私に学校資産を保管するように言ってきた。

事柄は公私両面にわたっているが、いちおう別個に問題にしてよいだろう。公職面でのことは、戦後国民政府の下での裁判でも取上げられたように、法的には問題なところである。まず北大当局が給与上の措置まで含めて、四教授の北京残留を公認した事実は問題がなかろう。とくに彼には校長から業務上の指示まであったわけで、このことに関しては蔣夢麟自ら裁判所に証明したばかりでなく、回想(既出「中国新文芸運動を語る」)の中でもこう確認している。

……抗戦の時、彼は北平に残った。私は彼に、貴公は日本人と割合い関係が深く、残ってくれれば、わが校の図書や設備をまもることができるだろう、という意味のことを、ほのめかしてやった。

暗示的に伝えたのは、むろん占領軍の検閲を憚って電文に工夫を凝らさねばならなかったためである。ただ、月五十元という金額は正規の俸給の数分の一にすぎず、手当の原文「津貼」も一時的な支給金、補助金をしか意味しないところに、よんどころない情況とはいえ、「留平教授」の国家公務員としての曖昧さが残るといえば残る。占領下の生計問題は、後でもふれるところがあろうように、極めて重大であって、たとえば、病弱の故に残った少壮哲学教授繆金源《ぼくきんげん》が、四一年頃文字どおり節を守って餓死したとまで、羅常培は述べている。もう一つ、最後に残った七人のうち、この繆金源と董康、徐祖正の三名は、何故「留平教授」に入らなかったのか、という疑問もあるが、それはともかく、北大当局は倉卒《そうそつ》の間に臨時の手当とともに周作人ら四教授の残留を認め、事後には残留者なりの使命遂行を期待したのであった。

次に、周作人が残留を決意した理由はどうか。彼は陶亢徳への手紙でも再三家族の係累ということを繰返していた。弁解無用をモットーとする彼も、せめてこの一事だけは最後まで明らかにしておきたかったと見え、晩年、香港在住の旧『宇宙風』寄稿者徐訏《じょく》に送った手紙では、係累の内容まで詳しく書いている。

私は自分の行動についてはかねて「不弁解」主義をとってき……回想録でも実行しました。しかし貴方には論陥当時の私の情況を説明し、私が家族を見棄てられず北平に残ったことを知って頂いてもよかろうかと思います。私の家族は当時私ども夫婦と子女各一人でありました。娘〔静子〕はすでに嫁いでいたが、つれあい〔楊永芳《ようえいほう》〕が西安にいたので、子供を二人連れて私の家にいました。弟〔建人〕の棄てた妻、つまり家内の妹

〔羽太芳子〕ですが、これも二男一女と一緒に私の所で共同生活をしていました。このほか母親〔魯瑞《ろずい》〕が魯迅の先妻〔朱安《しゅあん》〕と一緒に別の所に住んではいたが、やはり私が面倒を見なければならず、これを除いたとしてもすでに私を入れて十人です。単身西南〔臨時大学の後身、西南連合大学の置かれた昆明〕へ走るのが一番良いとはわかっていたものの、それではあとの九人がどうにもならない、という次第で北平に「苦住」するほかありませんでした。……こんな「説明」には実際何の説得力もありはしません。これを弁解にしたところで、私が意志薄弱で、家族を棄て他人を犠牲にまでして自分を救うだけの毅力がなかったことを証明するが落ちでしょう。だから貴方以外には誰れにも話したことがありません。

後の方の附言は「意志薄弱」の自嘲もさることながら、人の表向きの出処進退だけから何が判るものか、といわんばかりの語気をも孕んでいるようである。そういう事後の感慨は措くとしても、その抗日の立場を誰れも疑わぬ亡兄魯迅と弟建人が、揃いも揃って早くから北京に最初の夫人を残したまま上海へ走り、それが今さら己れの余分の係累となる廻り合せを、当時の彼がある程度の皮肉な思いで引受けたのだったろうことは、容易に察しがつく。もともと彼は、この兄と弟の夫婦関係の始末に決して同情的でなかったのである。説明であれ弁解であれ、とにかくこのような係累が彼を縛った事実は納得できるし、そこに人世の機微といったものを見ようと思えばそうもできる。ただ周作人は、俗流に堕するのを嫌い、非常に確かな事実を一つだけ言っているのであって（それは同時に北大当局に申し出た公式の理由でもある）、旧政客連が下野などの際に念仏三昧だの老母奉養だのを謳うのと同列に論ずるつもりはさらさらないけれど、事実は事実なりに、それが充分に選ばれた表現であることも確かだ。というのも、あれだけの係累の重たさは重たさとして、もし仮りにこのような係累がなかったなら、彼は一も二もなく北京を離れたろうか、と考えてみると、答は必ずしも自明でないからである。そこで事実に関しては、もう少し考えてみなければならない。鄭振鐸《ていしんたく》の『蟄居散記』の次のくだりなども、問題の一つにはちがいない。

……「七・七」以後、私ども南方にあった友人たちは、彼のことが心配でならなかった。多くの人が彼に南下をすすめたが、魯迅の「徒党」に悩まされそうだから行けぬ、というのが彼の返事だった。これは全く有りもせぬことにかこつけたので、実際は北平の生活に恋々とし、八道湾〔周家の所在地〕の快適極まる日常が惜しくて、動く気になれなかったのだ。

「魯迅の徒党」うんぬんは、どんな多くの人のどんな勧めに答えた言葉だったのか、その具体的なところはわからない。しかし、彼が実際にそのように言うことは、場面しだいで、ありえただろう。たとえば、前年の十月に魯迅が亡くなった時のいきさつがある。周作人は「魯迅に関して」同じく「その二」の二篇を紀念に草し、彼が誰れよりも詳しい兄のおもに初期時代の豊富な故実を公にした。その資料的価値を否認する者こそなかったものの、彼のような消極退嬰の弟にあの兄を紀念はおろかそもそも理解すらできるのか、といったふうの攻撃に事欠かぬだけの障壁が、すでに兄弟同士の私的な不和を越えたイデオロギイ上の問題として、また象徴的には北京と上海の政治的気流の差異として、あったことは事実だ。もっともこういうことが問題となりえたのは、おもに、鄭振鐸のいた上海から桂林、漢口、重慶さては延安へと展開していった、文学界抗敵協会などの在野知識人の運動からの南下呼掛けに対してであって、国立北京大学教官として、長沙の臨時大学からのち更に昆明の西南連合大学となる職場に従い「西南に走る」要請とは、背後の世界が少々異なっていたが、しかし、「政府派」の強い大学であれ、共産党の統一戦線思想の影響が濃い抗日文化運動であれ(因みに、郭沫若はまもなく国民政府軍事委員会政治部第三庁の長となって、周恩来などとちょうどその際どい接点で苦闘するのであるが)、抗日の国家的大義を大前提とする新しい生活への脱出を彼にためらわせたものが、必ずしも家族の係累だけでなかった、ということには変りがなかったろう。それらは「魯迅の徒党」でも、また「八道湾の快適極まる日常」や「意志薄弱」や日本人の妻その他その他でも、幾らかずつはあったかもしれない。また魯迅との比較では、その生涯に幾つもの脱出を経験している兄とはまことに対蹠的なこの弟の行動の型というものも、考えることができる。しかしどうだろうか、とどのつまりは、前に見た「国語と漢字」(本書第一章二六ページ)に述べられているような彼の決意が、すでにこの事態をあらかじめ選択していたことになるのではないか。その決意とこの去就の間には、別の立場から見れば、あるいは彼自身でも後から顧みれば、判断の甘さや見通しの誤りといったものが介在したと言えるかもしれない。とりわけ「事変」の早期局部解決という予想は、べつに彼一人の楽観でなかったにしろ、重大な誤算だった。けれども、決意と去就の全体を、もし身を以てなした作品でもあるかのように解するならば、それとこれとは完結した一個の営みの二つの面のようなものであろう。生活や意見が作品のように完結しうる道理はないが、しかし実際のところ、平凡、自然、情理をしばしば唱えたこの常識主義者の一種独特な醒め方が、そのままかえって架空の色を帯びた生活と意見の方へ、彼を少しずつ引入れはじめていたように、私には思えてならない。占領下の「文化城」なるものが、すでにどこか架空めいた場所ではなかったろうか。

ともあれ、こうして全面戦争突入の年一九三七年は暮れていった。この機会に彼がギリシャ神話の翻訳を思い立ったことは、十月九日付の陶亢徳宛書簡にもみえるが、それは当然ながら、実質的に失職後の生計問題でもあった。そこで彼は、以前『現代日本小説訳叢』やヘーローダース『擬曲』などの訳稿を売ったことのある因縁をたどって、「文化基金による編訳委員会」を訪ねた。この「中華教育文化基金会」は、おそらくアメリカが「北清事変」(義和団事件)の賠償金を中国の教育文化に還元する名目で設けたものであろう。「編訳委員会」の責任者は胡適がやっていたが、彼はすでに北京にいなかったから、かねて面識のあった元北大生の同会秘書と掛合って、毎月二万字訳して二百元の支給を受けることになった。そして最初にアポロドロスの『ギリシャ神話』を選んだのである(『知堂回想録』)。この十二月七日付で松枝茂夫に寄せた手紙に、占領直前直後の自分の仕事のことを、彼はこう書いている。

……数年前に文学屋の店をたたみ、今また盧溝橋事件の前に日本研究屋を閉店したことは、まことに時を得たものと申すべく、今後は、東方文化を語る者雨後の筍の如きさまとなりましょう。これから何をするかはまだ考えていませんが、この一年は翻訳です。ギリシャ人自身の著になる神話を漢訳することは、もともと多年の宿望で、今にしてそれが叶うというのも結構な次第ではあります。

これを要するに、難局の第一段階にとにもかくにも自分流儀の身を処しきった安堵と余裕さえうかがわせて、彼の神気はなお不変であったと言えるだろう。彼が新しい生活への脱出をためらったと前に書いたけれど、異常な境遇の下で旧来の生活にとどまることにもいろいろと冒険に似た未知の予感はあったはずで、その前でひとまず自らの取ってきた態度を是認し、さて宿望の仕事に没頭しようとする彼は、憂悶のうちにも、文人もとより窮す、といったほどの不敵な心境にはあったのでなかろうか。

しかしその一方で戦争は容赦なく拡大の一途を辿り、十一月十六日、国民政府は南京から重慶への遷都決定を余儀なくされ、十二月十三日、南京がついに陥ちて、翌十四日、北京では「中華民国臨時政府」(行政委員長王克敏《おうこくびん》)が発足した。香港から北京入りした王克敏以下、軍閥時代の政客連に「四教授」外の前北大教授董康《とうこう》らを加えたこの表向き中国人による局地政府は、実際は日本人顧問を通じて軍がいわゆる「内面指導」をやる、この戦争におけるカイライ政権の典型を定めたようなものであった。日本軍の華北占領地行政は、従来「支那駐屯軍」総参謀長の下で北平、天津、通州の特務機関が担当していたが、この年の九月、「北支那方面軍」(司令官寺内寿一)の編成に伴い、参謀部とは別個に特務部が設けられ、次の年の五月までに、天津、青島、済南、太原、河南の五機関の編成が終った。軍隊(兵站《へいたん》)と軍特務機関の業務関係からして単純明快でなかったうえ、軍にはこのほか憲兵隊や宣撫《せんぶ》班があってそれぞれに占領地の「治安工作」をやっていた。居留民が対象のはずの領事館警察も、中国人にまで目を光らせたらしい。さらに十二月二十四日には、方面軍特務部の肝煎《きもい》りで、臨時政府の翼賛団体として「新民会」が作られ、「満洲国」の「協和会」に関係した日本人多数の実質的指導のもとに、「新民運動」なる思想教化工作も始まった(防衛庁防衛研修所戦史室『北支の治安戦』など)。

占領機構のこのような幾重にも錯綜した網の目を逃れるためには、いかに政治的野心と無縁に見えても、周作人という名はやはり大きすぎたようである。むしろ、相手国民に「漢奸」と蔑まれぬような協力者を求めずにはいられぬ日本側のジレンマから、彼のような存在にこそ協力への圧力がかかってゆくのは、必然の勢いでさえあった。この暮れの二十九日と翌三八年一月三日の二回にわたり、例の山本実彦が、「長谷川〔清〕支那方面艦隊司令長官兼〇〇艦隊司令長官を旗艦出雲にたづねて」行なった対談(『改造』三八・二)に、もうこんなやりとりが出ている。

長谷川　まあ強ひて言へば、元の海軍次官をしてゐた李世甲《りせいこう》などは頭もいゝし、相当の遣《や》り手ですね。海軍部長の陳紹寛《ちんしょうかん》は立派なゼントルマンですね。

山本　周作人は海軍の学校へ行つたさうですが、陳紹寛より一級前だつたさうです。これは魯迅の弟さんで、奥さんは日本人ですが、海軍の学校にゐて眼が悪いので刎《は》ねられたさうで、いま頃海軍にゐたら相当なところまで行つてゐたらうといふことですが、この人を中心にして、北京の方の文化工作をさせたいといふ者もあるらしいですが、自分はその任ではないと言つて出られないんです。

長谷川　さうですか。

臨時政府の膳立てをしたのは軍特務部長の喜多誠一(当時中将)だと言われるが、最初主席に予定されたかつての「五四運動」の敵役、曹汝霖《そうじょりん》の自伝(『一生之回憶』六六、香港)によれば、その担ぎ出しには、喜多のほか、「東京から来た興亜院の某部長」というのは当時興亜院はまだなかったから何かのまちがいだろうとして、土肥原賢二やさらに中江丑吉(もっとも彼は本人の辞意を知るとむしろ「晩節」を全うするよう励ます格好で帰ったという)までが干与したらしい。結局王克敏以下の顔ぶれを揃えるまでにもだいぶ難航したという人材引出し工作とこの山本実彦の言葉を考え合わすなら、周作人に対しても、すでに臨時政府組織前後の段階において、いろいろな形で利用の手が伸びていたことになろう。

(補注一) 羅常培はこの手紙が毅生、すなわち校長の下で全校の行政面を取り仕切る大学秘書長を務めていた鄭天挺(当時は中文系教員を兼ねていたが、後に明清史の専門家として知られる)に宛てられていたと言い、鄭の晩年の回想(『鄭天挺紀念論文集』巻末「自伝」)にも、自分宛の手紙としてその全文を附録しているが、後者に照らすと、羅文に引く方のには、若干削除のあることがわかる。内一ヵ所は周作人に関係があるので、後者のそのくだりを左に訳出する(括弧内は鄭の注記)。

台(台静農)君が訪ねて来て、兄が知老(周作人)、莘《しん》(羅常培)、建(魏建功)等の諸公とそろって残留の決心をなさったことを知り、実に感服しました。思うに、諸兄は必ずやかかる時期にこそ著述に専念して、年来未完の著作を完成せられることでしょう。閑暇こそは人生に最も得難きもの、まして艱難はさらに得難く、今や諸兄はこの両難を兼ねそなえたわけですから、まさに千載一遇の好機……

この内の「知老」の二字が、『伝記文学』に再録された羅文に引くところでは見あたらない。周作人を「知老」で暗示するのは胡適には相応しいことだし、羅が削る理由はあっても鄭が加える理由はないから、鄭文に引くところが正しいはず。そしてこのくだりに関し、鄭は「この時胡適がとつぜん九江から私と羅常培、魏建功たちに手紙で、北大に留まって勉強するように勧めてきたが、みなさすがにためらった」云々と書いて、回想の方ではやはり「知老」の二字を無視しているのであるが、それはそれとして、この段階において、文学院長の胡が周の残留、さては残留一般につき、この程度の認識で臨んでいたことは、留意に値いしよう。但しこれは、『知堂回想録』に言う四人の「留平教授」が正式に認定される以前のことである。

（補注二）「苦住斎」は「苦住庵」の誤りであってもなくても大差はないが、「苦住」の二字は本書の標題にも関係があるので、その典拠を紹介しておく。周作人がこれを文中に用いた最初は、一九三七年六月三日の日付を持つ、「桑下談序」（『秉燭後談』）においてのこと。一文は「浮屠《ふと》は桑下《そうか》に三宿せず（仏僧は桑の木の下に三日続けて泊まらない）」（『後漢書』襄楷伝）という、久しく一所に住してしがらみを生ずることを戒めた文句を枕にして、人生における「行（去る）」と「住（留まる）」とのさまざまな機微を語り、「楽行は苦住に如《し》かず、富客は貧主に如かず」なる、もと仏経に出るという文句を詩作技法の書から引いて、以下のように言う。

この苦住というこころが私の気に入って、庵名に借りてやろうと思った、しょせん苦茶（従来の庵名）と同じ庵どころか、そもそも庵など実際にはありもしないのであるが。それはさて、とにかく苦という言葉はなかなか悪くないと思う。苦はなにも、「三界安きこと無くたとえば火宅《かたく》（火事の家）の如し」などと言うのに限らず、ただ普段つらいと言っている程度のことでかまわない。愚生は信仰うすき者であって、エホバの天国も阿弥陀仏の浄土も知らず、たまたま引いた籤《くじ》が南瞻部洲《なんせんぶしゆう》の摩訶至那《まかしな》（須彌山《しゆみせん》南方の大いなるシナ――古代インド人の称する中国）なる土地だったので、そこに留まるよりないというまで。べつに楽《のぞ》んで去るほどの大志はないのだし、どのみち中国で旅をするのはひどく難儀なことでもあり、このうえさらに苦を重ねることもなかろうから。

日付はまさに「七・七」開戦の直前であって、「苦住庵」の戯号は、その主人のいわば一般的人生態度の特殊戦時版として、周到に選ばれていたのである。しかも念の入ったことに、同じ日付で、次の七絶も作られていた。（岳麓書社刊『知堂雑事詩抄』所収「苦茶庵打油詩補遺」）

柳緑花紅年復年　　柳は緑《あお》く花は紅《あか》いまま一年また一年
虫飛草長亦堪憐　　虫の飛び草の伸びるさえ心に沁みる

于今桑下成三宿　　こうして同じ桑の下に何日も居着き
慚愧浮屠一夢縁　　一夜きりの縁とは思い切れぬが凡人

（補注三）　三四年八月、夫妻在日期間中の日記に次の二条が見える（影印本『周作人日記・下』）。

十四日……電車で市川須和田二六七に郭沫若君を訪ねる。……

十七日……耀辰〔徐祖正〕と文求堂に田中〔慶太郎〕君を訪ねる。ほどなく郭沫若君も来て、ともに千駄木町の田中宅へ行く、すなわち森〔鷗外〕氏の観潮楼である。

四　物議と沈黙

戦争の早期決着を急ぐ日本政府は、各種の和平工作が行詰った後、第三国の斡旋による日中直接交渉に望みをつなぎ、一九三七年暮れ、ドイツの駐華大使トラウトマンを通じて講和条件を国民政府に伝えた。蔣介石もいちおう応じる構えをみせたが、南京陥落などの戦況が強硬論を増長させて日本側の条件が中途でにわかに苛酷なものとなり、期限付回答を迫ったりしたあげく、この機会もあえなくつぶれた。日本政府は交渉の打切りと前後して、翌三八年一月九日、大本営政府連絡会議で「支那事変処理根本方針」を可決、十一日これを御前会議の決定とした。そのうち「支那現中央政府カ和ヲ求メ来ラサル」場合の方針は、次のようであった。

……帝国ハ爾後之〔国民政府〕ヲ相手トスル事変解決ニ期待ハ掛ケス、新興支那政権ノ成長ヲ助長シコレト両国国交ノ調整ヲ協定シ更生新支那ノ建設ニ協力ス、支那現中央政府ニ対シテハ帝国ハ之カ潰滅ヲ図リ又ハ新興支那中央政権ノ傘下ニ収容セラルル如ク施策ス……

同月十六日に出た「国民政府ヲ相手トセス」という、例の第一次近衛声明は、直接この方針にもとづいている。北京の臨時政府のようなものを作ることには、「たとえ『臨時』の二字を附するとしても、過早に中央政府類似の機構を作ることは、将来中日国交の全面的調整を試みる際に累を来し、その際既成事実によって日本政府を掣《せい》肘《ちゅう》することになる」といった反対が政府内部にもあったが(森島守人『陰謀、暗殺、軍刀』)、国民政府との交渉による戦争終結の可能性をいっさい断ち切る形で、その辺の筋は強引に整理されたわけである。こうして、急激に昂揚しつつあった中国の民衆の民族意識との完全な敵対を宣明することにより、「興亜」の旗を掲げた「事変」の解決不能は、原理の上でも決定的になった。

　三月十八日には、陥落後の南京にも、将来北京の臨時政府と合併すべき暫定的地方政権と自ら規定する「中華民国維新政府」(行政委員長梁鴻志《りょうこうし》)が作られた。そして七月十五日に決定された日本政府の「支那中央政府樹立指導方策」は、ゆくゆくこれらの地方政権を集大成して、独立国政府たる「新中央政府」を目指す構想を謳《うた》い、その時期を漢口陥落以後に予定した。しかし、このようにして踏込んだ長期戦化の道そのものが、かえって国民政府を相手にすることを迫らずにはいなかったろうし、そうなれば、日本側が自分で「独立」させた政権の独立を自分の手で犯すほかなくなるだろうことは、見える目には見えていたのでなかろうか。事実はそれどころでなくて、そもそもこのような幾つかの協力政権の準備段階においてすでに、独立の約束が次々と反故《ほご》にされ、それが当の協力者の失望と不信を買った事例は、数えきれないほどである。ともあれ、日本側の構想は、淪陥区の母国に対する、いわば敵国化を目指すものであることが、いよいよ露わになったのであった。

　この年すなわち三八年の五月八日、四川省成都など抗日地区の新聞は、「周作人等ついに叛逆す」「周作人漢奸となる」といったセンセーショナルな見出しで、あるものはその下に「？」を付けながらも、いっせいに淪陥区北京における彼のある行動を報じた。それは「周作人事件」と名づけられ、抗戦陣営の人々に衝撃を与えた。この時成都にいた詩人の何其芳《かきほう》も、十一日深夜付で「周作人事件に関し」と題する糾弾の一文を『工作』という雑誌に投じた。何其芳は、三〇年代初頭に登場したフランス象徴派の流れを汲む知的新詩人中の俊秀として、すでにある程度の文名を知られていたが、「満洲事変」後の緊張のために北京大学文学院哲学系学生の身分を棄て、各地の教職を転々としながら、急速に抗戦と革命の政治的信条を固めつつあったところで、この年のうちに彼は成都を離れ延安解放区入りを遂げている。その糾弾ぶりをみよう。

……ここ数年来の文化界の情況に多少通じている者には、周がここまで落ちたからといって、何ら驚くにも当らない。何故なら、これは偶然の過失でも突然の変節でもなくて、彼の思想と生活環境がもたらした結果だからである。彼は自分の道を辿ってその墓場に行き着いたのだ。

とはいえ、このニュースが人目を惹いたのは事実である。十四、五歳の子供すら「どうして周作人は漢奸なんかになったの」と私にきいた。新聞が今なお「新文学の権威」などと言っているほどでなくても、五四運動の頃新文学に貢献したことをまだ人々は忘れていないので、周は何といっても有名だ。さらに、彼の「語絲《こし》時代」（『語絲』は彼ら兄弟を中心とした週刊誌。二四年創刊）の積極的な態度から、少し前に北平にいた人たちは完全には敬意を失っていない、ということもあろう。たとえば去年の秋、日本人は周を利用しようとしているらしいと聞いて、私が永いこと肺病を患っている友人に告げると、彼はありえぬことだと言って、一冊の『宇宙風』を見せた。それには周の短い手紙が数通載っていて、南方の人々が彼を李陵でなく蘇武（李陵と同様に匈奴に捕われたが屈しなかった）と見るように、とか、南方へ逃げようにも、故郷の紹興にもう家はないし、南方とても安全とは限るまいから、どうも仕方がない、などとあった。表向きは痛々しい話だが、根幹はいいかげんなものだ。彼は国家から異域へ派遣された使者ではないし、現代の匈奴が彼を抑留したわけでもないので、蘇武には見立てようがない。家の問題に至っては、南方には風雅な「苦雨斎」こそないが、しかし無数の人間が活き、流亡し、活動し、戦い、死んでいるのだ。

それは、権威や名声ゆえのなまぬるい同情から自分の憤激を守ろうとする潔癖な正義感にもとづく立論にちがいなかったろうし、北京大学以来の彼の最も親密な文学仲間李広田《りこうでん》の作品集のために、周作人が序（「画廊集序」三五）を書いたのもつい先頃のことであってみれば、この手厳しさにはそうした痛手に発するところも少なくなかったように思われる。何其芳自身も言っているとおり、周作人の声望はなお高かったから、この手厳しい糾弾には当然異論もあって、彼は次のような読者の要求に応えて、再び「周作人事件に関する手紙」というのを書く。

周作人事件に関し、たくさんの新聞や雑誌から宣伝されて、いささか参っています。かつてこの人の本はずいぶん愛読したもので、私はやはり相当の敬意を抱いていますが、今日多勢の人々から彼は漢奸だと言われると、そのようにも思えます。ところが、『工作』第五号で先生が論じられた後、今度の号で朱先生がさらに論じられ、私は一寸わけがわからなくなりました。何先生、どうか円満な解答を与えて下さい。

文芸学者朱光潜《しゅこうせん》は、何其芳の再論から察するに、周作人邸には時に「漢奸や敵」が出入りしているし、また日本人は彼を「重視しかつ敬慕して」いる、つまり利用しようとしてもいるが、彼はまだいかようにも利用されてはいない、という趣旨の北京の誰れかからの来信を紹介して、新聞報道の真偽は「なお考証に待つ」べきものとし、周作人の私生活上の態度や日常の言動と裏切りの有無とを同列に論断する若い何其芳を、「お互い自分にはともかく、他人にはもう少し寛容であっていいのではないか」というふうにたしなめたらしい。それに反論して、相手を選ばぬ寛容などは無用のことだ、と書いている何其芳の論調には、むろん少しの動揺も見えない。彼は「時代と大衆から遊離した」周作人の生活そのものを許すまいとしているのである。けだし、八道湾の周家の書斎が新文化運動の最も強力な砦として、若い人々の崇敬の的だった時代は、すでに確実に過去のものとなってい た。魯迅が去った後、「苦雨斎」とか「苦茶庵」と号され、新文学の理想と伝統的な風格の調和の象徴として、なお静かな睨みを利かした時代も、戦争がとざしてしまった。今は敵軍占領下にとどまる辛さをもじって「苦住庵」とも戯れに号しているその主人の苦衷を、思いやること自体が果して正しい行ないであるか否かを、彼らは自問せずにいられなかっただろう。

何其芳は同じ新聞記事から、武漢の「中華全国文化界抗敵協会」(略称「文協」)が全国に向け、周作人や銭稲孫《せんとうそん》等を文化界より駆逐せよ、という趣旨の檄電を発したことを知ったように書いている。してみると、「文協」の通電が新聞報道のきっかけを作ったのだったろう。南京の国民政府も国民党中央党部も、すでに重慶へ移ってい たが、武漢には党、軍、政の重要人物が集まり、周恩来のひきいる「八路軍事務所」も開かれていて、ここは「事実上抗戦の主都」(郭沫若『洪波曲』、邦訳『抗日戦回想録』)の観を呈していた。少し前の三月に、当時延安、上海、香港、広州、昆明、重慶、西安、成都、長沙等の各地で活動していた抗日作家の統一組織として、「文協」が成立したのもこの地であって、その機関誌『抗戦文芸』(最初は三日刊)が五月四日に創刊された矢先の「事件」だったことになる。檄電というのは、五月五日付の「武漢文化界抗敵協会周作人糾弾宣言」のことであろう。ついで五月十四日の第四号に、茅盾《ぼうじゅん》ら十八名連署による「周作人に与える公開状」が掲載された。(補注二)それは、孔羅蓀《こうらそん》『抗戦文芸』回憶断片」(『中国現代文芸資料叢刊』第一輯)の言葉を借りれば、「周作人の民族を裏切り膝を屈して敵に事《つか》えた罪行を批判しながらも、なお希望を残して、彼が翻然悔悟のうえ道を求めて南下してくれることを期待する」形のものであった。そういう形になったいきさつについては、周氏兄弟双方と親しかった郁達夫《いくたつふ》が、翌年三月現在こう書いている。

……今は少なからぬ人々が、周作人は漢奸になってしまったと言っている。けれども私は終始なお疑わしく思っている。それで、全国文芸作者協会(「文協」のことであろう)が周作人に宛てた公開状でも、最後的断定は私の手で削り書きかえたのだった。周作人氏と、かの平然と国を売る手合とは、どう考えても一様には扱いかねるのだ。(「回憶魯迅」『宇宙風乙刊』一期)

さてこれほどの騒ぎを惹起した周作人の行動とは何だったのかと言えば、日本側の召集した「更生中国文化建設座談会」に彼が参加して、その記事が写真入りで『大阪毎日新聞』に出た、というのが報道のおもな内容だった。座談会は三八年二月九日の出来事で、その詳報の載っている『大毎』は二月十六日号であるから、抗戦地区の新聞が事件として取上げたのはほぼ三ヵ月後の勘定になる。新聞から新聞へのニュースの伝わり方にしては、交戦中という条件を考えても時間がかかりすぎていて、これも「文協」の檄電が新聞報道を招いたという推測を裏づける。では「文協」は何によったかというと、「雑誌の雑誌」と銘打った、『リーダーズ・ダイジェスト』式の綜合雑誌『文摘』第一九号の訳文によったのである。『文摘』は、もと上海の復旦《ふくたん》大学から月刊で出ていたが、この頃「戦時旬刊」と変り、戦時ジャーナリズムの有力な一翼を担っていた。第一九号は四月二十八日発行のはずだから、時間の辻褄は合う。同誌の第二一号には「文協」の宣言と公開状も転載されている。(注) また第一一号(三八・二・八)には、前章に引いた『改造』の山本実彦と長谷川長官との対談も訳載されていて、これは何其芳が目ざとく「叛逆」の傍証に使っている。

「叛逆」の主たる根拠はこういうことであるから、「文協」の公開状が、事後にもなお割切れぬ尾を曳いたのは、無理からぬことだった。孔羅蓀の前記『抗戦文芸』回憶断片」は、それをこう伝えている。

……公開状が発表された後も、当然幾つかの違った意見が出てきた。特に個人的に彼の漢奸行為を弁護していた者は、あれこれと根拠を探してそれが誤伝だった等々のことを証明しようと企てた。第五号の編集後記では、ある連中の注進をもとに、こんな説明がされている。「周先生はすでに当地の友人に書を寄せ、写真撮影は騙されたもので、座談会記録は完全に日本記者の捏造である旨を声明している。次号には周先生の原書をコロタイプで発表し、真相を明らかにしたい」うんぬん。ところが「次号」になっても「原書」なるものは一向に発表されず、ようやく第一二号に「周作人事件について」という記者報道が出た。当時周作人のために伝言の労をとったのは、後に国民党新聞図書検査官になった徐霞村《じょかそん》と、自分もついには漢奸になりさがった陶亢徳の両人である。前者は周から手紙が来たと言い、後者は周がすでに十八作家の公開状に返事を送ったと言ったが、実は両説ともそらごとで、逆に一部に眩惑作用を及ぼした。もっとも記者の報道でも、彼のためにはなお少なからぬ粉飾をしてやり、周作人は「無頓着」だから、などと書いていた。他の各地の新聞雑誌はすでに周が確実に叛逆したとみなしていたのだが。

周作人が公開状に答えた事実はついに聞かぬが、各地でその身を案じていて、今度のような場合にはすかさず照会の手を打ったでもあろう多くの友人に、彼から何らかの返事を言って寄越したということは、充分にありえただろう。事は『抗戦文芸』誌上では、別のもっと決定的な事実が伝えられるまで、モヤモヤとともに持越されたとしても、五月二十七日付で彼が上海の若い散文作家周黎庵《しゅうれいあん》に与えた返書（周黎庵『華髪集』附載）などを、その一例とみることができるだろう。

周黎庵はこの頃すでに「孤島」となっていた上海の英仏租界で、『救亡日報』を出していた郭沫若や夏衍《かえん》が脱出した後も、王任叔《おうじんしゅく》、柯霊《かれい》、唐弢《とうとう》らと『魯迅風』という雑誌を続け、魯迅の遺風を慕って雑感文に一種の才筆を振っていたが、資質的に周作人に強く惹かれるところがあったように見える。彼は「事件」の主人公にひとかたならぬ同情を寄せ、直後から翌年春にかけて、五、六篇もの文章で専論した。その論調は何其芳などと好一対とも言えるもので、彼は『大毎』の記事や写真が敵の「離間の計」であるかもしれぬことを疑いかつ願い、例えばこんなふうに書いている。

……知堂先生が『宇宙風』に寄せた手紙では、「海上ニ雪ヲ嚙《か》」んだ蘇武たらんとして、彼のことを「北廷ニ首ヲ納《た》」れた李陵と見ぬように南方へ訴えている。この点は見方に正確さを欠いていた。今日の「匈奴」が、蘇武の存在を許すはずはない。すすんで虎の威を借る漢奸などにはならぬまでも、やむなく「詞賦蕭《しょう》索《さく》」たる庾信《ゆしん》〔梁より周に使いし文才の故に抑留され、望郷の念は切であった〕になることは目に見えている。今日『大阪毎日新聞』に載っていることはデマかもしれないが、将来は必ず事実となるだろう。その時の蘇武は、節に殉じるのでなければ、庾信となる他はない。

私は知堂先生は庾信になることを肯じまいと信ずる。さりとて蘇武になる可能性もありえないとすれば、やはり郭沫若先生に倣い、すぐにも南下して、人々の心の痛みを癒すことだけが、彼の唯一の活路であろう。（「蘇武と庾信」）

……礼教時代の官僚地主先生は、事あるごとに女人には節に殉じ、士人には忠を全うするよう励ますのを至極当然と心得ていた。現代の目にはむろんあまりに惨酷な話である。しかし作人先生に向って、もし彼が、積極的に魔手を逃れることも、また消極的に「海上ニ雪ヲ嚙メル蘇武」となることもできず、おめおめ投降するくらいなら、いっそ范愛農《はんあいのう》の後を追い、悲哀でもって今日の人々の心の恥辱に替えてくれるよう訴えたとしても、決して過分ではないだろう。（「周作人と范愛農」）

後の方のは、上海で禁書となり広東に移った『宇宙風』の第六七号に周作人の近作「范愛農に関し」が載ったのにふれて書いたものである。范愛農は魯迅の同名の回想小説で知られるように、辛亥革命後の世情と合わず幻滅と失意のうちに水死した狷介《けんかい》なかつての「新党」である。周作人の一文は、范愛農がむかし魯迅に送った手紙や魯迅の悼詩を公開して、いつもながらの作風を保っていたが、その題材のとり方に、時節柄周黎庵はあらぬ想像を逞しくしたのであろう。そして彼は、このような文章を書いた同じ人が二ヵ月後にあんな座談会に出たはずがないと考え、日本新聞への疑惑をあらたにするのだったが、実際の順序は逆で、二月十三日という同文の日付よりもさらに四日前に座談会は行なわれていたわけである。

さて周作人が周黎庵に宛てた、五月二十七日付の返書の「事件」に関するくだりは、次のようである。

……大阪毎日にいったい何事が載ったのか、誰れかに調べてみて貰いましょう。以前天津の新聞が、小生が大学校長になるようなことを書いていましたが、あるいはその類いででもありましょうか。この件の真偽は徴すべき事実がしかとありますが、世上にははかないそらごとを追い、他人の災禍を愉しむ手合がいて、思うさま彼らの材料にされながら、被害を受ける側からはどうにもできません。流言をとばし、怨みを晴らし、それぞれ満足がゆけば、おのずと立消えになるでしょう。

もどかしい疎隔感は、周作人の側にも重々あったことだろう。彼は当の『大毎』の記事も『文摘』の訳文も、また抗日地区の反響の実況も見ていない。そして自分がかかわり合った「徴すべき事実」だけをもとに、そのもどかしさを世上一般の浮薄なあるいは悪意ある流言心理なるものに投げつけている。しかし「事実」そのものを説明しようとはしない。説明しないことが、実は一つの選び抜いた態度であった。おそらく彼は、「事件」に関して、他の誰れにもこんな調子の手紙しか送らなかったのではないか。それなら、『抗戦文芸』誌上で、「原書」による証明の件が要領を得ぬままに終ったのも、道理といえば道理だ。

「事件」の原因となった『大毎』二月十六日号の記事は、「更生支那の文化建設を語る」という大見出しの傍に「まづ打倒すべき唯我独尊の態度」「共産主義と闘ふ新民会の方策」「緊急に学制を立直せ」等の文句を掲げ、ほとんど一頁全段を埋めている。北京特派員の前置きには、「日支両国の文化提携」問題の成熟を謳ったあと、「かかる折柄中国の新首脳者はこの問題に対していかなる準備と抱負をもつてゐるのだらうか、また現地にあつて両国の文化を通しての握手にそれ〴〵の役割をもつ日本側各方面は果してどういふ方策をもち、これをいかなるコースに運ばんとしてゐるだらうか」うんぬんとある。二月九日、場所は北京ホテル(北京飯店)、出席者の名前と肩書は次のとおり。

日本側——大使館参事官森島守人、新民学院教授滝川政次郎、軍特務部成田貢、同武田凞《ひろし》。

中国側——〔臨時政府〕議政委員長兼教育部総長湯爾和《とうじわ》、新民会副会長張燕卿《ちようえんけい》、前河北大学校長何其鞏《かききよう》、北京大学教授周作人、清華大学教授銭稲孫。

新聞社側——三池支局長ほか四特派員。

日本側では、「日支文化提携のためには反民族主義が必要である。支那にはこれが一番苦しいことだらうが良薬口に苦し、大いにやらねばならぬと思ふ」とか「大学復興といふ言葉は間違つてゐると思ふ。日本は国民党の外郭としての大学は討つたが、大学そのものは討つてはゐない、むしろ保護の手をのばしてゐるのだ、従つて大学の復興ではなく本当の意味の新設といふことが問題なのだ。今までの支那の大学生は大学といふ建物の中に集まつてゐた蔣介石の外郭分子に過ぎない」などと言っている滝川政次郎の発言が、一番あけすけに「文化提携」論の自家撞着をさらけ出している。中国側の出席者は、新民会の張燕卿が積極的に見えるほか、あとは司会に促されてそれぞれ当り障りのないことを一回ずつしゃべったような形に記事はできている。写真も、座談の場面というより記念写真に近い格好にソファーを寄せたところが、写っている。日本語の出来ぬ何其鞏以外はみな通訳を介さぬ発言だったらしい。学生が日本文化をどう摂取しているか、研究教育者としての経験を、と問われて、周作人が答えたとされていることは、全部で次のとおりである。

私は長らく東洋文学、日本文学系の仕事に携つてきましたが、実は当初からの考へを申しますと出来るだけ支那の学生に日本文学を通じて日本を研究させたいと、このために折角日本文学の講座を設けて貫つたのでしたが……今日まで十年の経験からは残念ながら芳しいものではありませんでした。やはりちよつとでも日本に行つて学ばなければ駄目です、こちらでは日本の政治等をどう見るべきかくらゐ教へてどん〳〵日本に行かせるのが一番いゝと思ひます。

続いて周作人に右へ倣えをしたような銭稲孫のも含め、発言自体は、細部は知らず全体として新聞の捏造とも思えない。占領下の「文化提携」問題に処する彼の態度は、いずれにせよこれ以後のさまざまな局面でつぶさに見てゆく他ないことであり、この程度のことだったら、出席して何を言うかよりは、やはり出るか出ぬかの方が大きな問題だったろう。

抗日地区の反響の中では、一般的に「敵」ないし「敵寇」が「招集した」と伝えられていた座談会は、このように一新聞社支局の企画にすぎなかった。とはいえ、実情はもう少し面倒で、臨時政府も組織されたばかりのこの頃、その去就には極度に慎重でなければならなかった周作人のような人物を直接「招集」しうるほどの顔も威力も、新聞社の支局では利かなかった。そこで、実際の人集めは、日本側出席者の一人である軍特務部員武田凞に依頼されたのである(直話による)。武田凞は北京大学文学院を出た元留学生で、その後国士館専門学校教授となり、あらためて外務省文化事業部派遣の北京研究員として渡中、期限満了後国士館教授身分のまま軍嘱託の「特務機関情報処長」となった。盧溝橋事件当時は現地交渉の通訳その他で忙しく飛廻ったことが、前に引いた「陸軍機関日誌」からもうかがわれる。『支那革命と孫文主義』『通背拳法』、章炳麟《しょうへいりん》原著『支那学概論』その他の著訳があり、軍には他に北京の文教界に通じた者がいなかったので、特に占領初期のこの方面のことには「何にでも首を突込んだ」。さすがに、旧師唐蘭《とうらん》(甲骨学)の身の上が案じられ、自宅付近を時々見廻ったのがかえって監視と受け取られ、唐先生はまもなく北京から姿を消してしまった、という笑えぬ逸事もある。周作人に対しても、留学時代の恩義はあるので、協力を望む一方で何かと身辺警護の責任も感じてはいたが、結局「周さんは両天秤をかけているな」という疑いを終始拭いきれなかった、ということだ。

さて『大毎』支局長に頼まれて、武田凞が「動員」した中国側出席者はほとんどみな出しぶったが、とくに周作人は、自分は兄と同じ立場であると日本人に思われているらしいが、それでもよろしいのか、というような難色の示し方をしたのだそうで、私は聞いて、なるほどありそうなことだと思った。けだし、彼の出席が抗日地区に惹起した反響とは逆に、その北京での生活の最も深刻な脅威が他ならぬ反日の嫌疑にあったことは、疑いを容れぬところだろう。その懸念を、不和もまた周知であって必ずしも嫌疑の根拠とはならぬ魯迅との関係にことよせて、協力を避ける煙幕に逆用したように解しても、彼の苦境を察するよすがにこそなれ、決して名誉を傷つけることにはなるまい。ただ、拒絶の言葉としてはそれはあまりに力弱く、結局武田煕は、いや、文化建設につきお話を承るだけで一切ご迷惑はおかけしない、といったような挨拶で押し切ったというのだが、思うに、昨秋以来のいろいろな働きかけは、すでに一定の覚悟を彼に強いるまで、執拗に繰返されていたのであろう。その中で相対的には無難に近く、必ずしも断り切れぬものでもないようなこの機会だったから、かえって彼は拒絶を解いたのだったかもしれない。覚悟というのは臆測にすぎないが、たとえば占領軍や臨時政府当局者の来訪にすべて門前払いを喰わすことなど彼が最初から考えたか、また考えてもそんなことが可能だったかはともかく、今度のような応接を必ずしも拒まぬ態度に彼がどこかで踏切った事実は、確かだろう。そのことが、李陵にはならぬという彼の言明を内心において反故にするものでなかったらしいとは、周黎庵への返書の調子などから察してよいと思う。もっとも、それは本人の信条の上でのことで、仮りに「この件の真偽」が「事実に徴して」充分正確に伝えられたとしても、抗日地区の常識がそれを了解したかどうかは疑問としなければならない。

抗日の大義による人々が繰返し彼の脱出南下を求めたのは、「現代の匈奴」に対する彼らの認識がそれ以外に道はないと告げたからであろうが、脱出せぬ、あるいはできぬ場合のことは、どの大義にも書いてない。とみに隠逸の風を増したと目されていたその人の「為サザルトコロ有リ」と孔子も認めた「狷者《けんじゃ》」流の引っ込み戦術に、なお希望をつなぐ向きも少なくはなかったろうが、占領者から何を守ろうとするかによっても、最後の一線というようなものの引きどころは変りうる。そして彼の線の引き方は、戦争が解決せぬうちは「外国人」に会わぬと公言していたと伝えられる、歴史学者の陳垣《ちんえん》などとはかなりちがっていた。むろん、非交戦国の外人経営の故に手をつけることができず、そのうえ武田熈によれば、ヴァチカンの斡旋による和平という万一の場合も考慮して、日本側が取扱いに気を遣ったという、ドイツ系カソリックの輔仁《ほじん》大学の校長と、滝川政次郎が「国民党の外郭」ときめつけたような大学の本山格の北京大学残留教授で、他方、浅からぬ日本との因縁をも特に注目されている周作人とでは、置かれた立場もだいぶちがってはいたが。で、結局のところ彼は、己れ一個の信条のほか何ものも頼るには足らぬ情況の下で、個々の身の振り方については、果敢な地下抵抗者はもとより、狷介な潔癖主義者や一徹な慷慨家ともちがう、もっと運命論者のに似た、一種の成行き主義に就いたように見受けられる。

このような処世法は、彼の政治批判自粛宣言の観がある「閉戸読書論」(二八)の「性命ヲ乱世ニ苟全《こうぜん》スル(とりあえず生きのびる)ことがなにより肝要」という警句を思い出させる。この一文自体が反語的な政治批判でもあったとはいえ、その後の彼の実践はこの標榜にまずまず忠実だった。さてこうした成行き主義と表裏するような一篇の文章を、彼は問題の座談会に出た日から十日ほど後の日付とともに書き遺した。題して『東山談苑』を読む」という。ごく短い読書筆記だから、全文を訳出しておく。

『東山談苑』巻の七に言う。「倪元鎮《げいげんちん》は張士信《ちょうししん》に辱しめられながら、終始口を噤《つぐ》んでいた。人がわけを問うと、元鎮は、口を利くだけ俗《やぼ》さ、と言った。」この言や好し。余澹心《よたんしん》は古人のよみすべき言行を記して八巻にも及ぶ書をなしたが、この一条の右に出るものはあるまい。『世説新語』より後の記事が、おおむね、陳腐でなければ情理をかけ離れるまで歪められていて、桓《かん》大司馬の「樹スラ猶《な》ホ此《かく》ノ如シ」(野心家の桓温《かんおん》が昔植えた柳の巨木に変っているのを見て発した詠歎)というような言葉の滅多に見られぬのはどうしたことか、とかねて不審でならなかっただけに、雲林居士のこの言はよほど面白かった。ことに、余氏の言うように、乱離の後に身をひそめて思い凝らしてみたら、まして感興は深かろう。妙薬の一匙《さじ》、糸竹《しちく》をもてあそぶにまさるどころでない。民国二十七年二月二十日灯下、苦茶庵西廂に記す。

この一篇はずっと篋底《きょうてい》にしまわれていたらしく、一九四四年に他の約二百篇に及ぶ読書筆記と併せて編んだ『書房一角』に収める「看書余記」五十八篇の劈頭に置かれている。つまり圧巻の作というわけである。すでに引いたとおり、北京残留をめぐる取沙汰に一々弁解はしきれぬ、ということが、『宇宙風』編者宛の手紙にあった。一篇の趣意がその延長上にあることは明らかで、その後四三年になって、彼はこれを「弁解」と題する文章の中に全文再録しながら弁解無用論を公にしている。そこでは、「俗」という語の「雅」の対《つい》とするだけでは尽くせぬ含意を、郷里の方言や『水滸伝』まで援用しながら面白く説明しているが、拙訳では、彼が武者小路実篤との公開往復書簡(『読売新聞』四一・六・二二)でもこの一条に触れ、「俗とは即ち野暮のことだらうと思ひます」と日本語で注していることをルビに生かしておく。

彼が称讃してやまぬ嘉言の主、雲林居士倪元鎮が元末の名高い画家倪瓚《げいさん》だとは知る人も少なくはなかろうとして、これを辱しめた張士信というのは、元末の動乱に乗じて、周作人の郷里紹興を含む浙江、江蘇あたりに一国を構えた張士誠《ちょうしせい》の弟である。『明史』隠逸伝によると、瓚は動乱を未然に察して、家財を人にくれてしまい、「小舟に竹笠」の境涯に難を遁れた。士誠は彼の名を利用すべく執拗に抱込みをはかったが、漁師の間にまぎれてこれも逃げきった。しかし士信が金を積んで画を所望したのをにべもなく断ったことから怨みを買い、とうとう見つけ出されて半殺しの目に遭ったのだった。そしてこの時、瓚は士信に対し「ついに一言も口を開かなかった」と『明史』は記している。倪雲林の受けた辱しめの背景はこのようなものであって、それと論陥区北京における周作人の境遇とが一脈の類縁で結ばれているのは見易いといっても、倪その人の逃亡主義と、周その人の成行き主義とは、違うといえばたいへんな違いだが、ここではその背景を暴力的な「辱しめ」の一語に要約して、沈黙の一事に関心を集中する。

このような、占領下における彼の沈黙、さては弁解無用説の典拠にも当る「『東山談苑』を読む」が、例の座談会出席のすぐ後に書かれた事実は、偶然ではありえない。周作人にはかねて「生活の芸術」という理想があった。これを最初に唱えた同じ題のエッセイ(二四)に照らせば、「生活を一種の芸術とみなして、微妙に美しく生活する」ことで、その要諦は儒教的な禁欲主義の反面に放恣な耽溺があるような悪しき伝統の克服としての「禁欲と耽溺の調和」にあり、それを中国固有の言葉で言えば教条化以前の「礼」に当る、というのである。これは芸術観における西欧模倣的近代主義への別れの言葉であり、また「一種の新しい自由と新しい節制により中国の新文明を建設すること、言いかえれば千年前の旧文明を復興して、さらに西方文化の基礎をなすギリシャ文明と合一すること」といった文明論的な構想による初心の継続でもあった。この思想は以後大筋において変らなかったが、「生活芸術」の中味に、出処進退の芸術とでもいうべき一面がしだいに目立ってきていた。それだけ生きるに困難な「乱離」の意識は深まったわけで、これはすでに、「『東山談苑』を読む」の中でも彼が推重《すいちょう》している魏晋前後の名士言行録、『世説新語』などに真直ぐ通じている文学世界であろう。その『世説』と相前後する時代の人物の中で、現実の「為スベカラザルヲ知ッテ」さっさと隠遁した陶淵明と、なおも死力を尽した諸葛孔明との対極を、「周朝以後一千年のただ二人」とまで絶讃するのも、そうである(「論語小記」「顔氏家訓」など)。因みにあの「性命ヲ乱世ニ苟全スル」は、諸葛亮が、かつて劉備の「三顧ノ礼」に応えて出馬する以前の己れの隠棲の心を回顧した文句(「出師表《すいしのひょう》」)である。つとに儒教以前の「原始儒家」を看板にしていた周作人が、倪雲林のようには世を捨てきれぬいじょう、その捨て身の反抗よりも沈黙の美学の方に傾倒するのは、理由のないことではない。いったい周作人は、人間あるいは個人としていかんともしがたい壁に向っては、反抗よりもユーモアを思うことをよしとした人物である。その彼が単独で占領および占領協力機構と応接して反抗せぬ恥辱の中から、自己と自己のよって立つ価値とを救い出すよすがが、こうした「生活芸術」なのだろう。諧謔まじりに「唯物論」を自称する強力な現世主義者の、これは、すこぶる倫理的ではあるが、つきつめればやはり審美的な芸のようなものであったと私は思う。

ところで、はじめに引いた何其芳の糾弾文は、五月十一日の成都の新聞記事にもとづき、周作人が徐祖正と共に「学制研究会」なる「敵のもう一つの御用組織」に名を連ねた、というもう一つの罪を数えていた。この組織のことはよく判らないが、翌三九年三月の上海自然科学研究所『中国文化情報』一五号の人事消息欄に見える周作人の肩書の一つにも「現に臨時政府教育部制学《マヽ》研究会委員」とある。つまり、臨時政府が占領下で学校教育を再開するために招集した学制諮問機関ようの組織に彼が名を連ねたのは、事実のようである。(補注二)占領下の教育の荒廃や「奴隷化」に対する懸念が、彼なりの積極的態度を促すということは、これから先の行動に照しても充分に推測可能であり、それは、大騒ぎになった日本新聞の座談会との一時的な付合いなどより、よほど熟慮を経たあげくの行動だったはずだ。しかし彼はその頃、これとはまたちがった方向の努力をも、諦めきってはいなかった。

五月二十日、燕京大学国文系主任の郭紹虞《かくしょうぐ》が、「客員教授」への招聘状を携えて、周作人宅を訪れた。『知堂回想録』によると、これは、前述の「編訳委員会」が香港へ撤退することになったために再び生じた生計問題に迫られ、かつて十何年も出講した縁のある燕大に彼の方から郭紹虞を通じて申し出た話である。燕大はアメリカ系のミッションスクールで、ドイツ系カソリックの輔仁、フランス系の中法と並び、北京に僅かに生き残っていた大学の一つだった。開学以来の校長スチュアート(司徒雷登《ストゥ・レイトン》 J. Leighton Stuart)は、中国生まれの宣教師で戦後アメリカの駐華大使となった人物だが、戦争中も、特殊な地位を利用して、日、米、抗戦淪陥両中国の間でいろいろと外交的役割を演じたと言われる。また大後方では理事長の孔祥熙《こうしょうき》が校長を兼任して「遥かに気脈を通じ合っていた」と、戦後燕大の学生自治会が編んだ『燕大三年』に書いてある。同書はさらに、当時の北京の燕大の立場をこうも回顧している。

……燕京はその国際性と教会大学の立場に助けられて、独り北方に留まって難局を支え、政府の委託に応えて抗敵教育の重任を荷うことができた。当時、多くの青年は政府から淪陥区に捨てられて、敵の奴隷化教育を受けるに忍びず、かといって大後方への撤退にも遅れ、彷徨苦悶の中での唯一の希望は「燕京に入る」ことだった。……学校当局も慣例を破って大量にこれらの熱心な愛国青年を吸収した。そのため敵の嫉視を買い、厳重な監視の下で燕京は一孤島と化した。

学生だけのことでなく、周作人も「中国側でもこの職に就くのを国立の学校と全く変らぬことと認めていた」(『知堂回想録』)ことを考慮してここに活路を求め、そして叶えられたのであった。(補注三)招聘の条件は、名義は「客員教授」、授業は九月新学期から始めることとし、四ないし六時間を担当、待遇は講師に同じく、その上に二十元を呈して優待の意を示す、というものだった。その後毎週一日だけ出校することに話が決まり、二科目各二時間を担当して、月俸百元ということになったが、この条件でもやはり「専任」のうちであり、優待に変りなかったように、『知堂回想録』の別のところで彼は書いている。こういう形で、彼はひとまず生活上の防波堤を一つ確保しえたように見えた。そしてこの消息は、郭紹虞から上海の鄭振鐸にいち早く伝えられていた。鄭振鐸の『蟄居散記』は「文協」の公開状のことに続いて、言う。

……しかしその時、彼は実際はまだカイライになっていなかったのだった。紹虞が私に手紙で、燕大はすでに正式に次の学期から彼を教授に招くことを決め、彼もこれに応じているので、絶対に問題はない、と言ってきたのだ。私はこの手紙を根拠に、彼の潔白を弁じたものだった。私たちはどんなに彼を愛惜していたことだろう！　彼が動揺しないか、裏切らないかと気が気でなく、さればこそ、彼が燕大の招聘を受けたと知って、こうまで喜んだのだ。(補注四)

（注）『文摘戦時旬刊』第二一号の転載記事を左に全訳しておく。

周作人の通敵行為に関し

本誌一九期（四月二十八日）に「いわゆる『更生中国文化建設座談会』」の報道文を訳載したところ、そのご五月五日、「武漢文化界抗敵協会」が周作人糾弾の宣言を発し、五月十四日付の『抗戦文芸三日刊』にはさらに茅盾らの「周作人に与える公開状」が出て、一致して周作人に糾弾と警告が加えられた。ここに両文を掲げる次第である。――編者

茅盾らの周作人に与える公開状

作人先生

昨秋の平津淪陥このかた、文人あいついで南来し、先生のなお故都に在ることが伝えられた。私たちは、暴敵による文化の破壊、読書青年の迫害を伝え聞くごとに、先生の安全を思わずにはいなかった。さらに、通信を送って消息をたずねた友人らは、返信を通じ、あくまで北平に留まろうとする先生の決心を知らされた。私たちは、その動くに困難な事情を諒解し、先生が文壇の蘇武となって逆境に節を全うするように願った。しかしながら最近に及んで、私たちは敵国の新聞により、先生が敵寇の招集にかかる「更生中国文化建設座談会」に参加したことを、驚きとともに知ったのである。写真と発言が明らかに存する以上、事は虚構と考えられない。その行動は、民族に叛逆し仇敵に膝を屈するにほかならぬ痛恨事であって、およそわが文芸界の同人にして、先生のために惜しみかつこれを恥とせぬ者は、一人もいないであろう。先生は、中国文芸界にかねて相当の貢献があり、しかも国立大学教授として国家社会の優遇と尊敬を存分に受ける身でありながら、甘んじてかかる天下の大誤謬を犯し、文化界に叛国媚敵の汚点を付けた。格別の愛護を傾けたいとは、もとより私たちも願っている。しかし、事が大義にかかわるとなれば、愛護の故に良心をくらますことはできない。

先生のかかる行動は必ずしも偶然でないように思われる。中華民族に対する年来の軽視と悲観こそは、実に、立場

を取違えて敵を友と見做すに至った根本原因でなかったか。書物に埋もれ世間と隔絶した人物は、とかくこのような精神混乱の憂目を見るのである。先生みずからは超然たる態度を誇り、悟達の妙諦を会得したのであるかもしれぬが、日頃先生の文学を愛読する青年に及ぼした害毒は、いったいいかばかりであろう。もし先生にして僅かでも事実を見届ける意志があるならば、すでに十個月来のわが民族の勇敢な抗戦が、恥辱よりはむしろ死を選ぶていの偉大なる民族精神を示し、同時に、敵軍の各地における姦殺略奪が、島国文明の浅はかさと脆弱ぶりをさらしたことを知るはずである。文明と野蛮の岐れはここにおいて判然たるものがあり、先生の平素の好悪はことさら公明さを欠いている。

私たちは最後の忠告として、先生に望む。翻然悔悟の上ただちに北平を離れ、間道づたいに南来して、抗敵建国の運動に参加せよ。その時同胞たちは、先生の文芸におけるかつての功績と今後の懸命のつぐないとに免じて、再び愛護の手を伸べるであろう。さもなくば、一斉に糾弾を加えて、先生を民族の大罪人、文化界の叛逆者と公認するほかはないであろう。一念の差が忠邪を千載にわかつ、幸いに賢明なる分別あれ！

茅　盾　郁達夫　老　舎
馮乃超　王平陵　胡　風
胡秋原　張天翼　丁　玲
舒　群　爰　如　夏　衍　等　啓
鄭伯奇　邵冠華　孔羅蓀
錫　金　以　群　適　夷

武漢文化界抗敵協会周作人糾弾宣言

全国文化界御中

倭寇の目論見は、わが国土と経済の占奪にとどまらず、とりわけ中華民族永遠の奴隷化にある。そのためには、まずわが数千年の伝統ある文化をうち滅したのち、これを奴隷文化に変えねばならぬ。このことは、抗戦以来わが文化界の全同人の深く痛感するところであって、さればこそ皆、誓って蛮魔を殲滅すべく獅子奮迅しているのだ。しかるに、最近『大阪毎日新聞』が掲げたいわゆる「更生中国文化建設座談会」なるものは、倭寇がわが民族の「精神的奴隷化」をすすめようとする醜い茶番劇の一幕を伝えている。劇に加わった、がんらい責めるにも足らぬその他の漢奸はさておき、驚くべきは、かつて新文学の権威と謳われた周作人と銭稲孫らが、北平陥落以後、ただちに脱出をはかるか、さもなくば深蔵自重して別に報国の道を講じ、あるいはじっと国軍による失地回復を待つべきところを、恥を忘れ、往日の清名をも無にして、公然と倭寇に付和し、人格を売渡したことである。写真はまぎれもなく、発言もつまびらかであって、濡衣とするのは当らない。彼らは実に、わが文化界の恥辱、国民中の腐敗分子にほかならぬ。ここに、鼓ヲ鳴ラシテ攻ムル〔『論語』〕の義をとって声明する。周作人銭稲孫およびその他のいわゆる「更生中国文化建設座談会」に参与したもろもろの漢奸を、即時わが文化界の外へ駆逐し、よって精神的制裁を明らかにすべきである。各漢奸の通敵叛国の罪責に関しては、別に政府の厳正な裁きがあろう。なお、わが文化界ならびに愛国同胞においても、一致して主張せられんことを、せつに期待するものである。

武漢文化界抗敵協会叩微

（補注一）　楼適夷の回想には、公開状に関して次のように言う。

……提案したのは老舎で、手紙は私が起草した。署名した作家のうち武漢にいなかった者については、私たちが代署して、事後に通知した。手紙は『抗戦文芸』に発表した。その後、周作人が人に手紙を書いてデマに反論したそうだと言う者が現れたが、結局そんな手紙は出てこなかった。（楼適夷「我所知道的周作人」『魯迅研究動態』八七年一期）

文中に言う「代署」のことは、筆頭署名人の茅盾が、当時朱光潜の周弁護に反駁しながらではあるが、こう書いていたことと照応する。

私も広州で〝全文協〟がかくかくの通電を発したと聞いて、いささか〝感情に走り〟〔朱の言葉の引用〕すぎているなと思いはしたが、しかし、〝全文協〟のこの事件に対する処理が、純粋な義憤と磊落なる胸襟に発したものであることは明らかであって……（茅盾「也談談〝周作人事件〟」『烽火』一八期）

（補注二）　第五章補注一参照。

（補注三）　アメリカ系の燕京と並んで占領下になお自主性を維持していた、ドイツ系の輔仁大学にも周作人が活路を求めようとしていた、とする証言がある。すなわち、三八年の秋から輔仁で教鞭を執るようになった李霽野《りせいや》の回想によれば、当時同校の教員人事や学生教育を抗日中国の立場から動かしていた「文教委員会」という地下組織があり、その責任者〔沈兼士であろう。第六章補注四〕のところへ、周がそれとなく招聘を求めて再三足を運んだ、というのである。李はかつて周氏兄弟のもとに文学青年として出入りした縁があり、占領当初に同じく「文化教育基金委員会」の援助で翻訳仕事をして周の生活難も知っていたので、熱心に招聘を建議したが、たぶん「北大」文学院長出馬の噂のせいで成功しなかったのだろうと推測している。（李霽野「関于周作人的幾件事」『文芸報』九二・七・四）

（補注四）　銭理群『周作人評伝』（九〇、北京）は、周作人のこの年の日記により、彼が燕京大学の招聘を受け入れるのと前後して、数多くの学校団体からの協力要請を次々と断っている事実を挙げながら、言う。

三月二十二日、カイライ満洲大学の招聘を辞退。四月から八月にかけて、カイライ北京師範学院、女子師範大学の招聘を再三固辞、そして友人たちが文化協会に加入することにも反対している。六月十二日、留日同学会への加入を断り、奉加帳を返却。八月十五日、〝東亜文化協議会〟への加入を辞退。九月十八日、いわゆる北京大学の校長兼文学院長への就任を辞退。これらのほか、日本、カイライ双方による、宴会、寄稿依頼、面会要求などを何度も断っている。こうして周作人は、書斎にとじこもり、乱世の隠居を貫く決心を固めたかに見えた。

五　「流水斜陽太有情」

戦う同胞からはそれ自体が裏切りと見えた、占領者との応接や占領協力当局の事業への干与を必ずしも拒まぬ一方で、大後方と「遥かに気脈を通じ合っていた」という米人経営学校に職を求めるなど、占領第二年目の周作人の生活は、にわかに複雑さと緊張を加えたようであった。いちおう軌道に乗せた占領行政の実質整備を急ぐ日本人にとっても、また嘘のような平和とその反面の恐怖や生活難を同時に生きねばならぬ、意外に永びきそうな占領下の日常というものを徐々に思い知らされてゆく北京市民にとっても、それはさまざまな思惑や試行にみちた日々にちがいなかったろう。この時、彼のような立場の人物の行蔵が曲りくねり撞着し合うように見えたとしても、不思議はなかった。まして、抗日地区で気を揉む友人たちがその都度一喜一憂したのも、無理からぬことだった。そういう彼の生活と行動の跡を、もう少し詳しくしのんでおこう。

まずこの年の春のこととして、『知堂回想録』は次のような事件を記している。

……日本憲兵隊〔天津の司令部に下属した「特設北平憲兵隊本部」であろう〕が北大第二院〔理学院〕をその本部にしようとして、三日以内に引き払うよう、直接第二院に言ってきた。留守をあずかる事務員が困って、例の「留平教授」を探したが、馬幼漁《ばようぎょ》は出て来ないので、私と馮漢叔《ふうかんしゅく》のところへ来た。だが私たちとていったい何ができただろう。第二院へ行ってみると、漢叔はすでに来ていた。相談の結果、謝絶するには湯爾和《とうじわ》のところへ持ち込んで、理学院は器具類の関係でおいそれと移動できぬと言ってやるよりほかなさそうだった。うまくゆくかどうか、とにかくやってみようと、その場で私が公文を認《したた》め、漢叔が湯爾和の家へ届けに行った。その夜湯爾和から、謝絶はどうにか成功したが、あいにく第一院〔文学院〕を犠牲にして憲兵隊に差し出すほかなかった、という電話があった。こちらは文科で、講義録のようなものが少々積んであるだけだったから、散佚してもさほど惜しいことはなかった。これが馮漢叔に会った最後で、彼はだいぶ憔悴し、すでにその晩年に達していたのだった。

湯爾和の肩書は、座談会の記事ですでに見たとおり、臨時政府の国会議長と文部大臣を兼ねた地位に相当するが、周作人たちが残留教授の任務のゆえに協力政権筋とこのような交渉をもたねばならなかったという一面も、記憶にとどめておいてよい。

三月には、残留四教授の一人だった孟森《もうしん》の追悼会があった。周作人が戦争末期に「紅楼内外」と題して綴った北大文学院内外の回想（『知堂回想録』にも随所に再録）の一節に、言う。

……十一月に私が一度〔病院に〕見舞ったときは、日記の中の感憤の詩をたくさん見せてくれたものだったが、翌年一月十四日、道山に帰した。七十二歳だった。三月十三日に城南の法源寺で追悼会が営まれ、二十人ほど集まった。ほとんどが北大仲間で、別に儀式もなく、ただ黙って頭を下げた。私は「野記ニハ偏《ひと》ヘニ言外ノ意多ク、新詩ニハ応《まさ》ニ井中ノ函《はこ》有ルベシ」なる挽聯《ばんれん》〔追悼の対句〕を作りはしたものの、字数が少なくて書きづらいし、代書を頼む人もなく、けっきょく使わなかった。

使われなかった挽聯のこころは、『心史叢刊』をはじめ、明清の野史によって数々の逸事を解明した老史家の批評眼を珍重し、故人の号がそれに因む、宋末の人鄭思肖《ていしいしょう》の蒙古族元《げん》による祖国滅亡を憤って作った詩文集『心史』が、明末になって、鉄函に密封され江南の寺の井戸から発見された故事にかけて、占領下の「感憤」に思いを致す、と言うにある。孟森の一徹な慷慨ぶりは、前に引いた羅常培の「七七事変と北大の残局」にも、おそらく周作人が見せられたのと同じ「感憤の詩」の作例とともに、特筆されている。旧北大仲間といえば、四教授の実質も次第に彼一人になってゆくなかで、日本留学以来の旧友銭玄同《せんげんどう》(師範大学教授)とかつての学生で文学革命以来の盟友でもある兪平伯《ゆへいはく》(清華大学教授)の二人が、同じく北京に残って、それぞれ隠棲を守っていたのは、せめてもの慰めであったろう。

翌四月には、男女両師範学院がふたを開け、男子の方は、厨川白村《くりやがわはくそん》の学生だった日本文学研究家で、残留と同時に北大教授の職を失った徐祖正《じょそせい》が、女子の方は、臨時政府教育部次長の黎世蘅《れいせいこう》が、それぞれ院長に就任した(『支那時報』三八・五)。二〇年代の『駱駝』という同人誌や北大の日文系で周作人とは浅からぬ関係にあり、前述の「学制研究会」にも一緒に名を連ねている徐祖正のこの身の振り方は、周作人のどの程度関知するところであったか判らない。これを「口説き落した」のも、軍特務部員武田凞であった、という〔直話〕。

五月二十日ごろ、というと、抗日地区で彼の「裏切り」が物議をかもしていた最中で、またその手もとにはちょうど燕京大学の聘書がもたらされた時に当るが、彼はもう一つ、日本人とのひそやかな会合に列席した。佐藤春夫が『文藝春秋』特派員の肩書で、息子と『新日本』特派員の保田与重郎を伴い北京にやって来た、その歓迎の宴に招ばれて出たのである。折から外務省文化事業部の派遣留学生として北京に滞在中で、一行を案内しこの席の膳立てにも加わった竹内好が、事の四年ほど後にこう書いている。

一夕、僕らで先生の歓迎の宴を催した。僕らというのは、僕および尤炳圻《ゆうへいき》、方紀生《ほうきせい》(ともに日本留学生出身)ら若いものたち、賓客側は先生の一行のほかに周作人、銭稲孫、徐祖正その他の諸先生であった。場所はたしか西四の同和居であったと思う。……席の空気は終始なごやかであった。話題は、料理の話とか、お化けの話など、たあいもない話が多かった。若い連中がみな無口なので、主に賓客側がしゃべった。文学や政治の話はほとんど出なかった。もちろん歓迎の言葉など改まったものはなかった。昨日会った人間のように、勝手にしゃべりたいことをしゃべっていた。要するに老人趣味なのである。よくいえば北京趣味である。保田は、それが不満だったらしい。逆に僕はそれをよしと思った。(「佐藤春夫先生と北京」『日本と中国のあいだ』)

改まった挨拶を要しなかったのは、数年前、周作人と徐祖正が北大日文系の図書を蒐《あつ》めに日本へ来たとき、竹内好らの催した歓迎会に、佐藤春夫も発起人を引受けたようないきさつがあったからだろうが、さすがに今度の会は、むしろ日本人ばかりがやたらと気を遣ったり焦立ったりしたようだ。佐藤春夫が現地から『文藝春秋』に書き送った報告「北京雑報」(三八、時局増刊9)には、言う。

同和居の集には周作人、銭稲孫、徐祖正などの先輩連も非公式に面会するといふ意味で列席された。時節柄個人的に面会することを避けてこの会合を利用したいといふ意味であらう。これほどの心づかひをしながらもこの会を催したり、出席されたのは特別に有難い訳であるのに……惨として歓を尽さずといふ程ではないが、何やら影のさすやうな気分の失せぬものがあつたのは是非もない。

また保田与重郎の「北京趣味」的なすべてに対する失望と憎悪は、この会のあと病気の佐藤春夫を残して熱河まで足を伸ばした旅の狂喜感激と一対の象徴にまで押し上げられ、『蒙疆』という夢想的な事変讃美の書の主モチーフとなったが、次のようなくだりなどは、直接この一夕の不満をもとにして書いたようなものだろう。

北京にない果敢な剣は蒙疆に伏せられてゐる。私は世紀への希望のために、その日の来ることを希望する。つねにより浪曼的なものは世界を征服する。日本の浪曼主義が、蔣介石やロシヤの浪曼主義と角逐するのだ。北京のインテリゲンチヤの若干に私もあふことを得た。そのとき私は失望する以外にむしろ醜悪を味つた。彼らの最高のものは沈黙を守りつゝ、時々に皮肉を云ふ嘘つきなのだ。中級のものは蔣介石への信任を少しだけ語つて日本への註文をいふ、これは知識文化人の考へ方でなく、一種の商取引である。

英雄と詩人だけが必要だという、事さように浪漫的な使命に関しては、保田与重郎にとってその北京入り自体が一個の歴史的事件でなければならなかった。「日本主義詩人」の佐藤春夫にしたところで、この詩人主義者が期待するほどの芸当に堪えたわけでない。べつに因縁にこだわるのではないが、折しも「文協」の周作人に対する公開状を掲げた『抗戦文芸』の同じ号に、「日本の娼婦と文士」と題する郁達夫の一文が載っている。これはかつてその文学に心酔して親しく出入りまでした佐藤春夫が、近作シナリオ「アジヤの子」(『日本評論』三八・三)で、自分と郭沫若をモデルに使って、美事な御用文学の実をあげたことに抗議したものである。盧溝橋事件の前年の暮れに福建省政府参議の肩書をおびて来日した郁達夫が、亡命中の郭沫若と国民政府との和解に一役買ったのは事実である。これを佐藤春夫は、旧友「鄭某」の斡旋で日本を脱出した「汪某」が、「鄭某」の卑劣な仕打や抗日運動のくだらなさに幻滅したあげく、「皇軍の北支開発の真意を徐ろに会得し」て、「シナノウチノニホン」である北京近くの通州に「日本文化塾」を兼ねた医院を開く、といったたあいもない筋書に仕立てたのだった。それこそ保田与重郎の言葉で「つひに国策の線に沿ふことに文学の機能を停止する」などというのに該当する文学的な低調さもさることながら、アジアの「子」ならぬ成人に対するこの位の無神経にもかかわらず、作者が日本主義の詩人としてはなお純真でありえたのだったら、こういう幼児性の純真日本主義にとっては、たしかに保田与重郎が見たような浪漫的蹂躪の夢に酔って、国策の謀略的功利性を没却するよりほかに詩をなすすべはなかったろう。

七月、改造社の山本実彦が一年ぶりにまた周作人を訪ね、対談を交えた。今回は前月中に松枝茂夫の訳による『周作人随筆集』が同社から出版された縁もあって、対談は一度ならず繰返されたが、「山本社長がこちらへ見えて二、三度会いましたが、あいにくこんな際で、本当に何も話すことがなく、折角の熱意にそむくばかりでした」と松枝宛書簡(七月十一日)にはあり、山本実彦の会見記事「この頃の周作人」(『文芸』三八・一〇)の中身も、主人の「苦しさうな」「ほんたうに憂鬱らしい」ようすへの私的な同情と、「こんな人をわが文壇で生かし、文化工作にも生かしたら面白からう」といった国策的打算とをベースに漫然と終始している。しかし談話の記録に全然内容がないわけではない。がんらい山本実彦は「大陸問題」に精力的に入れ揚げた出版人であるが、亡命中の郭沫若などの目にも時局柄「憂い顔のジャーナリスト」と映った(「広陵散」)ように、わりあいリベラルな立場にあった。そのような人物に彼が語ったことの一つに「現在では国民党を好まぬ人でも、蔣介石を援けるのが民国の大勢ですからね」という言葉がある。だから自分もそれを好まぬ一人であっても「大勢」に追随しようというのかと思うと、「大勢」を正しいと考えてはいないようでもあり、聴き手にはその真意が捉えかねたとあるが、それは確かにむつかしかったろう。ただ、その「大勢」を敵にするいかなる「文化工作」の類も成立ちえない、という話し手の注文は明らかに読み取れる。談話はまた一方の共産党のことにもふれていて、「彼氏はこのごろどうやら、河北省に共産党の勢力がたいへん進出して来たことを語つてくれました」とある。これは後でもふれるように、ようやく日本側もその容易ならぬ意味に気づきだした事実であった。その事実に対する彼の思いなど洩らすべくもない場面であるが、「しかし支那は共産党では統治して行くことは絶対にできませんね」という附言どおりには、彼は信じていただろう。それは政治的な反共産党より以前に、さほどに彼の自国民に対する認識が、その大衆の抜きがたい東方的性格なる観念に覆われていたということで、そういういわば負性のアジア主義を楯に、彼は日本の帝国主義的「文化工作」における反共ファシズムと「東亜精神」高唱との間の綻び目へ皮肉を投げる。「ファッショも西洋の製造であり、共産主義も西洋が製造元ぢやありませんか。そして西洋人が作つたものゝ何《いず》れかに引ッ込まれようとしてゐるのです。実にいくぢのない話ぢやありませんか。思想的には、現在の東洋は殆ど駄目で、まァ大きな口を利いても西洋の思想に臣隷してをる姿ですからね」と、「こんなときは魯迅ソックリな顔つき」になって語ったそうな。いずれも、保田与重郎が唾棄する「北京のインテリゲンチヤ」の注文や皮肉の言い方におかしいくらいよくはまった言葉ではないか。『蒙疆』の著者はまた、このような学者文人に「むしろ卑屈にまで譲歩して」これを利用しようとする「文化工作」をも、耐えがたい有名病的官僚政治の症候のように書いていたが、要するに彼が排撃してやまなかったものは、事変の浪漫性を傷つける政治的な一切の現実だったのだろう。

それにつけても、周作人はもはや日本人とは政治的にしか付合いようのなかったことが、この対談によく表れていると思う。竹内好は、この頃の周作人が、国策とはいちおう無関係な文学畑などの民間日本人には、非常につとめて、自然な付合いを心掛けていたようだ、という記憶を、日本人のほうは彼の好意に甘え、会見記を無神経に公表などして、ずいぶん迷惑を掛けたのではないかという懸念とともに、今も持っている(直話)。その記憶は、竹内好が歓迎宴のあたりさわりのない空気をよしとし、さらに、佐藤春夫の報告を読んでわざわざ「むしろ僕の感じでは主客ともに歓を尽したつもりなのである」という意味の反対意見を書き送ったり(「佐藤春夫先生と北京」)したことと当然関係があるのだろうが、これも、せっかくの自然な応対すら、日本人の側の政治的な配慮が伴わなければ自然でありえぬくらい、周作人と日本人の間が戦争の壁によって閉されていたことを、別の面から示しているわけだ。

山本実彦との対談は、しかし、もう少し立ち入ったことにも及んでいる。一つは、記事には詳説を見合わせられているが、彼が「かういふ際に、いゝ人が積極的に出たいと思はぬこと、又、出られないことについての種々相を腹蔵なく語つ」たということ。また一つは、「臨時政府の人物では湯爾和さんを推称し」「湯さんはどこの地位に置いても何かをする人でせうね」うんぬんと評したこと。そして最後に「北京の文化事業」に乗り出す気はないかと質問され、「私はいまのところ、さういふ考へはありません、と淋しく笑」ったということ。三点を通じ、自身の進退に直接かかわる最も微妙な話題に限って、彼は相対的に案外率直に語ったかの印象を受ける。ということは、臨時政府に何らかの干与をすることの少なくとも道義的側面とそこから派生しうる一身の栄辱名聞とに関しては、彼の中でおおよその決着がついていたことを、暗示するのであろう。その意味では、山本実彦がこの北京行のもう一つの報告「北支の文人達」(『東京日日新聞』夕刊、三八・九・二七~二九)で伝えている「ただ、今は出たところで何にも出来ない」という彼の言葉が、より正確に近くそのへんの消息を表していたのかもしれない。湯爾和は、金沢医専を出て、日本の博士号をもっていた人物である。辛亥革命後の各省代表者会議には浙江省を代表して参加、議長をつとめた。二一年、国立北京医専校長、同年、北洋軍閥支配下の民国政府の教育部次長ついで総長となり、この頃その教育部の役人をやっていた魯迅とも多少の交渉のあったことが、魯迅の日記に見える。その後もずっと医学界と北方政界の両方で顔を利かし、盧溝橋事件当時は日中緩衝地帯の統治機構「冀《き》察《さつ》政務委員会」委員だった。周作人のような新文学者にとっては、いちおう圏外の存在だったろうが、互いにこういう立場に置かれてみれば、旧政客の中では、近代的実学と、そしてもしかすると年季の入った文墨趣味の故にも、一定の親近感が生まれても不思議はなさそうだ。経歴や風貌からみても、したたかな曲者ぶりが察せられるが、協力者としてはなかなか頑固な相手だったとする証言が少なくない(大使館員志智嘉九郎来信ほか)。郷里や留学先の関係から、周作人と個人的な関係があったとすれば、それも彼の進退に何がしかの影響を持ちえたろうが、そういうことは判らない。

ついでに「北支の文人達」によって、当時の北京の知識人の窮境の一端をのぞいておく。

……日本の学校を出たものは、御本人の心持一つで、就職の口はあるのでありますが、さうでないものは衣、食に窮してをる状態である。さきに教育総長湯爾和氏が大学整理を言明したので教授階級は頭痛鉢巻の状態であります。尤も湯氏によれば、従来の大学が抗日の牙営であり共産派の本拠であつたから整理するのであり、それに臨時政府の財政上の立場から整理を断行するものと見られてをる。

占領のために失職した官吏や教授連の求職運動という単純極まる現実も、協力者の問題の決して軽視できぬ側面ではあろう。

ここにいう「大学整理」の主要な段取りの一つに、「北京大学」の開校があった。臨時政府は旧国立北平、北京、清華、交通の四大学(の脱け殻)を整理統合して「国立北京大学」とし、湯爾和がひとまず校長を兼任して、この五月から九月までに医、農、理、工の四学院を発足させた。文学院については、八月末に発会した「東亜文化協議会」の第一次評議員会人文科学部会で、その速かな設置が決議された。「東亜文化協議会」は、「中日学界並文化団体ノ協力ニ依リ中日両国ノ文化提携並東亜文教ノ振興ヲ図ルコト」を目的に掲げる、「華北最高の学術団体」「北支学界の総元締」であり、「北支に於る学界の根本方策は此の協議会の劃策・協議によって定まるの観がある」(原一郎「北支に於ける邦人の文化的活動状況」『東亜研究』二四巻一号)とされた、学術文化面の協力機関である。日本側は、外務省文化事業部が文部省や陸海軍それに現地と連絡をとりながら、臨時政府側は、教育部総長の主宰により、双方とも各分野の代表を選んで、北京で顔合せののち湯爾和を会長に推し、八月三十日、中海の懐仁堂で発会式をあげた。日本代表団は酒井忠正(伯爵、貴族院議員、帝国農会長)を団長に、宇野哲人(東大)、羽田亨(京大)、杉森孝太郎(早大)以下三十五人が乗込み、「臨時政府からは、王克敏《おうこくびん》・湯爾和・王揖唐《おうゆうとう》・董康《とうこう》等の長老連をはじめ、北支に在る所の主要な文化人のほとんど全部が参集し、近来の大盛典となつた」(法本義弘「東亜文化協議会設立の意義」『支那文化雑攷』)と言い、この時の代表の中には周作人、銭稲孫のほか、非協力を公言していた輔仁《ほじん》大学の陳垣《ちんえん》の名まで見える。もっとも、同じ観察者は、当日「思ひ昂《たかぶ》つた日本側協議員中には、不覚にも」中国人の自尊心と矜持を著しく傷つける態度を示した者があり、「而して之《こ》がために折角日支両国の文化的提携のために蹶起《けっき》せんとしつつあつた有力なる支那側協議員が斯の会への参加を屑《いさぎよ》しとせざるに至り、たとひ参加しても斯の会に対する熱意を喪失してしまつて居た」(同上)とも書いている。そのせいでもないだろうが、陳垣の名はその後の協議員中には見えない。周作人の出席までの経緯も、理事・文学部部長というその後の肩書が何時からのものかも詳かでないが、いずれにせよ、このことで彼と臨時政府筋の関係が一段と深入りしたことは確実だろう。そのうえ、「北京大学」に文学院を開く段になれば、この「北大」は中国では「偽」の字を冠して呼ばれるように、抗日中国の原則からすれば、北大の名義と施設を引継いだだけの全く別の学校だったとはいえ、北大文学院のこの著名残留教授を措いては、湯爾和も何かと事を進めにくいところだったろう。

そうこうするうちに、九月の新学期がやってきて、彼は予定どおり、米人経営の燕京大学に勤める身となった。『知堂回想録』に引く彼の日記によれば、燕大はねんごろにこの客員教授を迎えたようである。

九月十四日、午後豊一〔長男〕が燕大の出席簿を持って来る。〔郭〕昭虞《しょうぐ》〔燕大国文系主任〕より十六日の午餐の招きを受ける。

十五日、午前九時車を傭って城外の燕大へ行く。午前と午後に各一座出講、昼は紹虞の所で食事、呉雷川《ごらいせん》〔前中国人校長〕も来る。三時過ぎ退校、四時頃帰宅。車代一元支出。

十六日、午前十一時朗潤園へ行き、紹虞の招きに応ずる。都合二席、皆国文系教員、さらに司徒雷同〔校長スチュアート〕、呉雷川も来る。午後三時帰宅。

燕大に籍を定めた効能は、次のような形であらわれた。すなわち、前に引いた香港の徐訏《じょく》宛書簡の別のところで、「私はこれをよそからの勧誘を断る楯にしました。最初は師範大学〔前記師範学院に同じ〕の中文主任の話でしたが、どうにかのがれられました」(六六・二・二〇)と彼は書いている。その反面で、ちょうどこの秋頃、燕大が日本側の烈しい風当りにさらされはじめていたもようを、ある視察者の現地報告は伝えて、言う。

〔輔仁・燕京大学、協和医学院などの外人経営学校は〕宛然《さながら》各々敵国を為して割拠し、支那の政府当局者などには指一本ささせぬ威勢なのである。……然もかかる傾向は、皮肉にも事変後の今日に於て一層顕著になつて来てゐる。即ち国立〔むろん臨時政府下の〕の大学がどうかするとかつがつ其の募集人員を充たしてゐるにも過ぎない実情なるに反し、如上外人経営の大学には十数倍に余る受験者が殺到して、其の処理にも窮する盛況ださうである。……此の意味で『新民半月刊』〔新民会機関誌〕の第一巻四号に収回教育権の問題が論ぜられてゐるのは誠に頼もしい限りではある。（佐藤清太『北京――転換する古都』）

胡適から書状が舞込んだのも、ちょうど同じ頃である。中身はただ一篇の口語詩で、次のように認《したた》めてあった。

蔵暉《ぞうき》先生は昨夜夢を見た
苦雨庵で茶を飲む老僧が
不意に茶碗を放下《ほうげ》し門を出て
飄然と杖一つ天南へ向う夢を。
天南万里はさすがに苦しかろう
けれど智者は軽重を識るゆえに。
夢より醒め窓を開いて独り座する僕
この一片の思いを誰が知ろう。
一九三八、八、四、ロンドン

胡適は前年の秋以来、アメリカ、カナダで抗戦への支持を訴える講演をしてまわった後、この七月ロンドンに渡り、本国政府からの駐米大使就任要請を受諾した直後にこれを出したのであった。その消息は周作人にも聞えていたので、彼はワシントンの中国大使館気付として、本名を憚り別号胡安定宛に、同じく口語の答詩を書き送った。

老僧苦茶をたしなむとは仮りの図で
本当のところは苦雨《ながあめ》つづき
今は雨漏り浸水があいついで
やむなく苦住と号を変えた。
夜床をのべて寝ようとする
ところへ不意に遠来の声
海天万里八行の詩はと見れば
嬉しや蔵暉居士がおとずれ。
厚情まことに忝《かたじけな》いがさて
あいにく行脚《あんぎゃ》のできぬ僕
出家の身がなにとて忙しかろう
けれど庵中多くの老少が住むゆえに。

しょせん内では木魚たたいて経を誦《ず》し
外では托鉢して米麵を乞うほかになく——
けれど老僧はどこまでも老僧で
将来まともに居士とも見《まみ》えたい。

『知堂回想録』はこの詩を「(民国)廿七年九月廿一日、知堂作苦住庵吟、略《ほ》ボ蔵暉(胡適)ノ体《てい》ニ倣《なら》ヒ、美洲《あめりか》ナル居士ニ却《かえ》寄ス。十月八日中秋、陰雨晦《くら》キガ如キ中ニテ録シ存ス」なる識語ごと引いているが、彼は当時それをこのような形式の色紙にして、胡適以外の知友にも配ったのである。この応答詩を周作人から見せられて、香港の『星座』という雑誌に紹介した人物が、訪問当日の苦雨斎のもようを、こう書き添えている(周黎庵「周作人先生の事に就き」所引)。

昨日苦雨斎へ伺ってまだ席に就くか就かぬかに、主人から一通の郵便を示されました。詩が二首あって、一つは蔵暉先生がロンドンから寄越したもので、中身は題も款記もない八行詩一首のほか何も書いてありません。もう一つは主人の答詩で、それによって態度を表明したのでありましょう。詩はその場で書き取りました。この時書斎には次々と来客があって、この贈答詩はまわし読みされました。主人はすでに何枚か書き写して当地の友人にも贈っています。けだし、この機会に従前のあらゆる取沙汰に釈明しておこう、という考えのようです。席上でも、さきに某事を承諾したのは、某人が干預しないという条件だったからで、その後「徐公」ら（徐祖正や銭稲孫のことであろう――周黎庵注）がいずれも散々な目に遭って手を引いたことだし、自分はもうその手に乗らぬ、という意味の話がありました。

「某事」は何を指すのか明らかでないが、彼が翌三九年一月現在「編審会」の月毎の謝金をこの年から引き続く形で受取っている（後出同年の日記による）ところから、おそらく、臨時政府直轄の編審会への参与ではなかったかと推定される。この会は三月に発足し、主に小中学校教科書の改ないし新編にあった（山田厚「新国民政府治下に於ける高等教育並に学術機関の現状に関する研究」『支那研究』臨時号、四二・五）。また、のちの「華北政務委員会時代に教育総署直轄編審会へ日本文部省から送り込まれた加藤将之が「先生はさきにわが編審会の特約編審として、新中国の国文教科書の執筆編纂を分担してもらつてゐて、教科書編纂については何もかもわかつてゐて下さるので云々」（「督弁としての周先生」方紀生編『周作人先生のこと』）と書いているので、彼の引受けた仕事の性格もほぼわかる。「某人」はむろん日本人の意味であろう。徐祖正たちが先に同じ事に関係して手を引いたというのか、あるいは他の事から引いたのか判らぬが、とにかく彼らの例を前車の轍としようという彼の表明は、自分も手を引いてしまうのでなくて、中国人の自主性尊重などという空約束への幻想を捨てた上であくまで自主的責任にこだわるつもりだ、というふうに読める。その行動を彼が全然「中国民族の思想感情」（「国語と漢字」）の立場でやろうとしたことは疑えない。しかし、占領下版教科書の作成に加わること自体が、政治的にはこれまた問題行為だということも、同じ程度に確かであろう。（補注一）

さて脱出南下をすすめる胡適の趣意も、係累の故にそれはできぬが同胞に顔向けならぬようなことはしないという彼の約束も、残留当時のいろいろな応酬に別に新しい要素を加えてはいないが、悪化してゆく情況の中で変らぬ筋を表明することにやはり意味はあったのか、周黎庵なども、この詩のやりとりを「人を喜悦せしめかつ士類の潔白を保障する佳音」とまで受取り、例の座談会事件当時なにかと彼のために弁護の筆を費したのが無駄でなかったことを、いまさらのように喜んだ。詩は周黎庵によればシンガポールの『星島日報』から転載されて上海の新聞にも出たし、既出孔羅蓀《こうらそん》「『抗戦文芸』回憶断片」によれば重慶の『掃蕩報』副刊にも載ったりして、一部の人々に周作人なお健在のあかしとして迎えられた。これらの報道はすべて三八年十一月はじめ頃のことである。

詩の後日譚を加えると、晩年『知堂回想録』を書いていた周作人の手元には、胡適の手筆によるもう一首の四行詩があった。

写真が二葉詩は三首
封を開いて呆然となる
胡安定の名の識れぬまま
空箱に投げ込まれ一年も。

日付は翌三九年十二月十三日とあり、周作人はすでに二葉の写真とあと二首の詩のことを憶えていなかったが、要するに彼の返詩は一年がかりで駐米大使胡適の手に落ちたわけである。続けて周作人は、四八年冬、共産党による北京解放の間際に、胡適が慌しく南京へ飛び、さらに、周作人も出獄してそこにいた上海へやって来た時、人を介して挨拶がてら大陸にとどまることをすすめたが、聴かれなかった、というもう一つの後日譚を記している。革命中国に胡適の立脚地が周作人ほどにもありえたか否かは別問題だが、彼としては、論陥中の友誼に報いるところあらんことを願ったのだった。(補注二)

十月には武漢が陥ちた。南京に次ぐこの「事実上の抗戦の主都」からの撤退は中国側の志気を著しく傷つけ、国民党内部でも汪兆銘《おうちょうめい》派の反共和平論がにわかに息を吹返した。しかし手を拡げすぎた日本軍は、これ以後占領地区の確保に精一杯の状態となり、戦局は侵入側に苦しい持久戦の面目をいやおうもなくあらわにしだした。すでに半年前に「持久戦論」という芸術的なほど美事な戦略構想を明らかにしていた毛沢東が、戦争末期に回顧したところ(「学習と時局」)に従えば、武漢陥落は、これを境に、日本側の政策が国民党への軍事的打撃を主とし政治的懐柔を副とするやり方から懐柔を主とし打撃を副とするやり方に転じ、軍事的矛先はおもに国民党戦線から共産党の指導する抗日根拠地へと向きを変えだした、とされる一個の転換点であった。この秋の華北の「治安」情況について、当時の方面軍参謀副長武藤章《むとうあきら》も、敗戦後次のように回想している。

わが占領地域における部隊の警備配置は単に鉄道や主要道路に沿う地区だけの、いわゆる点と線の支配であった。従って一歩奥地に入ると蔣〔介石〕系軍のゲリラや共産軍の勢力下にあり……治安は悪く、鉄道の爆破は日々伝えられ、北京でさえ脅やかされていた。ことに共産軍は……(『北支の治安戦』所引「武藤章回想録」)

こういう情勢に対処するための「治安強化」策が、被占領地の中国人の生活を一段と暗く不安なものにしていったことは、言うまでもなかろう。いっぽう日本政府は、武漢陥落後の方針に関し、陸軍省軍務課長影佐禎昭（大佐）、参謀本部の今井武夫（大佐）と汪兆銘派の高宗武《こうそうぶ》、梅思平《ばいしへい》らとの秘密協議の結果をも勘案して作った「日支新関係調整方針」を十一月三十日の御前会議で決定、汪兆銘が蔣介石と袂を分って十二月十八日ハノイへ脱出したのを確認ののち、二十二日にいわゆる「近衛第三次声明」を発表した。「抗日国民政府の徹底的武力掃蕩を期すると共に、支那に於ける同憂具眼の士と相携へて東亜新秩序の建設に向つて邁進せん」うんぬんと説き起し、「善隣友好、共同防共、経済提携」の三原則を謳《うた》ったこの声明を根拠とする、「新中央政権」のための一年余にわたる運動とかけひきが、ここに始まった。

こうしてまた一年が終ろうとしていた。さすがにこの年の瀬はひとしお深い身世の感とともにおしつまってきた。『知堂回想録』は特に感慨をこめて、詩作のあとを振返る。

……私はがんらい詩はダメなのだが、どうしたことか、にわかに詩興をもよおして、十二月二十一日、次の三首を作った。いつもの例の打油詩〔へなぶり〕であるが、この頃の気持はよく出せたように思う。

三首のうち作者の最も得意な一首を引くと、その七絶はこうである。

禹跡寺前春艸生　　禹跡寺《うせきじ》の門前に草は萌え
沈園遺跡欠分明　　沈園《しんえん》の跡は昔の影もない
偶然拄杖橋頭望　　橋まで来て杖にもたれ眺め入る
流水斜陽太有情　　流れよ夕陽よあまりの心入りよ

禹跡寺も沈園も、紹興の故家のすぐ近くにあった史蹟で、詩は北京の実景を詠んだものでない。というより、ありていに、南宋時代の郷土の大詩人陸游《りくゆう》の一連の沈園の詩をもじった作である。陸游は最初の夫人が母と折り合い悪く、泣きの涙で離別したが、そのご「禹跡寺ノ南ナル沈氏ガ小園」でゆくりなくも彼女に再会した時の感激が終生忘れられず、晩年までに何度かそのことを詩に詠んだ。橋も斜陽も川の水もみなその沈園詩中の景物である。

周作人は実は前年の暮れにも陸游をもじった詩を作っていて、淪陥中の旧体詩をまとめた「苦茶庵打油詩」(四四)によると、これも七絶で次のようであった。

家祭年年総是虚　　年々家祭は虚しく終り
乃翁心願竟如何　　陸翁の願いはついに如何
故園未毀不帰去　　故郷は無事でも帰らずにいる
怕出偏門過魯墟　　偏門《へんもん》外や魯墟《ろきょ》を通るが辛さに

前二句は、故国の北半部の恢復をついに見ることのできなかった憂国詩人が、中原恢復の暁は祖先の祭の折に必ず「乃翁《だいおう》」(汝が父)に報告せよと子供に命じた臨終詩「児ニ示ス」の悲願を下敷きに占領の前途を憂え、後二句は、「昨暮客ノ帰ルヲ送リ、短櫂《たんとう》〔こぶね〕モテ魯墟ヲ過グ」に始まる「歳暮感懐」の第一首で陸游が山陰魯墟の故家の荒廃を詠ったのを、彼自身の二人の曾祖母の実家がむかし県城の偏門外と魯墟とにあった事実に重ねたのである。

禹跡寺の詩に戻ると、この方は例の和議派の秦檜《しんかい》とは個人的にも宿怨関係にあった慷慨家の纏綿《てんめん》と先妻を思い続ける情詩を本歌に取りながら、かつて夏王朝の創始者大禹《う》の像が安置されていたということでその名を喧伝された廃寺や情詩にゆかりの廃園の点出に「流水斜陽」の頽落感を加えて、淪陥中の郷国の思いを述べる。春草も憂愁の表象として繰返し詩に詠み込まれてきた。眼目は結句の「太有情」にあって、「有情」の語は、晋の風流才子衛玠《えいかい》が乱を南方に避ける途次、心身とも憔悴し果てたていで長江を渡ろうとして、その「茫々タル」さまに万感胸に迫り、「苟《いやしく》モ情有ルコトヲ免レザル」かぎり誰れがこの思いを振り払えよう、と歎じた故事(『世説新語』言語篇)を踏んでいようが、「太」(あまりにも)の字の知的な機制に詠歎は内向きに屈折する。そして「有情」に関するその内省は、『知堂回想録』が続けて引く翌々日の日記に、次のような言葉で敷衍《ふえん》されている。

十二月二十三日、午後李炎華《りえんか》すなわち守常《しゅじょう》の次女より来信、生死の感に耽《ふけ》り終日愉しまず。さきごろ詩にも流水斜陽太有情と詠んだが、金持名士連のようには洒脱《しゃだつ》にふるまえず、われから苦しんでいる。さりとて改めもならぬ。

李守常は、十一年前に軍閥張作霖《ちょうさくりん》に殺された中国マルクス主義と共産党の最も優秀な創始者、周作人にとっては『新青年』時代の同人仲間に当る、李大釗《りたいしょう》である。その逮捕処刑当時、彼は遺児たちを自宅に保護したことがあり、その後もいろいろと頼りにされ、文通も頻繁で、この翌年には上京後の就職の面倒までみたようだ。（補注三）また翌三九年の秋に彼が書いた「禹跡寺」という随筆にも、彼はこの詩を引いて、さらに次のように言う。

この一月、南方にいる友人の匏瓜庵《ほうかあん》主人（沈尹黙《しんいんもく》）に送ったところ、頂戴した和詩の二首目の末聯に、「斜陽流水干卿事、未免人間太有情」（夕陽や流れに君と何のかかわりがある、世間のことに心入れがすぎるのでないか）とあった。（補注四）匏瓜庵の指摘はもっともで、これは私などの欠点には相違ない。だがそこがまさに禹の遺跡でもあるのではないか。

「禹の遺跡」というのは、彼がその本文中で敬慕をこめて語っている、儒教くさい尭《ぎょう》・舜《しゅん》とは異質なこの聖人の、治水伝説をはじめ数々の伝承を一貫する、具体的で親しみやすい実践躬行の跡のことである。北大の旧い同僚で校長をやったこともある沈尹黙が、この時南方のどこに難を避けていたのかは知らないが、のちには国民政府の官職も捨て上海で得意の書を売って暮らしたようなこの達人の和詩による忠告は、「苦茶庵打油詩」の自注や『知堂回想録』でも再三言及しているように、よほど的確に彼の心事と噛み合ったらしい。それというのも、この詩の詠歎と李大釗の遺児にちなむ感慨や沈尹黙の指摘との交差するところに、彼が「禹の遺跡」より先に孔子の「生活芸術」を想い描いていたろうことは、まず疑いがないからである。すなわち、その世俗的なあくせくぶりを隠者に笑われ、憮然と心動きながらも「鳥獣トハトモニ群ヲ同ジクスベカラズ、吾ハ斯民《このたみ》ノ徒《と》ニ与《くみ》スルニ非ズシテ誰ニカ与セン」と呟いた、というあれだ。もともと、『論語』のこのような読み方を儒教の教条主義から洗い出して、孔子を「五四」以来の反儒教的新文学の中に解禁した張本人は、周作人だったのである。

禹跡寺の詩がこんな思想性を孕んでいるものとして読まれるように、作者自身が求めている以上、この詩の歎きが臨時政府への干与の歴然たる自覚に発していたことは、間違いないだろう。この間の消息は、体裁を繕いながらズルズル後退を重ねてゆく文弱の徒の虚栄とも見えかねぬが、それはおそらく、彼が自身に課したところを取り違えた見方ではないかと思う。なるほど、必ず何らかの言い分はあろうがそれを言い立てれば必ず何がしかのいかがわしさを免れない、という協力者一般のためしから、周作人の場合だけを区別することなどはできそうにない。事をそのような平面で見れば、「禹の遺跡」というような言葉も、客観的な協力行為の前のそれこそ「俗《やぼ》」な弁解としか聞こえない。しかし、もし彼がこれらの言葉そのものを、はじめに「国語と漢字」で見ておいたような、軍事的敗北と政治的分離の拡大に対する「文化ないし思想感情」の民族的維持という自己の課題の遂行のつもりで語っていたのだったら、弁解や虚栄と呼ぶのが果して正確であるかどうか。その回答は、彼が一度は自分に課した沈黙の戒めを破った後の言葉に即して考えればよいことである。さしあたっては、淪陥下で彼が守りかつそれによって自身をも支えようとしたのは、イデオロギイとしての国家民族でなくて、「中国民族」の文化的な同一性というものであったことを思い出しておこう。たとえば永井荷風の反明治国家的な江戸趣味に共感したのも、彼の中のそういった傾向性に相違なかったが、ただ、荷風のような耽溺の対象を彼が過去のうちに持っていなかったのは、様子の異るところである。殉ずるに足る民族的価値があるとすれば、それは、彼自身の江戸文芸好きとも無関係でない、あの「再生」の夢を離れてはありようがなかった。過去の遺産は、だから、「生活芸術」の伝統というような形で、なおも選び取られるのだった。

（補注一）「編審会」の発足いらい、中国側の「副編纂」としてここで働いた人物が、魯迅博物館からの照会に応えて寄せた回想に、次のようなくだりがある。

初めて〔周作人に〕逢ったのは、一九三八年春、カイライ教育部直轄の編審会が発足した時だった。当時会長を兼任していた湯爾和の紹介によると、周作人のほかにも二、三人の〝名誉編審〟が出席していた。彼らはみな湯が会長名義で招聘したもので、具体的な仕事も日々の出勤もなく、月々百元の車代が出ていた。……

中日双方の人員が顔を合わせるや、日本側の総編纂が〝新民主義〟の宣伝を教科書に取り入れる問題を持ち出した。私はすかさず数々の理由を挙げて、〝新民主義〟を教科書に持ち込むことに反対し、この問題のために、初会合早々から双方顔を真っ赤にして論争するありさまだった。最後に湯爾和が教科書は知識の伝授を主とするので、偏った政治的色彩のあるものは入れないに越したことはないから、〝新民主義〟の件も当分考慮せずともよかろうと言った。彼が私の考えで押し切ったのは意外だった。……

湯の病気〔正しくは死去〕のために周作人が教育総署の督弁になった後も、同じ問題が蒸し返されたことはなく、そのままずっと、一九四二年六月末に地下の党が破壊されて、編審会の党員が完全に同会を離れるまで、偽教育総署の教科書に関する編集方針も態度も、基本的に湯爾和時代と変わりがなかった。……（「陳濤同志致魯迅研究室信」『魯迅研究動態』八七年一期）

言うとおり、三八年春の発足いらい周作人が「編審会」に干与していたとすると、前章で同年二月の「更生中国文化建設座談会」への出席と並んで干与を非難されていた、「学制研究会」とこの「編審会」とが、時間的に併行したか、あるいは学制から教科書へという順序で前身、後身のような関係にでもあったか、ということになる。いずれにしても、徐祖正や銭稲孫が悶着の末に手を引いたという話が右に言う「論争」に関わっていたなら、陳濤は言及しそうなもので、その話は「学制研究会」でのことと考えるほうがよかったかもしれない。ただし、「学制研究会」に関しては、今もって前章の本文に引いた以上の史料を知らない。

地下共産党員の件は、四二年の大検挙は事実にしても、文中の脈絡も筆者自身との関係もわかりにくいが、一般的な参考にはなろう。

（補注二） 本書後日編「周作人の周恩来宛書簡、訳ならびに改題」参照。

（補注三） 李大釗の遺族に対する周作人の援助については、後に、長女李星華の夫で著名な民俗学者の賈芝《かし》が、李の処刑前後から日本軍占領下にまで及ぶ数々の事実を、感謝とともに詳説し（「周作人に関する一史料――彼と李大釗一家」『新文学史料』八三年四期）、事は共産主義運動草分けの伝説的な烈士との個別的因縁の内とはいえ、周作人をいわば一貫した人格において公然と肯定的に語った点で、建国いらい異例の発言として注目された。文中には、三九年、星華が「冀東暴動」（三八年七月、共産党と八路軍が組織した河北省東部八県の抗日武装蜂起）で負傷して帰郷していた弟（次男光華）を伴い、延安行きの準備をするために北京へ出てきて、周の世話で「北大」の臨時職員をしていた頃（次女炎華も、光華と冀東でゲリラ活動を共にした夫と一緒に、同様の世話になった）、周の身の振り方に直接疑問を呈して、周から「（北京を離れることはできぬが）中国人に顔向けならぬようなことは絶対しない」という返事を聞いたとか、翌年延安へ発つ際に、あちらに何か用はないかと訊いたら、周が「延安では一人だけ毛潤之（沢東）を知っているが、よろしく伝えてほしい」と答えたとかいう話もある（星華はいろいろの事情でこの約束が果たせなかったことを、生前ずっと悔やんでいた、とも）。毛沢東は北京大学図書館職員だった頃、日本の「新しき村」運動につき教えを乞うべく、教授周作人宅を訪ねたことがある。

（補注四） 沈尹黙の和詩は上海の『魯迅風』（一四期、三九・五）に「知堂に和す、五首」と題して掲載されている。問題の二句を含む第二首の前二句は次のとおり。

一飯一茶過一生　　飯を食い茶を飲んで一生を送る
尚於何処欠分明　　そこに何のモヤモヤがあろう

なお、五首共通の題詞はこうである。「知堂より最近詩を贈られた。読み終わって心愉しまず、何やら引っ掛かるものがあるが、応答せぬわけにはゆかず、一々韻に合わせて和した。語意は可解と不可解との境に在り、読者それぞれに自得せられるほかなし。」

六　狙撃事件

一九三九年は元旦の椿事《ちんじ》とともに明けた。この日自宅で刺客に襲われたさまを、『知堂回想録』は次のように記す。

朝九時頃、年賀に来た燕大の旧学生沈啓无《しんけいむ》と西屋の客室で話をしていると、使用人の徐田が、天津中日学院の李という者が面会を求めていると伝えに来た。私は来訪者にはいちおう会うことにしていたので、通させた。すると男が入ってきて、その顔も見定めぬうちに、「あなたが周先生ですか」と言うなり、拳銃を使った。私は脇腹に痛みを感じたが、倒れはしなかった。客が立ち上って「私は客だ」と言うのも構わず、彼にも一発放ち、客はその場に倒れた。そして男は悠々と出ていった。……

あとをかいつまむと、いささか心得のある徐田が男を取り押えかけたところへ、門外にいたもう一人の仲間が入ってきて数発撃ち、たまたま遊びに来ていた(もと周家の)車夫の一人を即死させ、一人に軽傷を負わせて、結局二人組は逃走した。上衣の胴を撃ち抜かれ重傷と思われた周作人をはじめ、被害者は直ちに病院へ搬ばれた。しかし、彼は下に着ていた毛糸着のボタンが弾丸をはじいて、大きな痣《あざ》と本当の擦り傷だけで奇蹟的に無事だった。巻添えの沈啓无は、そのまま一月半ほど入院の憂目を見た。……
刺客の正体はついに今もって判らない。〔補注二〕しかし真相が不明なまま、事件は主人公の運命を一定の方向へ強く押し流すことになった。すなわち、『知堂回想録』の次の章に、あらたまった書き出しで彼の言うところは、こうである。

民国二十六年〔一九三七〕七月以後、華北は日寇の手に陥ち、その地方の人民は俘虜の地位に置かれた。北京に苦住せざるをえぬ限りは、隠忍してなんとか暮してゆくほかなかった。はじめの二年は前二章で言ったように、翻訳と教師でどうやらしのいだ。だが二十八年元旦に刺客が舞込み、被害は受けなかったものの、警察局から偵緝《ていしゅう》隊が三人送られてきて家に住み込むことになり、外へ出る自由すら剝奪され、〔燕大の〕授業に行かれなくなった。この時、臨時政府で教育部長をやっていた湯爾和が北京大学図書館長への聘書を寄越し、のちに文学院長に変った。これが、私の偽職〔協力政権下の官職〕就任のはじめである。

ところで、『知堂回想録』の著者は、見るとおり、この時寄越された聘書なら聘書を、かくかくの考えで自分が受諾した、というふうには書いていない。いったいこの本は、事実に詩的加工を一切施さぬことを繰返しことわっている一方で、書きたくないことは徹底して書かぬといわんばかりの、あっぱれとも少々興醒めともつかぬ特色があるのである。その傾きは、誰れもが期待した、兄弟絶交のいきさつと淪陥中の行為の真意との記述に限って著しいので、何かを書かぬことも詩的加工でありえように、とか、結局は標榜に反して弁解に堕していないか、とか言いたくはなる。全巻を通して旧文の再録があまりに多く、耄碌さえ思わせる放漫さも否定できない。ただ、何らかの強烈な動機がないままでは、委曲を尽そうとするだけ事は瑣末に流れ、言葉の弁解じみてくるのを避けがたかろう。それを嫌う著者の態度は、文章家としてのあいもかわらぬ潔癖と言わば言えようし、老人のこういう強情も必ずしも不快なものではない。またここには、淪陥に続く抗戦勝利後の獄中生活と解放後の蟄居暮しの中で、沈黙・不弁解主義の情況的意味が変ってゆかざるをえなかった、その経過に即して、もう少し親切な理解を試みる余地もありそうに思える。だがそれは措いて、右の自述は、事の全面を語り尽すには程遠いとしても、書かれた限りの事実は正確なのであろう。しかし、これだけの記述で充分な納得がゆくには、中国人でも、「俘虜」の憂目の彼と同じような経験を要しそうなので、私たちが了解らしい了解に近づくことは、なおさらむつかしい。そして、この「偽職就任のはじめ」と狙撃事件との因果関係につき、ここに書かれているだけのことを納得するためにすら、たとえ隙間だらけでも、ひととおり前後の脈絡から再構成してみなければならぬほど、事が微妙に思われる。

幸いこの一年分の彼の日記の写しがあるので、(注)(補注二)燕大の職を棒に振り「北大」文学院長となるに至った経過を、まず辿ってみる。

一月二日……午前、〔銭〕稲孫来訪。……午後、稲孫、爾叟《じそう》〔湯爾和の号〕の意を伝えにまた来る。……〔兪《ゆ》〕平伯《へいはく》……来る。平伯に次学期燕大授業の代理を頼む。警区署より私服三名、暫く駐在しに遣わされて来る。

五日……司徒〔スチュアート〕校長来訪。

七日……自動車で稲孫を訪ね、すぐ戻る。

十二日……午後、北大の聘書を受取る。例の図書館に関する事だが、やらざるをえぬ。

十三日……稲孫来る。

十四日……発信、稲孫……爾曳。

十五日……燕大の答案二種五十七本を見終る。

十六日……燕大に採点票を送る。

十八日……〔郭〕紹虞来る。……授業は平伯が代理を承知せぬため暫く停止したい旨告げる。

二十五日……紹虞、燕大今月分の俸給を代りに受取り届けに来る。

二十九日……稲孫、図書館今月分の支給金を届けに来る。ついでまた来て、爾曳宅の午餐に同行。来会者、永井〔潜、東京帝大名誉教授〕、赤間〔信義、日華学会理事〕、宇田〔尚、東洋女子歯科医専校長〕、梁亜平《りょうあへい》〔臨時政府教育部参事〕、呉鳴岐《ごめいき》〔「北大」本部教務長〕、許修直《きょしゅうちょく》〔臨時政府行政委調査部長〕の九名。


銭稲孫はすでに暮れのうちに「北大」本部秘書長に就任、「総監督〔湯爾和〕代行として一切の経営を担当」(『中国紳士録』)していた。彼が事件の翌日二度目(一度目は慰問と偵察であろうか)に来訪した時、湯爾和の意を伝えたのが、これを「北大」出仕をめぐる交渉の最初だったとは断定できぬまでも、とにかくここから事が具体的に動きだして、十二日には図書館長就任の件は落着したわけである。給与の面で、この月は燕大の俸給〔原文「薪」〕

と「北大」図書館の支給金（原文「款」）を併せ受けた、つまり兼任した形になるが、二月以降、燕大の俸給はもう日記に見えない。そして、三月二十八日に「文学院準備委員に任ぜられる」とあり、しかし給与の記事は七月まで「図書館よりの支給金」のままで、八月分に至って「文学院俸給（「薪」）五百元」と変る。「図書館よりの支給金」の額は明記されていないが、四月二十六日の記事に、「（羅）子余また来る。俸給（「薪」）六十元は少なすぎはせぬかと言う」と見える。ちなみに、この時月額六十元は少なすぎると言ったのは、いつも給与を届けに来ている会計主任の羅震《らしん》か周作人か、文面上の主語はどちらにも取れるけれど、やはり、この月から「文学院準備委員」の名目ですでに確実に院長予定者となった段階で、周作人があえて不足を鳴らしたのであろう。実際この頃、大家族を抱える彼は経済的にだいぶ窮していたようだ。他の月毎の収入は、この一年を通じ、既述の「編審会」（推定百元）と中法（仏）大学附属孔徳《コント》研究所（百元。銭玄同は淪陥以来ここにだけ通っていたという。周作人も、戦前この中学にずっと関係していたから、同じく研究員の資格でも持っていたのだろう）からもあったが、孔徳からは時々前借りをし、六月には「北大」からも五百元借りている（九月に文学院長の俸給受領後四百元返済の記事がある）。なお、二、三度上海よりの入金が三百余元ずつ記録されているのは、末弟周建人《しゅうけんじん》から先妻と子供へのか、あるいは許広平《きょこうへい》が魯迅の母への送金を引継いだという説もあるので、それなら両者共同の仕送りか、であろう。

日記に見える、以上のような「北大」出仕の経過と彼の経済状態は、『知堂回想録』の自述が漠然と主張しているところと、いちおうよく照応しているようである。すなわち、結局は淪陥下の生活難が問題であって、狙撃事件が生活の主柱だった燕大出講を不可能にしたため、ついに「偽職」就任に及んだ、という大筋は確からしく見える。周作人ほどの対象でも、単純な生活問題をよそに、淪陥中の出処進退をあげつらうわけにはゆかぬことを、ついでに銘記しておくのはよいことかもしれない（補注三）。しかし、『知堂回想録』ではむしろ彼自身が、そのような単純なところを選んで説明を済ませている気味があり、そのために、図書館長と文学院長との間で、就任の動機にいったいどんな連続と飛躍があったのか、というようなことが一向に判らぬのは、もどかしい。それをしも、単純な経済問題とあとはなしくずしの成行きのように解してしまうと、金額だけのことならそもそも燕大の俸給は月百元でしかないので、「北大」文学院長出馬は、必ずしも狙撃事件をまつまでもなく、時間の問題だったことになりそうである。しかも一方には、彼が事件より先に文学院長になる腹を固めていたように思わせる材料もあるのだ。

前年の秋から輔仁《ほじん》大学へ出講しだした戴君仁《たいくんじん》が、「陶〔淵明〕詩にちなむ回憶」（『伝記文学』六巻六期）という文章で、すでにその秋のうちから、周作人が文学院長に出馬するという噂がしきりであったことを記し、さらに、こう言っている。

……〔民国〕二十八年元旦の午後、銭〔玄同〕先生が突然やって来て、啓明（周先生の字）がとんだことになった、刺客に撃たれて無事ではあったが、客の沈啓无に怪我をさせたらしい、と言った。私はいぶかしい思いでそれを聞いた。その頃私と銭先生とは、周先生が出馬しそうだということを繰返し話題にしていたからで、出ないように忠告したらどうですかと私が言うと、銭先生は「啓明は解った人だ、まさか出るべきでないことを知らぬわけじゃなかろう。それが結局は出ると言うんで、はたからは止めようがないのさ」と溜息をつくのだった。むろん、話しながら私たちは、周先生に対し互いに不満であった。……

不満と不審にもかかわらず戴君仁は銭玄同に促されて、ようやく八日に陳君哲《ちんくんてつ》を誘い周家を見舞った（これは周作人の日記でも確認される）が、「それからさらに何日か経つと、偽文学院が発足し、周先生も本当に文学院長になってしまった」というのである。

ところで、台湾の雑誌に出たこの文章が香港の鮑耀明《ほうようめい》の手で北京へ送られて、その返事（六五・六・二六）に、周作人は「なかなかいい文章でした」と言って寄越した。しかし続けて、次のように指摘することも忘れなかった。

……誤りが幾つかある、といっても些細なことばかりですが、ただ、偽文学院ができたのは民国二十八年〔一九三九〕の秋でした。私が刺客に遭ったのはところが二十七〔八の誤り〕年の元旦で、玄同氏もその正月中に世を去ったのですから、時間がだいぶずれています。

戴君仁には他にも「北大」の開校は文学院が皮切りだったとするような記憶ちがいがあるし、文学院の正式な発足は、たしかに事件の年の八月にちがいなかった。だから指摘は正確であるが、しかし、指摘された誤りはもともと形式的な不正確さにすぎなかったのではないか。というのは、一月末における事の落着を、当時の『東京朝日新聞』（三九・一・三一）なども、「北京特電三十日発」として、周作人がかねて交渉中だった文学院長就任をこのほど正式に承諾、二月を期して積極的に学院開設準備に取りかかることになった、というように報道している(『支那時報』三九・三も同じ)からである。ちなみに、『国立北京大学文学院民国三十二年畢業同学録』という卒業アルバムの「沿革」の項では、「四月、周作人を文学院長に聘し、八月、文学院正式開学」として、日記に言う「文学院準備委員」発令の時を院長就任にあてている。とにかく、彼の進退の対世間的意味からすれば、戴君仁はあながち記憶を失したとも言えないのである。周作人のこの香港への返事の日付は、ちょうど『回想録』を書きあげて間もない頃に当ることを考えると、彼は形式的な誤りの指摘を通じて、実は自伝の記述と戴君仁の回憶の間で、狙撃事件と文学院長出馬決意の順序が逆になっていることへの実質的なこだわりを示したのではなかったのか。指摘の中で彼自身が事件の年を一年早く書きちがえたのも、相応の心理的原因によると解せぬことはなかろう。

いったい、戴君仁が事件をいぶかしく思ったと言うのは、おそらく抗日派によるテロを直感して、それと自分や銭玄同が「不満」としていた主人公の「北大」出馬の意向との関係を、納得しかねたからにちがいない。そういう理屈を含む回憶の信憑性は決して低くないと考えられるが、しかし周作人の方には、事件と出馬決意とのはっきりした因果関係の意識がある、というわけである。そこで、もし双方を立てねばならぬとすれば、事件以前に「北大」出馬が、ただし図書館長職に限り、とはつまり燕大と兼任の形で、決意されたとでもしてみるほかはない。それは案外情理に近い考え方ではなかろうか。がんらい、北大の「留平教授」が「北大」中の人となることは、許されぬ道理であったろう。しかし、彼がその「保管」を托されていた図書を筆頭とする北大資産に事を限れば、その責任に関して「北大」と何らかの関係を保つことの是非は、少なくとも自明ではなかったろう。自明でない判断の限度がひとまず図書館長就任までであったとして、彼がそういう判断に立って出馬の圧力に折れ合った、とは充分に考えられる。「留平教授」の使命がなお彼を拘束しえた可能性は、日記の次のような記事からも推察できるのである。

一月三十一日……豊二〔建人長男〕を金城〔銀行〕に遣り三百元を受取る、けだし昆明の沈粛文からであろう。
六月二十八日……銀行より……三百元を受取る、けだし昆明からであろう。

つまり、長沙の臨時大学がさらに昆明に移り、前年の五月四日を期して西南連合大学を開いた、その疎開先から例の「留平教授」の手当が、半年分ずつなお銀行を通じて、ひそかに送られていたのだ。ちなみに、それが、昨年のセンセーショナルな物議と、おそらく文学院長として伝えられたであろうこの春の「北大」出馬のニュースにもかかわらず、いぜんとして送られてきていたこととの意味は、彼にとって決して小さくなかっただろう。

この臆測には、ところで難点が一つあるように思われる。彼が図書館長職に限って出馬の腹を固めたとしても、その時、しょせん初めから文学院長に担ぎ出そうとしていたにちがいない「北大」当局の意図を、彼が知らなかったはずはないので、もしそうだったら、図書館長の職に限ったところで、先の見えすいた気休めのようなことになりはしないだろうか。そういうことは、正直のところ判らない。しかし判らないといえば、本人にも判らぬことは実にいろいろとあったはずであって、先のことまでは判らぬまま、とにかく自分の方の筋だけは固めておいてあとは成行きを見る、といったようなところが、いったい「俘虜」生活の実情だったかもしれぬではないか。仮りにそういった腹づもりのところへ狙撃事件が見舞ったとすれば、それを契機に一気にふんぎりがつけられたと想像することは可能である。そして、このような経過に関し、弁解に堕ちそうな委曲を端折ってしまえば、初めに引いた自述のような次第になるかもしれぬ、ということも。

臆測の当否はともあれ、また当時の世評がどうであれ、主人公としては、事件後に何らかの形で「北大」出馬の決意をあらたにするところがあったろうことは、疑う必要がない。事件の影響の生活面におけるあらましはすでに見たが、影響が彼の自主的な決意にまで及ぶその及び方は、ところで、事件の真因に対する心証のいかんにより、少なからず左右されたはずであろう。その心証は実にはっきりと主張されていて、『知堂回想録』では、事件の記述の後に次のような推理が示される。

……日本の軍警はもちろん事を国民党の特務にかずけたが、しかし本当はやはり彼らがやったので、証拠は幾つもある。第一に、日本の憲兵はこの事件に関し、初めから被害者にすこぶる悪意に充ちた態度で臨んだ。一日の午後、私が病院から帰宅すると間もなく、憲兵が二人やって来て、訊くことがあるから隊へ出頭するようにと言った。漢花園の北京大学第一院に居坐った、例のところへだ。そして、地下の一室で二時間ほど根掘り葉掘りしたあげく、国民党が動揺した党員に手を下したのかも知れん、ということにしてしまった。以後、連絡と称して月に一、二度は訪ねて来たが、ある時、治安は良好でもろもろの暗殺事件は全部犯人があがっている、などと大言したので、私は笑って、それではこちらの一件は？と訊いた。すると相手は、ナニもうじきです、と慌てて答え、それきり来なくなってしまった。

第二に、刺客が二人づれで、自動車で裏の露地に乗りつけたことから、大規模なのは明らかだった。ところが奇怪なのは、わざわざ自宅で私を狙いに来たことだ。何故私が海甸《かいでん》〔の燕大〕へ行く路でやらなかったのか。いつも定った日時に通るのだから、途中で待ち伏せれば万に一つの失敗もなく、一人でも充分にやれたろうに。……それを、大袈裟に家まで押し掛けたりして、単刀直入なやり方で来なかったのは、目的を隠して、燕大へ通っていることに人々の連想が及ぶのを避けたためではないか。うまくはからったものだが、そこからぼろも出てしまったわけだ。私は燕大の客員教授になったのを楯に、別の学校からの招きを一切断ることができたので、これがまず誰れを怒らせたか、充分に見えすいたことである。

第一の日本憲兵隊による誘導訊問めいた扱いは、甚だ特徴的であって、これは周作人の立場に対する占領者の疑惑のいわば最右翼を代表するものだ。その疑惑が中国人青年を使った暗殺謀議に結びつきうる経路を具体的に追及することはいまさらできそうにないが、現に反日ないし国民党の嫌疑があった限り、日本側の何らかの筋による陰謀の動機も完全には否定しきれぬとしなければならない。いっぽう、この経験は、周作人の日頃の不安をまのあたりに拡大して見せたものとしても、重要であろう。日本憲兵のその後の定期的な来訪を、彼は日記に一々書きつけてはいないが、元旦の記事に「夕方、日本憲兵隊に喚問され、八時ようやく戻る」とあるほかに、日本軍と臨時政府双方の憲兵隊から関心をもたれていたことを示す、次のような記事が見える。

三月八日……邵文凱《しょうぶんがい》〔臨時政府治安部中将〕部下の憲兵が二人、いわゆる新秩序に対する意見の打診に来たが、会うのを拒む。

九月十二日……午後、憲兵隊の浦本、冠劉《かんりゅう》 捷《しょう》来る。

第二の燕大出講をめぐる推理は、断定的な語気ほどには充分な説得力が感じられない。だが、そこがかえって、彼がどんな意識で燕大に出ていたかを物語っていて、事件に関し、彼がこのような心証を持ったことの真実性は疑いを容れまい、と私は思う。燕大や輔仁《ほじん》大に対する日本側の敵意や「新民会」のキャンペーンのことは前章で見たし、一月二日の日記にあったとおり、彼が事件の翌日、偵緝隊《ていしゅう》が住み込むようになったその日のうちに、早くも燕大の代講を兪平伯《ゆへいはく》に頼んでいるのも、同じ判断に立ってのことだったろう。

しかしながら、彼の事件解釈は、当時のさまざまな臆測や風説とはだいぶ異なっていたように見える。殊に日本人は、一般に抗日派テロ説を自明のように信じたらしい。そこで、幾つかの解釈例について、ひととおり情況的な理路をただしてみることが必要であろう。解釈のずれは周作人も感じていたとみえて、『知堂回想録』執筆より十年も前に、松枝茂夫宛の書簡(五五・四・二二)で、唐突にこの問題に言及し、次のように書いている。

……小生が〝淪陥〟当時〝偽官〟になった動機は、たぶんお判りになりにくいでしょう。ただ、一つだけ申し上げられるのは、一九三九年元旦の暗殺事件が、日本の軍部(?)方面から出たということです。当時小生は燕京大学に在職し、重慶方面はそれを正当と認めていました(事件後、北京に潜伏していた重慶教育部の専員と燕京大学校の司徒雷登〔スチュアート〕が、ともに慰問のうえ、これは決して重慶側がやったのでないと明言しました)。……

以下、『回想録』と同様に、日本憲兵隊の態度と燕大出講の事実とにもとづく推理を記し、こう結んでいる。

……これはもう過ぎた事ですが、日本の友人はおそらく余り御存知でないと思いますので、いささか参考までに申し上げました。

事件後に彼が重慶筋と接して得た感触のことは、『回想録』には書かれていない注目すべき材料である。重慶側による組織的なテロという臆測は、これで幾らか根拠を失うのではないか。スチュアートの慰問は前に引いた一月五日の日記にその記事があり、この人物がたしかに重慶政府の意向を北京にもたらしうる立場にあったこともすでに触れた。地下にあった重慶教育部の専員というのは確認のしようがないとはいえ、そのような関係筋は、たとえば輔仁大学文学院長沈兼士《しんけんし》としてでも、彼の近辺に幾らもひそんでいただろう。『回想録』の別の所には、この旧北大仲間が、朱家驊《しゅかか》(重慶国民政府教育部長)と同郷の関係から、当時「国民党のために教育上の特務工作をやっていた」とある。(補注四)かつて元北大生ルー・ピンフェイ(Loo Pin-fei)(盧彬斐?)なる人物が、アメリカで『暗い地下』(“It is Dark Underground”)という英文による回想録を出版し、中の一節で周作人狙撃を告白して、話題になったことがある。原書未見のままで確かなことは言いかねるが、成仲恩「知堂老人の遺稿一篇」(『明報』三巻一二期)に引かれた問題の部分によると、地下組織の指令によって、カイライ政府の教育部長就任を受諾した北大文学院長周作人〔これは事件より二年後の周作人に当る〕を暗殺すべく、三人組の一人として自宅で撃ったように書いてあり、正確なのは客も一緒に撃ち倒したということくらいで、あてにはならぬようだ。これも成仲恩すなわち鮑耀明の手で周作人に転送されたところ、北京からは手紙二通にもわたっていろいろの矛盾を指摘しながら作者の金儲けのための拙劣な手段をさんざんに嘲ってきた（六二・一一・五、同一二・八）[補注五]。

　さてところで、この事件を抗日派のテロと直感したのは、必ずしも先入見にとらわれた日本人のみとは限らなかった。しかも、重慶筋と直接のつながりのないところにも、その種のテロの動機はありえたように思われる。たとえば、当時周作人を取巻く一人だった方紀《ほうき》生《せい》なども、自分が日本で編んだ『周作人先生のこと』（四四、光風館）に収める、日本語で書いた一文でこう述べていた。

　一昨年の元旦に先生は襲撃を受けられ、幸にして難を免れられたが、友人は大てい私の編輯してゐた『朔風』と関係があると考へた。（といふのはその雑誌に、私は屢々先生の文章を発表したが、それが血気な青年の不快を買つたやうであつた。）……今から想へば恐縮の至りである。（「周先生の点々滴々」）

『朔風』は、方紀生と陸離《りくり》が主編となって、三八年十一月に創刊された月刊誌（北京東方書店）である。周作人はその三号まで、事変前の旧作を各一篇寄稿したにすぎないが、非政治性の文芸雑誌とはいえ、占領下で公認された雑誌への彼の寄稿自体が「血気な青年」の不満を買ったとしてそれを事件の原因かと疑ったのは、おそらく主編者たる自身の疚しさに半ばもとづく臆測にすぎなかったろうが、主人公側近者の感想なだけに、参考的価値は認められる。

つぎに、狙撃者が肩書に名乗った「中日学院」を出て、「北大」文学院開設と同時に中国文学系の学生となった尾坂徳司が、その著『続・中国新文学運動史』の中で、こう書いている。

……周作人は、日本側に操られたと思われる青年に狙撃され、その恐怖が原因となって、臨時政府（偽政府〔後の華北政務委員会の誤り〕の教育督弁（文部大臣）に就任し〔これも二年後のこと〕、この年あらたに再開校した北京大学文学院長（文学部部長）にも就任したと言われているが、この狙撃者は、中日学院の卒業生だと称して面会を求め、そして彼を狙撃したという噂である。

この本は『知堂回想録』の周作人の自述などがまだ世に出ぬ以前に、当時の記憶によって書かれ、引用中に注記したような誤りもある。しかし「日本側に操られたと思われる」というのは、日本人として例外的に周作人の心証と合致する判断なので、その根拠を著者に質《ただ》したところ、正確には、中日学院の中国人学生間の抗日気分から、学院出身者が狙撃したと聞いてただちに納得できたが、狙撃者が日本側の手先だったか否かは実は判らぬ、とのことであった。要するに問題のところは敗戦後の解釈で、当時はやはり抗日的学生のテロということで納得しうる空気の中にいたわけである。

もう一つ、台湾省出身の中国人で、「北大」文学院の日本語講師になった洪炎秋《こうえんしゅう》が、戦後台湾で出した本に記す、すこぶるうがった抗日テロ説がある。

……豊三〔建人次男〕は輔仁大学の附属高中に学んでいたが、成績が極めて優秀で、最も周先生の寵愛を受けていた。淪陥初期の二、三年間、日本人が偽職就任を迫るのを周先生はのらりくらりとかわしていたが、相手が段々強硬になるにつれて形勢は重大化した。日本人の血筋こそ引いていたが〔建人夫人芳子は作人夫人羽太信子の妹〕、非常な愛国反日青年で、このことのために目立って憂鬱そうになっていった。その後学校友達にわけをきかれて、彼が事情を打明けたところ、中の激烈な一人が、「君の伯父さんは逃げもできず、出馬も御免だというんで、それでこんなことになったわけだ。せっかくの潔白な名声に傷をつけないためには、いっそ何かの方法で死んでもらうことだな。そうすれば身を殺して仁を成すという結果になるよ」と言った。豊三ははじめこの意見を冗談だと思い、笑って聞き流したが、意外にもこの友達は本気でひそかに準備をすすめ、ついに二十九年〔民国二十八年の誤り〕の元旦、信念どおり実行に及んでしまった。あいにく、この一弾は周先生の名誉を全うする目的を達しなかったばかりか、かえって先生を汚辱にまみれさせる逆効果を生んだ。それで豊三の受けた精神的打撃は並大抵でなく、煩悶のあまり自殺するほかなくなって……（「国内名士印象記其三」『廃人廃語』）

たしかに、甥の豊三が事件の二、三年後に自殺したことも、その秀才ぶりや伯父作人の寵愛ぶりも、また甥が伯父の立場に悩んでいたことも、私が周作人夫人の実弟羽太重久から聞いたところとよく符合してはいる。洪炎秋は、これを周家にいつも出入りしていた人物から聞いたそうであるが、しかし、狙撃事件の真相談としては、このような甥の自殺からいかにも遡って作られそうな話だし、同じ台湾出身の関係で当時洪炎秋と親しかった後出の張深切《ちょうしんせつ》などは、豊三が周作人を撃ったように憶えている(『里程標——または黒い太陽』)しまつで、どこまで本当か判らない。ちなみに、豊三が輔仁大附属高等中学に入ったのも、たまたま日記に記事があって、事件後半年余り経った七月中のことである。(補注六)

結局どの説も頼りないというほかはないが、これらの臆説にも、いちおう信じた者には信じただけの現実感があったとすれば、周作人の反証によっては打消し切れぬ性格の抗日テロの動機も、ありえたことになろう。もっとも、場合によっては、ある種の抗日的テロがそのまま日本側のある筋に利用されても珍しくはない程度に、そもそも当時の北京の裏側は面妖を極めていたのであろうから、事件の真相はおろか、動機すら単一明快な臆測を許さぬ、と言うべきかもしれない。とどのつまり確かそうなのは、事件当時の周作人が、反日と親日のどちらの理由によっても襲われうる位置にあったことと、その中で彼の心証が終始日本側の企みと出ていたことだけである。

ここで問題は、狙撃事件と「偽職」就任の因果関係に戻る。すなわち、彼のこのような事件解釈が、どのようにして、松枝宛書簡に言うところの「〃偽官〃になった動機」になるのか。実は、彼はこれと同じ弁明を、この書簡よりさらに前の裁判の際に、「北平が陥落し偽臨時政府が組織された時、湯爾和の勧誘を受け、一九三九年八月偽北京大学教授兼文学院長に就任し」うんぬんという、起訴状第一項に対する答弁でも行なったらしい(益井康一『裁かれる汪政権』の要約による)。一般的に言って、抗日派の同胞に襲われるよりは日本側からやられたほうが、不名誉の度合が低いことになるのは確かかもしれない。けれども、一身の弁明として、日本側の脅しに恐怖して(尾坂徳司)と言おうが、愛国青年からさえ襲撃されて自暴自棄になり(洪炎秋)と言おうが、その間に、彼がこだわるに足るほどの差異があろうとも思えない。彼の事件解釈は、名聞や弁解心理とはもう少しちがった次元で、「偽職」就任の動機をなしたのではなかろうか。たとえば、事件の年の七月に脱稿した松枝茂夫の「周作人先生」(『周作人文芸随筆抄』)と題する評伝の中に、こういうくだりがある。

> 彼がひとり落つき払つて北京に踏止つてゐることが、上海孤島あたりの真面目な愛国者達の疑惑誤解を買つてゐたであらうのは察するに難くない。しかしこれまで曾て政治に容喙したことのない我々にまで刺客がつくやうでは、暗殺の相場も大分安くなつたものだと彼は笑つたといふ。

さきに引いた周作人からの手紙は、言ってみれば、この部分の前半に逆の解釈を入れることを要求しているようなものだが、どっちの解釈でもそれぞれに文意は通るにせよ、それとこれとで「笑い」の性格は変らざるをえない。つまり、彼はこの事件を契機に、何か自由に似た心境を得たらしいのだが、それとこの事件解釈とが同時にしか成立しえないのではなかったか、ということである。事件直後の材料から、薄弱な根拠を出してみる。

まず総じての印象で、彼は事件の実況を語る時、何時もに似合わず饒舌になるのが常だったらしい。事件後訪れた中国人と日本人の多くは、彼がそれこそ身振り手振りを交えて暗殺と奇蹟的な命拾いの一部始終を再現してみせたことを伝えているし、『知堂回想録』のそのくだりなどにも、繰返し語ったり書いたりした名残りの流暢感がうかがわれるようだ。そこにほとんど穉気《ちき》というのに近い、昂奮ぶりをしのばせるものがあるのは、何によるのか。けだし、狙撃が日本軍部から出たのであれば、臨時政府への干与が意味する、本人の意図を越えた政治的な占領協力のその協力性を、占領者の方から否認されたようなものだったろう。もはや意図だけが問題であって、曇らぬ意図をなお自負できるなら、恥辱は恥辱、恐怖は恐怖自体として、耐えるなり処理するなりすればよい、とこう形式的な道理を立てたかどうかは知らぬが、やみくもに死線をまたいだ後の心身脱落《とつらく》感に加えて、そのような思いが彼を大胆に踏み切らせたのは、事実でなかったろうか。

また、彼が事件後新聞記者に語ったと伝えられる言葉がある。『大阪朝日新聞』(三九・一・四)に載った「北京特電三日発」の「周作人狙撃さる」という報道の後に出ている本人の談話は、こうである。

政治運動をやったこともなく文学を専らにし著述ばかりしてゐた私がなぜ狙撃されるのかさつぱりわかりません。私の犠牲になつた門下生や車夫や家人が気の毒です。しかし私にはこれが今後の仕事の上にも一つのよい転機となるだらうと思ひます。

日本の新聞記事を根拠に使うのは問題柄考えものではあろうが、事件の報道は簡単ながらも正確である。燕大出講の道が塞がれたと感じ、「偽職」就任への強い勧誘を持込まれていながら、いったい何の「よい転機」だろうか。判らぬといえばこんな判らぬ話はないが、それを事件後三日目にして日本人記者にさえ公言しえた事実は、とにかく内心の思い切れた消息を反映しているはずだ。抗日派のテロに遭ってはさすがに周さんも肚をくくったかな、というふうに日本人がこの談話を感じるのも当時の一つの自然ではあったろうが、いま考えてみれば、彼の方では、皆さんの同胞のとんだ仕打のお蔭で「偽職」に就ても守るべきものは守れそうな気がしてきましたよ、と語っていたのかもしれないのである。

それから八日に、彼は元旦の事件に関して詩をまた二首作った。うち一つはこうである。

但思忍過事堪喜　我慢の後は喜びとやら
回首冤親一惘然　振向けば愛憎も今は夢
飽喫苦茶弁余味　しこたま飲んだ苦茶の後味を
代言覓得杜樊川　杜牧が代言してくれていた

事件の本質を反日の嫌疑に発したテロと解したにしても、直接に動いたのが中国人の青年だったことや、親しい人間に巻添えの怪我を負わせてしまったことは、やはり特別に彼を苦しめたにちがいない。苦茶庵における政治的刃傷事件のそんな重苦しい後味を、「忍過スレバ事喜ブニ堪ヘタリ」という、かねて愛誦する杜牧の警句によって例の「打油詩」に変えたのも、それなりに開かれた心境のたまものでなければなるまい。

さらに、十三日付で陶亢徳《とうこうとく》からの見舞状に答えた手紙では、一件のあらましを述べた後に、早速この警句が新しいモットーとして引かれている。

……事の原因は判りません。しかしこの半年ほど(ないしは近十年来)のことと無関係ではないように思います。官庁が捜査中(それも埒が明きますかどうか)とはいえ、もはや私の知るところではない、「忍過事堪喜」

というのが小生日頃の信条でありますから。もっとも、その影響でもう燕大に行けなくなったことは、経済的に一段とこたえますが。

「この半年」というのが、臨時政府への干与でなく、燕大出講をとくに意識した言葉であることをもはや疑えぬ以上、カッコの中でそれを「ないし近十年来」にまで延長したのも、現実の不如意な雲行きとは裏腹に自己の内面的な一貫性を昂然と再確認しようとする意志に発したことだったかもしれない。

要するに、事件を契機に彼の中で何かが動きだしたのは確かなように思われる。ただし、それが「偽職」就任の動機をなしたとするのは、やはり一種の抽象であって、実情は、出馬しても精神的にもちこたえるだけの自信を彼にもたらした、というほどのことであったろう。出馬の事実に関しては、しょせん彼が事件によって政治的にも生活的にも流された一面に目をつむることはできないので、そのこと自体に完結した意味を見出すことはむつかしい。というのは、彼とても、占領下の「俘虜」生活に伴う恐怖や経済難や不本意な行為の強要やに関して、個々にはしばしば不透明な対応を免れようもなかったろうからである。そんな処世の術にかけて、彼だけが、短気で狭量な占領支配者をさんざん煙に巻いたり焦《じ》れさせたり、あげくに変な感心をさせたりもした他の多くの協力者たちの端倪《たんげい》すべからざるひょうたんなまず流とちがい、ひとり極端に無能だったとは考えられない。

そんな不透明さの例だろうかと思われる、気がかりな事実が一つ残っている。彼が狙撃事件に関連して、土肥《どい》原《はら》賢二を訪ねようとしたことである。事は『知堂回想録』の事件のくだりよりだいぶ前の「中日学院」の章で、学院の後日譚のようにして記されている。「中日学院」は、北伐国民革命時代の一九二五年九月、北京のいわゆる「坂西《ばんざい》公館」の主、大使館附属武官坂西利八郎と同補佐官土肥原賢二の斡旋で、北大の沈尹黙《しんいんもく》、張鳳挙《ちょうほうきょ》、周作人らが、日本の「東亜同文会」と協力して「中日教育協会」を組織し、天津同文学院を経営面だけ日本人の手に残して、教育面はすべて中国人の学校に準ずるように改革したものである。この協会は、さらに二年前、坂西利八郎を頭とする参謀本部対華謀略筋の国民革命の将来に対する読みと、周作人は別として、実際に国民党と関係のあった人物を少なからず含む北大仲間の「中日問題解決の幻想」とが合して生まれた「中日学術協会」（これは北伐に対する日本側の干渉が原因となってまもなく有名無実化した）の後身に当る。そしてこの二度の試みを通じて、彼が坂西・土肥原のコンビと個人的にもある程度の因縁を生じるに至ったことは、二七年、張作霖《ちょうさくりん》が北京を抑え、共産党の李大釗《りたいしょう》たちを捕えた時、彼が友人の劉半農《りゅうはんのう》と一緒に、当時その後任の「某少佐」（多田駿か）の住んでいた土肥原賢二の旧居に匿《かくま》われた事実（周作人「半農紀念」）などから想像される。さてその後、院長の沈兼士も会長の周作人も、学院の実態と中日関係の推移が再び志と異ったため自然と手を引く格好になり、「満洲事変」前後に奉天特務機関長土肥原賢二が、俄然悪名（中国の民衆は彼を「土匪原」と呼んだ）を全土に馳せるに及んで、もはやこの一場の因縁も完全に過去の夢と消えたかに見えた。ところが、元旦の刺客が天津「中日学院」の学生を名乗ったことから、再び彼はこの旧縁に因んで、土肥原訪問の挙に出たわけである。『知堂回想録』はこう書いている。

……むろんそう名乗っただけだろうが、それにしても何故中日学院から来たと言う必要があったのか。この時土肥原はすでに成上がって「土肥原将軍」と呼ばれていた。私は一月二十四日午後、彼を訪ねて行き、このことをただそうとしたが、会えなかった。それきり彼とは会わずに終った。

このように詳しい日時まで書けるのは、日記を手元に置いているからで、同日の日記には、次のようにある。

一月二十四日……午後二時半、佐々木が自動車で来て、三時、土肥原を訪ねに同行したが、用事の故に来らず、四時半引揚げる。

車で同行した佐々木という人物は、青江舜二郎『大日本軍宣撫官』と、問合せに対するその著者からの返事により、かつて坂西公館で書生暮しをしていて土肥原賢二とは親しい関係にあった、当時の同盟通信北京総支局長佐々木健児と確認できた。早速会ってみると、この日の記憶はもう分明でなかったが、周作人とは『実報』社長の管翼賢《かんよくけん》と、北京に古くから住んでいた印刷業の小柴誠司とに紹介されて面識を得たこと、そして、とくに小柴誠司が軍嫌いのいわば中国人びいきで、この人物から周作人のための「防波堤」役を期待されていたこと、などを想い出してくれた。たしかに、事件翌日の日記の見舞客の中などにも「夜、小柴、佐々木、管翼賢来る」といった具合に、この三人の名は一緒に記されている。小柴誠司は、七五年秋亡くなる直前に私が訪ねた時、九十六歳の高齢で、なんと戊戌《ぼじゅつ》政変（一八九八）ののち亡命して横浜に来た康有為《こうゆうい》に「使われ」た（佐々木健児によれば、康の弟子の梁啓超《りょうけいちょう》が横浜で出した新聞〔新民叢報〕の印刷工を勤めた）縁で、大正のはじめ『北京日報』創刊に協力するため渡中、そのままずっと北京に居つき、のちに独立して市内にささやかな印刷業を営んだ、という経歴の持主である。伯母が東京駒込で周作人夫人羽太信子の実家と近所付合があり、その縁から周家に親しく出入りするようになった(羽太重久も「親戚付合だった」と述懐している)。管翼賢とも極めて昵懇で、この頃は『実報』の顧問のような形でずいぶん肩入れしたと言い、この大衆紙に周作人が事変前、続けて短文を寄稿しているのも、そうすると、彼の仲介によることだったのかもしれない。ついでに土肥原賢二の足跡も確かめておけば、彼は事変以来、第十四師団(宇都宮師団)長として華北戦線にあったが、三八年六月、陸・海軍、外務三省の縄張り争いを避けて「中央政権工作」を統一的に推進すべく組織された「対華特別委員会」通称「三人委員会」(陸―中将土肥原賢二、海―予備中将津田静枝、外―顧問予備中将坂西利八郎)の責任者となって謀略畑に戻り、この頃は北京で、例の「更生中国文化建設座談会」にも出ていた「新民会」の張燕卿に振り廻されながら、見込みのない呉佩孚《ごはいふ》担ぎ出し工作に熱中していたところであった(森島守人『陰謀、暗殺、軍刀』、土肥原賢二伝刊行会編『土肥原賢二』ほか)。

このような脈絡に照らして、土肥原訪問の意図を考えてみると、「中日学院」と事件の関係をただすというのは、それがたまたま旧縁にふれたことから会見申入れのきっかけないしその際の口上にはなりえても、相手が相手だけに、いささか心得がたい会見目的ではあるまいか。すでに十三日付陶亢徳宛の手紙で、事件捜査の行方などにはわれ関せずと称しておきながら、それだけのことでこんな訪問を思い立つというのも、変ではないか。そこに、たとえば「土肥原将軍」の威力を、露骨な敵意を見せた憲兵隊に対する「防波堤」に利用しようとする期待が働いていたとしても、不自然ではないように思う。そして、先方がいまさらそんな瑣事にかまけようなどとはしなかったろうこともだ。よしんばこの謀略の元締が私的には意外と古風な義理人情の持主で、彼のために一肌脱ぐ気になったと仮定したところで、すでに「満洲事変」前後とあいも変らぬその謀略感覚を冷笑し、組織には組織を以てするていのより現代的な「治安戦」を自負していたという(武田熙直話ほか)現地の諸機関を相手に、どれほどの威力を行使できたか、これも判ったものではないのである。

(注)　この写しの由来を明らかにしておく。周作人の日記は、生前に一八九八年から一九二七年までの分が、文物資料として魯迅博物館に納められた(六四・一・六、鮑耀明宛書簡)が、彼は香港の鮑耀明の希望を容れ、残りのうちから三九年と四九年の分を、前後して香港へ送った。原本は鮑氏の手で筆写ののち返送された。鮑氏より恵与されたこの三九年分の写しによって見ると、周作人の手筆で誤写や難読個処の補正が施されているから、筆写本もいったん北京へ校閲のために送られたようである。なお、鮑氏は現在までのところ、四九年分を「知堂老人己丑春夏日記」(『筆端』九期、六八・五)、「知堂己丑日記」(『七芸』創刊号、七六・一一)と題して公にしている。

(補注一)　本書後日編「周作人狙撃事件と「抗日殺奸団」」参照。

(補注二)　周作人日記の魯迅博物館所蔵分は、その後『周作人日記』上中下三巻(九六)として影印刊行された。残る部分も、ひと頃までは魯迅博物館で内外の研究者の閲覧に供せられていたが、がんらい文革中に周家から押収されたのを一時保管していたもので、後に遺族に返還された。

(補注三)　その場合の金銭感覚の目安として、前年の夏休みに西南連合大学から北京の家族を引き取りに戻った葉公超が、ついでに「特殊任務」を帯びて周作人を訪ね、北京大学同僚たちからの南下勧告を伝えたのに対し、南下は不可能だが、月二百元くらいで生活は持ちこたえられるだろう、と答えた話が参考になる(常風「回憶葉公超先生」「記周作人」『逝水集』。常風は清華大学の葉の学生で、当時周の近辺に在り、葉の訪問に同席した)。ついでながら、後の「偽職」の俸給は、本文第七章に引く周自身の手紙に見えるとおり、ここに言う月二百元の必要額の十倍に及ぶ。

(補注四)　第四章補注三に引いた李霽野の回想にも、輔仁大学の「文教委員会」の四人の委員のうち三人までが、地下の国民党北平市委員会のメンバーを兼ねていたとあり、文中に言うその責任者の名を李は何故か明記しないが、それが沈兼士であることは明らかである。「文教委員会」に関する、今日の中国における解説的な記述の一例は次のようである。

　国民党の北平地下工作者は、輔仁大学に大衆的な秘密組織を築いた。一九三八年、文学院長沈兼士、教育学院長張懐、秘書長英千里らが秘密裏に「炎社」を結成し、明末の国学者顧炎武の研究に名を借りて、人心死セズ、国家亡ビズを合言葉に教員や学生の抗日闘争を鼓舞した。三九年、「炎社」の基礎の上に輔仁大学の教員と学生を中心とする地下抗日組織「華北文教委員会」を組織し、沈兼士が主任委員、張懐が書記長、英千里らが委員をつとめた。協会本部を輔仁大学に置き、組織は北平各大学、故宮博物院、北平図書館などの文化機関に発展し、これらの単位ごとに支部を設け、幾つかの中学にも連絡員がいた。四二年以後は、冀〔河北〕魯〔山東〕豫〔河南〕晋〔山西〕の四省に分会を設立した。協会の主な工作対象は文教部門に働く人々で、学生には暴力を畏れず、誘惑に乗らず、読書に励んで、国家に尽すべきことを呼びかけ、『輔仁生活』週刊を出版して、感情の連絡と闘志の鼓舞をはかり、日本とカイライの情報を集めて関係方面に報告した。協会はさらに後方へ青年を送り出すために、開封、商丘、亳州などに幾つかの路線を設け、沿線に連絡所や手引きの人員を配置した。（栄国章、孔憲東、趙晋『北平人民八年抗戦』）

（補注五）　後に入手した原書 Loo Pin-fei “It is Dark Underground” (1946, New York) に就て見ると、内容は、義勇軍として蘇州で国軍の訓練を受けた中学生が、参戦したとたんに撤退する国軍から解散を命じられ、上海の難民救済所で働くうちに上海も陥落したので、仲間のつてを頼って数人で北京天津の淪陥区に入り、大学進学の準備をしながら中学生を主体に作った自発的地下組織（‘Special Youth Group’ または ‘Fire God’）のしだいに本格化してゆくテロ活動を主とし、北京天津で組織が壊滅に瀕した後、香港経由で重慶行きを策して失敗した主人公たちは更に上海で組織を再建するが、共同租界へ移住してきた父親に活動を知られた主人公が、活動できなくなって、結局組織と父親の了解のもとに、アメリカへ渡るところで終わる。語り手を兼ねる主人公と著者を同定するかのように、巻頭に燕京大学校長のレイトン・スチュアートが序を寄せ、著者は自分の知っている学生であると保証しているが、しかし、所用の関係で本の内容は読んでいない、とも言っている。一読しての印象は、ある地下組織の成員あるいはその周辺の関係者が、めぼしい抗日テロ事件に関する経験や伝聞をすべて同一組織の同一メンバー、すなわち書中の主人公たちの所業として物語化したもののようである。なお、周暗殺の一件は、すでに王克敏の暗殺(未遂)なども手がけ、二千人ほどの人員を擁するに到った組織に、「重慶政府の秘密エージェンシー」から連携の働きかけがあり、中央の支配干渉は望まなかったが資金と武器の調達の便を考慮しこれに応じた結果、重慶筋から最初に指令された標的として実行されたとあり、しかも、周その人は襲撃後に送りつけた警告の手紙に応え、帰郷して学者生涯を全うする旨を表明した、という尾鰭までついている。

(補注六)　豊三の自殺は、正確には四一年三月二十四日のこと。張菊香、張鉄栄編『周作人年譜』(二〇〇〇年改訂版、以下これを『年譜』と略称)の当日の項に、甥豊三の拳銃自殺の事を記し、さらに文潔若の説を手短かに引くが、その原文からもう少し詳しく訳出しておく。

　私の長姉馥若は、四七年十一月にアメリカへ留学するまで、周鞠子(周建人長女)や周静子(周作人次女)とずっと親しく付き合っていた。四一年、馥若が輔仁大学女子部の西洋語系を卒業した時も、鞠子や静子の(周作人への)口利きで北大の紅楼(文学院)に助手の仕事を世話してもらったのだった。その年、周家には、建人の息子の豊三がピストル自殺(わずか二十歳で)をするという大変な騒ぎがあった。一月一日に、周作人がカイライ教育総署の督弁になり、周鞠子が馥若に内緒でうち明けた話では、彼女の弟は伯父に対する一種の抗議として死んだのだということだった。周作人と一緒に帰宅したばかりの護衛がピストルを机に置いた隙に、豊三はそれで自分のこめかみを撃ち、物音を聞いて皆が駆けつけた時はもう息が絶えていたのである。(文潔若「晩年的周作人・四」香港『大公報』九〇・五・一三。これは本書後日編附録「晩年の周作人」の、削除された章の一部に当る。同文「訳者附記」参照。)

　また豊三の地下活動の件について、周作人令息(豊一)から聞き得たところでは、「周建人が後で、豊三は国民党の特務工作に参加しており、本人に手を下すように命令が出て、苦悩して自殺したのだ、と話していた」由。父親とはいえ、建人は早くから妻子を北京に残して上海に職を得、後には別の家庭をも営んだ関係からして、占領下の北京、まして息子の地下活動については、やはりなんらかの伝聞に頼るしか知りようはなかったろうとしても、かれこれ併せて、おおよその情況を推察する足しにはなろう。

七　「偽職」歴任

周作人の「北大」出仕と前後して、占領機構の改編、すなわち興亜院設立とその連絡部設置のことがあった。「事変」の拡大は、「資源開発」のための国策会社の進出といった収奪経済面まで含んで、占領業務をも多方面に拡大させずにおかなかった。これを日本国内で一元的に指導する中央機関として興亜院がつくられたのは、一九三八年十二月のことである。その現地連絡部が華北、蒙疆、華中、厦門《アモイ》の四個所に置かれることになり、臨時政府管轄区域を受持つ華北連絡部は、翌三九年三月に発足した。がんらい「対支中央機関」設立問題というのは、政府部内の調整がつかず、一年近くも懸案になっていたことである。現地機関の権限問題も争点の一つで、とくに現地軍は、行政機関が占領地の軍司令官に属する権限を行なうのは統帥権の干犯である、という主張を中央に申し送ったが取り上げられず(『武藤章回想録』)、最終調整の結果は、「対支院(仮称、のち興亜院)ノ現地機関ハ其ノ設置ト共ニ管掌事務タル政治、経済、及文化ノ全部ニ亘リ其ノ事務ヲ行フ従テ軍特務部其ノ他ノ機関ハ右現地機関ノ設置ト共ニ此等事務ヲ一括シテ之ニ移譲スルモノトス」(「閣議諒解事項」三九・一〇・一)とされた。しかし、人事その他の措置を通じて、現地軍の権限は実質的に温存された。すなわち、華北連絡部長官に喜多誠一(中将、前方面軍特務部長)、同次長心得に根本博(大佐、前方面軍参謀副長)が坐ったのをはじめ、特務部が方面軍司令部に吸収されたかわりに方面軍参謀部に第四課を新設し、これを通じて政務関係を従前通り牛耳れる体制が用意された。こうして、二代目連絡部長官森岡皐《すすむ》（就任時少将、前天津特務機関長）などさえ、政治の味を覚えた第四課の参謀連がしばしば興亜院を素通りして動いたことへの不満を混えて回想するように、「連絡部の仕事は、東京の本院から計画による資金資材を貰うこと、北京では計画について方面軍の了解をとりつけ、これを臨時政府に持込み、政府の名において実行させるという業務で手一杯」（防衛庁戦史室所蔵回想録）といった実情であった。

さて『知堂回想録』は、著者自身が「偽職就任のはじめ」と呼ぶ、「北大」出仕後の勤務の実態について、ごく簡単にこう記すだけである。

……私はあいかわらず終日家にいて、給料の只取りのような格好になった。図書館の事は北大秘書長（銭稲孫）が代りにやり、その後文学院の方は学院秘書（呉祥麟）が代理をつとめ、私は週に一度顔を出す程度にすぎなかった。

これにつづいて、彼はまた例の不弁解主義を持ち出し、あとは「偽職」に関する事に一切筆を触れようとしない。そんなことは、後世気になる人間が勝手に調べればよいにはちがいないが、調べて判るのはいかにも通り一遍の事にすぎない。

「北大」の勤務ぶりを、その最初の一年の日記について見ても、『知堂回想録』に言うとおり、業務に専念した様子はない。ただ、文学院発足まぎわの学生の募集選抜や教職員人事の決定までも、すっかり人まかせというわけには、さすがにいかなかったようだ。「文院人事」をめぐる銭稲孫や羅子余《らしよ》との相談が三回ほど記録されているが、教官だけでも、非常勤講師や助手まで含めると、五系(哲、史、国文、日文、西文)で百人を越える顔ぶれを、北京残留者の中から決めるのは、「偽職」をめぐるさまざまな思惑や深刻な生計問題ともかかわって、よほど面倒な案件だったにちがいない。周作人との関係に限っていえば、尤炳圻《ゆうへいき》、方紀生《ほうきせい》、張我軍《ちょうがぐん》、洪炎秋《こうえんしゅう》など、かねてその周辺にあった日本留学出身あるいは台湾育ちの若い者が、ほぼもれなく吸収された。その一人で、日文系の非常勤講師になった洪炎秋の戦後の言い分を聞いておこう。彼は「事変」前にも北大の農学院で日本語を教えていた。

……国立各校が北平を撤退した時、私は農学院留平財産保管委員に任ぜられ、命ヲ奉ジテ淪陥する仕儀となった。淪陥期間は一家八人の生活を維持するために、やむなく偽北大と偽師大の教師をやった。……彼ら〔周作人、銭稲孫〕は偽要人として、私を教師に引っぱったほかは、偽官に誘ったり、まして日本人のために何かをやらせるようなことはしなかった。……(「未ダ其書ヲ読マズシテ先ズ其人ヲ知ル」『伝記文学』九巻三期)

ここにいう「留平財産保管委員」と周作人たち「留平四教授」との関係はよく判らないが、とにかくこんな例を含めて、周作人は自分の家族のほかにも、少なからぬ係累をまわりに抱える格好になっていたわけだ。中でも、狙撃事件の巻き添えを喰った沈啓无《しんけいむ》が国文系主任の地位に据えられたのは、注意をひく。日文系は大学秘書長の銭稲孫、西文系は前北大外文系教授の徐祖正《じょそせい》が、それぞれ主任におさまっているのからすれば、周作人が国文系主任を兼ねるのが釣合いというものだろうが、彼は自分を平の教授にとどめて、沈啓无にその位置を渡している。

沈啓无の年齢からいって、この処遇に、狙撃事件の負債を返し、ついでに出来るだけ自分の重荷を減らそうとでもする、周作人の考慮が働いたのは確かだろう。つまらぬ詮議のようだが、後の悶着に関係があるから、その限りで言うのである。

このようにして「北大」側で作られた人事案は、興亜院連絡部に提出して承認を得なければならなかったが、軍特務部からひきつづき連絡部調査官になった武田熈《ひろし》や、この年の春連絡部文化局に「特別任用」の形で赴任したという志智嘉九郎の話では、日本側はあまり有名でない人物のことまでは判らないので、一般にほぼそのまま認めるほかなかった、という。

教官人事に関しては、もう一つ、日本人教官の問題がある。これは、裁判の時の起訴状第一項に「一九三九年八月、偽北京大学教授兼文学院長に就任、敵の意を受け日本人教授を招聘した」と、「北大」出仕の罪の唯一の実質ででもあるかのように追及されたことにかかわっている。彼は被告答弁として、日本人教授の招聘は皆「北大」当局が行なったものだという趣旨の反論をしたが(『裁かれる汪政権』)、彼が日本人教官を招んだとするのは、たしかに正確でなかろう。六学院とも各一名の名誉教授(文学院は宇野哲人)と一定数の教官(文学院の定数は教授五、助教授三)とに日本人をあてるとは、「日華合作」を謳う「北大」の制度的前提として、はじめから決っていたことである。また個々の招聘手続も、日本人教官に関しては名誉教授が発議し、院長は「商議」にあずかった上で「其ノ旨教育部ヲ経テ興亜院華北連絡部ニ申出ヅルモノト」されていたにすぎない(「国立北京大学名誉教授ノ権限ニ関スル覚書」既出原一郎報告所引)。

ちなみにこれら日本人教官の役割は、占領当局筋からすれば「中国人だけではどういう教育をやるかわからないので、内実は監視、表向きは交流ということで、文部省が臨時政府に推薦する形で送り込んだ。これをわれわれは派遣教官と呼び、輔仁《ほじん》大学にいた奥野信太郎のような私的ルートの教員はもぐり扱いをした」(武田熙直話)というのであるが、大学での実情は、そうやたらに日本人が横車を押せるわけのものでもなかったようだ。文学院史学系にはじめ助教授で赴任した日本史専攻の岡本堅次は、要旨次のように話している。「自分は東京帝大の恩師から宇野名誉教授へ推薦され、文部省の選考を経て、臨時政府による聘任という形で出向いた。小中学校の方は文字どおり日本政府から派遣されて行き、相当の権限を発揮したようだが、自分らは中国人教官と特に区別された権限を持っていなかった。そのちがいは、戦後になっても、聘任では恩給の対象にならんということで、当局といろいろ交渉のすえ、ようやくさきごろ派遣扱いに改められ、職歴上の空白が埋まった次第だ。北大の教授会は、形式上日中双方の教官で構成されてはいたが、こちらは中国語が全然わからず、出ても仕方がないので誰も出なかった。だから会議は全く中国人だけでやり、われわれは大学の運営面には何の干与もしなかった。」特別の権限を持っていた名誉教授にしたところで、宇野哲人などは、文学院開設準備だけ担当し、あとは日本に帰ったまま、他の日本人教官に事務を代行させていた。その事務の中身ははっきりしないが、いずれにしても、「北大」の実質的運営はほぼ中国人の手で行なわれたとみてよいだろう。

『北支に於ける文教の現状』(三九、興亜院連絡部)の編者でもある志智嘉九郎は、「政府はカイライでも、大学はカイライ的でなかった」と回顧し、大学に対するその程度の不干渉を、「清朝の康熙や乾隆の故智にならって、漢民族の知識人には文化を弄《もてあそ》ばせておくのが一番安全だ」という、「支那通」喜多誠一の持論の名残りだったように話している。また喜多の「支那人びいき」ぶりは、連絡部の下僚などにはろくに挨拶も返さぬかわりに、中国人となるとボーイでも甚だ鄭重にあしらう、といった日常の態度にまで顕著だったそうだ。元北京大学文学院の建物には、「特設北平憲兵隊本部」が居坐っていたことを前に述べたが、教授連や学生を徹底的にマークしていた憲兵の恐怖は、興亜院筋の大学内部への一定の不干渉などを補ってあまりあっただろう。そういう状態に耐えかねた若者のひそかな脱出がなおひきもきらなかったさまは、周作人の日記にも、某々の「南行」というような数ヵ条に、その一端をとどめている。抗日地区への脱出は、憲兵などの知らぬルートがあって、幾らでもできたと言われるものの、発覚すれば無論ただではすまなかった。たとえば、その弟が「投南」を目論んでいる、という密告によって逮捕された「北大」図書館員のために、銭稲孫を介して湯爾和《とうじわ》に運動を求め、釈放にこぎつけたような事実も、日記には見える。彼が裁判の時の答弁や反証の中で挙げた、輔仁大学の文学院長沈兼士や教育学院長張懐《ちょうかい》らの「救出」というのも、この種の運動のことにちがいない。(補注一)

学生から見た周作人院長を、国文系に在学した尾坂徳司は、こう話している。「周作人はふだんの講義を全然もたなかったが、稀れに講演があった。自分がおぼえているのは、〝日本の祭り〟と〝文学以外〟と題する二回で、聴手は二、三百人くらいいたと思う。学生は彼を非常に大事にしていたが、しょせん、似たような境遇から同病相憐れんでいる感じは、否定できなかった。それと、文学的にはだんだん彼の老人趣味があきたりなくなって、そのぶんだけ魯迅に惹かれて行く傾向もあった。」

「日本の祭り」は、「事変」直前の「日本管窺の四」で言い出し、「祭礼について」(四三)などで比較民俗学的な肉付けを加えた彼の「日本研究」の結論、要するにみこしかつぎの熱狂を引合いに中日両民族の異質性を強調する例の話である。尾坂徳司の記憶によれば、「大勢たかってワッショイワッショイやっていながらちゃんと一定の方向に動くのは、一方にあおいでいる連中がいるからだ」というような落ちで終ったらしい。「文学以外」の方は、自分の文学歴を語って、その道徳的な啓蒙性を肯定する「文壇の外」(四四)の趣旨と直接関係があったかどうか判らぬが、とにかく、文学以前に中国人としての倫理的自覚を呼び掛ける趣旨のものであったろう。

　さて一方では、和平政権の樹立に踏み切った汪兆銘たちと、影佐禎昭の率いる「梅機関」との「新中央政権」交渉が行く所まで行って、四〇年三月三十日、「新国民政府」が南京に「還都」し、北京の臨時政府は「華北政務委員会」(委員長王克敏《おうこくびん》)として、その翼下に改編されることになった(南京の維新政府は解消)。しかし日本側は、自らの「新中央政権」工作に呼応した形のこの和平政府に対してすら、甚だ背信的であった。土壇場で「還都」式典を数日延期までさせて、燕京大学校長スチュアートなどをルートとする対重慶和平打診に最後の望みをつないだような、内股膏薬がその一つである。さらに狭量と貪欲にかけても、日本の買った不信は深かった。軍内部の早期和平派として、この工作に、与えられた謀略任務以上の情熱を傾けながら、諸方面からの利権要求でがんじがらめにされて、交渉の席でもしばしば面目をつぶした影佐禎昭は、とくに「北支の特殊性」の名で華北の実質的分離状態が強引に維持されたことへの不満を、のちにラバウルで綴った回想(『曾走路我記《そぞろがき》』四三)に吐き出している。華北政務委員会の建前と実情を知る上でも、それは参考になる。

　北支に政務委員会を設けられたがその任務とするところは南京政府の委任によつて南京政府の許可する範囲に於て某々の事項につき日本と直接交渉処理するの権限をこれに与へたものである。且政務委員会の処理する事項についても中央政府はこれを修正し又は取消す権限を確保して居る。然るに南京政府成立後の実情を見るに或は北支に於ては国旗〔国民政府の青天白日旗の上に「和平反共建国」と書いた黄色の三角布がつく〕の掲揚を禁止し新民会旗を用ひんとするが如き、或は〔南京〕国民政府の北支における活動を排撃するが如き、或は鉱山権等を中央の認可主義によることに難色あるが如き、その他中央政府の政令を北支に於て制限せんとする傾向が濃厚であつた。而して之は北支の日本軍官民全般に普遍なる思想であるのみならず北支にある支那側旧軍閥、旧官僚等も矢張り斯かる思想を抱いてゐる様に思はれる。……汪氏は北支に於て右の如き観念が持続せらるることを深く憂慮して不満の意を述べ屢々自分等に其の是正に関する協力を要望して已まなかつたし、総軍司令部も大使館側も又自分等軍事顧問に至るまで力を之が解決に尽くしたのみならず北支の軍、官吏中にも旧来の如き北支特殊性を維持せんとするは支那の健全な民族主義に挑戦するものであるとなし其の打破を志して居る人もあつたが、因習久しきに亘り北支全般を蔽て居る此の観念を打破するは容易の事ではない。

対日和平のために割って出たといっても、とにかく孫文の大アジア主義と三民主義を旗印にし、国民政府の「法統」さえ主張している汪一派は、臨時政府の旧政客連からすれば、なるほどしょせんは国民党のうちであったろう。これを汪派からいえば、当時対重慶工作に当っていた参謀今井武夫が記す「彼〔汪〕の側近で重慶から離脱して来た連中には、臨時、維新両政府の如き、之を漢奸視して共に齢《よわ》いするを屑《いさぎよ》しとしない傾きがあった」(『支那事変の回想』)というような空気となるわけだ。おそらくそのような不信や軽蔑と関係があったのではなかろうか、汪派が臨時政府との事前折衝とは別に、とくに周作人に注目して、その北京における所見を叩いた跡がある。

一つは、三九年春、香港でハノイの汪兆銘と連絡を取りながら形勢を観望中だった陶希聖《とうきせい》の次のような回想。

……私はハノイから香港に着くと、淪陥区の情況を探るべく武仙卿を北平へ送り、とくに周作人を訪ねさせた。武仙卿は北平から香港へ戻ると、九龍の山林道へ訪問の経過を報告しに来た。彼が九〔八の誤り〕道湾の例の苦茶斎〔庵〕主人を訪ねた際、豈明〔周作人〕が語ったことは、こうだった。「日本は少壮軍人が幅を利かせていて、狭量で一貫性がない。大将の宇垣一成なども、彼らに九天の上までかつぎあげられたかと思っていると、たちまち九地の下まで落されてしまった。自国の軍の首長にさえこうだから、外国の政客に対してどうかは、推して知るべしだ。」周作人が武仙卿に托して寄越した伝言は、要するに「やめろ」ということだった。（「乱流」上『伝記文学』二巻四期）

この陶希聖が高宗武《こうそうぶ》と中途で立場を翻えし、日本側と汪一派との「日華条約交渉」の屈辱的な内容を素破抜いて、「中央政権運動」に重大な打撃を与えたのは、翌四〇年一月中の出来事である。

もう一つ、これは周作人が鮑耀明《ほうようめい》の手紙（六三・五・三〇）に書いていることで、三九年八月末に上海で開かれた汪派の「純正国民党六全大会」で組織部副部長になった周化人が、その直前に訪ねて来た折にも、彼は同じ意見を述べたようだ。

……当時周化人が訪ねて来たことがあり〔日記によれば三九・八・六〕、私は、日本の軍人は元来信用を重んじないから合作は困難だろう、と言って、自重するように望みました。しかしまもなく「国府還都」などということになって、何ら実際の役には立ちませんでした。

日本人が信用を重んじないということは、どうやら、淪陥以来の具体的な経験を通じて急速に彼の持論にまで固まったものと見え、当の日本人との談話の一つでも、彼はその一点を特に主張していた(浅原六朗「周作人と語る」『読売新聞』夕刊、三八・七・八、九、一三)。

ところが、汪派の和平政権運動に対するこのような反対表明のいきさつがありながら、華北政務委員会教育総署の初代督弁湯爾和が四〇年十一月に病死すると、周作人はその後任に出馬した。南京和平政府翼下の地方政権とはいえ、各総署督弁はすなわち閣僚であって、これが、彼の「偽職」歴のひろく知られた決定的な一項である。華北政務委員会の最高人事権は、公式にはいちおう南京の汪政府に属していて、四〇年十二月十九日、その中央政治委員会で周作人の督弁任命を正式決議ののち、翌四一年一月四日、北京外交大楼で就任式、というふうに事は運ばれたが(『支那時報』四一・一～二)、実質的なところは、むろん北京で、日本側の干渉のもとに決められたのだった。この周作人引出しの「内交渉」を、興亜院華北連絡部の文化局次長松井真二がおもになってやったことは、当時の文化局員西田匠(来信)、志智嘉九郎(直話)その他の証言により、間違いないと考えられる。文化局長には外務省から坂本龍起が出ていたが、二年ほどの任期で出入りした各省からの出向組、とりわけ軍が目の敵にした外務省官吏は、一般に現地軍の意向を離れては何もできなかったといわれるし、とくにこの種の工作になればなおさら出る幕でなかったろう。松井真二は陸軍省軍務局から三八年七月に北支方面軍特務部へ転出、同年十月方面軍参謀部付、三九年二月興亜院調査官華北連絡部在勤、といった略歴で、当時の階級は中佐である。ついでに記しておけば、その後は駐伊大使となって転出した坂本龍起に代って文化局長をつとめ、おもに「東亜文化協議会」など文教関係の引き廻しに当ったが、敗戦の頃の肩書は独立歩兵第八旅団長(少将、在広東)である。たまたま私の知合いのさる元将官(補注二)が幼年学校時代から親しかったというので、念のために人物をあたってみると、成績は優秀だったが、たしか体が弱くて陸軍大学受験を諦めたはずで、風貌も気性も軍人らしからぬ優型《やさがた》に属した、という話だった。作戦方面とあまり縁のない情報、政務畑をおもに歩いたらしい経歴は、そのことと関係がありそうだし、チャキチャキの参謀(これは原則として陸大出)連が大きな顔をしていた方面軍の中では、赴任時期も新しくあまり映えぬ存在だったにちがいない。「新民学院」の図書館長で、当時なお北京の知識人と少なからぬ親交を維持していた橋川時雄も、「温厚で文人肌」のこの軍人のことを、信頼深げに回想する一人である。その直話によると、野崎誠近なる人物の発議により、松井真二が直接周作人を訪ねて説得に当った結果、だいぶしぶったあげくに応諾したのだという。この話には、志智嘉九郎が、松井真二は「軍人としては例外的に直接中国人と会えるだけの信用があった」と語り、実際の交渉には野崎誠近が間に立ったのではないかと推定しているのと、大きな食いちがいがない。野崎誠近は、上記の人々の話その他を綜合すると、「河北房産取締役」のほか実に沢山の肩書を持った天津居留民の古い顔役で、北洋政府時代から中国の政界に首をつっこみ、段祺瑞《だんきずい》以下の「安福系」の政客と縁が深く、同派の王揖唐《おうゆうとう》とは、当時流行の「私設顧問」として特に親密だった。占領時代には軍特務機関にその現地経験を買われ、連絡部でも、肩書をもたぬ顧問格で、喜多誠一、根本博のコンビに存分に使われたらしい。かつて天津総領事だった吉田茂とは戦後も中国問題顧問のような形で親しかったということで、どうも、日本人のタイプとしては、周作人の最も辟易しそうなさかんな人物だったようだ。彼の方でも、周作人には何故だか好感を持っていなかった、と子息からの来信にはある。そういう人物が、周作人の督弁引出し工作に介在した理由をはかりかねるが、もし現地通としてのいつもの口出し以上の動機があったとすれば、たぶんこの時の華北政務委員会が、初代委員長王克敏の後を襲った王揖唐の主宰下にあったことと関係があるのではなかろうか。(注)

私が、松井真二の経歴や人品にまで言及したのは、必ずしも、この軍人の軍人臭からぬ一面が、軍籍外の一部日本人に博したと同じ信頼を被占領者からもかちえて、それが周作人の出馬応諾にまで何らかの促進作用を果した、と想像してのことではない。そんなことも道理上ありえぬとまでは言えないだろうが、まずは、この閣僚級人事のための「内交渉」の責任が、こんなあたりに預けられた事実を、いちおう念頭に置こうというまでである。(補注三)そこに、教育という部署や、とくに周作人の文名に対する利用者なりの配慮があったように、思われる。あるいは、喜多誠一の例の康熙、乾隆気取りの持論を想起して、軍事的強者意識と文化的事大感覚の変な共存と、政治的な利用主義との、まさに恰好の取り合わせに思いを致すのもよいが、そういう配慮のことは、本人が見たら鼻白むような形でも取沙汰されていて、督弁就任直後の彼を訪問した日本側漢字紙の中国婦人記者は、こんなことまで書いていた。

「日本当局筋では、周先生にはよろしいように日を送らせておけ、やたらに出掛けて行って老人を煩わすようなことはするな、と言っている」とか。つまり、御老体をおさわがせし、つむじを曲げて北京から出て

行かれるようなことになっては大変、というわけである。（秀華「周作人先生訪問記」『華文大阪毎日』四一・三・一五）

とどのつまり、周作人引出し工作に関し、興亜院連絡部文化局は、はれものにでもさわるような騒ぎこそすれ、何か強引な手段を用いかねぬほどの剣幕で臨んだ事実はなさそうだ。そして、交渉の結果は、その筋の近くにいた日本人にも、多かれ少なかれ意外に受取られたらしい。橋川時雄は、事前に松井真二から、周作人は果して出るだろうかと相談を受けて「百分の一位の可能性はあるだろうが、自分だったら出ない」というような返事をし、志智嘉九郎は、「固辞されれば無理強いできるような情況ではなかったので、むしろよくもまあ引張り出せたものだと思った」と、それぞれ話している。もう一人、教育総署の「学務専員」（要するに顧問であるが、顧問による「内面指導」の不評を慮ってこう呼んだ）として文部省から出向し、湯・周両督弁に部内で最も頻繁に接した臼井亨一も、次のように書いている。

……当時北支文教界の耆宿湯爾和《とうじわ》先生逝去の後を享けて、何人が教育総署の督弁に就任せられるかは衆目の注視するところであつたが、果然文教界の輿望を担つて、さり乍ら一部の世人の予想を裏切つて、周先生が舞台に登場せられたのであつた。けだし日本人の一部も考へて居たところであつたが、周先生は高踏的な文人生活を棄てて俗臭紛々煩はしき官場に出馬せられることは有るまいとの観測があつたのである。……もう一つの不出馬と推測せられた理由はここに省略する。（「雅俗両道」『周作人先生のこと』）

省略された推測理由は、周作人の重慶とのつながりとか魯迅に相通じる思想とかいった類の疑惑があったことを、筆者帰国後の四四年現在、現地における彼の立場を慮って伏せたのであろう。

以上の証言は、しかし占領された立場からの観察でない。中国人の側の証言はなかなか見つからぬが、雑誌『中国文芸』編集人として周作人の近くにあった張深切と、例の洪炎秋との戦後の回想から、書き抜いておく。

……日本側はこの事件〔狙撃事件、この筆者も抗日テロ説である〕によって、一層周を重んじるようになり、手を尽して誘いをかけてきた。だが彼は、偽教育督弁を引受ける前などは実に慎重で、いろいろの方面の意見を求めてから、ようやく踏切った。私も考えをきかれたが、きくからにはその気があるのだろうし、気があるのなら反対しても無駄だと思ったから、こう返事をした。

「出るのもいいし、出ないのもいいんじゃないですか」

「というと?」

「出れば苦しいけれど、出なくたって苦しいですよ」

「出れば批判は避けられまい、なにしろ督弁という地位は……」

「国家民族を愛する志さえあれば、どんな地位に就こうと、たとい敵の第五列になろうと、構わないと思います。国家民族を売るというのは、地位よりも心の持ち方如何の問題です」

……

まもなく、彼の教育督弁就任が発表になり、私はまた彼に会いに行った。例の古色蒼然とした表門はすでに改造されて、ペンキまで塗ってあり、客室に入ると、ソファーもすっかり新しくなっていた。「文部大臣らしく改造したわけか！」そう思うと、かねての同情はにわかにけしとんだ。そこでわざとたずねてみた。

「周先生、以前の御門はなかなか良かったですが、どうして換えられたんです」

彼は具合悪そうに言った。

「あれは古くなりすぎて、開け閉《た》ても思うようにゆかぬものだから」

彼が偽職に就いた動機は、囲りの環境や日本人妻に影響されたのだといわれていた。だが影響はどうであれ、彼の本質が軟弱な以上、風に当ってなびいてしまったのは自然な結末だった。（張深切『里程標――または黒い太陽』）

……偽文学院では、彼の甥の豊二（建人長男）が庶務、その幼な友達というのが会計をそれぞれ担当していたが、この二人がでたらめをやって、公金に大穴をあけてしまった。教育総署は決算報告に困り、周作人も弁償しようがない、というわけでこれ以上ひきのばしていたら、刑事裁判沙汰にも巻込まれかねぬところまで行った。そのため、彼はみすみす泥をかぶる格好で、偽教育総署督弁に出馬して、彼らの尻ぬぐいをしてやったのである。この一例によって、同じ漢奸でも動機は各人各様だったことがわかろうというものだ。（洪炎秋「未ダ其書ヲ読マズシテ先ズ其人ヲ知ル」）

周作人の優柔さや妥協性を初めから見透したような張深切の書きぶりは、後で述べるようなこの政治的人物のしたたかな行動歴や、淪陥下での周作人との協調から対立までの経緯を前提にしている。洪炎秋の今度もまたひどくうがった同情説は、学生時代に周作人たちの『語絲』週刊を愛読したというのに似つかわしい一種のユーモリストの世故感覚と、すでに見た周作人との一定の恩義関係をも反映するもののようである。(補注四)

最後に本人の言うところを聞こう。すでに言ったとおり『知堂回想録』は督弁就任の動機などに一言もふれていないが、ただ、鮑耀明宛の私信(六四・七・一八)で、おそらく質問に答えて一度だけ、彼は次のような説明をした。

……督弁のことは、脅迫されたわけでも、またすすんでなったのでもありません(その後、御苦労にも自分から運動した者も確かにいましたが)。日本側からもちかけて来たのはもちろんですが、考慮を経た上で受けました。何故かというと、自分なら、教育に関しては、誰れが出るよりも幾らかは反動的な行為を少なくやってゆけるだろうと、信じられたからです。あの職は特任(日本の「親任官」相当)で、俸給が初任一千二百元、一級ごとに四百元増えて、二千元まででした。任期はきまりがなく、変動に遇えばやめるという形で、僅か数カ月の例もありました。私は満二年で、政務委員会の改組総辞職を機に、次と代わりました(次は閻錫山《しやくさん》の手先で、二、三カ月後に、実業督弁に転じました)。退職すれば大抵はそれきりでしたが、私の場合は文学院長の空席が残っていましたし、私に対するいちおうのあしらいというわけで、諮問委員の肩書(若干の給金とともに)と、南京からも国府委員(といって私は国民党でも何でもありませんでしたが)とがあてがわれました。このほか、華北綜合調査研究所理事長に任ぜられました。
当時、思い止まるように勧めてくれる友人もありましたが、上に言った理由から、結局受ける決心をしたのです。

裁判の時の答弁で「敵の奴隷化教育に抵抗するためであった」（益井康一『崩壊する汪政権』）と反撥的に主張したのに比べ、さすがにこの方が、同じ自負でも、よほど平静な認識を伴っていると言える。自注に「閻錫山の手先」とあるように、臨時政府の下で山西省長となり、日本軍の閻錫山抱込み工作（いわゆる「対伯工作」）の斡旋などをやっていた蘇《そ》体仁《たいじん》のような人物が、彼の後釜に出たことから見て、自負そのものにも相当の根拠を認めないわけにはゆかない。出馬理由の説明としては、いささか味気ないけれども、出馬の諾否に精神的な死活が賭けられていたのでもない限り、なにか決定的な形をした理由は、しょせんありそうにない。だからまだほかの説明も可能かもしれぬが、ここに言うような一種の政治的考慮で彼が動いたのは、いずれにせよ事実でなかろうか。政治的とは、およそ闘争的でないにせよ、とにかく、屈辱的な妥協はあっても善意の協力はもはやありえぬ「敵」を前にした判断、の意味で言うのである。この時の判断には、いかなる意味の「親日」的な幻想も介在してはいなかったと、私は思う。むしろ、もうそんなものがなかったから、彼は安んじて「風に当ってなびいてしまった」のではないか。日本人がどんなに気をつかおうと彼が風に当ったのは事実であって、出ても出なくても「苦しい」のは同じだと言った張深切は、その面でも事の結果を意外がってはいない。それにしても、「北大」の教官になるよりは一段と深刻なふんぎりを要したはずの督弁出馬に、行為の重大さと見合う程度に劇的な内心の葛藤を想像しにくいのは、結局いま言ったような彼の決断の政治性のためであろう。そんな味気ない場面に身をさらすことは、しかし反政治主義的な体質のこの文人にとって、必ずしも新鮮な決心の結果でないことはなかった。そうすると、当時喧伝された「文人督弁」の称号は、ずいぶんおかしなものになる。それは精々、積極的なことは何もしないための格好の隠れみのにはなったかもしれないが。(補注五)

こうしてなった教育督弁を、周作人はどのように勤めあげたのか。彼の署名を附した教育総署の少なからぬ公文書が『華北政務委員会公報』に逐一掲載されているが、官報上でカイライ大臣個人に即した材料がやたらに見つかるわけもない。前に引いた『華文大阪毎日』記者の訪問記には、やや周作人らしい言葉が見える。

「先生のお役人になられた御感想を知りたいと言う人が多いのですけれど。」

「私もはじめはとても役人なぞつとまるまいと思っていました。ところが、中国の役人というのは、がんらい楽なものなんですね。忙しいかというと、役所内の事などは数分で片付けられるし、では閑かというと、会議だの来客だのでひっきりなしに人の相手をしなければならない。要するに役所自体の仕事は少ししかないので、このひと月余り、いわゆる華北の重要政務なるものには本当のところまだ手を触れてないありさまです。」先生はさらに笑ってつけ加えられた。

「中国全体の教育問題などは、今は国内情勢も国際情勢も御存知の通りで、とても語る段階でありません。」(秀華「周作人先生訪問記」)

いっぽう日本人記者に対しては、占領当局が至上任務として要求する「共産主義撲滅」教育への政治的サボタージュとも受け取れるような就任の弁が、語られている。

支那の南と北では風俗習慣などの相違があつても文章は同じですから根本の思想には決して変りはないと思ふ、この点でいはゆる剿共《そうきょう》問題は決して北支だけに限つた事柄ではない、元来支那の共産主義といふものは思想問題ではなくて生活問題ですから教壇からいくら思想改革を説いても大した効果は期待できません、かういふと教育者とし責任回避のやうに思はれますが結局問題は厚生の二字に帰着することで民衆の生活向上がまづ先決であると思ふ、だから私は思想問題を割合簡単に考へてゐる、支那の民衆の間にはたとひ論語は読めなくとも孔子の流れはずつと生きて来てゐるので共産主義は民衆が食に窮したその時々の旗印にすぎない。……

……科学教育はどうしても常識が基礎にならねば専門の研究まで発展することが出来ないと同時に、他の半面ではやはり今までの社会状態が支那の科学の発達を妨害してゐる、支那の農村には旱魃の時に龍王をお祭りする習慣がある、胡適《こせき》は科学が普及して森林学が発達し植林が沢山出来れば旱魃があつても農民は龍王を拝むやうなことがなくなるといつてゐるが私はこれと反対意見で民衆の生活向上があらゆる教育の基礎であると信じてをります、要するに教育の振興はその時の安定した政治の上においてはじめて成果を期し得るものので、この意味で私は事変が一日も早く解決するやうに切願してをります。(「文人督弁周作人氏語る——教育は厚生だ」『朝日新聞』四一・一・二九)

次に、方紀生編『周作人先生のこと』に寄せられた、文部省から出向した二人の日本人官吏による周督弁印象記を抄録する。

……私が教育総署直轄編審会に聘任されたのは、周先生が北京大学教授から教育督弁となられて幾月もたたない頃であり、在任一年の間、ずつと周督弁の時代が続いたので、私としては督弁としての周先生以外のものに接することができなかつた。これはまことに残念な次第である。さうかといつて事務上のうるさい問題——当然そこには督弁を悩ますやうな要求の提出もあつた——は、すべて坂井〔喚三〕総編纂が折衝されたので、格別私としては督弁の政治的手腕とかいつたものに触れ得たといふわけでもない。……時に先生が次第に政治家化されて行かれるといふ噂を聞かぬではなかつた。しかし、それだけ多く先生の文学的睨みは冴え、内に湛へるものに凄味も出ようといふもの、そこのところが又、私をして益々文人督弁の存在自体を好ましいもの、うれしいものとしたのである。

先生にはさきにわが編審会の特約編審として新中国の国文教科書の方の執筆編纂を分担してもらつてゐて、教科書編纂については何もかもわかつてゐて下さるので、仕事の上のことでは我々にまかせて何もおつしやらない。……役所へは大抵半日、それも多く午前中だけ御出勤になる。千客万来のやうで、……そこへ又色々日本人がやつて来る。……（加藤将之「督弁としての周先生」）

ともかく先生は、従前の北京大学文学院長を兼ねて督弁に就任せられた。先生は会ふ人毎に、「畑違ひの仕事を仰せつかつて止むなくお引受けしたが、若し不適任なる事情が判明すればいつでも職を辞する用意がある。」と語つてをられた。これは先生の御心境の一面で全然ないこともないが、之を額面通り受取ることは……謬《あやま》りであつて、先生に於ける現実的、政治的要素は約三(二の誤り)個年の御在任中、中々鮮かに発揮せられたのみならず、先生の経世家的色彩は爾後愈々濃くせられた感があるのである。其の具体的事実を一々述べることは遠慮するが、或る問題について流石《さすが》事務的才幹に練達せる女房役の張心沛《ちようしんはい》署長(次官)の持てあました問題を、先生は事もなげに巧みに解決策を提示されて、近側にあつた私など少なからず驚歎したことがあつた。……

周督弁は湯督弁の如く政務に全力を挙げて精励せられたとは云へないけれども、常に温容の下微笑を湛へて、深い人間的理解と玲瓏《れいろう》玉の如き人格から発する温い包容力を以て教育界を統率して行かれたのである。周先生の教育、思想方面に対する当時の御信条は「一利を増すことより、一害を除くことが寧ろ大切で、未だ回復期に達しない病人に対する如く、貸すに時日を以てし充分休養の余裕を与へること」といふ点にあられた様であつた。(臼井亨一「雅俗両道」)

どちらも現に北京にいる元督弁に対する辞令の限度を考慮した文章で、周作人の督弁ぶりの記録としては物足りないが、書き手本人の関心はそれぞれ正直に出ていて、そこにも記録的な興味がないわけではない。加藤将之は役人よりは現役の歌人として語ろうと望んでいるようだ。それについて、この歌人に戦争批判の自覚的な思想があったとは思えぬが、高見順の『昭和文学盛衰史』には、ちょうど北京赴任直前の彼が、中野重治その他のプロレタリア派出身者の書きだした短歌論に相応の関心を示しただけのことで、「人民戦線派」の嫌疑を匂わす密告的中傷記事に挙げられた話が出ている。すると、占領側の知識人が「非常時」下の本国の息苦しさを、かえって淪陥中の教養人の沈鬱な風格で慰められようとしている場面さえ、想像される。そういう傾向は、後でふれる劇作家真船豊《まふねゆたか》の沈啓无《しんけいむ》との付合いにも見られることである。またカイライ督弁に梃入れをすべき専員の主席格だった臼井亭一も、赴任当時三十歳そこそこの生真面目な書生肌の役人で、周作人には本心から参っていたらしい（遺族編『臼井亭一の思い出』）。この同僚の性格とは対照的だった自分を、「青楼櫛比《しっぴ》の艶華の巷へおもむく野人の私」（同上）などと追想しているもう一人の専員で、上記の二人は周作人に「心酔」していたが、「自分はそれほどに思わなかった」と語る重松龍覚の直話は、幾らか具体的なところを補ってくれる。

一、湯爾和はイエスとノーが非常にはっきりしていて、日本側としては手こずりもしたけれど、良かった。だが周作人は行政面にタッチするのを嫌った上に、態度も煮えきらなかった。

一、督弁名義の訓令などはいちおう中国側が作り、専員、さらに事によっては興亜院連絡部の諒承を求める仕組になっていた。

一、週に一度は連絡部の文教責任者との会合があり、専員の一人が立ち合った。この相手は主に松井真二だった。

一、編審会の教科書編纂は日中双方で食いちがうことが最も多い仕事だった。坂井喚三総編纂は徹底した文部官僚で、中国側から見ればずいぶん横暴だったろうが、その彼も時には折れざるをえぬことがあった。一、憲兵は非常に活発に動いていた。教育総署にも毎週二、三回はやって来て、茶飲話などをして帰った。周作人のことも大いにさぐっていたのは事実だ。仮りに抗日側とのつながりをつかんだら、興亜院が何と言おうと逮捕しただろう。

前任の湯爾和との比較では、周作人に相当の敬意を払っていたらしい志智嘉九郎も、政治家としては「まるで貫禄がちがっていた」と述懐している。湯爾和のどこがこのように一目を置かれていたのかというと、たとえば「湯爾和さんは仲々気骨のある人で、こんなことがありました。日本側から教育総署へ四十万円の補助金を出した折(当時は大金でした)その領収証を求めたところ、一国の政府がそんな金で、他国に対して領収証を出したりするようなことは出来ん、と断られました」(志智嘉九郎来信)とあるようなところに、日本人が位負けを感じたものらしい。面子にもいろいろな水準やスケールがあるとみえるが、とにかくこういう方面のことにかけて、二人の督弁の貫禄の差は、もっとも至極というほかはない。まして、日本軍が敵とする共産党や国民党に関する人間的な感受性は、両者においてまるでちがっていたろうし、憲兵の嫌疑も格段に周作人の方に深かったはずだ。興亜院などから完全に自立していた憲兵隊の権力については、連絡部二代目長官の森岡皐の回想にも、仮りに憲兵の上等兵が各署の督弁に名刺を出せば、どんなにいやな奴だと思っても、会見を拒むことはできなかったろう、というたとえが見える。ほかでも憲兵隊員の低級さや周知の横暴さを力説しているこの特務畑の将官の敗戦後の回想は、いったい顧みて他をいう傾向が強いのでもあるが、周作人の方は、かくいう森岡皐が彼の重慶との関係を最後まで疑っていたのを知って肝の冷えたおぼえを、憲兵の恐怖と一重ねに回想している。すなわち、『知堂回想録』は、彼の占領下での発言が、憲兵隊に対する極度の顧慮を伴わざるをえなかったことにからめて、言う。

……実際彼らはそう疑っていたのだ。日本が降伏した時、もと特務機関の頭目だった森岡皐中将が華北綜合調査研究所の理事長で、私は副理事長をやっていた。ある日、所員の解散をめぐる会議の席で、彼は私を見るなりニヤニヤして、「周先生、〔重慶政府の〕新しい辞令はまだ来ませんか」と言った。私も「まだですね」と笑って返事をしておいたが、彼らから掃蕩の槍玉に挙げられなかったのは、とんだめっけものだったと言うほかはない。(補注六)

以下、さきに掲げた周作人の手紙を、裁判記録の要約その他で補いながら、その「偽職」歴を終りまでかいなでておく。

彼が死んだ湯爾和から引継いだ「偽職」には、もう一つ、「東亜文化協議会」会長の地位があった。そのことは四一年十二月の第五次評議員会(北京)で決まったが、同年四月の協議会には、彼が「督弁就任の挨拶を兼ね」、銭稲孫ら六人の評議員を率いて来日し、京都大学で開かれた文学部会を部長として主宰した。ついで東京の帝国ホテルに投宿、「宮中に参内記帳ののち明治神宮・靖国神社に参拝」などを行なった、と当時の新聞は、彼の膳立てされた足跡を伝えている。前後約二週間のその合間に京都でも東京でも、見学、参観、学界や文壇人による招宴などの日程がつまっていた。『朝日新聞』などは彼のことを「中国文壇の巨星」「中国文学の志士」と呼んで歓迎しているが、彼はあたりさわりのない挨拶や一般的な日本文学談義を残して、これが最後になった日本訪問を終えた。「東亜文化協議会」そのものはすでに発足のところでふれたが、この時の文学部会でも「中国大辞典の編纂、華北古蹟保存委員会設置、良書の翻訳」の三項を決議しているように、ことさら政治色を出すまいとする、その同じ政治的理由によって空疎な「文化協議」に終始すべく運命づけられていた。志智嘉九郎によれば、北京では「協力」派知識人のサロンのようなものになって、後の「大東亜文学者大会」の世話や「日華書道展」の開催くらいしか、やった仕事を思い出せないということだ。この職にかかわる起訴状の罪名は「両国の文化交流を促進した」である。

彼の督弁在任二年間は、「大東亜戦争」の開始をちょうど真中に挿んでいるが、この戦争に関することはすべて後にまわすとして、督弁辞任の機会になった「政務委員会改組総辞職」は、『華北政務委員会公報』によると、四三年二月八日のことで、この年の一月九日付で汪政権が米英に宣戦を布告したのに伴う「決戦体制」を前に、委員長王揖唐以下全委員の総辞職となったのである。ついでに『公報』の辞令で辞任後の肩書を確かめておけば、いずれも汪兆銘名義の「国民政府命令」で、「王揖唐、周作人を新国民運動促進委員会委員に特派す」(一月二十日)、「周作人を華北政務委員会委員に特派す」(三月三十一日)となっている。羽太重久も、督弁辞任後は「元勲みたいな待遇」が残ったと話していたが、前委員全部に与えられたわけでないこの名誉(?)職は、何を意味していたのか判らない。ひょっとして、南京の汪兆銘が格別のねぎらいを示したのでもあったろうか。この肩書を受けるために、彼は四月中に南京へ赴き、汪兆銘に謁見している(補注七)(周作人「先母事略」)。

つぎに、「華北綜合調査研究所」というのは、「大東亜戦争」勃発と同時に日本側が接収したアメリカ系の燕京大学に設けられた、「華北建設の基礎となる自然、文化の総合調査研究の中枢機関」(『北支の治安戦』)である。調査研究の窓口はずいぶん派手に拡げたらしいが、起訴状に「敵の華北資源調査に協力」とあるとおり、華北の資源に対する日本側の切迫した関心の産物であることは誰れの目にも明らかだった。四二年六月設置、翌年一月、ちょうど周作人の督弁辞任の頃から本格的活動を開始した。なお周作人は副理事長のほか、同所に小部門として設けられた「習俗委員会」の委員長も兼ね、「その下に常恵・江紹原《こうしょうげん》氏、それに京都の東方文化研究所に長い間留学していた傅芸子《ふうんし》氏らが集まったが、何ら業績をも示さずに終った」(直江広治「中国民俗学の歴史」『中国の民俗学』)という。

あとは起訴状に「四四年五月、偽華北新報経理および報道協会理事となり、敵のために宣伝につとめた。四四年十二月、偽中日文化協会理事を兼任、文化運動に従事した」とあるが、「北大」と教育総署以外の職に関する彼の答弁に「これは当然のこととして兼任させられたにすぎず、従って実際工作には携っていない」と言うとおりのことであったろう。

つぎに、この間の彼の私生活に少々触れておきたい。まず夫人信子のこと。張深切ばかりでなく、周作人の督弁出馬の原因がこの日本人妻にあったように言う中国人は少なくないが、この噂には周作人と魯迅の絶交以来の彼女の不評と反日的民族心理とが二重に作用しているようだ。その家庭の強度の嬶《かか》ア天下は事実でも、それが夫の公における出処進退を左右したと言うためには、よほど大袈裟な事情を説明しなければなるまい。ただ、弟の羽太重久が「姉は作人が督弁になったことを単純に喜んでただけじゃないか」と言い、続いて、八道湾での共同生活時代に魯迅も悲鳴をあげた彼女の派手な金使いにつき、「督弁時代に作人と一緒に日本へ来た時も、ずいぶんと大きな金をチップみたいにどんどん置いて行った。作人の方は旅費でもなんでも政府にキチンと返したというのに」などと話しているように、当時単純に得意だった日本人妻が、少なくとも、自分の生国との関係で苦しむ夫の胸中を汲みつくすような感性の持主でなかったのは、本当だろう。ついでにいうと、周家の住人には信子の両親とさらに四二年に弟の重久、そしてその後重久の子女も加わった。重久は周作人も関係していた後出の「新民印書館」に就職したのではあるが、大官の係累は一段と増したわけだ。とにかくそんな中で、伯父の督弁就任後も辞任を求め続けたという、寵愛する豊三少年の自殺が、周作人にどれほどの打撃を与えたかは、想像に余る。彼は『回想録』の中でこの甥の墓所のことにふれたほかは、どこにもこの事を匂わせすらしていない。自殺は、督弁就任以来周家につけられた衛兵の拳銃を弄んでいた最中の事件で、周作人の来日の前だった、と羽太重久は言うから、出馬後まだ日も浅いうちのことであろう。

もっとも、周作人が家ではいつもひとり悶々と屈託顔をさらしていたかというと、そうでなくて、これもかつて魯迅を驚歎させたことだが、家内に何があっても、いつも平然と机に向ってはいたのである。しかも方紀生は書いている。

……畳と障子の部屋といへば、北京八道湾の住宅の一間を去年(四一)大いに改造してそれを設け、客を集め食事をとられる場合を除いては読書、作文、休息は大ていそこでされてゐる。(「周先生の点々滴々」『周作人先生のこと』)

床の間までついたこの本格的な日本間は、方紀生編『周作人先生のこと』の口絵に写真で載っているが、羽太重久が手配した京都の大工に造らせたのだそうである。門や客間の改装を見て彼に対する同情を失ったという張深切ならずとも、こういうことは、決してほめられたことではなかったろう。「日本管窺」などで繰返し簡素な畳の部屋を礼讃した彼を思えば、ああ夫子《ふうし》はそこまで畳が好きだったのか、と感じ入るところはあるにしてもだ。

（注）周作人と王揖唐、野崎誠近の三者にまたがる話をもう一つ、私は小柴誠司から聞いた。ほぼ次のようなことである。「周作人の娘婿は王揖唐が面倒を見て天津の中日学院から日本へ留学させた人物で、姓を林といった。頭がよくて、大学の助教授をやっていたが、占領後毛沢東の方へ走った。興亜院の野崎誠近が王の顧問だったところから王に林を呼返すように言いつけ、私は王に頼まれてそのことを周作人に話しに行った。こうしていったん戻って来た林を私が北京飯店へ連れて行って野崎に会わせた。会談の内容はどちらも私に言わなかったが、林はまたもどって行ってしまった。」なにぶん九十六歳の老人の話で、女婿といえば娘静子の夫楊永芳以外にありえないのが「林」であったり、その他の要領を得ないところも問いただす術はなかったが、周作人が裁判の時、「抗戦の功労」の一例として、「北平青年団員楊永芳に対し手紙で証明して地下工作を援護した」と主張したことと何かの関係がありそうだから、とりあえず注にしるしておく。橋川時雄編『中国文化界人物総鑑』に「一九〇八－X、河北安国の人。日本に留学して東京帝国大学数理科卒業、帰国して北京に於ける私立輔仁大学講師に任じ、民国二十五年（一九三六）には国立北平大学女子文理学院数理系副教授に在任」と記されていた楊永芳が、「事変」後の三九年現在、すでに北京を離れて抗日地区の西北大学に在職していたことも、周作人の日記その他から明らかである。「北平青年団」の性格はついに判らぬが、羽太重久も、こう話している。「私が行った時はもう西安に行っていたが、一度北京に戻って来て会ったことがある。共産党に入っているとかで、休中に北京へ来るのもなかなか大変だったらしい。（補注八）」

（補注一） 輔仁大学を中心とする「華北文教協会」幹部の一斉検挙は一九四二年暮れから翌年春にかけてのこと。但し沈兼士は重慶へ逃れることができたので、「救出」の対象に加えたのは誤り。

（補注二） 元陸軍第一揚陸団長・中将伊藤忍。

（補注三） 『年譜』は、四〇年の暮れに王揖唐による出馬要請と併行する形で、「日本興亜院文化局調査官松井大佐」が、十二月二日、北大文学院に来訪、同月二十日、前日に南京の汪兆銘政権が「周作人を華北政務委員会委員に特派し並びに常務委員兼教育総署督弁に任ずる」旨決定したことを北京の各紙が報道する中を周宅に再度来訪、翌二十一日、『庸報』に「ひごろ政治生活を好まれぬ当代文学界の権威者周作人氏」の出馬を、自分も日本側の学界・言論界および各機関団体も、ともにこぞって光栄とし且つ慶賀する旨の談話を発表した、等の事実を記す。

（補注四） 洪炎秋のこの説に関し遺族（周豊一）に質したところ、答は「豊二のごく親しい友人が文学院で庶務をやっていた事実はあるが、本人は銀行員で北京大学に勤めてはいない。会計をやっていたのは羅子余という周作人の南京水師学堂いらいの古い友人で、この人物の使い込み事件は聞いたことがある」由。羅子余の汚職事件は、本書後日編「周作人に関する新史料問題」にも言及があるが、これと周作人の督弁出馬を関係づける説は他に見ない。

（補注五） 督弁出馬の背景に関しては、さらに本書後日編「周作人に関する新史料問題」参照。

（補注六） 「偽職」在任中にも、実際に「掃蕩の槍玉に挙げられる」危険がなかったわけではないらしいことを示す事例として、「新民会」が「皇軍」の宜昌占領祝賀のために、天安門前へ市内各大・中・小学の在学生を総動員しようとした際の逸話が伝えられている。従前の慣例では教育総署から各校に文書で伝達するだけで、生徒を出すか出さぬかは自由だったが、この度は必ず参加させよという趣旨をどう伝達するかにつき周督弁に指示を仰いだところ、学生は政治と距離を置くべきで出る出ないは本質的なことではないという返事だったので、それに沿った伝達を行ない慣例により休校の措置だけ講じた。その結果、当日誰れも参加していないという報告を受けた副会長の安藤〔紀三郎〕少将が激怒して、直ちに周作人の逮捕に向かおうとした。居合せた大使館の一等書記官土田〔豊〕が懸命に安藤をなだめる一方、会としても近くの学校からかき集められるだけの生徒に日の丸を持たせ、辛うじてその場は収まったが、以後、この種の動員は厳しくなり、周作人も極度に慎重になった、というのである（于力『人鬼雑居的北平市』八四年版。邦訳、伊東昭雄・林敏『人鬼雑居――日本軍占領下の北京』所収「人と妖怪とが雑居する北平市」）。

于力は、本名董魯安、燕京大学中文系の教授だったが、太平洋戦争勃発により燕大が閉鎖された後、四二年、共産党支配下の晋察冀辺区へ脱出した。右の一文は初め『晋察冀日報』に連載されたもの。

（補注七） 周作人の「偽職」歴の主要部分をカイライ政権の内部事情にからめて、次のように総括的に語る説がある。

この時、偽華北政務委員会委員長王克敏はすでに下野し、王揖唐がその後を引き継いだものの、人品も能力も王克敏に及ばないので、各総署の督弁の多くは彼を買わず、言うことを聴かなかった。そこで王揖唐は、湯爾和の死後、自分と関係のある人間に教育総署督弁を継がせて、勢力の増強をはかるべく、周作人の息子の嫁（豊一夫人張菼芳《ちょうたんほう》）が自分の外孫女（女方の孫娘）に当たるところから、周の教育督弁就任を望んだ。

北京大学文学院国文系代理主任の沈啓无らも周のために運動画策して、籠絡の後押しをした。当時、漢奸の殷同（建設総署督弁）、王蔭泰（実業総署督弁）、汪時璟（財務総署督弁）は中米国際問題研究所の仲間で、この三人の督弁がぐるになって、偽華北政務委員会中に相当の勢力を張っていた。殷同はまた偽新民会の副会長も兼ねて、その勢いは当たるべからざるものがあり、これに周作人を推挙する者があったので、華北政務の壟断をはかる殷にとっても、周の教育督弁就任は個人勢力を伸ばすうえで賛成に値した。（南京の）偽国府立法院長陳公博は、北京大学哲学系の出身で、周作人とは師生の誼みがあるところから汪精衛に周を推挙し、汪もひごろから周のことは知っていて、彼が教育総署へ出馬することに同意した。……

……ところが、周作人は役人としてはしょせん、王揖唐の期待したような力にはならず、殷同、汪時璟、王蔭泰らにとっても、疎遠な存在にすぎなかった。さらに問題なのは周が敵方に喜ばれなかったこと、というのも、敵の追求する参戦体制、思想粛正、集団訓練、勤労生産などに関し、偽教育総署はのらりくらりとはぐらかすばかりで、実行するだけの力も意志もなかったからだ。日本の文教関係の人間こそ、周の作家としての声望ゆえに彼の顔を立て、あまり追いつめるようなことはしなかったものの、軍の方面はこれが甚だ不満で、そのため、偽国府の〔対米英〕宣戦以後、華北の敵方は人心一新にかこつけて、王揖唐を袖にし、周作人をも見限ってしまった。朱深が委員長になり、蘇体仁が教育督弁を継いだが、蘇は山西省長から偽北京市長に転じて僅か五日目に政務委員会の改組に遇い、そのまま常務委員兼教育督弁に据えられた。そのほかの督弁は殷同がすでに死んで余晋和で後を埋めていたほかに、変化はなかった。したがって、この時の改組で入れ替わったのは周作人一人だけだったことになる。……

王揖唐は解任以後、偽国民政府委員となったが、周作人には何の沙汰もなかったので、督弁を降りた当座の心境は複雑だったが、後に江紹原や沈啓无が陳公博に運動し、陳は汪精衛に口を利いて、偽国防会議の決定として、周作人も偽国府委員に選任された。（張琦翔「周作人〝落水〟前後」中国人民協商会議全国委員会、文史資料研究委員会編『文史資料』第三輯）

この回想の筆者は「北大」で「周の授業を受け、周の国文系主任当時、〔学生の〕系代表をつとめ、その後二十年、周と時々行き来して、彼の情況はかなり承知している」と文中に自称し、学界と官界の内情に深く立入った記述が目立つ。その名は確かに当時の学生名簿にあり（『国立北京大学文学院民国三十二年畢業同学録』「在校同学・国文学系二年級」の項。また、当時の国文学系の雑誌に、日本籍教授〔哲学系児玉達童〕所蔵の『紅楼夢』孤本に関する論文を発表していることが、周汝昌『紅楼夢新証』下冊に見える）、かつ、周作人の日記（五一・一一・四）にも、周建人の長男豊二夫人劉麗瓊のその「弟の嫁の兄」として登場するという（珊婕「周作人与王揖唐無戚誼」『魯迅研究動態』八八年一期）が、その一方で、王揖唐の外孫女説を当の張茭芳が家系を明示のうえ否定しているそうである（同上）。いずれにしても、官界の内情は伝聞としての割引が必要であろうが、この種の伝聞には伝聞なりの参考価値というものもあろう。

周本人の日記にも督弁解任後の「複雑な心境」らしいものの反映はあり、例えば、後任委員長の朱深が自分を「北大」校長にする意向を伝えることで辞表の受理を表明したのに対し、校長就任を「笑謝」したうえ、「この遣り口は髯公《ぜん》〔すなわち王揖唐）そのままで、思うだに不快に堪えぬ」と記し〔四三・二・六〕、さらに朱が汪兆銘には周が政治に馴染めぬゆえ固辞していると告げ、王克敏には日本側が周の学生放任に反対していると告げて、自分を排除したとして、「小人の二枚舌三枚舌、常套手段はもとよりこんなもの」と憤慨し〔二・一〇〕、まもなく朱深の訃報に触れると、当日そのことを特筆しただけでは気がすまず、朱が自分を事実上免職した上記二月六日の「不快」を新たにして、わざわざ「小人悪事をなしつつ、百五十日と生き永らえまいとは夢にも思わなかったろうが、これを後日から思えば実に笑い物だ」と書き添えたり〔七・二〕している（以上『年譜』による）。こうしたあられもない独り言は、周作人を公平な目で見ようと心懸ける研究者の間にも「官僚化」（銭理群『周作人評伝』）とか「堕落」（舒蕪―本書後日編「周作人に関する新史料問題」参照）といった、ストレートな拒絶反応を引起しているが、第八章の補注一に説くような、北京の華北政務委員会に干与しながら、南京の汪政権への傾斜を強めざるを得なかった、彼の特異な立場のねじれた表れも、そこにはあったかもしれない。

（補注八）　楊永芳に関しては、本書第十一章補注六の12、16参照。

八　「中国人の思想」

狙撃事件の起った同じ一九三九年正月の十七日に、文字学者の銭玄同《せんげんどう》が病死した。この親友の他界も、『知堂回想録』に「彼の精神は昂《たかぶ》っていた。これはあの刺客事件と無関係でない」と言うとおり、周作人にとっては事件の重大な余波のうちであった。銭玄同は、魯迅が自分に「狂人日記」を書かせた人物として、「金心異」の名で最初の小説集『吶喊《とっかん》』の序に登場させている。彼ら兄弟の東京留学時代以来の旧友である。「文学革命」当時、漢字全廃論を唱えたりしたその矯激な言動は有名であるが、反面における小心な俗物性と魯迅が見たものの故に、兄の方とはやがて気まずい間柄になった。しかし弟の作人との仲は終始深く、殊に北京淪陥以後は、ほとんど唯一無二の友のようにして、彼を支えるところがあったらしい。彼が故人の百カ日にようやく認《したた》めた「最後の十七日間」(のち「玄同紀念」と改題)と題する追悼文は、その支えというのが、たとえば、余人の及ばぬ親身な「忠告」にあったことを明かし、つづいて次のような言葉で、老友を失った打撃を告白している。

……私には本当に有難かった。〔彼の忠告を〕全部までは容れかねて、重々その意に逆うことはあっても、常に警戒して、あまり彼を失望させないように、とは心掛けた。今や玄同は逝った、おそらく、私を戒めてくれるほどの者は、もういないだろう。

一文中には、元日の事件に関する見舞状以下三通の故人最後の来信が紹介されているが、そのうちの一通に二個処の省略があり、それぞれに(五句三十三字)(七句六十九字)と几帳面な注を挟んだうえで、彼は「信中二節を省いた。心残りではあるが、私と彼自身の生計に関する私事にふれているためである。実に貴重な興味深いくだりであるのに、それだけにまた発表も憚られる」と、匂わせるような書き方をしている。さらに十日に銭玄同が来宅した時のことを記して、「幾らもたたぬうちに別の客が来た。すると彼は隣室へ避け、そのまま脇の門から帰ってしまった」というのを、同日の日記に照らすと、後の来客が「福岡〔と?〕久野」なる日本人だったことが判る。このような態度を通していた銭玄同が「生計に関」して彼に与えた、当時「発表も憚られ」たような忠告の性格は、前の戴君仁の回憶(「陶詩にちなむ回憶」)ともあわせて、おおよそ見当がつく。事件は、そういう支えをも奪ったように、彼には感じられたわけである。

自分が忠告に背いているとはっきり認めながら、なおそれを支えとたのむと言うのは、そのまま彼の民族感情の鬱屈の表れであろうが、同時に、たとえば「北大」出仕に関して、彼固有のためらいが、この親友の忠告を無にする辛さよりも、必ずしも強くはなかったことを思わせる。私は、彼の個々の身の振り方について、成行き主義、不透明などの言葉を使ったが、ここでも、銭玄同ならばこだわるたぐいのことをすでに断念してかかっている彼の孤独を思う。しかし、この追悼文は、文筆に生きる周作人の、いささかの卑屈さも自分に許そうとしない、透明な態度をも示しているのである。彼は一文を、銭玄同の死後百日にしてようやく筆を執るまでの躊躇呻吟のことから書き出している。一つには、二十余年にも及ぶ交友であるだけに書くべき事柄の選択に迷う、というのは当然として、もう一つの理由をあげて、彼は言う。

第二に、私自身が当分ものを言わぬつもりだったからである。『東山談苑』に、倪元鎮《げいげんちん》は、張士信に辱しめられながら口を噤《つぐ》んでいたが、人がわけを問うと、口を利くだけ俗《やぼ》さと言った、と見える。これは私のかねて感服するところで、今どき、公私いずれのことに関してであれ、何を述べたてても、しょせん俗なことにしかならぬ。玄同を語るにしても、自分のことにふれぬわけにはいかず、それでは私の願いに反する、というわけで、何度も筆を取上げながら、けっきょくは置いてしまった。だがここにあらためて書くことを決心し……

また結びでも、重ねてこう書いている。

……ここには私的な関係を少し述べたにとどまり、故人の品性と学問を称揚することができなかったのは、慚愧に堪えぬ。だが、今、二年来の沈黙の戒を破ってこの小文を認めたのは、私にとって、ひとかどの決意でないことはないので、とりあえず、このことで旧友の紀念に代えさせてもらう。

つまり彼はながい逡巡のあげく、相当の決意とともにこの一文を書いたわけであるが、それほどの決意を要したのは、事は彼が占領下において一義的に守ろうとした文筆上の戒律にかかわっていたからである。日記にも次のような記事が見える。

二月二十六日……午前中孔徳学校で玄同の追悼会があったが、まだ行ける状態でなく、信子と豊二が参会した。

四月二十二日……久しく玄同紀念のために一文を草したいと思っていた。今日は起稿を決心したが、永いこと考えて、やはりよした。当分ものは言わぬこと。

四月二十七日……玄同紀念のために小文を書きだしたが、またも未了。

四月二十八日……小文を書きあげる。

こうして沈黙を破ることにした決意でもって、かねて彼の「偽職」就任に反対し、親身の忠告をも惜しまなかった旧友の紀念に代える、と追悼文を結んだからには、その決意の内容が、「偽職」就任の事実を文学的に上塗りするのの逆を行くにあったことは、明らかであろう。しかもこの追悼文は、『知堂回想録』によれば、余儀なく退職したはずの燕京大学で、学生が出していた『燕大周刊』に寄せられたのであった。

ここで、「二年来の沈黙の戒」の実況をあらためておく。「事変」勃発の年(三七)、彼は九月頃までにかなりの数の充実した散文を書いた。その秋以降は、すでに見たように、アポロドロス『ギリシャ神話』の翻訳に打ち込むことになったが、かたわら、抗日地区の雑誌への寄稿を、郵便の途絶や禁制の間を縫って、なお続けようとしたことは、翌三八年二月十三日作の「范愛農に関し」が『宇宙風』に発表された事実や、その他、陶亢徳《とうこうとく》宛の手紙などが示している。しかし同じ二月のうちに例の座談会(本書第四章)があり、彼は二十日付の「『東山談苑』を読む」で、ひそかに沈黙の決意を認めたのだった。いっぽう抗日地区では、「范愛農に関し」の発表と前後して、座談会出席が物議の的になり、抗日地区における作品発表の道も事実上閉ざされてしまったわけだった。その後は、発表のあてもないままに、「『東山談苑』を読む」に続くごく短い読書筆記をぼつぼつ書きためていった以外、社会的には完全に筆を投じた格好になった。文筆による協力の誘いも当然しきりであったろうが、この方の拒絶はきっぱりとしていたのではあるまいか。というのは、前にちょっと引いた『蒙疆』の著者保田与重郎の「むしろ卑屈にまで譲歩して、戦争のすむまでは執筆せぬと高言する学者や文人を利用しようとしてゐる」という占領当局非難中の「学者文人」は、少なくともその一人として、周作人に関する見聞を念頭に置いていたように、想像されるからである。「『東山談苑』を読む」は、後で「弁解」(四〇)という文章に全文再録され、もっぱら不弁解主義の典拠として、ずっと晩年まで彼の態度を拘束することになったが、当初はこのように、占領の恥辱に対する拒絶的な沈黙を、裏づけていたわけである。作中の倪雲林の故事も、がんらい、そのような脈絡にこそふさわしい狷介な神気を伝えていたはずなのは、もちろんだ。

しかし、執筆の誘いは、淪陥下にもそれなりの文化的要求が生まれてくるにつれ、やがて身近な同胞からもかかるようになる。これもすでにふれたが、三八年秋に『朔風』月刊が創刊され、ひごろ出入りしていた方紀生が主編の一人になって、寄稿を求めてきた。彼は創刊号に、「勧酒を語る」という散文を、「この文は以前『文学雑誌』(主編朱光潜)に寄せたところ、雑誌が停刊になって戻されてきた。今、紀生に稿を求められ、これを渡すことにしたが、すでに一年も経っている」と附記の上、寄稿した。

『朔風』は、方紀生の創刊号後記によると、「寂れきった北方文壇」の中で「中上階級のためにいささか精神的糧食を供給する」目的で出され、周作人、銭稲孫、徐祖正、沈啓无《しんけいむ》、畢樹棠《ひつじゅとう》、楊丙辰《ようへいしん》、尤炳圻《ゆうへいき》、陳綿《ちんめん》、謝興尭《しゃこうぎょう》らが寄稿に同意した、とある。銭、徐の二人は日本文学の翻訳家といったところだし、あとはほとんど従来名の出なかった顔ぶれで、ここに加わってない兪《ゆ》平伯《へいはく》を別にして、これが「北方文壇」の寂しい現勢であった。だから、占領下で文壇を云々する限り、その支柱は象徴的にも実作の上でも、周作人一人に求められることになるのが、当然のようなものだった。方紀生はこうも書いている。

> ……周先生はすでに文題を『用心雑筆』と定めておられる由、以後毎号一、二篇ずつ載る予定である。年来先生の文章に渇えていた向きは、再び拝読の機会を得て、必ずや編者と限りない喜びを共にされるであろう。

「用心」は、日本語のヨウジンと少々ちがって、字義どおりに使われるのが常だが、彼は手持の未発表作を、この機会に、日本語と重なる意味の「用心」という総題でまとめてみようと実際に考えたか、あるいはそういう冗談を吐いたかしたものと見える。事実、『朔風』には続いて「搔癢を語る」「女人罵街」といった旧稿が一篇ずつ、「事変」前の日付を明記して掲載されたが、狙撃事件の月の十日付の第三号に至って、方紀生の後記は、次のような言葉を記す破目になる。

> 知堂先生の文は本号をもって暫くお休みとなる。未発表の旧作中、手頃のものがもう底をついたというこ

とであろうか。然し先生は本誌を温く見守ってきて下さったことゆえ、やがてまた御寄稿下さるであろう。……

方紀生がこの事態を、周作人の寄稿が「血気な」抗日的青年の不満を刺戟して元日の狙撃となった、という危惧とともに迎えたらしいのは、すでに見たとおりである。事件の動機をそれとは逆に解釈した周作人には、おのずから別な心の用い方があっただろうが、だいぶ後になって、『用心雑筆』ならぬ『秉燭後談』(四四)という題で一本にまとめられた「事変」直前直後の作品を一覧すればわかるように、「旧作中、手頃のものが底をついた」事実はなく、おそらく、「沈黙」をいちいち作品の日付で証明せねばならぬような中途半端さが、狙撃事件によってたちまち元へ押し戻された、というのが実際のところだったろう。このことは、彼にとって決して不幸ばかりではなかった、と私は思う。この打撃がなかったら、方紀生のような若い取巻きの期待にほだされて、彼の沈黙戒は、なしくずしに反故《ほご》にされてゆかなかったとも限るまい。政治的に去勢された状態で文章を弄《もてあそ》ぶことくらい、例の「北京趣味」にとって手慣れた芸当もないので、そういう状態にけじめなく流れてゆく周作人を想像するのは、あまり嬉しいことでない。だから、彼がいったん沈黙の初心に押し戻されたのは、むしろ幸いだった。お蔭で彼は、どうせ破れる沈黙なら、明確な決断とともに破るだけの自覚をととのえ、そのための反撥力をも貯えることができたのである。

『知堂回想録』は、銭玄同追悼文を公にするにあたって認めた決意とその結果を簡単にまとめて、次のように言う。

……私はこれより決意してものを言うことにした。文字の力にはあいかわらず疑いを抱いたままではあったが、しかし精一杯書いていった。民国二十八年〔一九三九〕から三十四年〔一九四五〕までの七年間に、あとで集めたのが百三十篇、散佚したのは数えてないから、決して少ないとは言えまい。

といっても、これらの作品が「破戒」の決意と同時に勢い込んで書きだされたわけでなく、たとえば五月三十日の日記には、「午前中随筆二篇を書く。聊《いささ》か以て日を遣《や》るのみ」といったような記事も見える。また、『朔風』の文運も狙撃事件以後たちまち衰えて、七号にして方紀生も主編を降り、九号あたりからは、毎号「反共ハ一人一人ノ責任ダ、東亜人ハトモニ新東亜ノ建設ニ起テ」うんぬんの標語が綴じ込まれるようになり、十一号以降は執筆陣も見知らぬ名ばかりに一変し、「新中央政権の前途」といった類の政治論文が幅を利かす「新型綜合雑誌」に化けてしまう。

ところが九月に入ると、別に月刊『中国文芸』が創刊されて、これに彼は新作も含め、毎号のように寄稿しだした。この秋頃の日記には、ほかに『覆瓿《ふくほう》』『学文』『華光』といった雑誌への寄稿の記事も散見し、翌四〇年以降しだいに執筆量を回復してゆくのである。

『中国文芸』の編集発行人張深切《ちょうしんせつ》は、台湾抗日運動史中の人物である。少年時代から日本の台湾統治に反抗して学校を逐われたりしたのち、東京へ留学、さらに国民革命の策源地広東に渡り、ここで「台湾革命青年団」の結成に参画した。また中山大学の学生としては、彼らの運動の支持者の一人だった文学系主任教授の魯迅とも交渉があった。蔣介石のクーデターによる国共分裂の頃、資金工作のために帰台中のところを検挙され、禁錮三年。出獄後も演劇運動を通じての政治活動や上海への一時亡命、「台湾文化連盟」の組織、といった奔命に明け暮れたが、「事変」後台湾では身動きがとれなくなり、強いられた日本籍を逆用する形で淪陥区北京に流れ込んだ。当時、妻子を捨てて抗日戦に馳せ参じた郭沫若の「日本脱出記」に憬れたものの、自分は台湾からついて来た妻子を抱えて抗日地区へもゆけぬまま、「国立」芸術専科学校訓育主任の職に就いた。しかし、政治手腕は争えず、「台湾同郷会」の責任者に推されたりして、たちまち北京でも一定の注意人物となったらしい。

以上はおもに張深切が戦後に書いた自伝『里程標――または黒い太陽』（六一、台湾）によったのであるが、同書によると、『中国文芸』の創刊には、周作人もひそかに干与するところがあったようだ。占領政治の文化面にまで横好きの手を伸ばした一部参謀の出来心で、あれこれとかきまわされた当時の出版界の内情を知るためにも、そのいきさつは参考になる。

……まもなく私は日本の美術評論家一氏義良の紹介で堂ノ脇（光雄）中佐と識り合った。堂ノ脇は華北最高司令部の高級参謀で、背景も勢力も申し分なかった。彼は文芸雑誌の出版を計画し、私に手伝わせようとした。彼も一氏も私が台湾人であるとは知らず、得難い「日本通」と思い込んで、熱心に主宰をすすめた。……私は四つの条件を出して堂ノ脇の意見を求めた。一、編集方針と内容に一切干渉しない、二、雑誌には絶対にいかなる宣伝の標語も載せない、三、純文芸雑誌の形をとり主義思想の宣伝をしない、四、他の新聞雑誌社が結成した団体に加わって政治活動をやるようなことはしない。彼は繰返し読んで、苦笑しながら「よし、それで行こう」と言った。……当時華北出版界の事務を統轄していた責任者は山家《やまが》〔亨〕少佐だった。彼は文武両才が自慢で、それはたいした鼻息だった。文化界のいわゆる文人墨客は彼のもとにむらがり、その意を迎えることに己れの浮沈を賭けた。彼は中国問題の研究にかけては、土肥原(少佐時代)よりもっと積極的で遣り手だった。頭がきれ、中国語が達者なばかりか、阿片や役者びいきまでやって、最も手ごわい「支那通」と言えた。当時山家の管轄下にあった新聞雑誌は、三六九報、民衆時報、武徳報、実報、時言報、時事快報、晨報、新民報、電影報、戯劇報、中国公論月刊、中和月刊、立言画刊、北京反共戦線、民衆画報、改造月刊、仏学月刊、青年呼声週刊、長城週期画刊、紅卍月刊、朔風月刊、婦女家庭月刊、農学月刊、僑声月刊などである。『僑声』の社長は王克敏で、これは『中国公論』や『改造』と同様に政治色が濃く、最も厚顔《あつかま》しく日本に媚びた。『中和』は瞿兌之《くだし》が主編をやり、学術的な出版物に属した。

私たちは『中国文芸』を出すために、何度も慎重な検討を重ね、日本側の介入と干渉を免れる方法や雑誌の利用法などを研究した。周作人も、こういった問題の検討に参加した一人である。……

『中国文芸』創刊号の後記でも、発刊趣旨の説明とあわせて、周作人には特別の頌詞が献げられている。

……国は破るべく、党は滅すべく、悪は除くべくも、文化は滅亡すべからざるものである。我らは一日国家無しでいられても、一日も文化無しではいられぬ。何故なら文化は国家の命脈にして人類の精神的糧食であるから。……このたびわが周作人がついに数年来の沈黙を破り、毅然として我々のために「兪理初の諸譴」

なる一篇の滋味深い文字を寄せられたことは、我々の感激もさることながら、必ず読者諸子を満足せしめるであろう。周作人は我らの北極星である。彼は彗星のように動きも、火星のようにきらめきもしない。だが無言のうちにも、依然として南面の位置に鎮まっている。……

北極星にかけた「南面」という超別格の語には、さらに南方の抗日中国への忠誠の意が重ねられているのだろうが、何にせよ、苦しまぎれの大文章というほかはない。張深切が個人的にさほど周作人と親しかった様子はなく、おそらく、周作人周辺にいたこれも台湾出身の張我軍《ちょうがぐん》や洪炎秋《こうえんしゅう》を介して生じた関係だったろう、と考えられる。また文芸は、張深切にとって終始政治活動の外衣にとどまったようでもあるから、この調子には、政治的に周作人を立ててゆこうとする彼の目論見も反映していたにちがいない。そんな関係は、二巻三期の次のような後記にも表れているようだ。

知堂先生は彼の稿を巻頭に置かぬよう繰返し要求され、写真製版にすることも許されないのであるが、然しこういったことは編者の権限なので、我々としては必ずしも納得しきっていない。

ともあれ、雑誌は順調にすべり出し、毎号五、六千部を売切ったが、それがかえってあだになり、後見役の堂ノ脇参謀がおもに東京の本部詰めという不利もあって、出版界内部の中傷や占領軍当局の疑惑の的になり、「御用」から「反日」までのさまざまなレッテルを貼られたあげく、一日、張深切が山家少佐に呼び出され、一方的に、その息のかかった『中国公論』社へ接収した上での続刊を申し渡されて、手を退くことになったという(『里程標』)。私の見た『中国文芸』は欠号があって厳密な時期は言えないが、大体通巻十五号ほど出した前後(四〇年秋)のこととおぼしく、周作人の寄稿もそれまでである。あとは『朔風』の運命と同様に、「八路軍ノ間抜ドモ、惨メヤスデニ身ノ置キ処モナイ、……中国ヲソ連ニ殺サセル者ハ誰カ、中国ヲ英米ニ売渡ス者ハ誰カ、奴等コソ漢奸デハナイカ」といった調子の「治安運動強化標語」が綴込まれ、反ソ反共反米英の政治色を露骨にしてゆく。

さてこのような環境の中で再開された周作人の文筆活動は、さしあたり、彼が「事変」前までに完成した風格を変えていない。その中で、銭玄同追悼にことよせた「決意」の披瀝や既出「禹跡寺」(三九・一〇)で見せた「禹の遺跡」の殊更な顕称は、明らかに淪陥下の思想的態度を示しているが、それも、むつかしい情況ごとに思想的選択の表明を怠ることのなかった、従前の行き方の延長と言わば言える。ところが、四〇年三月の「漢文学の伝統」(『中国文芸』二巻三期)という一文で、彼は俄かに異例の調子を示した。標題中の「漢文学」からして、人目にはいささか奇異に映ったはずだ。普通なら、漢代の文学か清代の満人に対する漢人の文学か、ということになる語をことさら使用するわけの説明から、一文は始まる。

ここに漢文学というのは、普段なら中国文学と呼ぶもののことだが、ここでは意味の広すぎるうらみがあるので、こう呼びかえた。中国文学には当然中国人の各種の文学活動がすべて含まれるのに対し、漢文学は漢文で書かれたものに限る、というふうに区別しておこう。もっとも外国人の著作は問題外である。中国人はもとより漢族を主流とするが、その中には南蛮《ばん》北狄《てき》の分子も少なからず、さらに満蒙回の各族もあり、これらが中国人なる団体に加わり漢文でものを書くことで、おのずと一つの大きな潮流に融け込むことになる。これがすなわち漢文学の伝統であり、今でもこのことに何らの変りもありはしない。……

この書き出しが、「事変」前夜に書いた「国語と漢字」冒頭の「中国民族」なる語の定義の、粧いを新しくしたものだということは、一読して明瞭である。あの時の「国語文」による「民族意識の強化」と、今度の「漢文」による「伝統」の確保とは、表現の差異にすぎぬようだが、その僅かな差異には、一段と追詰められた場所で大事を正論するための苦しい工夫の跡が見て取られる。彼は、論陥区と抗日区の間の「分離」が、「政治」からさらに「文化ないし思想感情」にまで及びかねぬ実情をまのあたりにしながら、民族的価値のいっそう自明な形を求めて、「漢字」「漢文」「漢文学」の一貫した系列に考え及んだものと思われる。『知堂回想録』は、この「漢文学の伝統」を皮切りに、

二、「中国の思想問題」(四二・一一)

三、「中国文学上の二つの思想」(四三・四)

四、「漢文学の前途」(四三・七)

を、「中国の文学と思想に関して書いた文章のうち比較的重要な四篇」として掲げ、「漢文学」なる語の特異さを説明して、「私は当時漢文の政治作用を重く見ていたからだ」と言う。周作人の口から出る「政治」という言葉は、それ自体がものめずらしく響かずにいない。まして、「漢文の政治作用」とは晦渋な言葉である。しかしこはなにも、事後になって論陥中の政治的貢献を言立てたわけではないので、晦渋さを柔らげるためにも、当時

の類似した発言を一、二引いておくほうがよいだろう。

漢字漢語の由来は遠い。近くはさらに語体文があって、漢字で国語を書く。……今青年が漢字で文章を書けば、地理上どんなに離れていても、その感情思想はひとしく通じ合う、ということの小さな事実の意義は重大である。旧派の人は語体文の流行と古文の衰微を歎き、新派は口語化方言化が足りぬと不満を言うが、私に言わせれば、文章にはそれでちょうどよいのだ。さらに重要なのは、政治上の達成、すなわち国民の思想感情の連絡と一致を助ける、ということである。べつに〔文学革命いらいの〕新文学運動の発起者をもちあげようというのではないが、その成果が、民国の政治において、文学におけるよりもずっと大きかったことだけは、認めぬわけにゆくまい。(「漢文学の前途」附記)

……今はただ、中国の前途のためにはこの漢字が頗る有用だから、重視せねばならぬことを言いたいのである。これを政治的な見方と言うなら、それもよかろう。だが思うに、今日中国の多くの事柄は、何よりも政治的な見方から、中国自身にとり、中国の広義の政治にとり如何なる利益を有するかによって、その価値を決めなければならない。その他の標準からする評価は、たとえより客観的科学的であっても二の次とすべきだ。(「十堂筆談」四四)

彼がついには、漢字という具体的な最小単位の上に民族的主張の土台を据えようとしたらしいことは、どうやらわかる。むかし、清末の民族革命時代に彼らに国学を授けた章炳麟《しょうへいりん》が、伝統的儒学の「致用」観念、つまりは学問の政治手段化を繰返し批判する一方で、「小学」という最も単位的な文字訓詁の学を、激しい国粋民族主義の最高の保障と恃《たの》んだ、その故智にならったのかとさえ私は思ってみる。けれども、彼の今の境遇は、清朝でいえば、むしろ満清王朝に職を奉じる漢人のようなもので、その政治第一論の文脈も、旧師の種族革命主義に似た要素をとどめてはいない。そうかといって、これを政治主義と言うにはあまりに迂遠な感じがするのは、政治的な行動への志向にかけてほぼ完全に無内容だからである。こういう閉ざされた積極性の奇妙な趣は、代表的な四篇の「漢文学」論の思想内容にも通じている。

この四篇は、それぞれの時期に応じた「政治」的意図を含みながら、思想はずっと一貫していて、要するに、固有の伝統思想の中から一脈の流れを選別して、そこに中国民族としての精神的同一性の根拠を置こうとするのである。選ばれているのは、人事を重んじかつ人間の生物的自然に基礎を置くところの合理的でしかも実際的な「儒家の人文主義」というもので、これがさらに政治道徳の上で、後世、君権主義に圧倒され、少数の異端と民間に辛うじて保有されるにすぎなくなった「すべては天下人民のため」という「禹稷精神《うしよく》」なる源流にまでさかのぼって、理想化される。これを文学に即して言えば、屈原の「離騒」を「為君《いくん》（君主のため）思想の文学」の典型とし、それに対して、「詩経」から阮籍、陶潜、杜甫さては民国以来の新文学に至る「憂生憫乱《ゆうせいびんらん》（民生をうれえ乱世をいたむ）の文学」に中国文学の基調を認める論となる。さすがに民国以来の解放思想の荷い手らしく、「禹稷精神」なるものに、近代世界の「人そのものに対する認識」あるいは「人の発見」や特に「児童研究と婦人問題」を配合すべきことを附論してはいるが、論の形は思い切り時代がかっている。こういう伝統返りの盛大なばかりの趣は、ところで、情況柄強いられた政治的擬態と解すべきなのか、それとも彼の思想歴の自発的な帰結と見ることができるのだろうか。

擬態はたしかであった。特に中国人の違和感を刺戟した、天皇制の君権論と神憑《かみがか》り的な非合理主義や日本主義の欧米思想排撃運動を他方に置いてみれば、民衆性や合理性の主張に、「禹稷精神」だの「儒家の人文主義」だのといった東洋古典の衣を着せることが、擬装としても最低限度に近い必要事だったろうとは、容易に想像されるからである。次のような言葉はどうだろう。

中国人民の生活の要求は単純であるが、一方また、切実である。彼は生存を求める。彼の生存の道徳は、人を損じて己れを利しようとは願わぬが、さりとて、聖人のように己れを損じまでして人を利することはできない。他の宗教的な国民なら、天国が近づいたと夢想して、永生を求めんがために湯火《とうか》を踏むこともあろうが、中国人にそんな信仰心はない。彼は神や道のために犠牲になることを肯《がえん》じない。だが彼も時に、湯火を踏んで辞せぬことはある。もし彼が生存の望みを絶たれたと感じた時には、鋌《てい》セラレテ険《けん》ニ走ル、急《きゅう》ナレバ将《は》タ安《いずく》ンゾ択《えら》バン〔強国に不当に扱われた弱国を杖で打たれて暴走する鹿に喩える。『左伝』ということになるだろう。……中国人民はひごろ平和を愛する、時として忍耐が過ぎると見えるまでに。だが、耐えきれなくなれば、一変して本来の思想態度を天外に投げ棄て、反対に野性を発揮する。だからといって、誰れをとがめられるだろう。俗に喧嘩両成敗と言う。不仁によって不仁を招くのは当り前でなかろうか。……重要なのは乱を防ぐことだけである。乱を防ぐにはまず乱をかもすものを防がねばならぬが、その責は政治にあって教化にはない。……乱の機会と条件をつくらぬ、というのは消極的な仕事であるが、その効験は思想を粛正するよりはるかに大であろう。……（「中国の思想問題」）

この主張を、何らの擬装も伴わぬ言葉に書き替えたとして、それが黙過されたとはとうてい考えられない。そんな手続きを経るまでもなく、この文章は後で一日本人作家の猛烈な攻撃を招くことになるが、淪陥区で署名をつけて公にされた言論としては、表現と思想の特異さもさることながら、やはり最も大胆なものに属しただろう。

ついでに、この「中国の思想問題」に即して、彼の発言の「政治」的動機の一例にあたっておこう。『知堂回想録』によれば、この「例によって原始儒家思想を鼓吹した」一文は、当時の「新民会」の「大東亜新秩序に配合すべき中心思想の樹立騒ぎ」を阻止すべく書かれたのだという。「新民会」は、その後四〇年三月に軍の宣撫班をも統合し、同年末現在、北京特別市だけで五十四の分会と二万九千余人の会員を擁して、強力な反共政治団体の名実をそなえるに至っていた。一方汪政権下の南京では、四一年二月に汪兆銘を会長とする「東亜連盟中国総会」が結成され、「政治独立」「経済提携」「軍事同盟」「文化溝通」の四綱領を掲げて、翼賛活動をはじめていた。これは石原莞爾らの「東亜連盟」運動に通じる一種の大アジア主義と王道主義に立つ運動で、支那派遣軍総司令部の総参謀板垣征四郎や参謀辻政信も熱心に肩入れをしたが、東京の中央部には陸相東条英機をはじめ、「肇国《ちょうこく》ノ精神ニ反シ皇国ノ国家主権ヲ晦冥《かいめい》ナラシムル虞《おそれ》」（閣議決定「興亜諸団体ノ指導理念統一要領」四〇・一・一四）から、少なからぬ警戒の空気があった。とくに北支那方面軍では、その四綱領について「究極ノ処ハ斯《か》クナルヘキモ目下戦争中ナル情勢ニ於テ〝政治ノ独立〟ハ華人側ヨリ殊更ニ声ヲ大ニシ日本勢力駆逐ノ好名目トシテ利用セラルル虞多分ニアルヲ以テ」(「北支那方面軍政務関係者会同書類綴」)、この組織の持込みを許さなかった(以上『北支の治安戦』、堀場一雄『支那事変戦争指導史』等による)。板垣征四郎や辻政信の「東亜連盟」思想が、「大アジア」と「王道」に対する帝国主義と皇道主義からの制約に関して、石原莞爾ほどにも激しい自家撞着を犯しえていたかどうかはともかく、汪兆銘は汪兆銘で、やはり、この運動の大アジア主義と王道主義の建前をあくまで政治的に楯に取ろうとしたのも事実だった。南京、北京、東京にまたがるこういう政治的なかけひきに、周作人がどの程度自覚的であったかは知らぬが、彼の「新民会」イデオロギイに対する抵抗は、どうやら南京側との一定の連帯意識を伴っていたふしがある。(補注一)

「中国の思想問題」は、四二年十一月の日付で北京の『中和月刊』に発表されたが、紀果庵《きかあん》「知堂先生南来印象追記」は、同年五月十三日に彼が南京の「中央大学」でやった同じ題目の講演が、内容もほとんど違わぬものだったことを記している。ところで五月十三日は、汪兆銘とその随員が「満洲国」を訪問して南京へ戻った日の翌々日に当るので、随員の一人だった周作人は、一行とともに南京までやって来て、この講演となったわけである。華北政務委員会の要人中で彼一人が随員に選ばれた理由はさだかでないが、いずれにしても、南京の汪政府が北京の周作人に対して、あいかわらず別格の見方をしていたことは、事実らしい。さらに汪個人との関係をも示すに近いものとして、おそらく彼が北京を発つ寸前であろう、四月二十六日付で書いた「汪精衛先生庚戌蒙難実録序」なる短文が、上の紀果庵の一文が載ったと同じ淪陥後の上海の『古今』(四期)に発表されている。歴史家の張次渓《ちょうじけい》が編んだこの『実録』は、同盟会員汪兆銘が清朝の摂政王の暗殺を企てて失敗した一九一〇年の有名な事件の記録で、彼は「数年前」にも序を乞われて題字だけ与えたが、この春編者の南京からの手紙で新版に再び乞われて書いた、と序の中で言っている。序は、かつて東京留学時代の彼を昂奮させたかもしれぬその行動を、「志士仁人」の「菩薩行」と称え、汪兆銘について、次のようにも言う。

いったい汪先生の遭難は庚戌にとどまらない。民国以後も、乙亥〔一九三五、和議論のゆえ〕の南京、己卯〔一九三九、重慶脱出のゆえ〕のハノイと二度までも狙撃に遭い、幸いに免れられたが、いずれも、身ヲ投ジテ餓虎ヲ飼《やしな》フていのことで、生命はおろかほとんど名声さえ捨てられたのであった。ここから庚戌の役《えき》を思えば、いよいよその偉さがわかるのであって、まさに菩薩行と呼ぶにふさわしいだろう。丁未〔一九〇七〕以後、私は太炎先生〔章炳麟〕に学問をならうため、日曜ごとに東京の民報〔同盟会機関誌〕社に出入りしながら、汪先生にはついにお目に掛かることなく、今日に至ったが、三十余年来その文章を読み、行動を見てきて、多少の認識は持っていると思うので……

もちろん政治的な挨拶ではあろうが、これを全く心にもない評価とみなさねばならぬ理由もない。

さて、盛大な伝統返りを思わせる彼の議論の思想と表現の問題に戻る。そこに政治的な擬態が確かにありえた、ということを私は書いたのだった。しかし、「デモクラシー」と「サイエンス」が象徴した「五・四新文化運動」いらいの近代の理想を、このような中国固有の言葉で言い換える彼の工夫じたいは、「生活の芸術」にふれてその一端を見たとおり、一九二〇年代前半のいわゆる「五・四退潮期」から始められていたことである。こうして、すでに「事変」より以前に「原始儒家」などと自称していた彼の思想歴に照らしても、この間に木に竹を継いだほどの断絶は認められない。異例さは、これらの文章の論旨よりも、伝統擁護への比重の掛け方や大真面目な行論の調子に、むしろ著しいわけだ。その後日本の敗戦を間にはさんで、もっと彼本来のに近い調子で綴った思想論に、「倫理の自然化」(「夢想の一」四四・二)、「道義の事功化」(同題または「夢想の二」四五・一二)という二つの結論的命題があり、いずれも彼が初期いらい抱えてきた倫理問題に終止符を打ったものだが、論旨はさきの四篇の伝統思想論と密接につながっている。当時、日本に対する民族的抵抗からいわば「阿Q式精神勝利法」による現実糊塗までのさまざまな動機を隠して、輝ける文化の伝統を高唱した淪陥区中国人は数知れないが、周作人のこの営みは、それらと流れを共にしながらもあくまで独自だった。

このように、占領下で思い余って発した「政治」的な大議論にも、本来の思考の筋を乱していない彼の粘り強いばかりの自重心は、驚くにたえる。いったい、彼のこのような粘り強さからして、儒家一流の恐るべき隠忍の才と本当にも系譜を同じくするかと思われるほどだが、往年の儒教批判の先鋒の「儒家」返りが、単に性格的な次元のことにとどまらないのは、もちろんだ。つまり、復古による再生という構想に托された中国自前による近代化の理想が、彼をここまで導いたのは、事実であろう。その構想は、文学以外の要素を渾然と含むことによってこそ革命的でありえたにすぎない「文学革命」の当事者として、のちに、政治制度はいざ知らず言語や文学そのものには革命などありえぬ、と考えなおした聡明な判断と表裏の関係にあり、この判断は、それ自体としてはなかなか打ち破りがたいものだ。しかし、その聡明な常識が、「異端」の誇りとあわせて、時代に対する政治的韜晦の色をも濃くしてゆくほかなかったのは、一文明の生活的土台にまでふれた変革が実際に進行して、言語や文学に固有の領域を守ろうとする彼の自覚的な「不革命」の立場を、段々むつかしくしたからである。革命路線は皮肉なことに、抗日戦争を通じて決定的な前進を遂げるさだめにあったが、その前夜に彼の立てた救亡策が、軍備と民生の二本柱から成っていたところは、思えばさまざまな意味合で象徴的だった。それはまず、侵略によって直接に生活を蹂躙されるであろう大衆の直接の抵抗を慮外に置いた点で、現実的でなかった。また、その策を付託すべき国民国家の成熟度と全く見合っていなかった点でも、現実的でなかった。そんなことはいまさら言うまでもないことで、それが空論にすぎぬと判っていたからこそ、彼は「必敗論」や和議論に傾いたわけだったが、しかし第三に、言語や文字による抗日に代って軍艦やめしによる抗日を言うことの反空論の空論は、言語や文字と実効とを峻別した上で、無力な前者の側から即物的な後者を対極に求めるていのものであるから、意見そのものが表現的であったと言わねばならない。つまり言いかえれば、この反政治的な文化主義者は、ついに政治を超脱しきれぬ清末民族主義育ちの自分を、このような形で辛くも肯定したのだった。そこのところが、兪平伯《ゆへいはく》のような民国育ちの盟友の非政治性とどうにもならぬ対蹠をなしているとは、彼自身がつとに認めていたことである（「苦茶随筆後記」三五）。ちなんで思うのに、兪平伯が周作人と淪陥をともにしながら、非協力を貫くことができたのも、このことと何がしかの関係があるだろう。(補注二)

こんなぐあいに屈折した周作人の政治意識と「儒」なる外衣とをつないだ要素は、いろいろと考えることができる。たとえば、徹底した反浪漫主義がそうだ。「教化」あるいは「徳治」を言う儒家の統治観念における文学と政治、倫理との一元論もそうだ。さらに「原始儒家」の形で、儒教イデオロギイを抜き去ってしまえば、生活的な文化主義や現世的な人本主義が残るだろうし、魯迅が孔子の「聡明な韜晦法」と評したような処世術にも、事欠きはしない。こう見てくれば、実効的な行動の余地を奪われ、また自分からも断念した上での文化的抵抗と民生配慮とを一丸とする彼の「政治」的な動機が、もうほとんど韜晦の影をとどめぬ「儒」の言葉となったのも、道理ではなかろうか。前に、「国語と漢字」で目に立った「文字の力」に対する懐疑や「宣伝」への皮肉は、軍事的「必敗論」の故によんどころなくすがった民族的な文化の観念と現実に危機にさらされている生活的実体とが、間然するところなく一致しえぬ彼の苦衷を反映している、と私は推測したけれども、いまや言語や文字が「政治」であり、「漢文」が「政治作用」をもつ、というわけである。要するに、占領とカイライ政権下の淪陥生活自体の虚構性が、彼の韜晦を夢のような正論に変えたのであった。

　こうして、国民革命の分裂以後、国共内戦を経て、再度の国共合作による抗日民族解放戦争に及んだ歴史の中での彼一流の思想的な選択が、そのまま一筋の必然性をもって淪陥生活へつながっていった面がたしかにあるように、私には思える。問題を狭義の文学に限ることができるなら、周作人が淪陥中の作品にも本来の文学的水準を維持しえた事実を言うだけで、彼のためには必要かつ充分な弁明になるだろう。しかし、彼の最終的に到達した文学観念が、いま見たような「政治」をも含んで、それこそ「漢文学の伝統」を色濃く承けているのであってみれば、事はさほど単純に片付かない。その時片付けきれずにはみ出る部分の最大なものは、淪陥下で俄然あらわになったその文学の良くも悪しくも士大夫的な性格であろう。とくに、民生に責任を負う正しい政治によって「乱」を未然に防げ、というような論は、そのまま受取って「偽官」のイデオロギイと批判し去ることもできるかもしれない。だが、たとえば、淪陥区の民生に対するそのような憂慮を、新体詩創草期の秀作と謳われた「小さき川」(注)以来の自分の作品に一貫しているという「憂懼《ゆうく》」の基調と結びつけ(「苦茶庵打油詩」)、それをさらに前述の「憂生憫乱《ゆうせいびんらん》」の文学伝統に合流させようとしたところにも明らかなように、彼が淪陥下で、自分の思想、文学と伝統文化とのそれぞれの同一性を丹念に撚り合わせ、それをあまりにも誠実に守ろうとしたのは、たしかだった。誠実といえば、これも彼がこの前後から最晩年にかけて好んで使った儒的な言葉である。その愛用は、彼が、倫理上の自利と利他の対立観、つまりは個人主義の限界だの文学上の即興的個性主義(〝言志〟)と道統的世界観主義(〝載道〟)の二元論だのを、儒家の「誠」の観念で克服しようとしたことと関係があり、ことほどさように、「五・四」以来の新知識人としての彼を悩ませたもろもろの難問は、淪陥下の士大夫的責任意識の上で、几帳面に、しかも夢でも見るように、決着をつけられたのである。おそらく、そういう道義的なきまじめさに、時には(というのは、相対的な自由の絶対的堪能《たんのう》とでも解すべき「閑適」の理想を、彼は決して捨てたのではなかったから)審美上の好みをまげてでも仕えねばならぬとする決心からであろう、彼は一九四〇年、ちょうど五十五歳を期して、以後の文章に押すべき極印のつもりで、「知堂五十五以後所作」なる朱文九字の印章を彫らせている(「苦茶庵打油詩」)。

以上は文筆家としての発言に関することであって、彼が作品の上ではついに屈服を肯じなかったことを証しているであろう。ずいぶん無理な姿勢を余儀なくされたとは見えるが、結論としてそう言うことができる。また日本人の注文を断りきれずに書いたたぐいの「付き合い」の文章は、占領下で出した文集に一切収録せぬやり方で、これもけじめをつけられた。ところで、作品以外の記録に見える発言について、別に見ておかねばならぬことがある。前の章で『華北政務委員会公報』というものがあると言ったが、その中に、たとえば四二年三月二十、二十一日の両日にわたり北京で開かれた「華北教育会議」の記録があり(第一五一～一五四期)、主席をつとめた周督弁の「訓辞」や「談話」も載っている。彼が公式の場面でどんなことをしゃべらなければならず、またそれをどうしゃべったか、官報記載用の索然とした文語体に整理されているが、推測の足しにはなるだろう。

……いったい東亜の大部分は久しく欧米各国の亜植民地にされ、圧搾侵略のやむ時がなかったのである。近年それはいよいよ甚しく、速かに興起を謀らねば、東亜は永久に屈従に甘んずるほかなく、各民族にもまたついに桎梏を脱する日は訪れぬであろう。幸いにわが友邦は奮起して、英米に戦いを宣し、道義の精神にのっとり、東亜民族の解放に着手した。戦い始まって僅か三月、早くも南洋各地において光復がかちとられ、英米勢力は粛清された。軍旗の指す所、攻めて克《か》たざる無しである。これはもとより友軍の忠勇さによるが、また戦争の意義が正大なればこそかくも無敵でありうるのである。今や大東亜共栄圏はすでに不抜の基礎を樹立し、以後新たな建設の段階を迎えんとしていることは、まさに吾人の深く慶賀すべきところである。

大東亜戦争が開始された時、本署は各省に通達して、英米人の経営する学校、教育機関をまず閉鎖せしめ、ついで処理弁法を公布した。……誠に英米の侵略は綿密であって、文化侵略はその最たるものであった。……わけても、英米系学校の教育が物質文明を偏重する余り、青年学生を、西洋の表皮のみ真似て東方の固有文化を顧みず、贅沢に馴れて労苦に耐ええぬ状態にしたのは、東方の道義精神にもとることである。であるからこそ、今日その存在は許すことができない。ここに大東亜戦争を契機として、すべての教会学校に適切な整理を加え、かねて教育権の回収をも果し、青年を誤った道からつれ戻すことができたのは、戦争における大いなる収穫である。……

「大東亜戦争」緒戦の勝勢を背景に、「英米文化の流弊一掃」と「中日文化交流の積極増進」を「指示事項」の劈頭に掲げて招集された会議の開会の「訓辞」が、直接の起草者は誰れであったにしろ、もしこんな調子でなかったとしたら、かえって不思議というものだったろう。ここからは、誰れが演じても大きくは変りようのない、カイライ督弁の姿しか浮んでこない。しかし会議中の発言には、とにもかくにも彼自身の表現によるらしい「主席」役のつとめぶりが出ている。「主席周督弁談話、青年の思想問題に関し」と題されたその記録は、こんなあんばいである。

中国人の思想は本来東方固有の文化を具えているので、今日でもそれは完全に失われたわけでなく、ただ一時の病態である。もし完全に失われてしまったのなら、恢復は非常に困難なことになろう。中国人の思想はもともと儒家思想すなわち孔孟思想である。それは大きな古松のようなものだが、各個人の思想は古松の枝葉なのであるから、灌漑や培養につとめなければ、やがて衰弱してしまう。……現在の共産問題は、政治問題であって思想問題ではない。すなわち、民国十五年に広東国民政府が連ソ容共をやったのも、政治手段の誤りだったし、今日共産軍が一掃できないのは、人民に食が無いという、つまりは生活問題であって、思想問題、いわんや主義のことではない。たとえば李自成・張献忠〔ともに明末叛乱の首領〕や洪・楊〔洪秀全・楊秀成。太平天国〕の乱の当時、思想問題などありはしなかった。民衆に生きるすべがないところから大乱が醸《かも》されたので、今の共産軍にしても同じことである。もし全面和平が成って、人民生活が安定したら、共産軍は自然に消滅するだろう。〔重慶が〕英米と連合して同文同種の日本に対抗するのに至っては、理論上根本的に成り立たぬことだが、これも、感情問題でこそあれ、思想問題とはちがう。……

彼には、自分が「ロマンチック」な思想信仰だの「感情的」な抗日論と考える、共産主義者の属性や国民党主流派の体質から批評的な距離を保ちたい本心があったことは、すでに観察したが、そういう本心と離れきってはしまわぬ範囲で、彼はしかし見掛け上の批評などとは別に、例によって淪陥区における「思想粛清」の無用だけを、主張しているわけである。彼自身が、「訓辞」に続く「指示事項」の中で、ほかならぬ「思想粛清」を指示させられているあげくのことだから、これはよくよく意図しての発言だったにちがいない。しかしそれにしても、一度はそこに自分から職を求めた燕京大学などの接収の成果を讃えたり、彼こそが熱心に批判したはずの「同文同種」論を口にしたりするのはもとより、こんな場面でことさら抗日派の同胞を引合いに出さねばものが言えぬとは、いかにも苦しい破目にちがいなかった。ついでに言えば、紀果庵《きかあん》も前記「知堂先生南来印象追記」に、この「文人督弁」が、軍服姿で青年団の査閲をしている写真を、北京発行の『新民報』で見た、と書いていた。(補注三)ただし、これらの発言の中でも、対英米戦にかかわるところは、不承々々の唱和だけでない、固有の意図をかくしていたように思われる。それは、「華北教育会議」とたまたま同年同月中に、おそらくは日本人記者に向って語られた、次のような談話の真意にも関係してこよう。

日華文化の提携については東亜文化の根柢は一つであり、東亜民族の運命は一つであるといふことを私は確信してゐる。……日華民族を対立させた考へ方は非常な誤りである。現在重慶にゐて抗日を叫んでゐる人の間にも東亜民族共同の運命を自覚してゐる人は確かにゐると思ふ。……しかし皮肉にも日華相戦ふやうな事態を惹起したことは東亜諸民族のため不幸な出来事であつた。私はこの意味で日本と米英との開戦は東亜百年の大計を樹立するのに非常なよい機会であると思ふ。日本と共同の敵である米英を打倒することが真に中国のためであり、東亜のためであることが事実を以て立証され、一般に理解されて来れば、事態は自ら変つて来ることゝ思ふ。……(『周作人先生のこと』附載「日華文化の提携と中国文学の動向」)

この談話の席にしたところで、会議場にくらべて語り手の自由は幾らも大きくはなかったろうが、全体あまり要領を得ない談話の中で、繰返し「東亜民族共同の運命」を強調しているところに、「大東亜戦争」への或る政治的な対処を見ることはできる。英米といえども、手段の巧拙こそちがえ、アジアに対する「不仁」なる帝国主義にかけては、日本と全然本性を異にするわけでない、という認識が彼にはあったにせよ、本心からこんな調子の反英米でなければならぬ理由は、もちろんありはしなかった。「事変」前夜に彼がむなしくも試みた「東洋人の悲哀」という汎アジア的紐帯の指摘も、たまたま「事変」の勃発に重なって未発表に終った「日本管窺の四」ですでに失敗を自認するほかなかったし、さらに論陥中の四〇年暮れに日本の国際文化振興会の依嘱によって書いた「日本の再認識」では、日本と中国のアジア的共通性よりも、共通性の中の異質性にこそ注目すべきだった、という新しい持論が一段と強調されていた。失敗したその古い方の持論を、「事変」の「大東亜戦争」への発展が、表面的に甦らせたのは事実である。表面的というのは、この「東亜民族共通の運命」論に、もう以前のような深い思想や感情が直接込められる余地はなかった、ということだ。たとえば張深切の『里程標』などは、方面軍の参謀と日米開戦問題を論じ合って、徹頭徹尾開戦をけしかけるような言葉を吐いた時の回想に、「我々は実は日本を英米と戦わせることによって、中国の咽頭《のど》を扼《やく》しているその魔手をゆるめさせ、彼らを大戦の泥沼に突落してやろうとたくらんだのだ」というような釈明を加えている。周作人の対英米戦談義が張深切のほど挑発的で、またその意図もこの釈明のように露骨であったろうとは言わぬが、彼の前記のような談話に、「大東亜戦争」を、日中戦争の性格を変えさせられぬまでも、せめて淪陥区の主権回復の契機にしたいという「政治」的念願を認めることはできる。それは、日本側の有難迷惑顔を承知の上で、かつ実際に戦闘を交える意志も実力もないのに、対英米宣戦布告に走った南京の汪兆銘らの「大アジア主義」の真意とも、通じていたはずだ。

(注) この詩は、かつて作者自身による日本語訳を添えて、『新しき村』(一九二〇・五)にも寄稿された。彼の言う「憂懼」の性格を考え、併せて文学交流の往事をしのぶよすがに、その訳詩を掲げておく。

小さき川

周作人

小さき川が穏かに前へと流れて往く、
通りこした処は両旁皆な真黒な土で、
赤い花や青い葉、黄色の実が盛に生えて居る。

一人の百姓が鋤を背負つて来て、小さき川の真中に一つの堰を築いた。
川下は乾いて仕舞つて、川上の水は堰に差し止められて流れて来られない、進むことも出来ず、また引くことも出来なくて堰の前にぐる〳〵と廻つてるばかりだ。

水はその生命を保つために、流れなければならないので、たゞ堰の前にぐる〳〵と廻つて居るのだ。

堰の下の土はだん〳〵浚はれて、一つの深い淵が出来て来た。

水も此堰を恨まない、――たゞ流れたいのだ、
前の通りに穏かに前へと流れて往きたいと思ふだけだ。


ある日、百姓がまた来て、土の堰の外に一つ石の堰を拵へた。

上の堰が頽れた、水は堅固な石堰に突き当つて、またぐる〳〵と廻つて居る。

堰の外の川に生えて居る稲は水の音を聞いて、眉をひそめてから云つた、
「私は一本の稲です、一本の可憐な小さき草です、
私は流れ水が来て私を潤すのを喜ぶが、
彼は私の上に流れて往くのが恐いのです。
小さき川の水は私の良い友達です、
彼は穏かに私の前に流れ往き、
私は彼におじぎすれば彼は私に向つて微笑する。
私は願ひます、彼が石堰の中から放されて
いつもの様に穏かに流れつゝ、
私共に向つて微笑する事を、――
彼が自由にうね〳〵と前へ流れて往き、

通つた処の両旁をば皆な一ッの錦繍にする様に。
彼はもと私の良い友達です、
しかし今はもう私を知らないのだらう。
彼の地の下に呻つてる声は
弱く聞えるけれども、またどんなにおそろしいのでせう。
此は私の友達のいつもの声——
颪におされて川辺に上つて来る時の
快活な声らしくない。
私は彼が此度出て来る時に
もう前の友達を知らないのだらうと思ひます、
そして彼は私の上を跨いで通りこすのだらう。
それで私は心配して居るのですよ。」

田の畔にある桑の木も頭を振つてから云つた、
「私は高く生えてるから、あの小さき川がよく見えます、
彼は私の良い友達です、
彼は私にキレイな水を飲ませ、
私に厚い青い葉や紫の実を成らせてくれる。
彼の昔のすきとほつた顔色は
今もう青黒く成つて仕舞つた、

また年中もがいて居るから顔に多くの痙攣の皺を加へた。
彼は下へと潜《もぐ》る計りで私のおじぎに対して微笑する暇もなかつた。
堰の下の淵は私の根よりも深くなつた。
私は小さき川のそばに生えて居て
夏に私の枝が枯れる事もなければ
冬に私の根が凍らされる事もない。
しかし今度は私の良い友達が出て来て
私を川辺の上に倒して仕舞ふのだらう、
彼が持つて来た水草と一所に。
私は私の良い友達を哀むが
実は私は自分の事をばもう一層心配します。」

田の中の草や蝦蟆《がま》が彼等の話を聞いて
皆な溜息をついた、銘々自分の心配があるので。

水は堰の前をぐる〳〵と廻つてゐる、
堅固な石堰はまだちつとも動かない。
堰を造つた人は何処へ往つたやら？

（一九二〇・三・二八、北京にて）

（補注一）　周作人と南京の汪政権との関係は、前章の補注七に見るような北京での軋轢に比例して深まる傾向にあったようである。特に、四二年五月、汪兆銘一行の「満洲国」訪問に華北政務委員会からただ一人周作人が随行したり、翌四三年六月、南京の「中央大学」校長樊仲雲が辞職した後、すでに教育督弁を降りていた周に対し、汪から一通は華北政務委員会委員長朱深経由で、もう一通は直接本人宛に、鄭重な就任要請の電報が送られたりした（周はこれも家族の係累を理由に辞退。倪墨炎『中国的叛徒与隠士周作人』）のは、顕著な事実と言うべきであろう。こうした傾向に対する在北京の日本側の見方の一例として、本文中既出の志智嘉九郎がその後自家出版した回想録に、周の汪への接近の意図を訝って、言う。

此までの職、すなわち北京大学教授兼文学院長にしても、教育総署督弁にしても、東亜文化協議会会長にしても、北京に住んでいる以上、断ることができなかったという釈明、そんな釈明でもすればできないこともなかったが、南京にいる汪兆銘への接近には、そういう釈明すらする余地がない。言い換えると、重慶側からすれば、周作人はそれまでの消極的利敵行為から、積極的利敵行為へ転換したことになる。（『弐人の漢奸』）

かつて陶希聖らの和平政権運動に否定的なサインを送った（本書第七章）周作人が汪政権に接近することの矛盾は、機構上南京の「国民政府」に下属する華北政務委員会に自ら出仕することですでに解消してしまっていたとはいえ、志智が「積極的利敵行為」と呼ぶような方向への深入りは、やはり「必敗論」を前提とする自身の苦しい方策と本来の自己とを、「北京に住んでいる以上」といった場当り的な「釈明」の可能な範囲を超えてでも、つまりいわば確信犯的、ないしは「生活芸術」的に、一貫させようと絶えず心を配った結果が、政治的和議論の産物である汪派の政権に、彼を接近させたのではなかったろうか。「不弁解」の説にこだわる文人にとって、そのような一貫性以外に釈明の方法はなかったはずであるが、それがこういう結果を導いたのは、運命ならぬ政治の皮肉というものである。

（補注二）　兪平伯の場合を一瞥しておくと、全面開戦当時、清華大学から一年の有給休暇を取ったばかりで、そのうえ両親を抱えていたため、北京残留を選んだ。翌三八年夏、休暇期限の満了に伴い、昆明の西南連合大学からあらためて招聘状が届いたが、両親の高齢と自身の健康を理由にそれを受けず、ほぼ同時に、占領下でも独立経営を維持していた私立中国大学国学系教授への招聘に応じた。その後も「偽職」就任の事実はなかったが、華北作家協会に加わったり、占領下公認の雑誌に寄稿したことに関して、清華の同僚で親密な文学仲間でもあった朱自清に昆明から手紙で厳しい忠告を受け、(周作人などとの)付合い上政治には全く無関係な文章を発表しているだけだ、と抗弁しながらも自粛には努めた、という逸話がある(孫玉蓉「兪平伯資料三題」『中国現代文学研究叢刊』八六年一期、同人編『兪平伯年譜』)。

(補注三) これは、『年譜』上の次の事実を指しているであろう。

午前中、日本の軍服を着て東単の練兵場へ行き、カイライ中華民国新民会の青少年団中央統監部成立大会に参加する。総監王揖唐、副総監周作人。周作人が「意志を統一して、力量を発揮せん」と題する開会の辞を述べ、……会の後さらに天安門で青少年団の分列式を査閲する。……(『年譜』四二・一二・八)

九　大東亜文学者大会

「大東亜文学者大会」は、一九四二、三、四年の三回にわたって開かれた。大会そのものについては、唯一の労作である尾崎秀樹「大東亜文学者大会について」(『旧植民地文学の研究』)とその附録資料に、大体の知識が尽くされているから、言及を最小限度にとどめる。大会の主催者にあたる日本文学報国会が、情報局第五部三課の指導監督下に立つ政府の外廓団体として発足したのは、四二年六月十八日のことで、巌谷大四が言うように、このような大会をやることは、事務局長の久米正雄が「前々から胸中に描いていた一大企画であった」(『非常時日本文壇史』)とすると、文学報国会は発足と同時に大会準備にとりかかったのであろう。事務局員福田清人の「文学報国会出勤日記」(『文芸』四二・九)の七月十四日の項に、「企画委員会。……今秋、会の最も大きい企画である皇道宣揚大東亜文学者会議の運営方法にいろいろな意見がでてにぎやかであった。それにしても満洲、中華民国の文学者は大体見当つくが、南方諸地域は皆目分らない」うんぬんとあり、また『文芸年鑑』二六〇三年(一九四三)版の大会報告記事には、「この企画が伝へられるや会員は勿論、友交団体、関係官庁の絶大なる賛同と支持を得て、文学報国会では共栄圏各地の事情に精通した人々を準備委員に委嘱して具体策にとりかゝつたのである」と見える。

準備委員の中で、中国現地の「事情に精通した人々」に該当しそうなのは、中国文学専攻の奥野信太郎、一戸務、それと南京政府宣伝部に所属した詩人の草野心平くらいである。おそらく、そのあたりの評定で挙げられたのであろう、文学報国会が『日本学芸新聞』(前身日本文芸中央会いらいの機関紙。のちに『文学報国』となる)九月一日号に発表した「招待候補者」名簿中の「中華民国」代表予定者は、「(北支)周作人、銭稲孫、沈啓旡《しんけいむ》、尤炳圻《ゆうへいき》、兪平伯、(上海)傅《ふ》東華《とうか》、高明、(南京)張資平、陶晶孫」となっている。この段階の「見当」はしかしだいぶ狂って、まもなく南方諸地域からの参加が全部断念されたのをはじめ、「中華民国」代表も、このうち実際に来たのは銭、沈、尤の華北組三人だけで、あとはもう一人華北から張我軍《ちょうがぐん》と、南京上海から周化人、許錫慶《きょしゃくけい》、丁雨《ていう》林《りん》、潘序祖《はんじょそ》、柳雨生、周毓英《しゅういくえい》、龔持平《きょうじへい》、草野心平の計十二人になった。

この間、北京の周作人や兪平伯に対する、失敗に終った「招待」工作が、どのように行なわれたのかはよくわからない。いずれにしても、官庁行事臭がとくに強かったという第一回大会のことではあり、文学報国会自体の海外進出もまだこれからの状態だったところから、「関係官庁」の興亜院筋がおもに動いたのは事実であろう。当時「北大」の法学院教授と文学院講師を兼ねていた陳東達《ちんとうたつ》は、たまたま周作人の家で、「松村」という興亜院の役人が大会への出席を説得しに来たのに居合わせたことがあるそうだ(直話)。周作人は説得を如才なくはぐらかす役割を、横浜華商の子弟で東京商大を出ているこの人におしつけたりして、何とか切り抜けたというのだが、この「松村」は、興亜院発足以来の東京本省文化局長松村(名は未確認)だったにちがいない。陳東達の記憶は「大東亜戦争」のまだはじめの頃というだけで、この時とは断定しきれぬが、興亜院が交渉に干与したという基礎的な事実の傍証くらいにはなるだろう。

さてとにかく周作人は第一回大会に来なかった。第一回目だけでなく、前後三回を通じて、彼はこの大会に結局一度も出席していない。しかし、だからといって、当然「中華民国」の代表、それも団長としての参加を見込まれていたはずの彼が、この大会をめぐる一切のことに全然無関係で過ぎえたろうとは、思えない。田中英光の小説『酔いどれ船』なども、周作人を団長とする大会代表の一行が、帰途朝鮮に立寄ったとして、実名半実名の人物を賑かに踊らせているように、実際の不参加とは別に、「周作人団長」の幻が、「中華民国」代表団の背後に終始ついてまわったのは本当だろう。そして事実の上でも、第一回目の北京からの参加者と彼との間に、大会に関し、少なくとも何らかの協議、諒解はあったようだ。大会日程終了直後の『東京日日新聞』に北京特電六日発として、「北京より答ふ／共に築かん／困難性とその克服」の見出しで掲載された周作人のメッセージ談話は、ひととおりの挨拶に続いて、次のように言う。

こちらの意見は銭稲孫氏はじめ各代表がまとめて参加してゐるから自分には具体的な意見はないが、感想を述べれば、この大会を契機として大東亜文学の建設がいよ〳〵出発点に立つといふ緊張を覚えるのだ。

……

以下、すでに教育督弁としての公式発言で見たと同様の、当時ありきたりの言辞によるとりとめのない大会礼讃が続くけれども、大会代表の一般演説とさして変りもせぬから、長くは引かずにおく。この例は、出席者と彼との連繋を漠然と言ったにすぎないが、のちに第二回大会後の悶着にちなんで彼自身が書いた一文（「文壇の分化」）では、代表のうちの沈啓无について、「前回〔第一回〕の文学者大会に代表の一人として出席したのも、実は私が行かせたのだ」と明言しているのである。またもう一人の代表、張我軍についても、洪炎秋が、戦後台湾で先に逝った親友の汚名を雪ぐためにではあるけれど、その参加の原因の一半を「周作人や銭稲孫などの先輩に誘われた」ことに帰している(「不遇なりし才子張我軍兄」『伝記文学』二八巻四期)。自分が出席を肯じない大会に若い者を「行かせ」たり「誘った」りしたという、これら自称他称の意味する具体的な事情は知るよしもないが、この回の北京からの参加者が周作人ゆかりの「北大」組ばかりであって、しかも彼自身が大会そのものを表立って否認する態度に出たわけでない以上、大会に対応するための彼を含む一定の連帯的なまとまりを前提とし、それとの各々の関係の中で出る者は出、出ぬ者は出ないことになったにはちがいなかろう。また、六月のミッドウェー海戦のつまずきで、戦争全体の攻守関係は逆転しだしていたとはいえ、南方で破竹の進撃を示し終ったばかりの日本軍の勢いを考えれば、若い者に対する弱気の庇いだてとしてでも、参加に踏み切らすくらいのことはあったかもしれない。沈啓无や張我軍がこの段階で、率先して大会に飛びつくとは、考えにくいことである。

十一月三日から三日間にわたった第一回大会は無事「成功」に終った。「成功」の実質がどのくらいのものだったかは、予期以上の積極性を示したと言って主催者側を大喜びさせた「満洲国」代表団の引率者、山田清三郎(満洲文芸家協会委員長)が『転向記』に記すところからでも、想像がつく。そこには、団員たちの「コーチしたわけではなかった」のに、「予想を越えて、はるかにたくみに大会の波の中を泳ぎまわった」要領のよさやら、宮城、靖国神社、明治神宮を次々に拝まされることへの嘲笑的な不満やら、さらには音頭を取っている日本人の心底にあった、とどのつまり彼らを「漢奸」視するが故の「侮蔑と憎悪」までが、書かれている。

翌四三年の第二回大会は、中国の双十節に合わせて十月十日に行なわれる予定を、「国内の決戦体勢に歩調を合はせるために特に期日を早め」(『日本学芸新聞』四三・七・一)、八月二十五日から三日間、再び東京で開催された。「決戦会議」という銘打ちに、ガダルカナル撤退やアッツ島守備隊の全滅といった大会前後の戦況が反映していたことは、言うまでもない。またこの年一月の汪政権の対米英参戦とそれにともなう上海租界の還付、治外法権の撤廃などのいわゆる「対支政策の大転換」も、大東亜の理想が一段と現実化した証拠のように宣伝されたが、実情は、影佐禎昭に最も近かったといわれる『支那事変戦争指導史』の著者、堀場一雄が彼流の日中戦争観から「勢盛んにして権益を唱へ、時非にして道義を叫ぶ」と口惜しがるとおりの、いまさら足元の透いて見えるような措置にすぎなかった。

がともあれ、従前よりも南京和平政府の顔を立てねばならなくなった新しい事態が、北京での代表選出手続にも影響したものと見え、文学報国会事務局を代表してすでに現地を回って来ていた河上徹太郎は、次のように予想を語っていた。

代表の人選は大体昨年の人選が妥当であったので、重ねて来る人が多いと思ふ。ただ本年は現地機関として日本大使館文化部が一本に確立されてゐるので、人選もそこを通して(南京)国民政府の手で委嘱されることになるから、それらの意向の反映はあるであらう。(「第二の文芸復興—中国代表について」『文学報国』四三・八・二〇)

これまで北京の大使館は、外交機能を停止したまま有名無実の状態にあったが、大東亜省が四二年十一月に発足して興亜院がこれに吸収された結果、華北連絡部がそのまま大使館となって、国家同士の外交関係を示す形式に切り換えられたのである。大使館でも文化局に所属した志智嘉九郎の話では、大会代表の人選に関して大使館はたしかに窓口となったが、実質上は日本側は文学報国会、中国側は東亜文化協議会にまかせたので、出席の交渉などは直接文学報国会の文士たちがやった、ということらしい。

事実、文学報国会の会員による現地工作は、第一回大会以後、活発に行なわれていた。まず、先の大会の席でも、文学者代表を南京、北京、新京(長春)に派遣することを熱心に主張していた林房雄が、この年の一月から自ら華北派遣員、またの名「文化使節」となって、北京飯店に泊り込んでいた。これを皮切りとする日本作家との交流の概況を、現地側の記述によって見れば、第二回大会前までについては、次のようである。

今年(一九四三)は日本から多くの作家がやって来て、作家協会(華北作家協会。後出)は地元の立場上、その都度招待の席を設けたし、文学上の意見交換も盛んになった。一月二十八日、日本文学報国会代表林房雄の歓迎会で、中日文学界による出版や作品の交換などについて、最初の相談があった。ついで四月十二日には武者小路実篤を招待し、武者先生は「文学と人生」と題して話をした。五月十三日は河上徹太郎と林房雄による招宴、六月二十四日は小林秀雄の歓迎会と続き、この頃、華北文壇はすでに新しい段階に入って、日本文学報国会と協力しながら、翻訳、出版事業の上で共同の努力をなしつつあった。(黎建青《れいけんせい》「華北文壇の一年」『華文大阪毎日』四四、二、一)

このうち武者小路実篤は、南京の「国府還都」三周年記念祝賀会と中日文化協会第二回大会出席のため、大東亜省と国際文化振興会の肝煎りで送られた訪問団(団長塩谷温)に加わり、ついでに谷川徹三と旅をして、北京にもやって来たのである。だからここではいちおう別個の話になるが、彼と周作人の「新しき村」以来のよく知られた友情にちなみ少々道草を食えば、この時の邂逅のことは、二人ともそれぞれの文章に書いている(「周作人さんとの友情」、「武者さんと私」)。それらなどによってみると、右の四月十二日の会の頃、周作人は北京にいなかった。教育督弁辞任と同時に既述のような名誉職を与えられたことに関し、南京まで出向いて汪兆銘に謁見し、ついでに蘇州を旅して旧師章炳麟の墓に詣でたりしたためである(周作人「先母事略」、「蘇州の回憶」)。おかげで、武者小路実篤が南京で同盟通信と約束してきた対談の企画もつぶれたが、彼が北京を発つ一日前に周作人は帰ってきた。そして座談会、民芸関係の見学会、周家訪問、そのあとの何かの宴会で、互いに何度も顔を合わせながら、二人だけでゆっくり話す機会を得ず、最後はいっそう不本意な次第に終った。

実は翌日の昼、僕を招致して下さつたのだが、その時僕の名で、文学報国会がいろいろの人を御招待してゐるので、僕が逃げるわけにはゆかなかつた。僕としては周さんの会にゆきたかつたが、どうにもならなかつた。すまないと思ふが、事情が事情だから許して下さると思つた。(「周作人さんとの友情」)

しかしもともとを言えば、周作人は彼への友情故に、この情況下での邂逅を、むしろ避けたかったらしいのだ。

暫く武者さんと心ゆくまで語らう機会を得ずにいるのは残念といえば残念だが、それでいいという気もする。というのも、いちばん話のうまが合った瞬間に出てくるのは、歎息でしかないかも知れぬからである。今は話などしなくても、私はあいかわらず、武者さんとなら何でも話せるし、話せばうまが合うだろうということを信じているのであって、これは愉しくも幸せなことだ。

今度武者さんが中国へ漫遊に来ると知って、私は一人旅かと思ったから、東京の友人に手紙でことづけて、暫く見合わせるようにすすめた。何故かというと、この乱世では人心が落ちつかず、中国文化は停頓しはて、何ら観るべきものはなく、折角の旅の苦労も報われるところがないのを恐れたからである。その後団体で来るらしいと判ったので、それなら話は別だった。（「武者さんと私」）

別格の間柄と信じられていた武者小路実篤とさえ、実地に心から交わし合えるような言葉の見つかる場合でないと判断していた彼の心底に、文学報国会から派遣された文士が立入ることは、ましてできぬ相談であった。日本人客は一般に面会謝絶と伝えられていたにもかかわらず、河上徹太郎も小林秀雄も彼を自宅に訪問することはした。しかし、河上徹太郎は、何を話したか忘れたが、文学報国会や文学者大会のことには触れず、当り障りのない文学談をして別れたと思う、というようなこと（来信）だし、小林秀雄を案内した教育総署専員臼井亨一も、既に引いた文章の中で、周作人は肝心の客と文芸を語るよりも、自分の方を向いて、辞任したばかりの教育総署のことを質問する方が多かった、と書いている。

いったい林、河上、小林といえば、彼らの間の深い仲は人も知るところであろうが、「大東亜文学」などという夢幻に本気で熱中していたのは、三人のうちでは林房雄だけだったろう。あとの二人は、河上が文学報国会事務局に属して応分の活躍をし、小林が第二回大会の講演(「文学者の提携について」)を遺したにせよ、所詮は当り障りのない程度に付き合っていただけであって、当り障りのあるところをかきまわして歩く林房雄を、せいぜい友情ゆたかにはげましていたのではなかろうか。河上徹太郎がこの訪中の帰国直後、『文学界』(四三・七)に投じた一文には、言う。

二カ月の中支北支の旅を終へて五月の末に帰京した。各地で中国側作家の心からの歓待を受けた。もう大丈夫だ、新しい中国の文学運動が必ず和平地区から起る！　北京でも林房雄と同じ安心の気持のうちに別れて来た。

思へば林のそれまでの奮闘は、実に涙ぐましいものがある。彼はあらゆるセクト主義、追従的売込み、宣伝謀略向き便乗を排し、丁度十年前日本で『文学界』を創つた時と同じ情熱を以て中国各地に真の文学者の活動出来る地盤を築いて歩いてゐた。そのため彼は随分誤解や排斥を受けた。私の送別会の席上沈啓无が酔つて林の室の白壁へ書いた詩の一節、

林先生将独立不懼的帰去了
我也独立不懼的留在辺(這)裡
文学是没有奴隷生的
東洋的朋友携手一直走去

〔林さんは我が道を押し通しつつ帰って行く／僕も我が道を押し通しつつここに残る／文学は奴隷から生れはしない／東洋の友同士手を携えひたむきに進もう〕

初めの方の楽観はどうも空々しい。だが彼が林房雄とともに何かの動きを捉え、その方向に運動の埒を明けようと考えたのは事実だろう。さしずめ、周作人のような煮え切らぬ老大家との当り障りのないやりとりとは対蹠的な、沈、林の気合の入った付き合いを見てくれ、と言っているようにもあるが、しかし、沈啓无といえば、周作人腹心中の腹心ではなかったのか。

たしかに北京の文学界も、だんだん波立ちはじめていた。さきほど引いた、現地の第二回大会準備に関する河上徹太郎の予想談話は、北京に二つの文壇グループが並立していたさまを、次のように伝えている。

北京では北京大学文学院教授の銭稲孫、沈啓无、張我軍、尤炳圻が昨年来たが、今年は之等も包含して頭に周作人を戴く芸文社が結成され、多くの優れた沈黙作家が動き出した。別に従来から北京でも最も強力な『武徳報』ジャーナリズムを背景に華北作家協会といふ百名余の少壮作家の団体もある。この両者は事実上交流一体をなして依然北京をして全中国の文化の首都の重きに置いてゐるので……

芸文社の性格は、新民印書館という出版社のことから考えてゆかねばならない。これは、平凡社の下中弥三郎が、占領地の教科書の印刷、配給を一手に引受けるべく、共同印刷の協力を得て、北京に創立した日中合弁会社で、臨時政府の王揖唐主席時代に、それまであらゆる出馬勧誘に応じなかった曹汝霖《そうじょりん》を、例の野崎誠近の手腕を借りて社長に引出し、臨時政府との官民合弁の形をもととのえた。下中弥三郎は、その後、文化面から働きかけて「日華の結合」を目指そうという、彼一流の「大目的」が会社の現地幹部に理解されていないのを憂え、四二年冬、外廓団体の設立を命じ、中国美術史専攻の社員安藤更生がその立案、折衝に当った。安藤更生は、かねて私淑していた「周作人を中心として、その領導の下に」中日文化振興会を作った。会長は曹汝霖、委員には周作人、銭稲孫以下の「北大」組のほか、当時抗日色の強い私立中国大学で『論語』だけを講じていたと伝えられている兪平伯も加わった。下中弥三郎の考えは、占領下のインフレに苦しむ知識人の生活援助をかねて委員の著作を出版し、あるいは「時局便乗的でな」い良書出版のアドヴァイスを受けることにあり、ほかの反対給付は求めなかった、ということで、現に周作人の当時の本も、『薬味集』(四二)など約半数が、ここから出版されている。振興会はまた五年計画で『中国百科大事彙』編纂の大仕事も手がけたが、これは敗戦で中断された(おもに下中弥三郎伝刊行会編『下中弥三郎事典』による)。中国文化振興会を母胎に芸文社が組織されたいきさつは、後述のように少々こみいっているものの、このグループの性格は基本的に振興会そのものと考えてよい。

一方の華北作家協会の背景といわれる、「『武徳報』ジャーナリズム」とは何か。まず『武徳報』について、同盟通信北京総支局長だった佐々木健児の来信による教示を引いておく。

武徳報は小生の提案を北支軍報道部が採用して創められたものです。その性格はいわゆる謀略新聞で敵陣営に配布し将兵の戦意喪失をねらうことにあったのです。創刊に当っては相当の才能のある支那人を集める必要がありそれには管〔翼賢〕君以外ないと考え、〔華北政務委員会〕情報局長のまま武徳報社長を兼ねさせることにしたわけです。実質は軍報道部の機関で部付の山家亨少佐が担当官となりました。……後日管君は情報局長専任となり亀谷利一が武徳報社長になりました。

山家亨が北京の出版界を思うままに牛耳っていたありさまは、直接彼の手で『中国文芸』を取上げられた張深切の記述によってすでに見たが、各種の新聞雑誌を出していた『武徳報』社は、そのための特別な機関でもあったわけだ。これを背景として、あるいは沈啓无の言葉によれば「正面から見ますれば、一番最初武徳報から出発して」(第二回大会講演「中国文学の北方に於ける発展と今後の方向」)、華北作家協会が出来たのは、四二年九月、ちょうど第一回大会の準備中にあたるので、どのみち、国内に続いて占領地区の文学者の組織統制に乗り出した、軍の意向から生れたのにちがいはなかろう。あるいは、亀谷利一が「満洲」の黒幕、甘粕正彦の「満映」における片腕だったと言われるところから、かつて「新民会」が「共和会」に範を取ったように、「満洲文芸家協会」(四一年発足)の華北版として着想された面もあったかもしれない。いずれにせよ、有名無名あわせて百人以上もの「作家」を集めたことにも、権力を背景とする一網打尽主義がうかがえる。発足当時まだ督弁だった周作人も、おそらくこれも「当然のこととして兼任させられた」(被告答弁)のであろうが、評議員に名をつらねてはいた。

ここまでは、「文壇」グループ同士の関係よりも、「中国文化振興会」と『武徳報』という二つの背後関係の対照だけの問題であろう。戦争遂行に奉仕するという役割はしょせん同じでも、片方にはやたらに包容力の大きい壮士肌の本屋の息がかかり、片方には軍の直接に功利的な謀略任務がかかっていた。しかし、集められた中国人からすれば、振興会の選良保護型と作家協会の一網打尽型に応じた結果的な違いこそあれ、後者は名簿上、おそらく前者の相当部分をも網羅していたはずだし、もともと自立的な企図に発して集まったわけでないのはお互いさまでもあって、二つの組織の間に、波風らしい波風の立ちようはなかったのではないか。波風はどうやら林房雄の駐在とともに、立ちはじめたらしい。

林房雄の「奮闘」を伝える河上徹太郎の言葉は、あまり具体的でなかった。林房雄自身の『文学的回想』でも、敗戦後アメリカ占領軍の文化担当の某少佐のパーティに招ばれたことにふれて、後にも先にも一行半、「私も北京やマニラにいたころは、文化指導者顔をして、北京飯店やマニラホテルに作家や文化人を招待したことがある。それがちょうど逆の立場になったわけだ」と、いささか語るに落ちた格好で、勝者のおごりを暗示しているだけだが、第二回大会直前に書いた一文(「中国文化運動偶感」『日本評論』四三・九)には、彼の現地運動の性格が、間接にではあるが、よく出ている。すなわち、林房雄は在来の「文化工作」の過失を、現地における日中双方の「職業的文化運動家または職業的日華親善家」が文化人の名を適当に揃えて官庁の文化予算を取り時々大会や総会をやるだけの文化団体を作って、その人件費を食い物にするていの「官庁的文化運動」に見出し、その特性を、中国知識階級相手と当局相手とで謳い文句が全く異なる「二重看板主義」と、他に本職をもつ各界名士ばかりが模糊とした「文化」の名でとりとめもなく会合しては散ってゆく「既製品主義」とに分析している。これは、今までにも見てきた、占領者の利用主義と被占領文化人の老練きわまる処世術との合作になる、そらとぼけた「文化提携」の実情を、まともに衝いてはいた。こうして彼は、そんな摑み所のない文化界とは没交渉な、「若い熱情と良心を持った知識人」というものに目標を定める。つまり、生まの文士が直かに現地で動いただけのことはあって、それまで「治安工作」の対象でこそあれ、「文化提携」の相手としては歯牙にもかけられなかった圏外の文化青年層に、彼は着目したわけだ。

私の会った限りでも、かなりの範囲の人々が、林房雄の行動を多かれ少なかれひんしゅくの口調で語り草にしていて、「誤解や排斥」の程もしのばれたが、いろいろのひんしゅくの中に、左翼からのあまりに派手な転向ぶりやファナチックで粗野なふるまいの不人気の他に、せっかくの「大陸通」方式の人心籠絡策がぶちこわされることへの警戒心の名残りも、混っているようだった。とくに大使館筋にはそれが顕著で、「林房雄は日支双方からきらわれ、我々の間でも追い返してしまえという意見さえあった。とにかく大酒を飲んでばかりいて、みっともなくて仕様がなかった」(武田熙)、「大使館の仕事からいえば、沈啓无などはどうでも、周作人は何といっても大物だから、離れられては困る。だから日本の文士が出かけてかきまわされるのは迷惑だと思っていた」(志智嘉九郎)等々。「事変」当初に保田与重郎が、「文化工作」の「有名病的官僚主義」を嫌悪したのは、無害な旅行者の感想にすぎなかったが、林房雄は、なにしろ実際に人間を集めて演説をぶったり、酒をふるまったりしていたわけだから。

もっとも、右のは林房雄の現地経験のいわば結論なので、彼も最初は、振興会系の既成文化人から働きかけていったらしい。その経過を、周作人の「文壇の分化」に注釈を交えて要約すれば、こうである。まず、日本留学経験者や日本文学通の多い振興会系の人々は、林房雄の転向を知っていて、あからさまな軽蔑こそ示さなかったものの、一向に歓迎する気になれなかった中で、沈啓无だけが熱心に彼を迎えいれた。ついで沈啓无は林房雄の後援で『文学集刊』の編集を計画したが、張深切にも新民印書館から文学雑誌を出す企画があったので、協議の結果、周作人を長とする芸文社を、振興会の事業の一つとして組織し、『芸文雑誌』(尤炳圻、傅《ふ》芸子《うんし》、陳綿《ちんめん》、沈啓无共編)と『文学集刊』(沈啓无編)を並行して出すことにひとまず落ち着いた。ところが、沈、張の意見が結局決裂に終ったために、沈啓无が手を退くと言いだし、四月はじめ現在、『芸文雑誌』だけを、沈を除く三人の編集で、出すことになった。

ここにまた張深切が出てきた。彼は、『中国文芸』の主編を降りた後、日本側当局から、いわば干された形になって、一時帰台したが、再び北京へ出てきたところを、「新民学院」の親しい同僚だった橋川時雄によって、折から振興会設立のために動きだしていた安藤更生に推薦され、印書館に入社の上、振興会の常任理事となったのである。橋川時雄は、彼の政治活動歴を知っていて、旧左翼転向者をも包容している印書館に世話したものらしい(『下中弥三郎事典』、『里程標』)。雑誌発刊をめぐるいざこざを、張深切は彼の立場から、『里程標』にもう少し詳しく記している。

華北最高司令部の報道部長から突然会談に呼び出され、周作人と合作してもう一度新しい文芸雑誌を出さぬか、と私はもちかけられた。紙は幾らでも配給するとまで彼らは言ったが、私は新民印書館と相談しなければ返事はできない、と言った。報道部のこの提議は堂ノ脇が北京を離れて(四二年中に大東亜省調査官支那事務局総務課長に任ぜられて帰国)まもなくのことだったが、堂ノ脇の意向を含んでいたかどうか、軍部は何も言わなかったし、こちらから訊くわけにもゆかなかった。……私は出版物にはもう興味を失っていたが、義務として新民印書館の主管に相談すると、館側に異議のあるはずもなく、そのうえ出来る限り協力を惜しまぬ、ということだった。……文芸雑誌のことで私はまた周作人を訪ねることになった。……私の厄運がまためぐって来て、日本の林房雄が「日本文学報国会」の使者と称して北京で活動しだし、私は北京飯店に招ばれて行って彼と会った。かつて左翼理論で聞えたこの作家は、雑誌を出す計画に協力を要求してきた。……彼は私が気乗うすで、余り恭々しくもしないのを見て、今度は北京大学文学院の教授連につてを求めて、周作人に渡りをつけた。周は私と先約があるので私に掛合うがよかろうと言い、林房雄はまた私のところに持ってきた。その結果、新たに文芸団体を組織することになり、「芸文社」と名づけ、周作人を社長に推し……。ところが何度会議をやっても、林房雄と沈啓无が障碍になり、やればやるほど紛糾して埒が明かなかった。私は一切のガンは林、沈にありと断じて、周作人に彼らの言などに耳を傾けぬよう勧告し、さらに自分は林房雄を主編にするのは絶対反対だと言った。そのため私と周作人の間にシコリができた。沈一派は新聞を利用して私を攻撃したが、反撃などすれば、公然たる反日ということになるので、手を拱いているよりなかった。そこで私は周作人に相互の誤解を釈明するほかなくなり、何度か訪ねて行った。然しその都度面会謝絶を食い、最後に周は、私に対する不満と会見の拒絶を文書に表明するに至った。こうして彼と私は本当に決裂してしまった。……私と周作人の決裂はたちまち重大な波紋を呼び、新民印書館は早速責任を追及して、周と縒《よ》りを戻すか、自分で前途を選ぶかするよう、私に迫った。……結局私は辞表を出して身を退いた。

周作人が、沈・張の決裂だけを言っているのに対し、張深切は、沈・張の決裂がさらに張・周の決裂にまで発展したことを特に言うわけである。「文壇の分化」は、沈・林と周との最終的決裂の後でその経過を述べているのであるから、沈・張の決裂が張・周の決裂に波及したいきさつを省略に従ったのは、自然の措置だったかもしれぬが、張深切の記述を併せ読むことで、事態が幾分立体的に見えてくるのはたしかである。周作人は、林房雄と同じ雑誌の上で合作するのを潔しとせぬながらも、いちおうの妥協に甘んじ、対立が振興会そのものまで危くするのを恐れて、張深切との関係を犠牲にしたのでもあろうか。しかしそちらの犠牲にもかかわらず、沈啓无の方も芸文社から出て行ってしまったのは、想像するに、林房雄がもうこのグループを見限ったためではなかろうか。これが四月はじめのことであるが、その二十五日に、すでに周督弁のいない教育総署で、華北作家協会の春季大会というのが開かれ、「華北文芸奨金」の設置や、事務的な会報にすぎなかった機関誌『作家月報』を青年作家の作品発表の場とするための篇幅拡充が決議されて、協会「革新」の動きがはじまった(黎建青「華北文壇の一年」)のは、そのことと無関係でなかったろう。「革新」後の協会は、「もしも華北作家協会が青年作者の文学活動を代表する集団であるとするなら、芸文社は老作家の集団といえよう」と黎建青《れいけんせい》も書いているように、その「少壮」性でもって芸文社と張り合うことになるが、そこには年齢だけでない、別の対立要因もあったらしい。というのは、四二年中に目立って多く「満洲」方面から北京へ流れて来たという一群の青年たちによって、協会の主流が形成されたからである。その当時、北京の邦字紙『東亜新報』のたいへん若い文化担当記者だった中薗英助によれば、「その人々は、北京に残留したキッスイの中国文化人たちに対してある種の劣等感をもち、事毎にうまくゆかなかった」(「旅行者文化人の責任」『アジアの想念』)。北京に何の足場もない流入組の文学青年から、「大東亜文学」の積極的な謳い手を買って出ることにより、沈黙がちな「老作家」の政治的無気力を尻目にかけようとする分子が生まれたというのは、ありそうなことに思われる。何かにつながらなければ、だいいち食ってはゆけぬ窮乏がそこにあったのだし、それ自体は親日でも何でもない政治的な疚きやら、倒錯した反抗心やらが、彼らを、たとえば周作人たちよりも、『武徳報』や林房雄の周囲に駆り立てた一面さえ、あったかもしれぬと思う。もっと言えば、これらの青年の中に、「満洲」よりは僅かばかりでも自由な呼吸の余地を求めてやって来た重慶ないし延安派の擬装者がまぎれていなかった、とは決して限らないので、現に、それを見て見ぬふりをしていた、というような『武徳報』の一関係者の話もある。ここで「文壇の分化」の記すところに戻れば、こうして「革新」に踏み出した作家協会を背景に、沈啓无は次に、振興会への揺さぶりというわけだろうか、周作人に芸文社からの離脱を執拗に迫り、かと思うとまた『文学集刊』をやることを印書館と取決めしなおしたりして、師弟間の亀裂を俄かに拡大させたあげく、夏ごろ彼が発起した「文学茶話会」の席で、来賓の林房雄が暗に周作人を攻撃する演説をした、という。これが第二回大東亜文学者大会前の状態であった。

第二回大会の華北代表は、前回代表のうち銭稲孫、尤炳圻が抜けて、沈啓无、張我軍のほかに新しく柳龍光《りゅうりゅうこう》、徐白林《じょはくりん》、陳綿が加わった。このうちとくに柳龍光は、作家協会のイデオローグと目される、「満洲」からの流入組のリーダー(補注二)、徐白林や陳綿は『作家月報』にも書いていた若手のうちだから、この人選は、日本文学報国会派遣員の介入によって引き起された北京「文壇」の情勢変化を、存分に反映していたと言える。今回は、周作人がどういう「招待」を受けたか判らぬけれども、彼が若い者を「行かせた」り「誘った」りする段では、もうなかったろう。また、すでに督弁を辞めた彼が、前回のようなメッセージを発した形跡も見えない。代りに、前にもその一部を引いた「漢文学の前途」の七月二十日付「附記」の最後に、彼はさりげなく、次のように書き添えた。かつての新文学運動の成功が、国民の思想感情の連絡と一致を助成した点で、文学上よりも政治上において大であった、というくだりのすぐ後である。

これから文学に志す人とて、この点をはっきり認識し、漢文学の統一性を把握して、民族と文学のいずれにも尽すところがあるべきだ。先ず国民文学の根基をさだめてこそ、大東亜文学の一員として活動に参加することができる、というのは自明のことである。文人の自粛もまた肝要だが、然し口に苦い言は人に憎まれるし、言わずと知れたことでもあるから、省く。

周作人をめぐるこのような軋轢が、前回のお祭り気分にくらべ全般的にヒステリックになった大会の議場にまで持込まれて、沈啓无（「出版界強化による文学運動」二日目）と片岡鉄兵（「中国文学確立要請」三日目第二分科会）の二つの発言となった。

沈啓无の発言記録を、私は『文学報国』（四三・九・一〇）の「大会特輯」に見出すことができなかったが、彼は「中日合弁の出版機関」という表現を使って、新民印書館を攻撃した（「文壇の分化」）。とくに片岡鉄兵の発言は、これも直接に名指すのは控えたものの、周作人と判りきった「反動的老作家」を、「重慶政権が存在してゐるといふ如き中国の特殊事情にもとづいて存在する一つの特殊な敵」「全東亜にとつて破壊しなければならぬ妥協的な偶像」として、これに対する「仮借なき闘争」を要求した。『文学報国』紙上で見ると、大会発言としては異例なこの内部（?）攻撃は、さすがに議長（白井喬二）によってあとをそらされそうになったが、一人おいて、朝鮮の張赫宙《ちょうかくちゅう》が質問に立ち、「『中国文学確立要請』と次の『重慶地区工作』（小田嶽夫の発言「文学者による重慶地区工作提案」は非常に大きな問題でありますから敢へて質問致します。先程の片岡さんのお話の、反和平の思想をもつてをりながら和平地区で働いてゐるものがある。〔小田嶽夫の話の〕柳雨生氏編輯の雑誌〔『風雨談』〕に重慶側のものが執筆してゐる。これらに対して中国側はどういふ態度で臨んでゐるか」と、問題を引き戻した。そこで草野心平が中国代表として答弁に立ち、「おそらくはちやうど日本内地で重慶派の翻訳が出てゐるやうに……純粋に政治的な意見を考慮せずに、文学作品としてそれがよいから訳す、いいから雑誌にのつける、さういふ態度ではないかと思ひます。私自身としてはあんまりこのことに賛成でありません」というように解説したが、「この会議は討議が出来ますか、発言だけでございますか」と張赫宙がなお食い下がらないばかりの執着を記録に残しているのは、母国語で書く自由すら奪われた朝鮮人作家の、いったい如何なる思いに発したことなのか。心にかかるままとくに写しておく。結局、時間の都合などを理由に討議は打ち切られたが、草野心平の答弁にはもう少し続きがあって、彼は、上海で、重慶派でありながらどちら側の雑誌にも書かずにいる作家の例などをあげ、そういう「文学的情熱を失つた既成作家」よりは「若い連中」の中からこそ大東亜文学の出発を求めるべきだろう、という意見を述べている。これはたしかに彼自身の意見にちがいなかったろうが、これを周作人攻撃の背景として考えると、前の部分と同様な解説者ふうの口調が認められるのも事実で、そんな一種の平静さに、身柄ごと汪政府に投じた詩人が、片岡鉄兵式のうわずった攻撃性から一定の距離を保っていたように、感じさせもする。要するに、彼は自分の夢が、淪陥区の一人前の知識人を本心から捉えることはついにできない事実を、告白していたようなものではないか。

いったい、片岡鉄兵がどういういきさつからこのような発言をしたのかは、判らない。彼がこの大会までに、直接北京のもめごとにかかわり合った事実も、私は知っていない。ただ、この転向者もまた、日本帝国の対中国侵略の人一倍いちずな肩持ちだったことは、彼の前大会発言(「北支に於ける新民会並に中支に於ける清郷工作への協力」を作家に呼掛けた)や大陸旅行報告「中支文化人への希望」(「尠くとも真の東亜への愛情が、詩そのものとして彼らの中に生きてゐないことだけは確実」と、淪陥区知識人の面従腹背を責めた『文芸』四三・一〇)などに見られる、だいぶ立入った関心の持ち方が歴然と語っている。そのうえ、彼が邦訳された周作人の「中国の思想問題」を読んで憤慨したことも、後で見るとおり確かなので、周作人が疑い、彼も沈啓无も否定するところの事前協議の有無はどうであれ、これが出るべくして出た発言だったことに変りはあるまい。

このような沈啓无や片岡鉄兵の発言が、大会後、日本の方で直かに表立った波紋を呼んだ様子は見当らない。そして、文学報国会当局は、あいかわらず周作人の獲得に望みを繋いでいた。大会後の十月末に日本を発ち、次回開催地を「満・華」いずれにするか決めるため、現地視察の旅に上った事務局長久米正雄は、十一月中旬、北京でとくに周作人を自宅に訪れ、協力を懇請した結果につき、こう語っている。

また私は日を更めて周作人氏を訪ひ、吾々の意向に対する忌憚のない所見を乞ひ、少くとも第三回大会を中国側において開催する件については協力を惜しまないとの言を得て、周作人氏が決して動かないのではなく、たゞ時機を待つて居られるのだといふ印象を受けた。周氏との会見は儀礼以上のものではなかつたかもしれないが、また決して儀礼一片のものではなかつたと信ずる。(「久米事務局長の帰朝談」『文学報国』四四・一・一)

事務局長としての希望的な配慮が、談話の言葉の選択をぎごちなくさせているさまさえ感じられるが、もっと遠慮のない正直なところは、この訪問の案内役を仰せつかった『東亜新報』の中薗英助が、戦後に回想しているようであったろう。

日本文学報国会の事務局長久米正雄が、大東亜文学者大会に周作人をひき出しにやってきたのは、昭和十八年〔一九四三〕である。……ぼくは社の命令で、東安市場の二階で景気づけにイッパイやっていた久米正雄を、八道湾に住む周作人のもとへ案内した。周作人は即答を避けたが、この交渉は不調に終った。「周さんも、あんな青ビョウタンみたいな顔色して、元気がねえんじゃダメだ。酒のんで、女遊びするくらいの元気がなくちゃなあ、君。」

久米正雄は、帰途の車中でアケスケにこう言った。魯迅の顔色が悪かったのは多くの人々が伝えているところだが、弟周作人もそうで、蒼味のかかった蠟色の肌をしていたのは事実である。久米正雄はなおも、一人で盛んに「英雄豪傑色を好む」というような話をしゃべりまくった。（「旅行者文化人の責任」）

こんな久米正雄や林房雄を「ナラズ者」と呼び捨てて、戦中戦後の各種各様な中国への「旅行者文化人」の胡散臭さまでも彼らの中に典型化せずにやまぬ、中薗英助の手厳しい問題意識は、当時二十歳を出てまもなかった若者の特権に助けられて、抗日派の青年ともひそかな友情を温める機会を持ちえたらしい彼が、精神の象徴か何かを仰ぐように尊敬していた周作人を、同胞のこの「高級文化人」に汚されでもしたように傷つけられた記憶につながっているのかもしれない。それやこれやを淪陥区北京の奇怪な裏表に織り込んだ青春小説(『夜よシンバルをうち鳴らせ』)の作者としては、そうにちがいない。ところで、この場面には、軍事的優越の上に乗っていながら、重厚な教養と文化的社会的伝統の壁にはばまれて、ほとほと取り付く島のなかった相手に対する馬鹿正直な日本文士気質の焦立ちや、可哀そうなような強がりをも見ることができるのではなかろうか。「事変」下でも、『白塔の歌』の一連の「近代伝説」シリーズで、中国人というものをまともに文学化することができた豊島与志雄が、一九四〇年の中国旅行報告の一つ(「北京、青島、村落」『文学母胎』)に、「北京のイメージを延長してゆく時浮かんでくる「或る人間像」というものに関して「大抵の日本文化人はまいってしまう。……然しそれに負けてはならないのである」と、こちらは久米正雄とちがって、極めて内省的に出していたのも、そういう問題だったろう。

久米正雄の儀礼的かつ儀礼一片ならざる訪問が、ことさら沈啓无や片岡鉄兵の大会発言を念頭に置いてのものでなかったかどうかは、判らない。だが、久米、中薗いずれの報告によっても、その件が席上に持ち出されたようには思えない。それが当然でもあったろう。周作人自身も、この秋の段階では、少なくとも黙殺に付していたのである。しかしこの大会を経て、北京の「文壇の分化」に一段と拍車がかかったのは、当り前だった。久米正雄の帰朝談は、さらに大会後の北京の動きを、こう語っている。

……いずれにしても華北側の意見はすでに沈〔啓无〕柳〔龍光〕二君の合作により在来の華北〔作家〕協会を発展解

消しそれに上置きたる芸文雑誌の編輯陣を加へた大同団結といふのであるが……但し中華民国作家の一元的団体が果して「中国文学報国会」といふ名称に落ちつくか落ちつかないかは色々問題があるだらう。「中国文学報国会」といふ名称は熱心に沈啓无が主張するところであり、文学報国といふ成語は中国本来のものである、との彼の意見であるが……果して中国全般の現状に沿ふかどうか、その点に若干の問題があるのを私は悲しく見てとらざるをえなかつた。

いったい、沈啓无が林房雄に接近した真意からして、何も自明ではないのだし、「文学報国」の中国版というのも、彼なりの政治的な企図に出た案だったのであろうが、しかしとにかく沈、柳の合作は、日本文学報国会から見て、よりないしあまりに積極的な方向で、北京の「大同団結」さては南京や上海を含む「（淪陥）中国全般」の運動の主導権掌握を目指すものだったかと思われる（久米正雄が北京入りした時も、二人は南京の「宣伝会議」に発つところだった）。そうして、久米正雄の帰国後まもない二月初めに、『文筆』という刊行物が北京に現れ、創刊号で、沈啓无が匿名を使って周作人を攻撃した（「文壇の分化」）。中薗英助のさきの一文によれば、この雑誌は『武徳報』社から出ていた華字紙の文芸副刊に相当し、攻撃の内容は「周作人が日中の文化交流、大東亜文化の確立というものに非協力的であるとして口汚く罵倒した」もので、「当然この文章は大きな反響をまきおこした」という。

ここに及んで、周作人は漸く、というかついに、沈啓无、林房雄との公然たる決裂の腹を固めたのであった。しかし、張深切も書いていたように、下手な反撃は即反日とみなされる憂いは、周作人といえども根本的に同じだったろう。おそらく、そこを考え抜いたあげくではなかろうか、彼はまず封建的徒弟制の古式にのっとって、沈啓无の破門を声明する挙に出た。声明の本文は未見に属するが(補注二)、ひざもとの「北大」内部での見聞を、史学科教授岡本堅次は、次のように言う。史学専攻者の心掛けで、変則事態下の日常を当時詳しくメモしていたが、敗戦後持ち帰れぬというので焼却したそれを、帰国後すぐ記憶をたどって復元したノートを片手に、話してくれたのである。

沈啓无は四十歳前後の若い教授で、細身の精悍な感じの男だった。いつも中国服を着ていて、教室でも日本文化批判をやったりし、学生に人気があった。反日的という噂もあり、日本系の人で不快がる者が少なくなかった。私などに対しても、中国人に似ずあまり鄭重でなかったが、もっともこれは中国人に対してもそうだった。周氏の愛弟子で、狙撃の時に撃たれたことから力を得、たいした業績もないのに国文系主任にのし上ったのはそのためで、対抗できるのは尤炳圻だけだ、などと言われていた。……莫東寅《ばくとういん》(東京帝大東洋史学科出身、「北大」講師)の話では、沈は大東亜文学者大会から帰国後、莫を御馳走に招び、自分も近頃いろいろな方面に関係し、日本人と会うことが多いので、君に通訳を頼みたい、と言ったが、いかにも権勢を自慢するようで実に不愉快だったそうだ。……いつのまにか学生や同僚の間に、周、沈不和の噂がひろがり、そしてまもなく、ハガキに印刷した破門声明が配られた。「沈は受業の門弟であるが、最近傲慢になり無礼の言動がある故破門する。今後公私ともに関係を絶ち、また彼の関係する一切の機関に自分は関係しない」という内容だった。……その後、沈は自然と出校しなくなった。破門状の配布先は非常に広範囲で、南京方面にも出したそうだ。文化機関は周か沈を選ばざるをえなくなったが、だれが沈を選ぶものですか。沈はますます苦境に陥った。多少好意を示したのは武徳報方面の人々だけだった。沈は偽名で周氏の家庭の内情などを中傷したといわれ、また事件のかげで、尤炳圻も(周作人側で)一役買ったとの説も聞いた。

聞書の中には、同僚の児玉達童(哲学系教授)が、声明に関し直接周作人に問いただして得た説明の部分もある。それは周作人が続いて書いた一連の文章と内容剣幕とも重複するので引用を省くが、岡本堅次は、後に引く戦後のもう一つの話と一緒に、さも感に堪えたように述懐した。「いざという時、中国人は強いですなあ、沈のことでも実に断乎として執拗にやった、しかも平然とやるんだ。」

『東亜新報』記者中薗英助には、匿名攻撃の主を明かし、恩人を逆に喰おうとした「中山狼」の故事を引いてその行為を責める趣旨の手紙が、周作人から来たと言い、彼は自分宛の私信をデスクが無断で掲載したため、この邦字紙がはからずも『武徳報』系の周作人攻撃に対する反撃の場面を提供する結果になったいきさつを、例の小説にも書込んでいるが、いきさつ自体に虚構はないそうだ。

破門声明は、一九四四年二月はじめに沈啓无の匿名攻撃文を読んでまもなくのことだったろう。彼はそれを日本文学報国会事務局長久米正雄宛にも送りつけ、続いて同じ宛先に、二月二十日付の書留便で、片岡鉄兵に対する釈明要求を提起し、「反動的老作家」がもし自分のことであれば、この件の責任を負うべき文学報国会との付き合いを以後「謹慎」するだろう、とつけ加えた。それから、これを機に脹れきった腹の内を一気に吐き出す勢いで、数篇の短文を上海の汪派系紙『中華日報』(社長林柏生《りんはくせい》)につぎつぎと寄せた。まず、日本文学報国会への詰問状にコメントを附して、これを公開した(「一通の手紙」四四・二・二七)。ついで問題の件に関する彼の所見(「老作家に関し」四四・三・一二)、沈啓无、林房雄との決裂までのいきさつ(「文壇の分化」四四・四・一三)を書き、さらに日本文学報国会から四月二日付で片岡鉄兵の回答を暫く待てという電報が届いたきりその後の沙汰がないことを理由に、「少々性急」ながら回答の期限切れを声明(「一通の手紙その後」四四・四・一五)した。また別に、当時の彼のおもな発表の場となっていた上海の『古今半月刊』(汪兆銘の片腕周仏海の後援で朱樸が出した文史雑誌)に「狼に遇った話」という文章も寄せたが、これは弟子のこの「反噬《はんぜい》」を、日頃書き慣れた随筆の中に消化し去ったもの。

その後、予告どおり四月末日付で片岡鉄兵から長文の釈明状が送られてきた。片岡鉄兵は、翻訳で読んだ「中国の思想問題」の、ちょうど私も前に引いた民生を憂えるくだりを根拠に、人民の生存上の欲望を阻害してはならぬという主張は、大東亜解放のための戦争に対する苦痛分担の拒否に他ならぬではないかと、自分の攻撃の正当なゆえんを力説していた。さすがに、問題の一文を熟読玩味し、日本人の文章に対する感受性を過小評価してくれるなと凄んだりするほどのことはあり、この釈明は、今になってみれば、あたかも周作人の身を証すためのものだったかと錯覚しそうになる。しかし続く部分では「特ニ最近先生ガ中国ノ文学協会主宰ノタメニ出馬サレタコトヲ承知イタシ感激ノ至リニ堪ヘナイ際」として、彼一個の発言のために日本文学報国会と絶縁するいわれのないゆえんを、陳謝に脅しや賺《すか》しをも交えて訴え、さらに沈啓无との関係を否認し、最後に重ねて彼の「積極的ナ御出馬」への「感激」を繰返していた。

周作人がその主宰のために出馬した、とここに言う「文学協会」は、久米正雄の帰朝談に出ていた「中華民国作家の一元的団体」に当る準備中の新組織、「中国文学協会」のことである。この釈明状も届かぬ先から、主宰だの出馬だのとは腑に落ちぬが、周作人が釈明要求書の中で、返事によっては日本文学報国会への協力とならんで「中国の文学協会」への参加もとりやめるだろう、と書いたことにもとづく早合点か何かではなかろうか。この「文学協会」は、たぶん破門騒ぎのとばっちりもあって、その後秋の第三回大東亜文学者大会前日に、南京政府宣伝部の下でようやく正式の名乗りをあげることになる。その席に出ていない周作人が、名義上にもせよ「主宰」人に挙げられなかったという証拠は持たぬけれど、そのことはともあれ、南京政府の建前上の独立に見合う形で「国民文学」の樹立を謳う、この「一元的団体」の組織は、日本文学報国会からも独立性を高める方向で進められたようである。「中国文学報国会」なる沈啓无執心の会名案が、久米正雄の悲観どおりに早くから立消えになったことは明らかだが、ところで、破門された本人はどうなったのか。

周作人の反撃が沈啓无を、たとえば「北大」にいたたまらなくさせたように、一挙に窮地へ追込んだらしいのは、すでに察しがつくとおりである。日本文学報国会当局のその後の措置にも、強いて選択する段になれば、しょせん周作人の名を取るだろうことは、見え透いていた。そのうえ、この期に及んで沈啓无を支えないでは義理の立たぬ林房雄も、もう北京にはいなかったようだ。彼は第二回大会でも、あいかわらず作家の現地常駐の意義を強調し、今の予算では御馳走のお返しも出来ぬから半年間に最低一万円くらいは持たせろ、というような発言をしていたが、北京駐在の任期は大会までの半年余りで、もうマニラへ飛んでいたのかもしれない。新しい華北派遣員としては、この三月、破門声明の波紋も収まりやらぬ北京に、真船豊が現れた。しかし、この後任者は性格からしてまるでちがううえに、とても「奮闘」どころでない状態で出掛けていったらしい。そのいきさつを、彼は『孤独の徒歩』という自伝に詳しく書いている。つまり、国内のヒステリー状態にほとんど怯えないばかりに参ってしまったあげく、以前(三九)にも抑鬱状態に陥った時、『改造』のつてで「満洲」へ行かせてくれた小林秀雄に愚痴を言うと、その場でこの話が出てきて、肩書にたじろぐ彼と小林秀雄との間で、「なに、向ふの中国の文人達と付合つてゐればいいんだよ。」「それだけでいいのかい。」「仕事はそれだけだよ。」「それならおれにだつて出来さうだ……」「出来るさ。向ふに沈啓无といふ男がゐるよ。これは人物だよ。君は、その男と付合つて、遊んでゐればいいんだ。」といったやりとりがあり、彼は「夢のやうなありがたい話」にとびつく思いで、北京へ行ったというのだ。そして作家協会あたりの協力者たちの哀しいつまらなさにうんざりしたうえで、沈啓无と対面し、いきなり惚れこんでしまった。じっさい、真船豊の沈啓无に対する傾倒ぶりにはただならぬ趣があって、彼は、敗戦後すぐに綴っておいたというノートを、二十何年も経て公開した「苔と反故紙」(『心』七〇・一一〜七一・二)の前置きで、戦争末期の夢うつつのような短時日の交遊を沈啓无に語りかける形で回想したその長いノートを、「生涯、たつた一度の〃人との交り〃といふことの記録」とまで名づけている。それほどの意気投合の所産の中で、破門事件が、例えばこんなふうに伝えられているのは、むしろもっともであろう。

あなたが、その時、大問題を起してゐる最中だといふことを、私は龍さんから聞いた。……あなたは、何かのことで、師の黄先生と意見の衝突を来たして、黄先生が怒髪天を衝くていたらくで、あなたは、その為に黄さんが学長(文学院長)をしてゐるその大学から追放されたといふのだ。

一学長の権力が、あなたの大学教授の職を、奪つたといふのだ。そればかりでなく、その黄先生の怒りは、この国で、あなたの著作の書物を、発行することを、出版社に禁止させようとしてゐるのだといふこと。あなたは、その為、自分の仕事が、何もかも出来なくなつてしまつたといふのだ。……
これが、私などには、全く不可解極まることで、私はあつけにとられたものです。……いつそ、ふき出したくなるやうなナンセンス話。

「龍」というのは、柳龍光に該当しそうな人物であって、筆者の思い入れは別として、彼らのグループでは事は実際このように取沙汰されていたのであろう。そして結果だけを論ずるなら、沈啓无は事実こういう目に遭っていたにちがいないわけだ。同じ意味で、次のような伝聞も、彼の動静に関して、ひととおりの事実を伝えていると解される。

あなたが、日本側も、自分の国側も、どんな会合にも、全然顔を出さない。いくら招び出さうとしても、あなたは姿を見せない。
その為に、日本大使館文化部も軍司令部の報道部の連中も、すつかり、あなたに手こずつてゐる。日本の文化運動にも、自国の文化運動にも協力しない不届至極な横着ものだ……私は、会ふ人、会ふ人、特に日本人から、あなたのことを、かういふ風に聞いてゐた。

真船豊は他にも、沈啓无のこういう「不協力」に対し、作家協会の「龍」たちがしきりに説得を加えようとしていたことを述べ、説得を「国策順応協力」のすすめと解して、それに応じない彼の「気骨」に感服するのだが、沈啓无にしてみれば、周作人を逃したくないというだけの理由で風向の変ってしまうような関係筋の下での運動に、急にやる気を失くし、何の当てもなく意地を通していたのではなかろうか。それが協力か不協力かということは、これもたまたま風向の変った結果にすぎまい。とにかくこうして真船豊は、小林秀雄に入れ知恵されたとおり、沈啓无と毎日のように筆談などをして四ヵ月を遊びくらし、七月に帰国したが、その後再び北京で逢った沈啓无から、彼が生活に窮して、一時漢口で新聞記者をやったが、その仕事が日本軍の疑いを買って、再び北京へ舞戻ったのだ、という後日譚を聞いたことも、記している。(補注三)

「苔と反故紙」の中の「黄先生」は「華北の王者」とまで書かれ、いかにも横暴な権威の権化のように伝えられている。それは中薗英助が、周作人に同情するのあまり、久米正雄の陰口と沈啓无の『武徳報』系誌上での周作人攻撃とを一挙に結びつけて、とはつまり沈啓无なりの動機と文学報国会なりの打算とを無いものにして、「この時を境にして、日本文学報国会の、周作人に対する評価がきまった。その評価を、しかも、きわめて劇的に、陰惨な形で押し出すことになったのである」と、北京からの臆測による単純化を犯したのと逆の形で、あまりに単純な信じ方だったろう。しかしそれにしても、周作人の反撃は効いたものである。私は、彼には徒弟制的な論法で反撃するより他に危険を避ける術がなかったように書いたが、もしそういう感心のしかたが大筋を誤っていなかったとしても、その反撃が、実際にも存在しなかったとはいえぬ徒弟的関係と日本人の側の名声利用主義とを通じて、予期以上の効果をあげたのだとすれば、沈啓无もたしかに可哀そうな野心家ではあった。

そのうえ、片岡鉄兵が「反動老作家」は周作人のことだったと公式に認めた以上、彼は日本文学報国会に対する協力の「謹慎」のための口実をも得たわけである。しかし、折から四月を期して機構改革が行なわれ、久米正雄や河上徹太郎さえ情報局に睨まれて退陣し、中村武羅夫新局長の秘書役として得体の知れぬ神憑った人物が差向けられる、といった状態の「手も足も出ない文報」(『非常時日本文壇史』)ではあったが、こちらも「老作家」を動員するほかないというわけだろうか、武者小路実篤と長与善郎に頼みこんで、七月頃、前後してとりなしの手紙を書かせ、もう無慙というほかないような不思議な執着を示してきた。(補注四)無慙なのはとりなし状の文面ではなくて、文学報国会当局の方である。手紙の書き主の方は、この機会に日頃書きにくいことまで書いてしまって、自分もちゃっかり溜飲を下げているふしがあり、まるで周作人が片岡鉄兵はおろか、文学報国会に対してさえ「勝利」をおさめたといわぬばかりのなだめ方をしているのである。

第三回大東亜文学者大会は、四四年十一月十二日から三日間、南京で、それも南京政府宣伝部に置かれた準備委員会の主催という、主客入れ替った形をあらわにして、行なわれた。汪兆銘の訃報と空爆の下で開かれた大会は、山田清三郎によれば「怒号や絶叫や虚勢は消えてなくなり、膝を交えて東亜の今日及び明日について語り合うという空気が支配的に流れていた」(『転向記』)といい、前回大会における周作人攻撃に何らかの関係があった林房雄、片岡鉄兵、沈啓无、柳龍光といった顔ぶれが代表名簿から外れ、銭稲孫のような「老作家」がまた返り咲いているにもかかわらず、周作人はついに最後的に大会出席を逃げおおせてしまった。開会前日の日付で彼が北京から松枝茂夫に寄せた書簡には、すでに先の見えてきた日本占領下の閑散とした近況が、次のように書かれている。

……近く南京で文学者大会が開かれますが、旅行はくたびれてかないませんから、行かずに断わることができたのは、実に有難い幸せというものです。目下、言うところの華北文壇は空気はなはだ悪しく(徒党を組んで私利を図るところは官吏も顔負けで、なんとも可笑しい)、小生はもともと文人でないから、抜けたくて仕方がありません。それでこの半年来、文章を発表するのをやめました。たまに随筆を書いても、南方(南京、上海などの淪陥区)の友人に送ってそちらの雑誌に載せてしまいます。北京大学からも抜けられました。(補注五)今は綜合調査研究所副理事長の役だけで、週に二日出掛けますが、これも木炭車の迎えが来なければ、行かずに済みます。だいぶひまになって、読書にはもって来いですけれども、新しい本は手に入らず、古い本も変りばえせず、段々気がふさいでまいります。煙草を吸うことを覚えそこねてひまつぶしの妙法に困り、今さら悔んでいる始末です。

(補注一)　柳龍光について、張泉『淪陥時期北京文学八年』(九四)は、その淪陥区文壇での活動に詳しく触れ、大東亜文学賞を受賞した女流作家梅娘《ばいじょう》との夫婦関係にも言及しているが、著者は後さらに別の論文で、この人物を専論している(杉野元子訳「華北淪陥時期の柳龍光」杉野要吉編『交争する中国文学と日本文学』所収)。それによると、柳は北京育ちで、輔仁大学理学院卒業後、日本の専修大学経済学部留学を間にはさんで、瀋陽(奉天)や長春(新京)の新聞社で働き、次いで『華文大阪毎日』に入社して再渡日、四一年に梅娘と連れだって淪陥区北京へ戻り、燕京影片公司副支配人、『国民雑誌』主編、武徳報社編集部長、華北作家協会幹事長などを歴任。四九年二月に台湾から大陸へ戻る途中に事故死するまでの戦後の行動は明らかでないが、この台湾行きも含め、淪陥時期いらい柳はずっと地下の共産党のために働いていた、と梅娘がインタヴューで証言しているという。証言の真偽に関して、張泉は、その可能性はあるがさらに研究を要するとして、結論を留保している。

（補注二）『年譜』によれば、『中華日報』（四四・三・二三、副刊）に公開された「破門声明」は次のとおり。

沈楊こと沈啓无は、小生かつての受業の弟子として、年来つき従って参った者。近ごろ不遜な言動多く、攻撃的態度が目に余るので、ここに破門のうえ、公私における一切の関係を断つことを声明いたします。事の子細につき、次第によっては、さらに公表の用意があります。

周作人（印）啓　三月十五日

（補注三）張泉『論陥時期北京文学八年』には、北京を逐われた格好の沈啓无は武漢論陥区へ流れて『大楚日報』という新聞社に辛うじて職を得た、とある。また、沈啓无本人への関心から、日本文学畑にありながら能う限りの手がかりを尽くした、杉野要吉の「論陥下北京における〝親日〟派文学者の運命」（杉野編『交争する中国文学と日本文学』）に附記される沈末亡人のメモによると、彼はその後日本の降伏間際に裸一貫で北京へ舞戻り、続く国共内戦期は、東北で新聞記者や私大教員を、さらに浙江で中学の教員から校長を勤め、新中国においても幾つかの職を転々とした末、五五年、ようやく北京師範学院中文系教員に落ち着いたが、十年そこそこで文革の迫害に遭い、六九年に病死した。

（補注四）武者小路実篤、長与善郎という人選は、武者小路が第三回大東亜文学者大会の日本側団長に予定されていて、その後病気のため行けなくなるに及んで、長与が代わりに団長を勤めた（岡田英樹「第三回大東亜文学者大会の実相」『交争する中国文学と日本文学』）ことと関係があろう。すなわち、片岡鉄兵の釈明も含め、すべては第三回大会の円満開催のためであった。

（補注五）周作人が「北京大学」文学院長の職を離れたいきさつについて、次のようなことが言われている。

後に、北大文学院の〔日本文学系〕学生王善挙が〔史学系〕日本人教授今西春秋を殴るという事件が起こり、日本側から学風整頓の要求が出たため、王克敏〔華北政務委員会〕委員長が教育督弁と北大校長を兼務し、校長だった銭稲孫が文学院長に転じることになり、その結果、周作人は院長職を免ぜられた。王克敏は自宅に周作人を訪ねて、こう言ったのである。「北大の校長は私が兼任すると、銭先生の位置がなくなるので、周先生の文学院長を彼に譲ってほしい。

政務委としてはあなたを諮問会議委員に招聘し、車代として月々二千元を送ることにする。別人に説明させたのでは、誤解の恐れがあるので、こうして直かに話に参った次第。」(張琦翔「周作人〝落水〟前後」)

なお、文中の殴打事件は、今西春秋の同僚だった岡本堅次の直話によれば、日本の戦時増産運動に擬して校庭に作らせた畑の作業を無視したといって、今西が先に女子学生を殴ったのが発端で、憤慨した男子学生が今西を殴った、というのがより正確なところのようである。

十　文献一束

第二回大東亜文学者大会での片岡鉄兵の発言以下、それに端を発して書かれた周作人の一連の文章と片岡鉄兵の釈明状、武者小路実篤、長与善郎のとりなし状について、前章ではそれぞれの内容をごく簡単に記したばかりだが、これらの文献は、一時代の日本文学の記録としても意味があろうから、ここに、中国文は翻訳の上、ひとまとめに収録しておく。底本はいずれも、周作人自身の手で保存され、晩年に香港の鮑耀明《ほうようめい》のもとへ送られたものの写しである。片岡鉄兵の発言と周作人の文章は、原載紙『文学報国』『中華日報』の切抜き、周作人宛書簡は、武者小路と長与のが原書、片岡のが周作人による手抄本の形で、それぞれ保存され、香港へ送られた。釈明状の罫紙四枚にわたる抄本は、「片岡鉄兵覆信抄本、〔民国〕三十五年七月廿四日南京」と頭書され、末尾には上書きや消印などの詳細まで、次のように記されている。

信封正面　中華民国北京新街口八道湾十一号
　周作人先生　書留橡皮〔ゴム〕印
背面　東京麴町区永田町二ノ一
　日本文学報国会橡皮印　内墨筆
　片岡鉄兵墨筆

郵局消印　東京〔昭和〕十九年四月廿七日
　　　　　北京〔民国〕三十三年五月八日

抄写の日付、場所とこの書式からみて、南京高等法院に被告側反証の一つとして提出した時のものであることは、明白である。

これらの文献の送り状（六三・五・二一）に、彼はこう書いている。

反故紙の中から片岡事件の資料数篇を見つけました。もう使い途はないので、そっくり差上げますから、御覧下さい。この事件については、自叙伝（『知堂回想録』）に書きませんでした。片岡のことは少々述べたが沈某には一字もふれずにおきました。この人物は今も北京にいて、師範学院（師範大学ではありません）の教員をしています。

なお、この事件にかかわって書いた文章のうち、彼は「狼に遇った話」一篇だけしか文集（『苦口甘口』四四・一一）には収録しなかったが、その際の附記に、一九二五年頃、北京女子師範大学の騒動をめぐり、彼が魯迅などとともに学生の肩を持って、『現代評論』派の「文人学士」（魯迅の語）連と交えた論戦の文章を、「中庸」の徳に抵触するかどで（『談虎集』序）集外に放置したのと同じ態度を表明している。そういえば、彼がこんなあからさまな嘲罵の筆を揮ったのは、実に二十年ぶりのことであった。また、このうち「文壇の分化」は、張深切《ちょうしんせつ》の『里程標』にも全文が引かれていて、沈啓无《しんけいむ》と決裂のあげく周作人とも衝突する破目になり、新民印書館から詰腹を切らされた張深切が、その後文化界と縁を切って、友人の商売を手伝いながら眺めた破門事件につき、次のような見方を記していることも、つけ加えておこう。

……周作人はとどのつまり自分の誤りに気がついて後悔し、三十三年〔一九四四〕四月十三日、とくに「文壇の分化」なる一篇を書いて……沈啓无と林房雄に愚弄された経緯を告白し、沈《しん》楊《よう》（啓无）と関係を断って、周家の門徒から「破門」した。

＊　　＊　　＊

中国文学確立要請　　片岡鉄兵

私の議題は「中国文学確立要請」といふことになつてをりますが、実は、問題はもつと狭いのでありまして、つまり重慶政権が残存してゐるといふ如き中国の特殊事情にもとづいて存在する一つの特殊な敵に対する闘争の提言であります。特殊なる事情のあることを考慮に入れないでは、中国のあらゆる動きを観察し得ないわれわれは、昨日来本大会において示されました中国代表諸君の熱情、大東亜戦争への協力と大東亜建設の理想とに燃ゆるがごとき熱情を示された諸君に、深い感動をもつて敬意を表するのであります。しかしながら中国の諸君は、中国のこの特殊なる事情のために余分な敵をいろいろ持たざるを得ない位置に置かれてあるのではないかとこれは杞憂かも知れませんが想像するのであります。

その敵の一つとして、特に只今私が問題と致したいのは、和平地区にある反動的老大家であります。和平地区にありながらなほ諸君の理想や熱情や、あるいは文学活動に対立する表現を示す、有力な文学者の存在であります。もちろん此処でその人は誰であるかといふことをはつきり明言することは差控へたいと思ひますが、彼は極めて消極的な表現、思想や動作をもつて、諸君やわれわれの思想に敵対を示す老大家であると仮想するのは許すべからざる誣罔《ふもう》の前提でありませうか。諸君やわれわれの大東亜建設の理想は新しい思想であり、謂はば青年の理想であります。東亜の古い伝統を今日の歴史のなかに新しく活かすといふことは、今日の歴史を精神にも肉体にも加味せしめて、今日の刻々を生命としてゐる青年の創造的意欲のみが志し得る困難な事業ではないかと思ひます。それは年齢の問題ではございません。白状しますと、私も五十歳になるのですがしかし歴史の荒波が、大東亜戦争が、私を若返らせ、大東亜建設の理想が私を青年にしたのであります。いはんや私より若い諸君、諸君の憤りは青年の理想を嗤《わら》ふ老生の精神に向つて爆発しなければならぬと思ひます。私はそれを確信して疑はないものであります。

特に左様な老大家は世の俗物共の信頼の的であるだけに、その影響力を民衆や知識層から切り離すためには、彼の過去の文学的功績を顧みてはゐられないのであります。人情においては忍び難しと致しましても、民衆を挙国一致に組織しなければならぬ新中国の緊急の必要のためにも彼は容赦なく粉砕する必要があるのであります。諸君の文学活動は新中国創造の線に沿つてゐるのであります。然るに彼の老大家は、今日の中国が如何なる歴史のなかに呼吸し如何なる世界情勢のもとに置かれてあるかを毫も考慮することなく、自分一人勝手な、さうして魅力豊かな表現を弄《もてあそ》びながら、暗に諸君を嗤ひ、さうして新中国の創造には如何なる努力も敢へてしないのであります。彼はもはや諸君とわれわれの前進への邪魔物であり、積極的な妨害者でさへあります。彼は全東亜にとつて、破壊しなければならぬ妥協的な偶像であります。古い中国の超越的事大主義と、第一次文学革命で獲得した西洋文学の精神との怪奇なる混血に過ぎないのであります。

私は中華の代表諸君にお願ひ致します。諸君の文学活動の一つに、かかる存在に対する仮借なき闘争が熾烈に戦はれんことを要求いたします。その闘争が今の時期において、直ちに開始されむことを要望します。もし必要とならば、私自身何時でも左様の闘争に協力し、動員に応ずる決意あることを明言するものであります。

＊　＊　＊

一通の手紙　　　　　　　　　　　　　　　　　知堂〔周作人〕

去年の冬だったか、『中華日報』で胡蘭成《こらんせい》〔汪政権中央宣伝部次長、『中華日報』総主筆〕さんが、片岡鉄兵が大東亜文学者大会で中国の老作家を散々にやっつけたのは、実は愚生のことだといって、憤慨してくれているのを読んだ〔胡蘭成「周作人与路易士」〕。私は、胡さんの厚意を有難いとは思いながら、老作家がやっつけられたという話の方はあまり気にとめなかった。これまで作家を自任してきたわけでなく、片岡鉄兵が如何なる人物かも知らぬ以上、自分にはまるでかかわりのないことだし、彼が勝手にやっつけているその相手が、どうでも私でなければならぬと決ったものでもないのに、余計な勘ぐりは無用だろう、というようなわけで、別に確かめもせず放っておいた。近頃少しく調べねばならぬふしが出て来たので、友人から『文学報国』の第三号を借りて目を通したところ、片岡の演説もそこに出ていた。反動作家を掃蕩せよと見出し、なんとも恐ろしい剣幕で、読んでゆくうちに思わず鳥肌立ってきた。しかも仔細に考えてみると、やっつけられているのはたしかに私であるらしい。といっても、片岡の説明を聞かぬうちは、断定するわけにゆかぬ。そこで、手紙で訊いてみることにした。私は今月二十日、一通の書留郵便を日本文学報国会の久米事務局長宛に送った。ここにその大意を訳しておけば、次のようである。

拝啓、さきほど差上げた破門声明は、すでに御覧頂いたことと存じます。某乙は愚生の貧弱なる学問の一部を継承し、今もって一歩もその範囲を越えることができぬばかりか、十余年来愚生の指導の下で職務を担当して参ったのであります。しかるにこの一年来しだいに不遜な行動をあらわし、ついには文字によって攻撃を加えるに及びました。恩師に反噬《はんぜい》するが如き徒輩を許しおくことはできませぬ故、よって破門を宣告した次第です。ところでこれに因んで想い出されるのは、昨年九月〔八月〕の東亜文学者大会における片岡鉄兵氏の中国老作家を掃蕩せよという演説のことであります。かの演説が、某乙のさしがねに出たものか、また言うところの老作家が果して愚生であるのか、この二点は是非とも御説明を承りたいところであります。ついてはどうか片岡氏に明瞭な御回答を示されるよう、お取次ぎ願いたく存じます。おそらく片岡氏は、すでに分別盛りの年齢に達しておられるべく、みだりに根拠のない言葉を吐き、または一旦口外した言葉を後で呑み込むが如きことはよもやなさらぬでありましょう。よって男らしき態度をもって率直にお答え下さるよう、特にお願いする次第です。もし、言うところの反動的老作家が確かに愚生であれば、愚生は潔く身を退いて、中国の文芸協会等への参加をとりやめ、貴会との御付合をも謹慎（すなわち謝絶というがごとし）致すでありましょう。発言者は片岡氏であっても、その責任は貴会が負うべきであろうと考えられるからです。四月中旬までに何らかの御回示が得られぬ節は、すでに黙認せられたものと心得させて頂きます。

日本文学報国会

久米事務局長殿

姓名ならびに印章

郵便は片道二週間かかるとして、来月二十日前後には返事が届き、結果がわかるだろう。私はもともと文人などというものではない。けれども、言うも奇態なことだが、文人になりたくても必ずしもなれぬ場合が一方にはあるというのに、はたから文人と呼ばれたがさいご、やめるにやめられなくなり、まるで堕民（紹興地方の被差別民）と同じで、廃業を宣言することは決してまかりならぬのだ。このやり方は実際あまりに不公平である。だから、ここで私は片岡鉄兵に大いに感謝したい。掃蕩されるのはちと恐ろしいけれども、彼がひとつ免状を下付して、私のために作家だの文人だのといった称号を剝奪してくれたら、どんなに有難いかわからない。文人は辞職が許されぬとあれば、免職してもらうよりなく、どのみち自由が得られさえすれば同じことなのだから。ただ私が不思議に思うのは、片岡鉄兵が、中国にかかる反動的老作家がいるのをどうして知っているのか、ということが一つ。二つには、片岡鉄兵が思うさま罵倒をしていた最中に、この老作家の弟子が耳を洗って謹聴していたばかりか、罵倒の材料を提供したのが他ならぬこの弟子だったようにさえ思われる、ということだ。こう見てくると、胡蘭成さんその他の人々が片岡鉄兵を非難するのは、見慣れぬ事態に惑わされた気味があるようだ。愚生は幾らか経験を積んでいるから、見解も少々異なるのである。民国甲申〔一九四四〕、春分節。

＊　＊　＊

老作家に関し　　　知堂

東亜文学者大会で、片岡鉄兵が、中国の老作家を打倒してしまえと演説した話を人づてに聞いたのは、去年の秋だった。当時私は、どのみち自分がやっつけられたわけではあるまいし、と別に気にもとめなかった。何故と言うに、私は作家などでないし、老のごときは時間さえたてば誰れでもそうなるので、なおさら私一個のことではなかろうからだ。だから、張我軍《ちょうがぐん》、徐白林《じょはくりん》といった友人たちも居合せたのに、いったいその演説がどんなあんばいだったのか、詳しく訊いてもみなかった。

去年の冬、『中華日報』で胡蘭成さんの文章を読んだら、のっけにこうあった。「友人に聞いたところによると、片岡鉄兵がさいきん何かの会議で、中国の某老作家について、高い地位にありながら無聊な小品ばかりをもてあそんでいるのは、時代に合わぬから打撃をくれてやらねばならぬ、と提案したという話で、なんでも周作人のことを言ったのだそうだ。」

この文はその後『文壇史料』〔楊一鳴編〕に収められているから、簡単にあたってみることができる。私は読んで、内心、すると本当に自分がやっつけられたらしいが、まあ当然の報いでもあろう、とこう思った。そしてておかしくなったが、然しだんだん不審に思えてきた。片岡鉄兵は、中国に某老作家がいて、無聊な小品などをもてあそんでいるということを、どうして知っているのだろう。実際のことにして、中国の現代文学のありさまだの、個々の作家作品の良し悪しだのは、極く少数の篤実な支那学者を除く日本人にわかるはずがないのだ。わけても創作に専念している文人が、中国語ができず、某作家の原書を一冊も読んだことがなくて、そのもてあそんでいるのが小品か大品か、あるいはその作品が無聊か有聊かを、なんで知ることができるだろう。私個人がどうこうということなら、もうだいぶ慣れっこになっているから、何とも思わない。少なくとも十年も昔に、左派の文人が攻撃しだしたのも、やはり無聊な小品文のかどによってだったが、実際は彼らも同様に、読みもせず読んだとしてもわかりはせずにやったのだ。左派の攻撃は、歓迎とまではゆかぬまでも、了解はできる。というのも、彼らの立場としては、そうなければならず、攻撃せぬようでは左派らしからぬことになるからである。ただそれにしても、彼らはたしかにわかっていなかったので、その点に、私のもう一つの了解があったわけだ。私はひところ、何でも知っているかのように、むやみに文章を書いたものだが、まもなく反省し、知ったかぶりはさしひかえる旨を宣言して、多くの問題に筆を断った。謹慎は今に及んでいるが、但し自分に少しはわかると思う事柄についてはなお時に口を出すし、無意味なことは言っていないと信じてもいる。私は創作をやれず、文士でないとはいえ、しばしば文章は書く。しかも文章のための文章を書きたいと心掛けているのだが、結果はやはり、何かの意味のために書くていの、人に喜ばれもせぬ憂生憫乱《ゆうせいびんらん》の文字が多くなってしまう。思想と感情に少しのいつわりも交えようとは思わぬし、知識の面では私のあらゆる雑学の収穫を傾けて書く。雑学だから専門的とはゆかぬが、そこが狭隘でない所以でもあり、文章は下手でも、汲むべき意味はあるだろう。愚生はひごろ謙遜を重んじるものだが、今は本当のところを言っているので、これより謙《へりくだ》れば不実になる。要するに、私が書くのは大品か小品かは知らぬが、いずれも意味のあるものであって、およそ中国と中国人の運命に関心のある人ならば、誰れにもその意味は汲取れるはずだ。意見の一致不一致はむろん別問題である。読みもわかりもせぬ者、あるいは外国人、あるいは外国主義を奉ずる分子の無視や反対に遇うのに至っては、もう当然のことであって、異とするには及ばない。こういった次第であるから、片岡鉄兵の提案とても、とやかく言う筋合ではないわけだ。私が少々変だと思うのは、このような見解を彼がどこから得たか、ということだけである。片岡鉄兵は老作家の作品を通読してはいなかろうに、きっと他に出処があるにちがいない。その出処はどうなっていたのか。言いかえれば、このような主張には、打倒せねばならぬことを、どこから知ったのか。推察するに、あるいはこうでなかったか。すなわち、片岡鉄兵はこれを某甲より得、某甲は中国人某乙より得た、と。

今年の春、たまたま一枚の印刷物を目にした。題して『文筆』という。巻頭は童陀《どうだ》の文章で、躍起になって老作家を攻撃していた。これはこれは、なんと思いがけぬ大発見をしたものだ。右に述べた某甲某乙の伝授関係は、あくまで仮定の話だったが、ここにその半ばが証明された。というのは、この童陀こそ某乙にほかならぬからである。某乙の件《くだ》んの一文の目的は、『芸文雑誌』とその老作家を攻撃することにあった。『芸文雑誌』に文章を書いている老作家なるものは誰々かといえば、愚生と銭稲孫《せんとうそん》のほかにいはしないのだ。某乙が公《おおやけ》に文章を書いて老作家を攻撃したからには、片岡鉄兵に入知恵した中国人はまず彼にちがいない。その間の伝達次第まで割れたわけでないが、もはや詮議は無用であろう。どのみちそんなことが問題ではないのだ。某乙とはいったい何者か。某乙の変名が童陀だとはすでに言ったが、本名は、となると慚愧にたえぬ。私の徒弟で姓を沈、名を楊というものがそれである。沈楊《しんよう》はもと、私が三十年らい柄にもなく教師をつとめた、その教室にかつて身を置いた数千の学生の一人にすぎぬが、それをなぜ徒弟と呼ぶか。私は、私なりの常識と雑学があるだけで、別に専門とてはなく、したがって文章は書けても教師にはふさわぬことを、自分で知っている。だから、今までにギリシャ、ローマ、ヨーロッパの文学史、日本の江戸文学、中国の六朝散文、仏典文学、明清《みんしん》文を教えはしたものの、私が講じ学生が聴き、終れば思い思いに散って行くまでのことで、私は何も授けはしないし、先様とて何も受けはしないわけだ。ただその因縁から、のちにだんだん付合うようになる場合はあり、こうして友達の関係ができれば、もはや師弟とはいえぬことになる。沈楊はだが例外とせねばならぬ。彼のいじくっている国文学は、かつて私の枠から外へ出たためしがなく、たとえば、木工が弟子を仕込む場合のことにして、粗《あら》い家具の作り方を習った後、もし自分で発展して家を建てたり、趣向を変えて指物《さしもの》を作ったりするようになれば、それで一本立と認められ、互いに対等に付合うことになるけれども、もしあいもかわらず、師匠の手法と道具とで同じ粗い仕事ばかりやっていたら、当然いつまでも老木工の徒弟とみなすほかないようなものである。日本の学界の慣例に従って、謙遜ぶらずに言ってみるなら、私は沈楊の恩師である。他のことはどうでも、要するに今回沈楊が、自分の恩師にかかる振舞いをしたことを、私は見過しかねるのだ。だからといって事実は今更どうにもならぬから、このうえは門徒扱いを差控えるまでだ。もとより私自身にも至らぬところはあった。第一に人を見る目がなかった。第二に、老作家であることがいけなかった、といって、老はともかく、作家を自認したことなどありはしないのだが。

ここで思い出すことがある。民国二十八年の元旦、突然どこからかやって来た暴徒に襲われた時、沈楊は、すでに沈啓无と改名し、折から年賀に来ていて、その場に居合わせたが、立上って、私は客だと言ったのに、左胸を撃たれて、いわれもなく巻添えにされた。私は実にすまぬことだと思った。その後、いつからともなく、沈某は私を庇おうとして負傷をしたのだ、というような話が伝わってきた。去年の夏、沈楊から、彼が中央大学で講演をした記事の出ている、南京の『中報』が送られてきて、そこにも同じことが書いてあった。私は読むとすぐ送り返した。まもなく、北京の『東亜新報』も、沈某が私を庇って負傷に及んだように書いたので、私は半分訂正の手紙を送り、あの時沈君が同座してとんだ巻添えにされたのはまことに相済まぬことだったが、暴徒を取押えようとして撃たれたというのは、近所の車夫二人のことで、一人は死に一人は怪我をしたが、二人ともたまたま中庭にいたものである、と言ってやった。『東亜新報』は手紙をそのまま掲載し、その後に、庇おうとしてうんぬんとは、当然そうだったろうと考えて書いたことである、何故なら、日本人の道徳観念からすればどうしてもそうなければならないから、とあらましこのような釈明が付いていた。思い出すと言ったのは、このことである。日本人の道徳は、弟子は当然恩師の危急を救うべきだとする。これはあまりに立派な理想だから、私どもはもっと下って、禍いを免れようとするのもまた人情で、誰れも非難はできぬ、とこう考える。だから以上のことを、私は亡友銭玄同《せんげんどう》ひとりだけに話し、銭玄同がそれを亡くなった繆金源《ぼくきんげん》〔第三章既出〕に話したほかは、最近まで誰れも知る者はなかった。私どもの理想はじっさい低いので、せいぜい徒弟に師匠を食わぬように希望するだけだ。今や希望は事実上かなえられそうもなくなった。まして日本の友人がこれを聞いたら、何と言って慨歎するだろう。片岡鉄兵の中国老作家を打倒してしまえという提案の出処が結局どこにあったかは知らぬが、もし本当に沈楊の見解からまわりまわって行ったのだったら、このようないきさつと『東亜新報』の言い分とを照し合わせて、さすがに心安からざるものがあるのではなかろうか。民国三十三年三月十二日。

＊　　＊　　＊

文壇の分化　　知堂

北京には前から文壇というようなものはなかったが、事変以後はなおさら寂しいことになってしまった。方紀生編の『朔風』や張深切編の『中国文芸』が前後して出たけれども、この地に雫落《おちぶ》れて動きもならぬ何人かの文人が、書き物を寄せ合っていささか気をまぎらすだけの、水を失った魚が唾で濡らし合う〔『荘子』〕ようなていたらくであった。消極的にはちがいなかったが、然しそうかといって根っから捨鉢になってしまったわけではない。彼らは文学を職業としたり、そこに功名や利権を求めたりはしなかった代りに、万が一国家民族のためになるならば、文学の範囲内で国民としての力を尽すのは、願うところだった。だから、文壇はなくとも、文章を書く人間は少なくとも、気心は一致していて、思いも寄らぬ波風でも立たぬ限り、この片隅の平安はどうにか維持できたのでなかったろうか。

三、四年たつと、文学団体を組織せよとか、文学運動よ起れといった掛声が、急にどこからとも知れず聞えだした。去年の春には、いわゆる文化使節の某甲がやって来たが、まことに不幸なことに、北方に住む、日本留学出身の、あるいは日本文学の消息に通じた中国人は、みな某甲をあまり見上げることができなかった。そこで、あからさまに軽蔑を示しこそしなかったものの、どうにも歓迎をしかねていた中で、某乙だけが熱心に彼を迎えた。こうして恩讐の分れがはっきり決まってしまった。某乙は某甲の後押しを得て、純文学の『文学集刊』をやる計画を立てた。同時に、張深切にも、文学雑誌を某印書館から出す計画があった。折衝と相談を重ねた結果、芸文社というものを作り、愚生を名ばかりの社長にして、二つの雑誌を出すことになった。その一は『芸文雑誌』で尤〔炳圻〕、傅〔芸子〕、陳〔綿〕、某乙の共同編集、その二は『文学集刊』で某乙の単独編集とした。ところが、某乙が張深切と意見の決裂を来たして、やめると言いだした。そこで『文学集刊』は立消え、『芸文雑誌』は尤、傅、陳の三人が主編ということになり、愚生の名ばかりの芸文社社長はそのまま据置かれた。これはおおよそ去年の四月初めのことである。

　五月一日になって、この日付は先母が亡くなったちょうど十日目で、弔問の受付を始める前日に当っていたからよく憶えているのだが、夜の九時頃、某乙がいきなりやって来た。某乙は私の受業の弟子で、永年付き従ってきたが、その日の態度は不遜をきわめた。談判の要点はほぼ以下のようであった。最初に某乙が、自分は『文学集刊』をやらぬことにしたから、先生も『芸文雑誌』と手を切ってほしい、と言った。私は、君が自分でやる雑誌なのだから、やめるのは君の勝手だし、人と意見が合わぬというのなら、抜けるのも君の勝手だが、私はべつに文句があるわけでなく、雑誌も書店が出すのである以上、いいかげんなことでやめようなどと言えるものではない、と言った。某乙はさらに、自分が加わっているからこそ紙の配給があるので、自分が抜けた後は紙がもらえなくなるだろう、と言った。私は、紙の有る無しは書店の方の事で、私のあずかり知ったことではないし、もし本当に紙の都合がつかなくなれば、書店が刊行をとりやめるまでの話だろう、と答えた。某乙は最後に、雑誌が出たら、作家協会は攻撃を加えるだろうが、それは先生の名誉にとって不利なことになるだろう、と言った。私は、私も作家協会の評議員で、幹部連にも識合いは少なからずいるのだから、いわれのない攻撃をするはずはなかろうし、だいいち文士でもない私の価値が、雑誌を一つやることの善し悪しで決るわけでなし、攻撃されたからといって私の名誉にはかかわるまい、と答えた。大体以上の三点だったが、彼は十一時過ぎまで絡み続けて、無理にでも私を芸文社から抜けさせようとした。余りに理不尽で無礼だと思ったから、私も容赦なくはねつけてやった。翌日の弔問始めは日曜日だったが、火曜日には印書館の人から、某乙が月曜日に館側と会談して、もとどおり『文学集刊』をやることに決めたという話を聞かされた。ここに大きな謎があるわけである。もしあらかじめ月曜に書店と会う約束がしてあって、妥協の腹を固めていたのだったら、土曜の夜に私に彼のぶちこわしに加担することを強要するわけがないし、あのように、弔問受付を明日に控えた忌中の家の事情を顧みもせず、不遜な態度で私をおどした以上は、次の日に突然掌を返して無条件に妥協するわけにもゆくまい。人の心は変りやすいといっても、変りぶりが奇怪にすぎるではないか。愚生は感覚遅鈍の故によく人から騙されるが、さすがにこんな目を見てからは、気味が悪くて、幾らか用心深くなった。泥棒が出て行ってからでも戸閉りはしないよりしたほうがよい、と俗にも言うではないか。

これ以後、色々の事が起ってきた。夏のある日、某乙が公園の水亭で文学茶話会を招集した。会の詳しい模様はさておき、その時日本側の来賓某甲が演説をして、中国の老作家に対する攻撃を始めたのだった。これがいわば第一幕である。二幕目が開いたのは秋になってのことで、日本文学報国会が東京で東亜文学者大会を催し、第二分科会で片岡鉄兵が中国の反動作家を掃蕩せよという議案を提出し、続いてさらに某乙の中日合弁による出版機関を攻撃する演説があった。原文はいずれも『文学報国』第三号に載っている。某乙が攻撃したのは明らかに某印書館だった。片岡が攻撃したのは、私のことだと言う人が当初あったけれども、私はあまり信じなかった。原文を読んでみると、些か誇大妄想狂じみているとはいえ、これはどうやら自分のことかも知れぬぞ、という気持になった。その出処については、片岡が某甲から得、某甲は某乙から得た、というのは想像による授受経路であるけれども、大筋は違っていまい。違っていない証拠は、第三幕である。今年の春二月初め、北京に『文筆』週刊の第一号が現れ、巻頭の一篇は雑□新編という題で、作者は童陀と署名していたが、これは某乙の変名である。その中で中国老作家を集中攻撃しているのは、某甲および片岡鉄兵の攻撃と正に戦線を一にし、しかもとくに『芸文雑誌』の老作家を集中攻撃しているのだ。その目標は極めて明白で、すでに名指しでやっつけているのと変りはなかった。『芸文雑誌』に書いていてしかも比較的年を取っているのは、銭稲孫さんと愚生だけである。だがここの攻撃目標は私一人で、銭さんを含んでいないことは確実である。それは片岡の言葉を引用して証明することができる。真意が伝わらぬ恐れがあるから、直訳すると、こうである。

「諸君の文学活動は新中国創造の線に沿つてゐるのであります。然るに彼の老大家は、今日の中国が如何なる歴史のなかに呼吸し如何なる世界情勢のもとに置かれてあるかを毫も考慮することなく、自分一人勝手な、さうして魅力豊かな表現を弄びながら、暗に諸君を嗤ひ、さうして新中国の創造には如何なる努力も敢へてしないのであります。彼はもはや諸君とわれわれの前進への邪魔物であり、積極的な妨害者でさへあります。彼は全東亜にとつて、破壊しなければならぬ妥協的な偶像であります。古い中国の超越的事大主義と、第一次文学革命で獲得した西洋文学の精神との怪奇なる混血に過ぎないのであります。」ここに、彼らを嘲笑いその文学活動を妨害したというのは、いずれも私のやった事、すなわち某甲某乙を見下げ、某乙の要求に従わなかったという事である。また西洋文学も確かにかじったことがある。もっとも、私の価値はそこよりも、本国の精神を解し中国と東亜の運命を心にかけているところにあるのではあるが。とにかくこの三点はみな銭さんにかかわりのない事だから、彼が攻撃された中に入っていないのは明らかである。さてここで、この某乙とは誰れかを言わなければならぬ。某乙は姓を沈、名を楊といい、今は沈啓无と改名している愚生の受業の弟子だとは、すでに言ったが、私の指導の下で何年も職務をつとめ、前回、文学者大会に代表として出席したのにしても、あれは私が行かせたのだ。このたびは、文学運動の指導や、文学雑誌の主宰を目論んだものの、あまりうまく事が運ばなかったらしいのを、愚生の邪魔立てのせいにし、再三外国人を動かして攻撃させ、あげくに自分で打って出たわけである。私としてはもともと彼らが新中国創造の線に沿っているのを妨害するつもりなど、毫《ごう》もありはしないので、ずっとお辞儀主義〔原文「作揖主義」。旧友劉半農の造語で、鄭重に受け流すこと〕でやってきた。だが、徒弟が師匠に食いかかるのだけは、世界各国にもそんな法はなさそうに思えるし、私もお辞儀ばかりしてはいられぬから、破門を声明してけりをつけるほかはない。今後は完全に関係を断ち、沈楊の参与する団体ないし事業や刊行物との付合いは、一切御免を蒙る。個人同士の関係にはこれで解決がつくとしても、過去一年間、この事件によって引起された影響はけっして少なくもまた小さくもなく、そのことを私は深く遺憾に思う。一つには、弟子の恩師に対する反噬《はんぜい》は、中国の知識階級に大きな不安を与えるものだ。世間では私の四大弟子なる説が伝えられているが、それは全然不正確である。兪平伯《ゆへいはく》〔第五、六章既出〕、江紹原《こうしょうげん》〔民俗学者、「北大」教授〕、廃名《はいめい》〔本名馮文炳《ふうぶんへい》、作家、「事変」前まで北大英文講師、湖北省の郷里へ避難中〕の諸君は、かつて私の講義を聴いたことがあり、いまだにたいへん鄭重にしてくれるといっても、私にしてみれば、彼らはあくまでも友人である。後輩の友にはちがいないが、弟子ではない。何故ならこの人たちの学問にはそれぞれの成果があって、私はべつに何の貢献もないのに、どうして師匠顔ができるだろう。ただ沈楊だけは、私の貧弱な文学的見解の一部と若干の講義を継承したきり、何らの改変も加えることなく今日に及んだ。これでは徒弟としか呼びようはないし、破門を適用して不都合でもなかろう。私の思想に至っては、しょせん私自身のもので、誰れにも伝えたりしたことはない。私はひごろすこぶる煮え切らず、面倒を好まぬ者であるが、今度はもう放っておけぬ気持になった。こういう人騒がせは、とりわけ教職にある人々を不安がらせるかも知れぬが、他に仕様がないのだから、お許し願いたい。二つには、このことが文壇の分裂を暗示するということだ。さきにも言ったとおり、北方にはがんらい文壇などなかったのだし、私も文士でなければ、沈楊の如きはまして何者でもあるまいから、こんなことがあったからといって、文壇の前途にはかかわらない。ただ、彼らが私を買被《かいかぶ》って無理矢理老作家に仕立て、そうして掃蕩を加えようと、北京の文学茶話会から東京の文学者大会にかけて、何やらものものしく騒ぎたてた結果、まるで、本当にそんな文壇があり、反動老作家がその砦を占拠して、新中国創造の諸君の前進を妨害しているかのような話になってしまった。この分裂と混乱は、じっさいたいした見物である。事実上は、たかが老儒の徒弟の寝返りにすぎず、文学運動でも文壇派閥でもありはしないとはいえ、とにかく分化計画が成功したのは疑いがない。ここで補足説明を加えておかねばなるまい。さきに某甲といったのは林房雄のことである。最初は文化使節ということでやって来たが、そのご分化使節と呼びかえられるようになったのは、実に適切だ。私がこうしてくどくどと述べたのも、かかる分化の大まかなあらすじにほかならない。私どもは今度の事から大きな教訓を引出すことができる。今のようなやり方で行ったら、中国の統一的な文壇はいつになっても成立たず、文人は駆引や角突き合いに明け暮れるばかりで、目下成功を望まれている中日文学者の提携聯合も、きっと見込みはないことになろう。もし始めからいいかげんに調子を合わせ、後で物別れに終るという次第なら、それもまたとない良い結末だと言わねばなるまい。愚生はもと文壇外の人間であり、いわんや老いて憎まれたとなれば、蘇州娘が目顔でものをいうような真似をしても始まらぬから、遠慮なく言わせてもらった。言い手に罪有りとするも、聴き手の戒めになりさえすれば満足だ。民国甲申、清明節。

＊　＊　＊

一通の手紙その後　　知　堂

三月二十日、日本文学報国会の事務局長久米正雄に宛て一通の手紙を送って、片岡鉄兵が去年東亜文学者大会でやった、中国の反動作家を掃蕩せよという演説のことで、二つの質問をし、返答を要求した。四月二日になって、文学報国会名義の電報が届き、電文に誤りがあるらしかったが、あらまし、片岡が返答をするから暫く待て、ということだった。片岡鉄兵が如何なる人間かを知らずに、彼が何を言おうと取合うつもりはないけれども、私は日本文学報国会の責任を重視するのである。東亜文学者大会で発表され、さらに文学報国会の機関紙にも掲載された以上は、報国会は完全にそれを承認したことになるから、そこで一言尋ねてみなければならぬと思ったわけだ。私の手紙の最後に、発言者は片岡氏であっても、その責任は貴会が負うべきであろうと考えると書いたが、先日紙上に発表された訳文ではこの一句が脱落している。原稿は私が自分で書いたのだが。たぶん私の手紙が着いた時、久米局長はもう辞職していただろう。それでもこれは彼個人でなくて事務局長にかかわる事だから、何も問題はない。今度の電報も文学報国会名義で責任を明らかにしているので、私はこれは正しいと思う。近頃の郵便はなかなか時間がかかるとはいえ、言うところの返答が電報を受取ってから二十何日も経つのにまだ届かないのは、遅すぎはしないだろうか。私が手紙を出した日から考えると、片道二週間の計算として、返事はもしかすると書きづらいかも知れぬから、ひとまず十日と数えてみても、四月二十五日の今日までには北京に届いているはずである。それがまだ来ないのだから、少々性急かも知れぬが、もはやこれまでとして、返答なしと認めるほかはない。かくして、文人の称号を取消す免状を貰いそこねたのは少々不満ながら、日本文学報国会とのあらゆる付合いを免除されたのは、感激の至りである。私という人間は、ふだんずぼらで、いろいろな事にあまり掛り合おうとしないので、極端に忍耐を重んじているように誤解する人があるけれども、必ずしもそうとは限らぬ。私の忍耐にも限度やけじめはあるのだ。このたびは、演説だの文章だののために、ふいに目くじらを立て、小さな事を大袈裟に書き立てでもしたかのようだが、然し事は小さきに似て、意味はなかなか大きいのである。私の声明と質問は、他ならぬ次の二点に重きを置いていたことに、注意してほしい。一、弟子は師匠を食うべからざること。二、文化交流にも国際的礼儀があるべきこと。

ここまで書いたところへ、友人から手紙が届き、『民国日報』に沈某の「もう一通の手紙」が載って、片岡演説は彼と無関係であることを声明しているということだった。私はさっそく新聞社に以下のような手紙を書き送った。

　拝啓、最近南京の友人からの来信により、今月二十一日付貴紙に沈某が「もう一通の手紙」を発表し、愚生の片岡鉄兵宛質問状に対し弁解を試みている由、承りました。いったい愚生の質問の重点は、日本文学報国会の責任を究明し、もし片岡の攻撃したのが愚生であることが確定するかあるいは期限内に回答がなかった場合は、該会ならびにその会員との交際を一切謝絶する、というところにあるのであります。沈某が愚生を攻撃したことに至っては、彼の書いた一文が最も確実な証拠であり、一文の作者童陀が沈某でないことを証明できる者がいない限りは、よしんば林房雄や片岡鉄兵が応援をし、代弁の労を取ろうとも、この案件はくつがえしようがないのであります。本来ならば、貴紙に本状の公表をお願いすべきところでありますが、沈某が文字を発表する場所には一切参加を見合わせることにしておりますので、掲載には及びませぬよう、くれぐれも御諒察下さい。

今ここに附録しておくのは、小さな余波としてのことである。この「一通の手紙」の事件もこれをもって打切りとする。〔民国〕三十三年四月二十五日。

＊　　＊　　＊

周作人宛書簡

片岡鉄兵

周作人先生

鋼筆ニテ手紙ヲ差上ゲマスコトハ失礼トハ存ジテ居リマスガ私ハ元来写字ガ恐シク拙劣デ毛筆デ書ク字ハ殆ド形ヲナサヌマデ見苦シクナリマス、ドウゾ御免下サイ、

サテ御返事モ大変遅レマシテ申訳ガアリマセン、実ハ三月末カラヒドク胃腸ヲ害シテ寝タリ起キタリシテ居リマシタ上ニ近ク親戚ノ者ヲ二人モ相ツヾイテ死ナセタリシマシテ、最モ慎重ヲ要スル先生ヘノ御返事ヲ書クタメノ資料ヲ集メル事ガ出来マセンデシタ、シカシソンナ状態デコノ上遅延シマシテハイヨイヨ失礼トナリマス故兎モ角根本的ナ点ダケ御返事申上ゲマス、

改造社ノ文芸ニ御寄稿ニナリマシタ先生ノ中国ノ思想ノ一節ヲ御想起願ヒマス、「彼中国人ハ生存ヲ求メル、彼ノ生存ノ道徳ハ人ヲ損フコトニヨツテ己レヲ利シヨウトハ思ハヌニシテモ聖人ノ如ク己レヲ損シテマデ人ヲ利スルト云フヤウナ真似ハ出来ルモノデハナイ云々」カラ始マル「乱」ノ御解説ガ大東亜文学者大会デアノ演説ヲ致シマシタ私ノ意中ニアツタノデアリマス、コレダケ申上シマシタラアノ文章ノ筆者デアル先生ハ私ガ何ヲ問題ニシ、何ニ刺戟サレタカハ、スグオ思ヒ当リニナルト存ジマス、中国ノ思想ノ全文ヲ読ミ右ノ一節ノ辺リヲ熟読シテ、モシコノ〔文〕章ガ今日ノ歴史ノ中ニ演ズル役割ヲ「反動保守的」ナモノデアルト感ジナイナラバソレハ眼光紙背ニ徹シナイ読者ニ過ギマセン、中国ノ人民ノ欲望ヲ阻害シテハナラヌト云フ主張ハ大東亜ノ解放ノタメニ闘ハレテキル戦争ニ対スル消極的ナ拒否デアルト私ハ感ジソレ故昨年九月

〔八月〕ノ大東亜文学者大会ノ第二分《（マヽ）》組会議ノ席上アノヤウナ演説ヲシタノデス、モシ中国ノ人ガ大東亜ノ解放ニハ賛成スルガ生存上ノ欲望ハ阻害サレタクナイ即チ中国人ハ何ラ苦痛ヲ分担スルコトナシニ大東亜戦争ニ協力スルノダト云フ思想ガ一般的ナモノトナツタラコノ戦争ニヲケル中国ノ立場ハイツタイドウ云フ事ニ成ルデセウカ、中国ノ人達ガ指標ト仰グ先生ノコノ文章ノ影響力ヲ考ヘテ私ハ慄然トシタノデアリマス、個人ノ生存ヲ賭シナイ戦争ト云フモノガアリ得ルデセウカ、個人ノ欲望ヲ犠牲トシナイデ勝チ得ル戦争ガナイナラバ先生ノコノ文章ハ大東亜戦争ヲ拒否シ、或ハ少クトモコノ戦争ニ対シテ傍観者ノ位置ニ残ラウトスル一部分ノ中国人ノ態度ヲ伝統道徳ニ基礎ヅケテ正当化セントスルモノニ他ナラナイノデス、文章ノ批評ト云フモノハ文章ノ表面ニ眩惑サレテハナリマセン、オダヤカナ言辞デアツテモ、ソノ底ニ流動スルモノハ必ズソノオダヤカナルモノノ上ニ感得サレルノデ甚ダ失礼ナ申シヤウデハアリマスガ日本人ノ文章ニ対スル感受性ヲアマリ過小評価シテ頂キタクナイト存ジマス、

　アノ演説ハ老大家トノミ指シテ敢テ周先生ノ名ヲ明カニシナカツタタメニ言葉ハ荒クナリ過ギタト存ジ今ハ後悔シテ居リマス、モシ周先生ノオ名ヲ明カニシテ居リマシタナラモツト別ナ云ヒ方ヲシテ居リマシタデセウ、一般的ニ老大家ト指示シマシタノデ個人的ナ礼ヲ忘レタト云フノガ真相デス、中国ノ文学者各位ニソノヤウナ老大家ト潔ク袂別シテ各位ノ信念（大東亜戦争ニ協力スルコトヲ盟フコトヲ大キナ動機トシテ開カレタ大会ノ代議員タル各位ノ信念）ニ邁進サレンコトヲ希望スルニアマリニモ切ダツタ私トシマシテ、マタ、大東亜戦争ニ血ヲ流シツ、アル同胞ヲ持ツ私トシマシテ止ムニ止マレヌ勢ヒノ発シテ言辞オノヅカラ過激ニナツテシマヒマシタ、コノ所ヲ御理解下サツテ失礼ノ段ハ雅懐以ツテ御黙過願ヒマス、コノ点ハ御詫ビ致シ

マス、特ニ最近先生ガ中国ノ文学協会主宰ノタメニ出馬サレタコトヲ承知イタシ感激ノ至リニ堪ヘナイ際アノ演説ノ言葉使ヒニハ後悔イタシテ居リマス、今ハ中国ノ思想ヲオ書キニナツタ当時ノ先生ト違フ先生ヲ感ジルバカリデス、タヾシカシアレヲオ書キニナツタ当時ノ先生トアノ演説ヲ致シマシタ当時ノ私トハ共ニ真剣デアツタコトニ間違ヒ《(ママ)》デハゴザイマセン、コヽニ私ノ演説ノ根拠ガアリマス、斯ク申セバ一切御諒解下サルト信ジマス、

　ソレカラ私ノ演説ハ何モ日本文学報国会ヲ代表シタ意見デハアリマセン、大会ハ文学報国会ノ主催デハアリマスガ代表ハ個人ノ意見ヲ述ベルニ過ギマセン、従ツテ私ノ演説ノタメニ日本文学報国会カラ絶交スルナド、仰言ルノハ筋違ヒデモアリ、寧ロ子供ラシスギルオ言葉デス、マタ先生ガ信念ヲ以ツテ中国文学報国会〔正しくは中国文芸協会〕ヲ主宰サレテヰルノデシタラ一片岡鉄兵ノ演説ガ気ニ入ラヌカラトテソレヲヤメテシマハレル道理ハナイハズデアリマス、ソレトモ先生ハソレホド浅イ信念デ或ハ何カノ御都合上イヤイヤナガラ中日ノ文学報国会ニ関係シテイラツシヤルノデスカ、シカシコノヤウナ言葉尻ヲツカマヘルニモ等シイ馬鹿〳〵シイコトヲ云ヒ合フノハ可笑シナ話デス、大東亜戦争ニ協力スル文学者ノ団体ノタメニ折角御出馬下サツタ先生ニ数ナラヌ私ノタメニ引退サレテハ中国ノタメニモ日本ノタメニモ大変ナ損害デス故コノヤウナ子供同士ノ争ニ似タヤウナコトモ申サナケレバナリマセン、ドウゾ公私ヲ混同ナサラナイデ頂キタイト存ジマス、

　ナホ又大会ニ於ケル私ノ発言ニハ沈啓无氏ハ何ラ干リ知ル所ハゴザイマセン、私ノ発言ハ第二分会会議室デナサレマシタガソノ時ニ沈啓无氏ハ彼ノ属スル別室ノ第一分会議ノ席ニ居タノデアリマシテ従ツテ沈先生

ガ私ノ演説ヲ洗耳恭聴シタデアラウト猜サレルノハ最モ悪イ意味デノ猜ニ過ギマセン、マタ私ハ今中国語ヲ知ラズ（将来習得ノ域ニ達シタイト願ツテ居マス、目下勉強中）沈先生ハ日本語ガ分ラズ大会ノ会期中面晤スル機会モアリマセンデシタノデ恐ラク彼ハ私ノ顔モ見オボエテ居ナイト存ジマス、従ツテ沈先生ト私ノ演説トニ何ラカ気脈ノ通ジル者ガアツタラウト云フ御推察ハ少々失礼デアリマス、引退シタイトカ沈氏ガ洗耳恭聴シタトカドウシテソノヤウニ駄々ツ児ノヤウナコトヲ仰言ルノデスカ、私ニハ実ニ不思議デス、

以上御気ニサワル点モ多々アリマセウガ私ハ腹蔵ナキ所ヲ申上ゲマシタ、先生ノ中国ノ思想ノ一節ニツイテノ私ノ解釈ニモツト説明シロト御要求ナサルノデシタラ、モウ少シ詳シク申上ゲテモ宜シイ、タヾシカシ私モ只今ハ先生ノ積極的ナ御出馬ニ感激イタシテ居リ、引退シテ頂キタクナイノガ私ノ偽ラヌ感情デアルコトヲ御諒解ノ上デノ論戦デアリタイト存ジマス、デナイト論戦トナレバ又ドノヤウナ刺戟的ナコトヲ申上ゲナケレバナラナイカ分ラナイカラデアリマス、コノ返信ニツイテモ元来私ハ知見モ狭ク中国ノ人ノ感情ノ微妙ナ機ニツイテハマダヨク知道（中国語。知る）シマセンノデ私ノ云ヒ方ハイヨイヨ以テ先生ヲ怒ラセル結果ニナルカモ知リマセン、只腹ヲ打割ツテ正直ニ物ヲ云フホカニコノ手紙ノ書キ方ヲ選ビ得ナイ者デアリマス、文学者ガ文学者ヲ信ズルト云フ最後ノ手段ノ他ニコノ手紙ノ書キ方ニ何ノ政策モナカツタコトヲ御諒解下サイ、終リニ異国ノ大家ニ私信ヲ差上ゲルト云フ機会ヲ先生カラ与ヘラレマシタコトヲ感謝致シマス、所以ニコレヲ書クコトハズヰブン不愉快モ伴ヒマシタガ大部分ハ楽シカツタト云フ私ノ本音ヲ先生ノ襟度ニオイテ理解サレンコトヲ希ヒマス、

昭和十九年四月末　　片岡鉄兵謹拝

＊　＊　＊

周作人宛書簡

武者小路実篤

周作人兄（原稿紙に手紙をかくのをお許し下さい。矢張り僕には原稿紙の方が、自分の思つてゐる事を書くのに、一番なれておりますから。）

今日は他の人に頼まれて手紙を書きます。君の事だと僕の事が一番先に日本人の頭に浮ぶらしく、その為に厄介な事をたのまれるのを、僕は反つて光栄にも思ひ、自慢にも思つてゐるのです。しかしたのまれて書くのですが、僕自身も進んで書く気になつて書くので、いやいや書くのではありません。

君は余計な事に口を出すと思はれるかと思ひますが、ごく御気楽に御読み下さい。

君の御気持は僕には他の人よりは、わかつてゐるつもりで、御同感な所も多いのです。然し僕にわかつてゐるのはごく一部分かとも思ひます。今度の片岡鉄兵氏の失言、少くも言はでもいゝことを言つただけが、元因ではなく、今迄のいろいろの事が、つみ積《（ママ）》なつてさすがの君も遂に黙つてゐられず、今迄にたまつてゐた事を一度に吐き出され、一方さつぱりされたらうと思ひます。もう言ひたいことは十分言ひ、その効果も予期以上にあらはれ、皆も今更に君の存在の大きさを知つたのですから、君の腹の虫もいく分おさまつた事と思ひ、僕も一方痛快に思ひました。言ひたいことは思ふ存分言つてしまふ方がさつぱりする事は僕も知つてゐます。君も僕も外柔内剛の傾向があると思ひます。世間の人が君や僕を甘く見すぎることはよくあると思ひます。ですから時々は自己の真価を知らす事もいゝと思ひます。さう言ふ意味で、僕は今度のことはよかつたとも思つてゐるのです。

片岡氏の事だけでしたら僕は問題にされる程の事ではないと思つてゐます。日本の文学報国会は面々が勝手に、言ひたい事を言ふ処で、僕なぞもその点でまだ席を置いてゐるので、皆が同じ意見を持たなければならないのでしたら、僕はとつくに退会してゐます。

ですから片岡氏の発言は彼氏一人の発言で、それもあまり根拠のない発言で、僕なぞは記憶《(ママ)》にも残つてゐませんし、問題にもならなかつたと思つてゐます。たゞ漫然と無責任に賛成した人があつたにしても、君の事を考へた人は十人に一人もないと思ひます。しかし国外に居る君が、それを問題にされたのは尤なことで、今更に日本人同志の呑気さに恐縮し恥かしく思ふわけです。しかも彼の意見は彼だけ、或はごく一小部分の意見だと思つて戴きたく、それも場あたり的なものだ位に考へて戴く方が真相だと僕には思はれます。

その他に就て君の神経を無視した人もあるかと思ひますが、それもごく個人的な行動で、僕としては見逃がして戴きたい、僕なぞはもつとひどい事を言はれております。しかし笑つてすまされない、私達日本人にはわからない事が、万一ありましたら、この際はつきり日本側に反省してもらいたいと思ふ事を言はれ、その上で日本側が反省しなかつたら、やむを得ないと思ひますが、僕としては中国の文士と日本の文士とは仲よく出来るだけしてゆきたいと思つてゐます。君もその点では僕と同感と思ひます。

陶淵明が御好きな事を二十何年前、日向国の山の中で伺つた事があります〔一九一九年、日向の「新しき村」を訪問〕。君がうるさい事はいやで引こみたい御気持もわかりますが、今君に引こまれると、君を信頼してゐる人々は随分困るだらうと思ひます。註文は出すだけ御出しになつて、皆が困らないやうに基礎工事だけはしておいて戴きたく思ひます。

今度の事で君の中国や日本における位置がはつ切りしました。それが僕達日本の文士には一寸想像が出来ない程、重大な位置である事を知つて、友人として僕も鼻が高いやうな気がした事は事実です。しかしそれだけ君もいろいろ厄介な事を持ち込まれる事と御同情しますが、僕としては矢張り君でないと出来ない事ですから、一肌ぬいで戴きたいと思ひます。今後、御不満な点がありまして日本の文士達の反省の実が上りませんでしたら、その時は僕もおとめしません。しかし今度は事実君の勝利になつたのですから、君もさつぱりされて、中国の若い作家の為にも、中国と日本の文化の為にも積極的に働いて下さると嬉しく思ひます。君に今引こまれると困る人は存外多いのではないかと思ひます。

一二の人の心ない言行が、善良な人々の迷惑になる事はありはしないかと思ひます。日本人として、僕に責任はないかも知れませんが、君に不快を与へたことをお詫びしたい気がします。

おついでの時銭稲孫さんにどうぞよろしく。つまらぬ事を長々と書き、君に不快を与へたかと思ひますが、長き友情を思ひ出し、僕の意のある処をお察し下さい。

君の三十余年の友情を感謝して

武者小路実篤

（しみる原稿紙で読みづらいことをお許し下さい。）

＊　＊　＊

周作人宛書簡

長与善郎

謹啓

平素は打絶えて御無音に打過ぎて居りますが先生には老来倍々御清適の御様子何より大慶に存じます。

扨て昨夏大東亜文学者大会席上での某々の粗忽なる失言が不幸にして先生の忌諱に触れたといふ話は今年の春頃一寸耳にした事がありましたが大した事ではあるまいと聞き流して居りました処其後その事が意外な波紋を捲き起して居るとて文報の或る人々が大に憂慮し小生に先生宛てに何か釈明の手紙を書いてくれないかと云つて来ました。それに就ては武者小路が既に手紙を差上げた由昨日聞き、何を書いたか知りませんが、武者小路が書けば、今更小生が付け足しの文を認めるまでもない事と思ひます、只頼まれてもう一と言小生の意中を述べますと、大体文報といふものが、御承知の通り三千五百人もの会員から成り其中には和歌や俳句などにたずさわる医者とか会社員とかいろ〳〵の本職の人も多く大部分は名も知らない人であります、又少し名有る文士にしても大衆作家や左翼からの転向者や千差万別の種類から成り到底呉越同舟どころではありません、それが情報局の文芸課といふものの干渉下に在り、従つてその課長の個人的性格思想などに影響をうけざるを得ないやうな組織になつて居ます、

かゝる厖大な人数と多種多様な分子とを擁しつゝ、何はともあれ此の重大な時局下の要請として大同団結といふ事になつて居るのでありますから固より立場を異にする各個にとつて理想的な注文の出来ない事は云ふ迄もなく、唯かゝる文学者の始めての大団体の出来た事によつて、社会的には平常無視されてゐる文士と

いふものが何か国家社会の意外な役に立つものだと世間の大衆が多少文士を高く買ふやうになつた事がいくらかの収穫かと思ひます、

小生等は東京に居りますと、文報内のいろ〱の思白（ママ）からぬ事を耳にしても初めから文報そのものに期待をかけてをらず、唯此の際の止むを得ざる妥協で一応おつき合し、自分は矢張り衷心の命ずる処に従ひコツコツ仕事をする以外に真の報公の誠の尽しやうもないと信じ、会にも稀には顔を出して飲食の御相伴をする位のものであります、つまり近くにゐると余りに諸事情が綜合されて判るために一つの出来事に捉はれたり、大きく買ひ被つたりする事はありませんが、海を隔てた遠方にあつてあれこれと部分的な風聞に接し想像される事になり、却つて無頓著におなりになりにくいのではないか、殊に先生の如き東亜の運命と和平に就て深き誠実な憂ひを抱かれる方にとつては堪え難い不快を感ぜられるやうな事もあつたことゝお察しして某々の失言を深く遺憾に思ふものであります、

いずれこゝ一両年の中には東亜ばかりか世界の形相も大変化を来すものと思はれますが、兎も角先生のやうな方には東亜文壇の重鎮として益々ゆつたりと構へ、取るに足らぬ者の言動など余りお気にかけないで戴きたいとお願いせずにゐられません、先生の一挙一動の影響はそれにしては余りに大きいのですから。

冗らぬことを長々と書き貴重な御時間を御煩はしした事を御詫び申します、唯小生の微衷を御汲み取り被下事を得ば幸甚に存じます、乍末筆尚御尊体の御自愛を祈つてやみません

匆々不備

七月廿四日　　長与善郎拝

周作人老先生
玉案下

十一　裁判

一九四五年八月、日本が連合国に無条件降伏をすると、南京の和平政府は、ただちに「使命の完了」を理由に解散した(十六日)。北京の華北政務委員会も、この方は地方機構ということで、諸般の手続完了までなお暫くの存続を申し合わせたものの、足かけ九年に及んだカイライ政権の崩壊を自ら確認した(十八日)。これより先、重慶の国民政府は、蔣介石の命令で、各戦区に敵の武装解除と要地の占領とを指示していた(十日)が、八路軍総司令朱徳《しゅとく》が、全解放区の軍隊に、同じく日本軍とカイライ軍の武装解除、被占領地の占領を命じた(同日)のに対抗して、すでに名義上の統制下にあったにすぎぬ八路軍、新四軍などの共産党系軍隊を現駐留地に釘づけるべく、独自行動の禁止を命じた(十一日)。朱徳はこの命令を拒絶し、さらに「解放区抗日軍総司令」の名で、日本軍に投降命令を発し、米英ソ三国政府に向けて、解放区の人民軍隊が敵の降伏を受入れかつ関連する国際会議に出席する権利をもつことを声明、とくに米国に対しては、国民政府への武器貸与法を停止して内戦政策をやめさせることを要求した(十五日)。まもなく、毛沢東が延安から重慶に飛び、蔣介石との間で四十一日にわたる談判が始められた(二十八日)が、こうして、ようやく勝利した中国人民は、新しい内戦の危機にさらされ、敗けた日本軍とその協力者たちは、しのぎを削り合う二つの勝利者を迎えることになった。

もっとも、日本軍全体としての選択は、この点はなはだ明瞭であって、連合国の命令と国民政府の法的地位を栖に、各地で共産党系軍隊への投降を拒み、とくに八路軍の優勢下にあった華北方面への国府軍の進出を、極力掩護さえした。また国民政府の方でも、何応欽《かおうきん》の支那派遣軍総司令官岡村寧次に対する命令として、八路軍と新四軍に占領された都市を奪還のうえ国民党接収部隊へ引渡すことを求めたりした(八月二十三日)。つまり、日中戦争の反赤色革命の干渉戦争としての側面を、敗戦後も国民党と協力しながら一部継続したわけであり、敗戦直後の発令で北支那方面軍司令官になった根本博は、その後も四九年から五二年にかけて、「旧軍人グループを指揮して、台湾政府の対中共作戦に協力した」(日本近代史料研究会『日本陸海軍の制度・組織・人事』)。「既往は咎めず、徳を以て怨に報いよ」と言った、蔣介石の「対日方針」(八月十五日)は、おそらくそのような事情と無関係でなく、事実、その後ずっと日本帝国の遺臣の手で反中共運動の錦の御旗とされてもきたが、こういった道徳の言葉の政治的やりとりの陰にかくされがちなものは、国家を巻きこんで抵抗した中国民衆の真情と、国民あげての侵略を主導した日本国家の責任とであろう(ちなみに、「徳を以て怨に報いる」という態度に意見を求められた際の孔子の答は、「直を以て怨に報い、徳を以て徳に報いる」である)。それはさて、占領のためにその人生に思わぬ影を背負ってしまった淪陥区の少なからぬ中国人にとって、祖国の勝利は、どんな現実だったのだろう。

　たとえば例の沈啓无《しんけいむ》が、ほとほと途方に暮れる思いで、この事態を迎えただろうとは、充分に想像されるが、敗戦直前の七月に、文学報国会の肩書をはずし、「満洲」を経て再び北京を訪れた真船豊が、「苔と反故紙」に彼のその頃のことも書いている。それによると、彼は「この場にのぞんでも、この戦争事情など、相変らず、ケロリとして、〝無関心〟(没関係《メイクワンシ》――知らぬこと――の憶えちがいか)の様子だ。そんなこと、まるきり念頭にないありさまだ。そして、あなたは、ただただ、相も変らず、〝没法子《メイファツ》〟(仕方がない)ばかりくりかえしてゐるのだ」といったあんばいで、しかも、敗戦ですっかり動顚し、自信を失ったこの日本人作家を、逆にいろいろと励ましさえして、ますます敬服と敗北感をあらたにさせたそうである。真船豊は、帰国後まもなく、『中橋公館』や『喜劇雀の宿』など、敗戦時の北京を舞台とする人間喜劇をものしたが、これらの中で、日本人の自己諷刺の鑑《かがみ》といった格の器量ゆたかな中国人のイメージに、中国人としては最も同情されぬ立場に陥った沈啓无がその影を落しているのは、互いに因果な国民的意識のドラマというものであろうか。「苔と反故紙」はまた、中日文化協会や作家協会に関係した沈啓无の友人らが、その後二千名も蒙疆方面の八路軍に投じたという噂が立ったことなども記している。協力者たちの戦後の選択は、国共両党の抗日姿勢の強硬度から私たちが推測するようには単純でなかったようだが、真船豊がいっそ八路軍の方へ逃げたらどうか、とすすめてみると、言下に〝不好《ブハオ》〟（だめ）と首を振った沈啓无も、漢奸の追及がはじまったこの年の暮れには、妻女を北京に残したまま、どこかへ姿をくらました。

周作人にも、そのような選択がもちかけられはしたらしい。羽太重久の話では、周作人が淪陥中に親しかったさる人物から、台湾へ逃げることを熱心にすすめられていたといい、いっぽう洪炎秋《こうえんしゅう》は、彼に「落草」（山賊に身を落す）すなわち八路側への帰投を、進言する向きもあったと書いている（「国内名士印象記」）。台湾へ逃げることは、洪炎秋や張深切らが、戦後すぐ、日本軍当局に台湾出身者のための特別措置を要求するなどして、帰郷運動を始めていたから、必ずしも夢のような話ではなかったろう。また共産党の指導者たちに対しても、彼は一寸のんきな親近感を抱いていたふしがあり、「落草」もあながち突飛なすすめとは言いきれない（補注二）。しかし今度も彼は北京を離れなかった。前後の言動から推して、彼には、自分の政治的な責任問題に関し、一定の覚悟とともに、いかなる意味でも逃げ隠れを肯じないだけの自負があったようだ。

やがて、北京では四五年の暮れまでに続々と国府軍が進駐し、八路軍の北京入りを極度に警戒して、そのための秘密警察が設けられるような状態のもとで、接収や漢奸狩りがはじまった（梨本祐平『中国の中の日本人』）。米軍や日本軍にさえ「掩護」されて、旧淪陥区に入った国府筋の乱脈極まる接収ぶりは、さまざまに伝えられているが、当の重慶国民政府で外交部情報局長をしていた刁毓麟《ちょういくりん》の次のような率直な言葉を読むだけでも、占領から解放された同胞に国民党政府が与えた幻滅の深さを、想像するには足りる。

我軍の受降地における軍事以外の接収は、本来全面的かつ計画的に行なわれなくては成り立たないものである。ところが中日戦勝利後の接収は全く不当不正に行なわれてしまった。それはあたかも一つの生きた有機体の手足を切り、動脈を切断し、肺や肝臓をくりぬいて地上に投げ棄て、蠅が血を吸い犬が肉を食いちぎるままにしていたようなものだった。……勝利後の接収に対し、多くの人達は接収という音をもじって劫収〔掠奪〕と呼んだ。この劫収は常に五子──金子、車子（自動車）、房子（家屋）、女子および票子（紙幣）の五つ──を対象とするので、別名を五子登科〔子弟栄達の吉祥文句〕とも呼んだ。どんな人でも五子さえ提供すれば、その人は登科（科挙の試験に及第）することができた。こんな有様であったから、遂に政府の根底が動揺し始め、戦勝という声の中から早くも失敗の時限爆弾が仕掛けられて行った。（「抗日戦勝利の前後」岡田酉次『日中戦争裏方記』所引）

学術、教育機関には、そんなすさまじい利権の種もなかったとはいえ、接収する側とそれを迎える側の意識のずれは、さすがに小さくはなかった。この方面の接収は、四四年の夏ついに北京から姿を消し、国民政府教育部「平津地区接収委員」の肩書を帯びて戻って来た輔仁《ほじん》大学文学院長、沈兼士《しんけんし》の采配のもとに行なわれた（直江広治「中国民俗学の歴史」『中国の民俗学』）。接収工作には「教育文化界の忠貞なる人士には、沈兼士の特派員張継《ちょうけい》宣慰使の保証推薦により、メリケン粉百ポンドが、鄭重な信一封を添えて送りつけられた」（方紆「北平歳寒図」『民主』第一七期）というような一面も伝えられるが、他方では次のような申し分も目に入る。

日本が降伏した後、北方の人士はそれこそ歓呼の思いで王師を迎えたのだったが、帰って来た当局者が、他の部門はさておき学術部門に限るとしても、じつに眼には眼、歯には歯を、といった態度に出た（たとえば沈兼士先生が北平で接収にあたった際にも、人々の不満を買うようなところがあった）のは、情無い次第だった。（于鶴年「北方文化思痛録補」『大公報』四八・一・二九）

この一文は、周作人の淪陥中の文教界における幾つかの功労を弁じるくだりを含み、また、周作人が北京図書館長を兼任した際、館の維持のために送り込んだという王古魯《おうころ》（文学史家、東京文理大、帝大講師ののち「北大」文学院教授。なお五九年自殺）が、復員してきた図書館の旧幹部の言動に関し、新聞に公開抗議文を発表したことなども伝えている。事柄は、互いにどさくさにまぎれた不公正や不正直がなかったと仮定しても、残留者の鬱屈と復員者の気負いを考え合わせてみるだけで、齟齬《そご》軋轢《あつれき》や不平不満の発生しないのがむしろ不思議な、それ自体が侵略の罪に帰せられる分断の不幸の表れであった。そういう混乱のもう一つの例に、「北大」接収の当初、「偽大学」の「偽学生」は学生と認めないという方針が示され、これに反撥した学生が、文学院を中心に激しい抗議運動を起し、結局は当局側が折れたような一幕もあった(岡本堅次直話)。十一月頃北京に乗込んだ国民政府教育部長朱家驊《しゅかか》が、「学校はカイライでも学生はカイライでない」と言明した(「評壇」『周報』一二期)のは、この騒動の結果と関係のある措置だったろう。(補注二) 朱家驊はその時、記者に答えて「教授の場合は内心からカイライであったかどうかが問題で、なお審査の必要があろう」とも語っている。「偽教授」の「審査」のもようは詳かでないが、戦後すぐ、在米中のまま北大新校長に任命された胡適(四五年九月任命、翌年六月帰国、九月就任)の代理として、傅《ふ》斯年《しねん》が四六年五月に北大の復員処理にあたった際、「偽北大教職員は一切登用せず、北大のためにかかる恥辱の跡を留めなかった」(胡頌平『胡適先生年譜簡編』)というからには、最終的に厳しいけじめがつけられたのであろう。傅斯年は史学系の教授だが、「事変」前から中央研究院歴史語言研究所所長や国民参政会駐会(常任)委員を兼任し、戦後の政界で最もはなやかに口を利いた学者である。容赦ない態度は、後にもふれるとおり、当時評判の的だったらしい。(補注三)

さて学術、教育機関の接収の総責任者沈兼士について、周作人が、彼は淪陥中も重慶教育部の特務工作に従事していたと書いていることや、彼を日本軍から「救出」した事実を裁判で申し立てたことは、すでに記したが、「北大」接収の際に、この二人の間でどのような接触があったのか、また周作人の淪陥中の行為に対して、沈兼士その人がどのような見方で臨んだのかは判らない。(補注四) しかしいずれにせよカイライ政権の督弁にまでなった人物の処遇が、ただの「偽教員」並の「審査」で済むはずはなかったし、周作人は周作人で、帰って来た国府当局の追及姿勢に相当激越な反応を示したらしいことを、岡本堅次は記憶している。

日本が敗けてまもなく、文学院の入口に周作人が貼紙を出して、蔣介石側が自分を漢奸と言っているそうだが、自分は北京に残された青年を教育する責任を果したのである、という趣旨のことを、まるで蔣こそ漢奸でないかといわんばかりのすごい調子で声明した。あんなことを書いて逮捕されないだろうかと、私などはハラハラしたものだ（補注五）。

いっぽう、漢奸一般に対する文化界の追及の声は、当分虚脱状態にあった北京とちがい、占領終結後ただちに無党派知識人の言論活動の拠点となった上海を中心に、まずは政府に厳罰を迫る形で、高まっていた。『周報』（週刊、四五年九月創刊、唐弢《とうとう》・柯霊編）や『民主』（週刊、同年十月創刊、鄭振鐸編）の誌面には、周建人《しゅうけんじん》、許広平《きょこうへい》といった周作人の縁者をはじめ、鄭振鐸《ていしんたく》、馬叙倫《ばじょりん》など既出の面々が有力な論客として登場し、漢奸問題をも痛論している。いずれも徹底懲罰を主張しているが、中国新生のために自身の病巣を敢えて切るとでもいうような、痛切さがあらわだ。たしかに、仕掛けられた「事変」の性格にかかわる面を別にしても、この問題には、老大民族固有の根深さと規模の大きさがあるようだった。その点では、周作人の例などむしろ念頭にかすみがちでさえあったかもしれない。だが、文化界独自の追及運動もまた盛上ろうとしていた。

中華全国文芸界抗敵協会（文協）は、はやくも八月十三日の会合で、老舎《ろうしゃ》、巴金《はきん》、孫伏園《そんぷくえん》ら十八人からなる「附逆文人調査委員会」を発足させ、文化界の協力者に関して、一、姓名と罪行を公表する、二〜四、文化団体、出版界、学校、新聞雑誌関係から締出す、五、叛逆文化人罪行録を国内外に配布する、六、政府に逮捕と公開裁判を要求する、等の措置を決めた。また九月初めには、全国人民への抗戦勝利のメッセージとあわせ、とくに大後方と辺区の作家、文芸工作者を代表して「上海文芸界への慰問書」を発し、その中でも漢奸問題を大きく取上げて、こう訴えていた。

あわせて要望します。今次の神聖なる抗戦において、かくも多くの漢奸を出したことは、中華民族の奇大辱と言うべきであります。本会はすでに文化漢奸調査の責任を持つ機構を設けました。しかしながら、情況隔絶の故に、事は容易にはかどりません。よってとくに各位に、調査と証拠蒐集を分担の上、景宋〔許広平〕、〔鄭〕振鐸、〔李〕健吾三氏の責任において集約ならびに推進せられんことをお願いする次第です。各位には必ずや勇躍してお聞き容れ下さることと信じます。御参考までに、調査用紙を一部同封します。（『周報』第四期）

これに答えて、書中に指定された三人のほか、周建人、郭紹虞《かくしょうぐ》、唐弢《とうとう》、柯霊《かれい》などあわせて二十四名が発した返書にも、次のような披瀝が見られる。

文化漢奸の調査については、我々も目下策を講じつつあり、各種刊行物においても、言論を掻きたて、厳正に摘発をすすめています。全中国の人民がこの八年の苦戦を忘れぬ限り、その傷の大いさと痛みの深さにかけても、漢奸をたやすくは許すはずがないと信じます。わけても文化漢奸は、言論を歪めて国民思想を毒し、厚顔にも敵に仕えて卑劣の限りを尽したのであります。当地の文芸界同人は、悪は徹底的に除かねばならぬ道理を肝に銘じ、その摘発におくれを取ることはないでしょう。誓って中華民国のためにかかる奇恥大辱を雪がんとするものであります。（『周報』第七期）

しかし『周報』や『民主』の誌面の推移は、侵略者の敗北を喜ぶいとまもなくかの「奇恥大辱」を含む「惨勝」の傷の深さを思わざるをえなかったこの国の知識人が、それらの事を論じ尽さぬうちに、今度はその総力を政府の内戦政策への抵抗に注がねばならぬところへ、追込まれていったことを示している。北京復員前の西南連合大学でも、内戦に反対した学生と教員が四百人の武装隊に襲われて、数十人の死傷者を出したり(四五年十二月)、抗日戦を通じて急進的な民主運動闘士に生れ変った愛国詩人、古典学者の聞一多《ぶんいった》(清華大学教授)が、民主同盟の指導者として活躍中、国民党の特務に暗殺されたり(四六年七月)した。そして四六年七月、一度は結ばれた国共停戦協定(一月)もむなしく、全面内戦が始まると、両誌とも、強権により、一年そこそこの寿命を前後して断たれてしまった。

もともと、国民党政府は、共産党との交渉においても、漢奸の厳罰を第一番に迫られる立場にあった。そこで、こうした内戦情勢の進展は、政府の一件処理に国権の大義名分がからんだ政治的な影響を加えることになり、その結果国民党は、民主統一を求める無党派知識人の運動を一段と共産党に近寄らせたうえに、さらに漢奸として裁かれる者にとっても、少なからず権威と信用を失墜した面があるようだ。冀東政府の殷汝耕《いんじょこう》をはじめ、臨時政府、華北政務委員会の王克敏《おうこくびん》、さては南京政府の汪兆銘《おうちょうめい》といった、カイライ政権の首長連の多くについてさえ、重慶側との密約を疑えばみな幾らかずつは疑えるように取沙汰されていた中で、汪兆銘の片腕で中途から重慶と秘密の無線連絡を通じていたという周仏海《しゅうふつかい》を、戦後ただちに南京上海地区の行動総指揮に任命しながら、一転して漢奸裁判で死刑に処し、ついでまた蔣介石の特赦令で無期刑に一等を減じたのなどは、そういう政治的な動揺の著しい例だったろう。

　こんなに込入った情況の下で、四五年十月始めに上海と南京で協力者の検挙が始まり、北京天津地区では、十二月八日前後に華北政務委員会の元官吏ら二五〇名が一斉に逮捕された。周作人は、『知堂回想録』によると、十六日に自宅で捕えられ、炮局胡同の獄舎に繋がれた。『知堂回想録』は、逮捕ついでの「劫収」のことにも触れて、彼のところには金目のものがないので、拳銃を持った特務は、田黄石の印章と舶来の時計を失敬して行ったが、彼が愛蔵していた画磚《がせん》や磚硯《せんけん》には目もくれなかった、などと書いている。このコレクションは、かつて日本人訪問客を煙に巻く役を果したり、うち一面が武者小路実篤に贈られたりしたものである。周作人逮捕後の留守宅のもように関して、次のような話がある。

　周氏が昨年十二月漢かんとして収容されてから、西城八道湾十一号の周宅、苦雨斎として全中国に知られた居宅は、重慶から来た憲兵の分所か、なにかになった。そこで憲兵が周氏の周囲について調べてみると、家計があまりにひっぱくしているので驚いて家族や使用人に売り食いを許可したとのことであった。すでに周氏は反逆罪の確実な嫌疑犯として令状を執行され、財産の差押えを受けているのだから、さ細な家財といえどもその位置を動かすことは禁ぜられている筈な、ところが、家族の売り食いを許さねばならぬ状態だったのである。（川本俊夫「周家の車庫」）

この一文は『読売ウィークリー』の同じ号（四六・一二・七）に行田茂一「東洋人の悲哀——ナゼ日本と結んだか——」と一緒に載っていて、判決を受けた周作人に対するささやかな哀惜の紙面をつくっているが、実は北京で飯塚朗や中薗英助らの同人と『燕京文学』をやっていた長谷川宏が、一人で書いたものである（直話）。この人は『東亜新報』から新民印書館へ、辞職した張深切の後任として迎えられ、『芸文雑誌』の編集にも干与した。文中には、敗戦三カ月程前、ものすごいインフレと住宅難の中で、周家がもはや無用の長物となった督弁時代の名残りの車庫を貸しに出したという噂も見える。

さて華北政務委員会関係者の案件は、四六年一月はじめ、ひとまず河北高等法院に送られた。いわゆる漢奸裁判は、南京、江蘇、上海、河北、天津、済南、廈門など各地の高等法院で、四月上旬から一斉に開始され、汪兆銘の死後同政権の主席を継いだ陳公博《ちんこうはく》への死刑宣告をはじめ、重要人物への極刑が次々に下されていった。河北組では、予審ののち、次の十三人が、五月二十七日、飛行機で首都南京へ護送された（王克敏は暮れのうちにアヘン中毒で獄中死）。王蔭泰《おういんたい》（華北政務委員会委員長）、斉燮元《せいしょうげん》（同綏靖総署督弁）、潘毓桂《はんいくけい》（同委員）、汪時璟《おうじけい》（同財政庁長）、唐仰杜《とうぎょうと》（同工務総署督弁）、文元模《ぶんげんぼ》（同教育総署督弁、「北大」理学院長）、周作人（同委員、「北大」文学院長）、陳曾拭《ちんそうしょく》（同農務総署督弁）、余家龢《よかわ》（同委員）、殷汝耕《いんじょこう》（冀東政府主席）、江亢虎《こうこうこ》（北京市長）、鄒泉蓀《すうせんそん》（同商会会長）。彼らがとくに南京へ送られたのは、顔ぶれから見て、当然重要な被告だったからだろう。とはいえ、王揖唐や管翼賢《かんよくけん》がそのまま河北で裁かれ、一方では、南京の獄に繋がれていた陳公博や汪未亡人陳璧君《ちんへきくん》（南京政府中央委員）などの大物がわざわざ蘇州の法院に廻されたのと考え合わせると、よく判らぬふしもある。これらは、逮捕や接収等にかかわる一切を全権をもってとりしきっていた「軍統」（軍事委員会調査統計局）の局長、戴《たい》笠《りゅう》が直接指図して取らせた措置で、この人物はまもなく飛行機事故で死んでしまったが、汪政権の関係者にはさかんに「政治的解決」の夢を約束していたと言われる（金雄白『汪政権実録』）。

南京市内老虎橋の首都監獄で、周作人は西北隅の「忠」の字で呼ばれる獄舎に収容された。以後一年ほど、彼はここの住人となる。忠舎には東西向い合わせに部屋が五つずつあり、部屋ごとに各五人が入った。司法部に属するこの監獄は、軍統の特務に管理されていた北京の収容所に較べ万事ゆるやかで、囚人同士月々三、四十万元の金を募っては、所長以外の全職員を慰労することになっていたが、忠舎には富豪が多勢いて、彼のように金の無い者は出さなくてもよかった、と『知堂回想録』には記されている。老虎橋には、周作人たちが入ったのと同じ五月中に、すでに判決の下っていた周仏海や林柏生《りんはくせい》も、上海から移されて来た。周仏海側近の一人として汪政権に加わり、おもに新聞や銀行の経営に当った金雄白《きんゆうはく》（懲役二年半）は、『汪政権実録』の中で、「老虎橋監獄で最も人目を引いた人物」として、周仏海に次いで周作人の名をあげ、その獄中の印象をこう書いている。

著名な文学者周作人。彼は「華北政務委員会」の「教育総署督弁」を引受けた罪で北平で捕えられ、ここへ移されて来た。獄囚となりながらもあいかわらず人々の尊敬を集め、もの静かな獄中生活を送っていた。読書で気をまぎらせ、詩をたくさん作った。文学方面のことで教えを乞う者にも、淡々と応じていた。とくに立派だったのは、とんだ囚われの身となっても、決して怨みがましい言葉を口にしなかったことで、その風格にはさすがに真似のできないところがあった。

危い政治的な賭けに失敗した海千山千の囚人たちの中で、彼がひとり際立った風格をこの元弁護士に印象づけたのは、もっともなことだろう。金雄白はさらに、周作人が林柏生と同じ部屋に入れられていたことと、十月八日にこの同室者が獄中で銃殺刑を執行された後、哀悼の七絶を一首作ったことを、伝えている。汪政権の中央宣伝部長だった林柏生は、第一次国共合作時代には、ソビエト・ロシアの軍事顧問ボロジンの秘書をやったことがあり、以後ずっと汪兆銘派の宣伝方面を担当してきた。周作人が沈啓无への反撃文を寄せた『中華日報』も林柏生の出していた新聞だから、たまたま獄舎を同じくしたという以上のよしみを、互いに通じ合っていたのでもあろう。詩はこうである。

当世不聞原庚信　　当節はみな庾信《ゆしん》を許さぬとみえ
今朝又報殺陳琳　　今日はまた陳琳《ちんりん》が殺されたそうな
後園慟哭悲涼甚　　裏庭でいとも悲しげに哭いていた
領得偸児一片心　　泥棒ひとりだけの同情を博して

詩に付した自跋には「林石泉同室の余九信なる外役〔世話係〕は、石泉の死耗を聞き中庭で大哭した。余は十九歳、窃盗のかどで徒刑三ヵ月に処せられた者である。十月十四日作」とある。むかし梁から周に使いし、周室に文才を愛でられたばかりに異朝の顕官となってついに帰国できず、虚しく故国を慕い続けた庾信の故事は、座談会事件(本書第四章)の時、周作人の前途をこの詩人になぞらえて気づかった周黎庵《しゅうれいあん》の一文にも注をはさんだが、はからずも本人が、庾信の境涯をここに出している。三国志中の文士陳琳は、袁紹《えんしょう》のあたかも宣伝部長格だったが、檄文の中で敵方の曹操《そうそう》に、折からの頭痛がいっぺんに止まってしまったほどの痛烈な悪罵を呈したにもかかわらず、曹操は袁紹を負かした後、これを包容した。林柏生を陳琳に擬したところは、蔣介石の度量を問おうというのであろう。

林柏生が処刑された時、周作人自身は、南京高等法院で、七月九日と八月九日の二回の公判(裁判長葛之《かつし》覃《たん》)を終え、判決を待つ身の上だった。彼の公判記録をじかに読むことはできない(補注六)。当時の中国紙の報道をもとに編んだ毎日新聞東亜部益井康一『裁かれる汪政権』による要約の目ぼしい個条は、すでに事にふれて引用したが、最後にまとめてみれば、裁判のあら筋だけは推察できるだろう。

起訴状

一、北平が陥落し偽臨時政府が組織された時、湯爾《とうじ》和《わ》の勧誘を受け、一九三九年八月偽北京大学教授兼文学院長に就任、敵の意を受け日本人教授を招聘した。

一、四一年一月偽華北政務委員会常務委員兼教育総署督弁に就任、同十月偽東亜文化協議会会長を兼ね両国の文化交流を促進した。

一、四三年六月さらに偽華北綜合調査研究所副理事長を兼任、敵の華北資源調査に協力した。

一、四四年五月偽華北新報経理および報道協会理事となり、敵のために宣伝につとめた。

一、四四年十二月中日文化協会理事を兼任、文化運動に従事した。

第一回公判における被告答弁

一、「七・七」事変後、北大は長沙さらに昆明へ移ったが、自分は身体が弱いため蔣夢麟《しょうむりん》校長の命により、孟森《もうしん》、憑漢叔《ふうかんしゅく》、馬《ば》裕藻《ゆうそう》と北平にとどまった。

一、三九年元旦、自称李なる青年に自宅で狙撃されたが、あとでこれは日本軍の手先が脅しに来たものと考えた。

一、右直後の三九年一月、湯爾和に招かれやむなく偽北大図書館長、同文学院長に就任したが、日本人教授の招聘は北大当局が行なったもので、文学院では哲・史・日文関係の日本人わずか二名と講師数名にすぎない。

一、四一年、湯の死後偽華北政務委員会の教育総署督弁となったが、敵の奴隷化教育に抵抗するためであった。その他の職にも就いたが、これは当然のこととして兼任させられたにすぎず、従って実際工作には携っていない。

一、自分の思想については、四三年日本の思想統制機構の文学報国会が主催した大東亜文学者大会で片岡鉄兵が「中国老作家を打倒せよ」なる議題を提出したのは自分を指したもので、「中国の思想問題」の文中我国の中心思想は民族の自由生存にあることを論じた点を大東亜主義の敵としたのである。

一、偽職在職中、輔仁大学の沈兼士《しんけんし》その他を救った。

第二回公判における被告側反証

一、被告は日本を敵とみなしていた(証拠は片岡鉄兵よりの手紙)。

一、抗戦の功労がある(元北大校長蔣夢麟に依頼された大学財産の保管、また輔仁大学教育学院長張懐《ちょうかい》その他を日本軍より救出、さらに北平青年団員楊永芳《ようえいほう》に対し手紙で証明して地下工作を援助した)。
一、朱家驊《しゅかか》教育部長が新聞に発表した談話によれば、華北の教育は奴隷化教育でなかった。

「中国の思想問題」に対する日本人の心証を逆用することの論理的な弱さを問わないとしても、これらの法廷陳述に、文人周作人の美的倫理的な「生活芸術」をいたく傷つけるかのようなふしぶしが感じられるのは、確かである。実際、ここに及んで最後の幻滅を味わった人々も、少なくはなかったようだ。そういう一般的な疑問を、記者として、監獄で直かに周作人にぶつけてきた若い文章家の「老虎橋で『知堂』をみる」と題する探訪記(黄裳《こうしょう》『錦帆集外』所収)が、ここにある。黄裳の名は、『周報』にもしばしば、重慶通信や駐留米国兵観察などのルポルタージュ寄稿者として出ている。「事変」当初は北京の学生で、その後抗日地区へ脱出し、軍の英語通訳か何かになって各地をまわっていたらしい。彼は周作人のことを、当時の記者らしく、要所ごとに剣もほろろな言葉で断罪してはいるものの、同じ頃書いた別の一篇(「さらに周作人を語る」)に、北京で「玄同紀念」を読んだ時、これこそ周作人最高の文章だといって、仲間と繰返し讃歎し合った往事なども記しているだけに、主人公への関心は決して通り一遍のものでない。探訪記の日付（八月二十七日）は、二度の公判がすんでまもない頃を指している。そこでこの探訪者が、読者としても記者としても、真先に質したいことを質したくだりは、次のようである。

私はすかさず、一言もしゃべらず、しゃべれば俗《やぼ》になるといった倪元璐〔璐は鎮の誤り。即ち倪瓚のこと〕に心服している彼が、何故今度の法廷ではあれほど沢山の「俗」めいたことをしゃべったのか、と質した。彼はさすがに口籠ったが、やがてこう言った。個人にとってはたしかに言わでものことがいろいろとあり、申し立てを重ねるほど、埒もないていたらくになるのは事実だ。然し今の場合、事は国家の大法にかかわっていて、いささか事情がちがうので、一個の国民として答弁をしないわけにはゆかないのだ、うんぬん。彼はさらに重ねて主張した。今は一つのことが言いたいだけだ。起訴状は彼が「敵国に通謀した」と言い、日本人もまた彼を「反動」だの「大東亜思想の敵」だのと言ったが、双方にとって「敵」である人間など、実際にあるはずがない。これ以外のことは、どうでもよいのだ、と。

黄裳はまた、元旦の狙撃事件を日本側の企みと思った、という彼の答弁にも遠慮のない疑問を呈しているが、それに対する周作人の説明は、すでに松枝茂夫宛書簡や『知堂回想録』について見たところと変りがない。「国家の大法」に対しては、国民として答弁しないわけにゆかぬ、ということは、個人の道徳と政治的責任とを区別する意味では、誤っていなかっただろう。ただ、彼が「国家」と言った時、それを介して自分の行為の全同胞に対する客観的な意味を明らかにすべき、国民的な機関を考えていたというふうには、考えられない。彼の法廷陳述から、そのような全体的なるものに向い合った人らしい何らかの敬虔さを、感じ取ることは極めて困難である。いったい、この裁判の根拠とされた「漢奸懲治条例」という法律は、一九三七年に、もっぱら日本軍の手先となって、具体的な破壊工作や諜報活動をする者を罰するために制定されたのを、四五年末に、主として淪陥区のカイライ政権に干与した者を裁く必要に応じて修正したものである。修正の結果は、「敵国に通謀して本国に反抗を企図した者」という漢奸罪の規定と、「抗戦に協力し、人民を利した事実のある場合は、其の罪を軽減することができる」とする但し書き条項との二段運用で、裁判が進められる形になった。因みに、この但し書きについては、草案の段階で、条令のざる法化を警戒する無党派ないし左派知識人の立場から、少なくもカイライ組織の薦任官(日本の奏任官。文官四階級の第三で、督弁は第一の特任官)以上の職にあった者は適用外とすべきだ、という批判(平心「懲奸新論」『周報』第五期)があり、また一方でも、政府派知識人中にいわば正論居士の名を馳せていた傅斯年が、国民参政会で修正案の審議を主宰した際、原案の「減免」を「軽減」に改めさせたと言われる(金雄白『汪政権実録』)。

そこで、周作人の初回公判での答弁が、「偽職」就任に関する起訴事実につき、あくまで一身上の情状とその動機の正当性を主張したのは、漢奸罪の「通敵叛国」という実質を否認するためだし、第二回公判での反証で、身内の者(女婿楊永芳)を庇ったことまで挙げて、抗戦への協力を強調したのは、もっぱら但し書きによる刑の軽減を求めてのことだったように解される。つまり、「国家の大法」の論理に対抗して、全面的に自分を弁護したまでのことである。裁判というのは、技術的にはもともとそういうものだろうが、彼のこの態度は、汪政権の首脳、たとえば陳公博などとは明らかに異なっていた。陳公博は、戦争への深入りが徒らに共産党を利するだけだという「漁夫の利」論や、国民党主流派の「武装抗日」と汪分派の「和平抗日」の「併進」論を開陳して、重慶と南京の反共抗日における窮極的一致を主張し、したがって当然「通敵叛国」を否認したが、そういう政治的判断の結果に関する国家への責任は認める形で、蔣介石への忠誠を誓いつつ刑に服した。この場合、政治路線の分岐にもかかわらず、党と国家の観念は互いに通じ合っていて、政治裁判の実は見事にあがったわけである。一方、華北政権の要人の場合は、北京の法廷で終始被告席に寝そべって一言も発しないまま死刑の判決を受けたという王揖唐に、典型的な一つの態度を見ることができるだろう。それは、周作人の不弁解主義の株を奪い、まことに男らしかったかに見える。しかし実情は、国民革命以来の歴史に対する感受性の欠如と、病体とはいえ横着な居直りの表現に近かったのではないか(補注七)。周作人の「俗《やぼ》」なまでの抗弁は、少なくともその逆のものの表現ではあったろう。しかしそれにしても、彼がこの裁判に、それを通じて全同胞との関係における一身上の始末を、すすんで明らかにしようと欲するだけの権威と論理を見出しえなかったことは、当座の負担を軽減したかもしれぬが、長い目で見ると、やはり不幸なことだった。

判決公判は、十一月十六日に行なわれ、被告周作人は「通敵叛逆罪で有期徒刑十四年ならびに公民権剥奪十年、家族の必需生活費を除く財産全部の没収を命じられた」(『朝日新聞』四六・一一・一八「南京発中央社＝共同」)。有罪とされるからには「通敵叛国」でなければならぬ法律の仕組であるから、ほかのことはどうでも、「通敵叛国」の判定だけは承服しないという被告が、量刑のいかんにかかわらず、有罪判決そのものを不服とするのは理屈というものである。周作人はさすがに最高法院への上告を、減刑のための再審請求にとどめたが、それさえ、法廷を沸かすに充分な態度だったように伝えられる。

……ところが、判決宣告の時、周作人は一向に満足せず、判決文を読みおえた裁判官が、型どおりに「何か言うことは？」と言うと、彼は「ございます。刑が重すぎるように思われるので、上告したいと存じます」と答えた。

傍聴席の新聞記者や聴衆はいっせいにどよめいた。この老いぼれは、年とともに厚顔《あつかま》しくなり、こうまで首尾よく行ったのに、感泣して罪に伏すどころか、なおも言いのがれをしようと上告を申し立てた、というわけである。……

果して、周作人は言ったとおりに実行し、自分はすでに六十五（正しくは六十二）の老人で十五年《（ママ）》の刑は無期刑と大差ないから、という口実で、自ら上告文を認め、減刑を請求した。（金典戎《きんてんじゅう》「李《り》宗仁《そうじん》と孫連仲《そんれんちゅう》の暗闘その三：周作人管翼賢死刑を免れるのこと」『春秋』一九七期）

また黄裳の前記の探訪記によれば、周作人は、自分のためにとくに再審の弁護を買って出てくれた弁護士（王《おう》龍《りゅう》）がいる、と話していたともいうが、『知堂回想録』が、すでに台湾へ逐われた国民政府へのあらわな不満とともに引く二審判決文の一節は、次のようなものである。

次に申請人の著作にかかる中国の思想問題は、我国固有の中心思想を内容としていることは認められるが、然しながら、申請人は偽職に任じ、敵と同一陣営に立って全面和平を主張し、抗戦の国策に反対したのである。かかる論文の意見が、敵の我国に対する統治に貢献したことを証明するのは困難であるとするも、要は、敵の圧迫下で偽政府の発した声を代表するものにほかならず、日本文学報国会代表片岡鉄兵の反対を理由に、通敵叛国の罪責を除くことはできない。

裁判への根本的な不満はさることながら、片岡鉄兵の攻撃を再三援用して自己を弁護する論理も重々苦しい。だから黄裳は、少なくとも本人の口からは弁解して欲しくないと書いた(「さらに周作人を語る」)のだし、周作人も、申し立てを重ねるほど埒もないていたらくになることを、個人としては認めるほかなかったわけである。とにかく、こうして上告の甲斐もなく十四年の刑は確定した(補注八)。督弁級の「偽職」に就いたことは死刑か、少なくとも無期刑相当の罪とされていた通例からすれば、この量刑はたしかにそう重くはなかった。かなりの情状を酌んだのでなければ、こうはならなかっただろう。金典戎は右の一文で、彼が死刑を免れたのは、国府軍政の実力者李宗仁と孫連仲の「角突き合いの間隙を縫って、李氏が文化界の仲間を籠絡しようと、軍統の北平支長馬漢三《ばかんさん》に意を授けて、起訴状中に彼に有利な言葉を入れさせたためである。このほか、胡適《こせき》らの運動もあって、はじめて一死を免れたのだ」と書いている。一文の本題にかかわるまことしやかな説は、真偽いずれとも判じようがないけれど、北大の元同僚たちの運動が一定の作用を及ぼしたのは、事実らしい。

黄裳は、西南連合大学を訪ねた時の聞書として、陳雪屏《ちんせつへい》をはじめ少なからぬ教授連が署名して、周作人のための助命歎願書が提出された話を伝えている(補注九)(「さらに周作人を語る」)し、とくに、前にも述べたとおり、前校長蔣夢麟が、彼に大学資産の保管を指示した事実を手紙で証明したことは、有利な心証材料となっただろう。もっとも、周作人自身が、のちに鮑耀明《ほうようめい》宛書簡(六四・六・二七)で、蔣夢麟の「信用を重んじる」「古道」ぶりを多とし、その蔣夢麟さえ、許広平と同じく「女師大事件」当時の彼ら兄弟の教え子で、国民革命時代に華北国民党の婦人部長をしたこともある呂雲章《りょうんしょう》に催促されて証言に踏切ったらしい、と書いているように、一部の教官に北京残留の義務を課したとでも聞こえかねぬ事実を公にすることや、そうでなくても、「漢奸」のために弁護の労をとること自体が、自分と世間のどちらに対しても、なかなか憚りの多い時勢だった。黄裳の聞書によると、周作人は獄中から、蔣夢麟のほか、傅斯年その他の元同僚にも一身上の申し開きを書き送ったが、「諸先生の反応はさまざまで、あるいは黙殺し、あるいはこっぴどく反駁を加えた」ということだ。

なかでも傅斯年の返書は、彼の評判どおり、相当「こっぴどい」ものだったらしい。そして、周作人はよほど腹に据えかねたのであろうか、『知堂回想録』には、四六年六月に「騎驢」と題する詩を傅斯年に送った事実だけを、事のついでに記しているが、返書への報いとして送ったにちがいないその詩は、次のようであった(周億孚「周作人著作考」所録、『殊海学報』六期)。(補注一〇)

倉促騎驢出北平　　そそくさとロバで北京を出た君よ
新潮余響久消沈　　新思潮の高鳴りはどうせもう昔の事
憑君篋載登萊臘　　せいぜい人間の干物を荷に積んで
西上巴山作義民　　あっぱれ重慶の山で義民となりなされ

自跋に「登萊《とうらい》の臘《ほしにく》」の典故を説明して、「南宋の筆記に、〔北宋が金に滅ぼされた時、山東の〕登萊の義民が海路臨《りん》安《あん》〔宋南渡後の都、杭州〕へ辿りついたことが載っている。時に山東は大飢饉で、人肉相食《あいは》むありさまだったが、一行は人肉の干物を用意していて、臨安に着いた時なお余りがあったのだと」と言い、かつ「新潮」には、彼や魯迅が「食人」的な因襲を攻撃した文学革命時代の人道主義の思潮と、その影響下に当時の北大生だった傅斯年らが出した雑誌の名とが懸けてある。

この詩の素材をさらに練り直して、彼は翌四七年に、獄中でもう一首、五言十六韻の長詩「修禊」を作った。その中には、

哀哉両脚羊　　哀れ二本脚の羊どもは
束身就鼎鼐　　束《たば》にされて釜の中
猶幸製熏臘　　不幸中の幸いは燻製となって
咀嚼化正気　　噛むほどに正気《せいき》と化したこと

というような、「打油詩中の最高の境界」(「老虎橋雑詩題記」)なる自讃にそむかぬ秀逸な狂句がある。こうした奇抜な発想を、彼はスウィフトの「育嬰芻議《いくえいすうぎ》」、すなわちアイルランドの絶望的な貧窮を救うための奮闘がすべて徒労に終った憤激を、貧民の子供はよろしく食用に供すべしという、奇怪な計算まで添えた建議書にもじる、あの「穏健なる提案《モデスト・プロポーザル》」から、無意識のうちに得たのかもしれぬと言い、「魯迅が世に在った頃は、こういった心を実に

よく解ってくれたものだが、今はどうだか」(同上)と、亡兄を懐しんでいる。詩の大体を敷衍すると、むかし愛読した野史類には鬼怪じみた事がいろいろと出て来て、それが日夜自分の心にわだかまり続けた、という前置きから登莱義民の主題に入り、にわかに、人を食った霊験で官僚的栄達を遂げる学者の諷刺に転じて、千年一日のごとく旧弊がまた甦るのに無感覚なようでは、「新潮」などとは世を欺くものではないかと言い、次に沈啓无との一件を「中山狼」の反噬《はんぜい》に喩えたと同じ行き方で、食われるほどの肉付きもないのに犬の遠吠えに怯える自分というのを出す。結びは、文学を言語文字の魔術視して煽動や陶酔を事とするよりは、因襲の悪の甦る宗教民族学的な恐怖に対する祓除作用に就こうという、かねての抱負をも重ねて、次のように終る。

恨非天師徒　　あいにく道教徒ならぬ身は
未曾習符偈　　御札や呪文をすこしも心得ぬ
不然作禹歩　　さもなくば禹歩《うほ》〔道教呪術の歩行法〕を演じ
撤水修禊事　　水撒《ま》いて禊《みそぎ》をしように

この一首の獄中幽憤の作には、彼の文学革命以来の関心事が最終的に集約されている。しばしば彼自身がその分裂の悩みを告白した遊戯的な自由と批判的な道徳性とを、「悲憤をユーモアに托す」という理想どおりに統一することもできた。しかもこうして、実際の抗戦とは別に、勲章や条例に変ってしまった抗日道義のむごさを、大義と非人道の表裏するグロテスクな野史の一齣に類比する芸当に、自分の文学的態度と方法の一貫性を検証しえたならば、そのような硬直した道義の前に「国民として」たじろぎ弁解もせねばならぬ、これは誰れにも裁くことのできない罪を、自分で「祓う」こともできるのではなかろうか。傅斯年個人への意趣返しなどは、一つのきっかけにすぎなかったことになろう。そんなきっかけを捉えてでも、現在の自己を本来の自己として立て直そうとする自重心を、彼を許そうとせぬ人は、矯慢に開き直って自己を正当化するものとでも呼ぶだろう。それもあながち不正確とは言えまい。しかし、だからといって、六十を越えて漢奸罪十四年の刑に耐えてゆかねばならぬ窮境の中でも、「異端」の使命に執し、平静な自己を失うまいとする者を、そのような言葉で難じてもはじまらぬことである。

さてその後の監獄生活を、『知堂回想録』の簡単な記述によって締括っておくと、彼は忠舎で約一年を過した後、東側の独居房に移され、そこに約一年半いて、実際には二年半余り服役しただけで、刑期未了のまま釈放が叶うことになる。この間、忠舎では、ビスケットの空缶に板を載せた机で、英人ラウス(W. H. D. Rouse)の『ギリシャの神と英雄と人』の翻訳に従った。戦後の上海で漢奸追及の論陣を張った鄭振鐸《ていしんたく》は、周作人に対しては厳しい批判の中にも愛惜の情を隠そうとせず、「彼が捕えられてからも、われわれ数人の友人同士がかたらって、獄中で彼にギリシャ文学の翻訳でもさせられるような、特別の方法を考えているのである」(『蟄居散記』)と書いていたが、それとこれとの関係は判らない。翻訳のほかは詩作に精を出し、「忠舎雑詩」二十首、「往昔」五続三十首、「丙戌(一九四六)歳暮雑詩」十一首を得た。独房に移ってからは、段玉裁注『説文解字』、王筠《おういん》『説文釈例』『説文句読』など文字学の本を読み耽り、詩は「丁亥(四七)暑中雑詩」三十首と「児童雑事詩」七十二首。このほか、応酬や題画の詩が百首ほど集外に残されたという。以上の獄中詩のうち、『児童雑事詩』は、最近香港で、一九五四年重抄にかかる作者手稿本が覆刻出版され、童心と故郷の風物の回憶に遊ぶ姿をしのぶことができた。あとの「雑詩」九十一首を一本とした『老虎橋雑詩』は、一度その稿本が、シンガポールの某人の手で日本に将来されたという話を聞くものの、今のところ全容にふれることはできない。(補注一二)

(補注一)　日本軍降伏直後に周作人が共産党側への帰投の打診をしたという証言がある。第七章補注六に引いた一文の筆者于力(董魯安)の息子で戦後すぐ延安の外国語学校から華北の根拠地へ派遣された于浩成が、張家口ですでに晋察冀辺区参議会副議長に任じていた父親に再会し、周作人がこの十月か十一月ごろ趙蔭棠(「北大」文学院教授、音韻学者。小説も書き、第三回大東亜文学者大会参加)に託して、董に自分が解放区入りをした場合、共産党が受け入れるかどうか打診してきたが、議長の成仿吾(文芸評論家、旧創造社同人)が言下にはねつけた、という話を聞いた由(「関于周作人的二三事」『魯迅研究動態』八七年三期)。

第五章補注三に引いた賈芝の証言が伝えるような、延安と毛沢東個人に対する周作人の無邪気な認識からすれば、このような算段もありえぬことではなかろう。また、戦後の北京大学における次のような風説なども、「偽職」経験者一般の心理をある程度反映していたのではないか。

北平方面のカイライ教職員の鼻息はたいしたもので、〝ここに居られなくても、ほかに居られるところはあるさ、どこにも居られなかったら、八路さんがあるさ〟と言い合っているのだとか。(「羅常培致胡適信」〈四六・四・二四〉『胡適来往書信選』下冊。これは、滞米一年余ながら北大消息通を自任する羅が、長期滞米のすえ新校長として北大へ帰任しようとする胡に、昆明と北京のあまりに党派的と思える学内政治諸勢力分布を、実名入りで注進した手紙)

(補注二)　占領下の「カイライ大学」に対する昆明の北大当局者の予断も、実情とはだいぶ開きがあったらしく、教育部が組織した沈兼士を長とする「平津地区復員補導委員会」に北大を代表して加わった秘書長鄭天挺は、四五年十一月に復員した当時のことをこう書いている。

北平に戻ってみると、情況は昆明で想像していたのとは違っていた。当時北平の各大学は受業を行なっていて、接収するわけにはゆかなかったのである。そこへさらに、教育部が陳雪屏〔北大文学院教授〕を北平臨時大学補習班主任として送り込んできたので、学校はまず補習班が引き継ぐ形になり、学内の元の人員も多くはそのままにしておいた。

（鄭天挺「自伝」）

これは本章補注一に引いた羅常培の手紙に次のように言うのとよく照応している。

……沈兼士は教育部の平津特派員で、大きな権力を持っていますが、到る所で壁に突き当たり、しかも部下という部下が〔国民〕党でなければ〔近〕親というわけで、諸方の恨みを買いました。たしか最初のお手紙で彼を北大に戻すようにお薦めしたのは、戦時中多くの人を漢奸にならぬように庇った功績を多としたからですが、今はすすんで推挙を取り消したいところです。……兼士が接収しかねたところを、〔陳〕雪屛が平和な手段で抱擁的に接収したことになりますが、しかし孟真〔傅斯年〕はそこが大いに不満で、軟弱にすぎると思っているのです。

（補注三）　傅斯年なりの焦慮とそれゆえの意気込みは、次のような書簡の文言にそれぞれ明らかである。

国共問題は未解決、経済問題も未解決で、こんな勝利は一から十まで冗談にすぎません。日本の降伏に狂喜したのも束の間、今や天ヲ悲シミ人ヲ憫レムばかりです。（「傅斯年致胡適信」〔四五・一〇・一七〕『胡適来往書信選』下冊）

そして北平方面がまたとんでもない状態で、たくさんの「偽」教職員が入り込んでしまっている。これが夏休み後の北大回復の大きな障害になるので、北大のためにかかる汚名を残さぬよう、徹底的に片づけてやるつもりだ。実際のところ、こういう場面では、胡〔適〕先生の手腕は到底わたしに及ばないのだから、わたしがこの数ヵ月のうちに天下を平定して、彼のやりやすいようにしておこうというわけだ。（傅斯年の兪大綵〔傅夫人〕宛書簡、林桶法『従接収到淪陥』〔九七、台湾〕所引）

（補注四）　常風は、沈兼士の北京入りが「文教部門の接収大員」として新聞記事になった時、周作人が彼に、もしも沈に会えるなら、自分を日本へ略奪文物の接収に派遣してもらおうと思う、と語ったことを記している（「記周作人」）。他方、かつて周作人を担いで「小品文運動」の旗を振った林語堂は、四三年の冬にアメリカから帰国して西安で沈兼士に逢い一緒に華山へ登った時、沈が督弁時代の周に関し、中国の青年たちが日本人に北大の「沙灘大楼」(いわゆる〝紅楼〟、旧文学院。日本軍憲兵隊が占拠)で拷問されて泣き叫ぶ声が聞こえるのに、知らぬ顔を装っていた、と涙を流して憤慨したということを、沈の「仁人君子」ぶりとともに周の「(兄魯迅の恐ろしい〝熱さ〟と対蹠的な)恐るべき〝冷たさ〟」に感嘆しながら、伝えている(林語堂「記周氏弟兄」程光煒編『周作人評説八十年』)。林の伝える沈の言い分に照らすにつけても、周が沈に提案することを考えたという、見事な思いつきにはじっさい感に堪えてしまうが、そういう思いつきがごく自然に出てくるだけの意識を彼がずっと維持していたというのも、ありそうなことではないか。

(補注五)　この貼紙の件は、中国人の回想類には出てこないが、同じ北京大学で、日米開戦に伴って閉鎖された燕京大学から「北大」文学院教授に転じていた容庚(文字学)の代理校長傅斯年宛公開状なども、漢奸視に対する矯激な反応の一例である(「全漢生致胡適信」附録、『胡適来往書信選』下冊)。

なお、すでに「北大」文学院長の職を退いていた周作人(第九章補注五)が、四五年八月十五日の日本降伏から同年十月初めの「漢奸検挙運動」開始までの期間、再び「北大」に戻っていた事実に関して、張琦翔は次のように書いている。

「八・一五」日本降伏の後、周作人は自身の当初の面目・身分を回復しようとして、学校に戻って(国文系)主任の職に就いた上に、講義も持つことにした。「仏教文学」と「国文研究法」の二課目の計画が、その後一学年の「国文研究法」だけとなり、毎週木曜の午前十時から十二時まで教室に出だしたが、九月末に開講して三度やっただけで、「漢奸粛正」が始まったために学校へ来られなくなった。(「周作人〝落水〟前後」)

『年譜』にも、八月二十日の項に「北京大学文学院への返信で文学院国文系主任職就任に同意する」とあり、戦後ただちに行なわれたこの再招聘のいきさつはわからないが、この八月から九月にかけて、「中日文化協会」の事業終了決議(八月二十八日)、「華北綜合調査研究所」の解散宣告(九月三十日)というように、残った「偽職」の仕末がつけられてゆく中での「北大」復帰は、本章補注二に見るような、占領下の大学の一般のカイライ機関とは少々異なる連続性と無関係でなかったろう。
一方、「偽職」と「漢奸」の関係に関しては、当時蔣介石がラジオで演説を放送し、「職守の如何ではなく、行為が問題である」と語ったという(倪墨炎『中国的叛徒与隠士』)が、周作人が「偽職」就任という「行為」自体を罪とする考えに立っていなかったのは確かである。それだからこそ、「北大」にまで「漢奸粛正」の波が及んできたことに、岡本堅次の記憶しているような激しい反撥を示したのであろうし、また、本章補注一に引いた于浩成の回想が、周作人の共産党支配下への帰投打診をこの十月か十一月頃の事としていることも、彼が国民政府の己れに対する実際の扱いを思い知っただろう時期と重なり、本当らしく思えるわけである。

(補注六) 今では、南京市檔案館編『審訊汪偽漢奸筆録』上下(一九九二)によって、「多くは叛逆利敵活動に直接干与した日本のカイライ中の主要人物」二十二人それぞれの一件文書の最後に、周作人関係の二十六篇を読むことができる。二十六篇の細目と、若干の説明を記しておく。

1、2 首都高等法院に於ける検察官訊問記録(一九四六年六月十二日)(六月十三日)
3 首都高等法院に於ける検察官起訴状(六月十七日)
4 沈兼士等による周作人の為の証明(六月十八日)
5 徐祖正等五十四人による周作人の為の保証(六月二十二日)
添付文書一 周作人偽職出仕の経過(六月十八日)
添付文書二 片岡鉄兵の大東亜文学者大会に於ける中国老作家非難演説(摘要)
6 劉書琴による周作人の為の証明(七月七日)
7 私立孔徳《コント》学校による周作人の為の証明(七月十五日)
8、9 周作人の被告弁明書(七月十五日)同追加(七月)
10 首都高等法院に於ける審判記録(七月十九日)

11　私立補仁大学国文系教授顧随による周作人の為の証明(七月二十六日)
12　国立西北大学教授楊永芳による周作人の為の証明(七月二十六日)
13　前燕京大学国文系教授現之江大学国文系教授郭紹虞による周作人の為の証明(七月三十一日)
14、15　首都高等法院長趙琛の周作人案件証拠調べに関する前国立北京大学校長現任行政院秘書長蔣夢麟宛書簡(八月十三日)蔣夢麟返書(八月十四日)
16　蔡英藩等による楊永芳の証明の真実性に関する調査請求(八月十九日)
17　北京大学(校長胡適)による周作人の為の証明(九月六日)
18　首都高等法院に於ける審判記録(九月十九日)
19　北平市民楊嵩岩による周作人の奴隷化教育実施に関する証拠提供(九月二十日)
20　首都高等法院に於ける審判記録(十一月九日)
21、22　弁護士王龍の周作人弁護書(十一月十一日)同補足(十一月十三日)
23　首都高等法院特殊刑事判決(十一月十六日)
24、25　周作人の再審請求書(十一月二十八日)同理由書(十二月七日)
26　最高法院特殊刑事判決(十二月十九日)

5の添付文書一、二は、4の末尾にも同じ標題が添付文書として附記されているので、4、5は連繫して提出されたものかと思われる。そして、4は「文化の保護」というような漠然として説得力を欠く弁護に替わる「最も顕著な事実」として、片岡鉄兵の演説のみを取り上げ、「前輔仁大学教授」沈兼士ら輔仁大関係五名、「前清華大学教授」兪平伯ら清華大関係二名、「北京大学教授」陳雪屏ら北大関係二名、さらに「北平臨大補習班」「前国防最高委員会」『華北日報』「中国大学」「国立西北大学」などの関係者も含め、全部で十四名が署名している。この顔ぶれの意味は特定しにくいが、平津地区の教育接収の筆頭特派員沈兼士や、各大学学生の再訓練と審査のために派遣された「北平臨大補習班」の総責任者陳雪屏、さらに論陥下でも節を汚さなかった教授の代表例に挙げられていた兪平伯などの名はかなりの重みを持っていたのではないか。ところで、この証明の筆頭署名人沈兼士に関して、18の審理記録には、裁判長と被告の間に、「問い：本院の照会に対する返書で、沈兼士は北平での地下活動に際して偽官の援護を受けたことはなく、彼の家族が敵軍に捕えられた時、周作人が日本人に働きかけたか否かは判らない、と申し立てていて、これは証言としてあなたに有利とは言えないが、なにか意見はあるか。答え：その証言について、意見はありません。」という遣り取りがあるのは、沈らの証明が正文において、片岡鉄兵問題一件のみを取り上げていることと関係があるかもしれない。一方、5の署名人は「北平臨時大学補習班教授徐祖正、楊丙辰等五十四人」とあって、上記陳雪屏の率いる「補習班」が論陥下の「北京大学」に在った徐祖正(徐の肩書が代表の二人に共通するならば、ならびに輔仁大学の独文教員で華北作家協会にも名の見える楊丙辰)をも登用したことを示すが、あとの五十二人の名はわからない。その正文は、周作人の「北京大学」図書館、文学院、「教育総署」、「綜合調査所」などに於けるいわば善政、「中国の思想問題」などの言論の積極的意義から、さらに片岡鉄兵問題にも渉って、全面的な「保証」を開陳しているが、これが周と論陥を共にした人々の立場を代表するのか、それとも具体的な情況を知る二人がもっと広い範囲の同情者をも代表していたのか、4と5の二本立ての意味ともども判断しかねるが、いずれにしても、4、5共通の添付文書のうちの一は、周の「偽職出仕経過」としては、考えうる限りで最も親身な了解の委曲を尽くした内容のものである。

6は、「前教育部北平市戦区教育督導主任、国立西北大学教授」劉書琴による、抗戦中に国民政府の教育部から「戦地教育」に派遣され、北京では「偽師範学院」の教授に身を隠しながら活動した際に周作人の庇護と協力を得た事実の証明。

7は、私立孔徳学校による、「前代理事長」周作人のおかげで論陥下でも学校が維持できたことの証明。

11は、「私立補仁大学国文系教授」顧随による、四二年十二月と四三年一月に地下組織「華北文教協会」のメンバーや輔仁大の有力教職員が多数逮捕された時、教育督弁の周作人が日本側と種々の交渉に当り、四四年春、英千里、董洗凡、張懐らの釈放の際にも周が保証人として署名した、等の事実の証明。

12は、「国立西北大学教授」楊永芳による、四一年から四二年にかけ国民政府教育部「戦区教育指導委員会」の命を受けて北平の「偽組織下の教育情況」の調査に当った際、周の庇護と協力を得た事実の証明。

13は、「前燕京大学国文系教授、之江大学国文系教授」郭紹虞による、教育督弁周作人の「忠貞なる文教人員」に対する庇護や救助、日米戦争開始後に燕大教職員の陸志韋、洪業、周学章らが逮捕された際の救援、その他郭本人を通じての燕大関係者に対する援助等の証明。

14、15は「前国立北京大学校長、現任行政院秘書長」蔣夢麟による、周作人の「残留教授」としての大学校産保管使命に関する証明。

16は、「国立西北大学教授」蔡英藩、張佩瑚による、12の楊永芳の証明に対する異議申し立て。「楊永芳は私どもの同僚であるが、周〝逆〟作人の女婿で、もとは北平大学で教え、事変後に学校と共に西安に参った者。四一年夏、周〝逆〟に呼ばれて北平で偽職に就いたが、周〝逆〟の退陣後、敵とカイライの圧迫に堪えかね(敵とカイライに捕縛殴打の暴行を受けた)、変装して北平を離れ、地下工作員を詐称して重慶に手柄を売り込んだ」云々とあり、さらに、「当時楊は諸方面に運動のすえようやく〔三民主義〕青年団に加入し」とも言って、楊の周との姻戚関係よりも、対国民党関係に異存があるらしいが、本文中に触れたように、楊は共産党員だったという説があるから、これは、国民党系の同僚の党派的な反感に出たものと思われる(楊の北京での「偽職」や逮捕拷問の具体的事実は詳かでない)。この申し立ては18の審理で被告に不利な証言として取り上げられているが、被告側の意見は、一、蔡、張両人が西北大学教授であることを証する大学の公印も、本人たちの私印もないから、証拠として無効、二、楊は自分の女婿であるが、彼が北平で地下活動をしたことは、教育部で調べられるだろう、というもの。

17は、北京大学校長胡適名義により、「北大復員後、本校の校産及び図書を点検したところ、損失はなく、むしろやや増加していた」事実を数字を挙げて証明したもの。

19は、作家梅娘の童話『青姑娘の夢』(未見)を証拠として提出し、作中の母親を亡くした青姑娘は淪陥区の一般民衆、病気の伯母は日本の天皇あるいは執政者、桜姐は日本の民衆一般を、それぞれ指しているとして、かような子供の奴隷化をはかる作品に序を与えている周作人を許すべきでないと主張するもの。これは20の審理で取り上げられていて、周作人は、新民印書館の叢書に童話が含まれることは良いことだと考えたが、序は叢書に与えたもので、この童話の内容は知らないと言い、さらに、梅娘本人について訊かれ、「仮に彼女の書いたものだと知っていたら、序を書いたはずがない、というのは、彼女は日本人と結託して私の思想に反対していたのだから」と、にべもない返事をしている。梅娘と周の関係は詳かでないが、その夫の柳龍光たちとの対立を背景にした答弁なのは確かだろう。しかし、この論理は片岡鉄兵の攻撃を自身の弁護に逆用するのとよく似ていて、対立故の憤りは憤りとしても、そこに淪陥を共にした若い同胞に対する一片の斟酌もないのは、彼の裁判批判の迫力を著しく殺がずにはすまぬ事実だと言わなければならない。

23の一審判決の主文は、「周作人は共同して敵国と通謀し、本国への反抗を企図せるにより、有期懲役十四年、公民権剝奪十年、家族の生活に必要な費用を除く全財産の没収の刑に処す」である。理由書では被告側の無罪の主張を「見当はずれ」と退けたうえで、本人のかつての輝かしい功績にもかかわらず「意志薄弱にして、一度刺客に遇うと、たちまち変節附逆し、恥じることなく敵につかえ」たことの刑事上の責任は免れないが、「各種の情状を綜合して」の量刑であるとしている。

24、25の上告請求は、漢奸罪はなお否認するが、「一万歩退くとしても」、抗戦を利した諸事実を認める以上、六十三歳〔数え年〕の身には終身刑に等しい十四年の刑をさらに減じて然るべしとして、諸事実に相応した情状のさらなる酌量を求める。

26の二審判決は、被告の掲げる諸事実はしょせん漢奸罪自体を覆すものでないとしたうえで、情状酌量の結果としての量刑の「過当」を認め、「原判決を破棄する。周作人は敵国と通謀し、本国に反抗を企図せるにより有期懲役十年、公民権剝奪十年の刑に処す。家族の生活に必須な費用を除く周作人の全財産を没収する。」(主文)というもの。従って、私がこの後の本文で、二審の結果を上告破棄と解したのは誤りだった。

(補注七)　当時『華北日報』の記者をしていたという人物の回想によると、王揖唐は弁護士を通じて記者会見を行ない、法廷での沈黙に関して、以下のような声明を発表した。すなわち、日本が降伏したからには、偽組織に参加した自分が国法により処罰されるのは当然で、取調べや審理に際しても事実をありのまま申し立てるべきところであるが、それをせずに沈黙をまもっているのは、べつに法廷を困らせるためではなく、そこにはやむをえざる苦衷があるのだ、というのは、本件の主任判事はかつて華北政務委員会司法総署の薦任官級の偽職にあった者で、従って偽委員長だった自分にとっては部下に当り、かように「小漢奸が高い所に坐って大漢奸を裁くようでは、我ながら呆れて何を言い出すかわからぬからである」云々。この声明が引き起こした波紋には国民党政府も辟易して、主任判事の首をすげ替えて審理を続行したという。(曹増祥「王揖唐漢奸案」政治協商会議全国委員会文史資料委員会編『文史資料存稿選編8　日偽政権』)

(補注八)　補注六の最後に言うとおり、これは誤り。最終判決は、懲役十年、公民権剝奪十年、家族の生活費を除く全財産没収、である。なお「全財産」の内の周作人蔵書が競売に付せられたのを惜しんで、北京大学か北京図書館で買い取るように建議し、またそのことを胡適に直訴した人物がいる(「郭狼墨致胡適信」(四七・四・六)及び同附録、『胡適来往書信選』下冊)。周旧蔵書が現に北京図書館に存する(但しそれとしてまとまってはいないし、目録もない)のは、その競売の結果である。遺族の話では、蔵書は約一万種類一万五千冊ほどあり、没収当時作られた目録が図書館のどこかにあるはずだが、見失われたままだという。ついでに、八道湾の不動産は「祖産」の故に没収を免れ、周一家はずっとそこに住み続けたものの、元来三兄弟の共有財産なので、所有権は曖昧なままだったが、最近、政府により「文物保護対象」に指定され、北京魯迅博物館の管理下で分館として整備されることになった由。周一家が郊外の集合住宅へ搬出した後の八道湾旧苦雨斎は、目下、十数所帯がひしめく「雑院」と化している。

(補注九)　北大秘書長だった鄭天挺が「この年(四六年)の春、当時北平に在った文教界の著名人士の一部が、文化漢奸周作人のために寛大な処置を取るよう、国民党政府に上書した。私も署名を求められたが、同意しなかった」(「自伝」)と回想するのは、補注六の周作人に関する裁判記録の4、5すなわち沈兼士や徐祖正が四六年夏の日付で裁判所に提出した証明とはおのずから別のものと考えるほかないが、黄裳が西南連合大学で聞いた陳雪屏らの歎願書というのは後者のことか。

(補注一〇) 周億孚は、後に本書を読んだ方紀生氏からの来信に附された正誤表によると、正しくは周憶孚と書き、周化人(本書第七、九章)のことだそうである。

(補注一一) 本書後日編「知堂獄中雑詩抄」とその補注参照。

十二　中華人民共和国で

アメリカの支援を恃み、圧倒的に優勢な物量で共産党解放区の消滅を目指した国民政府の内戦政策が見事に失敗し、第二次大戦後の国共内戦が一九四九年、中華人民共和国の誕生に終ったことは、誰れでも知っている。獄中の周作人たちも、もちろん戦争の行方に無関心だったはずがなく、とくに四八年中は、ひとかたならぬ関心でもって時局の推移を見守り続けたように、『知堂回想録』は書いている。独房にも新聞類はひそかに持込まれていたが、政府系の新聞よりも、『観察』週刊（儲安平主編、上海。解放後の『新観察』の前身）の戦争通信が囚人の間で歓迎され、そして彼は政府軍の敗北を心待ちにしていた、という。四九年に入る頃には、大勢はすでに動かぬものとなり、蔣介石は元旦声明で、共産党との和平談判を提唱し、国体、憲法、軍隊の保存を柱とする五項目の条件を示したが、毛沢東は十四日に時局声明を発して、蔣介石以下の「戦犯」の処罰をはじめ、軍事的敗北のみならず国民政府そのものの命数が尽きたことの承認を迫る八項目を、突きつけた。こうして、二十一日、蔣介石はひとまず下野を余儀なくされ、代理総統に立った李宗仁《りそうじん》が、翌日、共産党の八項目を和平談判の基礎条件とすることに同意する意向を明らかにしたものの、国民党はこの時すでに深刻な分裂状態にあって、全体が李宗仁声明どおりにまとまって動きだしたわけではない。ところで、この総統交代劇に時を同じくして、抗日戦争の後仕末にかかわる二つの措置が取られたのは、どういういきさつによるのだろう。

一つは、一月二十五日に南京の軍事法廷で、敗戦当時の支那派遣軍総司令官岡村寧次の無罪が申し渡され、三十一日には岡村以下二百六十名の日本人戦犯が、マッカーサーの差向けた軍艦で早々と日本へ運び返されたこと。日共産党側は、無罪判決後直ちに岡村寧次の再逮捕を要求し、国府の意図を、偽りの和平提案で時間をかせぎ、日本反動派を抱込んで再び人民に敵対しようとする陰謀だ、と非難した(二十八日)が、ひきつづき二百六十名が日本へ送還されるに及んで、和平条件第一項目の「戦犯」の処罰に、日本人戦犯を加える旨を声明した(二月五日)。さてもう一つは、これも獄中にあった漢奸罪の囚人を釈放したことである。金雄白《きんゆうはく》の『汪政権実録』によれば、すでに死刑を執行された者はむろん別として、無期徒刑以上の者は上海の提籃橋監獄に移送され、それ以下の者が一律に釈放されたということだ。すると周作人もそのうちの一人として釈放されたことになる。そして『知堂回想録』には、彼が一月二十六日に出所したと書いてある。

南京敗走まぎわのこの二つの釈放措置の実情について、これ以上のことを私は知らぬが、とにかく日中双方の罪人に何らかの仕末をつけねばならなくなったこの際、峻厳な処断よりは寛大な恩施に出る方に、政治判断が傾いた結果にはちがいなかったろう。それで、李宗仁と周作人の因縁にこだわる金典戎《きんてんじゅう》も、「一九四九年一月、国共和議の気運が世上を騒がせていた際、李宗仁は代理総統になると、不意に周作人を思い出し、わざわざ老虎橋の監獄から上海へ移送したうえ、上海の監獄から保釈させた」(既出「李宗仁と孫連仲の暗闘その三」)などと言うのだろうが、しかし説の当否はともあれ、釈放されたのは周作人一人でなかったようであるし、彼が上海の監獄へ移されたというのも、事実とはちがっている。(補注二)『回想録』によると、彼は南京の老虎橋で直かに釈放された。

一千一百五十日　　一千一百五十日がところ
且作浮屠学閉関　　出家した気で籠っていた
今日出門橋上望　　漸く門を出て橋に佇《たたず》めば
菰蒲零落満渓間　　河原はまこもの枯れ景色（補注二）

牢屋の壁に題する見立てで、このような詩を作って出獄した周作人は、まず監獄の近くに住む「北大」ゆかりの者でもあろうか、馬驥良《ばきりょう》という人物の家に一泊したが、主人の方は人から急に勧められ、客をひとり家に置いたままその夜の汽車で上海へ去った。翌日、「北大」で中文系の教員をしていた尤炳圻《ゆうへいき》が迎えに来て、彼は尤父子とともに混乱を極める南京を離れ、夕方までに上海四川路の尤家に落着いた。当時すでに台湾へ帰っていた洪炎秋《こうえんしゅう》は、この前後のことに関し、次のように書いている。

……〔民国〕三十八年、大陸の形勢が逆転すると、政府は政治犯を釈放することになった。当時、周作人の学生の一人だった尤炳圻（尤西堂〔清朝の著名読書人尤侗〕の子孫）が、偽汪政権の交通部長をやった父親も老虎橋監獄に入れられていた関係で、週に一度は二人の老人と面会しに通っていた。周作人は釈放されそうだと知ると、尤君に手紙を書かせて、台湾へ来ることを考えているが落着く方法はあるだろうか、と私に打診してきた。私は旧友の郭火炎《かくかえん》医師を訪ね、北投にある別荘の提供を頼みこんで快諾を得た。そこで早速尤君に返事を出して、住居は確保したし、普段の生活費は私と張我軍《ちょうがぐん》が責任をもって都合できるだろう、と伝えた。

しかし彼は、出獄後ただちに来台するわけにはゆかなくて、それきり消息が跡絶えてしまった。（「私の知る周作人」）

台湾が国民政府の最後の拠り所にされようとしていたことは、この頃すでに周知の形勢だったが、そうだとすると、この話は、周作人の戦後の対国府観と必ずしも吻合しない。さりとて、獄中の彼が出獄後の身の振り方に大きな不安や迷いをもたなかったはずもないので、幾つかの可能性の打診の一つとしてみれば、べつに奇異なことでもなかったろう。洪炎秋や張我軍の情誼も、この時と場合にとって、つきづきしいことではあった。それはさて、彼はこれより八月半ばまでの約二百日ほどを、尤家の客として過すことになる。その間、一月末日に北京が人民解放軍の手に陥ち、四月一日には、その北京へ、南京政府から張治中《ちょうじちゅう》、邵力子《しょうりきし》、章士釗《しょうししょう》らの代表団が送られて、和議交渉が始まった。交渉の結果、八条二十四項目の国内和平協定草案がまとまったが、二十日、南京政府が調印を拒否したため、人民解放軍に包囲されていた南京は、その三日後に落城した。続いて翌五月の二十七日には、上海の全部が解放を迎えた。周作人は逮捕後中断していた日記を、この四月からまたつけはじめたが、たまたま書きとめられた、上海解放前後の戦局の片影は、次のようである。

五月十三日……夜を徹して砲声を聞く。
十七日……路地の入口に鉄門を作るため、大頭〔袁世凱の像のある銀貨〕一枚を拠出。〔方〕紀生の分も一枚。
二十二日……夜警は平白〔尤炳圻〕が代りに出てくれた。

「鉄門」や「夜警」は、『知堂回想録』によれば、国民党側の敗残兵の乱入を恐れる住民たちが、路地ごとにとった自衛の策である。

二十五日……昼前、北四川路は戒厳状態で、里門も閉じられた。滬《こ》西〔滬は上海の古称〕はその時すでに解放されていたが、近辺でなお市街戦があったためだ。

二十六日……午後、道路はもう通れるようになっている。もっとも爆竹に似た銃声はまだやまぬが。……平白は夜番で警戒に当る。流言しきりに飛交うが、何事も起らぬ。

二十七日……午後、平白に頼み、北平〔の留守宅〕へ電報で無事を知らせる。二十字以内で銀二元。

三十一日……西安〔の娘夫妻〕へ発信、人民幣三十元。

六月二十一日……連日国民党の飛行機が爆撃に来る。狂気の行動というほかないが、上海の人が平然としているところは、実によい。

二十九日……午後、国機がまたながながといやがらせをする。

当初はその現実性を信じようとしなかった、共産主義者の革命闘争がついに全国制覇をしとげたことについて、彼がどのような思想上の整理を行なったのかは分明でない。自分の判断と現実の行方との間のズレというようなことが、そもそも彼にとっての思想問題になりえたかどうかさえ、判らぬといえば判らぬ。むしろ、次々と局面をかえて迫って来る現実に耐えるための論理を、その大きな転機ごとに、清末民初以来の開化思想と民族主義の混沌たる初志の中から丹念に選び直しては組み替える作業が、彼のそれまでの思想問題であった。だがとにかく、その勝利を信じることのできなかった抗日戦争が日本軍の敗北に終った時のように、彼が今度も、苦痛に耐えたあげくの複雑な解放を迎えたことは、確かだった。

出獄後の日記から、尤家での居候生活をも見ておくと、尤炳圻と同じく「北大」の教職を失った方紀生《ほうきせい》や王古《おうこ》魯《ろ》が、足しげく出入りしていて、淪陥中に北京で世話になったこの人々が、いろいろと彼の面倒を見たことを暗示する。大東亜文学者大会参加のかどで、三年の刑を受けたといわれる元『宇宙風』の編集者陶亢徳《とうこうとく》も、彼と同じように出所したのだろうか、しばしば顔を見せている。その他、既出の人名をあげれば、郭紹虞《かくしょうぐ》、沈尹黙《しんいんもく》、周《しゅう》黎庵《れいあん》、徐訏《じょく》などとも彼は会った。この間の文筆上の仕事には、アーサー・ワイゴール（Arthur Weigall）の“Sappho of Lesbos”の摘訳『ギリシャの女詩人サッフォー』があり、これは康嗣群《こうしぐん》の世話でほどなく上海出版公司から三千部売り出されたということだ。また『子曰《しえつ》』という雑誌にも時々寄稿したが、民国はじめに鋳造された一元銀貨が実に四十万元にはねあがり、その相場が一日のうちにも刻々と変化するようなすさまじい通貨不安の中で、五千字の稿料と散髪代が同じ百万元とあっては、『知堂回想録』に言うような文字どおり「白吃白住《バイチーバイジュウ》」〔ただ食いただ住い〕の食客身分に、変りのあろうはずもなかった。そのかたわら、おそらくは南京の監獄へ送られて以来の通し番号であろう、百五十通目を越える手紙が留守宅へ送られ、そして彼は、上海解放後、交通の恢復を待って、すぐにも北京へ帰るつもりだったらしい。

六月二十一日……蕭廷義《しょうていぎ》が来る。北平の家のことを聞く。

七月三日……陳済川《ちんさいせん》が来て、すぐ北平へ帰るという。残念ながら急には同行できぬ。

三十一日……夜、仲廉〔王古魯〕来る。切符が手に入ったので明日北行とのこと。

八月五日……平白と北平へ同行することを約す。およそ十日より以前になろう。

八日……王心留《おうしんりゅう》来訪、旅費二万元を恵まれる。


翌九日から三日間、朝五時起きで並んだりしてようやく北京行二等切符が手に入った。


十二日……行李を整える。紀生、亢徳来る。平白に駅へ行李を二個出してもらう。目方五十一キロ、運賃一万九千余元。廷義が来て、酒肴を取寄せ、餞《はなむ》けをしてくれる。午後、紀生去り、二時、平白と出発。亢徳、廷義に路地まで見送られる。五時五十分発車、二人とも席はとれたが、夜は眠れない。

十三日……午前九時過ぎ、安徽嘉山県で警戒警報のため停車、ようやく午後四時に動き出したが、蚌埠《ほうふ》で日が暮れる。淮河の水はなお退かず、線路の両側が湖のように見える。大雨で車内に水が漏り、坐っていられない。一等車に換え、一万二千六百八十元を追加して、からくも横になる。

十四日……晴。昼間、山東の境に着く。西瓜が実に美味い。午後八時天津、十一時北平到着、太僕寺街へ。豊二〔建人長男〕は通州に在り、芳子〔豊二の母〕、麗瓊《れいけい》〔豊二夫人〕と対面し、一時過ぎようやく寝る。

十五日……豊一来る。信子、葵芳〔豊一夫人〕、美和〔同長女〕、美瑜〔次女〕、美瑞〔三女〕と美蓮〔江紹原女〕も来る。

午後みなで西瓜を食う。江夫人来る。豊一に行李を受取りに行かせたが未着。入浴。

こうして三年ぶりに再び北京の人となり、まず太僕寺街の義妹宅（芳子はここで助産婦をしていた）に落着いたが、この後、妻信子と長男豊一の家族が住む八道湾の自宅へ戻るまでに約二カ月を要したのは、新しい政府の措置を待っていたのだろうか。新しい中華人民共和国政府は、周知のように十月一日をもって発足した。それに半月余り遅れて八道湾へ帰った彼と新政府当局との交渉に関係のありそうな記事を、抜出してみる。


十月一日……中国人民政府成立。

十七日……豊一が来て、〔一緒に〕自宅へ帰ろうとしたが、結局行かずに終った。

十八日……午後、豊一と家へ戻る。……夜、豊一と家に駐在中の糾察隊の楊君を訪ねる。

十九日……産業委員会の人が調査に来る。

十一月十七日……豊一が最高法院へ出頭して、事情聴取を受ける。

十九日……豊一に沈衡山《しんこうざん》へ手紙を届けさせる。

二十六日……最高法院から家屋調査に来る。

三十日……清管局から豊一の中立による調査に来る。

十二月五日……戸籍調査に来る。

二十二日……公安局より戸口調査に来る。

「糾察隊」うんぬんとは、おそらく彼の逮捕以後小部分だけ残して没収され、国民党の軍警筋に使われていた八道湾の邸が、解放後は反革命分子の摘発などに当った機関の屯所にでもなっていたということであろう(ちなみに、周作人一家はその後もずっとこの邸の一部に細々と暮らしていたと伝えられる)。「最高法院」すなわち最高人民法院に、長男の豊一が出頭して事情聴取を受けたのは、当然父の案件にかかわってのことだったろう。その翌々日に、彼が豊一に手紙を届けさせた沈衡山は、最高人民法院の初代院長、沈鈞儒《しんきんじゅ》である。沈鈞儒は、かつて無党派知識人や民族資本家の輿論を背景に、抗日統一戦線の結成に大きな役割を果した「抗日七君子」の一人で、解放後は、自ら主席をつとめる民主同盟を代表して、新政府の政治協商会議に加わっていた。周作人とは同じ浙江省の出身で、辛亥革命直後の浙江省軍政府教育司長時代に、周作人がその下で課長や視学をつとめたというような旧い因縁もある。「産業委員会」や「清管局」のことは正確には判らぬが、前者は家産土地などの問題処理、後者は権力交代に伴うもろもろの善後措置を、それぞれ担当した機関ではなかろうか。とにかく、どちらによる「調査」も、周作人が自宅に落着くことにかかわる、ごく実務的な仕事だったように思われる。最高法院からもこの段階では「家屋調査」に来たと見えるだけだ。その後も人民政府があらためて彼を裁判にかけた形跡はないが、それが最高法院のどのような審理の結果だったのか、ないしは後述のような共産党中央の意向がそこでも直接ものをいったのか、いっこうにわからない。法によって裁かれなかったとすれば、社会的な名誉恢復の道もなかったことになる。そして事実、彼は死ぬまで漢奸の汚名を公的に雪ぐことができなかった。といっても、さしあたり、法や道徳に渾然と優越する反帝反封建の革命的イデオロギイの徹底にこそ、人民解放の動力が見出されるのであってみれば、ほかならぬその解放闘争史の重大な一段落における対敵協力の罪が、市民社会ふうの抽象によって、ひとまず社会的な政治責任の次元で解決を与えられる、というような形にならなかったのは、是非もないことだ。だいいち、その場合の法的制裁が、国民党時代の裁判よりも彼に受け入れやすかったろうとは保障できぬし、制裁に服した後に完全な社会的関係を恢復できたところで、すでに老成しきった彼の肉体も文学も、革命中国の知識分子一般の権利義務、ないしは権利義務を越えた政治的運動に幸福に耐えることができたろうとは、考えられもしない。ともあれ、彼のかつての行為に対する中華人民共和国の判定は、法にまさる革命イデオロギイにより、毛沢東の『文芸講話』の中に名指しで下されていた。その容赦なさは、まず『講話』が抗日戦争の最中だった事実に条件づけられているのではあろうが、それを差引いたとしても、毛沢東の闘争哲学の中での対敵協力の位置と、解放後もずっと知識人と文化の問題に関する最高の典拠とされてきたこの文献の権威とからすれば、彼の汚名はやはり、ほとんど絶対的に決定づけられているようなものだったろう。(補注三)

正確にわからぬ部分はさて措き、解放後の周作人の生活が、占領下と獄中に続いて、またもや一種の閉門蟄居の形をしていたことは、いずれにせよ事実であった。その詳しい模様までは、この顚末記の対象にならぬが、一件に深くかかわる限りのことは終りまで見届けておきたいと思う。かかわるというなら、漢奸の汚名をついに雪ぎえぬまま、一九六六年暮れに八十一年の生涯を寂しく閉じるまでの(補注四)晩年の生活が、すべてその結果にほかなるまい。それはそうとして、ところで共産党の配慮が彼に解放後なりの生活と仕事を保障したということを、私たちは知らされている。『知堂回想録』は、上海から北京へ帰るまでの経過をごく簡単に述べたくだりに続いて、言う。

無事に北京へ戻って、落着くところへ落着いたからには、自分にできる仕事は何かということを真剣に考えねばならなかった。かつてやった教師は、職業つまり食うための方便で、実のところ私の能力に余る仕事だった。では自分の力を考えたら、何ができるというのか。いろいろ考えたが、翻訳ならやれそうだった。もっともこれにも限りはあって、私が好きでしかも訳したいと思うのは、ギリシャと日本の幾つかの作品だけである。私の外国語知識はたかが知れていて、哲学だの史詩だのといった大きな書物を手がけるような柄ではないし、翻訳と職業を一致させられる機会にも、かつて恵まれなかった。このたび北京に戻って以後、党の配慮により、ギリシャと日本の両方の翻訳をやらせてもらえることになり、実に多年の夢が叶えられたのであった。

新しい政府の下で、彼が静かにギリシャ文学と日本文学の翻訳に従事できたことを「党の配慮」のお蔭だと言うのは、一般的な常套語と取れぬこともない。具体的ないきさつに関しては、文化部副部長の鄭振鐸《ていしんたく》や出版総署長の葉聖陶《ようせいとう》のはからいが次に特記されていて、二人とも彼とは文学革命時代に「文学研究会」の運動をともにして以来の間柄であるが、しかしこのようなむつかしい注意人物に対し、党の意向と関係なく、個々人の好意ずくで処遇が決められたろうとは、やはり考えにくいことだ。そして、この「党の配慮」は、彼が世を去るちょうどその前後あたりから爆発的な大騒ぎの段階に入った文化大革命の奪権運動の中で、党中央の実権者とくに中央宣伝部に在って文芸界の事を取り仕切ってきた周揚《しゅうよう》に対する総ざらい式批判の一つにもちだされ、はからずもその概略を世に伝えられることになったのだった。

中でも、『文学戦線』（六七年第三期）という当時の紅衛兵新聞に発表され、『人民日報』（六七・一〇・一九）にまで転載された魯迅未亡人許広平の「味方の癰《よう》は敵の宝」は、もっぱら周作人の庇護に関して、「中国のフルシチョフ〔劉少奇〕とその手先」の罪を鳴らし、私たちをびっくりさせた。魯迅の警句を標題にとったこの文章は、晩年の魯迅との確執に関し解放後も魯迅全集に細工を施すなどの手段を弄して、時には彼女にも耐えがたい思いを強いたであろう当の周揚たちをも越えて、「悪名とどろく大漢奸」なる周作人への猛烈な敵意までぶちまけた感じのものだった。彼女はその数年前に出した『魯迅回憶録』の「いわゆる〝兄弟〟」の章でも、すでに「……周作人は民族の利益を惜し気もなく投げうち、恥知らずにもカイライの高官となって、血に汚れた厚禄をおしいただいた。こうして国家民族の罪人になりはて、一個の漢奸の末路を辿ったのである」と書いている。その批判のただならぬ激しさは、彼が北京でそのカイライ政権の高官となった同じ日本軍の手に、彼女は上海で捕えられ、電気責めの拷問まで受けたという決定的な対蹠に加え、両者間の公私にわたる由来久しい葛藤をも反映していると考えざるをえぬが、しかしこれは本題と別のことになる。さてとにかく、革命権力内部のあまりに先端的な闘争に、彼のような人物の名が浮んで来ようとは、じっさい誰れも予想しなかったことにちがいない。許広平が直接名指したのは、党中央宣伝部の部長陸定一《りくていいっ》、副部長周揚、「胡××」（胡喬木《こきょうぼく》）の三人で、彼らに関して書かれた他の夥しい文書の中にも、このことが一部指摘されている。また、党の実権者の下に、鄭振鐸、胡愈之《こゆし》、馮雪峰《ふうせっぽう》、楼適夷《ろうてきい》、銭俊瑞《せんしゅんずい》といった党内外の文化界著名人まで挙げて、周作人処遇問題を系統的に暴露した「鉄臂」なる署名の「劉少奇の黒い傘の下の大漢奸周作人」（原載『文芸戦報』六七・五・二三。『星島《シンガポール》日報』六九・五・一五による）

というのもあり、許広平は、材料の半ばをここから得ているようだから、たぶんこれが最初に流された一件資料に当るのであろう。

これらはいずれも党中央の実権者を叩くために書かれた文書である。周作人の罪は彼を庇護したという実権者の罪の前提であって、それ自体はいまさら自明のことといった扱いだが、一面では、前提の罪は重大らしいほど攻撃の政治効果が増すという計算もあったろう。だから、周作人その人に浴びせられている言葉にも、引用するにしのびないほどのものがあるとはいえ、所詮これらは、たとえ痛烈に打ちのめすためであれ周作人に対する正面からの関心によって書かれたものとはちがう(許広平のは、今もふれたとおり、特殊な一面をそなえているが)。個々の事実も、たとえば許広平が、周作人を監獄から出させたのは劉少奇一派のはからいだったとしているように、全部を鵜呑みにはできないだろう。とはいえ、これらの暴露が、解放後の周作人の公的な地位を推測させる一群の事実を、はじめて私たちに知らせたことに変りはなく、その種の処遇問題に関心を限れば、ほぼ次のような個条を引出して参考にすることができる。個条によってはある程度の補注を加えることも可能だが、材料の混合は避けておく。

一、周作人の出獄帰宅後、党中央宣伝部の周揚や胡喬木が、政府文化部の鄭振鐸や出版総署の胡愈之に指示して、彼を自宅に訪問させることにより、翻訳家として国家の事業に参加する道を開いてやり、さらに公安部門に対し、以後周作人を悩ますに及ばぬ旨通告した。

一、五一年、人民文学出版社が発足すると間もなく、胡喬木が社長の馮雪峰に対し、本名は使わぬことを条件に周作人の本を出しても差支えない、という指示を与えた。

一、五三年、胡喬木は、人民文学出版社副社長楼適夷に対し、周作人にギリシャ、日本の古典の翻訳をやらせるようもちかけ、直接彼を訪ねてその連絡に当らせた。また、彼の雑文集を、将来出してやれる可能性をも示唆した。

一、人民文学出版社は、周作人を特約翻訳者とし、稿料先払いの形で月々二百元の生活費を支給した。その後、本人の要求を周揚が認めて四百元に引上げたが、それに異を挿んだ一部社員は、文化部副部長の銭俊瑞に叱責された。

一、五六年十月の魯迅逝世二十周年記念会に、実権派は特に付添いまでつけて、周作人を列席させた。また〔この記念会に招ばれた長与善郎、里見弴、内山完造ら?〕日本人に単独で会わせた。

一、文聯〔中華全国文学芸術界聯合会〕は周作人の西安旅行に付添いを派遣してやった。また、彼が病気をした折、文化部から督励されて、人民文学出版社は見舞人を差向けた。

一、周揚は、自分の私印を捺した便箋を周作人に与え、随意に記入して外出時にさまざまな便宜を得られるようにはからった。また「周作人は共産主義に反対はしなかった」と保証して、彼から「それを聞いて意を強くした」という礼状を受取った。

一、魯迅博物館は、一千八百元で周作人の日記を買上げ、「文物」として保存した。

一、人民文学出版社だけでも、周作人のために十一冊の本を出したほか、未刊の翻訳は六種に及んだ。また、『北京晩報』などに文章を発表し、たとえば許広平の非難に反論することもできた。

一、周作人は香港の新聞雑誌に自由に寄稿することができた。

解放後の党や国家が、周作人にあらまし右のような生活と仕事の余地を与えたのは、何にせよ賢いやり方だったと思う。一つには、莫大な年月と犠牲を支払ってついに自力で勝利をかちとったばかりの革命の、人は殺すよりも活かすに如かぬとする、建設意欲に溢れた政治的ゆとりがその背景にあったにちがいない。むろん、既成知識人をも最大限度動員しなければならぬ一般的な人材需要の急迫という条件もあったろう。そのような場面で、イデオロギイと民族感情の上で決定的な罪を刻印されたままの全人格から、行政的な不問措置により、彼の才能や過去の業績さては名声を分離配慮したような、それ自体は合理的な一種の機能主義が、一党独裁の絶大な権力と相互に作用し合う限り、官僚主義への逸脱はたしかに何時でも可能だったかもしれぬが、そうだとしても、この老いた刑余の文人の力量をさえ、ある程度まで生かしえたことを中華人民共和国の徳とするのに、私は何の躊躇も覚えない。(補注五)

特に、五一、二年頃、上海の『亦報《えきほう》』に連載され、のちに単行本となった『魯迅の故家』や『魯迅小説中の人物』のような著作は、彼以外の誰れにも期待できぬ仕事であって、しかも彼は彼で、魯迅に関する資料提供者という与えられた役柄を、清末民初時代の掌故や紹興、東京、北京の人と風物といった自分自身の最後の関心事とうまく合致させて、作品としても立派な成功を収めることができた。翻訳者の役割についてもたぶん同じようなことが言えるので、実権派攻撃の中では、捨扶持にでもありついたとばかりに印象づけられたそのことを、『知堂回想録』は、さきに引いたとおり、新しい環境の下で自分のどの持前によって生きるかを、慎重に熟慮した結果がたまたま「党の配慮」で叶えられた、というふうに書いている。時代は彼の思想と文学の結論をはるか後方に見捨てて進んでいたにもかかわらず、あまり自分を曲げもせずに筆を執り続けられたことは、彼のような文人の自尊心にとって、まずは幸いのうちだったろう。政治やイデオロギイの前線にたち混ることを許されぬ謹慎蟄居の身であるばかりに、文芸工作者一般の厳しい使命から免れている、といった変な自由さえ、そこにはあったように見える。彼が香港の知人たちに書き送った私信の中で、時に、死んで偶像にされた魯迅や老いて芽出度くなったかのような郭沫若《かくまつじゃく》のことに皮肉な意見を洩らしているのにも、いささか解毒的な意味がないではない。

だが、そんな状態が本当の自由でないのは、もちろんのことだ。実権派の批判者は、周作人が汚名の継続とひきかえに得た変態的な自由を、反動的な害毒を流す自由と呼んで、それを彼に許した罪を攻撃したのだったが、その状態は、むしろ彼がずっと以前に主張した不革命の自由に似ているようだった。不革命の自由は、かつて新文学運動を「革命」と「反革命」に遮二無二引裂いてゆこうとする時流に抵抗した彼のはかない標識の一つだった。解放後の特殊な境遇に彼がいちおうの安心立命を得たらしいのは、だからさほど無理のない成行きだったと言えるが、それにしても、不革命と自由の意味が昔と今度で根本的にちがうことは、言うまでもない。歴史そのものの激しい進み方に対して、彼のかつての抵抗はたしかにはかなかったけれども、その仕事は、「異端」の緊張と誇りに支えられて、やはり時代の中に強く生きていたのを私は今も感じ取る。そして、獄中にあってすら、彼の表現を時に昂揚させたそんな緊張や誇りが、「配慮」の代償として、対象を失い、宙に浮いてしまったのは、これもよんどころない仕儀だったろう。こういう状態で続けられた彼の文筆行為が、それなりのはね返りを免れえなかったことは、『知堂回想録』の低調さに集中的にあらわれている。

この自伝は、彼ら兄弟とはそれぞれに旧知の間柄で、解放後は死ぬまでずっと香港にいたジャーナリストの曹聚仁《そうしゅうじん》にすすめられ、六〇年からまる二年がかりで二百余章三十万字にわたって書きつぎ、いろいろの曲折を経て、香港左派系紙の一つ『新晩報』に連載ののち、七〇年に同じく香港で単行本が出た。曹聚仁は一種のリベラリストで、香港での風説に、共産党統一戦線部の秘密メンバーなどというのはどうか知らぬが、とにかく親北京派とみなされる立場にあり、大陸に何度か取材旅行をして、周作人を八道湾に訪ねもした（『北行一語』『北行二語』『北行三語』）ほか、彼から三百余通の手紙を受取るほど頻繁な文通を交わした（曹聚仁「知堂回想録校読小記」）人物（補注六）である。

さて『回想録』は、詩的な自叙文学との区別を殊更に謳って、七十七歳の老人のルーズな感旧録ふうに書き出しているものの、自己の全生涯を一連の記述の対象とするからには、かつて表現の場に持ち出すことを肯じなかった消息の扱いにも、あらためて何らかの態度を選ばねばならぬのは、避けがたいことだった。彼の方から切出した魯迅との絶交のいきさつは、まだしも家族間の私事で済むかもしれぬとしても、淪陥中の行為は、民族全体の救亡闘争の歴史と否応なくかかわっていて、もしふれまいとすれば、ふれぬことが、この期に及んでもう一つの態度である道理だった。だからこそ、彼はこれらのことにさしかかるごとに、立ち止まって筆調をあらため、その上で例の不弁解説を繰返したのだ。そこで弁解をしたほうがよかったなどとは私も思わない。だがいかんせん、『回想録』をここまで書いてきて蒸し返す不弁解の説は、彼が事件の渦中で堅持したのとはおのずと別でなかろうか。

ちなみに、彼は『回想録』を書きあげた後の鮑耀明宛書簡に「私は文史資料委員会のために、『文人督弁から反動老作家まで』という一文を書いて、北平での一部始終を述べましたので、もしかしたら、まもなく印刷物（『文史資料選輯』に収められます）の上でこの一段落を説明することができるかもしれません。」（六三・八・一五）と書き、また、おそらくその原稿を読みたいという希望に答えてであろう、「文史資料のために書いた文章は、原稿の控えを取らずに渡してしまいました。とにかく稿料も受取り、あとは出版を待つばかりで、そう遅くはならぬでしょう。」（六三・九・四）とも言っている。ただし、これが実際に出たということは、その後の手紙に見えない。ついでに言えば、同じころ、魯迅資料や翻訳以外の彼の唯一の文集が実際に編まれ、天津から広東の出版社をまわったあげくに結局陽の目を見ずに終ったことも、一連の鮑宛書簡から知ることができる。（補注七）手紙はまた、最初やはり『文史資料』に発表のうえ単行本になって大々的に売出され、のちの文化大革命では実権派の自己宣伝のための悪しき企みによるものと攻撃された元「満洲国」皇帝愛新覚羅《あいしんかくら》溥儀《ふぎ》の『我が半生』をめぐる噂にもふれて、「なんでも、その原稿は再三手直しを繰返し、しかも何人もの作家が手伝ったとかいうことで、おそらく個人の書き物ではなくなっているでしょう。」（六四・五・二三）と書いている。そう言うからには、彼の一件始末記はむろんちゃんとした彼個人の書き物だったはずだが、もともと「内部発行」の刊行物上のことであるにせよ、実際に出なかったとすればやはり心残りなことだ。もっぱら問題の時期に関して、活字の上で「説明」できることを期待しているのだから、『知堂回想録』よりは詳しく一部始終を書いたのにちがいない。そもそも、のっけから不弁解を標榜したのでは話にならぬ書き物でもあったろう。しかしどうであろう、しょせんはそれも、細部はともあれ、大筋は『知堂回想録』の行き方と大差のないものだったのではなかろうか。「文人督弁から反動老作家へ」といった見出し方も彼れ此れ同じであるし、同じ自分の過去を、すぐに前後して全く別様の態度で述べるほどの盛んな執着心も予想できない。弁解でも説明でもないもっと深い仕末がありうるなら、この文人にとっては、やはり文学の上での他になかったろうが、曲りなりにも自伝の形式で世に出した『知堂回想録』で果さなかったことを、その筋への報告めいた文書で果せたはずはない。(補注八) その意味からも、あの「『東山談苑』を読む」が意味の深い作品だったことを重ねて感じる。とはいえ、繰返すが、それを再三引用する『知堂回想録』は、決してすぐれているとは言えなかった。

彼の自伝が、問題の事件を抜いては成立たぬと言うわけではない。また、低調さの原因も、年齢や執筆動機の消極性、詩的虚構を排するという方法上の問題その他、いろいろと数えてみることはできるだろう。しかしとどのつまりは、彼が文章の上で自分の体験を相対化し、一個人としての栄辱を越えた時代の証しにまで持ってゆくためにはすでに孤独でありすぎ、しかもそのような文学的不毛の影がこの自伝全体を覆っている、という感想を私は抱く。たとえ少数者であっても、彼らに向って胸襟を開くことで、彼自身が自己を越えられるような同時代の同胞を、あるいは、読者との間のそういう生き生きとした絆を、彼はもう感じようもないところにいたのだ。もっとも、ひるがえって思えば、そのそもそもの発端は、前に見たとおりの蒼然たる「政治」観念に仕え、占領に苦しむ無告の大衆と占領下なりに読書階級としての責任を免れぬと考えられた知識人との擬古典的な対比を介して、実は伝統中の選ばれた幽鬼たちと冥界通信を交わしていたかのような、淪陥当時の孤絶した文学生活にまでさかのぼるはずなので、そうだとすれば、彼が今さら浮世の恥や責任問題を作品に構想するだけの動機を欠いたのも、無理はなかった。

なお、さきに彼が一九六六年の暮れに寂しく世を去ったと記したのは、直接には香港へ伝えられたところに従ったのであるが、この報道は中国本土で公式に確認されていない。文化大革命の実権派攻撃は思わぬ文脈の中に彼の存在を浮かびあがらせはしたものの、その前の年に当の人が歿していたことや、ましてその命日が何月何日だったのかということは、頭から報道の対象にならなかったわけである。また、このことを、屍体に鞭打つものだとか、もう僅かに永らえたら紅衛兵からどんな目に遭わされたかわからぬ、といったコメントとともに伝え合った香港その他の中文紙の大陸情報も、文化大革命で持切りだった当時の一般的なセンセーショナリズムの型を脱していなかったように思われる。一代の文人の生涯の締括りという意味でなら、その死じたいが熱心な詮索や想像を私たちに促すところだが、さしあたり事実らしいことは何ひとつ伝えられていないその最期を思い遣るよすがとして、六二年に先立って逝った夫人信子の訃音を伝える彼の手紙を引いておく。ほぼ同趣旨の文面が、松枝茂夫や鮑耀明に宛てた訃報にも見えるが、静岡市郊外の羽太家に届いた彼自身の日本文による知らせを引く。

拝啓　一月に御手紙を受取りましてまだ返事も出さないで申訳有りません信子事長年病気しまして近頃他病《ママ》気（心臓病）も出来ましたので北大病院に入院しましたが医薬の治療も効き目なく遂いに四月八日下午《ママ》一時になくなりました静子（娘）も西安から来まして看病して居りました事は七十五に成りまして不足がない訳ですし又今の時勢にやっぱり早く往った方が楽です信子は深く仏教を信じて観音さまを崇奉しておりますので今度は釈迦の誕生日におめでたく成仏して行かれたから私は宗教信仰のないものでも非常に喜んでおりました

取あへず御知らせ致しまして草々

四月十二日

周作人

重久様

（補注一）周作人の出獄に関する諸説の中では、国民党内の反蒋介石グループで活動した経歴をもつ、陳邇冬の次の言い方が最も正確に近いようである。

周作人の釈放については、文章により、南京の蒋介石政府が釈放したとか、人民解放軍が南京を解放した後のことだとか言うが、いずれも正確ではない。本当に彼を釈放したのは李宗仁である。当時李は総統代理として、共産党との和平談判のための資本を増やそうとして、楊虎城や張学良〔共に西安事変の首謀者〕を含む政治犯の釈放を決めた。そして結局のところ、張・楊は出られぬまま〔張は台湾でも軟禁、楊は四九年殺害〕、周作人が釈放名簿に加わることになったもので、いわば周作人はどさくさに紛れて出獄したのである。（陳邇冬「二周識小」『魯迅研究月刊』八八年一期）

（補注二）この結句は蒋介石の没落を暗示する、という作者の自注がある。本書後日編「知堂獄中雑詩抄」参照。

（補注三）本書後日編「周作人の周恩来宛書簡、訳ならびに解題」とその補注二参照。

（補注四）この周作人の命日は、文革中の香港報道による誤りで、正しくは翌一九六七年五月六日の午後（『年譜』）。半年の違いで、文革による迫害を免れたものと当時は認識されたが実はそうでなかった最期を、本書後日編附録、文潔若「晩年の周作人」が詳しく伝えている。

（補注五）文革で激しい攻撃を浴びた「実権派」のこれらの措置が、実際は毛沢東の決裁にもとづくものであったことについては、本書後日編「周作人の周恩来宛書簡、訳ならびに解題」参照。

（補注六）『知堂回想録』が終始曹聚仁の尽力により、香港の『新晩報』『海光文芸』、シンガポールの『南洋商報』の三誌を乗り継ぐ形で辛うじて連載を終え、執筆より八年、作者の死後三年にしてようやく香港で単行本になった経緯と、その間『新晩報』『海光文芸』の編者が腐心せねばならなかった大陸政治への顧慮について、共産党系の香港『大公報』副総編集だった羅孚が、また、大陸の出版筋が一時周作人の文章に関心を示した頃、本人から『回想録』中の一章「元旦の刺客」の発表可否の打診があったが、「この文はまるで自分が〝准烈士〟になりそこねでもしたかに装っているが、……漢奸はあくまで漢奸なのに、いわれもなくこんな文章を刊行したら、読者の反対を受けるだろう」ということになり、鄭重に原稿を返したところ、周は「甚だ不快とした」ことなどを、北京『光明日報』編集だった黎丁が、それぞれ当事者として明らかにしている。（羅孚『「知堂回想録」瑣憶』、黎丁「編輯手記」、共に『魯迅研究動態』八八年一期）

（補注七）　二〇〇二年に、止庵校訂「周作人自編文集」中の一冊としてようやく陽の目を見た、百ページそこそこの『木片集』がそれ。同書巻頭の止庵「関于木片集」に刊行までの長い経緯が記されている。

（補注八）　今にして考えれば、共産党とその政府に対する釈明の趣旨は、建国前夜の「周恩来宛書簡」（本書後日編）にすでに尽くされていたと見てよいだろう。

結尾

周作人の「対日協力」とその背景が主題のいわば事件史も、主人公その人に関する筆者の伝記的な関心がむしろ根底にあり、さらに中日戦争自体のむつかしさをはじめ、日本人と中国人、ひろくはアジア人相互の連帯と理解、というより不連帯と無理解、殊には日本人のその種の器量能力の問題にも頭が滞ったりして、思わぬ長さに及んでしまった。事件史に教訓はあるかもしれぬが、べつに結論は要るまい。伝記の興味の上でも、主人公の後半生に容易ならぬ影を落した事件とその結果の一部始終を経験的に辿って、空白に、途切れがちながらもひととおりの筋をひきおえてみれば、さしあたり何を言うこともない。

といった次第で、結びとして特に言うことはないのであるが、ここに一つ、「日本研究」の章以後、「研究屋の店をたたむ」という周作人の言明とともに据置きになっていた、あの「東洋人の悲哀」の行方を補って、その代りとする。

彼が占領下で公にした文章の一つに、蔵書中の飛騨考古土俗学会の『ひだびと』や日本民芸協会の『月刊民芸』のことに因んで、江馬三枝子の『飛騨の女たち』を紹介がてら感想を認《したた》めた、「藁桶《わらおけ》と茅屋」(四四・二)と題する一篇がある。藁桶は原書の第一章に出てくる、飛騨地方の農家で乳呑児を入れておく、藁を桶のように編んだツブラのことである。彼はとくにその「ツブラの中」をとりあげ、たまたまむかしはじめて訳した日本文学作品に当る「小さい一人」の作者で、原書の著者の夫でもある江馬修の『山の民』から、明治元年、時の革新的知事梅村速水が微行で視察した頃の飛驒の村人の暗澹たる生活のさまを引くくだりを、心をこめて訳出している。暗く臭い無人の茅屋に、ツブラに入れられ、顔中真黒に蠅をたからせたまま放り出されている赤ん坊や、田植から呼び返されて「殿様」に叱られわけもわからず許しを乞うばかりの農婦や、ハイカラな知事の衛生熱心を暴君のしるしのように怨みにもつ農民たちのことを書いたその一節を示した後で、彼は言う。

私が『飛驒の女たち』を読んで、それもとくに「ツブラの中」を、是非中国に翻訳紹介したいと思ったのはなぜだろうか。それは、ここに記されている、日本中部山村の農民――あるいは農婦の生活の実情を紹介すれば、ほかの在り来たりな文章にはないような、一種誠実で親密な感じを喚び起こせそうだからである。近頃「同甘共苦」という言葉が流行るけれども〔幸福も困難も共にする意の成語。日本側と和平政権の間で高唱〕、卑見によれば、「同甘」などは至って浅薄な事であって、口先だけの将来の甘い話が信ずるに足らぬのはもとより、現にありありとみんなが一緒に飴をしゃぶりあっている写真なんかでも大した意味はなく、子供を羨ましがらせるくらいが関の山だが、それに比べると「共苦」の方はなかなか大事なことだと思う。古人の言に、患難を共にできても安楽は共にしがたいというのがある〔越王の陰険な人柄に対する評語。『史記』〕ところを見ると、ほんとうは「共苦」の方が「共甘」よりやさしいらしい。甘いことには争いがつきものだが、苦しいときに、たとえば干上がった魚が唾で濡らしあうというように〔『荘子』〕、逆に助け合うものだ。わたしどもが、他人の苦難や憂患を知ったとき、仲介の言語文字に少しでも力があれば、自ずと同情を発して、吾レト爾《なんじ》ト猶《な》ホ彼ノ如シ〔本書第二章三七ページ参照〕だの、君はすなわち僕だのといった気になるが、これは道徳や宗教の上ではまことに崇高な感情である。人々はよく、アジアは一つだと言う。この言葉はもちろん正しい。私がかつて、アジアの文化は一体であり、アジアの運命も一体であると言ったのも、その説明のようなものだった。だがここで重要なのは、文化の共同については過去に事実の証明があるとはいっても、もし現在においてさらに何らかの繋がりを加えるのでなければ、それがバラバラになることはありうるのだし、ましてや運命の共同に事実の証明がともなわなければ、今すぐにでも只の法螺《ほら》になりかねず、大方の信頼は得られまい、ということである。今最も大事なのは、事実の上でアジア人の共同の苦難を証明し、この苦の同一の上にアジアの団結の基本をうち立てて、共に甘を目指して突き進むことで、それではじめて、いくらか希望が生れるだろう。日本の詩人や文人が以前はよく、東洋人の悲哀や、西洋とは運命も境遇もはるかに異なる東洋人の苦難のことを書いたのを読んで、私は深く感ずるところがあった。そして、これこそは中日間の文芸にとどまらぬあらゆる関係のまさにあるべき基調だと思った。ここから出発すれば、およそ接触や調和のすべてがうまく運ぶだろうし、もし西洋本位の模倣に満足し、そのあげく顧みて東洋には優越ばかりを抱くようなら、全アジア州と隔絶を来たし、何を言っても無駄なことになるだろう。……私が日本人民の生活情況を翻訳紹介しようと思ったのは、読者がそこから、アジア人共同の苦難を感じ取り、愛と憐れみの感情を発して、日頃の宣伝や経験から養われた畏敬の類に代えることを望む故である。畏れはいつでも憎悪に変りうるし、敬することは遠ざけることにほかならぬのであるから。ただ、個人の思いが衆人に通じることは望みがたいし、強いて主張することも憚られるので、「ツブラの中」の翻訳はやめてしまった。この度、

『ひだびと』に因んでそれに触れることになったのも、偶然にすぎない。……

橋川時雄の話では、沢田瑞穂、直江広治などの同学と当時の北京で「風俗研究会」を組織し、周作人にその会長を依頼したところ、これには実に快く応じて発会式にまで出て貰えたということだが、この一文は何かそういう機縁によって成ったのでもあったろうか。「同甘同苦」の虚しいスローガンに対して、明治元年の農民生活を持出すとだけ見れば、政治的に構えた皮肉を思わせるかもしれぬが、『飛騨の女たち』は、これより二年足らず前(一九四二)に日本で出た本で、しかもその内容の昭和十七年現在における民俗学的な意味を正当に解釈した上での引用である。屈曲に屈曲をかさねた行文も、用心を凝らして占領政治に実際的な批判や注文を出すというよりは、すでに日常化した末期占領状態にほとんど空気のようにひたされて、皮膚にへばりつく、欺瞞、恐怖、敵意といったもろもろの違和感覚を丹念に払い払いしながら、遼遠な思いのみを述べた跡のように読まれる。それだからかえってなまなましく、彼の澄んだ思いが私たちを内から刺戟し続けるのである。

あとがき

以上は、もと「周作人淪陥顛末」と題し、『思想』(岩波書店)の一九七六年一月号から七七年二月号までの間に都合十一回連載した文章を、一本にまとめたものである。

標題をつけかえたことに深い子細はなく、「淪陥」のような、今後とも国語化しようとは思われぬ漢字言葉で急場をつくろった、連載当初の不本意をこの機会に解消できれば、それは幸便というものだった。「苦住」の二字にしても、日本文に前例はないだろうが、こちらはまあひらたい文字面ではあり、どうにか通用しそうに思う。それに、原語じたいが一種のもじり言葉で、しかも「庵」と続いて固有名詞を構成するからには、別の言い逃れも可能なわけである。本文の方の修改は、前後の調整や細部の補正、推敲といった程度にとどまったが、ただし、主人公その人が一般にはもうほとんど知られない事情を考慮し、巻首に然るべき紹介が欲しいという、書肆のもっともな意見により、書きだしの頭にもう一つ書きだしを加える格好になった。索引や年表も、書肆の入知恵と助力を受けて、作った。

たまたま私がこの仕事にかかっていた期間中に、周恩来を皮切りに朱徳、毛沢東、武田泰淳、竹内好、増田渉といった人々が、あれよあれよとばかりたてつづけにこの世を去っていった。いずれも懐しい限りの両国の豪傑才子の紀念をかねて寸言を加えれば、ここに扱ったのは、まさにこれらの人々の時代に属する事件であった。そして、周作人がその兄とともに、これらの人々と渾然たる群れをなして、私の中に永いこと住みついていたことも、たしかである。とはいうものの、一連の訃音がその終りを象徴しようとしていた時代の中から、たまたまこのような局面をとりたてて えんえんとかかずらっているのが、さすがに因果なことに思われる折も、ないではなかった。この記述をすることが、これはこれなりの時代的制約を帯びた経験にほかならなかったろうとしても、その経験を確かな意味にまで透明化しきれぬ憾みが、時にさような怪をなすのであるらしかった。それは今でも同じことであって、とりわけ革命アジアのゆくえをも不透明ならしめるもろもろの兆候に事欠かぬ昨今において、私はこの本が、次なる時代の低迷と閉塞の徴表になりおわることなどのないよう、時代のためにも自分のためにも望みたい。もとをいえば、混乱など根っから知らぬげなあれこれの中国談義への面当てをも、少しは動機に含んでやったことだったにせよ、混乱じたいが自慢になるわけはないのだから。そこで、たとえば周家の兄弟のドラマを通じて、ひきつづきいろいろと考えたいことはあるが、なかなか手につきそうもない。とにかく、そんな意味からも、この特殊といえば特殊に偏していたかもしれぬ書き物が、江湖の読書子の一般的な関心にさらされることを、願わしく思う。

なお本書が、上記の竹内、増田両氏ほか、加藤将之、小柴誠司、佐々木健児各氏などその後風の便りに逝去を伝え知った方々をはじめ、作中に登場願った場合そうでない場合ともに、実に大勢の皆さんの直接の協力や励ましを得て成ったことを記して、感謝に代えさせていただきたい。

一九七八年正月

木山英雄

後日編

一　周作人に関する新史料問題

上

昨秋(一九八六)私は五年ぶりに中国へ行ってきた。二ヵ月限りの「在外研究」とはいえ、以前の団体旅行やそれに毛が生えた程度の私的滞在にはなかった種類の関係が伴うので、けっこう新鮮な経験が少なくなかった。前後して身柄を預けた天津南開大学と北京大学のどちらにもこのごろ漸く活発になってきた周作人研究の有力な選手がいて、これら新旧の識合いたちから同業のよしみとでもいうような懇切な応待を受けたのなども、その一例である。私自身は今回は少々別の目論見で出掛けたのに、ほかにも随処で最近はじめて周作人を読んで得た意外な感銘だの、彼の日記や佚文の公刊の消息だの、また一般的に彼ほどの重要な作家をみすみす棚上げせねばならなかった文学史の無理、不自然だのについて話しかけられ、抗日戦争中の対敵協力者という決定的な汚名を負った一代の文人をめぐる空気が、確かに変ってきたことを実感した。

それらは、中国の学界が「実事求是」という実証主義と是々非々的な平衡感覚の回復を志向していることの反映にはちがいないが、それだけでなく、周作人が魯迅のような反逆性と手を切ることによって作品中に辛くも維持し或いは新規に切拓いたものが、今にして人々の関心や心情に訴えかける、といった事態をも含むようだった。

このこと自体は驚くにもあたらない。年配の読者が、一方で彼の思想や行蔵を批判しながら、その文章の魅力に対する心酔を隠しきれぬ例は昔も今もあることだし、政治的変革や動乱の結果の不首尾に対する処方を文化的因襲の徹底批判に求めようとする若い層の動向(その意味で去年を「文化の年」とする言い方があると聞いた)からも、公認の規準に縛られぬ読み方が出てくるのは自然の勢いであって、近代の理想を革命的解決とは別の方向に追っていった彼の業績が、相応の感銘とともに顧みられることに不思議はないから。

こうした空気の中で、私は多くの人々から繰返し或る思いがけぬ消息を聞いた。南京の雑誌に周作人に関する一連の新史料が掲載され、それらによると、彼が対日協力政権の「偽職」に就いたのは、実は占領下で地下活動を展開していた共産党の要請に応えた結果であって、したがって彼は「漢奸」でなかったことになる、というのである。私は出発間際に、夏休みの間訪中して帰った消息通の某君から、周作人の「平反《ピンファン》」(名誉回復)近しという噂が流れていると聞かされてきたのをすぐ思い出した。しかし、周作人のケースにも反右派闘争や文化大革命の犠牲者に対するのと似たような手続きが必要なのかどうか、私にはわからぬことだった。またそもそも、政治的名誉回復なる行事につきものの虚しさ如何わしさということもあった。そこで「平反」情報の想起はむしろ私の好奇心に水をさすようにしか作用しなかったが、それにしても、地下の党組織が同胞の「偽職」就任を裏切りと看做す一方で、実際問題として、傀儡組織に秘密党員を送り込んだり、活動上の方便から、特定の「偽職」に関して就任する人物に相対的な選択を加える余地は幾らでもあったろうからには、頭から疑ってかかるべき話とも思えなかった。私が『北京苦住庵記』(一九七八)で周作人の事件にかかずらった当時、求めて得られる類いの史料でなかったのは、言うまでもない。ところが、これを話題にする人たちは、多かれ少なかれ疑わしげな口吻を示すのであった。不信はまず証言を集めて発表した人物に向けられていて、沈鵬年《しんほうねん》というその名を私はぶ厚い『魯迅研究資料編目』の編者として記憶するのみだが、この人は、毛沢東と魯迅は生前三度顔を合わせているはずだとかいう説を唱えたことがあり、以来あまり信用がないのだそうな。そんな人物による今度の発表を、このごろの開放的機運に乗じて「標新立異」(新奇をてらう)したがる風潮への不信と一緒にして話す人がいた。また、もし私の思いすごしでないとしたら、いったいこのての消息に何かの兆候を読み慣れてきた人々の一種反射的な構えのようなものを感じさせる向きもあった。それはそれとして、とにかく興味があるなら問題の新史料を都合しようと言ってくれる人たちがいて、私もそいつは有難いということで、漫然と入手を待った。

そうこうするうちに、十月下旬、北京の魯迅学会で魯迅博物館の研究室の面々と顔を合わせる機会があった。博物館には別の用件で訪ねる約束があったが、しかしそれとは別に、十一月十九日にかの新史料をめぐって周作人問題の討論会をやるから参加しろという。万事につけて魯迅の擁護を使命とし、何故かというか、おのずからというのか、周作人に対し風当りの強い印象はあるものの、このところ周作人関係の資料を次々と『魯迅研究資料』に公開してきた博物館がこのような討論会を招集するのは、べつに不自然ではないのであろう。ただ新史料に関して、彼らの不信は特に強いらしかったが、それもそのはず、沈鵬年の毛沢東魯迅三見説を叩いたのは博物館の論客陳漱渝《ちんそうゆ》だということだった。不信の余りかどうか、討論会には沈鵬年を呼ばぬ代りに証言者本人から直かに話を聞くというので、私は対日協力者の問題を中国人と論じ合うのは甚だ気のすすまぬことだったが、占領下で周作人と交渉があったという地下活動家の話には強い興味を唆られた。どっちにしたところで、当日の五日前と決まっていた帰国の日取りを動かすすべはなかったのだが。ところが館の方で、開催日を繰上げると言いだし、結局私は、それなら問題の新史料一式を事前に読めるようにしてほしいと要望して、参加を約した。

そのあと一度博物館へ出向いたついでに、ようやく南京師範大学古文献整理研究所『文教資料』八六年第四期の部分的写しにざっと目を通すことができた。それからすぐ慌しく南方へ出掛けて、しばらくこのことは放置するほかなかったが、のちに複数の人の厚意で具足した新史料の全容は、ほぼ以下のようなものである。

「周作人に関する若干の史料」と題する特集は、「周作人はわが国近代文学史上研究に値いする人物である。本刊は以下一連の材料をまとめて読者の研究の参考に供することにした」という編者の前書きの下に、全部で五四ページを占めるが、このうち周建人《しゅうけんじん》と賈芝《かし》の既発表の回想の抜粋、周作人が香港鮑耀明《ほうようめい》に宛てたこれも既知の書簡二通、「周作人敵偽時期文学年譜」(趙京華《ちょうけいか》)、「周作人研究資料索引」(楊暁雷《ようぎょうらい》)は措くとして、残り約二〇ページにわたる八人の証言が問題の新史料に当たる。いま編者の附した注をも参考にして各証人の身元を紹介しながら証言の要点をかいつまむと、次のようなことになる。

高炎《こうえん》。本名郭健夫《かくけんふ》。一九三四年以来の党員で、当時党の「華北上層連絡部」に属したが、表向きは、三八年四月から四二年六月日本軍に逮捕されるまで、天津の新聞『庸報《ようほう》』の北平支社の記者をしていた。また周作人の「偽」教育総署督弁就任以降は、そのはからいで同署の秘書に名前だけ連ね、活動と生活上の便宜を得た。この人にとって周作人は、民族的気骨、党や八路軍の戦いぶりへの好意的反応、自身の地下活動に対する実質上の援助など、いずれの面においても信頼に値いする人物だったように語られている。目ぼしい事実としては、ある時組織の指示によって、周作人の解放区への脱出の意向を打診したところ、肯定的な考慮の末、家族の係累その他を理由に断った、という話がある。

羅錚《らそう》。高炎夫人で、北京大学教授羅庸《らよう》の姪に当たり、当時は小学校教員。四二年六月、逮捕された高炎の救出を周作人に頼んだところ、彼は、日本側関係者から、この時の一斉検挙が共産党の地下組織にかかわるもので高もその一員だから刑は免れまいという見通しを聞き出し、そのうち何とかしようと約束したうえ、彼女のため「偽」北京大学に名目上の職員の口を世話して月々一定の手当と食料が支給されるようにはからった。そして四五年に至り、汪精衛《おうせいえい》政府の「還都」五周年の大赦の機会をとらえ、日本軍駐華北最高司令官に手紙を書いてくれた結果、高炎は刑期より二年余り早く釈放された。

王定南《おうていなん》。三一年以来の党専従幹部で、党の北京大学支部書記や河南省委書記などを経たのち、三六年から四二年の一斉検挙による組織潰滅まで、占領下の党の「北平特別委」に所属、三八年以降はその書記をつとめた。証言は、まず当該時期における「北平特別委」の活動がかつて党中央と毛沢東主席の賞讃を博した事実を指摘してから、主に二つの工作について語る。一つは「偽」華北政務委員会初代委員長王克敏《おうこくびん》に対するもので、この「買弁ブルジョアの代表的人物」が「偽職」出馬に関し、宋子文《そうしぶん》を通じて蔣介石の了解を取付ける一方、共産党とも接触を求めていることをつかみ、積極的な利用工作を進めた結果、三千元の資金カンパを出させたり、王定南自身をも含む地下党員が逮捕された際に再三その尽力で釈放をかちとったりした。次は彼らが最劣等の「漢奸」と目していた新民会副委員長繆斌《ぼくひん》に対する闘争で、「偽」教育総署督弁湯爾和《とうじわ》が病死した時、その跡目を狙う繆を排除すべく何其鞏《かききょう》や張東蓀《ちょうとうそん》と対策を練ったところ、何、張とも周作人を立ててこれを抑えようと言うので、彼も「周作人は読書人で、きびしい生活に耐えてまで北京を離れて山間部の僻地で働く気はないのだから」と考え、同意した。最後に王定南は、周作人が督弁になって繆斌の野心が挫かれた結果を、「漢奸頑固派に対する闘争の一勝利」と自評する。

許宝騤《きょほうき》。現に全国政治協商会議委員、国民党革命委員会(国民党内親共産党分派、「民革」)中央常務委員、『団結報』(民革機関紙)社長。燕京大学で張東蓀に師事、王定南とは学生運動以来親しく、何其鞏とも深い関係にあり、さらに「偽」北京大学や華北政務委員会の両方に役職を持ち、周作人宅の「常客」でありかつ王克敏とは「ほとんど毎日会っていた」という。王定南の証言には、彼らと王克敏との主なパイプ役としてのみこの人の名が見えるが、ここでは、前記の繆斌対策の協議にも加わったうえ周作人に対する直接の説得を担当したことになっている。周作人はその説得を、「北京の芝居見物の古い仕来りに舞台裏から見る手がありますね。それを正面に出て来いと言ったって無理でしょうが」といった調子で断ったが、「これが共産党筋の意向であると聞いて態度を柔げた」。彼はそこで王克敏に働きかけて、日本軍方面の同意を取りつけさせ、さらに、こうして正式に督弁の任命を受けながら「書生が役人になって、さてどうしますかね」と苦笑する本人に、「積極中の消極、消極中の積極」なる「党の意見」を伝えた。そして彼の判断によれば、周作人は基本的にこの「二つの原則」に沿って督弁を務めあげたというのである。

袁殊《えんしゅ》。本名袁学易《えんがくえき》。三〇年代はじめの左翼作家連盟運動に関与し、日本軍占領下の上海では、これも左連創立者の一人だった文学畑出身の幹部党員潘漢年《はんかんねん》の指導により、地下党組織を作って活動した。彼は「周作人は漢奸じゃない」ことを力説し、潘漢年から周作人が党内に少なからぬ関係をもっていると聞いたとも言う。周作人が督弁として南京に赴いたついでに蘇州に遊んだのは、江蘇教育庁長という「偽職」にあった彼の招きによるものだった。彼とその同志たちはさまざまな新聞雑誌の刊行にも携わったが、『新中国報』『雑志』などが大東亜文学者大会における片岡鉄兵の周作人攻撃に対し周擁護の社説や特集を掲げたり、「南方における周作人の影響を拡げる」ためにその寄稿を仰ぎ、魯迅の名と並べてその近作を「すでに化境〔絶妙の境地〕に入った」と絶讃する文章を載せたりしたのも、すべて党の方針と党員自身の仕業だったという。

范紀曼《はんきまん》。二六年以来の党員で、演劇や出版方面の活動に従事、当時は組織の命により南京の「偽」中央大学で訓育主任になりすまし、少なからぬ学生を〔共産党系の〕蘇北根拠地や新四軍に手引きした。四〇年代はじめにソ連が米英との反ファシズム同盟の関係でコミンテルン解散を宣した時、中国でも、抗日地区から淪陥区にわたって、共産党の解散を要求する声があがり、「偽」中大の校長樊仲雲《はんちゅううん》もその熱心な鼓吹者だったので、彼らは別の不正事件にかこつけて学生の反樊闘争を煽動した。その騒動の最中に周作人が中大視察にやって来て、校長も党もそれぞれにその講演に思惑を託すことになったが、彼が事前に騒動の「本当の原因」を説明すると、周作人は「僕の講演に樊校長は失望するでしょう。僕も五四〔五四運動〕から三一八〔一九二六、北京の流血デモ〕まで学生の側に立ってましたから」と理解を示し、講演「中国の思想問題」の結びで、中国の国情を無視して外国の事を持込む誤りを特に強調し、学生の熱烈な拍手と校長らの狼狽を惹起したという。彼はさらに、自分は党員の身分を明かすわけにゆかなかったが、周作人が自己の判断でこの事件について意見を表明したのは立派だった、とつけ加える。

梁容若《りょうようじゃく》。本名梁縄緯《りょうじょうい》〔生為とも〕。中国文学史、中日文化交流史専攻、三六年東京帝大大学院留学、帰国後河北大学や北京高等師範で教鞭を執ったが、四八年台湾に渡り、八一年アメリカ経由で帰国、北京師範大学客員教授、全国政治協商会議委員などをつとめる。三八年と四五年に周作人と会った時の短い談話や、日本降伏後、将軍李《り》運昌《うんしょう》が冀東解放区へ「避難」させようとしたのを周作人が断ったという話を紹介し、後者について、「投機的に立廻ることをまるで知らず」「甘んじて南京の監獄に座し魑魅魍魎《ちみもうりょう》どもと同じ罪を負った」態度を讃える。

張菼芳《ちょうたんほう》。周作人長男豊一夫人。抗日戦勝利の直前、周作人が妻の信子《のぶこ》に、共産党の地下工作員が彼を国民党の追及から保護すべく張家口経由で解放区へ案内する人物を派遣する用意のある旨を伝えにきたが、自分は何ら疚しいことはしていないから彼らを煩わすには及ばない、という話をしているのを聞いた。

以上の各証言を通じて特に目立つのは、そこで語られる論陥区の地下党やその周辺の周作人観と周作人の共産党観が、互いにたいそう肯定的ないし好意的だということである。周作人の各時期における共産党観については従来もさまざまな材料があって問題はもともと微妙なものを含んでいたが、彼の占領下の行動と表現に対する共産党側の判断に至っては、毛沢東の『延安文芸座談会における講話』(一九四二)による厳しい断罪以来、一点の曖昧さも容れぬ否定の公式が貫かれていて、それはまたおのずから人民共和国の国家としての判断をも規定しているはずだった。すなわち、一連の新史料のもたらした驚きを推して知るべきであろう。もっとも、党内外の関係者の個別的な見聞や判断が非公式に語り伝えられていた可能性は多分にあるので、肯定的ないし好意的な内容の証言を揃えて公刊したことの方がむしろ驚くに値いしたのだと考えてみれば、新史料をめぐる取沙汰が、編者の意図、態度さてはその背後の事情といった方面に偏りがちに見えた理由も判ってきそうである。

そこで各証言の記録、編集上の形式をあらためておくと、これがなかなか一様でない。まず証言者の自述の文書とおぼしいものがある。高炎のは二篇あるうちの一方に「沈鵬年が中央の関係部門の原資料より抄録した」と附記して原典が何かの調書の類であることを示すほか、もう一方のに「時に七十八歳、一九八五年十二月二十七日」の日付、夫人の羅錚のに同年「十二月二十六日」の日付、梁容若のには「一九八二（八五の誤りか）年十二月二十三日」の日付とさらに執筆場所として現に出講中の北京師大の建物名や自署捺印を示す附記があるところから、三篇ともほぼ同時期にそれぞれ本人に依頼して書かせたものと思われる。次は、右の四篇と同じく一人称体ではあるが、特に「口述」と断り、沈鵬年または沈と楊克林《ようこくりん》両人による「記録」と附記してあるもの。このうち王定南のには「一九八六年三月十九日」付、張菼芳のには「一九八五年十二月二十三日」付で、それぞれ本人による内容確認の念書と署名がある。残る許宝騤、袁殊、范紀曼の三篇は、いずれも沈・楊両人による三人称体の「記録」または「記録、整理」であるが、選りに選って周作人の督弁出馬が党の意向を承けてのことであったことを唯一つ直接に示唆する許宝騤の証言に、問題が多い。この一文は結びに「許宝騤同志はみずからこの問題を文章に書く用意があり、ここではそのあらましのみを語った」とあり、沈鵬年らによる「記録、整理」の結果も、主語と述語の照応、文中の主格の思考と筆録者の判断との区別などの面で、肝心なところに曖昧さを露呈する、いささかダラシナイ文章に仕上っている。しかも、ベルグソンや分析哲学の紹介者として知られた反マルクス派の哲学者張東蓀と、馮玉祥《ふうぎょくしょう》の幕僚や北平市長を経歴し、占領初期には周作人の最初の変節と騒がれた「更生中国文化建設座談会」（大阪毎日新聞主催）に前河北大学長の肩書で一緒に出席していた何其鞏とが提案して、地下党責任者の王定南が同意した周作人出馬工作を、国民党系容共派の有力者とおぼしいこの人が周本人に実施した、といういきさつ自体が相当に複雑だから、新史料が党という権威とのかかわりで耳目聳動的に受取られる限り、一定の疑惑や臆測の派生もまた避けがたいところだったろう。

さて南方旅行中の私は、すべては右の新史料の全部を貰って熟読した上でのことと決め、討論会参加も話題に応じて一寸発言を求められるくらいのことだろうと高を括っていた。ところが、帰京後自分の「報告」のために一時間ほど取ってあると聞いて、泡を食った。もっともそれは通訳を使うとしての話だから、通訳なしで三十分もやれば同じことだとしても、ほかでの経験から割出して、数日のうちに六千字程度の草稿を用意しておくことが必要だった。それで何を言うのか。周作人は本当に「漢奸」でないか、などという議論は、どのみち日本人の出る幕ではないので、所詮かつてこの問題に手を染めた行きがかりの上でものを言うほかはない。渡された招請状の文面は次のとおりで、新史料のトピックに関しかなり網羅的に討論範囲が設定されていたが。

敵偽時期周作人思想・創作研討会

○○同志

南京『文教資料』が「周作人に関する若干の史料」を発表して以来、学界と世上に大きな反響を呼び、同時に魯迅と周作人の関係をめぐるさまざまの論議をも誘発した。当室は異った意見を持つ学者と社会人士を座談会に招き、情況の交流と正確な認識をはかって、魯迅研究と周作人研究の更なる展開に資することにした。ここに貴下の参加を要請する。

時…一九八六年十一月十二日午前九時

所…魯迅博物館事務棟二階応接室

討論の重点

1　周作人の偽職就任の根本原因は何か？
2　共産党北平特委が周作人の督弁就任を促したという説の疑問点は？　またその傍証は？
3　周作人の李大釗《りたいしょう》の家族やその他の革命家に対する援助をどう見るか？
4　敵偽時期に周作人が出した『薬堂語録』等の文集の思想内容を如何に評価するか？
5　日本の片岡鉄兵が「反動老作家を掃蕩せよ」と言い立てたことは何を物語るのか？
6　周作人の講演「中国の思想問題」は「消極中の積極」を反映するものか否か？
7　鄒魯風《すうろふう》、翁従六《おうじゅうろく》等の地下党員が『新中国報』や『雑志』において周作人を援護したのは何故か？
8　魯迅と周作人の分岐をどう認識するか？

魯迅研究室　一九八六年十月十七日

右の第八項と招請文とで特に言われる魯迅と周作人の関係をめぐる論議が、新史料問題にどう絡んできたのか、具体的なところはよく知らぬが、いずれにしても周作人＝「漢奸」の定式に疑いを挿めば、それを一支柱として兄弟の分岐と対蹠を極力強調する公認の思考に影響が及ぶのは論理の必然のようなものだろう。だったら問題がそこに一つの焦点を結ぶのも、とくに会の招集者の危機意識において、根拠のあることにはちがいない。また第三項の李大釗の家族のことは、さきに紹介を省いた李大釗の女婿に当る著名な民俗学者賈芝の文章の抜粋にかかわっている。抜粋の原典は『新文学史料』八三年四期に載った「周作人に関する一史料」で、二〇年代に処刑された共産党初期の指導者李大釗の遺児に対し、周作人が当時からずっと日本占領時代にまでわたって与え続けた庇護、援助の実情を詳しく述べたものである。それは、特殊な立場からとはいえ、周作人の問題の時期におけるいわば義行を表沙汰にし、かつその人に対する感謝と敬愛の情を憚ることなく公言した点で、異例とするに足る文章だった。これもまた周作人と党にまつわる因縁のうちだったわけだ。

討論会には博物館の応接室がちょうどいっぱいになる四十人位が参加した。外国人は私と、主催者が正当にも私の会話能力を危ぶんで通訳を頼むつもりだった北京師範大学留学中の東京都立大学大学院生湯山土美子の二人。最前列に会衆と向い合って並んだ前館長李何林《りかりん》を含む老人たちの中ほどの二人が、新史料中の証人高炎と許宝騤だという。以下、会のもようは、実は最近湯山さんが届けてくれた博物館編集『魯迅研究動態』八七年第一期の発言記録によって、聴取りと記憶の欠を補いつつ綴るものである。この新史料問題特集号には、紙上発言や関連文献も載っていて、ほかにも助けられるところがあるだろう。

最初に陳漱渝が会の趣旨を説明した。彼は周作人が文学史上かつては魯迅と肩を並べたほどの作家、思想家だったと認めたうえで、学界においてその清末から五四運動期にかけての活動に対する評価は大体一致しているし、三〇年代と解放後についても今のところ「原則に触れるほどの」評価の対立はないが、しかし四〇年代の周作人に関して今や「決定的に相反する見方」が生ずるに至った、と言った。つまり、毛沢東の『文芸講話』に言うとおり、北京淪陥とともに周作人が「民族の罪人」になり、その時期の作品は「漢奸文学の標本」である、とする「長期にわたる公認の見方」に目下対立を構えているのが、新史料を通じて提出された沈鵬年の「新奇な観点」

にほかならないというので、それを彼は次のように要約した。

一、周は漢奸でなかった。

二、周は共産党の意向を知ってはじめて偽職出馬に踏切ったのであり、出馬以後も党の示した「積極中の消極、消極中の積極」という方針に忠実だった。

三、周の当該時期の作品は「化境に入った」もので、読者にも歓迎された。

これを直ちに沈その人の観点と決めつけるところが如何にも特徴的だが、史料の提出の形でものを言うやり方もまた似た意味で特徴的だとすれば、互いにいい勝負なのかもしれない。陳漱渝はのっけからこのように否定的な剣幕であって、「沈鵬年という人物はだいたい史料の捏造が得意で、多くの同志が彼にはかねて用心をしていた」とまで言ったが、捏造と決まったものなら、何も言うことはない。それにしても高飛車なこの敵意は、彼が続いて注意を喚起したように、新史料がたちまち国内に反響を呼び、「周作人は漢奸でなかった」などの見出しでその摘要が報道されたばかりか、香港や台湾でも騒がれて、これを種に「党中央の開放政策に極めて悪辣な攻撃が加え」られた、というような事態を重視するためでもあるらしい。香港や台湾の反響を私も帰国後幾つか読んでみたが、なるほど型通りの「平反」扱いの中に、「今や〝日本の友人〟は我々にとって〝大変結構〟なので、そこで周作人同志のために平反せざるを得ぬのである」(香港『明報』八六年十月三十日「秦檜《しんかい》同志の平反は何時?」)といった調子の揶揄もある。香港のジャーナリズムが好むらしいこの種の大陸評定に私は時々ウンザリしながら、さすがに血は争えぬと感心してしまうこともあるが、周作人＝「漢奸」の公式が対日経済関係の障碍になるというような穿ちは、ウンザリしたらよいのか感心したらよいのか判らない。ただ、日本敗北後の「漢奸」追及運動に、抗日という全民族的な大義をめぐる国共両党間の正統継承権争いが絡んだ事実を想起すれば、それなりに政治的神経にとって刺激的な揶揄であろうとは考えられる。いずれ確かなことは、この書き手に当の周作人のことなどはどうでもよいのだということだが、この点で魯迅博物館員の使命意識がかかる「悪辣な攻撃」とどのような対抗関係に立つのかは、気になるところである。陳漱渝は最後に、異った見解を許容すべき学術討論上の自由を強調すると同時に、史実そのものはあくまで客観的存在なのだからその「歪曲、誇張、改竄」は許されぬし、事の一端で全体を覆うようなことにも反対せねばならぬと結んだ。この人がふだんから史実の精力的な探求家であることは、私も知っていた。

以下あらかじめ決められていた順序にしたがって、午前午後各四人の発言が続いた。

一番目は楼適夷《ろうてきい》。もう八十を越えたこの老文化工作者は、周作人に関する見聞だけを淡々と回想した。解放後ずっと出版方面の仕事をしていて関知したところが主な内容で、周作人の晩年の境遇を窺うためには得難い話を含むが、今は略す。

次に林辰《りんしん》が打って変って激しい口調で、徹底的な周作人批判をやった。その発言は、自分はべつに周作人を研究したことはないが、若い頃その文章が好きで彼には相当の関心があった、というふうに始まり、しかし一転して、周作人が「漢奸」以外の何者でもないという意見の熱烈な開陳になった。彼は、問題の時期の周作人の行動と文章の反民族性を逐一批判し、かつそれらに対する本人の戦後の釈明の一切が詭弁にすぎぬ所以を論じ、話しだしたら止まらぬ勢いで、草稿も持たぬまま一時間半近くしゃべり通した。私はこの人とは、半月ほど前に彼が現に身を置く人民文学出版社のある招宴で同席していた。『魯迅事蹟考』という、片々たる小冊ながら質実な実証研究の模範として再び評判の高い本の著者で、私も学生の頃世話になったことがあるから、それとなく注意していたのであるが、如何にも魯迅全集などの目立たぬ部分を支えてきた人物にふさわしい、寡黙でしかも剛直そうな、要するに好もしい印象を受けた。それが、この思いがけぬ熱弁である。四川風のきつい訛りでこんなふうにまくしたてられては往生するほかなかったけれども、何について話しているのかを聴取れば、その言うところはおのずから通じてくる趣きがあったのも事実だ。話し手がべつに権威や公式を担ぐまでもない率直さで、対象その人に今更ながら憤っているのがよく判ったから。もともと占領協力政権への参加を決定的に憤るのに複雑な理由はなかったろう。その決定的な前提に立つかぎり、協力者が所詮は占領下で合法的に発した言葉の敵性を証明するのにも込入った理屈の必要なはずはないだろう。今その発言記録について見直すと些か強引な論理もないとは言えぬが、それをしも末梢の技術問題と思わせるだけの正直さを、私はあいかわらず疑う気になれない。そして当日の発言の、どこか天を仰いで不平を鳴らすとでもいった風情と重ね合わせて、魯迅学会の直後に北京大学の中文系が私たちを迎えて催した座談会で、この人と同じ位の年格好の王瑤《おうよう》老教授が、これまた名うての山西訛りを丸出しにしてふるった熱弁を思い出す。王瑤は、延々五日にわたった学会の何十人もの発言者の誰一人としてマルクスのマの字も口にしなかったことを、日本の一代表だけがその名を挙げた事実を引合いに痛歎したのだった。それも、マルクス主義と革命とは二十世紀の客観的な現実なんだから、たとえ賛成でなくても無視することはないだろう、というような言廻しで。学会ではまたこんな一幕もあった。最終日の閉会式、ひな壇に並んだ王瑤を含む長老たちが一言ずつ所感を述べた中で、李何林ひとり、番がまわってきても複雑な顔で口を噤んだままだったが、これも王瑤と同様の理由で「つむじを曲げた」のだと、私は後で若い人から解説された。林、王、李の三老ともそれぞれに魅力ある風格の持主で、中には長い党歴の人もいるだろうとしても、単に党派的な動機からではなさそうないわば魯迅党ぶりは、今も若い層の信頼をつないでいるように見えたが、たとえば李何林が『魯迅研究動態』の紙上発言にも剣もほろろな意見を述べているとおり、この人たちの周作人観に癒やしがたい強硬さが刻印されているのは、無理からぬことである。マルクス主義と周作人問題とはいちおう話がちがう。しかし、昨今の目がまわるような時流の変化に、こういった人たちが、一種の解放感と同時に多難を極めた生涯の全部を否定されかねぬ不安をも感じている点では何のちがいもないだろう。如何に「思想開放」の世とはいえ、今さら周作人は「漢奸」じゃなかったと言われて納得がゆくものか、というわけである。ここで戯れに「思想開放」を「対日友好」と置換えてみると、さきに引いた香港の『明報』の揶揄が、まんざら揚足取りとばかりも言えぬように思えてくる。如何に「学術交流」の世とはいえ、主催者たちもなにやら剣呑な会に日本人を引出してくれたものである。

閑話休題。林辰は最後に新史料に触れて、周作人担ぎ出し工作を本人が共産党の意向と知って受けたかにいうくだりの曖昧さを衝き、あわせて、党が彼を解放区へ迎えようとしたという件につき、それによって彼の堕落を事前に救うためならいざ知らず、事後になって国民党に「漢奸」を庇ったという口実を与えるようなことを党がするとは信じられぬこと、また、李大釗の遺児に与えた援助についても、李個人に対する私情に出たことで党との関係とは言えないこと、などを主張した。つまり、彼の周作人に対する憤りを動揺させうるものがあるとしたら、党の関係以外にないということなのであろう。そうだとすると、北京の地下党の側にその意向のあったことを責任者の王定南が確認の署名つきで証言しているからには、あたかも問題は一にかかって周作人がそれを知って出馬したか否かにあるかのような話になってゆくのも、やむをえぬ次第ではあった。

それから高炎の話を聞く番になった。彼は上述の文書と大体同じ内容を、控え目な口調で、しかし周作人への敬慕をべつに隠すでもなく、繰返した。文書の中でも彼は党員の身分を本人に明かしはしなかったと書いていたのに、話が終ると同時に誰れかが再びその点の念を押した。そして質問者は、同じ答を得るとすかさず「だったらやっぱりただの私人関係だ」と言った。この遣り取りには、停年退職後の謹直な校長先生とでもいった風貌の老党員を、まるで詰問するみたいな雰囲気があって、私は一寸妙な気分になった。

なお、私が討論会より前に二、三日博物館に通ってたまたま数年分だけを走り読みした周作人日記の一九四〇年中の記事には、たしかに庸報記者郭健夫の名でこの人の来訪のことが相当頻繁に出ていた。

続いて問題の証言者許宝騤。この人も高炎と同じ位の小柄な老人だが、品の良い坊ちゃんがそのまま年を取ったような福々しさを感じさせた。彼は、沈鵬年の記録の結びに予告されたとおりのものなのであろう、用意して来た文書を何かの声明を発するような気負いで読みだした。事実その冒頭は一種の声明にちがいなく、沈鵬年、楊克林の手になるくだんの記録は、「訪問紀要」などと銘打ってあるけれども、自分が何年も前に上海の沈宅で談たまたまこの事に及んだのを彼に書留められたまでで、楊なる人物には会ったことさえもない旨が読みあげられると、会場はどよめいた。彼は次に、「紀要」は幾つかの点で事実を誤っているが、いちいち正すよりも、あらためて自分の回憶を文書にし、その全体でもって他人による聞書に代えることにしたと前置きして、騒がれた部分には特に慎重に念を入れたらしい子細を明らかにした。

許宝騤のこの再証言は、別の新しい消息も幾つか含んでいるが、差当りすでに紹介した沈鵬年らによる「紀要」との関係に限って言えば、主として次のような補正を加えたことになる。一つは、周出馬工作が決められたのは、許宝騤と王定南が張東蓀も加えて半月に一度は市内弘通観の許宅で開いていた「三人の寄合い」という名の会合だったこと。これは、許宝騤の代りに何其鞏の名を挙げていた王定南の証言との食違いを解消させるものでないが、しかし彼が「偽」北京大学や華北政務委員会以外に、ずっと私立中国大学に定職を持っていて、その校長だった何其鞏との連繫の下で抗日派の学者の保護や重慶国民政府との連絡などに従事したことも語られているので、矛盾はだいぶ緩和されるだろう。もう一つは、彼が周作人への「遊説」に際して、それを党の意向であるとか、自分が党との関係で動いているとかいうことを表明した事実はなく、「積極中の消極、消極中の積極」の文句も、それ自体は、彼が「遊説」の前に練った談話の腹案の中で考えついた表現だったということ。この一点で再証言は沈鵬年史料の最も耳目聳動的な一角を崩したことになるのであろうが、しかし党の関係に集中した関心から少し離れてみれば、大筋においてさほど違ったことが言われているわけではない。許宝騤が、自分の「遊説」が周作人の出馬の決意に何ほどかの影響を与え、かつ彼らの工作によって生まれた周督弁が結果として繆斌《ぼくひん》の進出を抑えたばかりか、その任期を通じて基本的に彼らの期待を裏切らなかったと、そう信じていることに変りはないのである。問題の党の関係にしたところで、彼は、「遊説」の成功を言うくだりに「心照不宣」(以心伝心)の四字を挿むことによって、言表の有無については否定した事実を実質上の伝達・了解に関して再び肯定するかのように、語ったのだった。

再証言はさらに、繆斌の対抗馬にはかねて中国大学でも気にかけていた周作人が自然と浮び上がったものの、一方ではそんな「清望」ある人物を「偽職」に就かせて敵方に花を添える憂えもあったが、本人が当時すでに

「偽」北京大学文学院長になって「片足は水につかっていた」事実を考えて「軽い方の害を取る」ことにしたのだという、「我々三人とりわけ私自身の分析考慮」にまで立入ったうえで、「私は解放直後に北京大学の思想改造運動の中で包囲攻撃にさらされた時、この問題の説明をし、同時に自分に対して〝曲線救国論〟のレッテルを貼ったものだった。それで今もはっきり憶えているのである」と述懐まじりに保証を加える。これは、たぶん中国の人々には判り切っているから誰れも言わないのかもしれぬが、私たちとしては注意を要するところであろう。通常の理屈でいえば、記憶がはっきりしているから説明ができるのである。それを、説明をしたからはっきり記憶しているというこの顚倒は、経験上珍しいことではないがやはり特徴的であろう。「説明」の原文「交代《チアオタイ》」は、すでに文脈から察せられるとおり、ここでは「告白」や「申しひらき」の意を含む。不断の政治的「運動」が、敵・味方の倦むことのない腑分けの形を取り、個人の側はいきおい一身の申しひらきに専念させられるといった情況の中で常用されてきたこの種の言葉の負う歴史性は、軽いものでなかろう。まして、国民党系の容共派というむつかしい立場にあり、かつ占領下では「偽組織の上層政治圏で活動した」と自ら言うようなこの人の場合、今度の証言もまた何程かの釈明性を免れがたいのは、むしろ当然と心得ておくべきでなかろうか。但し私はその証言の信憑性をことさら疑い割引くためにこれを言うわけではない。そうではなくて、このこと自体が、淪陥区という不透明きわまる世界とそこに生きた人間の特殊な不運に関する、得難い脚注の一つだと言うのである。許宝騤自身、その証言が党という基準に照らして今度も執拗な詮議の対象になることを充分承知しているもののように、彼らの周出馬工作が、王定南を介して共産党全体の意志とどこでどうつながっていたのかはもとより知るところでないが、しかし少なくとも自分が王の同意なしにこんな行動をすることはありえなかった、と念を押している。
この日彼が読みあげた文書は、「周作人華北教育督弁就任のいきさつ」の題で、会後まもなく自ら社長をつとめる『団結報』(十一月二十九日、七九二号)にも掲載されたという。
私はこの会の前後、寄宿中の北京大学勺園《しゃくえん》のすぐそばに転居したばかりの周作人令息豊一さんと時々往き来していたので、ついでに許宝騤のことも訊いてみた。そこではじめて、この人が、当時同じ中国大学に職を奉じてじっと師周作人の去就を見守っていた兪平伯《ゆへいはく》の義弟に当ることを知った。知ってみれば、閨秀のほまれ高い兪夫人の名はたしか許宝馴といった。また、数年前愛子夫人の帰国に同行してそのまま日本で亡くなった方紀生《ほうきせい》さんが、作中に自分も登場する拙著を読んで最初に北京からくれた手紙で、周作人と抗日派との接触の一例として、兪平伯の縁者という許介君《きょかいくん》なる人物の重慶国民政府教育部とのつながりを指摘してきたことも思い出された。この人がその頃許介君と名乗り、重慶へ潜行した際に教育部長の陳立夫と直接連絡を取ったことは、この日の再証言にも言われていたところである。(補注一)
許宝騤の発言が終ると、全員付近の料理屋に案内され、昼食後、二人の証言者と楼適夷、李何林などの老人組は会場に戻らなかった。

——『文学』八七年八月号

下

午後の発言は、一番目が私にあてられていた。私には新史料自体を対象にして何かを言う用意も条件もなかったし、ましてそれが惹起した波紋を、中国の人と一緒になって拡げたり縮めたりせねばならぬ義理はなかった。このことと、もともと日本人が対日協力者の追及に口を挿む立場にいないこととは、事情が別である。しかしとにかく、「是非ヲ定メル」ために人を論ずるわけではないという点で、その間にさしあたり一貫した立場を予定することにして、草稿を作っておいた。

私はあらかじめ、このような会に日本人が招ばれたのは、主催者側の雅量に出たことにちがいないことを銘記し、決して参考意見の範囲を踏外すことはないだろうと、そう約束したうえで、旧著の趣意説明に事寄せ、およそ以下のような考えを述べた。すなわち、私自身は周作人の責任を追及したり弁護したりする立場にないので、代りに客観的な情況の再構成と主人公の主観の追体験に努める方法に就いたこと、「漢奸」という語は強い嫌悪感を伴い、ひとたび発すれば直ちに対極的な「民族気節」の観念を喚起して、議論を単純化させずにおかぬ嫌いがあること、さらに傀儡政権への関与という行為は、これを社会的な政治責任の見地から考えるなら、たとえ抵抗組織の密命を帯びて潜入する場合でも、関与自体の客観的罪を覚悟せねばならぬはずであって、裁判だったらそこで情状が論ぜられることになろうけれども、思考上の論理ないし条理の上では政治責任とはかように苛酷かつ不公平であるほかないのではないか、ということ、しかしまたそれだからこそ、人の表向きの出処進退からその全人格を論定するわけにはゆかぬのではないか、ということなど。

思えば、「漢奸」問題などいまさら再論の余地があるのか、と言わんばかりの参考意見ではあったが、私は、新史料問題の騒がれ方の中に、主人公が孤絶的な自分一個の決断で「偽職」に就いたのなら「漢奸」に決まっているが、もし党の意向を体して出馬したのだったらそうでなかったことになる、という暗黙の論理を感じて、幾らか過剰に反応したのだったかもしれない。つまり、そこで一種の形式論理を持出して、論議の焦点を逸らしたように見えぬことはない。だが後から考え直しても、かつて周作人の行為が物議の的になったのと、今その問題が今なりの経緯の中で蒸返されるのとでは、もはや情況的意味が違っているはずだが、いぜんとして民族道義が、しかも今度は党の権威といっしょくたの形で基準になる以上、やはり一種の形式的な判断を持出すほかはなかったと思う。要するに私は、新史料の内容を、論告や弁護のための証拠から了解のための資料に切換える理屈を求めたまでであって、政治と道徳の市民的分離に関する一般論をぶつほどの呑気さで会に臨んだわけではなかった。

それだけではとうてい時間がもたないので、あとは、旧著を日本の留学生から贈られて持っていた後出の銭理群《せんりぐん》から貸してもらって、ざっと思い出したところをもとに、主人公の開戦前夜の「日本研究」の意味から説き起こし、軍事的「必敗論」を前提とする文化的抵抗の意図と、早くから「原始儒家」を標榜していたような近代意識の屈折とが、それ自体虚構性を免れぬ傀儡政権の下で描いた夢のような思想的軌跡を略述し、もし文人としての評価を言うのであれば、とどのつまりそこに一筋の真実味を認めることができるか否かが問題になるのではないか、と結んだ。

次に舒蕪《じょぶ》が、だいぶ嵩のある草稿を手に発言した。この人が五〇年代なかごろの「胡風《こふう》反革命集団」事件の際に、かつての盟友胡風の私信を暴く役割を演じたことは、その立入った事情が依然判らぬまま今も私たちの記憶に重苦しく淀んでいるが、彼は最近『周作人大観』と題する小冊子を出し、これまでのところ最も大胆な周作人評価を示したと評判されていた。討論会からの帰途、車の中で所望して贈られたその本を読んでみると、さすがにと言うべきなのか、周作人独特の表現の委曲を見逃さぬ老練な読み方と、左翼文学の巨頭魯迅の向うを張るに堪えたほどの「右翼文学」の代表は周作人を措いてなかった、というような意表をつく論法で、一種の高い文学的評価を三〇年代の業績にまで及ぼしている。党主流の文芸理論に異を唱えて反革命罪のかどで投獄され、精神障害を背負い込むまでの辛酸を嘗めて死んだばかりの胡風に対し、知識人たちの同情は、いまさら深くかつ複雑なものがあるらしい。それにつけても、考えようによっては、胡風以上の傷を負ったかもしれぬこの年季の入った評論家が、今にして周作人にかかずらうのは通りいっぺんのこととも思えぬが、これはさしあたりただの予感を一歩も出ない。

彼はぶ厚い草稿の前の方を端折って、主に、上記の著書の観点でもある問題の時期における周作人の「堕落」説を、当時の周日記を多く引いて生活史の面から裏づけるような報告をした。彼が日記から洗い出してきた、「偽職」就任以後の「堕落」の徴表というのは、㈠自宅の大掛りな改築をし、㈡隣接する土地家屋を買入れて屋敷を拡張し、㈢不断に豪華な衣類や家具を購入し、㈣使用人も沢山抱え、㈤慶弔を派手に振舞い、㈥自家用車を持った、などの事例である。こうした「にわか分限ぶり」も、本格的豪門に比べたら物の数ではないかもしれぬとはいえ、北京大学の同僚たちが昆明の疎開先で耐え忍んでいた飢餓寸前の生活や無数の抗日軍民の流離の苦しみを思うと、こんな生活をしながら「苦住庵」と号したり、在米中の胡適《こせき》が詩に托して南方への脱出を勧めてきたのに対し自分を「托鉢の老僧」などに擬えてみせたりしているのは、あまりに空々しい嘘っぱちではないか、と痛論した。私自身にも、類似の事例を、あまりほめられたことであるまいと、少々当惑気味に評しながら書込んだ覚えがある。これらの多くは、派手好きな性格で、気に入った相手には激しい肩入れをしたという、当時得意の盛りだったかもしれない、夫人羽太信子の切廻しにも関連していただろうが、そんなことを言って弁護になるものではないし、弁護をしようとも思わない。この種のことには無頓着なところないし存外平気な神経が、周作人にはあるのだろう。または、たとえ「偽官」といえども、中国で高官になるとは即ちそういうことなのでもあろうか。ただ、この討論会の論調を借りて、彼の個々の党員や活動家などに対する義行をたかだか私的な関係にすぎぬと言うなら、これらもまた私的な問題にすぎぬのではなかろうか。

『魯迅研究動態』に載っている舒蕪の長い論文は、討論会後、許宝騤の再証言が『団結報』で活字になったのを綿密に読んでから稿を改めたもので、この日省略に従った部分は、㈠沈鵬年の「驚くべき新説」「爆弾的ニュース」の誤りの再証言による指摘、㈡再証言自体の検討、の形で書きなおされ、そして、㈢周作人の「堕落の具体的過程」が、会場で主に読みあげた部分にあたる。㈡の再証言の検討も日記を駆使した詳細な考証から成るが、重要と思われる論点は二つある。その一、許宝騤は周出馬工作当時の華北政務委員会「首脳」すなわち委員長を王克敏としているが、厳密にいうと、このポストは少し前に王揖唐《おうゆうとう》に交替していたはずであり、加えて、日記にも王揖唐の命を受けた人物（瞿兌之《くだし》）が教育督弁への就任の「勧進」に来た事実が明記されている（四〇・一一・二六）ので、人望の薄い新委員長が、前任督弁湯爾和死後の空席に、自分の外孫女（娘方の孫。一説に外甥女すなわち姪とするのが正しいであろう）がその息子に嫁して姻戚関係にあった周作人を抱込んだ、とする別の説（張琦翔「周作人投敵前後のことども」『文化史料』三）のほうが、信憑性は高いのではないか、ということ。その二、仮りに許宝騤の「遊説」が事実だったとしても、日記にそれとおぼしい許来訪の記事が見えるのは、すでに南京の汪精衛「偽」政府で周の督弁任命が決定された日のわずか二日前（四〇・一二・一七）でしかなく、おそらく王揖唐筋とは疎遠だった許は、事がすでに舞台裏で決まっていたことを知らずに「遊説」して、せいぜい周の殊勝げなポーズを真に受けただけではないのか、ということ。舒蕪はさらに、周作人の対左翼観の面からも、許の再証言が自分と党の関係を周に告げた事実を否定しながら、なお「心照不宣」という表現で言外の了解を主張しているのに疑問を投げ、党ばかりか許その人に対する周の不信の言葉まで見つけてくる。それは日記の次のようなくだりで、討論会の席でも他人の報告に注をはさむ形で紹介され、すでに証言者たちの退席していた会場を妙な具合に沸かせた。

「晩、許介君来タリ文院〔北大文学院〕ノ事ヲ談ズ。此ノ公《ひと》未ダ信ズ可カラザルニ似タリ、蓋《けだ》シ某派中ノ人ニシテ、端士〔まともなる人士〕ニハ非ズ」(四三・一一・八)

「晩、介君来タル、此ノ人モ亦タ是レ狐狸《こり》〔くわせもの〕ナリ」(四三・一二・六)

記事中の「某派」を、舒蕪は当然のことのように「左派」と読むのである。

こうして舒蕪も基本的に周作人＝「漢奸」の公式を守るために尽力したと言えるが、但しそのやり方は、原則から結論を演繹するのでなく、新史料を周作人の日記によって検証するという、実証的な手続きを守ろうとしている。その結果、ここには紹介しきれぬ例も含む事件の幾つかのディテールを発掘したり、証言者の心証の右の如き主観的片面性に注意を喚起したりするような収穫もあげえたわけである。互いに腹の底までは明かしにくい特殊な情況下のことゆえ、一方的な思い込みは、許宝騤以外の証言にも多かれ少なかれありえたにちがいない。中でも、周作人が南京中央大学で講演した際のエピソードを伝える范紀曼の証言などは、典型的にそうであろう。

「中国の思想問題」という講演が、中国人固有の思想的特性を楯にとって、日本側の「思想粛清」運動や大東亜共栄圏的「中心思想」の強要に抵抗する意図を含んでいたのは事実であろうが、しかし本当にそれが、コミンテルン解散の趣旨を中国にも適用させて共産党を解散に追込もうとする策動と戦っていたという范自身への側面援助に聞こえたのだとしたら、この証言が語るのは、周の党に対する同情よりも、むしろ周に対する地下党員の期待の思いの方だと解するほかはない。

とはいえ、上記二点に関する舒蕪の考証には、なお不備があるようである。

新史料とそれが提起した事柄をめぐる実証的検討の比較的内容ある成果には、姚錫佩《ようせきはい》の紙上発言を数えなければならない。彼女は博物館の研究室で特に周作人関係を担当しているらしかったが、舒蕪の考証が何といってもその「堕落」説の立証を目的にしているのとは多少異なり、できるだけ予断を控えて事実性に徹底しようとするところが、この際は珍重に値いする。彼女は舒蕪の考証を一面で承けつぎながら、しかしいっそう綿密に日記を読み、また許宝騤をめぐる諸関係を調べたり本人にも直かにあたったりして、より慎重な推理を心掛ける。

まず許宝騤の「遊説」をめぐり、舒蕪は、それの可能な只一回の日付が王揖唐側からの「勧進」より遅く、しかも汪政権による任命決定の直前でしかないことを根拠に、いささか皮肉な解釈を施したのだったが、彼女は、その日付より二カ月近く前(一〇・二六)にも許の来訪の記事があることを指摘し、かつこの一回と舒蕪の挙げた一回とを併せた前後二回に限り、「来談」(ふだんの来客は「某々来」とのみ記されている由)という特別の表現で記録してあることに注目して、許による実質的な「遊説」の行なわれた可能性を肯定する。舒蕪が二カ月前の「来談」を見落すか無視するかしたのは、前の督弁湯爾和の死(一一・八)から事が始まったように許宝騤が述べているためだが、姚錫佩は、そこに記憶ちがいの余地を認め、湯のその年三月以来の病気が末期化していた際の第一回の「来談」を問題の「遊説」と解するのである。彼女はこの考証を、日記の「許介君」にかかわる全部の記事をもとに周・許両人の関係の推移を跡づける作業と併せてやっていて、ついでに、「遊説」当時の周の許に対する信頼を物語る事例として、彼が督弁に任命されたことを知ったのち華北政務委員会の宴会にはじめて出席した日(一二・一五)、宴がはねるとその足で許を訪ねていることや、翌年早々も許の按排した宴会に二度も出掛けて燕京大学校長スチュアートや中国大学校長何其鞏と席を共にしていることを挙げ、「これらはみな、彼が許介君の要求を受入れ、自分の職権を利用して、できる限り(米国系)ミッションスクールや私立学校を日寇の浸透から守ろうと欲したことを示している」と判断する。続けて、「だからといって、周作人が偽職に就いた責任が解除されるわけではなく、彼も、一緒に招かれたほかの偽政権の要人と同様に、それぞれの思惑によって、重慶方面と連絡のあるらしい無党派人士(許宝騤は当時は国民党にも属していなかったと彼女に語った由――引用者)許介君のこの要求を受入れたのだ」と駄目を押すことも忘れないが、これとても、淪陥区の特殊情況に関する今回異数の了解的考慮のうちと言える。

彼女は同じ一連の周・許関係の跡づけの中で、舒蕪が紹介した周の許に対する不信の言葉についても、よほど念の入った考証を加えている。この記事が問題の時期から三年も後のものであることは舒蕪も断わっていたところだが、彼女によれば、この不信の言葉は両人の良好な関係がずっと続いた揚句に突然現れ、今となっては許本人に質してもとんと原因に心当りのないことらしい。そこで彼女は、かの不信の表白が、「許介君来タリ文院ノ事ヲ談ズ」とある上文を直接承けて出てくることに注意し、前後の日記から、当時「偽」北大文学院で周の頭を悩ませていた事件を探しだしてくる。事件は同院総務科主任(羅子余《らしよ》)の汚職にかかわるもので、日記の主は、青年時代に南京水師学堂で一緒に学んだ縁もあって深く信頼していたこの男の悪事を知り、「自ラ人ヲ識ラザルヲ愧《は》ヅルノミ」と歎いているという。この時、華北政務委員会内に一件を何かの種に利用する動きがあり、許も周の人材登用の非を詰《なじ》ったかして、その結果にわかに周の不信を買い、さては「某派中ノ人」と疑われたのではないか、というのが彼女の推理である。これに従えば、「某派」は政務委員会内の一派閥ということになるわけである。

彼女はこの推理のほかに、許宝駿の経歴に照らして可能な範囲内と考えられる「某派」の解釈例を、さらに二つ示す。一つは中国民主革命同盟会(一九四九年解散。前記国民党革命委員会すなわち「民革」に対して「小民革」と略称される)の関係。一九四一年夏、つまり例の「遊説」の半年ほど後、許は重慶で、兄の宝駒を含む十八人中の一人として、この組織の発起に名を連ねた。これは「国民党の左派や愛国民主人士、国民政府内でかなり高い幕僚の地位にあった革命人士」などを擁した共産党の外廓団体、皖南事件による国共再分裂の危機を克服すべく党の影響下に作られた統一戦線組織であるが、周恩来の戦後の総括に、その活動は、国民政府や傀儡組織内部での「政治的策動や利用工作」を主としただけに、時に下手な動きで諸党派間に「疑惑や畏れ」の種をまくような作風上の欠陥を免れなかった、とあるという。そこで、もし「某派」がこの関係を指しているのだとすれば、そうした欠陥の結果の一つとして、許が周の不信を買った場合が考えられるというのである。もう一つは、張東蓀の関係。姚錫佩の調べでは、当時「張東蓀派」と言われる人脈があったらしく、彼女は特に周が許を張派かと疑った可能性の根拠として、同じ年の八月に南京からやって来て周作人宅に滞在した龍楡生《りゅうゆせい》〔著名な詞人詞学者〕が、実は許・張が加わっていた中国民主政団同盟（のちの中国民主同盟）を通じて汪精衛「偽」政府の郝鵬挙《かくほうきょ》の部隊を抗日側に寝返らせる計画を抱いて、両人に連絡をつける目的で潜入して来たのだったという事実を挙げる[補注二]。

「某派」に関する以上三つの解釈は、姚錫佩自ら証拠不足を理由に併記するに留めているが、特に後の二例は、せっかく調べたことをついでに記したようなもので、彼女自身がほとんどその可能性を信じていそうもない。私も主に、許宝騤の複雑多彩な組織関係や周作人周辺のこれもなかなか単純でない政治的出入りに関する参考価値のゆえに引いたまでだ。結局のところ、日記の文脈に忠実な彼女自身の推理が、やはり相対的に穏当に近いのではないか。それは少なくとも、舒蕪のように「某派」と言えばつい「左派」と読みがちな歴史的クセに待ったをかけただけでも、この場合意味があると私は思う。日記の用語法から考えてみても、「端士」だの「狐狸」だのという、人品や心術を直指する言葉は、右とか左とかの大きな立場上の色分けより、もっと卑近ないし猥雑な関係の中での具体的な立廻りに刺戟された感想にふさわしいようである。

会場の発言にもどる。舒蕪の次は、北京大学の銭理群だった。彼とは会の前にも何度か話を交わす機会があった。五年前に識合った時すでに三十万字を越える『周作人年譜長篇』を独力で仕上げていたが、いまだに陽の目を見ない。しかしその後も魯迅や周作人に関して力の入った論考を幾つか手がけ、さきごろは文革中に育った若い論客と組んで「二十世紀中国文学論」なる公式破りの試論を発表してだいぶ評判になったから、日本の同業中にも注目する向きはあろう。この日も舒蕪に負けないくらい厚手の草稿を用意してきていたが、同じく前の方をとばして、三〇年代中頃から四〇年代にかけての周作人を、思想、作品、政治的出処進退の相互関連の下で全面的に捉えようとする部分を、熱っぽく読みあげた。その報告は、彼が前以て表明したところとよく見合っていた。

前置きの趣旨は、周作人のような第一級の作家を措いて中国の近代文学を語ることはできないと信じ研究に取組んできたが、彼に関するせっかくの最初の学術討論会が、選りに選ってその最もサエナイところをテーマにして開かれるのは遺憾なことであって、彼を客観的に扱うというだけのことでもずいぶん強い風当りを経験した者としては、今またこんなことから周作人が政治問題化したのではやりにくくて仕方がない、というので、私はいかにもそうだろうと同情同感の思いを以て傾聴した。さればこそその報告は、新史料問題などにはことさら立入らないで、まともに周作人論をやろうとしたのだろう。むろん彼とて、自身の内発的な思想、感情からしても、私などのように是非の判定を棚上げにするわけにはいかないから、周の「歴史的ニヒリズム」「民族的敗北主義」に対する批判はなかなか手厳しいが、さすがにいわば二重の裏切りを憤る林辰の拒絶的反応とはかなり対蹠的に、対象に内在して考えようとする態度が顕著だ。典型的な一例を拾ってみれば、周作人が日本側の押しつける「中心思想」に、その大東亜共栄の標榜をとっこに取る形で「儒家思想」の伝統を対置したことをめぐり、林辰はこれを、侵略者の持込んでくるものに儒家の色を塗って、それはもとから当方にあったものだと言いなすていの、いっそう欺瞞的かつ有害な手口だとこき下ろしたが、銭理群は、「儒家思想」なるものへの回帰自体を悲しむべき後退堕落としながら、同時に、周作人の一種のアジア主義にも関心を注いだ結果、ひょっとすると周はそのようにして日本文化を「同化」することを夢見たのでもあろうか、とも考えてみるのである。

もっとも彼の議論には、開戦前夜の周作人が一連の「日本研究」の中で、谷崎潤一郎の『武州公秘話』や謡曲『実盛』を引合いに出して、武士道にも一分の「慈悲の種子」を認めるくだりを捉え、「中国人民の鮮血にまみれた日本武士道からさえ〝武士の情け〟を発掘するに至った」と憤慨して、私を慌てさせるようなところもある。

私はなにもこんな場面で、中国大陸で実際に発揮された武士道なるもののほかに真のまたは本来の武士道があったというような議論を期待するわけではない。ただ、周作人がわざわざ開戦間際にそんなことを書いたのは、続いて日本の目前の対華行動をほかならぬ武士道の地に墜ちた結果であろうと批難するためなので、彼のこのての筆法に、たとえば舒蕪のような読み手だったら、これほど直線的な反応はしないのではなかろうか。

続いて南開大学の張菊香《ちょうきくこう》が、同様に数年来「おっかなびっくり」周作人研究に携わってきた者として、銭理群の前置きに強い共感を表したうえで、主に開戦前までの周の対共産党観が新史料の印象づけるほど友好的なものでなかったことを強調した。

彼女とは天津で別れてきたばかりだった。南開大学が周作人研究の一拠点校のようになっているのは、数年前に作家研究資料シリーズの周作人篇がここの魯迅教研室に割当てられて以来のことだそうで、周作人の専門家がこういうふうにして誕生する場合もあるわけである。張菊香がこの日も一緒に会場に来ていた若い弟子格の張鉄《ちょうてつ》栄《えい》と連名で最近出した大部の『周作人年譜』は、南開での旧師李何林、きょうだい弟子陳漱渝などを介して深い関係にある魯迅博物館所蔵の日記を存分に利用した、実に人助けな労作だ。こういった仕事の上に立って、しかも一つの論点だけに的を絞った彼女の慎重さを私は理解する。その言うところもべつに間違ってはいないと思う。しかしどうであろう。唯一の論点のこのような選択が、彼女の表明した不安を思考の独立への自主的努力に少しでも切換える契機になりうるだろうか。それは沈鵬年の批判としてすら不徹底ではなかろうか。総じて私は、この討論会の発言が沈鵬年と新史料を頭から疑ってかかりながら、その一方で、寄ってたかって彼の垂れた釣針に喰いついているような印象を、拭いがたいのであった。

最後の報告者陳福康《ちんふくこう》は、北京師範大学の博士課程の大学院生ということだった。彼は具体的な事例の幾つかについて、これまた新史料と周作人の非を鳴らした。この若い人の議論には、しかし独特の抽象性があって、彼は周作人の督弁出馬工作のような全局的全国的重大事に関し、党の一地方組織たる北平特別委が勝手に決定を下すというのは「常識に反している」とか、上海の地下党員たちが支えていたという『新中国報』や『雑志』を自分もめくってみたが、「およそ正常な神経の持主なら、それが漢奸雑誌であることを否認するはずのない」しろものにすぎなかったと言い、党員自らが片岡鉄兵に対して周を擁護するために書いたとされる一文をも、「立場も感情も中国人民と全然相反している」と一蹴した。建国後に培われた党や人民に関する常識あるいは正常な神経がこうなるはずだとは、私にも判ることは判る。しかし、たとえば王定南が張東蓀や何其鞏ないし許宝騤などの党外人士との協議で、周作人により繆斌を抑える案に同意したというような臨機の措置を指して、全国性の問題に関する組織上の決定権を云々するのは、原則論にしたところでずいぶん想像を欠いた話ではないか。周作人の文名こそ全国に著しかったかもしれぬが、これはまるで、抗日地区から切離され、しかも共産党狩りに血眼な日本占領軍の全面支配下にあった淪陥区の党責任者の立場を、全国的な単一支配網を整えた建国後の党組織の中に思い描いてでもいるようである。現にやがて一斉検挙に遭って、壊滅に帰したという北京の地下党組織の活動の実情は、思うに、もっと直接に戦局とかかわる類いのことでさえ、しばしば独自の判断で実行に付さねばならなかったのではないだろうか。したがって、その判断の当否が後で論議の対象になる余地は確かにあるので、それだから王定南の証言にも、毛沢東による太鼓判のことを強調するような、手前味噌めいた前置きがついていたのではないか。

それはさて、陳福康の意見は抽象的ななりに、ほかの人々が周作人と党の関係に拘泥して煩瑣な「史実」の迷路に踏込んだりしたのとは、おのずから別途の方向を示す。というのは、彼は当時の北京の地下党が組織原則を犯してまで「漢奸」に宥和的な態度を取った疑いや、上海の地下党員が「漢奸」の肩を持ち自分でも「漢奸」並みの雑誌や文章を作った事実を指摘したようなもので、彼ひとりが新史料の証言者の共産党員としての過誤を間接的に主張したと言えるから。

ところで新史料は、王定南の経歴に関して、この人も多分に洩れず文化大革命で迫害の対象になったことを注記している。この指導的党幹部の経歴は更に多方面に渉っているから、その時区々たる周作人問題が特に取上げられたとは限らないが、陳福康のような意見をもし攻撃的に増幅すれば、そのまま立派な「迫害」材料になったろう。文革当時、党中央宣伝部の陸定一《りくていいっ》、周揚《しゅうよう》、胡喬木《こきょうぼく》たちの罪状に、解放後における「漢奸」周作人の優遇という一項目が挙げられた事実を想起してみてもよい。これはべつに、陳福康の年格好がたまたま紅衛兵世代に当たりそうなところから文革を連想するという話ではない。この人や陳漱渝の、林辰たちの世代の強硬さとはおのずから意味を異にしているであろうこれも一種の強硬意見の真意をはかりかねながら、それにしてもこんな鋒先で迫られたら、たいていの証人はタジタジとなって、率直にものが言いにくくなるのではないかと、つい心配になったということである。

これで全部の発言が終った。それぞれの報告者が自分の意見だけを大声で言いっ放しにして、その間に討論らしいものもなく、館長潘徳延《はんとくえん》の簡単な挨拶を最後に、あっという間にみな散ってしまった。たいていの会がこんなものだとか、四時過ぎになるとバスが無茶苦茶に混んでくるからだとか、どんなことにでも事情通の解説はつくものだが、何にせよ印象的な終りっぷりであった。

以上、煩を厭わず全部の発言に触れたのは、新史料自体を扱う上での参考に資するためであるが、また一つには、今回の問題を通じて、五十年前の周作人事件が今の中国にどんな甦り方を示すのか、確かめたいためでもあった。正直な感想を挿めば、ここまで書いてはきたが、しょせん別の体制下にある者には判りにくいところへ首を突込んでしまったものだ、という当惑は払いきれない。チャイナ・ウォッチング風な詮索などよりは、周作人その人が相手の侵略を目前にしながら土壇場まで執着した共感的理解に少しは見習おうとするだけ、かえって判らなくなるふしさえないではない。しかしとにかく、今回の新史料問題とは結局のところ何事であったのか、考えられるだけのことは考えておきたい。

まず、文化大革命の惨憺たる結果を前提とする、言うところの「新時期の思想開放」の下で周作人が再び読まれだし、一部に積極的な再評価の機運も出ていた、というのが事の一面であろう。新史料が編まれて世に出た経緯やその本当の動機は私の知るところでないけれども、それがこの一連の機運の突出的な表れだったのは確かだろう。突出のゆえんは、言うまでもなく、周作人＝「漢奸」の公式の再考を促すかに見えたところにあった。このところは、確かにほかの問題での再評価とは事の性格が違わざるをえまい。参考として、象徴的な事例を一つ引いておく。実は新史料のほかにも、周作人事件に関連して意味ありげに取沙汰されていた些細な一件がある。同じく昨年中に刊行された『毛沢東著作選読』(未見)の注釈の周作人の項に、「注目すべき変化」が現れたというのだ。実際には、「中国を侵略した日本占領者に依附した」と書いてあるそうだが、しかしそのことを従来のようにはことごとしく書き立てていないという、それだけの「変化」が大いに「注目」されたのであった(八六年十一月、『文滙読書周報』『文摘報』『文献と研究』など。また『団結報』も上記の許宝騤再証言の掲載にあたり、編者のコメント中に同じ「注目」の意を表す。いずれも『魯迅研究動態』附録の「剪報一束《スクラップ》」による)。それこそ「一字《いちじ》褒貶《ほうへん》」だの「微言大義《びげんたいぎ》」だのをいう春秋解釈学を地で行くかのような細心の詮議は、聖人ならぬ中央の意向をさぐる洗練された習慣のうちであろうか。とにかくそれは、周作人事件の評価の権限がしょせんはお上に属するという了解の下でのことにはちがいなかろう。事件に即した関心は、周作人を「漢奸」と看做すのに釈然としきれぬ同情心のくすぶりから、毛沢東革命の大挫折の後に抗日戦争の民族的大義までが曖昧にされてはほとほと身が立たぬというような思想の危機まで、人によりさまざまだとしても、その評価の、あるいはせいぜい評価のスタイルの些細な「変化」らしいものが、これほど「注目」されるわけは、やはりそこに人々の思考や表現の自由に直接の影響を持つ中央の意志の反映が想定されているからであろう。

こうして、沈鵬年という個人が、直接の意図はいざ知らず、周作人事件評価の禁忌に挑むかに見える挙に出たのは、ずいぶん大胆な仕業だったと言わなければならない。とはいえ、もっぱら党員や有力な同伴者の証言を集め、しかも周作人の「偽職」就任と党の関係を、証言自体の内容のみならず、記録・整理上の微妙な強調ないし偏向(強調ないし偏向の事実はどうやら否定できない)によってまで印象づけながら世に問うたやり方は、この人もまた思考の基準を中央に預ける右のような習慣の中にいて、その同じ習慣に訴える手段を採ったことを示しているのではなかろうか。もしそうだとすれば、新史料の編者と、「史実は一つ」論のもう一方の手に毛沢東以来の「公認」の見方をふりかざすその批判者とは、見掛けほど大きな対立関係には立っていないことになろう。その結果編者は、新史料に世間の耳目を聳たせるのには成功したかもしれないが、同時に、せっかくの得がたい証言をあやうく盥《たらい》の水ごと全部流されてしまうところだった。

加えて昨今は、党や国家の側にも周知のディレンマがある。上からの「指導」のイデオロギイが、資本主義的「開放」と社会主義的「引締め」との苦しい選択の間を揺れながら、さしあたって「開放」の結果によってすら刺戟を免れがたい国民の間の民族主義的な感情に働きかける以上の強力な方便を見出しえないでいるとすれば、周作人事件はこの面からも今なお容易に政治化しかねない運命にあるのではないか。論より証拠、年が明けると早々に発生した胡耀邦《こようほう》失脚事件の余波として、さっそく上海党委機関紙『解放日報』が「公然と周作人の名誉回復をはかる人々」を攻撃する文章を掲げた、というニュースが伝えられた(『朝日新聞』八七・二・六)。もっとも、日本の新聞記者のそのような関係づけが完全に正しかったかどうかに、微かな危惧は残る。というのは、正月二日の『人民日報』に載った陳漱渝の短文(「周作人から民族的気節まで」)などでも、もし事件後だったら同じように注目されたかもしれないし、そうなれば、彼が開会の辞を述べた討論会さえ、事件を推進した力の先棒をかついだことにされかねぬから。私は、討論会発起のいきさつまでもそんなふうに勘ぐるだけの情報も趣味も持合わせず、持合わせたとしても、善意によって招ばれて参加した人間のジンギがそれを妨げるだろうが、印象としては、むしろ政治の介入を慮って、学術討論の形で「史実」を争ったというようなところが実情ではないかと思っている。

しかしそれにしても、討論会が新史料とその編者を一括批判するために招集されたのは、事実であろう。そして新史料のように、異見の提出が直接本人の責任に帰する言葉によってなされないで、批判をする側がまた、本人を招いていちいち具体的に質すまでもなく、異見の「観点」を前提してそれを叩く、という、以前にも何度か見たような気のする方式は、はたから見ていてずいぶん歯痒いものである。そうした中で、討論会招集者のいささか楽観的すぎるが少なくとも口先だけではない「史実は一つ」論や、専攻者たちの間の実証主義志向に、私などはようやく取りつく島を見出すわけであるが。

さて淪陥区の地下抗日勢力に関する史料の決定的な欠如をかこったおぼえのある者として言えば、新史料と新史料に対する一部実証的な吟味が、その特殊な実情の一端を明るみに出したことに、まず関心を払わずにはいられない。もし、新史料から歴史のディテールなど汲取るよりも、何事も究極の黒白をつけることが肝要だと言うなら、周作人を「偽職」にかつぐことに「同意」したという北京の地下党責任者や、周作人を一所懸命「擁護」したという上海の地下党員の立場も吟味を免れがたいことになろう。その意味では、若い陳福康の発言がとにかく論理の一貫性を示したと言えるが、それが同時に淪陥区の現実に最も無頓着な意見でもあったことは、すでに見たとおりである。それに、王定南のような職業的革命家はどうか知らぬが、普通の場合は、党員といえども占領下で生きる以上は、一般の民衆と同じさまざまな屈辱を忍ばねばならなかっただろう、ということも考えなければならない。江蘇省教育庁長の「偽職」に就き、周督弁の官位を「自分のより幾らも高くはない」と言っている袁殊をはじめ、占領軍の報道管制下に組込まれた新聞の記者をしていたうえに周督弁の世話で傀儡政権の末席に名を連ねた高炎も、南京「偽」中央大学訓育主任の范紀曼も、もっぱら「傀儡政権の上層」に出入りした許宝騤も、占領下の合法雑誌に拠った上海の地下党員たちも、みなそれぞれにそうだったではないか。むろん彼らは、共産党やその他の抗日組織の成員として、組織による派遣または了解の名分が立つわけであるけれども、その彼らは組織に属さぬ周作人を、名分の有無によって自分から区別するよりも、むしろ占領下の鬱屈を共有した同胞として語っているのである。仮りに沈鵬年の記録・整理にどれほどの問題があるにせよ、この基調までがすべて捏造だということは考えにくいし、それはべつに異常な現象とも思えない。それとも批判者は、そういう事実は認めた上で、せいぜい「漢奸」同士の庇い合いだとでも片づけるのか。さすがにそんな極論は出なかった。陳福康でさえそうまでは明言していない。だったら、せめて、共産党員でさえ淪陥区で公にできた言論は、解放後育ちの文革世代から「漢奸」並みと一蹴されるような「奴隷の言葉」でしかありえなかったという事実を、たとえば「中国の思想問題」の解釈にあたって参酌するのが、情理にかなった読み方というものではないだろうか。

因みに記す。私は昼食の席でちょうど隣り合った林辰に、当時あなたはどこにいたのですかと訊いてみた。答は重慶だった。ああやっぱりな、と思った。私は旧著でも、日本軍降伏後の北京に国民党の「接収員」などが乗込んだ際のいざこざに触れて、「それ自体が侵略の罪に帰せられる分断の不幸」に思い及んだのだったが、悪評高い「接収員」の腐敗ぶりは論外としても、周作人自身が、その掠奪を彼らの北京市民に対する「偽人民」呼ばわりと一連の所行に見立てて憤懣を洩らしている(建国初期の『亦報』コラム「北平と遼寧」)ように、抗日地区にいた人々と被占領地区にいた人々の間の戦後あらわになったずれ、さては軋轢は、決して単純な問題ではなかったろう。そこで、新史料の全証言者を含めて、占領下に生きた人々が多かれ少なかれ負わねばならなかった「罪」というものがあり、もし「平反」が問題になるなら、そもそも占領下の生自体に名誉を回復されていない面があるのだ、と私は今さらのように思う。そして、新史料の本当の問題は、いっそそういうところにあるのではないか、とさえ考える。但し、この「平反」は物の喩えにすぎないので、たいていの人のたいていの問題は、誰れもそれに対して審査や裁決を加える権利をもたぬ部分を含み、その部分については、各本人が胸中にたたみ置き、それぞれの信条や信仰に照らして自分で仕末をつけるほかはないわけだが。

最後に、旧著を今回新たに得た知見とつき合わせて思うところを一、二。私は主人公の「偽職」就任の動機に関し、再構成しえた限りの情況における追体験可能な範囲内の解釈として、逆説的に聞えるかもしれないが、彼が占領下の経験を通じて、政治的「親日」の余地を最終的に否認するに到ったからこそ、安んじて「偽職」就任への（占領当局のかつぎ出しや占領下の教育問題など外からの、また家計問題など内からの）圧力に屈したのだろうと解した。そして、行為の重大さに見合うほどの激しい内心の葛藤を窺わせるような表現が事態の前後にもまた戦後においても見られぬことを理由に、その決断を彼なりに政治的なものだったのかもしれないと推測したのだった。そうとでも考えるほかに、いかに反俗異端を自認したにせよあれほど聡明な人物が、伝統的規範で「臭《しゅう》ヲ万年ニ遺《のこ》ス」というのを絵にかいたような恥辱を百も承知で、あのような道を選んだ事実を納得するすべがなかったのであるが、割切れぬ思いは、やはり完全には払拭できなかった。たとえば、戦後の彼が国民政府の法廷でそういう自己の政治的動機を強調したのは、これは国法に対する被告人の当然の権利のうちとしても、自伝の『知堂回想録』にさえ基本的に同趣旨の説明しか見られぬのは、如何にも味気ない事実にちがいなかった。つまり、彼が開戦前夜の「日本研究」に示したほとんど美事なまでの反政治主義に脱帽し、また「更生中国文化建設座談会」列席の直後には不弁解主義の態度を固めて、その意を「『東山談苑』を読む」と題する一篇の読書筆記に託したような文学的自尊をよしとした私は、法的対応とは別に、文学の人としての一件の決着があるべきことをひそかに期待し、それがつまるところ裏切られたように感じたわけである。

けれども、問題の党との関係はしばらく措くとしても、淪陥区の抗日地下勢力の動向に、今言った彼の決断の政治性と互いに照応し合うところがあったと知れば、彼の動機は、じっさい文学的決着などの余地をとどめぬまでに政治的だったのか、ということを改めて考えさせられる。政治性といっても、旧著に縷説し、討論会で略述したとおり、彼のは、軍事的「必敗論」に立つ文化的抵抗の決意の延長上にあり、開戦前夜の国論沸騰の中でこそもし政治論に翻訳すれば主戦論と対立したでもあろうが、それは占領下でもっと実際的な抵抗を志向した積極抗日派の政治目的と連帯し合えぬ性格のものではなかったはずだ。そしてそのような互いの間柄は、占領の憂目を共にする同胞同士の日常的な接触によるおのずからな了解の上でも充分に確認しえたことにちがいない。しかもそこのところで党の関係をことさら取立てれば、かえって実情とかけ離れることになるのではないかと、私は思う。要するに、彼がひとえに党の意向に応えて督弁就任を決意したなどという話はほとんど信じがたいが、左翼でさえ繆斌よりは彼の出馬を有利と判断するような占領下の空気が、彼の思い余った揚句の夢のような政治性をありきたりの政治性と紛れさせた、とは考えうることである。

党の関係が実際的な意味を帯びるのは、それよりも、日本軍敗北前夜と、国民政府崩壊前夜における彼の身の振り方をめぐってであろう。その点に関して旧著では、彼が共産党の指導者に「一寸のんきな親近感を抱いていたふしがあり」と書いた。私の念頭にあったのはたとえば李大釗から漠然と毛沢東までを含む人々であるが、その後銭理群は、周作人の日記から、五四時代に北京大学図書館員毛沢東が彼を自宅に訪ねて日本の「新しき村」運動につき教えを乞うた事実をも調べ出した(「魯迅と周作人の思想発展の路試論」『中国現代文学研究叢刊』八二年四期。ついでながら、沈鵬年の毛魯三見説というのは、毛がここで、当時この弟と同じ家に住んでいた魯迅とも一回会ったものと数える、といった調子のもので、片や陳漱渝は、同じ日の魯迅日記から魯迅は役所に出勤していたことを引証して、これを叩いたらしい)。こういった旧縁に加えて、新史料中に混線気味に語られているような、党が彼を一度ならず解放区に迎えようとしたという事実もあったのだとすれば、彼が国民党よりも却って共産党の方が自分の政治的潔白を認めてくれそうだと信じたらしいのも、ますます無理はなかったことになろう。もっとも彼の「偽職」就任以後については、別に、周作人の方から人を介して陝甘寧辺区の参議会副議長丁力《ていりき》に連絡を取り、解放区で「全国抗日民衆を真に代表する共産党による裁きを受けたい」旨を伝えたが、参議会中に反対の声があって沙汰止みになった、という新説の紹介もある(李景彬『周作人評析』)。そして姚錫佩《ようせきはい》は前記紙上発言で、この説の丁力を于力《うりき》すなわちかつて周とは燕京大学国文系で一緒に教鞭を執った仲の董魯《とうろ》安《あん》と訂正し、かつ高炎夫妻からの聞書として、一九四六年夫妻が解放区の阜平でもと北京大学言語学教授趙蔭棠《ちょういんとう》に会い、実は趙がその時の使者だったことを知り、のちに于の子息からも当時趙が父親に連絡をつけに来た事実を確かめたという話を記している。(補注三)続けて姚錫佩が、この新説つまり、少なくとも「偽職」出馬以降の解放区行きの件は党でなく周から持出したとする説の方が当時の情況によりよく適っていると看做す根拠は、「いったい共産党がどうして、まだ裁判も経ていない漢奸などを受入れて、みすみす国民党に攻撃の口実を与えるようなことをするだろうか」というものである。彼女が二者択一的に問題にしていることの答は、さしあたりどちらでもよいとしよう。そのての詮索には、もうくたびれてしまった。ただ彼女のこの論理は、心に留めておいた方がよいと思う。それは林辰の発言にも持出されていた。「漢奸」というレッテルの政治的意義は、たしかにそんな疫病じみたものでしかないのであろう。

傀儡政権の督弁にまでなりながら、自分の動機に関して天地神明に慚じた風には見えない彼が、そういうレッテルとともに共産党政権の下でその後どう生きることになったかについても、新史料問題の波紋は、永らく埋もれていた消息を水面に浮かび上がらせつつあるようだ。とりわけ、今しがた届いた『新文学史料』(八七年二期)にようやく公開された、一九四九年七月、出獄後まだ上海に寄寓中の周作人が、共産党の全国制覇をまのあたりにしながら周恩来に送った長文の書簡は、実質上彼の共産党に対する公式の釈明として重要であり、内容にも法廷陳述や自伝中の言及とは別に検討すべきものを含む。(補注四)この書簡のことは、林辰が発言の中で、もし周作人が党の意を体して出馬したのだったら、当然周恩来にそのことを訴えたはずだとして、新史料に対する反証に挙げていたが、おそらくそれがきっかけになって、彼が一九五一年に馮雪峰《ふうせつぼう》から借覧した際に写しを取っておいたというその全文が、こうして明るみに出ることになったのであろう。さらに、前回訪中の際、かつてこの手紙を読んだことがあるという事実だけは話してくれた老作家唐弢《とうとう》も、めでたく「内部発行」の枠を外した『魯迅研究動態』(八七年五期)に「周作人に関し」と題し、はじめてその内容や、これに対する毛沢東の決裁に触れながら、私がかねて予想したとおりの周作人に対する並々ならぬ愛憎を、率直かつ沈鬱に語っている。このような結果をも引出しつつある点からすれば、今や四面楚歌のていたらくとおぼしい沈鵬年の冒険も、なかなかに意味があったと言わなければならない。また見方をかえれば、何をきっかけにしてでも、このようにじわじわと歴史的な自己認識さては自己恢復の度を強めてやまぬ、中国知識層全体としての大きな流れが確かに存するのだ、ということにもなるだろう。こうして、脱稿が遅れるほどにまだ何が出てくるか判らぬ気配ではあるが、討論会一件の報告ならびに感想としては、すでに長すぎるほどの言葉を費した。

*

以上を九分通り書き了えたところへ、北京の陳漱渝さんから、その後の調査で新史料の「ほとんど全部があてにならない」ことが判明したから、何か書く際にはその点に留意されたいという伝言が舞込んだ。ヤレヤレと思った瞬間、ただささえくたびれた頭に「徒労」の二文字が浮かんだが、前半はとっくに印刷に廻っている。それに、気を取直して考えてみれば、私は新史料を比較的詳しく紹介したあとは、主にそれをめぐるさまざまな反響や吟味の行方に関心を置きながら書いてきたのだし、「あてにならない」という意味も、まずは彼が重視する党の関係に即してのことだろうと察せられた。そこで、取次ぎの湯山さん宛に、好意は有難く受取ったが、こちらは新史料と許宝騤や高炎の直接本人による再証言との異同の程度から他の場合も類推しながらやっている、という趣旨のことを書いてやった。すると彼女から、私の返事の調子に較べて陳さんの口ぶりの方がだいぶ重大らしかったと折返し国際電話で注意が廻ってきたので、念のために、それならいったい何がどう判明したのか、直接手紙で知らせてくれるよう陳さんに伝えてもらい、暫く結びの筆を擱いて様子を見ることにした。

間もなく陳氏の手紙が届いた。文面によると、新しい事実というのは、一、王定南が幾つも文章を発表して、彼はかつて許宝騤を含む如何なる人物にも周作人を偽職にかつぎ出すよう「指示」した事実はない旨を声明したこと、一、最近上海方面で袁殊のもとへ人を派遣したところ、彼も新史料中の自分の談話は「大部分が捏造されたものだ」と語ったこと、の二点で、陳氏は結論として、要するに周作人の偽職出馬は共産党の「指示」や「暗示」とはいささかも関係がなかったし、党の側にもそんな意図はなかったことがはっきりした、ということを重ねて強調していた。つまり、新史料は一面において、さらにありていに党の関係をめぐる吟味と追及の的になっていたわけである。手紙には王定南の一文「『周作人偽職就任の原因』発表のいきさつ」の切抜き(『魯迅研究動態』八七年六期。但しおそらくは単純な手落で最後の部分を欠く)が同封されていた。また好都合なことに、それと前後して届いた前記『新文学史料』には、王定南の「周作人の偽職就任に関する声明」と題する別の一篇(八七・二・二二『山西政協報』原載)も載っていた。もともと王定南は、沈鵬年とともに討論会には出てもよかった人物なので、ここに急遽その所説を追録する意味は充分にあろう。

二篇のうち「いきさつ」の方は、標題のとおり、この人が沈鵬年に談話を提供し、内容保証の念書まで与えたいきさつの弁明に主眼がおかれ、これによると事は発端から少々面妖であるが、しかし問題の一面がかえってはっきりしてくるようでもある。すなわち、最初沈は、王が「邯鄲《かんたん》の蜂起」について書いた文章(『星火燎原』所載)を映画のシナリオに活かしたいので、さらに詳しい話が聞きたいと言ってきた。会ってみると人物の印象も悪くなく、取材も熱心なので、いろいろ親身に相手をしたが、しかし沈の本当の興味は実は「邯鄲の蜂起」の史料よりも周作人問題にあったことがわかった。そして沈は、周の三人の子供はみな党員で(これは沈か王かまたは両者の誤りであろう——要約者)、父親の「平反」を要求していると言い、さらに例の『毛沢東著作選読』の注釈を引合いに出して、「中央の周作人に対する評価が変ったので、彼のために平反したい」と言った、うんぬん。それからいきなり肝心の沈の記録・整理の信憑性にかかわるくだりになるが、事柄も表現も微妙だから、そのまま訳出しておくのが無難と思う。

〔八六年〕三月十九日、沈は集めた材料に念書をつけてくれと言った。私は最初ためらって「何のために？」と訊いた。彼は「別に意味はありませんが、はるばる苦労して出向いてきたことですし、念書が頂ければ、帰って報告するのにも、次にまたお邪魔するのにも好都合でしょうから」と言った。そこで私は、最後のページに、彼はよく質素な生活に耐え、仕事も積極的であり、また来ることを望むというようなことを書いてやった。〔『文教資料』には「沈鵬年同志の紀要は、私が呈した修正意見を容れて修正され、話した事実と基本的に合致している。鵬年同志の積極的な仕事と質素な生活は称讃に値いする。またのご来談を希望する」とある。――引用者〕当時私は、記録は彼が書いて、私の方には控えも置いていかないのでは、あとで手を加えられても証拠がないことになるな、と考えはしたが、しかし彼がいかにも実直そうなので、そんなことはするまいと思い直した。

沈は私の談話の発表に際し、後にも先にも何の挨拶も寄越さなかったから、私は彼が発表しようなどとは夢にも思わなかった。発表後に一度会った時も、彼はそのことをおくびにも出さなかった。許宝騤の『団結報』の文章を見て、はじめてそうと知った次第である。沈が私を訪ねた趣旨は、周作人の話をさせるためではなくて、抗戦勝利の記念に敵後方における抗日闘争を描く脚本を作りたいということだった。それなのに突然私の周作人に関する談話を、しかも事前に私に見せもせず、同意も得ぬまま勝手に発表することが、どうして許されるのか。彼の整理した談話が事実を違えているので、私は昨年十一月十三日付で胡耀邦同志に手紙を書き、さらにその写しを〔党の〕中央宣伝部、中央書記局、上海市委書記芮《ぜい》杏《きょう》文《ぶん》等にも送って訂正を加えた。中央の人事に変動があった〔今年八七年一月の胡耀邦失脚を指すのであろう――引用者〕ために口を拭ったのだろうなどと、近頃になって取沙汰する者がいるが、根も葉もないことである。私は歴史の事実を問題にしているのだ。

見るとおり、これは沈鵬年の信義を問題にしているのであって、記録自体の虚実については、むしろ控えがないからいちいち証拠に基いた指摘のしようがないと言っているわけである。そこで、これに続く訂正の内容は、彼とその組織が、「漢奸」対策の一般方針から言っても、また具体的な事実としても、周作人の「偽職」就任には一切無関係だったということを、あらためて声明する形になるほかはない。これでは、王、沈の間に水掛論争の余地が完全になくなったとは言えないが、こんなに「厳重」化した問題に関し、あらためて発した声明と、公表を予期せず、しかも好意ずくで語った回想とでは、人はどちらの場合により率直でありうるか判ったものではないし、おまけに相手の方は「平反」という冒険的な目論見で頭がいっぱいだったとなれば、そんな対決には何も期待しようがない。それよりも、ここに一段と明らかになったような、「平反」のためには党の関係を強調するほかなく、いったん党の関係に触れれば、事は「平反」の対象をさし措いて党と党員の原則問題に転化せずには済まぬ、といった構造的な成行きの方が、私には「厳重」に思える。つまり、沈鵬年の記録が物議をかもしたのを知った王定南が、直ちに党の各方面へ訂正の手続を取らねばならなかったという事態に、「平反」というような権力による政治的裁量の手段で人の名誉をどうこうしようとすること自体の矛盾が顔を出していないだろうか。上からの「運動」が法の支配に優先してきた社会では、「平反」という救済の制度の実際的な意義を否定することはできまいし、その影響の及ぶところも本人の抽象的な名誉だけにはとどまらぬだろうとしても。

しかし、そういった権威に因む空回りを離れて、もっと実質的なところを眺めてみれば、許宝騤の周作人に対する「遊説」に関して、沈が党の「意向」と記したのを、許が「同意」と言いかえ、さらに王が「指示」と言いかえて、それぞれ否定する、といった三つどもえの対立も、べつに決着不能の難問とは思われない。というのも、王定南のもう一篇の「声明」の方は、彼と何其鞏、張東蓀の会合は、この三者が責任者をしていた「北方救国会」の活動の一環であって、ある時その席で、何、張両人が湯爾和の死にともなう督弁人事問題を持出し、「繆斌はだいぶたちが悪いので、周の運動がうまくゆけば、その方が害は少なかろう」と言ったのに対し、彼は「あなたがたの分析はもっともだ」と答えた、ということを具体的に述べているからである。細かい事実問題は、もはや紙幅も興味も尽きたから一切措くとして、とにかくこのような場面があったからには、沈鵬年の記録も、許宝騤の再証言も、少なくとも抗日のためには地下の共産党員との連携も辞さなかった勢力による周出馬工作に関して、全然事実無根の消息を伝えているということにはならぬはずである。党にかかわる両人それぞれの考慮による微妙な強調はあるかもしれぬが、それは「声明」執筆時の王定南が、自分は当時、何や張の周出馬工作に関しては右の「一言だけしか口にしなかった」ことを力説するのと五十歩百歩と言うべきであろう。しかもそうした意識的な部分を除いたあとにも、この種の「史実」自体が、各当事者のその当時における関心や利害の方向に応じて幾通りもの記憶でありうることは、常識のうちではないか。

結局のところ、私はすでに書いてしまっていた本文に変更を加える必要を感じなかった。しかしそれにつけても、おそらくは、私が立入った事情も判らぬくせに批評がましいことまで書きそうだと予想しながら、なおきちんと手紙を寄せてくれた陳漱渝さんの公正なる友誼を称えなければならない。

――『文学』八七年九月号

（補注一）　栄国章等『北平人民八年抗戦』によれば、許宝騤の当時の肩書は「中国大学図書館主任」、後に王克敏の「機要秘書」。また、孫玉蓉『兪平伯年譜』にも許の名は頻出するが、四五年の項に、「抗戦末期、兪平伯は許宝騤の紹介で中国民主革命同盟（すなわち〝小民革〟）の北方地下組織に加入した。同時期に前後して加入した者に、張東蓀、葉篤義がある。」と見える。

（補注二）　張暉『龍楡生先生年譜』と同書に引く龍の自述「幹部自伝」、許宝騤「中国民主政団同盟的一幕軍事活動」等によれば、当時南京汪政権の立法院委員と中央大学教授をしていた龍が四三年中に三度北京に来たのは、元来国民党胡宗南部下にあって、胡に愛妻を奪われた恨みから汪の側へ走ったにすぎぬ郝が、日本軍との合作の前途を危ぶみ、民主政団同盟に投じようとしたのを、許宝騤や張東蓀と協議の上、政団同盟は武装組織を持たぬ故、いっそ共産党側へ寝返らせる画策のためだった。龍に宿を貸した周作人はもとよりそのことを関知しなかったが、龍は周宅で周恩来の密使にも会ったという。

（補注三）　その後まもなく、于浩成「関于周作人的二三事」が『魯迅研究動態』（八七年三期）に載った。同文は本書『北京苦住庵記』第十一章補注一にも引用した。

（補注四）　次章「周作人の周恩来宛書簡、訳ならびに解題」参照。

二　周作人の周恩来宛書簡、訳ならびに解題

□□先生

この書状を差しあげるまでには、ずいぶんためらいました。昔ならば身のほど知らずというところでしょうし、以前新聞記者連の常用した調子で言えば、ここに申しあげるのは、胡麻《ごま》を揺《す》るような、手柄顔をするような、口に出せばあまり聞きよくはないことばかりなのですから。しかしそれにもかかわらず、私は一通りの考慮ののち、書くことに決めました。すでに時代は変わって、是非の基準も移った以上、私どもが誠実にありのままを述べるかぎり、人民政府、言いかえれば自分の政府に向かって、申し立てをすることに何の不都合があろう、かつて臣民の立場で独裁政府にものを言ったのとは全くちがうのだ、とこのように考えて、新民主主義に対する卑見ならびに一身にかかわる事情を、書状でご説明する決心に及んだわけであります。

私は社会科学を勉強していないため、共産主義の科学的精義を心得るには程遠いものの、ありふれた文献をいくらか齧って、従来の歴史がみな階級闘争の歴史であり、歴代の道徳や法律が当時の特権階級の利益を代表するものだったということは、信じます。私には専門の学問というものはなく、文学などでも結局はよくわからず、早々と足を洗ってしまいました。いまだに興味を繋いでいるのはギリシャ神話、童話童謡、および民俗といったような方面で、ここには婦人と児童の問題が絡んできますが、それもかなり関心のあると

ころです。ある時期、婦人問題を熱心に考えて、つまるところはイギリスのカーペンター〔Edward Carpenter〕が言うように、婦人問題は労働者問題と同時に解決せねばならず共産主義はその唯一の出路であろうという結論に達したのが、そのまま長年の考えになっていました。つまり、婦人問題から入って共産主義の正道なることを知り、そこからさらにそれが全体的な社会問題をも解決するだろうことを信じたわけでした。中国共産党の理論と実際については、私どもは国民党政府の下で多くを知らず、ただ毛主席の二、三の著作や米人スノウ〔Edgar Snow〕などの本で幾らか読んだにすぎません。しかし今年、天津北京に続いて南京上海も解放されるに及び、ようやく直接の見聞によって確かなところがわかりました。私どもは共産主義の理論の正しいことは知っていましたが、それ以上に知りたかったのは事実は如何ということです。天下周知の解放軍の規律の素晴らしさも、率直なところ当然といえば当然で、それ以上に重要なのは政治のやり方如何ということ、このほうが一般の人々にはより切実な関心事です。華北と華東で言えば、中国共産党が新民主主義を実行しているという、この簡明な事実の意味するところはなによりも重大です。民国以来、幾つもの主義や理論が名乗りをあげたものの、どれも看板や広告と同じで、ただの空手形ばかりでしたが、今や実行を伴うものが現れたのですから、これは中国にあっては破天荒の奇跡というもの。まして私のように、道義は事功化されなければ意味がないと信じてきた人間は、感服せざるをえないのも当然です。このような中国の歴史上まったく新しい変化は、もちろん一言で言い尽くせるものでありませんが、さしあたり誰れにも共通の見聞として、中国共産党には批判制度と学習精神があり、着実で辛抱強くかつ穏健な作風と素朴で実践的でしかも事実を尊重する態度があります（ほとんどみな張治中《ちょうじちゅう》〔国民党を代表して談判に臨み決裂後共産党側についた〕氏の言葉を借りました）。これらはすべて中国にはかつてなかった新しい傾向で、大抵は世間周知の事実に属するでしょうが、私がもっとも意義深く思うのは、中国共産党の理論と実践の合一が過去の支配層の伝統的な空気を打破って、農民的な質朴な作風を打立て、それによって政治が行なわれるという一点にあります。そのことの意義と価値の大いさは確かに計り知れないものがあり、少なくとも封建的独裁を打倒した武力に劣らぬばかりか、それにもまさると言うべきでしょう。なぜなら、これは前例のないことだからです。この方面については、心から敬服の意を表するにとどめましょう。それは、くどくど申すまでもなく、中国共産党自身がよく御承知のことですし、外部での取り沙汰もすでに少なくはないことですから。

私は政治や経済に暗いので、こんな浅はかなことしか申せませんけれども、申したのは本当のことです。自分の思うところを明らかにしたいばかりに、ためらいを捨てて書いたのです。もっとも、私如きまでがこんなことを喋りだすのか、と人は言うかもしれません。それももっともな批判ではあろうと思います。なにしろ、私が自分に関していささかの説明をせねばならぬと思い立ったのは、私の一連の思想と行為には、先生でも首をかしげられるふしがあろうかと慮ってのことなのですから。人は私を批判して、抗戦以前には有閑消極を言い、戦後には通敵協力を言います。自分にかかわることは、自ら厳しく批判して率直に誤りを認めるのが筋というものでしょうが、それを承知のうえでなお、私はまず事実の因って来たるところから申し述べねばなりません。それが多少は弁解めいて見えようとも、あくまで誠実に語るのであって、決して強弁を弄するのではありません。その中で明らかになるであろう過ちはすべて認めます。

私の思想は、婦人問題と性心理に関するものを渉猟したおかげで、ベーベル〔August Bebel〕、カーペンター、エリス〔Havelock Ellis〕といった人たちの影響を受け、事女性の解放と経済の解放に関しては、結局のところ共産的社会しかないという考えをずっと抱いてきました。中国の古人の中で、私に影響を与えたのは、一に後漢の王充《おうじゅう》、二に明代の李卓吾《りたくご》、三に清代の兪理初《ゆりしょ》、いずれも「虚妄《きょもう》ヲ疾《にく》ミ」、情理を重んじて、封建的な礼教に反対した人たちで、とりわけ李卓吾に私は多くを負っています。五四前後の一時期、李卓吾の評論が多くの人々にもてはやされたものでした。彼の見解はその『焚書』『初潭集』『蔵書』などに見えますが、これらの書は明清両朝において、聖人を誹《そし》り法度を無《な》みするものとして禁書にされました。彼は新しい自由な目で歴史を批判したり、三綱〔君権、父権、夫権〕主義の道徳を引繰り返したりし、卓文君《たくぶんくん》〔漢、司馬相如と駆落ちした女性〕、武后《ぶこう》〔唐、女帝武則天〕、馮道《ふうどう》〔五代、四姓十君の下で二十年宰相をつとめた〕といった人物についてもそれぞれに再評価の文章を残しています。彼は孔子ノ是非ヲ以テ是非ヲ為《な》ス〔孔子の教えに自己の判断を委ねる〕ことに反対しました。そのくせ文章にはしきりに経典を引用していて、『焚書』の中の手紙の一通に、自分が古人を信じないと言いながらやたらと彼らの言葉を引くのは、世人がみな典拠を信じたがるから古人の言葉を借りて風避けにするまでのこと、と説明をしています。私とて孔子や孟子が民主思想を抱いていたなどと信じたわけではありませんし、漢宋以来の儒教徒はまして好みませんが、それでも文章を書く際は、しばしば孔孟の言葉を引きました。そうして、孔孟以前の儒家には本来学ぶべき点があり、彼らは文王・武王・周公〔儒家系の理想〕よりはむしろ禹《う》・稷《しょく》〔墨家系の理想〕を祖師と仰ぎ、あるいはさらにさかのぼって神農《しんのう》の言に発したのでさえあったかもしれないが、とにかくその目的は人民が生活できるようにするにあったので、民治〔民主〕とはいわぬまでも民享〔福祉〕というものではあったのだ、などと論じました。つまり同じような方法に訴えたわけで、いわば托古改制〔古代の理想に事寄せて現代を変革する〕の心でありました。本当の話でないのはわかりきったことですが、あの環境の下ではそのようにでも言うほかはありませんでした。民国三十二年〔一九四三〕に書いた、中国の思想問題や中国文学上の二つの思想を論じた文章〔両文ともこのとおりの題で『薬堂雑文』所収〕などは、みなその類です。旧礼教に対する私の意見は李卓吾のそれとほとんど同じです。彼が儒教の独裁を打破るために使った道具は仏教の禅だったのに対し、私どもが今の時代に使うのはもちろん別の道具すなわち科学、という違いはありますが。礼教が人を食う〔五四時代の反儒教スローガン〕というのは歴史的事実の裏付けあってのことで、いちいち書物に明らかです。二千年来の中国の道徳は、もともと家長の利益を代表して建てられ、男子中心の三綱主義こそはその大眼目に当たるもの。家長たる男子はそれぞれの世界の中心であり、妻子はみな彼の所有にかかり、子女は能力を尽くして彼に仕え、必要により奴婢どころか娼妓として売ることができたし、病気の際に肉体を割《さ》かせて薬にしようと、腹立ちまぎれに殺そうと、お構いなしでした。父は子の綱というだけでも耐えがたいことですが、夫は妻の綱となるとさらにたまりません。子女が彼の財産家畜なら、妻妾は財産家畜のうえに道具でもあり、同じく意のままに処分できたほか、執着や嫉妬に由来する類の残虐行為さえ加わったのは、この一綱に特有のことでありました。家長が死ぬと、妻妾が車馬や衣服と一緒に墓に埋められたなどというのは、彼が死後にも彼女らを欲したからです。また戦乱に遇った時、家長すなわちまた後世の官僚紳士は、まず妻妾がすかさず首を吊ったり川に身を投げることを望みましたが、これは彼の使用物を他人に横取りされたくはないし、さりとて保護する力もないので、いっそ死んでもらったほうがきれいで自分の顔も立つからです。平和が戻れば、彼は帰ってきて、また何人でも妻妾を娶る一方では、死んだ妻妾のために記念碑などを建てて節烈を表彰し、かくて家門の名誉も増そうという次第。こうした不平等非人道の道徳が社会に勢力を占め続け、宋代以後はますます甚だしくなって、今に到りました。ここで夫綱に特別多くの言葉を費やしたのは、必ずしも婦人問題を重んずるためばかりではありません。事実として、君は臣の綱という一項目もほかならぬ夫綱から出ているゆえに、ここから説きはじめる必要があるのです。専制的な君主制度は世界の到るところに存在しましたし、君尊臣卑ということも同様ですが、ただし中国とちがうところは、世間一般の君臣関係は、いかに不平等でもせいぜい主奴の関係にとどまり、役使も生死も意のままというだけのことですが、中国のは、男女関係に範を取り、臣妾とか処士処女のように常に対《つい》にして言い、詩文の中でも君臣を男女に譬えるのはしばしばです。その最も見やすい例が忠貞や気節の類で、こうした言葉は臣下の地位身分が妾婦と一致していたことを物語りますが、今日から見て、こんな不合理なことはありません。昔のこととしては或いは怪しむに足りないとしても、民国の世はこれではなりません。国民は国家民族に対し相応の義務をもつとはいえ、貞節なる妾婦に比せられるような基準は、もはやあってはならないものです。私は民国の道徳はただ人民の利益のみを代表するべきだと信じこそすれ、以上の如き旧基準の道徳は、ことさら破壊しようとは考えなかったにせよ、いささかも信じはしませんでした。ついでに、私がたいへん不満としたのは、董仲舒《とうちゅうじょ》〔漢、公羊春秋学者〕の其ノ誼《ぎ》ヲ正シテ其ノ利ヲ謀ラズ、其ノ道ヲ明ラメテ其ノ功ヲ計ラズ〔道義こそが肝心で功利は問わない〕という言葉で、ご立派な空論にばかり熱心で一向に実行の伴わなかった古人の欠点は重大だと考えた結果、道義は事功化されなければならぬということを主張しました。これは、顔習斎《がんしゅうさい》〔清、実学思想家顔元〕の影響もありますが、私の実感に発したことでもあったのです。こうしたことをくどくど述べるのは、私の反礼教的思想についてご説明するためでした。後の行動はそれといささかの関係がありますので、したがって、聖人の道に背くとか、名教を傷つけるとかならともかく、民族を傷つけるなどとは、思いも寄らなかったことです。これは弁解ではなく、単なる事実の説明にすぎません。

事実そのものについて一通り申し添えましょう。私は民国六年〔一九一七〕に北京大学へやって来て、二十六年〔一九三七〕には満二十年になっていました。北大の慣例では勤続五年ごとに一年の休暇が取れるのを私はまだ利用したことがなかったので、その時ちょうど思い立って手続き中だったところへ、盧溝橋事件が起きました。大学が長沙へ移転するにあたり教授会で二度議論が交わされて、一緒に行くか否かは各自の意志に委ねられることになり、老人や家族の係累を抱えた者の多くが南下を見合わせました。当時私は、亡母がなお健在でしたし、弟〔周建人〕の妻子が五人、私の娘（婿〔楊永芳〕は西北連合大学〔西安〕へ赴任していました）とその子供が三人、それと自分の家族とで都合十四人の所帯を抱えていたため、居残ることにしました。北大は老年の孟森《もうしん》、馬《ば》裕藻《ゆうそう》、馮祖荀《ふうそじゅん》と私（まだ五十四歳でしたが）の四人を正式に北大残留教授と認め、大学の校舎財産の管理を託しました。十一月には、校長の蔣夢麟《しょうむりん》からあらためて電報で委嘱がありました。この年の暮れに、北大第二院即ち理学部の保管職員が会いにきて、日本の憲兵隊から二日以内に該院を明け渡せと言ってきた旨を伝えました。当時、孟森はすでに病気が重く、馬裕藻は面倒を嫌いますので、私と馮祖荀の名で認《したた》めた文書を偽臨時政府教育部長湯爾和《とうじわ》のところへもっていって、その夜のうちに日本憲兵隊長と談判させ、事無きを得ました。勝利後、国民党政府教育部長朱家驊《しゅかか》が北平へ視察に来て発表した談話には、中国で最もよく保存された理科という評価が見えます。北京大学図書館と文史研究所も、私の名義で取り戻して人員と物件の現状を保存し、後には、国立北平図書館についても同じ手段を講じました。

湯爾和の病死の後を受け、教育総署の職に私の名が挙げられるに及び、考慮の結果ついにそれを受けました。それというのも、当時華北の高等教育の管理権はすべて総署が握っていたので、王揖唐輩《はい》を抑えて学校を維持するためにはそこを占領する必要があると、みながそう感じていたからです。在職二年の間は、積極的に学校を維持するというのは結局二の次で、消極的防護とでも言いますか、敵興亜院偽新民会の圧迫干渉や公然非公然の抵抗に関して、学生と学校のために如何に面倒や苦痛を減らすかに、日々最も頭を悩ませたと言ってよいでしょう。それにどの程度の実効があったかは、しかと申しかねますけれども、当時は、それが為すに値いすることであり、少なくとも若い学生のためにはなろうと信じていました。自分が後方へ走り、そこで何年か教師を勤めるなどというのも所詮あてのない話なので、論陥のさなかで学校や学生のために僅かなことでもできるなら、そのほうが実際的だろうと考えたのです。節を守るだの失するだのといった言葉にこだわるよりは、少しでも人々のためになることをするに越したことはないし、名分上の順逆是非というものも一概には決められず、例えば国民政府の委託を受けて「反乱平定」の特務活動〔共産党狩り〕をやるのが、論陥区で学校を維持することよりましなわけではなかろう、というようにも考えました。こうした意見は少々偏っているかもしれませんが、正直なところではありました。もっとも、私が学校や学生のことにばかりかまけ、知識階級の利益しか念頭になく、もっと広く人民大衆にまで思いを致すことができなかったのは、もちろん誤りだったでしょうし、それは私も認めます。

敵との真の協力は、中国人の間では少なかったのではないでしょうか。うわべの随順を協力そのものとは言えませんし、公然非公然の抵抗はましてそうでしょう。淪陥前後の私の思想と書き物の面から、私の前後の間における一貫性を証明しうることが、二つあります。その一、抗戦前に私は「日本管窺」というのを数篇書いて、『国聞周刊』〔刊は報の誤り〕に発表しました。しんがりの第四篇は二十六年〔一九三七〕七月初めの号に載りましたが、それが同誌の抗戦前最後の号になりました。その中で私が説いたのは、次のようなことです。すなわち、日本の国民性を理解するのに、文学美術等の文化から入ってその鍵を求めるのは、無理な話である。なぜなら、そのような鍵で、文化問題はともかく、政治軍事上の問題を説明しようとすると、たちまち壁にうち当たって、どうにもならないから。今や宗教から入って、日本民間の神道教を観察しなくてはならない。これは外来の儒仏両教とは異なり、全然神がかった一種の狂信であって、出巡の神輿《みこし》がしばしば思いもかけぬ盲滅法な動きに及ぶのは、中国の民間では絶対に見られぬことだ。こういった感情的衝動は往々にして理性の統制を越えて闇雲に発動するから、彼らの対内、対外的乱暴行為をよく説明するだろう。二十九年〔一九四〇〕冬、日本国際文化振興会から彼らの建国二千六百年祭を記念する文章を頼まれ、断りきれずに「日本の再認識」を書いてやりました。これは印刷になったものがあり、読者はやはり同じ結論を読むことができるでしょう。要するに、文化からでなく固有の宗教からこそ入ってゆくのでなければ、国民性を理解できる見込みはないということです。これを私の日本に関する言論を代表するものと見て差し支えありません。その二、中国に関する言論を淪陥中に少なからずものしましたが、それらは「中国の思想問題」を代表とすることができます。これは三十一年〔一九四二〕の冬に書いたもので、当時は興亜院や新民会が中国人のために中心思想なるものを打立てるのに熱中していました。申すまでもなく、大東亜新秩序を中心に据えようというので、私の文章はそれに対して発したものです。例によって孔孟の言葉を引くやら、禹稷の作風を高唱するやらしながら、私は中国には昔からそれなりの中心思想があるゆえんを、以下の如く説きました。この思想は単に文人学士の提唱に出たのではなく、上は聖賢から下は匹夫匹婦まで、誰れもが心中に共有しているので、したがって取り除きようもなければ、注入のしようもない。それは民族の生存意志にもとづき、個人の生存と同時に互いの生存をも求めるもので、聖人はこれに仁《じん》の名を与えたが、民衆はそんな字を知らなくても、考えは先天的に分かっているのだ。中国民族は普段は平和的ですこぶる我慢強いが、もし民族の生存が土壇場まで追い詰められれば、もう譲歩はできなくなろう、うんぬん。浅薄空疎な理論にすぎぬとは自分でも承知していました、しかし重要なのは学理よりも作用の方でした。翌年の九月〔正しくは八月〕に、日本軍部の統制下にあった日本文学報国会が大東亜文学者大会を発起し、東京で大会を催しましたが、会員の片岡鉄兵から中国の反動的老作家を掃討せよという動議が提出され、その演説にこんなくだりがあります。

「只今私が問題と致したい敵は、諸君が残余の敵と目するものの一人にほかならぬところの、現に和平地区で蠢動している文壇の老作家であります。この敵は和平地区にありながらなお諸君の理想的情熱的文学活動に対立し、しかも有力なる文学者の資格を以て中国文壇に立っている。彼は常に極めて消極的な反動思想の表現と動作によって諸君やわれわれの大東亜建設の思想に敵対を示しているのであります。彼は諸君とわれわれの闘争途上の障害物であり、積極的な妨害者であり、大東亜地域中心のために破壊しなければならぬ邪教的偶像であります、うんぬん。」(原文は該会機関紙『文学報国』第三号に見え、三十三年五月上海出版の『雑志』に全訳が載っています。)

彼はここではまだ名前を出していませんが、私が手紙で直接問い質したところ、残余の敵なるものはまさしく私を指したものであることを認める返事を寄越しました(原信は南京高等法院へ送付、手元に写しがあります)。その第三節目にこうあります。

『中国の思想問題』を読んで、今日の歴史の中にこの文が演ずる役割を「反動保守的」なものであると感じないならば、それは眼光紙背に徹しない読者にすぎません。中国人民の欲望を阻害してはならぬという主張は大東亜の解放のために戦われている戦争に対する消極的な拒絶であると私は感じ、それゆえ昨年九月の大東亜文学者大会の席上あのような演説をしたのです。中国の人たちが指標と仰ぐ先生の文章の影響力を考えて、私は慄然としたのであります。先生のこの文章は大東亜戦争を拒否し、或いは少なくともこの戦争に対して傍観者の位置に立とうとする一部中国人の態度に伝統道徳の基礎を与えて、それを正当化せんとするものです。」

ここから、私の論陥中の文章がどんな色彩のもので、敵はいかに彼らの戦いの途上の障害物、積極的妨害者、必ず掃討せねばならぬ対象とみなしていたかが分かります。その他の文章も幾らか書きはしましたが、取り立てるほどのものはありませんので、省きます。

できるかぎり簡単に記すつもりが、ずいぶんくだくだしくなりました。時に説明が過ぎたとしても、またやむをえぬところとご諒察下さい。かつての思想上のひねくれようや行動面の誤りは自身承知ですが、それらにもかかわらず、私の真意と真相は先生にもご理解いただけようかと存じ、本状を認めた次第です。本来は毛〔沢東〕先生に宛てることも考えましたが、多忙な彼をお騒がせするのを憚って、先生に代表をお願いすることにしました。

民国三十八年〔一九四九〕七月四日
周作人

〔解題〕

ここに全文を訳出した書簡は、『新文学史料』一九八七年第二期に発表されたものである。発表では、頭書の宛名が空格になっているうえに、本文中にも周恩来の名は明示されてないので、これを「周作人の一通の手紙」と題し、編者の前置きに「これは周作人が中央の責任ある同志に書き送った手紙で、林辰《りんしん》同志が一九五一年に馮《ふう》雪峰《せっぽう》同志から借覧した際書き写しておいたものである。ここに林辰同志の手元の写しを書き写して発表し、周作人問題を研究する同志の参考に供する。」とだけ記すのは、いちおう辻褄の合った措置ではあろう。四十年近くも前に書かれた手紙がこの時期に公開されたきっかけもいちおうはっきりしていて、周作人のかつての傀儡政権への参加を地下の共産党の意向を体した結果だとする「新史料」が引き起こした騒ぎに関し、八六年十一月に北京の魯迅博物館で開かれた「敵偽時期周作人思想・創作研討会」(「周作人に関する新史料問題」参照)の席上、写しの所蔵者たる林辰が発言中にこの手紙を引き合いに出したことと、引き続く論議の中で当の写しが公開されるに到ったこととの間には、明らかな因果関係がありそうだ。手紙の存在自体はずっと前から一部に知られていたようであって、私も一九八一年の夏に北京で、折から留学中の尾崎文昭さんに連れられ今は亡き唐弢《とうとう》を社会科学院の宿舎に訪ねた時から、話にだけは聞いていた。当時はまだ周作人の研究そのものが一部で恐る恐る始められていたところで、こうしたものの公開は問題にもなっていなかったとみえ、唐氏も、自分は鄭振鐸《ていしんたく》から見せられて読んだのだが、今はどこにあるのか、もしわかったら教えてあげよう、というような話しかたをしていた。この手紙に文字の上で触れたのは、王士菁《おうしせい》の「周作人に関し」(『魯迅研究動態』一九八五年第四期)が最初とおぼしく、それにはこうある。

全国の解放後まもなく、たぶん一九五〇年の十二月中のことだったろう、上海の冬は暗くて早い方だった。ある日、雪峰同志が武進路三〇九弄十二号の魯迅著作編刊社にやって来て、私の向かいに腰をおろすや、スタンドを点して何かの資料を読みだしたが、だんだん機嫌が悪くなってきて、言うのだった、「なあ君、周作人が少しでも己をわきまえてるんだったら、こんなものを書くべきじゃないぜ。」いったい何事かと私がたずねると、最近指導部から彼のところへ周作人が自分のために弁護した資料が回ってきたのだということだった。

この頃馮雪峰は中央人民政府が上海に設置した華東軍政委員会の、文化部長こそ辞退したものの、その委員として、解放直後の上海で周恩来等の関心の下に唐弢と魯迅記念館の創建や魯迅故居の回復の仕事に当たり、同じく中央政府の決定によって組織された魯迅著作編刊社の社長兼総編集をも務める、といった立場にあり、林辰も同社の馮の配下に集められた一人だった（陳早春『馮雪峰評伝』）。
林辰所蔵の写しによる手紙の公開と前後して、唐弢も「周作人に関し」（『魯迅研究動態』一九八七年第五期）と題し、はじめて公にこの手紙のことを詳しく語った。唐文に見える経緯はこうである。

一九五〇年だったかに、中央が全国文物工作会議を招集し、私は華東から北京へ出向いた。文物局長の鄭振鐸や文化部長の沈雁冰《しんがんひょう》〔茅盾〕たちが、ちょうど政務院総理周恩来のところから周作人が彼に送った手紙を持ってきていて、六千字近い長大なそれは周の親筆であった（図を見よ）。総理が文学研究会〔新文学初期の結社、周・鄭・沈ともに創立同人〕の数人の同人に渡して意見を求めたもので、私は西諦《せいてい》〔鄭振鐸〕から読ませてもらった。手紙の書き出しの宛名は特に格を上げぬまま「××先生」とだけあり……

（図を見よ）という注記のとおり、唐文には一目で周作人の手筆とわかる手紙の書影が最後の一葉だけ掲げられているが、王・唐両文を合わせ考えると、書き出しの宛名は最初から空格のままだったことがわかる。つまり、手紙の終わりに言うように、直接には周恩来を相手に書いているものの、本当の宛先は毛沢東と彼が率いる共産党にあることを、形式の上でも表明しているわけであろう。書簡が党内の文化系統を通じて馮雪峰の手に渡ったのと、鄭・沈ら文学研究会旧同人への諮問に付せられたのとの後先の関係は分からないが、どっちにしろ最終的な決裁は毛沢東が下すことになったろうとは、他のさまざまな例からも推測できることで、唐文はそれを次のように明記している。

私は文学研究会の老同人たちが当時どんな意見を具申したのかは知らないけれども、周総理から聞いた話だと、毛首席は「文化漢奸さ、放火だ殺人だといったわけのもんじゃない。今どき古代ギリシャ語のできる人間は滅多にいないので、生かすことにして、翻訳仕事をやらせ、あとで出版したらいい」と言ったそうだ。おそらくこれが、人民文学出版社から月々二百元(のちに四百元になった)支給されるようになったことの根拠なのであろう。

「生かす」の原文「養起来」は、まさにこの例のような、旧体制下のさまざまな経歴をひきずった人物を新体制の中に位置づけるための審査の場で常用された、政治的な術語であると私は聞いている。戦後に通敵罪のかどで国民党政府の法的な制裁を受けている周作人を、共産党政府はあらためて裁判にかけることはしなかったかわりに、すでに戦中の毛沢東『延安文芸座談会における講話』で「漢奸文芸」の代表者と名指していたことを前提として、このような形でその新政権下での処遇を決めたわけである。公民権や北京八道湾の住居の権利などに関する法的な措置は別としても、この毛沢東の裁量が彼の人民共和国における生活を基本的に決定したのは事実だろう。唐弢が続いて、のちに魯迅未亡人許広平《きょこうへい》の『魯迅回憶録』の草稿が完成した時、邵荃麟《しょうせんりん》や林黙涵《りんもくかん》などの文化官僚連がそれを検討するために招集した会合の「末席に連なった」経験に言及し、「いわゆる兄弟」の章の周作人夫妻を攻撃したくだりを大量に削除されて、散会後不快の色をかくせずにいた許広平に毛沢東の上記の決裁を聞かせたら、彼女も納得したと書いているように、こうした関係図書の検閲の匙加減も検閲に対する著者の了みえる。

解も、つまりはこの問題人物にかかわる公的な判断の一切が、主席のあの一言に根拠を仰ぐことになったものと

次に、手紙の書かれた前後の情況と手紙の文面とから、周作人の側の問題を考える。彼はこの年の一月二十六日、崩壊に瀕した南京国民政府の措置により刑期末了のまま釈放され、それから北京の自宅に戻るまでの半年あまりを、上海で元学生尤炳圻《ゆうへいき》の家の食客として過ごし、この間北京の家族も呼んで上海に永住する道を考えたことはあるらしいけれども、前月中にはすでに上海の知友たちの集まった席ですぐにも北京へ帰りたい希望を表明している（張菊香主編『周作人年譜』四九年六月十三日）。周作人より先に出獄し、その集まりの同席者中にも名の見える方紀生《ほうきせい》が、今から十余年前に日本国籍の夫人の帰国と行を共にし、そのまま日本で亡くなる前に書き遺した自伝略（伊藤虎丸所蔵手稿「我的簡歴」）にも、こんな一節がある。

一九四九年〔五月〕私は上海の友人尤炳圻の家で解放軍の上海解放を迎えたが、その朝先生は私におっしゃった、「君も平白〔尤炳圻〕もこれからは共産党についていかなきゃいけません。それが中国人の今後唯一の正しい道というものです。なにしろ共産党には大公無私の気迫があるし、共産党にしか中国は解放できないんだから」。上海がまだ解放されない前からこうした考えは王古魯《おうころ》や平白に示されていたが、私はその場にいなかったのである。鄭振鐸はその話を聞いて少し心配し、みなに先生がもうしばらく様子を見たうえで〔北京へ〕戻るように勧めさせた。胡適《こせき》もやはり王古魯に託して動かぬように勧めてきたが、先生は却って、共産党は彼を殺しはしないから胡適の方こそ逃げないようにと伝えさせた。その頃、顧頡剛《こけつごう》〔古代史家〕が北

四川路に住んでいて、私は度々お訪ねしたが、ある時、「ちょうどよいところへ来たね、胡先生の掛軸と袁頭〔袁世凱の肖像入りの一元銀貨〕十枚を君から周先生にお渡しするようにとお預かりしてるんだ。……胡先生も今は余裕がないので、これは惜別のしるしというまでのことだが」と言われた。顧先生が掛軸の紐を解いて見せて下さった中身は、杜甫の詩の二句で、

不眠思戦伐　〔夜も眠らず討伐の行方を見守ったが

無力挽乾坤　もはや天下を引き戻す力は尽きた

——五律「宿江辺閣」尾聯、字に小異有り〕

とあった。私と顧先生は言葉もなく顔を見合わせるばかりで、心は重かった。……

抗戦中の傀儡政権閣僚対国民政府駐米大使、戦後の漢奸裁判被告対再開北京大学新校長という、かつての文学革命の両雄の対照はすでによく知られた話柄であるが、その宿縁が、今度は国共両党の内戦の最終決着の危機を背景に、もう一つの政治的対照を演出することになる。かの書簡の日付から一月と経っていない頃上海の『亦《えき》報《ほう》』が「胡適之、周作人の抱き込みを企む」の見出しで掲げた無署名記事には、こんなくだりが見える（『周作人年譜』四九年七月二十八日）。

胡適之がこの度蔣〔介石〕賊のために甘んじてラッパを吹きにアメリカへ渡るに先立ち一時上海に立ち寄った際、周作人が出獄して当地に滞在中なのを知り、人を介して会談を申し出たところ、周に拒絶された。そ

の後かさねて双方を知る某君宅で食事を共にすることを申し出たが、周はやはり婉曲に断った。ある人がその訳を尋ねると、周が言うには、私は胡博士にいささかも個人的に含むところはないが、彼がちかごろ自分の言ったことを忘れる傾向があるので、せっかくながら失礼するほかないのだ、とのこと。実は、胡適は北京解放を前にして、「周作人は北京大学のために犠牲になった、私胡適も北平に踏み止まって北大のために頑張る所存である」と言ったが、その舌の根も乾かぬうちに専用機で南下してしまったのである。周の不満はそれを指してのものか。……

その後も胡適は人づてに周作人に南下を勧め、香港でなり台湾でなり、かならず教授の地位を保障するからと言って寄越したが、周作人は、僕は北平苦住当時、自分を蘇武《そぶ》になぞらえたものでしたが、ここで上海を離れたら、白系ロシヤを自認するか、それとも政治的クズを名乗ることになりゃしませんかね、と笑って謝絶した。……

周は上海では小さな部屋に間借りして、毎日ギリシャ神話やセルボーンの自然史（ギルバート・ホワイト著）を読むのを楽しみにし、解放後は友人に贈られた新華書店の毛主席や劉少奇《りゅうしょうき》、陳伯達《ちんはくたつ》などの著作にも、丹念に目を通している。ある日の新聞に蔣賊が四ヵ月以内に上海を取り返せなければ自殺すると放送したことが出ていたのを見て、いったい誰れをおどそうというのかねえ、と微笑んだ。……

周作人の選択に関して、出獄後尤炳圻を通じて台湾行きの打診をしたという別の証言（洪炎秋「私の知る周作人」）は、仮に何らかの事実に基づいていたとしても、それは国・共両勢力間での政治的去就と見るより、「通敵」

の過去を負って当面どこに身を置くべきかの生活問題のうちと考えるほかはないように思う。彼の政治的選択自体は、さらにあれこれの傍証を引くまでもなくはっきりしていたと言うべきであるが、こうした報道記事はそのうえに、出獄した彼を迎えた上海の空気が漢奸追及の世論に沸いた数年前とは大きく変って、内戦の決着としての権力交代に際し、今や国民党側の歴とした政治人物たる胡適に名士度では相変らずひけを取らぬ周作人がどう身を振るかに、ジャーナリスティックな関心が注がれていたことを物語る。『亦報』という新聞の元来の傾向を詳らかにしないが、当時における政治色はこの記事にも甚だ鮮明で、しかもあたかも国民政府と没落を共にしようとする胡の政治的頑迷さとの対蹠において周の選択の賢明さを称する如き論調は、この前後から建国初期にかけて、実に一千篇近くもの周作人の短文（『知堂集外文・《亦報》随筆』所収）を掲載することになる特別な関係を考慮に入れたうえでなお、時流の激変ぶりを痛感させずにいない。但し、胡適に対する私情としては、淪陥中にアメリカから寄せられた親身の勧告といい、公判の際に北京大学を中心に行なわれた彼の助命運動における相応の尽力といい、さらには方紀生の記すような亡命間際の表現に至るまで、その善意を疑う余地はなかったはずで、今度の「南下」の勧告を周本人までが「抱き込み」と疑うほど、政治的に自惚れていたとは思えない。むしろその善意を理解したうえで、同水準の善意により彼は胡に大陸残留を勧めたのであろうが、一方また、この場合の選択の容赦なさを承知していればこそ、公的には胡適との関係をきっぱり謝絶するほかなかったのでもあろう。

こうした情況の中で周作人に共産党への申し開きをうながした直接の契機はわからないが、下獄と出獄のいきさつからして、海外に出るのでないかぎりは、どのみち新政権への態度を表明し、かたがたその下での身分を確認する必要に迫られてはいたはずだ。『年譜』は一九四九年の末尾に本年中の事としてこの書簡にふれ、何の根拠によるのか、それが「周作人の学生を通じ董必武《とうひつぶ》気付で送られた」と記すが、同年九月に開かれた政治協商会議で新政府組織法に関する報告を担当し、間もなく人民法院の初代院長に就任するこの党長老は、当時「民主人士の団結」を推進する統一戦線工作の中心に立っていた(『中共党史人物伝』第一三巻)ので、周作人に開かれていた、党と来るべき新政権の窓口としては、この人がごくふさわしい位置にあったらしいのは確かだ。書簡の本当の宛先である毛沢東は、若い頃北京大学の図書館につとめていて、日本の「新しき村」運動について教えを請うべく周作人を自宅に訪ねてきたことがある新文化運動の後輩格だったし、また共産党の単に勝者の威力だけとは言えぬ政治・道義的な権威には相当の根拠があり、多くの党外人士がこれに心服したのも歴史的な事実であって、こうしたさまざまな背景がこの書簡に一定の人間的な血を通わせ、時にはあまりに天真と見える調子さえ帯びさせたのであろう。

　書簡は、その中の言葉を借りて言えば、㈠「新民主主義に関する卑見」の開陳と、㈡「一身にかかわる事柄」の釈明とからなる。㈡はさらに抗戦前には⑴「有閑消極」と言われ、戦後には⑵「通敵協力」と言われた、経歴上の二つの問題部分に分かれるが、肝心なのはあくまでも⑵で、⑴の積極的側面を⑵の前提としてその間の連続性を強調する点に書簡の主な構想がある。全体として、相手方の理解に関し国民政府の法廷に対してとは比較にならぬ期待度をもって、それなりに透明な申立てをしている、と言ってよいと思う。本人の実際の思想・行動歴に照らしてみても、共産主義者を意識した角度からの一定の整序は争えず、連続性の強調に急なあまり⑴の中に⑵の問題がやや強引に割り込んだりもする(例えば、李卓吾推重《すいちょう》のことから李の手紙に言う古人の言葉による「風避け」のことに転じた後の「私とて孔子や孟子が」うんぬん以下は、それと断らぬまま占領下の「あの環境」

での「私」の工夫を語り始めている)が、事実の裏付けのないことは何も言ってない。

それが書簡中に言う「誠実」に当たるわけで、しかしそうなると、こうまで受動的な文脈で使われたのでは「誠実」という彼本来の文章規範が泣くだろう、という思いもまた私には禁じがたい。彼の文章規範がこの時実際に泣かされた次第は、冒頭の前置きで、いきなり旧時の新聞記者連の口調などと称して、本文中の開陳釈明を予め胡麻擂り(拍馬屁)手柄顔(丑献功)といったことさら卑俗な言葉で形容してみせることで、逆に自尊心を温存しようとするような異例の調子に明らかである。そんなところまでさらすのは、裏を返せば共産主義者に対する親近感のゆえだったかもしれぬが、もっと本質的なことは、かつて軍事的敗北の予測を持してたじろがなかった彼の、文人モトヨリ窮ス式な気概を、書簡の文章がすでに冒頭から痛ましくも失っていた事実にあるのではないか。具体的な点に即してもう少し考えておくと、一番肝心な㈡の⑵の部分に、ポストの「占領」という語まで使って傀儡政権の教育督弁への出馬の政治的動機を申立てるくだりがある。そういう考えが当時彼の周囲にあり、地下の共産党筋さえ少なくとも反対はしなかった事実が今ではほぼ明らかだし、出馬後の彼がその趣旨を実行した事例にも事欠かぬ(「周作人に関する新史料問題」)が、こうした政治的功績が出馬自体の別な政治性を相殺して余りあることを「誠実」に主張できるのであれば、その申立てが「手柄顔」などであるわけがない。あるいは、その前の段落の、抗戦地区へ脱出し国民党の意を体して共産党狩りに協力するのと占領下で学校を維持するのとどちらがましだったかという、一般的リアリティはあっても本人がべつにその選択に苦しんだわけでない仮想の設問にちょっと匂うように、もはや妥協の道は絶たれた国共関係をとっくに取ってでも、せいぜい共産党の政治裁量を引き出すことだけが書簡の目的なのだったら、その冒頭に示される羞じらいに似た姿態は、よほど卑屈な解釈を強いられることになる。しかし実情は、そのいずれともつかぬ曖昧さに苦しみながら、せめて受動的なりの「誠実」を心掛けるほかにすべがなかったのではないか。いっそのこと日本側の大東亜思想なるものに少しでも共鳴したのだったならば知らぬこと、実際的な抵抗の動機に凭《もた》れることにより却って決定的な自覚なしに情況に流された経緯が、おそらく言葉を費やすほどに「不弁解」の信条を裏切るべく本人を拘束し続けたのだろうが、その苦衷は、倪雲林の故事に由来する彼の「不弁解」説(「弁解」『薬堂雑文』)の、いかにも名士らしい洒脱な諦観に基づく審美的な処世態度と、ほかならぬ諦観によって彼が目を瞑《つむ》ろうとしていた政治的大情況のそこにおける責任問題との不相応にこそ由来していた。書簡にも見えるとおり、彼において出馬そのものは責任よりも一身の名節の問題だったとして、そういう名節的な「道義」を「事功」という政治的プラグマチズムの下位に置く、もと伝統批判の持論を強化するだけでは弁明しきれぬものが残ることを言葉の端々に認めながらも、結局のところは自尊心の次元をつき抜けられぬまま、旧業や旧縁に頼るともなく頼って諒解を期待する態度に終始するほかなかったのは、これも名士気質と関係ある成行きというものだろう。

むろん彼の出馬責任が主要に問われる場としての政治的大情況の方とて、戦争と革命による二重三重権力の葛藤を抜けつつさしあたりここまで来たわけだから、彼がいかに共産党の政策と作風に感服するに至ったにせよ、こうした書簡が、生きるための便宜的な政治性を少しも帯びないということは、まずありえぬ話だった。そしてその限りで、書簡は共産党と新政権に対して「団結」の意を表明する役目をいちおう果たし、「文化漢奸」の判定を翻す気はさらさらない代わりにその才を惜しんだ、毛沢東の寛容なる政治裁量によって、人民共和国における彼の生存の余地はひとまず保障されたわけだった。同じ書簡を読んで馮雪峰が激したのは、彼がそれをなによりも文人の文章として読もうとしたからで、ちなみに馮雪峰は、抗戦中に「士節、あわせて周作人のこと」という、党内で最も情理を尽くした批判の一文（『雪峰文集』巻三、一九四三）を書いていた。私としては、しょせん周作人本来の意味で「誠実」に語りかけるべき読者とは同一視できぬ相手に宛てて書かれた文書に文学を求めるよりも、さまざまな過去をもつ知識人が、新生中国にそれぞれの思いを託しながら党へ提出した、おそらく数え切れぬほどの申し開き書の一つとして、その歴史的な意味の方を重く見たいと思う。

五二年以降人民文学出版社にあった楼適夷《ろうてきい》が、後に周作人が同社の特約翻訳者として訳出したギリシャや日本の古典を「周作人」の名で出版することを要求したのに対し、党の中央宣伝部が傀儡政権に参加した誤りを公開の自己批判で認めるように求めたところ、彼は六千字余りの文書を提出し、あくまで民族文化を守るために参加したので誤ってはいなかったと主張したので、上層部はこれでは大衆が納得しないという理由で公表せず、旧称の「周啓明」しか使用を許さなかった、という逸事を伝えている（「私の知る周作人」『魯迅研究動態』一九八七・二）（補注一）が、その時に彼を一知識人と大衆、ひいては作家と読者の理想的な相互関係の中に蘇らせるに足るような「自己批判」がありえたかと問うてみても、彼自身を含むすべての条件からして、肯定的な答を考えることはとてもことにむつかしい。そうだとすれば、実際に責任という形で問題を背負い込んでいたようには思えない周作人が、処遇の改善と引換えに心にもない「自己批判」に及ぶ醜態を拒んだのは、まだしものことであったろう（補注二）。

（一九九四年八月十日）

——『中国研究月報』四八巻八号

（補注一）「文聯」（中国文学芸術界聯合会）の側から、党中央宣伝部の意向を体しながら周作人に接触していた人物も、偽職就任問題に関し、周は自分が良かったと言わぬかわりに悪かったとも言わなかったとして、彼の「認識と反省」を引き出すことに「基本的に失敗した」と書いている（佟韋「我認識的周作人」『魯迅研究動態』八八年一期）。

（補注二）　本書の校了間際に披見した、毛沢東秘書胡喬木の書簡集（『胡喬木書信集』二〇〇二年、人民出版社）に、次のような一九五一年二月二十四日付の毛沢東宛書簡が、胡本人の手稿に拠るものとして、収録されている。

主席

周作人があなた宛に長文の手紙を寄越し、自身の潔白を弁じて、彼の家屋を（逆徒財産として）没収したり、彼を漢奸と見なしたりせぬように求めています。彼は別に周揚宛にも手紙を寄越しているので、それも併せてお届けします。私の意見は以下のとおりです。彼は李季が新聞紙上で悔悟を表明したように、徹底的に誤りを認めるべきである。家屋の件は別途に解決してもよい（事実、北京地方法院も彼を追い出そうとしているわけではありません）。彼は現に西洋古典文学の翻訳料で暮らしているが、今後もその方面で仕事をすることは差し支えない。以上につき、周揚も同意見です。当否の御指示を願います。

敬礼

喬　木

二月二十四日

周総理とも話しましたが、周作人から来た手紙は回覧に付したきり自分では読まずにしまった由。

同書編者の注によれば、公開自己批判に関して引き合いに出されている李季は、共産党創立者の一人だったが、二〇年代の北伐国民革命失敗後、一時トロツキスト派に同調し、後さらに一切の組織関係を離れて翻訳と著述に専念するに至った過去について、新聞に「悔悟」を表明した（「劉仁静和李季的声明」『人民日報』一九五〇・一二・二一）。また、胡のこの書簡に、毛は即日「その通りにせよ」との指示を書き付けた、とある。この時の毛宛「長文の手紙」は公表されていない。胡が追伸に言う周恩来宛の周作人書簡は、まさか小文で取り上げた二年前のそれのこととは考えにくいから、周作人はこの時、同じ趣旨の訴えを、毛沢東、周揚のほかに、周恩来へも書き送ったものとみえる。

ところが、続いてすぐ、二年前のその周恩来宛書簡なるものを問題視する一文とそれをめぐる若干の討論が、上海滞在中の友人から送られてきた。問題を出したのは、倪墨炎(「毛沢東〝関于周作人的批示〟的来龍去脈」『文淮報』〇三・四・二〇。以下、同報同年五・二二、趙武平「喬木関于知堂信」、朱正「似宜稍有余地」、一一・一六、倪墨炎「学術研究需要探討和討論」と続く)。倪文の要旨は、「□□先生」と頭書された書簡が実際に周恩来に送られた当の物であるはずはないので、確かに周作人の真筆だとしても、おそらくは、本人による写しが鄭振鐸を経て唐弢や馮雪峰(さらに林辰)に伝わったのにちがいなく、本当の書簡は、周恩来が受け取っても取り合わなかったか、そもそも実際には送られなかったかのどちらかで、事実はたぶん後者だろう、というもの。こうして、毛沢東のこれに対する決裁の件も周恩来による旧文学研究会同人への回覧の件も、すべて唐弢などの空想にもとづく風説に過ぎまいと斥けられる。その論証は多岐にわたって周到であるが、論の基本的なモチーフは、毛沢東や周恩来が「一介の刑期未了の漢奸」をまるで「〝国宝級〟の貴賓」でもあるかのように扱ったなどとは、「少しでも党政機構の実務の常識があれば」考えられぬことだ、とするところにある。私はもとよりそのての「常識」の埒外にあって、論議に加わりようがないけれど、例えば唐弢の回想を動機ごと全面的に疑ってまで倪文に「説得」される気にもなれない。少なくとも、私が最も関心を抱いた、真筆の書面に明記される日付(四九年七月四日)現在、周作人が共産党と毛沢東に対してあのような申し開きに及んだ事実には、何の影響もない話である。私はむしろ、倪文が典拠は不明ながら付帯的に明らかにした、周作人に対する中華人民共和国の法的な処遇に注目する。すなわち、胡喬木の毛沢東宛書簡が報告している周作人の訴えからさらに三年近くも経た五四年十二月二十二日、ようやく北京市法院により周作人の「政治的権利を剝奪する」旨の決定が下され、これに対して、さらに数年後の五八年四月二十五日、本人から「選挙権回復」の申請がなされたが、同三十日、あらためて却下された由。

三　周作人狙撃事件と「抗日殺奸団」

日本占領下の北京で傀儡政権「華北政務委員会」の教育督弁という「偽職」に就いたばかりに、戦前の名声と戦後の生涯をほとんど棒に振ってしまった知日家文人周作人。その一件顚末を私が調べたのはかれこれ十五年以前のことである。当時はまだ「文化大革命」が末期的にくすぶっていて、中国側の史料を直接大陸に求めるすべはなかったが、国情一変とさえ言えるその後十五年の歴史は、少なからぬ関連事実を明るみに出した。仕事の記録的な意味合いからして、本(『北京苦住庵記』)はとっくに絶版になっても、めぼしい事実が明らかになれば、それをどこかに書き留めておかねばならぬ義理のようなものからなかなか解放されない。今回は、一連の事実の中の最も事件らしい事件に関する、実にストレートな証言が現れた。

一九三九年の元旦に周作人が自宅で三人の中国青年に拳銃で襲われた事件は、その「偽職」出馬の大きな弾みになったと考えられるが、被害者本人が日本側のさしがねによる威嚇テロを主張し、他方、抗日地下組織の一員で事件に参加したと自称する人物が戦後アメリカで出した手記中の告白やその他の風説に従えば、抗日側による懲罰テロということになり、真相はついにわからぬままだった。情況から言えば、すでに前の年に『毎日新聞』が現地で催した「更生中国文化座談会」に出席した彼を糾弾する公開状が抗戦地区の文化団体から発せられ、事件直前には占領下で再開された「偽」北京大学への関与を噂され、現に図書館長への出馬交渉も受けていた以上、抗日派による襲撃はもちろんありえたが、さりとて、これもその後一段と明らかになったことだが、重慶の国民政府筋と連絡のある学界教育界の人士や地下の共産党員とも日常的に接触していた彼のことゆえ、日本側という本人の心証を頭から疑うわけにもいかなかった。

新しい証言というのは、アメリカ系のミッションスクールで、当時占領下でもまだ独立を維持していた燕京大学の一九三八年度入学生が一昨年(一九九〇)に刊行した記念文集(『燕京大学三八班入学五十周年紀念刊』、未見)に、范旭《はんきょく》という人物が「風蕭々トシテ易水寒シ」と題する一文を寄せ、三人の襲撃者の一人として名乗り出たのである。これによると、「日華事変」勃発後、天津の中学生の間に「抗日鋤奸団」(略称「抗団」)という組織が作られ、天津の「偽」商会会長兼税関監督王竹林《おうちくりん》や「偽」連合準備銀行経理程錫庚《ていせきこう》を暗殺したり日本の「大丸商店」を焼打ちするなどの実績をあげたが、北京の燕大に入学した団員の范旭と宋顕勇《そうけんゆう》の二人には教育督弁出馬を噂されていた周作人に「死刑を執行」するための準備が指令され、周家周辺の調査と拳銃調達を済ませた結果を宋が報告しに行ったその日のうちに天津から幹部格の李《り》如鵬《じょほう》と趙爾仁《ちょうじじん》が乗り込んできて、当日は范がこの両名を手引する形で実行に及んだという。督弁出馬は翌々四一年初めのことで少し噂が早すぎるとしても、情況は既述のとおりで類似の取り沙汰はいろいろとあったことだろう。これが本当なら、上述手記の所説も同じ事実が流れ流れてアメリカまで伝わったもう一つの姿でなかったとは限らぬことになろう。(補注)

范文はそのまま新聞などに転載されたりして、かなりの反響を呼んだらしい。北京の魯迅博物館から出ている『魯迅研究月刊』の昨九一年第九期にもこれを肯定的に紹介する文章(于浩成「周作人遇刺事件真相」)が載ったが、慎重な編集部はなお若干の疑点を留保しつつ、「一家の言として」研究者の参考に供する旨を附記していた。しかし同誌の今年第八期に、范氏本人を含む「抗団」関係者からの聞書などの調査結果(黄開発「周作人遇刺事件始末」)が発表されるに及んで、証言の真偽問題はすでに決着したように思う。

黄氏が范文の呼び起こした別の一文(陳嘉祥「周作人被刺真相」、未見)の名指しにより訪ねあてた関係者の一人は、長年毛沢東、周恩来等の要人の診療に当たり今は北京協和病院名誉院長の肩書をもつという心血管病専門医師、方圻《ほうき》、七十二歳。方氏は事件が「抗団」とその下部組織「燕大小組」のテロ活動の一つだったことを認め、さらに、「抗日鋤奸団」は「抗日殺奸団」とも称し、当時は知らなかったが国民党の「軍統」(軍事委員会調査統計局)の外郭組織だったと後で知ったこと、周作人襲撃は前年の暮れに一度宋、李と自分の三人で実行しかけたが途中で軍警の臨検に引っ掛かりそうになって取り止め、元旦の前記三人による決行の首尾は現場から逃げ帰った范から当日学内で詳しく聞いたこと、他に建設総署督弁の殷同《いんどう》も標的にしていたが周の暗殺が成功しなかったために見合わせたこと、用意した拳銃はその息子が「抗団」に属していた関係でなんと「偽」満洲国の大立者鄭孝胥《ていこうしょ》の北京の屋敷に隠したこと、等々の事実を明かしている。黄氏は次に、方氏に住所を教わって范氏を天津の自宅に訪ねるが、方氏の談話で范文は充分裏付けられているから、その聞書の紹介は省く。黄文はそのうえ、范氏宅で写しを見せられた「燕大小組」とは別の「北京抗団」で活動したという祝宗梁《しゅくそうりょう》なる人の手稿「抗日殺奸団回憶録」三万七千字の摘要をも附録する。

事件に関する周作人の主張は、彼の全部の釈明と同様に爾来あまり評判が良くなくて、黄氏も実際は抗日派に撃たれたことを最初から承知していたのではないかと推測しているが、私は依然として、彼が当時どちら側により強い脅威を覚えていたかと言えば、抗日派の同胞の視線に対しては少々呑気すぎたにもせよ、日本側からの嫌疑に対してだったろうと考えるに止め、その種の評定に加わるつもりはない。むしろ今回考えさせられるのは、もう二十年も前に耐火器材工場を定年退職したという范氏が、「抗団」に参加した過去のゆえに新中国においてずっと要注意人物のレッテルとともに生き、度重なる「運動」の対象にされねばならなかったと述懐するような所で、彼よりは順調な後半生に恵まれたらしい方医師も、関係者が「抗団」のことに口を閉ざしがちな実情を不満気に指摘していた。確かに、蔣介石の懐刀戴笠《たいりゅう》の下で裏の政治に猛威を振った「軍統」は、国・共両党間にあっては生易しい関係でなく、方・范氏ともにそれと「抗団」との関係を「後で知った」と言うのはたとえ事実であるとしても、同時にいつでも強調せねばならなかった事実でもあったのだろう。若い周作人研究者の黄氏が、これほどの反証を何故今まで出さずにいたのかと不審がるのに対し、両氏とも周が戦後にそんな主張をしていたとは知らなかったと答えているが、彼らにしてみれば実際周作人問題どころじゃなかったのではなかろうか。因みに事件関与者のその後の運命を記しておくなら、李如鵬、「軍統」直属の天津「抗団」キャップ曾澈《そうてつ》とともに、事件後まもなく内部からの密告で日本軍により逮捕処刑。趙爾仁、新中国で「歴史反革命」のかどで無期刑に服し、後二〇年に減刑、満了近くに釈放されて香港へ。宋顕勇、現にアメリカはフロリダ州で料理店開業。最後に、証言の主范旭が自ら題したという生涯の銘はこうである、「抗日有心、報国無門、蹉跎一生、愧対故人。」(抗日の志は有ったが、新中国に貢献の道はなく、失意の生涯は、死んだ同志に顔向けならぬ。)

（一九九二年十月）

——岩波講座『近代日本と殖民地』月報三

（補注）　本書『北京苦住庵記』第六章補注五参照。

四　張深切の北京日記を読む（附、日記本文）

さきに許寿裳《きょじゅしょう》の台湾時代の日記（東洋学文献センター叢刊第六四輯『許寿裳日記』）を日本へ紹介した黄英哲《こうえいてつ》さんが、こんどは、張深切《ちょうしんせつ》の北京時代の日記があるのだが、その史料的価値を判断してくれないかと、私に言ってきた。私は張深切について格別の関心や知見を有する者ではないけれども、旧作『北京苦住庵記』で、日本占領下の北京に植民地台湾から流れていって、主人公の周作人と一定の交渉をもったこの人物のために若干のページを割いた縁があるので、とりあえずその写しを読ませてもらうことにした。大半が日本文で書かれている日記は、一九四三年の三月一日から六月三日までの三カ月余りの分が残っているにすぎなかったが、しかし特徴的なことには、その間ほぼ一つの事件の経緯だけが記録されていた。

事件というのは、北京の協力政権華北政務委員会教育督弁の職を降りたばかりの周作人をかつぎ、張深切を事実上の編者に擬して企画された、『芸文雑誌』の発刊準備の過程で、彼が日本文学報国会派遣の「文化使節」林房雄を後ろ楯にする沈啓无《しんけいむ》と事ごとに対立したあげく、周作人にまで忌避されるにいたり、結局身を引かされた一件。日記の語る経緯と、私が主に彼の戦後の自伝『里程標――または黒い太陽』（『里程碑――又名黒色的太陽』一九六一、台湾）によって書いたそれとの間に、特段の出入りがないのはまあ当然だろう。けれども、事の顛末を日を逐って記した一次史料だけのことはあって、占領下の一挿話に渦中の記録でふれる趣はまた別であるし、おかげであらたに了解できた事柄もないではない。――ざっとこんな所見を黄さんに伝えておいたところ、程なく機会がめぐってきて、ここに連名で日記を公表する運びとなった(補注)。

事件の背景については、旧作の記述の蒸し返しを最小限度にとどめ、直接日記によって事件を見ていくのを主とし、そこに注釈やら補説やらを適宜まじえることにする。

日記が安藤更生と二人で周作人を訪ねた記事から始まっているのは、事の展開のうえでも、またおそらくは本人の記録の動機にとっても、意味のあることだっただろう。この時の張の身分は、新民印書館の課長相当社員兼中国文化振興会常任理事、安藤も同じ印書館の部長相当社員兼振興会理事長。新民印書館は、平凡社の下中弥三郎が占領地の学校に彼なりの大亜細亜主義的な信条に沿った教科書を供給する目的で北京に設立した出版社で、この頃までには華北政務委員会との官民合弁の形をととのえ、社長には曹汝霖《そうじょりん》をかつぎだしていた。中国文化振興会は、前年下中が日本側副社長という自分の椅子を高橋守平に譲って国内事業に専念するに際し、さらに華北在住の中国文化人を糾合すべく新民印書館の外郭団体として構想したもので、安藤がもっぱらその立案と折衝にあたった。安藤はとくに振興会の仕事のために、つとに『中国文芸』の主編として日中双方に手腕を認められながら、占領軍の報道部を牛耳る参謀少佐山家亨に睨まれて雑誌を取り上げられ、芸術専科学校や新民学院の職場からも締め出されて、どん底の窮地にあった張を印書館の社員に迎え、日記にも見えるとおり社長の曹汝霖にこれの会長も兼ねさせ、周作人とその周辺の銭稲孫《せんとうそん》、徐祖正《じょそせい》、傅芸子《ふうんし》、兪平伯《ゆへいはく》、尤炳圻《ゆうへいき》等を委員に委嘱した。『芸文雑誌』はこの振興会の機関誌として企画されたのである。以上は主として『下中弥三郎事典』(平凡社、一九六五)によったが、その「中国文化振興会」の項に、執筆者の安藤更生が「安藤は……自らの師である周作人を中心として」うんぬんと自分で書いている。ここにいう師事の内実は詳かでないけれども、この人は早稲田で会津八一の強い影響を受けて文人的「支那趣味」に深くかぶれ、戦争前から北京に住み着いて、いわゆる「拳匪《けんぴ》(義和団)賠償金」による東方文化事業総委員会の関係でもっと早くから北京に在った橋川時雄のもとで働いていたということである(安藤彦太郎氏直話)。戦後母校の中国美術史の教授になり、日中間の往来がまだ著しく不自由だった時分に、なにかの団体の一員として訪中し、かなり強引な要求のすえ周作人との面会を果たした報告を私は読んだ覚えがあるし、その少なくとも私淑の程は察することができる。印書館へは現地入社したものと推測されるが、その履歴と周作人崇拝とは、下中が振興会に託した選良保護的な企図によく合致していただろう。いっぽう、台湾の抗日運動にすでにひとかどの足跡を記してきていた張にはまた、周作人を被占領地知識人の精神的支柱にかつぎつつ素志を遂げようとする、『中国文芸』いらいの目論見があった。『里程標』によれば、『芸文雑誌』の話は振興会内部からではなく、軍の報道部長から印書館入社後の彼にまずもちかけられ、彼はその背後に、山家とは流儀を異にし、かつて自分に『中国文芸』をやらせた参謀中佐堂ノ脇光雄に近いらしい筋の意向を感じとって、これを社へ持ちかえったのだといらが、どんな筋であれしょせん軍と無関係に雑誌の出せる情況でなかったのは言うまでもないことである。

このような安藤・張コンビの周家詣では当然のこととして、その一方で林房雄との接触も一再ならず記されているのは、この「文化使節」が雑誌問題に関してうるさい注文を持っていたためであろう。その注文の内容を日記は直接には何も記録していないけれども、林が協議会の目指すような煮え切らぬ既成文人たちとの名ばかりの合作を嫌悪し、軍が直接かかわっていた謀略紙『武徳報』(担当は山家亨)の周辺や華北作家協会の主流にあって協議会系の既成文人への対抗勢力を形成し始めていた、無名の文学青年の方へ関心を移動させつつあったことは、旧作に述べたとおり。林と意気投合したという沈は、こうした両勢力に片足ずつかけて、ちょっとした権力ゲームの味をおぼえ始めていたらしい。この間の折衝を、周作人が翌年沈を破門したのちに発表した「文壇の分化」は、沈が林の後押しで計画した『文学集刊』が張の進めていた『芸文雑誌』とかち合うことになるので、あらたに周を社長とする芸文社を組織し、そこから両方とも出すことになり、前者は沈の単独編集、後者は尤炳圻・傅芸子・陳綿《ちんめん》・沈の共同編集と決めたのに、沈・張の対立により事がますます紛糾した、というように書いている。『里程標』の記述もほぼ同様だが、ただ張は、林の方の雑誌計画も、最初は自分に持ちこまれたのを取り合わなかったために、つぎに北京大学教授連の（つまり沈などの）線から周作人へ持ちこまれたが、周が張との間に先約があるので張と掛け合うように言った結果、また自分と林との折衝に戻ってしまった、とも言っている。

日記によれば、張と安藤の『芸文雑誌』発刊の仕事は、いろいろと折衝や紛糾を重ねながらも、三月いっぱいかかって「準備委員会」の開催（三・二九）に漕ぎつけているが、この間の対林・沈関係を見ておく。まず、張が周作人に「種々報告」した際の「周氏の意向」として、編集委員を増やしたいが、「沈氏の話に拠れば彼の雑誌計画は自分の意向ではなく佐藤氏の勧めに従ったものであるといふ故余り委員になるやうに説く必要なし」という言葉（三・一五）が記されている。佐藤源三は印書館の編集課長兼協議会理事。数日後にはこの佐藤と特に「林氏の問題に関し色々談じた」（三・二〇）ともあり、林との浅からぬ関係が匂う。当時中国各地の邦字紙を統合した『東亜新報』の北京本社で記者をしていた中薗英助さんの近作「北京の貝殻」（筑摩書房刊『北京の貝殻』所収）に、今年のはじめ九十歳で亡くなったこの人が実名で出てくるのによると、左翼からの転向者らしい言説の主であって、当時の転向者の一つのタイプという点からも、林房雄流への共鳴を臆測させるふしがある。そこには、張深切が日記で、『芸文雑誌』の小委員会の最中に蔣義方《しょうぎほう》宛の電話が掛かったのを「てっきり沈のスパイ」と怪しむ(三・二二)くだりに見える蔣義方、すなわち達者な日本語を操って積極的に立ちまわり、第二次大東亜文学者大会にも通訳として正式に参加したという中国人社員と佐藤との緊密な関係も回想されている。もっと後の日記に、張が林を訪ねて強談判に及んでいるところへ佐藤と蔣がやってきて、蔣が「沈氏の件につき種々弁解するところあり」(四・一三)とあるところにも、この両人と林・沈との関係は表れているだろう。つまり、印書館の内部にも林・沈の後を押す勢力があったわけである。そこで、『文学集刊』の計画が佐藤の勧めによったという話はわかるとして、それが沈自身の意向でないゆえ『芸文雑誌』の方の編集委員を無理にやらせるには及ばぬという周作人の理屈はわかりにくいが、思うに、林の方の雑誌計画をせっかく沈の単独編集にして『芸文雑誌』とは別建てとすることで話がついたのに、さらに沈をこちらの編集にも加えさせようとする力が働いて、これに対する反発がそんな理屈になったのではなかろうか。「文壇の分化」に、芸文社発起当初の合意内容として『芸文雑誌』の編集にも沈の名のあがっているのが、べつに張の名と間違えたわけではないとするならば、一度はそう決めたものの、その後のごたごたを見て無理に沈を加える要なしという意向に傾いたのかもしれない。周のこの意向に張はもとより意を強くしたことだろう。しかし沈としてみれば、本当なら周一門の自分こそが『芸文雑誌』の采配を振って、これを舞台に文壇再編の主導役を演じたいところだったのではないか。それは、「文壇の分化」が暴露する沈のその後の行動からも察しのつくことである。

さてとにかく、沈を無理にでも『芸文雑誌』に加えようとする力の源に林房雄の存在があったことは確かであって、これと事ごとにぶつかりあう張に対する林の敵意もすでに充分に熟していたとみえ、張は「東亜新報の長谷川氏」から林が自分に対する「忌避の意を表明した」旨を知らされる(三・一七)。この「長谷川氏」を、私は、中薗さんの記者仲間で、日記の翌年には印書館へ移っている長谷川宏さんにちがいないと思いこみ、旧作のための聞書きではふれられなかった張深切関係の記憶に万一の期待をつないで、問い合わせた。すると返事は、東亜新報にはもうひとり長谷川忠という記者がいて、外回りを主にし『武徳報』にもよく出入りしてたようだから、彼のことだろうということで、忠さんの住所を教えられた。せっかくの教示ゆえ手紙を出してみると、そちらからの返事も、自分は経済方面の記者で、まったく覚えのないことだとあった。「長谷川氏」の件は今更らちもないこととして、日記の主を巻き込んだ紛糾は、次の日には「憲兵隊西村曹長」が「雑誌につき調停する意志」を示した(三・一八)と、さらに物々しげである。これはしかし、『里程標』によれば張の監視役の憲兵で、人柄がよく、捨三という名のとおり生い立ちからしての苦労人でもあって、互いに却って親しくなったのだという。日記の始めの方に見える、芸専の同僚だった劇作家の陳綿や上海から劇団を率いてきた唐槐秋の「釈放」の事も、張が西村を通じて運動した結果だったそうであるし、日記の後の方にも西村との昵懇な間柄を物語る記事はさらに見える。要するにこの憲兵氏の「調停」は、どういう背景を恃んでのことか知らぬが、張の苦境を見かねての私的な動機に出たものらしい。これに限らず、台湾籍の抗日家の日本側軍警との込み入った付合い方は、『里程標』にいろいろと率直に書いてある。次に、印書館首脳部会議での雑誌問題決定(三・一八、一九)にもとづいて開かれた小委員会(三・二〇、二二)で、雑誌と振興会の関係に加え「沈氏との関係」がとくに懇談の種になったとあり、沈がひきつづき問題の焦点であったことが知られるが、いよいよ雑誌準備委員会が正式に招集されることになった当日(三・二九)の午後、事前に周作人宅で行なわれた安藤・張・周三者の打合せの席で、沈はたまたま先客として来ていたらしいのに、「幹事氏名を発表しない」という、何事を慮ったのやらとにかく策のありげな主張を押し通し、これに周作人も同意している。結局その場では沈の「意を汲んで」幹事の役を置かぬことになるが、会場へ赴く途中で、安藤と張が相談して、幹事がなければ事務上なにかと不便だからという理由で、張を編集長に「擬定」する。

雑誌準備委員会はあらかじめ安藤・周の協議により「文化協議会に於て開会」と決められていた(三・二六)。この「文化協議会」は、景山東街にあった東亜文化協議会の建物を指すのだろう。日記によれば、出席者十三名、来賓三名の列席の下に開かれ、総編集は周作人、編集長は張深切、編集委員は出席者全員、雑誌名は「芸文雑誌」と決定し、張我軍《ちょうがぐん》を通じて中華通訊社にニュースを流すことも決めた、とある。周作人の日記全部がまだ北京の魯迅博物館で研究者に公開されていた頃、たまたまこの日の記事をメモしておいたのが見つかったので、参照しておこう。

午後沈啓无来る。安藤張深切来る。(郭)紹虞《しょうぐ》来る。五時文化協議会へ往き、新民印書館の招宴に出て文芸雑誌発刊の事を議する。八時散会。あまり成功せず、というのも、張・沈の意見合わず、張またあくまで采配を振りたがり、まとまりそうにないから。

周作人の懸念は翌日ただちに現実となり、このニュースが「編輯長張深切、総編輯周作人」の見出しで各紙に載ったことから一場の騒ぎがもちあがる。もっとも、騒いだ一人は懸念した当の人で、報道に「憤激」した周が総編集を辞退して顧問になると言いだし、沈も芸文社を脱退するといきまいたとある(三・三〇、三一)。どうやら、報道が懸念を裏書きしたことになるらしいのだが、これまでの経過を日記で見る限りは、新聞の見出しが準備委の決定を曲げたとは見えぬし、発表役の張我軍までが「嫌疑」を被って頭を抱えているけれど、彼を通じてニュースを中華通訊社に発表する手順も正規の決定のうちではなかったのか。しかしそれにもかかわらず、当の張深切が新聞を見たとたんに狼狽して「新聞社殊更に離間策を弄してゐる」と疑い(三・三〇)、張我軍や尤炳圻に周作人へのとりなしを頼んだり(三・三一)、周や尤の抗議状に対する返書にひたすら「私心なき」旨を釈明したうえに、暫く「紛糾」から身を引いたりしている(四・二)のである。そうだとすれば、新聞報道の内容というより、人事の公表じたいに、沈啓无の主張のみならず、準備委員会の了解にも反するものがあったと見るほかはない。そのように見ると、周宅での打合せとその後の安藤・張による張編集長案の捻出とのいきさつにまで、問題は遡りそうである。あるいは、張が『里程標』のこのあたりの事に触れたくだりで、自分が林・沈こそ一切の紛糾の根元と断定し、周へ彼らの言に耳を貸さぬよう進言すると同時に、林を編集長にすることに徹底的に反対した結果、周との間がまずくなったと書いている、その林房雄編集長問題こそが、雑誌人事の紛糾の隠然たる火種だったのでもあろうか。つまり、沈が林編集長案の片棒は担がぬまでも、幹事非公開ということで対決をぼかす策に周の支持を取付けたのに対し、安藤・張は幹事に代わる張編集長案で対決すれすれの解決をはかり、そして準備委はこの人事を、名実ともの事としては公表しないというような了解つきでどうにか決定したのかもしれない。林は当日の来賓三名中の一人であり、そうあってみれば、準備委の決定とその了解が張の日記に記された文言ほどに明瞭ではなかった、と考えられぬことはない。

この騒ぎはしかし、張を決定的な苦境に追い込むまでに至らなかった。数日ほとぼりを冷ましてから出社した張に安藤が示した善後策は、周を芸文社社長のままとし、周の申し出た顧問には、別に銭稲孫、瞿兌《くだ》之《し》、安藤を据え、社址は、新聞の報道に関し尤炳圻などがその「無責任」を非難した印書館から、中和月刊社へ移すといった内容で、問題の編集長職は無いことにしたものの、張を編集三名中にまだ残している(四・八)。尤の印書館非難は、内部から林・沈に加担して画策する分子にも問題を見出してのものだった可能性がある。その点で瞿兌之らのやっていた中和月刊社との関係を強めたことは、このいささか時代がかった学芸雑誌の非政治性から言って、振興会本来の既成文化人志向の回復を伺わせる。さらに数日後中和月刊社で開かれた第一次編集会議(四・一二)で決められた具体的創刊計画は、張の編集上の地位を総務担当めいたものへ後退させる一方で、周作人周辺の「既成作家」にはっきりと焦点を狭めているようだ。さらに第二次編集会議(四・一五)の方針に言う「文化系統作家ニ限ル」の「文化系統」は、文化振興会系の意であろう。そうすると、ちょうどその頃「平田氏より雑誌の件につき安藤氏と三人で会ひたし」と申し入れてきたのを、安藤が「その要を認めず」と断った(四・一二)とあるのまで、一連の事実に思えてくる。もっと前の記事に出ている「宣伝聯盟の平田」(三・一六)と同じ平田小六、これもともとはプロ文学運動中の人物で、宣伝聯盟は『武徳報』あたりの連中がやっていた(中薗氏直話)というから、その干渉の性格もおおよそ見当がつこう。次いで張自身が直接林を訪ねて、「現在の決定案に従ってやると強く言明」した(四・一三)という記事には、いっそう明らかに『芸文雑誌』の意志が伺える。安藤・張ラインは事実上維持され、新聞報道を種にした沈の「退社」騒ぎをむしろもっけの幸いとして、雑誌と林との縁まで絶ってしまった格好である。こうした結果を、周作人は前記「文壇の分化」に「そこで〔沈の〕『文学集刊』は立ち消え、『芸文雑誌』は尤、傅、陳〔日記では尤、陳、張〕の三人が主編ということになり、愚生の名ばかりの芸文社社長はそのまま据置かれた。これはおおよそ去年の四月初めのことである」と書いているが、彼は実はこのごたごたと同時に汪兆銘政府の招きで南京へ旅立っていて、沈夫妻もこれに同行したのだった。沈が周に『芸文雑誌』と手を切るように迫るなどのさまざまな策を弄して、師の激怒を買うのは南京から帰った後の五月中のことで、周はそれまで、張からすれば歯痒いばかりに沈の画策を大目に見ていたのであろう。ただこの段階では、張も帰ってきた周社長を北京大学文学院に訪ねて「種々報告」する〔四・一九〕ような関係をなお繫ぎとめていた。

ところが、おそらく『芸文雑誌』のこうした一件処理の方向に対する関心からであろう、張が周作人に面会した翌日「中華通訊社の陳氏」がやって来て、さすがに今度は慎重を期し「人事発表せぬといって置いた」〔四・二〇〕のに、次の日安藤から至急呼び出されて出社してみると、またもや彼を「総編輯」とする新聞記事が出て、同じ騒ぎになっているのを知らされる。ただちに中華通訊社へ抗議に赴き訂正を約束させる〔四・二一〕と、翌日素っ気ない訂正広告は出たものの、同じ日のうちに「周氏留任挽回不能の態度を表明」という事態になり、張ももはやこれまでと辞職を決意、安藤や張我軍が「自分の隠退によって事件を収拾する心算」と感じつつ、その勧告どおりに身を引いてしまう〔四・二二〕。今度の報道は確かに露骨な「離間」の悪意を感じさせるばかりか、遡って前回の報道に対する張の疑いにも根拠を与えそうに思える。中華通訊社そのものは、日本の同盟通信が一枚噛んで作られたいわゆる「華語版」ニュースの供給会社だった〔中薗氏〕というが、個々の取材と報道において、こんな界隈のいざこざにまで首を突っ込んだ画策の入る余地は、いくらでもあっただろう。この時もまず周からただちに抗議状が届き、張もまた折り返し釈明状を送っているが、「別紙の通り」とだけあって手紙の記録されていない前回とは違って、両方の文面を日記帳で読むことができる。来信に「こんな宣伝をするのは自分から破滅を求めるようなもので、しかも一度ならず二度までとあっては、この先何の希望もありません。小生としてはあからさまなぶち壊しこそ致しかねるものの芸文雑誌には実際もはや何の興味もないので、以後二度と関係するつもりはありません。別のどなたにでもお頼みになったらよろしいでしょう。また二度とお目に掛かるつもりもありません」とあるのを、ごたごた続きの雑誌計画への愛想尽かしと張深切本人への不信とどちらを主にして読むべきかと言えば、やはり後の方を主とする縁切り状そのものであったろう。その不信は、準備委当日の周日記に見えるようなひごろの張深切観の延長上にあり、張はいわば出しゃばり屋の功名心による自己宣伝を再三疑われたものと見える。張の返事は、根本原因として印書館を指すとおぼしいあたりの「頬冠り主義」を難じ、記者との遣り取りの実況のみを釈明して、あとは周作人自身の一連の出処進退に関する「不弁明(解)」説を逆手にとってせいぜいそれに学びたいというもので、じたばたする様子は見せていない。彼が辞職の決意と同時に「今更乍ら文人の醜態に嫌気をさしこれより離れんと心境極めて明朗、新しい時代は新しい人を要求するが、旧態依然のものには用がない筈だ、無理にそれを抱込まうとするところに無理があり、今日の結果を来たしたのである、自分は今となっては寧ろ瓦全よりも玉砕を望む」(四・二二)と日記に書いたように、紛糾の元凶と彼が信ずるところの、当然沈を指すであろう人物を周がまだ信任して、逆に自分を疑い激しく忌避している以上、実際のところじたばたする余地すらなかったのであろう。いっそ「玉砕」を思って、さばさばしてしまいたかったのも無理はない。しかし、辞職に際しての周や尤への別の言葉少なな挨拶状には、却って口惜しい思いと周への心残りが溢れているようだ。心残りが純粋に周その人へのものだったとは言いきれぬとしても、この大名士との決裂がただちに占領者の権威利用主義に抵触して、文化機関に身の置き場所を失う報いのてきめんだったことは、後の沈启无の場合も同様である。占領下における周作人の名望というのは、本人にとってもそうではあったかもしれぬが、思えば人騒がせなものだった。

ここまでで日記の主たる部分の解読は終わったようなもの。「文壇の分化」は林を背景とする張・沈の対立と周・沈の決裂だけを言い、『里程標』がそれに張の強硬な反林に由来する周・張間のしこりを加えてはいても、周・張の決裂の経緯は結局はっきりしなかったが、日記はそれを具体的に記していたのであった。むしろ、林・沈との対立や周の誤解含みの不信が深まってゆく流れの中で、よほど口惜しい思いがあったかして、流れの中途からか一段落後にか、とにかく雑誌問題一件の経過を、幾らかは後日の記憶や結果からの整理を交えながら、出来合いの日記帳に日を逐って記録したもの、と言った方が、この日記の実際に見合っているようである。事実、その後黄さんから借覧した二冊の日記帳原本は、この一段以外にただの一日分たりとも日記帳本来の目的に使用された跡がない。日記本文を細かく吟味すれば、「日記を整理」(四・一四)といった端的な記事をはじめ、もっと具体的に記入の過程を考える手掛かりも幾つか取り出すことはできるが、それまでするのはわたしの任でない。

日記の大半が日本文で記されている理由は、かつて「広東台湾革命青年団」に係わる治安維持法違反事件で下獄した経験を記す『獄中記』(一九三〇年執筆、一九四七年刊『在広東発動的台湾革命運動史略』附載)も日文で書かれていたように、またこの日記の上欄にはずっと、中国文の厄介な字句についていちいち注音符号を振りながら根気よく勉強をした跡が見えるように、彼にとっては、単純に日文の方が楽だったためか。そうかと思うと、林房雄への余憤や周作人への未練を示すなお若干の伝聞や、『里程標』に失職後は台湾同郷会の仕事に舞い戻りその仲間の商売に加わったりしたという、それらしい事実などを記す、惰性めいた残り一月分ほどは中文で書かれていて、結局のところはよくわからない。

ついでに、残りの中文記事のなかでは、林房雄が（汪兆銘《おうちょうめい》の）「国民政府」は政府に非ず、（華北政務委員会の）「教育総署」も政府機関に非ずと、日本の謀略方針にすら違背するような放言をし、満洲からの流入組のリーダー格で沈と親密だったといわれる柳龍光がこれに憤慨して公開質問に及んだ話（五・五）や、同じく林が張の台湾仲間の洪炎秋に向かって、「いまや華北文壇はことごとく満洲系と台湾系に占領されてしまった」と忌々しがり、その伝聞を記しながら張が「眼中に中国無く、また日本国家も無く」うんぬんと非難を加えている（五・六）ところなどが、論陥区事情の一端を示して興味を引く。また、張が天津の宿屋で阿片を試して寝そびれたりしている（五・二六）のも、相応の心境からのことだったろう。

最後に、「戦陣訓」に始まり「中国人との交際法」や「華北に於ける衛生常識」にまで及ぶ大陸進出便利帳式の「常識宝典」を附録する、昭和十七年・民国三十一年と同十八年・三十二年の『当用日記（現地版）』は、新民印書館発行のもので、如上の日記以外の、「マルキシズム」を含む西欧哲学や中国古典に関するノートから生活上の控えなどにわたる雑駁な書き入れも、この人物を丹念に研究しようという向きには貴重な資料になるだろう。

（一九九五年五月）

附、日記本文

凡　例

(1) 日文中文とも、漢字は通行の字体とし、原典の用字仮名遣いはそのままに翻刻する。
(2) 句読点については、原典に沿いつつしかし統一的に処理する。
(3) 行毎の字数や行送りは本書の便宜に従うが、行換えは原典通り。
(4) 記事が日記帳の当該日付正文欄をはみ出る場合、原典の指示との対応を示す必要があれば〔　〕内に続きの位置を注し、それ以外は特に注しない。
(5) 人名と機関名に限り略注を、また明白な誤りには訂正を、いずれも〔　〕内に施す。

三月一日　安藤〔更生〕氏と周〔作人〕氏を訪問〔三日に記事を出す由〕
　二日　陳綿氏を訪問三日前に釈放された由
　三日　1、安藤氏と周氏を訪問
　　　　相談の結果左の如くに擬定
　　　一、創作〔未定〕戯曲〔陳綿〕翻訳
　　　二、随筆〔兪平白〔正しくは平伯。平白は尤炳圻の字〕〕詩歌〔沈啓无〕
　　　三、文評〔尤炳圻〕月評〔張我軍〕
　　　四、論述〔銭〔稲孫〕、瞿〔兌之〕、傅〔芸子〕

五、大衆読物　（以上三月一日）

六日　曹〔汝霖、新民印書館〕社長を訪問本会〔中国文化振興会〕の名誉会長になってもよいと
八日　1、〔二行消去〕
　　2、教育総署の臼井〔亨一〕氏より手紙来、かねて話あった何とかいふ人に本日午後一時ハトヤで会ふといふ、早速総署とハトヤへ電話で問ひ合したが結局判らなかった
　　3、宣伝聯盟より河南新聞に掲載する創作原稿を頼まれたが三十回より六十回、報酬僅か百五十之故相当困難だが斡旋してやりたいと安藤氏がいふ、後又電話来、三百迄出させるやう交渉すると
九日　安藤氏と北京飯店へ林房雄氏を訪問
十一日　専務〔田中荘太郎〕安藤氏とともに周氏を訪問
十二日　専務たちと玉華台にて会食
十三日　陳綿氏を訪問ついでに唐槐秋氏をも訪問三四日前に釈放された由
　　副社長??〔以下、人名二字未詳〕P.M 4 30
十五日　周氏訪問種種報告するところあり
　　周氏の意向は
　　1、編輯委員を増したき事
　　2、沈氏の話に拠れば彼の雑誌計画は自分の意向ではなく佐藤〔源三〕氏の勧めに従ったものであると

いふ故余り委員になるやうに説く必要なしと

十六日　宣伝聯盟の平田〔小六〕氏より東亜新報主催の山田（三郎）林（房雄）の対談会出席せられたき旨電話あり

十七日　1、安藤氏林房雄とともに周氏訪問

2、東亜新報の長谷川氏より林房雄氏は自分に対し忌避の意を表明した旨報せあり、従って座談会の招請は中止になった由

3、自分の代りに張我軍氏出席する事に決定

4、曹夫人逝去

十八日　1、田中専務に雑誌問題につきその経緯を説明するところあり

2、明日首脳部会議を開き雑誌問題を決定する由

3、憲兵隊西村〔捨三〕曹長は雑誌につき調停する意志あるといふもその好意を謝せり自分としてはその必要あるを認めない

十九日　1、首脳部会議

2、副社長〔高橋守平〕帰京

二十日　1、小委員会召集通知状発送

2、佐藤氏と林氏の問題に関し色々談じた――五年後に僕の真情が判ると

二十二日　1、同和居に於て小委員会開催

出席者　張我軍、陳綿、傅芸子、安藤、張深切

会議の最中に（蔣義方君宛の）電話来、甚だ奇怪、これてっきり沈〔啓无〕のスパイに違いない

二十六日　2、雑誌と会との関係及び沈氏との関係につき種々懇談を遂げた（内容略）

1、東亜新報に雑誌出版の記事出る

2、安藤氏周氏を訪問・協議の結果

一、廿九日午後六時文化協議会に於て開会することに決定

二、誌名当日協議する事

三、編輯発表する事

二十七日　1、兪平伯、銭稲孫、沈啓无、陳綿諸氏に通知状発送その他電話にて連絡

2、報道部とも連絡済み

3、陳宗儒氏に明日拙宅へ来るやう通知を出した

二十九日　雑誌準備委員会開催

1、午後四時安藤氏と周氏を訪問、沈啓无氏等居った為め充分話出来なかったが沈氏幹事氏名を発表しない提案を出したのでその意を汲んで幹事は暫らく置かぬことになり、周氏もそれに同意

2、会場へ行く途中安藤氏と相談した結果幹事がなければ事務の運行幾多不便あるにつき、自分を編輯長にすることに擬定

3、午後七時過ぎ開会、出席者周作人、銭稲孫、瞿益鍇〔兌之〕、陳綿、張我軍、傅芸子、沈啓无、傅惜華、尤炳圻、安藤、佐藤、茂木、張深切

来賓斎藤中佐、(倉科中尉場所間違った為め出席不能)林房雄、情報局より聶睦仁《じょうぼくじん》、出席、安藤挨拶を為し(上段の如き)役員を発表

〔上段〕△周作人氏総編輯　出席者(参照出席者)を編輯委員に、張深切を編輯長

△協議事項

1、雑誌名を――「芸文雑誌」に決定

2、出版期日を六月二十日(但し七月号とす)

△議事終了後宴会

△張我軍氏より中華通訊社にニュース発表

三十日　1、各新聞に昨日の会議情況発表さる、漢字紙に「編輯長張深切、総編輯周作人」の見出の字句あり、新聞社殊更に離間策を弄してゐる疑ひあり

三十一日　1、周氏、沈氏皆新聞記事で憤激し、周氏沈氏の言葉添へに依り、総編輯を辞し顧問になる意を表明、問題遂に紛糾沈氏脱社するといきまく

2、記事は張深切の発表であると疑ったが嫌疑が張我軍氏に行き、氏大いに弱る

3、張氏と尤氏に周氏を訪問し釈明するやう頼んだ、事体愈〻悪化の徴見ゆ

四月二日　1、周氏と尤氏より手紙来、

周氏の手紙は(別紙の通り)新聞記事を見て感ずるところあるので総編輯を辞して顧問になるが原

稿は従来通り書くと

2、尤氏の手紙は（別紙の通り）新民印書館誠意なきを攻め自分も役員を辞する意を長文に記して意見を述べ文化振興会も早く会を開くやう勧告するところあり

1、周氏と尤氏に返事、自分（張）に私心なきを明かにし今の紛糾より離れたい故暫らく旅行に行って来ると簡単に認めて郵送した

2、暫らく面会拒絶に決定

八日

雑誌ごたごたしてゐる為め暫時休み今日始めて出勤、安藤氏より左の如き決定事項を提示さる、左の如し

役員氏名

社長（芸文社）――周豈明（作人）、顧問――銭稲孫、瞿兌之、安藤更生

編集部――陳伯早（綿）、尤炳圻、張深切、

地址――中南海中和月刊社内

編輯委員――陳伯早、尤炳圻、張深切、張我軍、傅芸子、傅惜華、蔣兆和、

小説（未定）随筆周豈明。戯曲陳伯早。詩歌陳伯早。考証傅芸子。漫画蔣兆和。民衆文芸傅惜華。文芸消息共同担任、芸文評論尤平伯（炳圻、正しくは平白）、翻訳張我軍、外来投稿散文傅惜華、小説傅芸子、漫画蔣兆和、詩歌陳伯早

此項外来投稿稿酬定名奨金籍示奨励、弁公時間毎週一、四、下午三時至四時。

九日　張金寿君来社安藤氏に紹介
直ちに採用報告書を提出
十一日　教育督弁の招宴に臨み武者小路〔実篤〕氏等に面会――定阜官舎
会場に於て平田氏より雑誌の件につき安藤氏と三人で会ひたしと申込まれたが電話で連絡を取った結
果、安藤氏よりその要を認めずと返事さる
明日の編輯委員会の件で一寸時間の打合をやったが結局変更しないことにした
十二日　中和月刊社に於て第一次編委会開催
時間午後四時、出席者、陳綿、尤炳圻、安藤、張深切四名、協議の結果左の如く決定
一、設備に関する件――大テーブル二つ、椅子五脚、ソーファ一組、オ茶ノテーブル一つ、電話申請、
文房具五組、書類柵〔棚〕
一、創立披露会開催の件周先生の帰燕（現在南京）を俟って再協議
一、原稿募集の件、1、既成作家に即時依頼すること、華中華南に対しても即時発信依頼、一般投稿
は新聞広告か新聞記事にて公募
一、表紙体裁――本社に任し、次ぎの月曜までその草案を提出する事
一、創刊号原稿執筆者、周作人、兪平白〔伯〕、傅芸子、尤炳圻、張我軍、陳綿、楊震文、江紹原、銭
稲孫、徐祖正、畢樹棠、長風
一、頁数手配の件

創作　三〇
随筆　一〇
評論　二〇
雑俎　五
詩歌　二
創作　二〇
小品文　八
詩歌　三
漫画　四
その他適当割当るものとす
一、傅芸子氏を編輯幹事とする件（決定通過）
その他協議事項（四月一日〔の欄〕へ）
〔四月一日欄〕第一次編委会協議事項
一、雑誌責任者名義――会社に一任す
一、事務分担次ぎの通
戯曲詩歌陳綿
小説　尤炳圻

小品文　傅芸子
漫画　蔣兆和
総務　張深切
但し最初の割付は編委会に於て決定し張深切その実行に当ること
尚その他編輯事務に属せざる事務は張深切その責を負ふこと
十三日　午後四時管〔翼賢〕情報局長に面会、雑誌やその他のことにつき種々報告したところ局長は尽すべき力とあらん限りの力を以って援助するといふ
午後五時近く小沢氏宅に林房雄氏を訪問、現在の決定案に従ってやると強く言明、談話中佐藤君蔣君も来訪
蔣君、沈氏の件につき種々弁解するところあり
十四日　各新聞を整理し夫々記号を付す
日記を整理
十五日　第二次編輯会議
出席者　陳綿、傅芸子、尤炳圻、安藤、張深切四人のみ
議事
1、芸文社啓事、及ビ徵文啓事（尤氏起草）周社長ノ帰燕ヲ俟ッテ発表
2、該啓事ハ周社長ノ承認ヲ経テ次キノモノニ発送（一）文化系統作家ニ限ル（二）作家氏名ハ周社長之

ヲ指定ス

3、投稿奨金ニ関スル件――各組一等二十元、二等十元、佳作ニ対シテハ雑誌ヲ送呈

4、投稿頁分配ノ件――創作十三頁(毎篇二万五千以内)散文十頁(毎篇四千字以内)詩歌四頁(毎篇百句以内)絵画三頁(大サハ製版ニ適スルヲ限度トシ中、西、木刻、漫画ヲ限リトス)通訊欄二頁

5、集会時間ニ関スル件――毎週月、木午後六時ヨリトス

十六日　第三次編――(十九日記事を誤り記入しかけたか)

十七日　周社長に電話、午後五時着燕予定との由

午後五時駅に周氏を迎ひに行ったが六時十分着の由、已むを得ず他に行く

十八日　周宅より電話、明朝十一時文学院(北京大学)で会ふ約束

十九日　十一時過ぎ文学院にて周社長に会ひ種々報告すところあり

第三次編輯委員会

出席者、陳綿、傅芸子、張深切(尤炳圻欠席)

一、表紙――再審

一、啓事――周先生の裁決を得れば直ちに発表

一、旧詩――不掲載を希望すれど周先生の意見を伺ひたし

一、原稿截止期――擬定五月五日

一、(宴会)招待の件――再協議(或は出版期に之を開くこと)

二十日　1、中華通訊社陳氏来訪、人事発表せぬといって置いた
2、尤氏に電話したが周氏より啓事未だ送還されぬ由
3、張我軍氏に電話、原稿を催促した
二十一日　1、臨時賞与発給、高橋副社長より訓話あり
2、家内の病気で家に引籠って原稿を書いてゐたら安藤氏より急用あり直ぐ来いの電話を受取ったので社へ出て見ると又新聞記事で尤氏たち心配してゐる由、直ちに尤氏に電話したが居らず、午後新聞記事を見るとなるほど自分を総編輯としてある、即時中華通訊社に対して詰問したところ、明朝訂正啓事を出すと約束、周社長宅にも電話したが受付者在宅と返事し乍ら結局不在として通話を拒絶された
3、中華通訊社に行き訂正記事内容を見て来。通訊社の名儀で訂正せしめた、4、安藤氏心配して文学院へ尤氏に会ひに行き自分も通訊社より電話したが既に出かけた由
5、傅芸子宛電話しその諒解を求めた
二十二日　周氏留任挽回不能の態度を表明
1、新聞記事の件で安藤氏頗る心配してゐるが自分は「辞職して態度を明っきりする」と主張、今更乍ら文人の醜態に嫌気をさしこれより離れんと心境極めて明朗、新しい時代は新しい人を要求するが、旧態依然のものには用がない筈だ、無理にそれを抱込まうとするところに無理があり、今日の結果を来たしたのである、自分(張)は今となっては寧ろ瓦全よりも玉砕を望む

2、尤氏より安藤氏に電話来る。自分(張)代って聞いたが張我軍たちと相談した結果自分に暫らく雑誌と関係を断って欲しいと、即座〝固よりその意志あり〟と返事して置いた。彼等は自分の隠退によって事件を収拾する心算である

3、今日の第四次編輯会議に自分は不出席を表明

二十四日　中華通訊社訂正啓事発表「逕啓者本社二十一誤誌張深切為総編輯亟合訂正此啓」

周氏令堂接三、取りあへず花籠一副届けた

二十六日　1、周氏廿一日発信の手紙今日着いた

(別紙の通り)――(保存書信内)

2、周氏に簡単に返事して置いた

(別紙の通り)

知堂先生台鑒　頃聞聖善登遐深為哀惜、本日赴公司敬誦大函亦深為中国文学界痛惜、芸文本非為名利或為張深切而創弁者今則反其然矣新聞記事当然可悪可恨愚已為此輒受屈辱、蓋因於他人殆無所損於我則大有所傷故也、惟此事純係「頬冠り」主義所致否則記事絶不至於如是錯誤也、安藤兄責愚不応与記者接見然記者之来訪不但非愚之意且無予報猝然入室届時有数張封面図排在桌上安藤兄亦在彼問「聞芸文社改変機構周督弁任為社長誠有其事否」愚曰「雖有(四月二十五日ニ続ク)

〔二十五日の欄〕　其事、然関於人事恕不発表」彼曰「出版日期可発表乎」愚曰「前已発表過一次、如不嫌重複殆無傷乎」関於芸文社之談話不過如此彼記者以第六感之想像而造謡蓋非愚力之所能及也愚前既

声明絶無私心亦絶不消極事実自能証明今後敢不敬奉閣下「不弁明〔解〕」之教　耑此奉覆
　　　　　　　　　　　　　　　　　　　　　　　　　張深切　四月廿五日
周氏来信原文――
啓者今日見晨報等関於芸文雑誌之新聞甚為残念為此宣伝実為自尋破滅且已一而再将来前途毫無希望鄙人因不便明白折台但対於芸文雑誌実已毫無興味以後擬不再過問請別位負責去做亦請不必再相見詢問也専此即致
張深切先生台鑒　　周作人啓　廿一日写

二十七日　1、報道部へ斎藤中佐を訪問種種懇談して来た。
2、周氏自分に対し非常に憤慨した由、安藤氏より聞く。

二十八日　1、安藤氏に書面を以って鄙意を述べ而して辞意をも表明した。
2、周氏へ手紙、次ぎの通り
知堂先生恵覧本擬留三寸之舌於新民印書館然事到於今祇得敬謝不敏本日既向公司辞却文化振興会常任理事及芸文社各職復作浪人惟対芸文雑誌仍願在野微尽犬馬之労如不見棄尚希垂憐是禱
　書不尽言伏祈恕罪
　　　張深切　四月廿八日
3、尤氏へ手紙次ぎの通り
平伯〔白〕先生雅鑒万策已尽至此唯有辞職以謝諸公然在野仍願効労幸勿見棄是禱

又振興会如若従此無形消滅深覚可惜尚希諸公鼎力支持弟雖辞職猶有余栄也

張深切　四月廿八日

五月四日　本日(?)訪問沈啓无、関於彼此誤会有所釈明、彼勧余写信或訪問周氏然余表明無此必要談二小時告辞

五日　聞林房雄謂国民政府非政府教育総署非政府機関柳龍光頗憤慨在「民衆」上質問林房雄云

六日　1、聞林房雄対炎秋謂「現在華北文壇悉被満洲系与台湾系占領実在可悪」炎秋問「満洲系係誰」彼謂「武徳報柳龍光等翻編審会徐白林等是也」炎秋又問「台湾系是誰耶」彼曰「張深切張我軍是也」炎秋問曰「二人能成一派乎」彼曰「此二人為中心故可謂派也」房雄在中国目中既無中国、亦無日本国家祗有彼個人之利害関係而已矣、順我者生逆我者死其房雄之謂歟。

2、楊肇嘉抵燕雖与内人赴站迎接、因車遅到与田中専務等約束之時間甚迫不得已留内人代替余赴北海之讌、出席者田中、和田、田口、安藤、相沢、河村、荻原、顧、辻等

十四日　傅芸子与尤炳圻来訪適因西村曹長及一憲兵亦来未能暢談余託其向周氏善為解釈否則将来不好見面又為周氏可惜云

十六日　陳寿祺来訪、与周氏之関係有所説明

十七日　陳寿儒来訪、因不在未見

十八日　1、顧承運来訪、因不在未見面、留言云曹総長対余甚関心

2、宋〔維屏〕兄回燕聞病不起床、往探病焉

3、訪林田高等主任、並託申請電話請其証明已蒙答応
4、弁完申請架設電話手続
十九日　得領事館之証明
提出電話手続然属丙種云
二十一日　西村氏赴電話局探問謂係丙種者毫無希望云──余之申請書被編入於丙種類似無希望
二十二日　西村氏代余弁明提出抗議電話局聞已改為甲種云
二十六日　赴天津找宋兄、於交通旅館見黄〔烈火〕兄返津、是夜見過牧栄兄後与黄兄往扶蓉館談至二時方睡、然因飯後吸一口大煙遂徹夜不眠
邦子由新京送来メタボリン五十支弁当盒両個綢緞一
二十七日　十二時赴站送黄兄
下午六時四十分与宋兄返燕
西村氏来訪託其弁某事已得答応矣
二十九日　1、文騰君謂有糖百袋毎袋八十元、奇貨可居、即電知宋兄謂擬今夜返燕再商〻然結局未返
2、子夷君宴請署長高等主任及大田原副主任、外有彭兄文騰君、朝華君而已、署長提議此後毎月会集一次籍資談話全体表示賛成
三十日　1、上午十一時開燕台〔在北京台湾同郷会〕第四次総会来賓有署長、民団長、林田主任、大田原副主任、津崎氏会員総数約七十名、雖不算多却可称空前盛況宴会費──

2、煥章君帯其姉夫来訪、外亦有一二朋友来、未知何人

六月三日　黄氏返燕、黄氏与林君来訪、晩餐後商量今後之事業方針、氏又向神戸本店与赴新京中之宋氏通長途電話

――『野草』第五六号

（補注）　黄英哲は張深切を紹介する「序文」を分担執筆。

五　知堂獄中雑詩抄

知堂周作人（一八八五〜一九六七）は、日中戦争当時日本占領下の北京で傀儡《かいらい》地方政権「華北政務委員会」に閣僚として参加した罪により、日本敗北後、国民党政府のいわゆる「漢奸」裁判で徒刑十年の最終判決を受け、南京老虎橋の首都監獄に服役の身となった。この裁判のために北京から南京城北寧海路《ねいかいろ》の拘置所へ移送されたのは一九四六年五月、そして国民党政府の崩壊前夜に刑期未了のまま老虎橋の監獄を出たのが人民共和国の成立する四九年の一月、したがってほぼ二年半余りを南京の獄中で過ごしたことになる。彼がこの間多量の詩を作ったことは、晩年の自伝『知堂回想録』（一九七〇、香港）で明らかにされていた。またそれより以前にも、一時早稲田に来ていたシンガポール籍の鄭子瑜《ていしゆ》という黄遵憲《こうじゅんけん》（清末の詩人外交官、『日本雑事詩』『日本国志』などの著あり）研究家がその詩稿を日本に持ち込んだとかいう噂は、一部に伝わっていた。しかし肝心の詩そのものは、『回想録』に引かれた若干首以外にほとんど見るすべはなかった。その後香港で周億孚という人が「周作人著作考」（『珠海学報』第六期、一九七三）なる論文に長短十九首の獄中詩を抄録し、『回想録』によれば三百首近くも作られたはずの全体には程遠いとはいえ、これによって私などはやっとある程度の実感を得たものであった。論文中には、『老虎橋雑詩』と総称する獄中作全部の中から上記の抄出を行なったかに受取れる記述があり、詩稿がほかにも流れていた可能性を思わせたが、後に周億孚、実は周化人《しゅうかじん》（字《あざな》億孚、「億孚」が単なる誤植か否かは不明）と知ってみれば、それもありそうなことではあった。周化人は南京の汪兆銘政権に参加し、北京の周作人とは同様の立場を経験した人物で、傀儡政権関与当時、両人の間に連絡のあった事実もわかっていたから。またそれと前後して同じく香港から、四七年に南京で書いた序を付し、五四年「重抄」と記された、作者自筆の『児童雑事詩』全七十二首の影印本(崇文書店、一九七四)が出た。これも『老虎橋雑詩』のうちであるが、出版の経緯に関しては何の説明もついていなかった。

以上のとおりで、周作人獄中詩の全貌はざっと四十年がところ埋もれた格好になっていたが、それが先頃ようやく、しかも大陸の出版社を通して陽の目を見ることになったのは、なにしろめでたいことと言わなければならない。すなわち、岳麓書社の刊行にかかる鄭子瑜蔵稿『知堂雑詩抄』(一九八七)がそれ。(補注二)全部で一三九ページの小冊子とはいえ、刊行までの長い経緯に加えて、中身の編成にもすこし複雑なところがあるから、まず書誌的な概観をしておく。巻末の鄭氏の跋文によると、一九五八年、彼が北京で蟄居中の周作人にこれまでに作った旧体詩をまとめて示して欲しい、代わって外地で出版できないものでもないから、と手紙で申し入れたところ、自分の旧詩などは詩と言えるかどうかも怪しいものだというような返事が来たが、折り返し申し入れの「本意」を説明した結果送られてきたのが『老虎橋雑詩』だったという。その編成はすでに獄中で完了していたものと見え、集尾の「雑詩題記」は「一九四七年九月二十日、知堂自記」と結んである。これに対し集首の「序」は一九六〇年一月二十八日付で、鄭子瑜の斡旋による出版が「機縁いまだ熟さず」沙汰やみになったのち、今度は香港在住の朱省斎《しゆせいさい》の紹介により、香港の新地出版社から刊行されることになった旨を、両人への謝辞とともに記している。省斎朱樸は汪兆銘の片腕周仏海の後援により占領下の上海で出ていた『古今』半月刊を編集していた関係で、当時北京からこれに寄稿していた周作人とは、戦後の文通だけの鄭氏よりも立ち入った因縁のあった仲である(してみると、周億孚論文のもとづく『老虎橋雑詩』の出処も、実はこのあたりだったか?)。ところが、前記鄭跋の附記には、この出版も何故か実現に至らなかったうえに、詩稿の一部が紛失するようなおまけまでついたが、幸い自分が事前に全部の写しを作らせておいたので事無きを得た、とある。同附記が続いて言うところによると、周作人は新地出版社の計画もつぶれた後、六一年四月二十日付で、『老虎橋雑詩』を『知堂雑詩抄』と改称した新たな「序」を寄越し、以後出版の事はもっぱら鄭氏に付託すると言ってきたが、その後は「諸般の考慮から」上梓の努力を見合わせていたところ、八六年に大陸で陳子善《ちんしぜん》氏に会って、岳麓書社が周作人の旧体詩を集めて出版する希望をもっていると聞き、ようやく「機縁が熟した」と判断した由。岳麓書社は今の中国では珍しく渋い好みに徹した出版社で、周作人の文集の一連の復刻をはじめ、若いながら文献索捜の腕利きをもって聞こえる陳《ちん》氏が周作人の出獄後から建国以後にわたる大量の佚文を集めた『知堂集外文』二冊もここから出ている。

次に詩集の形式と内容のこと。今、岳麓本の巻首に作者の手筆を影印して掲げる、「知堂雑詩抄序」は鄭氏の言う後の方の序で、はじめに香港新地出版社からの刊行を予想して書いた方の序は「前序」と題してその次に活字で収めてある。前後二つの序の間で『老虎橋雑詩』が『知堂雑詩抄』に変わった理由は、この本に就いて見る限りほとんど自明のことに思える。というのも、ここには下獄以前の詩も入っているから。すなわち本文の「一、苦茶庵打油詩二十四首」は、かつて一九三七年から四三年にかけて作った分から自選して占領下で発表した際の同題の一文(『立春以前』所収)そのままの再録、「二、苦茶庵打油詩補遺二十首」は、同期間の未発表分とさらに下獄直前までの作、最後の「附、自寿詩両章」は、作者五十歳(一九三四)と八十歳(一九六四)の自寿および自嘲の作である(岳麓本には、陳氏が集めた少年時代の旧詩やのちの雑多な韻文類からなる「外編」もあって、全体で今可能な限りの旧体詩全集成をなす)。『老虎橋雑詩』の名にかなうのは以上を除いた「三、老虎橋雑詩補遺(忠舍雑詩)十三首」、「四、往昔三十首」、「五、丙戌丁亥雑詩三十首」、「六、児童雑事詩七十二首」、「七、題画五言絶句五十九首」の五部二百四首で、「八、雑詩題記」には「しめて二百数十首を収めた」と言っているから、すでに獄中で編みおえていた『老虎橋雑詩』を若干ふるいにかけた結果がここにあるわけである。鄭跋によれば、最初『老虎橋雑詩』として送られてきたのは、このうち四、五、六の三部で、のちに次々と残りの部分が送られてきて、全部を併せて『知堂雑詩抄』とするように委嘱されたのであった。上記四、五、六の三部は形式内容ともすこぶるまとまりがよく、「往昔」は主に古今の人物史地を題材に、すべて五言古詩十韻(二十句)〔一九四六、七〕雑詩」は自分の生涯の関心事を中心に、五言古詩七韻(十四句)から二十六韻(五十二句)まで、「丙戌丁亥雑詩」は子供の生活や子供に親しい故事などに即し、すべて七言絶句、といったあんばい。「題画五言絶句」は、獄中のつれづれに描いた絵に賛を請われては付き合った作で、月並みを理由に一度は九十四首残らず削ったのち、あらためて半分余りを復活させたもの。小文で主にとりあげようと思っている「老虎橋雑詩補遺(忠舍雑詩)」にもそれと似た経緯があり、「前序」の附記には、『老虎橋雑詩』のうち「忠舍雑詩」は「性質雑乱」のゆえに題画詩もろとも悉く削った、とある一方で、この「補遺」の端書きには言う、「さきに雑詩を録した際多くを廃棄に付したが、近日読み返してみて、これらも往時の夢の跡ではあり、棄ててしまうのも惜しい気がしたので、また数首選びなおした。えげつないものは削除したままだが、首尾の二首だけは残すことにした。つまりは物の勢いか。」えげつないだの物の勢いだのと言うのは、以下に見るとおり人身攻撃にわたることを指し、周作人はかねてその種の文章を後で文集に残さぬ方針に従ってきた人だが、ここにはその全部までは棄てかねる思いが残ったと言うのであろう。そこでこの「忠舎雑詩」の復活分十三首を、最初に鄭氏に託した三部だけの『老虎橋雑詩』に対する「補遺」と名付けて『知堂雑詩抄』の一部としたわけである。「忠舎」は南京で最初に入れられた寧海路の拘置所の五人雑居房の一つ。『回想録』によれば、そこでの約一年間の作から『忠舎雑詩』に採った詩の数は、二十首であった。すると、棄てられたのは七首、よほど辛辣な毒気でも含んでいたかと思ってみれば残念でないことはないけれど、しかしまあ、人がせっかく君子のたしなみを以て廃棄したものを、もったいながるばかりが能でもなかろう。さてこうして再び集中に戻された「忠舎雑詩」十三首のうち、「吾家数典詩」六首は自分の生い立った会稽周氏一族の由緒にちなむ遊戯の作で、いちおうこれを除いた残りの七首に、この一部の特色はあるようである。それを簡単に言えば、ほかの部にはほとんど認められぬ下獄事情や獄中暮しの直接的な投影がここにはあること。僅か七首、しかもあいかわらず「性質雑乱」ではあるものを、今とくに取立てるのはこの特色による。前置きが長くなった。以下その七首を中心に訳解を試みる。訓読漢文式はこの場合おもしろくないから比較的自由な口語訳で大意をとらえ、足らぬところを原文に即して注釈するやり方でいく。作者の端書きや自注は訳文のみを詩の前後に（　）で括って示す。

騎驢　　ロバにのって

倉卒騎驢出北平　　そそくさとロバで北京を出た君よ
新潮余響久銷沈　　新潮の高鳴りはどうせもう昔の夢

憑君篋載登萊臘　せいぜい人肉の干物を荷に積んで
西上巴山作義民　あっぱれ巴山《はざん》に義民となりなされ

（騎驢は清朝の状元傅以漸《ふいぜん》の故事、ここには傅斯年《ふしねん》を言う。南宋の筆記に、登萊《とうらい》の義民が海路臨安《りんあん》へ辿り着いたことが載っている。時に山東は大飢饉で人肉相食《あいは》むありさまだったが、一行は人肉の干物を用意していて、臨安に着いた時なお余りがあった、と。）

攻撃のあくどさを重々意識しながら結局は一部の劈頭に保存することになったこの執心の作は、背景の説明を省くわけにはいかない。端折っていえば、こうである。一九三七年、日中全面開戦を前に、南京の国民政府は奥地の重慶に遷都し、北京大学も長沙、次いで昆明へ避難したが、その際さまざまの理由から北京にとどまることにした北京大学教授周作人は、ほかの数人の同僚とともに、大学の資産を日本軍の手から守る任務を正式に与えられた。のちに彼が占領下で再開された「偽」北京大学の文学院長への就任を皮切りにやがて「教育督弁」にまで担ぎ出されるに至った少なくとも最初のきっかけがその使命とかかわっていたのは確かで、そうした「協力」の深みにはまりながら彼がその主観において国家民族の立場を裏切ったことはなく、さまざまな抵抗、または共産党員を含む地下の抵抗者に対する庇護援助の行動があったのも事実だった。また謎めいた彼の「督弁」出馬決意の背後に共産党の地下組織を含む抗日勢力の直接間接の期待があった事実も、最近いくらか見えてきた。しかしここにはしょせん言葉では解ききれない問題があるので、彼は一個人ないし文学の人間としては当初から一切の弁解を拒む態度を固めていたが、抗戦勝利後の法的な責任追及に対しては全面的に自己の潔白を主張した。こうして彼の行為の客観的な罪が法の論理によって問われるだけだったならまだしも、実際には抗戦を通じて激しい興奮を経験した民族感情や内部における国共両党の覇権争いを背景にしてのことゆえ、温潤文雅で聞こえた一代の文人も、戦後は時に持前の冷静さをかなぐり捨てるような場面を免れることができなかった。裁判に関して彼が大学の元同僚たちに書簡を送り、一身上の申し開きをした結果もその一つの例だった。受取り手の反応はさまざまで、彼を正式の残留教授と決めた事実を証明し、普通なら極刑もありえた彼の裁判を実際かなり有利に導いた校長蔣夢麟《しょうむりん》以下の好意的な動きの一方には、ずいぶんこっぴどい返事もあったと言われ、その筆頭格が傅斯年だったというわけ。この人は史学系の教授だったが、政府派知識人として戦前戦後の政界でも華やかに活動し、とくに一九四六年五月、校長代理の資格で北京大学の戦後処理に当たった際、「偽」北大に関与した教職員には容赦ない態度を貫いたというから、周作人との確執はその時から火を噴いていたはずだ。『知堂回想録』には四六年六月に「騎驢」と題する詩を彼に書き送った事実だけを事のついでに記している。

さて詩の自注に、ロバのことは清初の状元(科挙の進士首席及第)傅以漸の故事にもとづくとある。順治帝の出游に随行した際、びっこのロバに乗って行営に戻るところを帝が目撃して可笑しがった、と伝えられる人物である。文人学士とロバの取合わせは、風流にしろ落魄にしろ、特に詩人について言われることが多いように、どこかご愛敬な印象を伴うのが常だが、この詩の場合は単に同姓の歴史人物に懸けて、傅のかつての北京脱出を揶揄するはずみをつけるにすぎない。(補注二)南宋の筆記というのは荘季裕『鶏肋編《けいろく》』、事は宋が金に北半分を抑えられて臨安(杭州)に南宋の首府を立てた時、占領下の山東は登萊からはるばる馳せ参じた忠義の士が人肉の干物を旅の食料に携行したという話。高邁な道義とおそるべき野蛮とが表裏するこの種のグロテスクなユーモアこそ、周作人の深く好んだところ。そうでなかったら、彼ももともと私憤に発したこの作にこうは執着しなかったろうし、読む方の後味もけっしてかんばしかろうとは思えない。それにしても、登萊義民の故事で戦い済んだ後の抗日大義の高唱を皮肉るのは、たしかに「えげつない」遣り口である。第二句の新潮も、かつて「五四」新文化運動時代に、儒教的旧文化を「吃人」(人が人を食う)と呼んだ魯迅や周作人の影響下で、当時北京大学の学生だった傅斯年たちが出していた雑誌の名に懸けてあるが、清新なヒューマニズムの夢が革命と戦争の連続によって無残にふみにじられていった歴史への痛恨は、彼において特定個人に対する私憤の域をはるかに越えたものではあった。巴山は四川省に昔あった巴国の名にちなんで四川の山一般を言い、ここでは抗戦の首都重慶を暗示する。

渡江

羼提未足檀施薄
日暮途窮劇可哀
誓願不随形寿尽
但憑一葦渡江来

東望漸江白日斜
故園雖好已無家
貪痴滅尽余嗔在

揚子江を渡る

忍辱《にんにく》も布施《ふせ》も力にあまり
哀れ日暮れて道は極まる
誓願《せいがん》果たせず朽ちる身を
葦に託して揚子江を渡る

浙江を東に望めば日は西に傾き
故郷を懐かしめばとて家はない
貪痴《とんち》滅してなお嗔《しん》をもてあまし

売却黄牛入若耶　牛売って若耶《じゃくや》に籠りたいと思う

互いに独立した絶句二首。共通の題は、四六年五月、北京の獄舎からすでに先々月国民政府の戻ってきていた南京へ移送されたことをいう。もっとも、実際は飛行機で揚子江をひととびに越えたのだったが。第一首、羼提《せんだい》はサンスクリットの音訳で義訳は忍辱、彼岸に至るためのいわゆる六度(六波羅密)の行《ぎょう》の第三、屈辱を忍び苦難に耐えること。檀施《だんせ》は音訳檀と義訳施を合わせた形の熟語で、他者のための施し。忍辱イマダ足ラズ布施マタ薄シとは、さきの傅斯年への憤激などをその最たるものとして、恥辱を覚悟の行為のあげくに侮辱を憤る我身を嘲り、しかもその行為の利他的な意味さえ結局なにほどのこともなかった虚しさを歎くのであろう。宗教的な救済に何度か思いを寄せながらも強い無神論の自覚に落着した彼ではあるが、占領下の書き物では大乗菩薩の利他行にしばしば言及した。「偽職」に就くための口実としたら聞き苦しいことになるが、「偽職」にあっても己れを崩さぬための支えとしたら理解はできよう。第三句の誓願、形寿《けいじゅ》も、もっぱら仏教の文脈で使われる語で、併せて菩薩の行願のために身命を投げ出すという表現に相応《ふさわ》しいが、それの失敗と逮捕当時六十歳の身の老い先を言うわけである。この年齢では、実際に獄死の可能性もあっただろう。結句は、仏教にこだわれば、禅宗の祖師達磨《だるま》が葦一本を折って揚子江を渡った、いわゆる「一葦の達磨」の俗伝があるけれども、そうした神通力はこの際何の関係もない。むしろ『詩経』の「誰カ謂《い》ウ河広シト、一葦《いちい》コレヲ杭《わた》ル」(衛風「河広」)いらい、たぶん達磨の伝説をも包みこんで伝えられた「一葦渡江」のイメージを、連想すればよいと思う。この一葦の意味も『詩経』解釈としてはさまざまあることであるが、ここは小舟で長江を渡る心とでもいったところ。言葉のこうした歴史性が捨てがたいから、飛行機が舟に化けるのである。

第二首。漸江は浙江の古名。浙江省紹興県出身の彼の一家がこれより三十年ほど前に郷里の家をすっかりたたんで北京へ出たことは、日本の国語教科書にも載っている兄魯迅の小説『故郷』に見えるとおりである。貪《むさぼり》、痴《まよい》、嗔《いかり》(瞋)は仏教で合わせて三毒に数えるが、嗔の毒だけが滅却しきれぬという一句の心は、第一首の「羼提未足」に同じく、ひごろの周作人には似ない憤りが目につく。結句の若耶《じゃくや》は故郷にちなんで紹興県南の地名、山も渓谷も名高い。山なら、古来隠者のすみかとして知られるが渓谷のほうだと、『越絶書』に「若耶ノ渓涸《か》レテ銅ヲ出ス、古《いにしえ》、欧冶子《おうやし》ノ剣ヲ鋳《い》タル所」とあり、晩唐の李賀の詩にも「若耶渓水ノ剣ヲ買イ、明朝帰リ去ッテ猿公《えんこう》ニ事《つか》エント見《ほっ》ス」(「南園十三首」の七。猿公は『呉越春秋』に見える剣術を善くする白猿の精)と詠うように、隠遁どころか剣の連想を喚起する。そこで黄牛売却が決め手となるが、これは、『漢書』「龔遂《きょうすい》伝」の龔遂が勃海太守だった時、刀剣を所持する民に「剣ヲ売ッテ牛ヲ買イ、刀ヲ売ッテ犢《こうし》ヲ買」わせたという故事を踏んでいるらしい。宋の蘇軾の「剣を売り牛を買いて真に老いんとす」(「次韻曹九章見贈」)や、南宋の紹興出身の陸游の「剣を売り山に還って老農に学ばん」(「病思」)がこの典故の用例であるが、しかしここでは「売剣」ではなく「売牛」と言っているので、蘇軾や陸游の例のような隠居帰農にはつながらない。そうすると、売剣買牛の典故を、売牛と若耶渓谷とにより逆さまにして、学剣をほのめかしたことになるのではないか。つまり第三句の憤りを承けて、いっそ剣を買って若耶渓谷にひきこもってやるか、と意気まくわけで、いわば憤りを以て憤りを遣《や》る式の諧謔である。

この後に、四十五年前、同じ南京の江南水師学堂という海軍の学校で、日本留学までの五年間を送った宿舎生活の微笑ましい回想、「夏日懐旧」五古八韻があるが、これは紙幅の都合で割愛。

瓜洲　　　瓜洲《かしゅう》

倚門聴説瓜洲話　戸にもたれて瓜洲なまりに耳傾け
話到孤寒意転親　辛い生立ちがひとしお身にしみた
偏愛小名有真意　でも同根とはいい名じゃないかい
本来萁豆是同根　豆とまめがらは兄弟というあの話

（潘同根《はんどうこん》、二十歳。父は船頭、六歳で母を亡くし、窃盗団の荷担ぎをして、徒刑三年の判決を受けた。老虎橋では水汲みや配膳の雑役に任じ、人々に可愛がられていたが、刑期を終えて去るに当たり、為にこの詩を作る。）

瓜洲は江蘇省江都県南の鎮名。方言圏としては周作人の郷里と同じ呉方言に属する。小名は俗にいう乳名。就学時につける一人前の名を学名と言ったが、この青年はそんな機会のあるべくもないまま泥棒になってしまった。結句の萁《き》は豆に対するまめがら、「萁豆同根」のことは、三国魏の曹植《そうしょく》の「七歩詩」の「萁ハ釜ノ下デ燃エ、豆ハ釜ノ中デ泣ク。本《もと》コレ同根ヨリ生ズ、相煎《い》ル何ゾハナハダ急ナルヤ」という文句にもとづく。南朝宋の劉義慶《りゅうぎけい》『世説新語』が伝える真偽のほどは怪しい話に、魏の文帝（曹丕《そうひ》）が弟の東阿王（曹植）に命じて言った、七歩あるくうちに詩を作れ、できなければ処刑する。言われてたちどころにできたのが、まめがらで豆を煮るのに事寄せ兄弟同士の争いを歎いた歌で、父の魏王曹操《そうそう》を継いで帝位に即き、さらに弟の排除をはかった曹丕はこれを読んで恥じたとあり、いらい萁豆《きとう》は兄弟の別名にもなる。周作人はもちろん気の利いた名前に因んで戯れたまでだけれども、場所柄、「同根」の観念に殊の外の実感がこもったのも事実だったろう。

灌雲　　　灌雲《かんうん》

灌雲豪傑今何在　　灌雲県の豪傑君なんと今は
留与詩人伴寂寥　　寂しい詩人のつれづれの友
莫話潯陽江口事　　潯陽江《じんようこう》口の活劇はさておき
黒洋橋畔雨瀟瀟　　黒洋橋はしとど降る雨の中

（潘同根の仲間の宋思《そうし》江《こう》という者、かつて江亢虎《こうこうこ》の同室であったが、まもなく釈放と聞き、戯れにこの詩を作る。潘、宋ともに下《か》関《かん》の黒洋橋あたりに住む。）

灌雲も江蘇省に属する県名。けちな盗賊のかたわれを豪傑ともちあげるのは、宋思江という名が『水滸伝』の大盗賊団の首領宋江《そうこう》を思うとでも言いたげに見えるからのこと。こんなはぐれ少年たちが妙にいとおしく思える寂しい詩人は、言うまでもないこの詩の作者。潯陽江は長江の江西省九江県あたりの部分の呼び名であるが、その「江口の事」といえば、『水滸伝』第三十九回、まだ梁山泊に落着く決心がつかぬまま尋ね者の身で諸方を遍歴中の宋江、潯陽楼なる酒場で酔いに乗じて「他年モシ冤讐《あだかたき》ニ報ユルヲ得バ、潯陽江口ヲ血染メニセンモノヲ」などという「反詩」(謀叛の詩)を壁に書いたのがもとでまたまた捕えられ、危うく処刑というところへゆかりの豪傑どもが大挙おしかけて無茶苦茶な刑場破りの活劇を演じる話。莫話は古い俗語で、訓読すればイウナカレ、つまり、そんな威勢のいい話はさておき実際はうらぶれた雨の巷へ帰っていくわけだなあ、と沈んだ思いをかけるのであろう。黒洋橋がそこにあるという下関は南京城北門外の長江東南沿いの岸辺。宋のもと同室の江亢虎は中国社会党の古い政客で、汪政権の考試院院長。

二人の窃盗犯を詠んだ詩の次にはすでに記した「吾家数典詩」六首が並び、その後に「以上はみな丙戌〔一九四六〕五月から七月の間の作で、忠舎雑詩の主要部分としてここに選録した。丁亥〔一九四七〕は最も多く詩を作り百篇以上にのぼったが、戊子〔一九四八〕になると激減し、児童生活詩の補作二十首のほかは、僅かに五言詩が一首だけ最後の頁に書いてある」として、獄中での詩作に終止符を打つ一首が置かれている。

作詩　　　　詩作

寒暑多作詩　　暑いにつけ寒いにつけて詩を作り
有似発瘧疾　　マラリヤにでも罹ったようだった
間歇現緊張　　間歇的に気が乗ってきては
一冷復一熱　　冷くなったり熱くなったり

転眼厳冬来　たちまち今年も冬
已過大寒節　大寒はもう過ぎた
這回却不算　今回はだが前とはちがい
無言対風雪　ただ黙って風雪に向かう
中心有蘊蔵　胸の奥にたたなわるものは
何能托筆舌　ついに筆舌などになじまぬ
旧稿徒千言　旧作は千字も書き散らしたが
一字不曾説　しょせん一言もいわぬと同じ
時日既唐捐　けっきょく時間の無駄だし
紙墨亦可惜　紙や墨ももったいないしで
拠榻読爾雅　寝そべって字書に読みふけり
寄心在蠓蠛　蚊のような虫のことを考える

三〇年代以降の一連の自称「打油詩」(へなぶり)はひねりの効いた七言律詩や沈鬱な七言絶句が主だったが、さきに割愛した「夏日懐旧」をはじめ、獄中作では圧倒的に五言古詩が多くなる。リズムは淡白で隔句末押韻以外になんの規制もないこの詩形による談話のように自由な書法を、彼は唐代の伝説的な狂僧の作と伝えられる「寒山詩」から学んだと言い、もはや旧詩形に対するもじり、ふざけからも自由な意識に即して、「打油詩」を「雑詩」と呼びかえている。この五古も言葉はいたって平明、ただ例によって結びの一聯に暗示的な含みを残す。一首の趣意は詩作に倦《う》んだことを言うにあり、その理由のようにして、詩が内心の鬱屈をいささかも表現するに足らぬことを極言する。しかし、獄中の境遇と感懐の投影が相対的に濃厚な「忠舎雑詩」にしてすでに見たとおりであって、もともとこれらの詩作は、言葉の限界を突破しようと躍起になるような性格のものでなかった。だったら、獄中でやがて詩作に倦んだことと、その詩の言葉がついに彼の心の「蘊蔵《うんぞう》」にふれなかったという意識とが、それぞれに事実だったとしても、後者が前者の原因だったかどうかは、また別の一事実である。それをこのようにうたうのは、むしろ結びの一聯をみちびくためなので、要するに、字書だの虫だのという、物化した言葉さては物そのものに没頭しようとでも願う心がここにある。『爾雅《じが》』は儒教の経典に数えられるが、実質は古代の訓詁《くんこ》書。周作人が老虎橋の独房で漢代の文字学書『説文《せつもん》』の注釈書類に読みふけったことは『回想録』にも語られていて、そういう興味を『爾雅』で代表するのは自然なやり方である。蠓蠛《もうべつ》はその『爾雅』の「釈虫」の部に蠓を蠓蠛と言いかえているのにもとづく語で、晋人の注によれば、蜹《ぜい》(蚊)に似た小虫でやたらに乱れ飛ぶ、とある。このような文字、このような物に向かう心が、生き生きとした言葉の交換の不能または断念といった事態に似つかわしいのは事実でなかろうか。もっとも、周作人の獄中詩が、「丙戌丁亥雑詩」について言ったように、自分の生涯の関心事の回顧確認を有力な題材にしているところからすれば、経典訓詁学の伝統のうち「名物《めいぶつ》」つまり草木虫魚などの物とその名にかかわる方面の学問に、道学的儒教批判者の彼がとくに肯定的な興味を持続してきた事実を想起するのも、妥当ではあろう。それは旧文学の主流が生活中の具体的な事物を端的にとらえるよりも、道義を高論し文飾を事とするのに熱心なことに対する不満と裏表の、彼の民俗への深い関心の一部だったから。また、数ある古書中の物からとくに蠓蠛のような虫を選んだ理由を、『列子』に寿命の極端に短い生き物の例として、「春夏ノ月ニ蠓蠛ナルモノ有リ、雨ニ因ッテ生マレ、陽《ひ》ヲ見テ死ス」(湯問篇)というのに関係づけて、物への没頭をさらにはかない生への思いにまで拡張して読む余地もないではない。そういうことはあるにしても、ことさらな言語不信の強調の後のこの結びの一聯に、不信をバネとする生の昂揚や詩への跳躍とは逆の方を向いた、痛ましい現実喪失の影が濃いことは、やはり否めないと思う。詩作の終りをうたった一九四八年一月二十七日付のこの詩の次に来るのはあと一首、ちょうど一年後の出獄に際し獄舎の壁に題する見立てで作った絶句だけである。

擬題壁　　壁に題するつもりで

(題するに擬すとは、実際には題していないということ。二十八年(民国紀年、一九四九)一月二十六日)

一千一百五十日　　一千一百五十日がところ
且作浮屠学閉関　　出家した気で籠っていた
今日出門橋上望　　漸く門を出て橋に佇《たたず》めば
菰蒲零落満渓間　　河原はまこもの枯れ景色(補注三)

この詩で一部をしめくくるについての自編の言葉に、「この一首はあまり気に入らぬが、いささかの意味はあるので、はじめの騎驢と併せて保存することにした」うんぬんとある。しかし、「忠舎雑詩」としてはそれが至当だとしても、「騎驢」と呼応して別の首尾をなす一首があるので、小文はそれでしめくくることにしたい。「丙戌丁亥雑詩」中の一首である。

修禊　　　みそぎ

往昔読野史　昔雑多な史書を読むたびに
常若遇鬼魅　よくもののけに出くわした
白昼踞心頭　それが昼は頭にこびりつき
中夜入夢寐　夜は夢の中まで押し入った
其一因子巷　一つのためしは因子《いんし》巷《こう》
旧聞尚能記　旧聞が今も忘れられぬ
次有斉魯民　つぎのためしは斉魯《せいろ》の民
生当靖康際　亡国の際に生まれ合わせ
沿途喫人臘　道々人肉干物で食いつなぎ
南渡作忠義　南渡を果たしての忠義だて
待得到臨安　かりそめの都に着いた時
余肉存幾塊　肉はまだ少し余っていた
哀哉両脚羊　哀れ二本脚の羊は

束身就鼎鼐
猶幸製薫臘
咀嚼化正気
食人大有福
終究成大器
講学称賢良
聞達参政議
千年誠旦暮
今古無二致
旧事儻重来
新潮徒欺世
自信実鶏肋
不足取一臠
深巷聞狗吠
中心常惴惴
恨非天師徒
未曾習符偈

束《たば》にされて釜の中
不幸中の幸いは燻製になって
噛むほどに正気《せいき》と化したこと
人を食った幸せの報いは
末は博士か大臣のきまり
大学では模範的教授と謳われ
栄達の末《すえ》国政の議に参与する
千年は束《つか》の間に似て
昔も今も結局は同じ
因習が重ねて甦るようなら
新潮などとは世を欺くもの
この身は鶏肋《けいろく》の譬《たと》えのとおりで
食われる肉もないと知りながら
横町深く犬の吠える声を聞けば
心底怯えて生きた心地はしない
あいにく道教徒ならぬ身は
お札《ふだ》や呪文を少しも心得ぬ

不然作禹歩　さもなくば禹歩《うほ》を演じ
撒水修禊事　水撒《ま》いて禊《みそぎ》をしように
(因子巷《いんしこう》は朱弁『曲洧旧聞』、人肉食いは荘季裕『鶏肋編』に、それぞれ見える。)

これは獄中の詩作にもっとも身が入った一九四七年の作。前年の「騎驢」の素材をさらに練り上げた関係は、一目で明らかであろう。官撰の正史に対し私人の手になる野史は、時に歴史の思いがけぬ実相を伝えるばかりか、怪しい記事にも怪しいなりに民族の精神生活を活写するところがあり、老大文明の因習の自己批判をそれぞれの形で貫いた魯迅や周作人にとって、それはほとんど無限の文学的源泉というものであった。そうした野史類で読んだ病的な事象にもののけのようにとりつかれたことを言う詩の冒頭は、たとえば周作人が「わたしはまるで神経衰弱みたいに、そういうむごたらしい話を聞くのがこわくてならない一方で、また病的に聞きたくてならない……」(『京華碧血録』を読む」)と言うように、それらに対し異常な鋭敏さを見せた彼らの感受性をよく物語る。宋人の野史『曲洧旧聞《きょくこうきゅうぶん》』に見える「因子巷」は、地名の由来に関する記事で、宋の太祖がまだ五代周の世宗に従って楚州を攻めた当時、世宗のみな殺しの命令にもかかわらず、首を切られた女の死骸の乳を吸っている子を憐れんだため、城内のその一角の住民が命拾いしたという話。周作人は特に婦人と児童に加えられる心身の虐待に著しく感じやすい心の持主だった。次の斉、魯ともに山東の古国、靖康《せいこう》は北宋滅亡時の年号、つまりこれはもう注釈におよばない「登萊義民」の故事。「両脚羊」も『鶏肋編』の同じくだりに見える語で、食い物としての人間を言う一種の隠語。正気はもちろんショーキではなくて、歌の文句ではないけど「天地のセイキ」、つまりは高邁なる道義の宇宙的根源。詩は一転して、人を食った霊験で栄達を遂げる官僚的学者のことになるが、これも「騎驢」の主人公の経歴をいっそう具体的にあてこすったもの。毒食わば皿まで、ここらは実に執拗なものである。しかしこれに続く因習の甦り、彼の昔の言葉で言えば「故鬼重来」(古き亡霊の復活)の恐怖は、大真面目な話。次の「鶏肋」(鶏のあばら。書名「鶏肋編」でのように御馳走ではないが捨てるに惜しい物と、ここでのように攻撃に耐えられぬ痩せ骨の二つの用法がある)のように食われるほどの肉もないくせに犬に脅える我身というのは、傅斯年のほかにもう一人、占領時代に周作人を排斥した林房雄ら一部日本文士と組んで彼から公開破門された沈啓无《しんけいむ》という弟子への意趣返しをも含む。沈に対しては、すでに破門によって強烈な反撃を報いたうえに、「丙戌丁亥雑詩」中の長詩「中山狼」をはじめ、恩人を食おうとした狼の故事を繰返し引いては、やはり徹底的にやっつけている。結び二聯、「天師」は道教の指導者の称号、お札や呪文は、文学を言語文字の魔術視して煽動や陶酔を事とするロマンチックな流儀を含意し、水撒いての禊《みそぎ》は、透徹した散文家としての彼が自身の文学に、因習の悪の甦る宗教民族学的な恐怖に対する「お祓い」の意義を託してきたことを言う。「禹歩」は治水神話の文化英雄禹が実践窮行のあまり脚を傷めておかしな歩き方になったという伝承の延長であろうか、巫師や道士が呪術儀礼を行なう際の独特な歩法を指す。晋の葛洪の『抱朴子』によれば、常に右足が左足を先導する形に歩を運ぶらしい。こう読んでくると、「登莱義民」のグロテスクな故事が核になって、彼の自尊心や善意に打撃を与えた者への憤りと彼の思想文学の決算的な確認とがいかにも奇異な統合昇華をとげようとする。おそらく、「協力」行為の動機における政治性と持前の文学観における反ロマン主義、さらには社会主義政権のもとでの蟄居といった諸条件の結果として、輝かしい経歴の後半をほとんど棒に振らせた事件を作品の上で仕末することができなかったのはこの作家の不幸であったが、「修禊」一首はそういう文学的解決を目指した稀な作品といえる。問題はしかし、「人を食った幸せの報いは」以下の形で、あくまで傅斯年や沈啓无への私憤にこだわる後半の展開が、読む者にはそれほどの必然性をもって前半につながると感じられないところにあろう。言い換えれば、私憤はもっと普遍的な怒りに昇華するまでには至っていない。思うに、周作人はここでも、異常事態下の異常な政治的行為を自己の本来性と一貫させようとするの余り、その政治的行為を否定する者や、行為の途上で離反した者をも自己本来の文明批評的な批判対象と強引に重ね、そしてかかる結果に終わったのである。作者本人は『回想録』で、この一首を獄中詩作のくだりより前の自己独自の旧詩全体を回顧した章に録し、とくに「二本脚の羊」以下の二聯につき「打油詩中の最高の境界」とまで自讃し、アイルランドの猛烈な皮肉屋スウィフトとの類縁に言及する「老虎橋雑詩題記」の一節をも引くが、どういうわけか、岳麓書社本の「雑詩題記」(日付は「老虎橋雑詩題記」と同じ)では、その誇らしい部分が削られている。

――『一橋論叢』九〇年四月号

(補注一)　その後、『周作人自編文集』(河北教育出版社)中の一冊として、『老虎橋雑詩』が単行された。校訂者止庵の巻頭説明によると、これは、六〇年代に周作人が同郷の後輩孫伏園に貸した手稿を谷林という人物が手写したテクストを底本とし、獄中生活を直接反映する詩作について言えば、「炮局雑詩」十三首、「忠舎雑詩」二十首、増補一首を具足する。とくに前者は北京炮局胡同の獄舎に収容されていた時の作で、鄭子瑜本には完全に欠けていた部分である。小川利康「周作人『老虎橋雑詩』試論(上)」(早稲田商学同攻会『文化論集』二一号)によれば、ほかに龍楡生所蔵の手稿に基づく抄本も知られ、周家所蔵の手稿が近く影印出版される予定だという。

（補注二）　それどころか、四五年十一月末に昆明から重慶へ戻って北京帰還の準備中だった傅斯年が、「カイライ北大の教職員はみなカイライ組織の公務員だったのだから、反逆者として扱わなければならない」という談話を発表し、それが北京の新聞に載った日の日記に、周作人は「新聞で傅斯年の談話を読み、さらに横丁でロバの鳴くのを聞く。あたかも好し、よって文末に記しおく。」と書いていた（『年譜』四五・一二・二）ところを見ると、このロバはもっと意地の悪い連想を曳いているようである。事は、三国魏の王粲がロバの鳴き真似が得意だったので、その葬式の際、仲間が一声ずつ手向けに鳴いたという話（『世説新語・傷逝』）に遡り、爾来「鳴驢」は葬送を意味することになっているからである。

（補注三）　周作人は後日の日記に、この一首に関し、「橋は老虎橋、渓は渓口（浙江省奉化県、蔣介石の故郷）、菰は蔣（ともに「まこも」）なり。今や国民党と蔣（介石）はすでに一敗地にまみれた、これはなんとしても喜ばしいことだ。」と自ら注しているという（銭理群『周作人伝』ほか。諸書ともに日記の日付を明記しないが、詩集中の自注の日付がそれか）。

附録　「晩年の周作人」（文潔若）

学者型の翻訳家

一九六五年四月四日付けで〔香港在住の〕鮑燿明《ほうようめい》へ宛てた手紙に、周作人はこう書いている、「海外の新聞雑誌類が時々小生のことに触れる由。褒貶はいずれにもあれ、黙殺よりはよほどましですから、とにかくありがたいことです。」

ここ十年ばかりの間に、この込み入った経歴をもつ文人に関する研究が目につくようになった。私は、五〇年代末から「文革」前夜にかけて、周作人とは仕事の関係でかなり頻繁な交渉があったので、自分が直かに目撃し、また人伝てにも聞いた彼の横顔を記しておきたいと思う。

一九五二年八月以来、人民文学出版社は周作人にギリシャと日本の古典文学の翻訳を委嘱していた。五八年十一月、私は社の外国文学編集部から日本文学関係の集稿と編集の責任者に指名され、その結果、彼と銭稲孫《せんとうそん》の両人に余人にはできない日本の古典文学作品の翻訳をさせるという特殊任務をも、あわせ引き継ぐことになったのだった。当時彼らは、出版社にとっては、いわば系列外の特約翻訳者であった。以後七年の間に私が周作人との間で手掛けたのは、『石川啄木詩歌集』『浮世床』『枕草子』『平家物語』の四点、今はその全部が本になっている。

このほか『今昔物語』の校訂、『源氏物語』訳文二万字分の校勘記の監修、十万字の『日本狂言選』再訳といった仕事もしてもらった。

八道湾の周作人の家を訪ねる際には、いつも事前に手紙を書いて、約束の時間どおりに出向くことにしていた。いつ行っても彼の書斎はきちんと片づいていて、机には筆硯、原稿用紙と原書以外のものは紙片れ一枚載っているのも見たことがない。何年もしてから、私は周作人の長男周豊一《しゅうほういつ》の妻の張茭芳《ちょうたんほう》に、あれは出版社の人間が仕事のことで来るからというので特に片づけていたのかどうか、訊いてみた。彼女が言うには、周作人はもとから清潔ずきで、原稿はきれいだし、辞書などの類でもきまった場所があって使えば必ずもとへ戻すとのこと。彼女はさらに、彼が机に向かって仕事する時間は毎日十時間以上、すべて毛筆でていねいに書き万年筆などは使わないとか、下書きということをせず、考えのまとまりしだい筆を下ろして、滅多に書き直しもしないとか、そういったことも聞かせてくれた。

八十もの高齢の周作人から私の受けた印象は、耳目も頭脳もはっきりしていて、反応も素早いということ。しかも、『平家物語』を訳し終えたら、日本文学のなかでは十返舎一九の『東海道中膝栗毛』にも興味があると言っていたのに、結局のところ、『膝栗毛』はおろか進行中の『平家物語』すら完成させられずに終わったのは、禍い深き「文革」のためである。

これらの遺稿が相次いで世に出たのは、ようやくここ数年らいのこと。『平家物語』は、周作人の訳した七巻までの後を別の人が続けて、一九八四年に人民文学出版社から、周啓明《しゅうけいめい》〔啓明は周作人別名の一つ〕、中非《しんひ》の共訳名義で出版された。周作人の訳した『枕草子』は、王以鋳《おういちゅう》訳『徒然草』と一冊に併せて『日本古代随筆選』の書名で一九八八年に、また『浮世床』と彼自身の改訳を経た『浮世風呂』も、『平家物語』や『日本古代随筆選』と同じく『日本文学叢書』の一冊として一九八九年に、いずれも周作人の名を冠して出版された。彼が生前渇望しながら叶えられなかったことが、やっと実現したわけである。(原注)

早くも三〇年代から、周作人は中日比較文学に手を染めていた。日本の著名作家谷崎潤一郎が『冷静と幽閑――周作人氏の印象』という文章に、「〔彼が〕江戸時代の平民文学を〔中国〕明清の俗文学に比較して、一九の東海道中膝栗毛や三馬の浮世風呂や浮世床の独創性を賞揚するあたり、真に日本民族の長所を知っていてくれる第一人者である」うんぬんと書いている。文豪によるこうした評価を見るにつけても、彼は翻訳家として、確かに他を寄せつけないところがあったと思う。十返舎一九と式亭三馬は、日本の滑稽小説の両大家である。前者の『東海道中膝栗毛』は、江戸時代の人々の卑屈さや抜け目なさやずるがしこさの諷刺に各地の風俗奇聞を織りまぜたもの。後者の『浮世風呂』と『浮世床』は、浴場や髪結い所に出入りする男女たちのやりとりを通じて世態人情を活写し、諧謔と妙趣にあふれている。

解放後、周作人が人民文学出版社のために翻訳した日本文学の古典は、八世紀初めの『古事記』、十一世紀の女官清少納言の随筆『枕草子』、十三世紀の『平家物語』、十四世紀の『日本狂言選』、十九世紀の『浮世風呂』『浮世床』から今世紀の『石川啄木詩歌集』まで、一千年以上の期間にわたっている。訳文はいつも流暢自在でしかも原作を大きく離れることはないし、なにより得難いのは、作品の時代に応じ、わが国の豊富な語彙の中からそれぞれに似つかわしい訳語を見つけてくるところ。彼の中外文学の造詣の深さはさすがだった。編集の仕事を四十年近くやってきた間には、不出来な訳稿のために泣かされることもあった。しょせんは訳者を見損なった自分の不見識に腹を立てるほかないのだから。そこで、読者への責任上、大胆にも原稿に逐一手を入れざるをえず、仕事は編集上の整理の域を遥かに越えることになった。周作人の訳稿についても、私はかならず原文を探して引き合わせることにしてはいたが、但しこの場合はあくまでも勉強のため。間違いをみつけたためしがないばかりか、見事な訳に感心して思わず膝を打つことさえしばしばだった。

周作人は何を訳すにしても、及ぶかぎりの版本を集め、その中から自分でもっとも確かだとみなしたものを底本に選んだ。そして個々の語句や注釈に関して別の版本を参照した時はその旨をいちいち注に明記した。訳稿にはかならず詳しい注と、作者の生涯、作品の背景、芸術上の特色などを説明した前言や後記がついてきたが、それらはみな簡明で手際よく、深い理解を平易に示して、申し分のないものだった。

仕事には作風というものがあり、文章を書くにも文風が大切だとしたら、翻訳に従事するのにも訳風を心にかけるべきではないだろうか。周作人は外国文学の翻訳という仕事に謹厳かつ細心な態度でのぞみ、それを畢生の事業とみなしていた。この点は大いに学ぶに値いすると思う。

彼は諷刺やユーモアに富む作品の翻訳が得意で、自在な筆で日本文学のこの方面の二代表作を訳したばかりか、古典ギリシャ文から直接、『イソップ寓話』やギリシャの神々に喜劇的な諷刺を加えた『ルキアーノス対話集』をも訳出している。彼はさらに、人民文学出版社の古典部のために『明清笑話四種』の校訂もし、一九五八年三月に出たこの本の引言では、中国笑話の歴史を詳しく紹介している。

周作人は翻訳を研究と結びつけていただけでなく、日記にもなにがしかの感想を記すのが常だった。たとえば『石川啄木詩歌集』の訳了後には、こんなことを。「とはいえ彼〔啄木〕の詩歌は私のすこぶる好むところだ、……

日本の詩歌が、和歌であれ俳句であれ、なにごともみなまでは言わずに余韻を尊ぶなかで、啄木のは、彼が歌の外にひきずっている事情を詳しく知るほどに味わいが増すことを知らねばならぬ。だから、そうした事柄を扱った書が日本では幾つも出ているのだし、私もその一部を手に入れ、できるだけ注釈をつけるようにしたのだが、小注はページの下という印刷上の規定のおかげで、実際収まりがつかず、大量の割愛を余儀なくされた。」彼は学者型の翻訳家として、巻末にもっと多くの注を収めたかったのだが、出版社の要求によって、結局ページ末に簡略な注を入れることしかできなかったのである。おかげで彼は気を腐らせてしまい、この訳作にふれるたびに、「たいして面白いものではない」とか「なにも取り柄がない」とか言うようになった。

周作人は時として人に傲慢な印象をあたえることがあった。一九五二年、彼は上海文化生活出版社から、日本語を中国語に訳す仕事をしていた日本籍の女性翻訳家蕭蕭《しょうしょう》（伊藤克）のために高倉輝の『箱根風雲録』の訳文校訂を頼まれたことがあった。この本は同年に同社から出たほか、一九五八年にも人民文学出版社から再印出版されている。ある時、その蕭蕭がニヤニヤしながら私に告げたところでは、周作人は誰やらに向かって、「蕭蕭ごときのために原稿の校訂をやらされるとは、落ちぶれたものさ」と、まるで歯牙にも掛けぬようすで、ぼやいたのだそうな。とはいっても、引き受けた以上その責任はきちんと果たしたのであったけれど。

その一方で、名著に向かう翻訳家としての彼はたいそう謙虚だった。『枕草子』について、彼はこう書いている。「一九六〇年に『枕草子』の翻訳を手がけた。この平安時代の女流作家の随筆はあまりに有名で、本来なら手を出す気にもならぬところを無理に背負いこむことになったものの、やはり終始意に満たず、結局は自分の力に余る仕事だった。」しかし実際は、『源氏物語』と並んで平安文学の双璧と称されるこの随筆を、周作人はずいぶん見事に訳していて、この言葉も彼の自分に対する要求の厳しさを示すものなのであろう。日本文学の翻訳のうちで、周作人自身が比較的満足していたのは、『浮世風呂』と『浮世床』である。つとに一九三七年二月、彼は『秉燭談』中の一文〔「浮世風呂」〕でこの二つの作品を紹介しているが、五〇年代にその翻訳を果たしたことについて、彼はこう書いている。「あの文章を書いてから二十年も経ってようやく三馬の滑稽本を二種とも訳すことができたのは、実に愉快なことだった。」

周作人は日記や手紙でしばしばギリシャの『ルキアーノス対話集』に触れ、一九六五年四月二十六日に最後の手直しを施した遺書〔同日日記〕でも「余が一生の文字は称するに足らずとするも、晩年に訳すところのギリシャ対話のみは五十年らいの心願なれば、識者はおのずとこれを知るべし。」とまで言っている。この遺書の前には「すでに何度か認《したた》めた遺書を今日また認めなおす。これが定本ということになろう。」とあるが、遺書を記す段になっても、なお一生の訳事にこだわり続けるほどの翻訳家が、世にどのくらいいるだろうか。

悲惨な最期

もしも「文革」という災難がなかったら、周作人の人民政権下での老境は、かなり平穏なほうだったろう。経済事情から言えば、一九五五年一月から五九年十二月にかけて、人民文学出版社は月毎に二百元の稿料を前払いしていたが、もうひとりの特約翻訳者であった銭稲孫は、百元にすぎなかった。この額はもちろん上級機関が決めたものである。六〇年一月以後は、さらに四百元に増え、同時期の銭稲孫は百五十元になった。といっても、周作人から来る原稿の分量も当然ながら銭稲孫よりは多く、彼から原稿の来ない月はなかった。

一九六四年、国中の都市と農村で社会主義教育運動(すなわち四清)が巻き起こった当時、周作人が訳していたのは〔無難な〕古典ばかりだったが、しかし、たとえ最高基準によって計算しても、彼が何年にもわたって前払いを受けてきた稿料の額は、実際に出来た原稿に対して支払われるべき報酬をかなり上回っていた。そこで、彼の待遇が半減されることに決まった。出版社の指導筋は、私ひとりでは周作人を納得させられないことを慮って、ある党員を二度も説明のために同行させた。こうして、その年の九月以来、彼に前払いされる稿料は月に四百元から二百元に減ってしまった。この頃はもう病気で長患いしていたつれあいに先立たれた後だったからよかったようなものの、さもなければ、医薬費をまかなうのは苦しかったろうと思う。

私が最後に周作人を訪ねたのは六五年二月二十二日のこと。その日私は『平家物語』の翻訳の件を持って行ったのだったが、彼は即座に承知した。同じ年の十一月上旬に私は社会主義教育運動のために河南の林県へ送られることになったが、出掛ける前までに『平家物語』巻の一と二の訳稿を受け取った。翌年の五月に帰京してみると、書留で五包み分の原稿、つまり巻の三から七までが届いていた。生前最後のこの時期の翻訳は、速度も内実も決して以前より衰えてはいないところからして、もし彼にもう二年ほどの時間が与えられていたら、『平家物語』も『東海道中膝栗毛』も完全に訳し終えることができただろう。

ところが、一九六六年になると事態は急激に悪化し、出版社の業務も停屯状態に陥ってしまった。当時の「革命的」措置の一つは、六月以降、周作人と銭稲孫の稿料前払いをやめるということであった。六月の中ごろ、時勢に疎《うと》いふたりの老人は、別個に手紙でこの件を問いただしてきた。私は手紙を財務課へ回すと同時に、問題はじっさい私などの手に負えるようなものでない旨の返事を書き送った。その頃はもう、燃え狂ったような大衆運動の中で、「三名三高」(「三名」は著名な作家・演出家・俳優、「三高」は給料・稿料・待遇の高いこと)は片端から攻撃の的になり、経歴上何の欠点もない物書きさえやっつけられていたのだから、身に汚点を帯びた人間はまして恰好の餌食というものであった。事実、彼らの訳した作品にはすでに「大毒草」のレッテルが貼られ、五〇年代以来出版社の指導層が上からの指示により、彼らの技能を活かすべく翻訳仕事に従事させ稿料の前払いまでしてきたことは、「裏切り者を抱き込んだ」ものとして、激しい攻撃にさらされなければならなかった。「文革」の前まで、指導層は常々こう言っていた。「周作人や銭稲孫が元気なうちに手のかかる古典を訳させ、せいぜい高価で買い取っておこう。今すぐ出版することはできなくても、いずれは出せるようになろうから。」文化のために蓄積を心掛けるというのは、本来なら実に立派な見識であろうのに、それが、「文革」中は「資本主義の全面的復活を準備するもの」とこき下ろされて、当時の指導層は残らず「牛小屋」にぶちこまれたのであった。

この経済源が絶たれた後、周家の生活は周豊一夫妻の給料だけが支えとなった。周和子(夫妻の娘)はもう大学を卒業して自力で生きることができたものの、年をとったばあやを含めてなお八人の口を抱えていた。周豊一は一九五七年に誤って右派分子の判定を受けて何級も格下げになり、妻の張菼芳まで一家のとばっちりで解放後は一度も昇給がなかった。

六月二十五日、張菼芳が舅に付き添って協和医院へ行き、前立腺腫瘍の診断を受けた(五月にも尿の中に血が混じっているのに気付いて一度協和へ行ったが、はっきりした診断は下りなかった)。周作人はどこの単位(職場と生活が一丸となったところ)にも属さなかったため、公費による医療は望めなかった。それでも、ある親しい友人が自分も余裕はないのに薬代として五十元を都合してくれた。もっとも、医者の話では良性だから切る必要はないし、これ以上悪化もしないだろうということで、それきり彼は病院へ行かなかったが。そんなところから、世間には彼が前立腺癌で死んだという説が伝えられたりしたけれど、それは違う。

「文革」中、周作人はもちろん災難を逃れられはしなかった。

周氏三兄弟(樹人すなわち魯迅、作人、建人)の母親魯瑞《ろずい》は、一九四三年に亡くなったが、その位牌は、周作人の娘若子、周建人の息子豊子(正しくは豊三)の位牌と一緒にずっと周作人の家の仏壇に祀ってあった。周作人の日系妻羽太信子は、生前三度の食事ごとにこれらの位牌へお供えを欠かしたことがなかった。一九六四年、私が宮門口西三条にある魯迅旧居の基礎の上に建てられた魯迅博物館を見学した時、魯瑞が生前暮らしていた部屋には巨幅の遺影が掛かって、見学者の景仰を集めていた――というのもその長子こそは魯迅だから。ところが同じ人の位牌が、次子周作人の家に祀られていただけの理由で、「文革」中にとんだ巻き添えに遇った。六六年八月二十二日、一群の紅衛兵が八道湾の周家になだれこんで、真先に打ち壊したのは母魯瑞の位牌である。

二十四日の朝になると、紅衛兵は屋敷を全部封鎖したうえに、周作人を中庭の楡の大木の下へ引き出し、革ベルトや棍棒で打ちすえた。主将格の紅衛兵が、さすがに老齢さを見兼ねてか、配下の小将たちに「頭は叩くんじゃないぞ。活かしておいて、じっくり申し開きを聞かせてもらうんだからな」と、注意を与えた。やがて息子の周豊一が、北京図書館(当時同館館員)から昼食にもどったところをそのまま捕らえられ、当時五十四歳の体で父親の身代わりとして滅多打ちに耐えなければならなかった。小将たちは豊一にはいささかも容赦をせず、右のふとももを挫かれて昏倒するまで痛めつけた(彼が二十四年後の今も、時々脚が痺れて歩くにさえ不自由を来たすのは、その後遺症のためである）。周作人の数人の孫たちも、言うまでもなく、そのわきに膝をついて「連座」させられた。

周家の母家の奥の離れは、母家の裏側へ突き出るように建て増したいわゆる「虎の尻尾」と向かい合う形になっていた。その夜、一群の紅衛兵たちは周氏の老若男女を監視するために、この大きな「虎の尻尾」を占拠し、いきおい周作人も、そこからよく見える離れの軒下にうずくまっているほかはなかった。そしてついにはしゃがんでいられなくなり、その場へ横になった。このようにして三日三晩も過ごしたのである。まだひとり西側の横庭に住み込んでいたばあやが、炊事用具を自分の部屋へ持ち込んで、彼らのために簡単な食べ物を作っては、内緒で届けてくれたのが、せめてもの幸いだった。

そうこうするうちに雨さえ降りだしたので、嫁の張菼芳が思い切って紅衛兵のところへ行き、「いつまで露天でじっとしてるわけにもいかないのだから、とにかく身の置き場所くらいは考えて頂戴」と頼み込んだ。

周豊一一家七人の暮らしていた四間《けん》構えの部屋の一間半ぶんはドアで周作人の三間部屋と通じていたが、東側の二間半ぶんは壁で別に仕切ってあった。そこで紅衛兵は屋敷の封印を解いて仕切られた部分に彼らを入れておくことにした。しかし、周作人には浴室で寝ることしか許さなかった。裏庭の東壁沿いにある二つの平屋建てのうち、北側のが厨房で、南側の浴室は日本式の風呂場であった。周作人は「私の仕事（六）」という一文で、自分の『浮世風呂』の翻訳に満足の意を表しているけれど、こんな高齢になって風呂場のすのこ板に横たわる胸のうちは、いったいどんなものだったろう。風呂場はとくに湿気がちなうえに夏から秋にかけてのこととて、かつては何不足ない生活を楽しんだ知堂（周作人の号の一つ）老人も、この時ばかりは猛烈な藪蚊の群れにそれこそ完膚なきまでに食い散らされたのだった。

そのご周豊一は「右派くずれ」〔一旦は名誉回復された右派分子〕のかどで北京図書館へ連れ戻されて、「牛小屋」へ放りこまれた。こうして半月もしたころ、思い余った張菼芳が紅衛兵に泣きついて、厨房の北隅に寄せ集めの寝台をしつらえ、どうにか舅をそこへ寝かせることができた。

紅衛兵が周家のために定めた生活基準は、ばあやが十五元で、周作人は十元というものであった。彼らは穀物屋と話をつけて、周家の人間は雑穀しか買えないようにした。周作人は歯がわるいために、三度三度、臭豆腐《チョウトウフー》をおかずにトウモロコシの重湯《おもゆ》をすするばかりだった。栄養は足りず、昼間から暗い小屋に閉じ込められ通しということで、彼の両脚はたちまち浮腫《むく》んできた。中学で教員をしていた張菼芳は、毎日学校へ行って集中学習にも加わらなくてはならなかった。ただそのおかげで、時には途中で舅のための栄養剤や軟らかなビスケットなどが手に入り、監視の紅衛兵が寝静まるのを待っては、足音しのばせ周作人のところへ届けていた。老いた舅はそのつど涙を流さんばかりに感激して、「みんなまでこんな目に遇わさんでもいいように、一刻も早く死にたいものだ」とかきくどくのだった。

時間の経つにつれて、監視もしだいに緩みだした。紅衛兵が残らず外の活動に打って出た時など、張菼芳はさっそく舅を外へ扶け出して、新しい空気を吸わせるやら日光浴をさせるやらした。寒くなってからは、ストーブを持ち込んだり、古新聞で窓の隙間を塞いでやったりもした。こうして、一九六六年の厳冬はなんとかしのぐことができた。

小屋の中は、冬ならまだしもストーブで暖まれるとして、本当に難儀なのは真夏だ。けれども、知堂老人はその時まで生きてはいなかった。一九六七年五月六日朝、張奕芳はいつものとおり舅の便器を洗い、魔法瓶に湯を入れ換えて、職場へ向かった。紅衛兵の命令により、周作人の小屋にはふだん誰れも入れないことになっていた。小屋の中は、昔厨房につかっていた時に備えた水道や流しや竈のほかは、椅子一つさえなかった。あの数ヵ月を、周作人は基本的に床板に横たわって過ごしたのである。さてその日の昼もいつものようにばあやと周作人だけが家で食事をした。ばあやが自分の部屋でトウモロコシの重湯を煮て、周作人に一椀盛ってやっただけのことだが。彼はそれをきれいに飲みほし、ばあやも別に変わった兆候を認めなかった。午後の二時を少しまわった頃、同じ離れの西端の部屋に住みついていた隣人がたまたま窓からのぞいてみると、老人は不自然な姿勢で床板にうつ伏せになったまま身動きもしないので、おかしいと思ってさっそく張奕芳を電話で学校から呼びかえした。張奕芳が駆けつけた時、舅の老軀はもうすっかり冷たくなっていた。どうやら周作人は、土間へ手洗いに下りようとした瞬間に発作に見舞われ、履物に足を触れる間もなく息が絶えたらしかった。

当時の情況では、家族が遺体を病院へ運んで死因を突き止めるなど思いも寄らぬことで、慌ただしく戸籍を抹消し、八宝山〔北京市郊外の共同墓地〕で火葬に付しただけだった。骨壺すら持ちかえるのが憚られるままに八宝山へ預けておくほかなかったが、預かってもらえるのは三年限りで、それ以上放っておくと規定によって処分されてしまう。ところが、三年にならないうちに、一家は人民公社へ送られるやら、五七幹部学校へ入れられるやらして、てんでに運命に玩ばれ、誰ひとり老人の遺骨のことを構ってはいられなかったのである。

もっとも周作人その人は、この方面のことにはかねてからずいぶんさばけた考えをもっていた。彼は最終的に書き改めた遺書に、こう書いている。「余はまさに八十歳を数えたれば、死するとも遺恨はなし。ただ一言を留めて、もって身後に事を治むる上の指針となさんとするのみ。死後はただちに火葬に付し、あるいは通例により骨灰を留むるも、便宜土中に埋められたし。人死しては影も形も残らぬが最も理想的ならん。」

とはいえ、周作人は死後ほんとうに「影も形も残」っていないだろうか。

近代文学の研究の中で、周作人はなんといっても一つの重点であろう。彼は作家と翻訳家を兼ね、魯迅とは血を分け合った兄弟であるばかりか、かつては肩を並べて戦いもした。彼がきちんと保存していた来信のうちの一万通余りは、一九六六年に家中を引っかきまわされた後、回り回って魯迅博物館へ収まったが、今は全部遺族の手に戻った。その中には、陳独秀《ちんどくしゅう》、銭玄同《せんげんどう》、沈尹黙《しんいんもく》、銭稲孫さらには李大釗《りたいしょう》の未亡人や遺児たちからの手紙のような史料価値に富むものが沢山あるし、もちろん被占領時代に周作人が助けた近隣の人々からの礼状なども少なからず混じっている。彼は確かに道を誤りはしたけれど、私たちは賈芝《かし》の文章によって、その生涯にわたる数多くの善行を知ることもできるのである。彼は疑いもなく、今世紀中国の文化史または文学史における一個の悲劇的人物であった。

（一九九〇年三月二十日）

（原注）　一九六三年に張夢麟（日本文学研究家、編集者）から聞いた話では、周作人が関係方面に手紙を送って、著訳書に本名を使う権利の回復を求めたのに対し、上部は『光明日報』紙上に自己批判を発表して社会的な諒解を得るよう促したが、彼の書いてきた文章は自己弁護に終始していたために、結局発表されなかったのだそうである。

（訳者附記）　筆者は一九二七年北京に生まれ、外交官の父親に伴われて来日、七歳から九歳まで東京麻布の尋常小学校に学び、三六年帰国して北京の日本人小学校を卒業。五〇年、清華大学英文科卒業、以後人民文学出版社で編集を勤めるかたわら、社命により、銭稲孫に師事して日本文と日本文学の指導を受け、幸田露伴『五重塔』、松本清張『日本の黒い霧』ほか多くの翻訳も手がけた。夫君は「右派分子」のレッテルを帯びた著名作家蕭乾《しょうけん》。本文は『読書』(九〇・六)より訳出した。香港『大公報』所載(九〇・五・二〇〜二七)のテクストには間にもう一章、「二　八道湾周家」があるが、その肝要なくだりをすでに本書『北京苦住庵記』第六章の補注六に引いたので、省く。

新版あとがき

旧版『北京苦住庵記』の「あとがき」に記したとおり、本書の母体は、これを世に問うてからすでに四半世紀あまりにもなるが、ますます忙しない時世にそんな古い本を出し直すことには相応の理由がなければなるまい。理由はしかし、著者本人においては単純なことであり、まず、執筆当時中国本土は文化大革命の余燼がくすぶっていて、中国側資料の殆どを香港と台湾に求めるほかなかったので、その制約を最初から強く意識していた。また、長期にわたる断罪と黙殺の反動のようにして、文革終結後徐々に始まり今日にまで及んでいる、周作人をめぐる本国事情のなかなかに大きな変化ということもある。なにしろ、旧版では、香港経由の風説によって記した主人公の死亡日時からして半年がところ狂っていて、狂いに基づき希望的に臆測した最期のもようがまた事実とは大違いだったのをはじめ、その人に関する政治的禁忌が緩むのにつれて、ずいぶん多くの事実や資料が浮かんできた。そのたびに人並み以上の関心を唆られ、事によっては旧著の補説のような文章を書いたりしたのも、私としては自然な行きがかりというものであって、それやこれやが、いささか煩瑣なまでの補注と数編の後日編になったのは、見られるとおり。

しかしこの度の新版には、補注と後日編の追加以外にも、さらに若干の変化が加わっている。旧著はもともと如上の客観的な制約のみならず、主観的な企図においても執筆日付なりの限界と意味を負っていたわけだから、その本文はいまさら変えようがないというのが道理でもまた実感でもあるが、そうは行かぬ点もあった。一つには、書中に引いた詩文の扱いに改善の余地があるとかねて感じていたので、改版はそのためのよい機会であった。また、執筆当時こそ主人公の置かれた情況を想像する乏しいよすがとして捨てかねたものの、補注を加えた後には不要さては邪魔になるような挿話や、改版してまで遺すには足りぬ類の冗語も、いくらか整理に付した。但しこの種の整理は、いわば推敲の範囲内にとどめ、資料の制約による誤りの類は、例えば上記の死亡日時などでもそのままにして、実質的な訂正や加筆はすべて補注においてする原則に従った。

ところで、自著に関する記憶などというものは案外あてにならぬと見え、この度旧作を全部通読して、少々意外なふしに気づいた。主人公に関して、私は中国人とは自ずから異なるほかはない立場で、ある意味では、中国人のようには彼を批判できぬ関係を逆用さえして、できるだけその体験に寄り添うべく試みたのではあったが、それにしても、文弱の人の敗北主義的な抵抗をずいぶんむきになって肯定したものだ、と今にして思った。どうやら、前世紀の教訓と改まった世紀の現実は、当座の正義不正義とは別な、徹底勝利主義というもの自体の否定的な報いを思い知らせ、その結果、文弱者流の敗北主義と見える思想を以前よりはよほど語りやすくさせたようである。こうして、むきになるほどの摩擦感覚のほうがよほど薄れてしまったのは確かであって、さきに言った引用詩文の読み直しは、実はそのことにも関係がある。具体的に言うと、旧版では、論陥中の筆記『東山談苑』を読む」、戦後の獄中詩「修禊」などを、反政治主義の政治的な隘路や失敗を文学において見事に補償しえたかのように精いっぱい持ち上げたのであったが、この度は、文学によっても補償しきれぬ痛手は痛手として平視する読み方に傾いている。そのような観点は、『知堂回想録』への不満などを通じて旧版にもすでに明示してあったが、その一方で、主人公の非運からせめて文学を救い出したい思いを抑えかね、いささか過度の読み込みに及んだわけである。その手直しも補注でしたほうが改版の方針は一貫するけれども、引用詩文の訓詁や読み方についてまで、修改以前の姿を保存する意味はないので、これは本文の推敲の内として処理することにし、併せて、後日編の中の獄中詩を扱った一文もそれと照応する形に手を入れた。いずれにしても、私自身の考えはもはやさして変わりようはないのであるが、引用詩文に対する読み込みのこうした抑制は、もしもその作者の敗北主義的な抵抗の思想としての可能性を本気で考えるなら、そのためにむしろ必要な手順ではないかと思っている。

以上が新版の素性のあらましである。本来からすれば、もう後賢の手で歴史の方へ送り込まれてもよい書き物であるが、しかしたとえそのためにでも、一件の顚末に関する基礎的な事項は整えておくほうがよいとすれば、あばら屋に補修を施すやら増築を重ねるやらした格好の本書にも、なおしばらくの存在意義はあろうかと思う。私としては、これが最後のつもりで気が済むようにやらせてもらったまでで、執筆当時資料不足をかこったことの後遺症とは別に、歴史の細部の誘惑にもひかれだせば限りのないところがあるけれど、実証の限度は知れたものだ。

さて気はたしかに済んだので、このうえ旧版刊行いらいの諸因縁などを顧みることはよして、新版刊行までの幾つかの人縁のみを略記し謝辞に代える。旧著が筑摩書房で単行本になったのは、同書房の編集長をしていた旧友、故中島岑夫の意向によるところが大であった。ところが、刊行後間もなく筑摩が倒産し、彼は火中の栗を拾う格好で更正法適用会社の社長を勤める羽目になった。そんな騒ぎのなかで短期間しか流通しえなかった旧著に同情し、編集部員の風間完治さんが会社再建後しきりに再版を慫慂してくれたが、すでに述べた理由により、再版は同時に改訂増補でなければならぬと考えた私がそのため却って億劫がっているうちに、彼はとうとう停年退職してしまった。この度ようやく着手に及んだのもその督励によるが、結局のところ雑誌連載の旧縁により岩波書店から新版が出ることになったのは、当時『思想』の編集部にあって、そもそも私にこれを書かせ、単行本の命運にも関心を持っていてくれた、米浜泰英さんの尽力のおかげである。また、「晩年の周作人」の作者文潔若女史、張深切日記の版権継承者で台湾の実業界に活躍中の令息張孫煜氏には、それぞれを本書に附録することにつき、文字通りの快諾をいただいた。さらに、私の一橋大学在職当時、周作人と日本文化をテーマにして学位を取得し、現に中国社会科学院文学研究所に勤務する趙京華さんには、北京での調べごとや連絡の役を何度か煩わせた。

なお、旧版よりも大幅に字数が増えた結果、内容形式ともに一般読書の対象たることを期して書いたはずの本がずいぶん重たげに生まれ変わりそうなのは、いささか不本意とはいえこの際やむをえないとしても、予定書価が信じがたいほどにはねあがったのには狼狽した。そこで、財団法人日中友好会館日中平和友好交流計画歴史研究支援事業による出版助成を申請し、幸いそれによって定価をかなりの程度抑えることができた。併せて謝意を表する。

二〇〇四年五月

著　者

人名索引

本書に含まれる人名のほぼ全部を五十音順に排列してある．（　）内には，書中に見える限りでの字号，別名，通り名に対する本名，役職，西洋人名の原綴りなどを注記する．なお，中国人の姓の沈は「シン」，馮は「フウ」，葉は「ヨウ」と読む．

あ 行

か 行

さ 行

た 行

な 行

ま 行

や 行

ら 行

わ 行

年　表

本書閲読の便宜のみを考慮した年表である．周作人の事跡には＊印を付した．なお，西暦年数から1911を減じた数が中華民国紀年に相当する．

1931年 9 月	「満洲事変」始まる(柳条湖事件)．
1932年 1 月	日本軍，上海を攻撃．
3 月	「満洲国」成立．
1933年 1 月	日本軍，山海関を占領．
5 月	塘沽停戦協定締結．
10月	国民政府軍，「第五次勦共戦」を開始．
1934年 2 月	蔣介石，「新生活運動」を提唱．
10月	中共中央，大西遷(長征)を開始．
12月	日本政府，ワシントン海軍軍縮条約廃棄を通告．
	＊この冬「棄文就武」を書く．
1935年 5 月	＊「日本管窺」を書く．
6 月	梅津・何応欽協定，土肥原・秦徳純協定締結．
	日本大使館，上海の雑誌の「不敬」記事に厳重抗議(『新生』事件)．
	＊「日本管窺の二(日本の衣食住)」を書く．
8 月	中共抗日救国宣言(八・一宣言)．
10月	日本外相，排日停止・満洲国承認・共同防共の三原則を提議(広田三原則)．
11月	通州に「冀東防共自治委員会」(のちの「冀東防共政府」)成立，同日天津で「河北自治請願」事件．
12月	北京学生の抗日運動激化．
	国民政府「冀察政務委員会」を設置．
	＊「日本管窺の三」を書く．
1936年 2 月	日本で「二・二六」クーデター事件．
5 月	「全国学生救国連合会」「全国各界救国連合会」成立．
6 月	＊「国語と漢字」を書く．
7 月	＊「日本文化を語る手紙」を書く．
8 月	成都で日本人記者二名殺される(成都事件)．
	＊「日本文化を語る手紙の二」を書く．
9 月	広東省北海で日本人商人殺される(北海事件)．
10月	魯迅死去．
	＊「魯迅に関して」を書く．
11月	沈鈞儒ら「抗日七君子」逮捕．

内蒙軍，関東軍の援助で綏遠に進撃，傅作義軍に大敗(綏遠事件).
日独防共協定調印.
12月 蔣介石，西安で張学良に監禁される(西安事件).
1937年 6 月 *「日本管窺の四」を書く.
7 月 「日華事変」始まる(盧溝橋事件).
日本軍北京入城，北京に「地方維持会」成立.
11月 北京大学教職員の脱出ほぼ完了，長沙で国立臨時大学開校.
国民政府，重慶遷都を決議.
12月 南京陥落.
北京に「中華民国臨時政府」成立，「新民会」発足.
1938年 1 月 日本政府，「支那事変処理根本方針」を御前会議決定，「国民政府を相手とせず」と声明(第一次近衛声明).
2 月 *『大阪毎日新聞』主催の「更生支那の文化建設を語る」座談会に出席.
*「『東山談苑』を読む」を書く.
3 月 南京に「中華民国維新政府」成立.
5 月 徐州陥落.
昆明で国立西南連合大学開校.
毛沢東，「持久戦論」を発表.
武漢文化界抗敵協会，周作人糾弾宣言，茅盾ら 18 作家，周作人への公開状を発表.
北京で「北京大学」の一部「再開」.
6 月 土肥原賢二らの三人委員会発足(対華特別委員会).
8 月 北京で「東亜文化協議会」発会式挙行.
9 月 *燕京大学客員教授に就任.
10月 広東，武漢陥落.
11月 日本近衛首相「東亜新秩序建設」を声明(第二次近衛声明).
日本政府「日支新関係調整方針」を御前会議決定.
北京で方紀生ら『朔風』を創刊.
12月 日本政府，興亜院を設置.
汪兆銘，重慶を脱出しハノイへ向かう.
日本近衛首相，日中国交調整につき三原則を声明(第三次近衛声明).
1939年 1 月 *元旦に自宅で狙撃される.
*「北京大学」図書館長に就任.
3 月 日本政府，北京に興亜院華北連絡部設置.
4 月 *「北京大学」文学院準備委員(院長)に就任.
*「玄同紀念」を書く.
5 月 汪兆銘，ハノイを脱出し東京着.
8 月 「北京大学」文学院「再開」.
9 月 北京で張深切ら『中国文芸』を創刊.
1940年 1 月 毛沢東「新民主主義論」を発表.

3月　南京に汪兆銘の「国民政府」，北京に「華北政務委員会」成立.
＊「漢文学の伝統」を書く.
11月　「華北政務委員会」教育総署督弁湯爾和死去.
＊「日本の再認識」を書く.
1941年1月　＊「華北政務委員会」教育総署督弁に就任.
4月　＊「東亜文化協議会」出席のため来日.
5月　＊『薬堂語録』刊行(天津).
12月　＊「東亜文化協議会」会長に就任.
「大東亜戦争」始まる.
1942年3月　＊「華北教育会議」を主宰.
上海で朱樸ら『古今』を創刊.
＊『薬味集』刊行(北京).
5月　＊汪兆銘の「満洲国」訪問に随行，帰途南京「中央大学」で「中国の思想問題」を講演.
延安で「文芸座談会」開催，毛沢東「講話」を行なう.
6月　ミッドウェー海戦.
日本政府，北京に「華北綜合調査研究所」設置.
11月　日本政府，大東亜省を設置.
東京で第一回「大東亜文学者大会」挙行.
1943年1月　汪兆銘政府，米英に宣戦を布告.
2月　＊教育総署督弁を辞任.
4月　＊南京に赴き汪兆銘に謁見，帰途蘇州に旅行.
＊母魯瑞死去.
5月　アッツ島の日本軍守備隊全滅.
6月　＊「華北綜合調査研究所」副理事長に就任.
7月　＊芸文社同人と『芸文雑誌』を創刊.
8月　東京で第二回「大東亜文学者大会」開催，片岡鉄兵が周作人を攻撃する.
9月　イタリア降伏.
1944年1月　＊『薬堂雑文』刊行(北京).
2月　＊沈啓无の「破門」を声明.
3月　＊日本文学報国会へ抗議文を送る.
5月　＊『書房一角』刊行(北京).
9月　＊『秉燭後談』刊行(北京).
方紀生，東京で『周作人先生のこと』を編集刊行.
11月　汪兆銘死去.
南京で第三回「大東亜文学者大会」開催.
＊『苦口甘口』刊行(上海).
1945年2月　ヤルタ会談.
5月　ドイツ降伏.
8月　日本降伏.

「満洲国」，南京「国民政府」，「華北政務委員会」崩壊.
蔣介石・毛沢東会談.
全国文芸界抗敵協会，「附逆文人調査委員会」を設置.
＊『立春以前』刊行(上海).
9月　上海で唐弢ら『周報』を創刊.
10月　上海で鄭振鐸ら『民主』を創刊.
南京，上海で対日協力者の検挙始まる.
12月　昆明の西南連合大学で内戦反対運動に流血の弾圧.
北京で「華北政務委員会」の元官吏等一斉検挙.
＊自宅で逮捕，北京市内炮局胡同の獄に下る.
1946年1月　国共両軍停戦協定締結.
重慶で政治協商会議開催.
＊河北高等法院に送検される.
4月　各地で「漢奸裁判」始まる.
5月　国民政府，南京に還都.
西南連合大学の校務ほぼ終了，北京大学代理校長傅斯年が大学の復員処理に当る.
＊空路南京へ護送，老虎橋の首都監獄に収監される.
7月　昆明で民主同盟幹部李公樸と聞一多暗殺.
国共両党全面内戦に突入.
＊南京高等法院で審理開始.
8月　『周報』，『民主』発行禁止.
11月　＊判決公判で14年の刑を宣告される.
12月　＊再審判決で10年の刑確定.
1947年1月　米国務省，国共調停の打切りを声明.
9月　人民解放軍，総反攻を開始.
1948年10月　長春の国民政府軍全軍降伏.
1949年1月　蔣介石，和平談判を提唱，毛沢東これを拒否.
李宗仁，国民政府代理総統に就任.
国民政府，日本人戦犯と中国人政治犯の一部を釈放.
＊出獄，上海の尤炳圻宅に寄寓.
2月　人民解放軍，北京入城式を挙行.
4月　南京国民政府崩壊.
5月　上海解放.
7月　＊周恩来宛書簡.
8月　＊北京帰還，太僕寺街の義妹(芳子)宅に寄寓.
9月　人民政治協商会議開催.
10月　中華人民共和国成立.
＊北京八道湾の自宅に戻る.
1950年6月　朝鮮戦争始まる.
10月　中国人民義勇軍，朝鮮戦争に参戦.

1952年11月	＊『魯迅の故家』刊行(上海).
1954年4月	＊『魯迅小説中の人物』刊行(上海).
10月	兪平伯の『紅楼夢』研究に対し批判運動始まる.
	胡適思想の批判運動始まる.
1955年5月	胡風「反革命」事件.
1956年2月	ソ連共産党第20回大会で，フルシチョフ，秘密報告(スターリン批判).
5月	中共中央「百花斉放，百家争鳴」を提唱.
6月	ポーランドのポズナニで暴動.
10月	ハンガリーのブダペストで暴動.
	＊魯迅逝世二十周年記念会に出席.
1957年3月	＊『魯迅の青年時代』刊行(北京).
6月	反右派闘争始まる.
1960年4月	中ソ論争公然化.
1961年2月	＊『知堂乙酉文編』刊行(香港).
5月	許広平『魯迅回憶録』刊行(北京).
1962年4月	＊妻羽太信子死去.
11月	＊『知堂回想録』書きおわる.
1965年5月	＊ルキアーノス『対話』訳了.
1966年8月	中共8期11中全会,「プロレタリア文化大革命についての決定」.
1967年5月	鉄臂「劉少奇黒傘下の大漢奸周作人」発表.
	＊6日死去，享年82.
10月	許広平「味方の癰は敵の宝」発表.
1968年3月	許広平死去.
1970年5月	＊『知堂回想録』刊行(香港).

■岩波オンデマンドブックス■

周作人「対日協力」の顚末
——補注『北京苦住庵記』ならびに後日編

2004年7月27日　第1刷発行
2015年9月10日　オンデマンド版発行

著　者　木山英雄《きやまひでお》

発行者　岡本　厚

発行所　株式会社　岩波書店
〒101-8002 東京都千代田区一ツ橋2-5-5
電話案内 03-5210-4000
http://www.iwanami.co.jp/

印刷／製本・法令印刷

ISBN 978-4-00-730280-0　Printed in Japan

9784007302800

1920098110001

ISBN978-4-00-730280-0

C0098 ¥11000E

定価(本体 11,000 円+税)

岩波
オンデマンドブックス

ポアンカレ群と波動方程式

大貫義郎 著